Grandi Tascabili Economici

113

Titoli originali: *Memoirs of Sherlock Holmes, The Hound of the Baskervilles*
Traduzione di Nicoletta Rosati Bizzotto

Terza edizione: febbraio 1995
Grandi Tascabili Economici Newton
Divisione della Newton Compton editori s.r.l.
© 1991 Newton Compton editori s.r.l.
Roma, Casella postale 6214

ISBN 88-7983-175-5

Stampato su carta Libra Cream della Cartiera di Kajaani
distribuita dalla Fennocarta s.r.l., Milano
Copertina stampata su cartoncino Fine Art Board della Cartiera di Aanekoski

Arthur Conan Doyle

# Le memorie di
# Sherlock Holmes

# Il mastino dei Baskerville

* *

Grandi Tascabili Economici
Newton

*Grandi Tascabili Economici, sezione dei Paperbacks*
*Pubblicazione settimanale, 15 febbraio 1995*
**Direttore responsabile: G.A. Cibotto**
*Registrazione del Tribunale di Roma n. 16024 del 27 agosto 1975*
*Fotocomposizione: G.I. Grafica Internazionale, Roma*
*Stampato per conto della **Newton Compton editori s.r.l.**, Roma*
*presso la **Rotolito Lombarda S.p.A.**, Pioltello (MI)*
*Distribuzione nazionale per le edicole: A. Pieroni s.r.l.*
*Viale Vittorio Veneto 28 – 20124 Milano – telefono 02-29000221*
*telex 332379 PIERON I – telefax 02-6597865*
**Consulenza** *diffusionale: Eagle Press s.r.l., Roma*

# Nota biobibliografica



## LA VITA

Arthur Conan Doyle nacque a Edimburgo il 22 maggio del 1859 da una famiglia irlandese di antica nobiltà, ma con scarsi mezzi economici. Compì i primi studi presso una scuola di Edimburgo e alla Hodder Preparatory School, nel Lancashire. Ma la sua formazione avverrà principalmente in una scuola cattolica diretta dai gesuiti, lo Stonyhurst Jesuit College. Il giovane Arthur rimase intimorito dallo zelo fanatico dei gesuiti e più tardi si ribellerà ai loro insegnamenti. Nel 1876 entrò alla Edinburgh Medical School e nel 1879 pubblicò contemporaneamente il suo primo racconto, *The Mistery of the Sasassa Valley*, e il suo primo lavoro medico su un sedativo che aveva sperimentato su di sé. Nel 1881 ottenne il baccellierato in Medicina e il Master in Chirurgia. Inizia così a lavorare presso l'ospedale di Edimburgo, dove rimarrà per qualche tempo e dove avrà modo di conoscere il dottor Joseph Bell, la cui abilità nel dedurre dai minimi dettagli le caratteristiche psicofisiologiche dei suoi pazienti gli ispirerà il personaggio che lo renderà celebre: Sherlock Holmes.

Imbarcatosi su una baleniera come medico di bordo, trascorse alcuni mesi nell'Oceano Artico e poi in Africa. Tornato in patria, aprì uno studio medico a Southsea, un sobborgo di Portsmouth, senza troppa fortuna. Impiegò allora il tempo libero scrivendo racconti polizieschi che, pubblicati su vari giornali, raccolsero un discreto successo.

*A Study in Scarlet*, del 1887, è il primo racconto in cui appare Sherlock Holmes, personaggio del quale Conan Doyle non riuscì più a liberarsi, al punto che si vedrà costretto, molti anni più tardi, a farlo resuscitare, dopo aver tentato invano di sbarazzarsene facendolo morire nella caduta in un burrone. Il successo di Sherlock Holmes fu enorme: nel 1890 *The Sign of Four* fu accolto in Inghilterra e in America con un favore che rimarrà celebre nella storia letteraria.

Ma Conan Doyle dedicò i suoi sforzi di scrittore e di studioso anche ad altri campi. Scrisse romanzi storici come *The White Company* (1891), *The Exploits of Brigadier Gerard* (1896) o *The Great Boer War* (1900), che egli preferiva senz'altro ai suoi romanzi polizieschi.

Dopo il successo, abbandonò la professione medica e iniziò un'intensa attività giornalistica, come corrispondente nella guerra boera e, più tardi, nel primo conflitto mondiale.

Uno dei principali interessi di Conan Doyle fu infine lo spiritismo, al quale dedicò molti studi e sul quale scrisse una storia, *The History of Spiritualism* (1926), che esaminava il fenomeno a partire dalle sue origini e dalla quale lo scrittore s'aspettava qualche riconoscimento come studioso. In realtà l'opera fu apprezzata solo in una ristretta cerchia di lettori e gli attirò invece un attacco della Chiesa cattolica. In effetti la fama di Arthur Conan Doyle resterà legata al personaggio di Sherlock Holmes.

Conan Doyle morì il 7 luglio 1930 a Crowborough, nel Sussex. Nel 1903, in seguito all'appoggio da lui dato alla guerra boera con i suoi articoli, era stato insignito del titolo di baronetto.

OPERE

Principali traduzioni italiane

*Il demone dell'isola*, a cura di L. Buffarini Guidi, SugarCo 1980.
*Il segno dei quattro*, a cura di M. Buitoni Duca, Rizzoli 1980.
*Il segno dei quattro*, tr. di M. Gallone, Mondadori 1982.
*Le ultime avventure dell'infallibile Sherlock Holmes*, tr. di M. Gallone, Mondadori 1982.
*L'ultimo saluto di Sherlock Holmes*, tr. di M. Gallone, Mondadori 1982.
*Le imprese di Sherlock Holmes*, tr. di M. Gallone, Mondadori 1983.
*La valle della paura*, tr. di M. Gallone, Mondadori 1983.
*Uno studio in rosso*, tr. di A. Tedeschi, Mondadori 1984.
*Le indagini di Sherlock Holmes*, tr. di M. Gallone, Mondadori 1987.
*Il libro dell'aldilà*, tr. di B. Erede e A. Bencini, Ed. Mediterranee 1987.
*Le memorie di Sherlock Holmes*, tr. di G. Schiavo, Lucarini 1987.
*Il capitano della Stella Polare*, a cura di C. De Nardi, Solfanelli 1987.
*Ucciderò Sherlock Holmes*, tr. di F. Lugnano, a cura di L. Brioschi, Mondadori 1987.
*L'anello di Toth*, Fanucci 1988.
*Le avventure di Sherlock Holmes*, a cura di P. Spizzati, Club del Libro 1988.
*Le avventure di Sherlock Holmes*, tr. di R. Guarnieri, Gruppo editoriale Fabbri 1988.
*Il cane dei Baskerville*, tr. di M. Buitoni Duca, Rizzoli 1988.
*Il capitano della Stella Polare*, Fanucci 1988.
*Sherlock Holmes, l'opera completa di sir Arthur Conan Doyle*, 4 voll., Alberto Peruzzo editore 1988.
*Il mondo perduto: la valle dei dinosauri*, a cura di G. Pilo e S. Fusco, Newton Compton 1993.
*La mummia e altri racconti*, a cura di G. Pilo, Newton Compton 1993.
*Tutto Sherlock Holmes*, 4 voll., tr. di N. Rosati Bizzotto, Newton Compton 1993[2].
*La nube avvelenata*, tr. di V. Simonetti, Newton Compton 1994.
*Tutti i racconti fantastici e dell'orrore*, a cura di G. Pilo e S. Fusco, Newton Compton 1994.
*Tutti i romanzi fantastici*, 2 voll., a cura di G. Pilo e S. Fusco, Newton Compton 1994.

Negli anni Cinquanta, l'A. Mondadori editore pubblicò, nella collana economica «Il girasole», tutti i romanzi di Sherlock Holmes, per la traduzione di Maria Gallone.

# LE MEMORIE DI SHERLOCK HOLMES

# Silver Blaze

«Temo che dovrò andare, Watson», disse Holmes una mattina mentre ci sedevamo a colazione.

«Andare! Dove?»

«A Dartmoor; a King's Pyland.»

Non ne fui sorpreso. Anzi, mi ero stupito che non si fosse già trovato immischiato in quello straordinario evento che era ormai sulla bocca di tutti. Per un'intera giornata il mio amico si era aggirato come una belva in gabbia per la stanza, a capo chino, caricando e ricaricando la sua pipa col tabacco più forte che aveva, assolutamente sordo a ogni mia domanda e ogni mio commento. Il giornalaio ci aveva fatto recapitare le copie appena uscite di tutti i quotidiani ai quali però aveva solo dato un'occhiata superficiale per poi buttarli in un angolo. Malgrado il suo mutismo, comunque, sapevo benissimo su che cosa stava rimuginando. Era uno solo il problema alla ribalta della cronaca che poteva costituire una sfida alle sue capacità analitiche: la misteriosa scomparsa del favorito per la Wessex Cup e la tragica morte del suo allenatore. Perciò, quando mi annunciò all'improvviso la sua intenzione di recarsi sulla scena del dramma non ne rimasi sorpreso; me lo aspettavo; anzi, lo speravo.

«Sarei felicissimo di venire con lei, se questo non la disturba», dissi.

«Mio caro Watson, mi farebbe davvero un grosso favore se mi accompagnasse. E credo che non sprecherebbe il suo tempo; questo caso presenta dei risvolti che promettono di renderlo più unico che raro. Penso che faremo giusto in tempo a prendere il treno da Paddington; ne discuteremo durante il viaggio. Le sarei grato se volesse portare con sé il suo ottimo binocolo.»

Così, più o meno un'ora dopo, mi trovai seduto nell'angolo di uno scompartimento di prima classe diretto a tutta velocità verso Exeter mentre Holmes, col volto magro e intenso incorniciato dal suo berretto da viaggio con i paraorecchi, sfogliava rapidamente un mucchio di giornali che aveva comperato a Paddington. Ci eravamo lasciati da un pezzo alle spalle Reading quando buttò sotto il sedile l'ultimo quotidiano e mi offrì un sigaro.

«Stiamo andando bene», disse guardando fuori dal finestrino e dando un'occhiata all'orologio. «Stiamo viaggiando a una media oraria di cinquantatré miglia e mezzo.»

«Non ho osservato le colonnine dei quarti di miglio», dissi.

«Nemmeno io. Ma su questa linea i pali del telegrafo sono distanziati di sessanta yard uno dall'altro, e il calcolo è semplice. Immagino che abbia letto di questa faccenda dell'assassinio di John Straker e della scomparsa di Silver Blaze?»

«Ho letto i resoconti sul *Telegraph* e sul *Chronicle*.»

«È uno di quei casi nei quali, più che cercare nuovi indizi, è necessario vagliare attentamente quelli già disponibili. Per tante persone questa è stata una tragedia così insolita, così totale e così personale che siamo soffocati da una pletora di sospetti, congetture e ipotesi. Il difficile è scindere il contorno dai fatti — separare i fatti essenziali e inconfutabili dai fronzoli ricamati da teorici e cronisti. Poi, partendo da una base sicura, il nostro compito è quello di appurare cosa se ne può dedurre e quali sono i cardini fondamentali su cui s'impernia tutto il mistero. Martedì sera ho ricevuto due telegrammi, uno dal colonnello Ross, proprietario del cavallo, e l'altro dall'ispettore Gregory che si occupa del caso; entrambi hanno richiesto la mia collaborazione.»

«Martedì sera!», esclamai. «E oggi è giovedì mattina. Perché non è partito ieri?»

«Perché ho commesso un errore, mio caro Watson — il che, temo, mi accade più di frequente di quanto si penserebbe nel leggere i suoi racconti. Il fatto è che mi sembrava impossibile che il purosangue più famoso d'Inghilterra potesse rimanere a lungo nascosto, specialmente in una zona così scarsamente popolata come il nord del Dartmoor. Ieri, mi aspettavo da un'ora all'altra di sentire che era stato ritrovato e che il suo rapitore era l'assassino di John Straker. Quando però, dopo un giorno intero, ho visto che nulla era stato fatto tranne che arrestare il giovane Fitzroy Simpson, ho deciso che era arrivato il momento di intervenire. Comunque, ritengo che in qualche modo la giornata di ieri non sia andata del tutto perduta.»

«Allora, lei ha già una sua teoria?»

«Quanto meno, ho assimilato i lati essenziali della faccenda. Ora glieli espongo, dato che il modo migliore per chiarirsi le idee è quello di spiegarle a un'altra persona e non posso certo aspettarmi che lei collabori se non è pienamente al corrente della situazione da cui prendiamo le mosse.»

Mi appoggiai allo schienale fumando il mio sigaro mentre Holmes, chino in avanti, sottolineava punto per punto i fatti battendo l'indice sottile sul palmo della mano, illustrandomi gli eventi che ci avevano condotto a quel viaggio.

«Silver Blaze», disse «è della stirpe Somomy e vanta una carriera altrettanto brillante di quella del suo progenitore. Oggi ha cinque anni e ha conquistato, uno dopo l'altro, tutti i premi ippici per il suo fortunato proprietario, il colonnello Ross. Fino al momento della catastrofe era il favorito per la Wessex Cup, e lo davano tre a uno. È stato sempre il favorito degli appassionati di corse e non li ha mai delusi tanto che, malgrado quella quotazione, sono state puntate su di lui somme enormi. È ovvio, quindi, che erano in molti ad avere tutto l'interesse che Silver Blaze non fosse alla linea di partenza martedì prossimo.

Di questo, naturalmente, si sono resi perfettamente conto a King's Pyland, dove si trova la scuderia di addestramento del colonnello. Sono state prese tutte le precauzioni per tutelare il favorito. L'allenatore, John Straker, è un ex fantino che ha corso per i colori del colonnello Ross prima di essere scartato al peso. È stato al servizio del colonnello per cinque anni come fantino e per sette come allenatore dimostrandosi sempre una persona zelante e onesta. Aveva ai suoi ordini tre ragazzi dato che si tratta di una piccola scuderia con solo quattro cavalli. Uno dei ragazzi vegliava ogni notte nella scuderia, mentre gli altri dormivano nel fienile. I tre ragazzi erano considerati pienamente affidabili. John Straker, che è sposato, alloggiava in una villetta a circa duecento metri dalle scuderie. Non ha figli, ha un'unica domestica, ed è piuttosto agiato. La campagna circostante è molto solitaria ma, circa mezzo miglio a nord, sorge un gruppetto di ville edificate da un imprenditore di Tavistock, destinate ad alloggiare persone invalide o persone che vogliano respirare l'aria pura di Dartmoor. Tavistock si trova due miglia ad ovest; oltre la brughiera, a circa un paio di miglia, c'è una scuderia di addestramento equino più grande, quella di Mapleton, che appartiene a Lord Backwater, ed è diretta da Silas Brown. Per il resto, la brughiera è completamente deserta tranne che per degli zingari nomadi. Questa era la situazione generale lunedì scorso, quando si è verificata la tragedia.

Quella sera i cavalli erano stati allenati e abbeverati come il solito e alle nove le stalle vennero chiuse. Due dei ragazzi si recarono a casa dell'allenatore per cenare in cucina mentre il terzo, Ned Hunter, rimase di guardia. Pochi minuti dopo le nove la domestica, Edith Baxter, arrivò alle stalle portandogli la cena, consistente in un piatto di manzo al curry. Non gli portò da bere perché nella scuderia c'era un rubinetto per l'acqua e vigeva la regola che il ragazzo di guardia non potesse bere altro che acqua, appunto. La domestica aveva con sé una lanterna perché era molto buio e il sentiero attraversa la brughiera.

Edith Baxter era a trenta yard dalle scuderie quando dal buio spuntò un uomo che le ordinò di fermarsi. Alla luce della lanterna, la ragazza vide che si trattava di un signore dall'aria distinta, con un abito di tweed grigio e un cappello di panno. Portava le ghette e aveva un pesante bastone col pomo. Rimase però profondamente colpita dal pallore di quell'uomo e dal suo nervosismo. Pensò che avesse superato la trentina.

"Può dirmi dove mi trovo?", le chiese l'uomo. "Avevo quasi deciso di dormire sulla brughiera, sotto le stelle, quando ho scorto la luce della sua lanterna."

"Si trova accanto alla scuderia di King's Pyland", rispose la domestica.

"Davvero! Che fortunata combinazione!", esclamò lo sconosciuto. "Mi risulta che ogni notte ci dorma, da solo, uno degli stallieri. Forse quella è la cena che gli sta portando. Vediamo, sono sicuro che il suo orgoglio non le impedirebbe di guadagnarsi quello che le serve per comperarsi un abito nuovo, vero?" Prese dalla tasca del panciotto un foglio bianco ripiegato. "Faccia in modo che il ragazzo lo riceva questa sera, e lei avrà il più bel vestitino che il denaro possa acquistare."

La ragazza rimase spaventata dai modi pressanti di quell'individuo e corse via dirigendosi verso la finestra attraverso la quale era solita passare i pasti al giovane stalliere. La finestra era aperta e Hunter stava dentro il locale, seduto accanto al tavolo. Aveva cominciato a raccontargli l'accaduto quando arrivò lo sconosciuto.

"Buona sera", disse guardando dentro dalla finestra, "volevo dirle due parole." La ragazza giura che, mentre parlava, lei aveva visto l'angolo di un pacchetto che sporgeva dalla sua mano chiusa.

"Cosa è venuto a fare qui?", domandò il ragazzo.

"A parlare di qualcosa che potrebbe farle guadagnare un po' di soldi", rispose l'uomo. "Avete due cavalli per la Wessex Cup — Silver Blaze e Baiardo. Mi dia la soffiata buona e non ci rimetterà. È vero che al peso Baiardo potrebbe dare all'altro cento yard di vantaggio in cinque furlong e che la scuderia ha scommesso su di lui?"

"E così lei è uno di quei maledetti informatori!", gridò il ragazzo. "Le farò vedere come trattiamo la gente come lei qui a King's Pyland." Saltò su e si precipitò nelle scuderie a sciogliere il cane. La ragazza fuggì verso casa ma, mentre correva, si girò a guardare e vide lo sconosciuto che si sporgeva attraverso la finestra. Un attimo dopo, però, quando Hunter uscì fuori col cane, era sparito; e malgrado lo stalliere girasse di corsa tutt'intorno al fabbricato non ne trovò traccia.»

«Un momento», lo interruppi. «Quando il ragazzo è uscito col cane ha lasciato aperta la porta della scuderia dietro di sé?»

«Eccellente, Watson, eccellente!», mormorò Holmes. «L'importanza di questo particolare mi ha talmente colpito che ieri ho spedito un telegramma speciale a Dartmoor chiedendo appunto questo. Prima di inseguire lo sconosciuto, il ragazzo ha chiuso la porta. Posso anche aggiungere che la finestra non era sufficientemente ampia perché un uomo potesse passarci attraverso. Hunter attese il ritorno degli altri due stallieri, poi mandò un messaggio all'allenatore raccontandogli l'accaduto. Straker ne rimase molto colpito anche se, a quanto pare, non si rese pienamente conto del vero significato dell'incidente. La cosa però gli aveva lasciato un vago senso d'inquietudine e la signora Straker, risvegliandosi all'una di mattina, lo trovò che si stava vestendo. Lo scongiurò di rimanere a casa perché si sentiva la pioggia battere contro i vetri; malgrado però le preghiere della moglie, Straker si infilò l'impermeabile e uscì di casa.

La signora Straker si risvegliò di nuovo alle sette di mattina e vide che il marito non era ancora rientrato. Si vestì in tutta fretta, chiamò la cameriera, e si diresse verso le scuderie. La porta era aperta; dentro, rannicchiato su una seggiola, c'era Hunter, immerso in un profondo torpore, il box del favorito era vuoto e non c'era traccia dell'allenatore.

Svegliò subito i due stallieri che dormivano nel fienile sopra il locale dei finimenti; ma non avevano sentito niente durante la notte, poiché hanno entrambi il sonno pesante. Hunter evidentemente era stato drogato e, dato che da lui non si poteva cavare nulla di sensato, lo lasciarono lì a smaltire il sonno mentre i due ragazzi e le due donne si precipitavano alla ricerca dei due scomparsi. Speravano ancora che, per un motivo qualsiasi, l'allenatore avesse lui stesso portato fuori il cavallo per un addestramento mattutino ma, arrampicandosi sulla collinetta accanto alla casa, da dove si vedeva tutta la brughiera, non solo non scorsero traccia del cavallo scomparso ma, anzi, videro qualcosa per cui compresero che era accaduta una tragedia.

A circa un quarto di miglio dalle scuderie il cappotto di John Straker penzolava da un cespuglio di ginestre. Immediatamente al disotto, la brughiera presentava una concavità e, sul fondo, trovarono il corpo ormai senza vita del povero allenatore. Aveva la testa fracassata per un colpo violento inferto con qualcosa di molto pesante, e sulla coscia presentava una ferita, un taglio lungo e preciso fatto ovviamente con uno strumento molto affilato. Era però evidente che Straker aveva lottato vigorosamente contro i suoi assalitori perché nella mano destra serrava un piccolo coltello, coperto fino al manico di sangue raggrumato, mentre nella sinistra aveva un fazzoletto da collo di seta, rosso e nero, che la ragazza ricordò di aver notato la sera prima al collo dello sconosciuto che era andato alla scuderia. Anche Hunter, una volta ripresosi dal suo stordimento, confermò che il fazzoletto apparteneva allo sconosciuto. Ed era sicuro che, mentre stava appoggiato alla finestra, quell'individuo aveva drogato il suo montone al curry, in modo che le scuderie rimanessero incustodite. In quanto al cavallo scomparso, la melma che ricopriva il fondo della concavità dimostrava ampiamente che era lì al momento della lotta. Ma da quel momento in poi è sparito e, pur se è stata offerta una grossa ricompensa e tutti gli zingari di Dartmoor stanno all'erta, non se ne è più saputo niente. E, per concludere, analizzando gli avanzi della cena dello stalliere è stata trovata una notevole quantità di oppio in polvere mentre gli occupanti della casa, che avevano mangiato la stessa cosa, non avevano accusato alcun disturbo. Questi sono i fatti salienti, senza alcuna ipotesi e esposti nel modo più semplice e succinto. Ora le riassumerò quello che ha fatto la polizia.

L'ispettore Gregory, al quale è stato affidato il caso, è un funzionario molto competente. Se solo avesse un briciolo di immaginazione potrebbe arrivare ai vertici della professione. Appena arrivato, ha subito trovato e arrestato l'uomo su cui erano naturalmente ricaduti i sospetti. Non è stato difficile trovarlo perché abita in una di quelle ville di cui le ho parlato. A quanto pare si chiama Fitzroy Simpson. Viene da un'ottima famiglia e ha ricevuto un'eccellente educazione ma ha sperperato un patrimonio sui cavalli e adesso si guadagna da vivere operando con molta discrezione come allibratore nei circoli sportivi londinesi. Esaminando i suoi libri contabili è emerso che aveva accettato scommesse per un ammontare di cinquemila sterline contro il favorito. Quando è stato arrestato ha dichiarato spontaneamente di essere venuto a Dartmoor nella speranza di avere qualche informazione sui cavalli di King's Pyland e su Desborough, il secondo favorito, di cui si occupa Silas Brown alle scuderie Mapleton. Non ha negato il suo comportamento della sera prima ma ha detto che non aveva alcuna intenzione sinistra e voleva solamente procurarsi qualche notizia di prima mano. Quando gli è stato mostrato il suo fazzoletto da collo è impallidito e non ha saputo spiegare come mai fosse stato ritrovato in mano al defunto. I suoi abiti umidi dimostravano che la sera prima, durante il temporale, era fuori di casa e il suo bastone, un bastone di Malacca appesantito col piombo, era proprio il tipo di arma che poteva aver provocato, con i suoi ripetuti colpi, le terribili ferite che avevano portato alla morte dell'allenatore. D'altro canto, su di lui non è stata rilevata alcuna ferita mentre il sangue sul coltello di Straker indicava che almeno uno dei suoi assalitori ne era uscito malconcio. Questo è tutto, in due parole, Watson, e se lei può illuminarmi gliene sarò infinitamente grato.»

Avevo ascoltato con estremo interesse il racconto che Holmes mi aveva fatto con la sua consueta chiarezza. Anche se già conoscevo quasi tutti i fatti non avevo apprezzato l'importanza di ciascuno di essi, né il collegamento fra loro.

«Non è possibile», suggerii, «che il taglio sulla coscia Straker se lo sia procurato da sé durante le convulsioni che sempre si verificano dopo una lesione al cervello?»

«È più che possibile; è probabile», rispose Holmes. «E in quel caso, uno dei principali indizi a favore dell'accusato perde ogni valore.»

«Eppure», dissi, «ancora non riesco a capire quale teoria possa avere la polizia.»

«Temo che qualsiasi teoria noi avanziamo presenti grosse obiezioni», ribatté Holmes. «La polizia, suppongo, immagina che questo Fitzroy Simpson, dopo aver drogato il ragazzo e dopo essersi in qualche modo procurato un duplicato della chiave, abbia aperto la scuderia portando fuori il cavallo con l'intenzione, apparentemente, di rapirlo. Manca la briglia, quindi Simpson potrebbe avere usato il suo fazzoletto da collo. Poi, lasciandosi la porta aperta alle spalle, ha condotto il cavallo sulla brughiera dove è stato sorpreso, o raggiunto, dall'allenatore. Naturalmente c'è stata una lite. Simpson gli ha fracassato la testa col bastone senza rimanere ferito dal piccolo coltello usato da Straker per difendersi; poi il ladro deve aver condotto il cavallo in qualche nascondiglio segreto, oppure il cavallo si è imbizzarrito durante la lotta e adesso si aggira per la brughiera. Questa è la situazione come la vede la polizia e, per improbabile che sia, ogni altra spiegazione lo è ancora di più. Comunque, una volta sul posto non mi ci vorrà molto a controllare; fino a quel momento, non vedo che altro possiamo fare, stando così le cose.»

Era scesa la sera quando arrivammo alla cittadina di Tavistock che, come la borchia di uno scudo, sorge nel bel mezzo della cerchia di Dartmoor. Alla stazione ci attendevano due signori — uno alto, biondo, con una criniera leonina, la barba e due occhi azzurri stranamente penetranti; l'altro era un tipo di piccola statura, sveglio e azzimato, in redingote e ghette, con due piccoli favoriti ben tagliati e il monocolo. Quest'ultimo era il colonnello Ross, il famoso sportivo; l'altro, l'ispettore Gregory; un funzionario che si stava rapidamente facendo un nome nella polizia investigativa inglese.

«Sono lietissimo che lei sia potuto venire, signor Holmes», disse il colonnello. «L'ispettore qui presente ha fatto tutto il possibile e il pensabile, ma non voglio lasciare niente di intentato per vendicare la morte del povero Straker e per recuperare il mio cavallo.»

«Ci sono stati sviluppi recenti?», chiese Holmes.

«Mi spiace di dover ammettere che abbiamo fatto pochissimi passi avanti», disse l'ispettore. «Fuori, c'è una carrozza aperta che ci aspetta e, dato che senza dubbio lei vorrà vedere il luogo prima che faccia buio, possiamo parlare durante il tragitto.»

Un momento dopo eravamo seduti, in un comodo landau attraversando quella pittoresca, antica cittadina del Devonshire. Quel caso ossessionava l'ispettore Gregory che si profondeva in osservazioni, interrotto ogni tanto da una domanda o un'esclamazione di Holmes. Il colonnello Ross se ne stava appoggiato a braccia incrociate e il cappello abbassato sugli occhi mentre io ascoltavo con interesse il dialogo dei due investigatori. Gregory stava esponendo la sua teoria che combaciava quasi esattamente con quella che aveva previsto Holmes, in treno.

«La rete si è ben stretta intorno a Fitzroy Simpson», osservò, «e credo anch'io che sia il vostro uomo. Al tempo stesso, però, riconosco che si tratta di prove circostanziali e qualche nuovo sviluppo potrebbe mandarle a monte.»

«E il coltello di Straker?»

«Siamo giunti alla conclusione che si è ferito da solo, cadendo.»

«La stessa ipotesi avanzata dal mio amico, il dottor Watson, mentre venivamo qui. Se è così, sarebbe un punto a sfavore di Simpson.»

«Senza dubbio. Non possiede un coltello né presenta traccia di ferite. Gli indizi contro di lui sono certamente assai pesanti. Aveva tutto l'interesse a far scomparire il favorito. È sospettato di aver avvelenato lo stalliere; era sicuramente fuori durante il temporale; era armato con un pesante bastone, e il suo fazzoletto da collo è stato rinvenuto nella mano del morto. Credo che abbiamo prove sufficienti per portarlo davanti a una giuria.»

Holmes scosse il capo. «Un avvocato in gamba le demolirebbe una per una», disse. «Perché portare il cavallo fuori dalla scuderia? Se voleva nuocergli, perché non farlo sul posto? È stato trovato un duplicato della chiave in suo possesso? Dove ha acquistato l'oppio in polvere? E soprattutto come poteva, lui che non conosceva la zona, cavalcare un cavallo, quel cavallo, per giunta? Quale spiegazione ha dato circa il biglietto che ha chiesto alla ragazza di consegnare allo stalliere?»

«Afferma che era una banconota da dieci sterline. Ne aveva un'altra in tasca. In quanto alle sue altre obiezioni, non sono tanto valide come sembrano. Conosceva la zona. Per due volte ha trascorso l'estate a Tavistock. Probabilmente aveva portato l'oppio da Londra. Una volta usatala, avrebbe potuto gettar via la chiave. Il cavallo può trovarsi sul fondo di una delle cave o delle vecchie miniere nella brughiera.»

«Che dice riguardo al fazzoletto?»

«Ammette che è suo, e dichiara che lo aveva perduto. Ma è subentrato un altro elemento che potrebbe spiegare il motivo per cui ha allontanato il cavallo dalla scuderia.»

Holmes drizzò le orecchie.

«Abbiamo trovato delle tracce che indicano come lunedì sera un gruppo di zingari si è accampato entro la distanza di un miglio dal luogo dove è avvenuto l'omicidio. Il martedì, se n'erano andati. Ora, supponiamo che Simpson avesse stipulato un accordo con questi zingari; non avrebbe potuto portare da loro il cavallo, una volta sorpreso, e non potrebbero avercelo loro adesso?»

«È senz'altro possibile.»

«Stanno perlustrando la brughiera in cerca degli zingari. Ho anche ispezionato tutte le scuderie e tutti i capanni di Tavistock nel raggio di dieci miglia.»

«Se non ricordo male c'è un'altra scuderia, nelle immediate vicinanze?»

«Sì, ed è un fattore che non possiamo certo trascurare. Dal momento che il loro cavallo Desborough era secondo nel tabellone delle scommesse, avevano interesse a far scomparire il favorito. Si sa che Silas Brown, l'allenatore, ha ricevuto forti scommesse sulla corsa, e non era certo un amico del povero Straker. Abbiamo ispezionato le scuderie ma non abbiamo trovato nulla che possa collegarlo a questa faccenda.»

«E nulla che possa collegare questo Simpson agli interessi delle scuderie Mapleton?»

«Assolutamente nulla.»

Holmes si appoggiò allo schienale della carrozza e nessuno parlò più. Pochi minuti dopo ci fermammo davanti a una graziosa villetta di mattoni rossi con le tegole aggettate, che sorgeva accanto alla strada. Un po' più lontano, al di là del maneggio esterno, si vedeva una lunga costruzione annessa, con le tegole grigie. In ogni altra direzione si stendeva fino all'orizzonte la brughiera ondulata cui le felci aride conferivano un colore bronzeo, interrotta solo dai comignoli di Tavistock e da un gruppo di fabbricati, verso ovest, che costituivano le scuderie Mapleton. Scendemmo tutti rapidamente, tranne Holmes che rimase seduto con lo sguardo fisso al cielo davanti a lui, profondamente immerso nei suoi pensieri. Solo quando gli toccai il braccio si riscosse con un sussulto e scese anche lui dalla carrozza.

«Mi scusi», disse rivolto al colonnello Ross che lo osservava un po' stupito. «Stavo sognando ad occhi aperti.» C'era un bagliore nel suo sguardo e una certa eccitazione soffocata nei suoi modi che, conoscendolo bene, mi fecero capire che aveva scoperto un indizio, anche se non riuscivo a immaginare dove.

«Forse preferisce recarsi subito sulla scena del delitto, signor Holmes?», chiese Gregory.

«Credo che preferirei trattenermi qui per un po' a esaminare un paio di dettagli. Immagino che il corpo di Straker sia stato riportato qui?»

«Sì, è stato deposto al piano di sopra. L'inchiesta è fissata per domani.»

«È stato per parecchi anni al suo servizio, colonnello Ross?»

«L'ho sempre trovato un ottimo elemento.»

«Immagino, ispettore, che lei abbia fatto un inventario di quanto gli è stato trovato nelle tasche al momento del decesso?»

«Tutti gli oggetti sono nel soggiorno, se vuole vederli.»

«Ne sarei lietissimo.» Entrammo in fila indiana nella sala sul davanti e ci sedemmo accanto al tavolo centrale mentre l'ispettore apriva una scatola quadrata di latta e ci metteva davanti un mucchietto di roba. C'erano una scatola di fiammiferi, un mozzicone di candela di sego, una pipa di radica, una borsa di pelle di foca contenente mezza oncia di tabacco Cavendish in corda, un orologio d'argento con catena d'oro, cinque sovrane d'oro, un portamatite di alluminio, qualche foglietto di carta, un coltello con manico d'avorio e una lama rigida e molto sottile di marca Weiss & Co., Londra.

«È un coltello davvero insolito», osservò Holmes prendendo-

lo in mano e osservandolo minuziosamente. «Dal momento che su di esso scorgo macchie di sangue immagino sia quello trovato nella mano del morto. Watson, questo coltello dovrebbe esserle familiare, no?»

«È quello che chiamiamo bisturi per cateratta», risposi.

«Come pensavo. Una lama estremamente delicata, per un lavoro estremamente delicato. Un oggetto strano da portare in tasca per una persona in procinto di imbarcarsi in una spedizione pericolosa, tanto più che non si può chiudere.»

«Quando l'abbiamo trovato accanto al corpo, la punta era protetta da un dischetto di sughero», disse l'ispettore. «Stando a sua moglie, il coltello era sulla toletta e Straker l'ha preso mentre usciva dalla stanza. Come arma non è un gran che, ma forse è l'unica che ha trovato a portata di mano.»

«È possibile. E queste carte?»

«Tre sono fatture saldate del fornitore di fieno. Una, è una lettera di istruzioni del colonnello Ross. Quest'altro è il conto di una modista per 37 sterline e 25 scellini, emesso da Madame Lesurier, di Bond Street, intestata a William Derbyshire. La signora Straker ci ha detto che Derbyshire era un amico del marito e che a volte la sua corrispondenza veniva indirizzata a questo recapito.»

«La signora Derbyshire ha dei gusti piuttosto costosi», osservò Holmes dando un'occhiata alla fattura. «Ventidue ghinee per un solo vestito mi sembrano un po' tante. Comunque, mi sembra che qui non ci sia altro da vedere e possiamo quindi recarci alla scena del delitto.»

Mentre uscivamo dal salotto una donna, che era rimasta in attesa nel corridoio, fece un passo avanti e poggiò la mano sulla manica dell'ispettore. Aveva il viso tirato, sottile e ansioso, che recava le tracce di un orrore recente.

«Li ha presi? Li ha trovati?», chiese ansimando.

«No, signora Straker. Ma il signor Holmes, questo signore, è venuto da Londra per aiutarci, e faremo tutto il possibile.»

«Ma non ci siamo già incontrati un po' di tempo fa a Plymouth a un garden-party, signora Straker?», chiese Holmes.

«No, signore; si sbaglia.»

«Che strano! L'avrei giurato. Lei indossava un abito di seta color tortora bordato di piume di struzzo.»

«Non ho mai avuto un vestito del genere, signore», rispose la donna.

«Ah be', quando è così...», disse Holmes. E mormorando

una parola di scusa, seguì l'ispettore fuori dalla casa. Una breve passeggiata attraverso la brughiera ci portò alla conca dove era stato rinvenuto il corpo. Sull'orlo dell'avvallamento c'era il cespuglio di ginestra al quale era stato appeso il cappotto.

«A quanto mi risulta, non c'era vento quella notte», disse Holmes.

«Niente vento, ma pioveva a dirotto.»

«In quel caso, il cappotto è stato appoggiato al cespuglio, non c'è volato sopra.»

«No, era appoggiato sul cespuglio.»

«Molto interessante. Vedo che il terreno appare molto calpestato. Senza dubbio, svariate persone sono state qui da lunedì notte ad oggi.»

«Avevamo steso una stuoia qui di fianco, e siamo tutti rimasti su di essa.»

«Eccellente.»

«In questa sacca ho uno degli stivali che indossava Straker, uno di quelli che portava Fitzroy Simpson, e l'impronta di un ferro di Silver Blaze.»

«Mio caro ispettore, lei ha superato se stesso!», Holmes prese la sacca e, scendendo nell'avvallamento, spostò la stuoia più al centro. Poi, sdraiandosi bocconi col mento fra le mani, esaminò attentamente la fanghiglia calpestata di fronte a lui. «Guarda, guarda!», esclamò improvvisamente. «È questo cos'è?» Era un cerino mezzo bruciato, così impastato di fango che, a prima vista, sembrava una scheggia di legno.

«Non so come ho fatto a non vederlo», disse l'ispettore con l'aria un po' seccata.

«Non poteva vederlo, era sepolto nel fango. Io l'ho visto unicamente perché lo stavo cercando.»

«Cosa? Si aspettava di trovarlo?»

«Lo ritenevo non improbabile.»

Prese gli stivali dalla sacca confrontandone le impronte con i segni sul terreno. Poi risalì fino all'orlo dell'avvallamento e si insinuò carponi fra le felci e i cespugli.

«Temo che non ci siano altre tracce», disse l'ispettore. «Ho esaminato molto attentamente il terreno per cento metri in ogni direzione.»

«Davvero!», osservò Holmes alzandosi. «Dopo quanto mi ha detto, non avrò l'impertinenza di riesaminarlo io. Ma prima che faccia buio vorrei fare due passi sulla brughiera così da orizzontarmi meglio domani; mi metto in tasca il ferro di cavallo, mi porterà fortuna.»

Il colonnello Ross, che non era riuscito a celare un po' d'impazienza davanti al modus operandi tranquillo e sistematico del mio amico, diede un'occhiata all'orologio. «Vorrei che lei tornasse indietro con me, ispettore», disse. «Ci sono molti punti su cui vorrei il suo consiglio, specialmente sul fatto se, per rispetto al pubblico, dobbiamo o no cancellare il nome del cavallo dagli iscritti alla corsa.»

«No certamente», esclamò con decisione Holmes. «Io lo lascerei dov'è.»

Il colonnello fece un inchino. «Sono molto lieto di avere il suo parere, signore», rispose. «Ci troverà a casa del povero Straker, una volta finita la sua passeggiata, e potremo tornare insieme a Tavistock.»

Si avviò sulla strada del ritorno con l'ispettore mentre Holmes ed io percorrevamo lentamente la brughiera. Il sole cominciava a calare dietro le scuderie Mapleton e il lungo, piatto declivio davanti a noi assumeva una sfumatura dorata che s'intensificava in un caldo color marrone nei punti in cui felci e roveti coglievano la luce del tramonto. Ma la bellezza del paesaggio andava completamente sprecata per il mio amico, profondamente assorto nei suoi pensieri.

«Le cose stanno così, Watson», disse alla fine. «Per il momento possiamo tralasciare il problema di chi ha ucciso John Straker e limitarci a scoprire che fine ha fatto il cavallo. Ora, supponiamo che si sia allontanato spontaneamente durante o dopo la tragedia, dove può essere andato? Il cavallo è un animale molto gregario. Una volta abbandonato a se stesso il suo istinto lo avrebbe spinto a tornare a King's Pyland o ad andare verso Mapleton. Perché mai avrebbe dovuto mettersi a galoppare per la brughiera? A quest'ora, sarebbe stato avvistato. E perché mai gli zingari dovevano rapirlo? Quando c'è aria di guai, quella gente sgombra subito perché non vogliono essere importunati dalla polizia. Non potevano certo sperare di vendere un cavallo del genere. Portandolo con sé, avrebbero corso un grosso rischio e non ci avrebbero guadagnato niente. Questo mi sembra chiaro.»

«E allora dov'è?»

«Ho già detto che dev'essersi diretto a King's Pyland o a Mapleton. A King's Pyland non c'è. Quindi, è a Mapleton. Prendiamo per scontata questa ipotesi e vediamo dove ci porta. Come ha osservato l'ispettore, in questa zona della brughiera il terreno è duro e arido. Ma scende in pendio verso Mapleton e da qui può vedere che laggiù c'è un lungo avvallamento che dev'essere stato molto umido lunedì notte. Se la nostra supposizione è corretta, il cavallo deve averlo attraversato, e laggiù cercheremo le sue tracce.»

Durante tutto il colloquio avevamo camminato a passo svelto e in pochi minuti eravamo all'avvallamento in questione. Dietro richiesta di Holmes, io scesi lungo l'orlo di destra e lui lungo quello di sinistra; ma non avevo ancora fatto cinquanta passi che mi chiamò ad alta voce, agitando la mano. Davanti a lui, nel terreno soffice, spiccava netta l'impronta di un cavallo e il ferro che tirò fuori di tasca ci si adattava perfettamente.

«Vede il valore dell'immaginazione», disse Holmes. «È l'unica qualità di cui Gregory è totalmente privo. Noi abbiamo immaginato cosa poteva essere accaduto, abbiamo agito di conseguenza, e i fatti ci hanno dato ragione. Andiamo avanti.»

Attraversammo il fondo paludoso e poi camminammo per un quarto di miglio su terreno asciutto e compatto. Poi trovammo un altro declivio e nuove tracce. Poi le perdemmo per mezzo miglio, solo per ritrovarle vicinissime a Mapleton. Fu Holmes a vederle per primo e si arrestò indicando qualcosa con aria trionfante. Accanto alle impronte del cavallo erano visibilissime quelle di un uomo.

«Prima il cavallo era solo», esclamai.

«Esattamente. Prima era solo. E questo che è?»

La doppia traccia faceva una svolta brusca in direzione di King's Pyland. Holmes fischiettò fra i denti, e ci mettemmo a seguirle. Lui teneva gli occhi fissi a terra ma io per caso guardai un po' di fianco e con grande sorpresa vidi le stesse tracce che tornavano indietro nella direzione opposta.

«Un punto a suo favore, Watson,» disse Holmes quando gliele indicai. Ci ha risparmiato una lunga camminata che ci avrebbe riportato al punto di partenza. Seguiamo le tracce di ritorno.»

Non dovemmo andare molto lontano. Le impronte finivano alla pavimentazione di asfalto che conduceva al cancello delle scuderie Mapleton. Mentre ci avvicinavamo, ne uscì correndo un mozzo di stalla.

«Non vogliamo intrusi da queste parti», disse.

«Solo una domanda», rispose Holmes, con l'indice e il pollice nelle tasche del panciotto. «Se venissi alle cinque di domattina sarebbe troppo presto per vedere il tuo padrone, il signor Silas Brown?»

«Si figuri, signore! Se qualcuno è in giro a quell'ora è proprio lui; è sempre il primo ad alzarsi. Ma eccolo, signore, potrà risponderle lui stesso. No, signore, no; mi giocherei il posto se vedesse che tocco il suo denaro. Magari, più tardi.»

Mentre Sherlock Holmes si rimetteva in tasca la mezza corona che aveva tirato fuori un uomo anziano dall'aspetto battagliero uscì a grandi passi dal cancello dondolando un frustino.

«Che stai facendo, Dawson!», gridò. «Niente chiacchiere! Va a fare il tuo lavoro! E voi, che diavolo volete qui?»

«Dieci minuti di conversazione con lei, gentile signore», rispose Holmes con voce flautata.

«Non ho tempo per parlare col primo vagabondo che capita. Non vogliamo sconosciuti da queste parti. Filate, o vi troverete il cane alle calcagna.»

Holmes si chinò in avanti sussurrando qualcosa all'orecchio dell'allenatore che sobbalzò violentemente, arrossendo fino alla radice dei capelli.

«È una menzogna!», gridò, «una maledetta menzogna!»

«Benissimo. Dobbiamo discuterne qui in pubblico o parlarne tranquillamente nel suo ufficio?»

«Oh, entri, se proprio vuole.»

Holmes sorrise. «Non la farò attendere che pochi minuti, Watson», disse. «Adesso, signor Brown, sono a sua disposizione.»

Passarono venti minuti e le sfumature di rosso si erano trasformate in grigio quando Holmes e l'allenatore ricomparvero. Non avevo mai visto un cambiamento simile in una persona come quello che si era verificato in Silas Brown durante quel breve tempo. Il volto era cinereo, grosse gocce di sudore gli imperlavano la fronte e le mani gli tremavano a tal punto che il frustino oscillava come un ramo al vento. Sparita anche quell'aria prepotente e arrogante, si era fatto piccolo piccolo a fianco del mio amico, come un cane accanto al padrone.

«Le sue istruzioni saranno seguite alla lettera. Tutto sarà fatto come vuole lei», disse.

«Non devono esserci errori», lo ammonì Holmes, voltandosi a guardarlo. E l'altro sussultò leggendo la minaccia nei suoi occhi.

«No, no, non ci sarà nessun errore. Sarà là. Dovrò prima cambiarmi, o no?»

Holmes rifletté un momento poi scoppiò a ridere. «No, non lo faccia», rispose. «Le farò sapere per lettera. Niente scherzi, o...»

«Oh, può fidarsi di me, può fidarsi!»

«Sì, credo di sì. Bene, avrà mie notizie domani.» Girò sui tacchi ignorando la mano tremante che l'altro gli tendeva, e ci incamminammo verso King's Pyland.

«Raramente in vita mia ho visto un esemplare più perfetto di prepotente, vigliacco e subdolo come il nostro esimio Silas Brown», osservò Holmes mentre camminavamo fianco a fianco.

«Allora, il cavallo ce l'ha lui?»

«Ha cercato di cavarsela con qualche smargiassata, ma gli ho descritto con tanta precisione quello che aveva fatto quella mattina che è convinto che io lo stessi osservando. Naturalmente, lei avrà notato la strana punta quadrata dell'impronta, e come i suoi stivali coincidano esattamente con essa. E poi, nessun dipendente avrebbe osato fare una cosa del genere. Gli ho descritto come, essendosi alzato prima degli altri, secondo la sua abitudine, aveva visto un cavallo sconosciuto che si aggirava sulla brughiera. Come gli si era avvicinato, il suo stupore nel rendersi conto, dalla stella bianca sulla fronte che aveva dato il nome al favorito, che il caso gli aveva fatto capitare fra le mani proprio il cavallo in grado di battere quello su cui aveva puntato il suo denaro. Gli descrissi poi come il suo primo impulso fosse stato quello di ricondurlo a King's Pyland e come invece il diavolo gli avesse suggerito di nasconderlo fino a dopo la corsa; e di come l'avesse riportato indietro e nascosto a Mapleton. Quando gli ho illustrato tutti i particolari si è arreso e ha cercato solo di salvarsi la pelle.»

«Ma le sue scuderie erano state perquisite?»

«Oh, un vecchio ladro di cavalli come lui conosce molti trucchi.»

«Ma non ha paura di lasciargli il cavallo adesso, che ha tutto l'interesse a fargli del male?»

«Amico mio, lo custodirà come la pupilla dei suoi occhi. Sa benissimo che l'unica speranza che ha di passarla liscia è di riconsegnarlo sano e salvo.»

«Il colonnello Ross non mi ha dato l'impressione di un uomo disposto a chiudere un occhio, in nessun caso.»

«La cosa non riguarda il colonnello Ross. Io seguo i miei sistemi e dico soltanto quello che voglio dire. Questo è il vantaggio di non avere una veste ufficiale. Non so se lo ha notato, Watson, ma l'atteggiamento del colonnello nei miei confronti è stato un tantino troppo altezzoso. E ho voglia di divertirmi un po' alle sue spalle. Non gli dica niente del cavallo.»

«Certamente non senza il suo permesso.»

«E del resto, questa è una cosa di secondaria importanza rispetto al problema di chi ha ucciso John Straker.»

«Ed è a questo che si dedicherà adesso?»

«Niente affatto, torniamo entrambi a Londra col treno della sera.»

Rimasi sbalordito alle parole del mio amico. Eravamo nel Devonshire solo da poche ore e il fatto che già rinunciasse a un'indagine che aveva avviato così brillantemente mi appariva incomprensibile. Non riuscii a cavargli un'altra parola di bocca finché non fummo di nuovo a casa dell'allenatore. Il colonnello e l'ispettore ci aspettavano in salotto.

«Il mio amico ed io torniamo in città con l'espresso della sera», annunciò Holmes. «Abbiamo avuto una piacevole boccata della vostra aria di Dartmoor.»

L'ispettore spalancò gli occhi e il colonnello arricciò il labbro in un sorrisetto sarcastico.

«Quindi, lei pensa di non riuscire ad arrestare l'assassino del povero Straker», disse.

Holmes alzò le spalle. «Ci sono grosse difficoltà», rispose. «Comunque, ho le migliori speranze che martedì il suo cavallo parteciperà alla corsa e la prego di tenere pronto il fantino. Potrei avere una fotografia del signor John Straker?»

L'ispettore ne trasse una da una busta e gliela diede.

«Mio caro Gregory, lei anticipa tutti i miei desideri. Se posso pregarla di aspettare qui per un attimo, avrei una domanda da fare alla domestica.»

«Devo dire che sono piuttosto deluso del nostro consulente da Londra», disse senza perifrasi il colonnello Ross dopo che il mio amico era uscito dalla stanza. «Non mi sembra che, dal suo arrivo, abbiamo fatto molti passi avanti.»

«Se non altro, ha la sua assicurazione che il suo cavallo correrà», osservai.

«Già, ho la sua assicurazione», disse il colonnello con una spallucciata. «Preferirei avere il mio cavallo.»

Stavo per ribattere qualcosa in difesa del mio amico quando Holmes rientrò nella stanza.

«Signori», disse, «ora sono pronto per Tavistock.»

Mentre salivamo in carrozza uno dei mozzi di stalla ci teneva lo sportello aperto. Holmes sembrò avere un'idea improvvisa, si sporse in avanti e toccò la manica del ragazzo.

«Ho visto delle pecore nel maneggio esterno», disse. «Chi se ne occupa?»

«Io, signore.»

«Hai notato se di recente c'è stato qualcosa che non andava?»

«Be', niente di grave, ma tre pecore si sono azzoppate, signore.»

Potevo vedere che Holmes era soddisfattissimo; ridacchiò, fregandosi le mani.

«Un'ipotesi azzardata, Watson, molto azzardata», disse afferrandomi per il braccio. «Gregory, vorrei richiamare la sua attenzione su questa strana epidemia fra le pecore. Avanti, cocchiere!»

L'espressione del colonnello Ross indicava come la sua opinione circa il mio amico non fosse cambiata; ma dal viso dell'ispettore, capii che lui invece era rimasto molto colpito da quelle parole.

«Pensa che sia importante?», chiese.

«Importantissima.»

«C'è qualche altro punto su cui vorrebbe richiamare la mia attenzione?»

«Al curioso incidente del cane durante la notte.»

«Ma durante la notte il cane non ha fatto niente.»

«E questo è l'incidente curioso», osservò Holmes.

Quattro giorni dopo, Holmes ed io eravamo di nuovo in treno diretti a Winchester per assistere alla corsa per la Wessex Cup. Avevamo appuntamento col colonnello Ross fuori dalla stazione e, col suo trabiccolo, raggiungemmo il galoppatoio fuori città. Il colonnello aveva il viso grave e i suoi modi erano gelidi.

«Del mio cavallo non ho saputo più niente», disse.

«Immagino che, vedendolo, lo riconoscerebbe?», chiese Holmes.

Il colonnello era furioso. «Frequento gli ippodromi da vent'anni e nessuno mi aveva mai fatto una domanda simile», rispose. «Anche un bambino riconoscerebbe Silver Blaze, con la sua stella bianca in fronte e la sua zampa anteriore sinistra screziata.»

«Come va il totalizzatore?»

«Be', questa è la cosa strana. Fino a ieri si poteva avere quindici a uno ma poi la quotazione è calata sempre di più, e adesso non si riesce nemmeno ad avere tre a uno.»

«Hum!», mugolò Holmes. «Qualcuno sa qualcosa, questo è chiaro.»

Quando il calessino si arrestò all'interno del recinto, accanto alla tribuna d'onore, diedi un'occhiata al tabellone per vedere le corse in programma.

Wessex Plate (c'era scritto) 50 sovr. ciasc. h ft con 1000 sovr. aggiunte, per cavalli di quattro e cinque anni. Secondo, 300 sterl. Terzo, 200 Sterl. Nuovo percorso (un miglio e cinque furlong).
1. The Negro, propr. sig. Heath Newton. Berretto rosso. Casacca cannella.
2. Pugilist, propr. col. Wardlaw. Berretto rosa. Casacca blu e nera.
3. Desborough, propr. Lord Backwater. Berretto e maniche gialle.
4. Silver Blaze, propr. col. Ross. Berretto nero. Casacca rossa.
5. Iris, propr. duca di Balmoral. Strisce gialle e nere.
6. Rasper, propr. Lord Singleford. Berretto viola. Maniche nere.

«Abbiamo cancellato l'altro e affidato tutte le nostre speranze alla sua parola», disse il colonnello.

«Silver Blaze cinque a quattro», tuonò il bookmaker. «Silver Blaze cinque a quattro! Desborough, cinque a quindici! Cinque a quattro sul campo!»

«Stanno quotando gli iscritti», esclamai. «Ci sono tutti e sei.»

«Tutti e sei? Ma allora corre anche il mio cavallo», gridò agitatissimo il colonnello. «Però non lo vedo. I miei colori non sono passati.»

«Ne sono passati solo cinque. Il suo dev'essere questo.»

Mentre parlavo, un possente baio uscì dal recinto del peso trotterellando davanti a noi; in sella, il rosso e nero del colonnello.

«Quello non è il mio cavallo», esclamò il proprietario. «Quell'animale non ha un solo pelo bianco in tutto il corpo. Cosa ha combinato, signor Holmes?»

«Bene, bene, vediamo come se la cava», disse il mio amico senza scomporsi. Per qualche minuto osservò la pista col mio binocolo. «Ottimo! Una partenza eccellente!», gridò d'un tratto. «Eccoli, stanno alla curva!»

Dal nostro posto avevamo una perfetta visuale dei cavalli che imboccavano il rettilineo. I sei animali erano così vicini l'uno all'altro che si sarebbero potuti coprire con un tappeto ma, a metà del rettilineo, il giallo della scuderia Mapleton passò in testa. Prima, però, che arrivassero alla nostra altezza, lo scatto di Desborough venne vanificato e il cavallo del colonnello superò il traguardo in volata sopravanzando il rivale di buone sei lunghezze mentre il cavallo del duca di Balmoral, Iris, si piazzava solo terzo.

«In ogni modo, la gara è mia», ansimò il colonnello passandosi una mano sugli occhi. «Confesso di non capirci niente. Non crede che sia arrivato il momento di sciogliere il mistero, signor Holmes?»

«Certamente, colonnello, saprà ogni cosa. Andiamo tutti insieme a dare un'occhiata al cavallo. Eccolo», continuò mentre ci facevamo strada nel recinto del peso dove erano ammessi solo i proprietari e i loro amici. «Basterà lavargli con l'alcool il muso e la zampa e vedrà che è lo stesso Silver Blaze di sempre.»

«Mi lascia senza parole!»

«L'ho trovato nelle mani di un imbroglione e mi sono preso la libertà di iscriverlo alla corsa appena è arrivato.»

«Mio caro signore, lei è stato davvero meraviglioso. Il cavallo ha l'aria di essere in perfetta salute. Non ha mai corso meglio in vita sua. Le devo mille scuse per aver dubitato della sua abilità. Ritrovando il mio cavallo mi ha reso un servigio prezioso. E me ne renderebbe uno ancor più grande se riuscisse a mettere le mani su chi ha ucciso John Straker.»

«L'ho già fatto», rispose tranquillo Holmes.

Il colonnello ed io lo guardammo a bocca aperta. «Lo ha preso! E dov'è?»

«Qui.»

«Qui! Dove?»

«È qui, insieme a me.»

Il colonnello avvampò d'ira. «Riconosco di doverle molto, signor Holmes», disse, «ma devo ritenere queste sue parole come uno scherzo di pessimo gusto o come un insulto.»

Holmes scoppiò a ridere. «Le garantisco, colonnello, che non ho associato lei al delitto», disse. «Il vero colpevole è dietro di lei», e poggiò la mano sul collo lucente del purosangue.

«Il cavallo!», esclamammo all'unisono il colonnello ed io.

«Sì, il cavallo. E si può in certo qual modo scusarlo se dico che agì per autodifesa, e che John Straker era un individuo che non meritava affatto la sua fiducia, colonnello. Ma ecco la campanella e, dato che nella prossima corsa, dovrei vincere qualcosina, rimanderò le spiegazioni più esaurienti a tempo debito.»

Quella sera, nel nostro viaggio di ritorno a Londra avevamo un angolo della carrozza pullman tutto per noi e immagino che anche per il colonnello, come per me, il tempo passò in un lampo mentre ascoltavamo da Holmes il resoconto di quanto era accaduto quel lunedì sera alle scuderie di Dartmoor e del modo in cui l'aveva scoperto.

«Confesso», disse, «che le teorie che avevo formulato in base a quanto riferito dai giornali erano completamente sbagliate anche se qualche indicazione la fornivano, malgrado il fatto che altri particolari ne nascondevano la reale importanza. Andai nel Devonshire con la convinzione che il vero colpevole fosse Fitzroy Simpson pur se, naturalmente, mi rendevo conto che non c'erano prove conclusive contro di lui. Ma in carrozza, proprio mentre arrivavamo a casa dell'allenatore, mi balenò d'improvviso l'enorme significato del montone al curry. Ricorderà che rimasi sovrappensiero, seduto, dopo che voi eravate scesi. Mi stavo domandando come avessi mai potuto trascurare un indizio così evidente.»

«Devo ammettere», disse il colonnello, «che ancora non riesco a vedere come c'entri nel nostro caso.»

«Quello fu il primo anello nella catena del mio ragionamento. L'oppio in polvere è tutt'altro che insapore. Ha un gusto non spiacevole ma, comunque, avvertibile. Mescolato a qualsiasi pietanza, sarebbe immediatamente notato da chi la mangia che, probabilmente, la lascerebbe. Il mezzo più idoneo per nasconderne il sapore era proprio il curry. Ma era assolutamente impensabile che un estraneo, quel Fitzroy Simpson, avrebbe potuto far sì che proprio quella sera ci fosse un piatto al curry per cena in casa dell'allenatore; e sarebbe stata un'altrettanto impensabile coincidenza che fosse venuto alle scuderie con dell'oppio in polvere proprio la sera in cui sarebbe stata servita una pietanza che ne avrebbe nascosto il sapore. Era fuori discussione. Eliminato quindi Simpson, la nostra attenzione si concentra su Straker e sua moglie, le uniche due persone che potevano aver deciso di mangiare un piatto al curry proprio quella sera. L'oppio fu aggiunto solo alla porzione messa da parte per lo stalliere, visto che tutti gli altri ne hanno mangiato senza conseguenze. Chi di loro, dunque, poteva accedere al piatto per lo stalliere senza che la domestica se ne accorgesse?

Prima di rispondere a quella domanda, avevo afferrato il significato del silenzio del cane, dato che una deduzione giusta ne suggerisce invariabilmente altre. Dall'incidente di Simpson, ero venuto a sapere che nelle scuderie c'era un cane però, pur se qualcuno era entrato e aveva portato fuori un cavallo, non aveva abbaiato tanto da svegliare i due ragazzi nel fienile. Ovviamente, il visitatore notturno era qualcuno che il cane conosceva bene.

Ero già convinto, o quasi, che John Straker si fosse recato alle scuderie nel cuore della notte e avesse portato fuori Silver Blaze. Ma a che scopo? Evidentemente per uno scopo disonesto altrimenti per quale motivo avrebbe dovuto drogare il proprio stalliere? Eppure, non riuscivo a capire quale fosse. Ci sono stati altri casi in cui gli allenatori hanno guadagnato somme enormi affidando le quotazioni del proprio cavallo agli allibratori e poi truccando la corsa in modo che perdessero; a volte, ordinando al fantino di trattenere il cavallo. Altre volte, con mezzi più sicuri e più occulti. In questo caso, di che mezzo si trattava? Speravo che il contenuto delle sue tasche mi avrebbe suggerito l'ipotesi giusta.

E così è stato. Non avrà certo dimenticato lo strano coltello trovato in mano al morto, un coltello che certo nessuno, a meno che non fosse matto, sceglierebbe come arma. Come ci ha detto il dottor Watson, si tratta di un coltello usato per un delicatissimo intervento chirurgico. E quella sera, doveva proprio servire a tale scopo. Con la sua esperienza di ippodromi e di corse, colonnello, lei certamente saprà che è possibile praticare una minuscola tacca sottocutanea nella parte posteriore della coscia di un cavallo senza lasciare alcuna traccia. Il cavallo, però, comincerebbe a zoppicare; e la cosa sarebbe attribuita a un allenamento eccessivo o a un leggero risentimento reumatico, mai a un azzoppamento intenzionale.»

«Maledetto farabutto!», gridò il colonnello.

«E questo spiega perché John Straker volesse condurre il cavallo sulla brughiera. Un animale così focoso avrebbe senza dubbio risvegliato dal sonno anche un morto, sentendo l'incisione del coltello. Era indispensabile eseguire l'intervento all'aria aperta.»

«Sono stato cieco!», esclamò il colonnello. «Ma certo, ecco perché gli serviva la candela e quindi accese il fiammifero.»

«Senza alcun dubbio. Ma, esaminando il contenuto delle sue tasche, ho avuto la fortuna di scoprire non solamente il modo del crimine, ma anche il movente. Lei è un uomo di mondo, colonnello, e quindi sa benissimo che la gente non porta in tasca le fatture di altre persone. Quasi tutti noi ne abbiamo già abbastanza delle nostre, da pagare. Ne conclusi subito che Straker conduceva una doppia vita e manteneva una seconda casa. La fattura dimostrava che c'era di mezzo una donna, e una donna dai gusti assai costosi. Per quanto lei paghi bene i suoi dipendenti, non ci si aspetta certo che paghino venti ghinee un vestito da passeggio per le loro mogli. Senza parere, interrogai la signora Straker circa il vestito e, una volta appurato che non ne sapeva niente, mi segnai l'indirizzo della modista e, andando da lei con una fotografia di Straker, mi ci volle ben poco a eliminare il mitico Derbyshire.

Da quel momento, tutto fu semplice. Straker aveva condotto il cavallo in un avvallamento del terreno che avrebbe nascosto la luce della candela. Simpson, fuggendo, aveva lasciato cadere il fazzoletto da collo e Straker l'aveva raccolto — forse pensando di servirsene per legare la zampa dell'animale. Una volta nell'avvallamento, si era portato alle spalle di Silver Blaze e aveva acceso la fiamma; ma l'animale, spaventato da quel bagliore improvviso e con l'istinto tipico delle bestie per il pericolo, si era messo a sferrare calci e il ferro di uno zoccolo aveva colpito in pieno la fronte di Straker. Malgrado la pioggia, l'uomo si era già tolto il soprabito per compiere il suo delicato intervento e quindi, cadendo, si ferì alla coscia col coltello. Mi sono spiegato?»

«Meraviglioso!», esclamò il colonnello. «Meraviglioso! Sembra proprio che lei sia stato presente alla scena!»

«La mia ultima deduzione fu, lo ammetto, piuttosto azzardata. Mi sembrava strano che un uomo astuto come Straker si accingesse a una cosa così difficile come l'incisione di un tendine senza aver fatto prima un po' di pratica. Ma su che cosa? Mi cadde l'occhio sulle pecore e feci una domanda che, con mia sorpresa, dimostrò che la mia supposizione era giusta.

Tornato a Londra andai dalla modista, la quale riconobbe in Straker uno dei suòi migliori clienti, un certo Derbyshire, che aveva una moglie molto elegante, con un debole per gli abiti costosi. Sono certo che questa donna lo aveva portato a indebitarsi fino al collo; di qui, quel suo miserabile tentativo di imbroglio.»

«Lei ci ha spiegato tutto, tranne una cosa», osservò il colonnello. «Dov'era il cavallo?»

«Ah, si era dato alla fuga ed è stato trovato e accudito da uno dei suoi vicini. Una persona che, credo, dovremo perdonare. Questa è Clapham Junction e, se non vado errato, fra meno di dieci minuti dovremmo essere alla Stazione Victoria. Se vuole venire da noi a fumarsi un sigaro, colonnello, sarò lietissimo di darle qualsiasi altro particolare le interessi.»

# La faccia gialla

(Nella pubblicazione di questi sommari resoconti relativi ai molti casi nei quali le straordinarie doti del mio amico ci hanno coinvolto, sia come ascoltatori che, talvolta, come attori, in qualche particolare, drammatica avventura, è naturale che io richiami l'attenzione del lettore più sui suoi successi che sulle sue sconfitte. E questo, non tanto per amore della sua reputazione — in effetti, la sua energia e la sua versatilità raggiungevano l'apice proprio quando non sapeva dove battere la testa — quanto per il fatto che dove egli falliva fin troppo spesso nessun altro aveva successo e il mistero rimaneva per sempre tale. Occasionalmente, però, succedeva che, perfino se Holmes sbagliava, la verità finiva col venire a galla. Ho annotato una mezza dozzina di casi del genere; quello del Rituale dei Musgrave e quello che sto per narrare qui di seguito sono i due che presentano i risvolti più interessanti.)

Sherlock Holmes era uno di quegli uomini che raramente si dedicava a un'attività fisica per amore dell'esercizio in sé e per sé. Era capace di sforzi muscolari eccezionali e, senza dubbio, era uno dei migliori pugili della sua categoria che io abbia mai visto; ma considerava l'esercizio fisico fine a se stesso come uno spreco di energie e raramente faceva del moto se non per motivi professionali, nel qual caso era instancabile e infaticabile. In queste circostanze era strano come riuscisse a tenersi in forma, ma mangiava pochissimo e le sue abitudini erano frugali fino all'austerità. Tranne che per l'uso occasionale di cocaina non aveva vizi; e faceva ricorso alla droga solo come antidoto alla monotonia dell'esistenza quando non si verificavano avvenimenti di rilievo e i giornali non presentavano niente di interessante.

Una mattina, agli inizi di primavera, era talmente rilassato da accettare di accompagnarmi a fare due passi nel parco dove i primi teneri germogli verdi facevano la loro comparsa sugli olmi e le prime foglioline a punta dei castagni stavano cominciando ad assumere la loro segmentazione a cinque punte. Per due ore passeggiammo senza mèta, quasi sempre in silenzio come succede a due persone che si conoscono a fondo. Erano quasi le cinque quando facemmo ritorno a Baker Street.

«Mi scusi, signore», disse il nostro portiere aprendoci la porta. «È venuto un signore a chiedere di lei.»

Holmes mi lanciò un'occhiataccia. «Ecco il risultato di andarsene a passeggio il pomeriggio!», disse. «Allora questo signore se n'è andato?»

«Sì, signore.»

«Non lo ha invitato ad entrare?»

«Sì, signore, è entrato.»

«Quanto tempo ha aspettato?»

«Mezz'ora, signore. Era un gentiluomo molto irrequieto che non ha fatto che andare avanti e indietro per tutto il tempo. Io stavo fuori della porta, signore, e potevo sentirlo camminare su e giù. Alla fine, è uscito sul corridoio, e mi fa "ma *quando* si decide a tornare, questo benedett'uomo?". Proprio queste precise parole.

"Sarà qui a minuti", gli dico. "E allora vado ad aspettarlo fuori all'aria aperta, qui mi sento soffocare", mi fa. "Tornerò fra poco." E piglia e se ne va, e non sono riuscito in alcun modo a trattenerlo.»

«Bene, bene, lei ha fatto del suo meglio», rispose Holmes mentre entravamo in casa. «Però è molto seccante, Watson. Avevo proprio bisogno di qualcosa da fare e, a giudicare dall'impazienza di quella persona, questo sembrerebbe un caso interessante. Guarda, guarda! Quella pipa sul tavolo non è la sua. Deve averla lasciata qui. Una bella pipa di radica, col cannello lungo, di quella che il tabaccaio chiama ambra. Mi domando quanti cannelli da pipa di ambra autentica esistano a Londra? Qualcuno ritiene che, per essere genuina, l'ambra deve racchiudere una mosca. Be', evidentemente era molto turbato, per dimenticare qui una pipa alla quale tiene moltissimo.»

«Come fa a sapere che ci tiene moltissimo?», chiesi.

«Direi che il prezzo originale di questa pipa si aggira sui sette scellini e sei pence. Come può vedere, è stata riparata due volte, una nel cannello di legno e l'altra nel bocchino d'ambra. Ciascuna di queste riparazioni, eseguita, come vede, con fascette d'argento, dev'essere costata più della pipa stessa. Per scegliere di farla aggiustare piuttosto che comperarne una nuova con la stessa spesa, deve tenerci moltissimo.»

«Nient'altro?», chiesi mentre Holmes rigirava la pipa fra le mani osservandola con quel suo particolare sguardo assorto.

Mostrò la pipa battendoci sopra con il lungo indice sottile, come farebbe un professore di anatomia con un osso.

«A volte, le pipe sono interessantissime», disse. «Nessun oggetto presenta caratteristiche individuali più marcate tranne, forse, gli orologi e i lacci da scarpe. Qui, però, non c'è niente di particolarmente marcato o rilevante. Il proprietario è un individuo muscoloso, mancino, con un'ottima dentatura, trascurato nelle sue abitudini e che non ha alcun bisogno di fare economie.»

Il mio amico snocciolò queste informazioni con aria noncurante ma vidi che mi sbirciava per vedere se seguivo il suo ragionamento.

«Lei ritiene che una persona sia abbiente perché fuma una pipa da sette scellini?», dissi.

«Questo è tabacco Grosvenor, a otto pence l'oncia», rispose Holmes facendone cadere un po' sul palmo della mano. «Dal momento che potrebbe fumare dell'ottimo tabacco che costa la metà, evidentemente non ha bisogno di limitare le sue spese.»

«E gli altri punti?»

«Ha l'abitudine di accendere la pipa alla fiamma delle lampade o dei becchi a gas. Vede che è tutta bruciacchiata da una parte. Non può essere stato un fiammifero. Perché mai, infatti, una persona dovrebbe tenere un fiammifero acceso sul lato della pipa? Ma, accendendola invece a una lampada, il fornello inevitabilmente si brucia. E la bruciatura è tutta sul lato destro della pipa. Da questo deduco che è mancino. Provi lei ad accostare la sua pipa alla lampada e vedrà come, essendo destrorso, istintivamente accosta alla fiamma il lato sinistro. Potrà accaderle una volta di accostare il destro, ma non tutte le volte. Questa pipa, invece, è stata sempre accostata dalla parte sinistra. Ha intaccato il bocchino d'ambra con i denti. Per fare una cosa del genere ci vuole un individuo robusto, muscoloso, con una dentatura solida. Ma, se non mi sbaglio, sta salendo le scale; avremo da studiare qualcosa di più interessante della sua pipa.»

Un attimo dopo la porta si aprì e un giovanotto alto entrò nella stanza. Indossava un vestito grigio scuro, elegante ma sobrio, e teneva in mano un cappello floscio marrone. Gli avrei dato una trentina d'anni, anche se, in realtà, ne aveva qualcuno di più.

«Mi scusi», disse, imbarazzato, «forse avrei dovuto bussare. Sì, certo, avrei dovuto bussare. Il fatto è che sono un po' scombussolato, e a questo deve attribuire la mia poca cortesia.» Si passò la mano sulla fronte come una persona mezzo-stordita e, più che sedersi, piombò sulla sedia.

«Vedo che lei non dorme da un paio di notti», disse Holmes in quel suo modo pacato e benevolo. «La mancanza di sonno mette a dura prova il sistema nervoso, più del lavoro o perfino del divertimento. Mi dica, come posso aiutarla?»

«Volevo chiederle un consiglio, signore. Non so che fare; sembra che tutta la mia vita stia andando in pezzi.»

«Mi vuole ingaggiare come consulente investigativo?»

«Non solo questo. Desidero la sua opinione come uomo assennato e prudente — come uomo di mondo. Voglio sapere cosa debbo fare adesso. E Dio voglia che lei sia in grado di dirmelo.»

Le parole gli uscivano di bocca a scatti, secche, intense; mi sembrava che gli riuscisse quasi penoso pronunciarle, che solo con un enorme sforzo di volontà riuscisse a parlare.

«È una questione molto delicata», disse. «Non è piacevole parlare dei propri affari di famiglia a un estraneo. Sembra orribile discutere la condotta della propria moglie con due persone mai viste prima. È un'esperienza terribile. Ma non ce la faccio più, devo avere un consiglio.»

«Mio caro signor Grant Munro...», cominciò Holmes.

Il nostro ospite balzò dalla sedia. «Ma come!», esclamò, «Lei sa chi sono?»

«Se desidera conservare l'incognito», rispose Holmes sorridendo, «le suggerirei di smetterla di scrivere il suo nome sulla fodera del suo cappello o, quanto meno, di girarlo in modo che il suo interlocutore non possa leggerlo. Stavo per dirle che il mio amico ed io abbiamo ascoltato moltissimi strani segreti in questa stanza e che abbiamo avuto la fortuna di restituire la pace a tanta gente preoccupata. Ritengo che possiamo fare la stessa cosa per lei. Dato che il tempo potrebbe dimostrarsi un fattore importante, potrei chiederle di espormi gli aspetti del suo caso, senza ulteriori indugi?»

Il nostro visitatore si passò di nuovo la mano sulla fronte, come se trovasse l'impresa tremendamente difficile. Da ogni suo gesto e ogni sua espressione si vedeva che era un uomo riservato, chiuso, non privo di un certo orgoglio, più incline a nascondere le sue ferite che non a mostrarle. Poi d'improvviso, con un gesto violento della mano chiusa, come di chi voglia gettare ogni discrezione al vento, cominciò:

«I fatti sono questi, signor Holmes. Sono sposato, sposato da tre anni. Per tutto questo tempo, mia moglie ed io ci siamo amati profondamente e la nostra vita è stata felice come quella di qualsiasi altra coppia. Non abbiamo mai avuto nessun disaccordo, non uno, né in pensieri, né in parole, né in opere. E adesso, da lunedì scorso, si è alzata improvvisamente una barriera fra noi e scopro che nella sua vita e nei suoi pensieri c'è qualcosa che ignoro, come se si trattasse di una sconosciuta che per caso mi passa accanto per la strada. Ci siamo estraniati, e voglio sapere perché.

Prima di andare oltre c'è una cosa che voglio sottolineare, signor Holmes. Effie mi ama. Su questo non abbia dubbi. Mi ama, con tutto il cuore e con tutta l'anima, perfino più di prima. Lo so. Lo sento. Su questo non intendo discutere. Un uomo sa molto bene quando una donna l'ama. Ma c'è questo segreto fra noi due, e non potremo mai più essere gli stessi fino a quando non sarà chiarito.»

«La prego, signor Munro, mi esponga i fatti», disse Holmes con una certa impazienza.

«Le dirò quello che so di Effie. Quando la incontrai per la prima volta era vedova, pur se molto giovane — aveva solo venticinque anni. Allora si chiamava signora Hebron. Da giovane era andata in America ed aveva vissuto ad Atlanta dove aveva sposato questo Hebron, un avvocato con una buona clientela. Ebbero un bambino ma nella loro zona scoppiò una violenta epidemia di febbre gialla che si portò via tanto il marito che il figlio. Ho visto i loro certificati di morte. Non poteva più sopportare l'America e tornò a vivere qui, con una zia nubile a Pinner, nel Middlesex. Posso anche dirle che il marito l'aveva lasciata in condizioni agiate, con un capitale di circa 4500 sterline così saggiamente investite da darle un reddito medio del sette per cento. Quando la incontrai, era a Pinner solo da sei mesi; ci innamorammo e poche settimane dopo ci sposammo.

Io personalmente commercio in luppolo e dispongo di una rendita di sette o ottocento sterline; siamo quindi relativamente benestanti e abbiamo affittato una bella villetta a Norbury per ottanta sterline l'anno. Era una zona molto agreste, considerando che è a così poca distanza dalla città. Un po' più al disopra di noi ci sono una locanda e due case, e un unico cottage dall'altro capo del terreno davanti a noi; tranne queste, non ci sono altre abitazioni fino a metà strada in direzione della stazione. In certe stagioni, il mio commercio mi portava spesso in città ma durante l'estate avevo meno da fare e, nella nostra casetta di campagna, mia moglie ed io eravamo felici quanto si può desiderare. Le ripeto che non c'è stata mai un'ombra fra noi fino a quando ebbe inizio questa maledetta storia.

C'è un'altra cosa che debbo dirle prima di proseguire. Quando ci sposammo, mia moglie intestò a me tutte le sue proprietà — piuttosto contro il mio volere dal momento che mi rendevo conto della situazione imbarazzante nella quale mi sarei venuto a trovare se i miei affari fossero andati male. Comunque volle assolutamente farlo, e così fu fatto. Bene, circa sei settimane fa è venuta da me.

"Jack", mi ha detto, "quando ti ho dato il mio denaro tu hai detto che se mai ne avessi avuto bisogno non avevo che da chiederlo."

"Certo", risposi. "È tutto tuo."

"Bene", mi ha risposto, "mi occorrono cento sterline."

Rimasi un po' sconcertato da quella richiesta; avevo infatti pensato che volesse comperarsi un vestito nuovo, o qualcosa del genere.

"Per quale motivo ti serve una somma del genere?" domandai.

"Oh", mi rispose col suo solito tono scherzoso, "tu hai detto che eri solo il mio banchiere e i banchieri, sai, non fanno mai domande."

"Se parli seriamente, certo, avrai senz'altro il denaro", dissi.

"Sì, parlo proprio sul serio."

"E non vuoi dirmi a che ti servono?"

"Un giorno, forse, ma non adesso, Jack."

Dovetti quindi accontentarmi di quella risposta anche se era la prima volta che c'era un segreto fra di noi. Le diedi un assegno, poi tutta la faccenda mi passò di mente. Forse non ha niente a che fare con quello che è successo dopo, ma ho ritenuto giusto dirglielo.

Bene, come le ho accennato, c'è un cottage non molto lontano da casa nostra; ci divide uno spazio di terreno ma, per raggiungerlo, bisogna seguire la strada poi svoltare in un sentiero. Proprio dietro il sentiero si trova un grazioso boschetto di pini silvestri dove spesso andavo a passeggiare; gli alberi mi danno sempre un senso di intimità, di familiarità. Da otto mesi il cottage è disabitato ed è un peccato perché è una graziosa costruzione a due piani, con un portico vecchio stile incorniciato da caprifoglio. Molte volte l'ho osservato pensando che sarebbe stato un alloggio ideale.

Bene, lunedì scorso, nel tardo pomeriggio, passeggiavo come il solito da quelle parti quando scorsi un furgone vuoto che risaliva il sentiero e vidi un mucchio di tappeti e di altri oggetti sul prato, davanti al portico. Era ovvio che finalmente il cottage era stato affittato. Lo sorpassai, poi mi fermai come si sarebbe fermato un passante occasionale, lo osservai chiedendomi chi fossero le persone che erano venute ad abitare così vicino a noi. E, mentre lo guardavo, improvvisamente vidi una faccia che mi guardava da una delle finestre superiori.

Non so cosa ci fosse in quella faccia, signor Holmes, ma mi sentii correre un brivido per la schiena. Ero un po' distante quindi non ho potuto scorgerne distintamente i lineamenti, ma c'era in essa qualcosa di innaturale e disumano. Questa fu l'impressione che ne ebbi e avanzai rapidamente per vedere meglio la persona che mi stava osservando. Ma, nel momento in cui mi avvicinavo, la faccia sparì improvvisamente; tanto improvvisamente che sembrava fosse stata risucchiata dall'oscurità della stanza. Rimasi lì per cinque minuti, ripensando alla cosa e cercando di analizzare le mie impressioni. Non potevo dire se fosse la faccia di un uomo o di una donna. L'avevo vista da troppo lontano. Ma quello che più mi aveva colpito, era stato il colore: di un biancore livido, con qualcosa di fisso e di rigido, impressionante e innaturale. Ero così scosso che decisi di saperne qualcosa di più circa i nuovi inquilini del cottage. Mi avvicinai e bussai alla porta che mi venne immediatamente aperta da una donna alta, sparuta, con un viso duro e scostante.

"E lei cosa vuole?", mi chiese con un accento del Nord.

"Sono il suo vicino, abito laggiù", le dissi indicando la mia casa. "Vedo che siete appena arrivati quindi mi chiedevo se potevo esservi utile in qualche cosa..."

"Già, be' se avremo bisogno glielo chiederemo", rispose, e mi sbatté la porta in faccia. Seccato da quella scortesia, girai le spalle e me ne tornai a casa. Tutta la sera però, anche se cercavo di pensare ad altro, non riuscii a togliermi dalla mente quell'apparizione alla finestra e la scortesia di quella donna. Decisi di non parlare della faccia misteriosa a mia moglie perché è una donna emotiva e nervosa e non intendevo farle condividere la spiacevole impressione che ne avevo riportato io. Prima di addormentarmi, però, le dissi che il cottage adesso era stato affittato, ma lei non mi rispose.

Generalmente ho il sonno molto pesante. È ormai una battuta di famiglia che, di notte, non c'è niente che riesca a svegliarmi. Eppure quella notte, non so se per l'eccitazione prodotta dalla mia piccola avventura o per qualche altro motivo, il mio sonno fu molto più leggero del solito. In una sorta di dormiveglia, mi resi vagamente conto che qualcosa succedeva nella camera e, poco a poco, capii che mia moglie si era vestita e si stava infilando il mantello e il cappello. Avevo già socchiuso le labbra per mormorare qualche assonnata parola di sorpresa o di rimostranza per quei preparativi così fuori orario quando d'improvviso i miei occhi semichiusi caddero sul suo viso, illuminato dalla candela, e lo stupore mi fermò le parole in bocca. Aveva un'espressione quale non le avevo mai visto prima — un'espressione di cui non l'avrei mai creduta capace. Era pallidissima e ansante e, mentre si allacciava il mantello, lanciava delle occhiate furtive verso il letto per vedere se mi aveva svegliato. Poi, pensando che dormissi ancora, scivolò silenziosamente fuori dalla stanza e un istante dopo sentii un cigolio che non poteva che provenire dai cardini della porta d'ingresso. Mi rizzai seduto sul letto battendo con le nocche contro la sponda per accertarmi che non stavo sognando. Poi, presi l'orologio da sotto il cuscino. Erano le tre di mattina. Che diamine poteva fare mia moglie fuori, su una strada di campagna, alle tre di mattina?

Rimasi seduto per una ventina di minuti pensando e ripensando, cercando una spiegazione plausibile. Ma più ci pensavo più la cosa appariva insolita e inesplicabile. Stavo ancora rimuginandoci sopra quando sentii richiudere piano piano la porta e i passi di mia moglie su per le scale.

"Dove diamine sei stata, Effie?", le chiesi mentre entrava in camera.

Ebbe un sussulto e una specie di grido soffocato nel sentire la mia voce e quel grido e quel sussulto mi turbarono più di tutto il resto; c'era infatti in essi qualcosa di indescrivibilmente colpevole. Mia moglie era stata sempre una donna aperta e sincera e mi gelò il sangue vederla entrare di soppiatto nella propria camera, gridare e sussultare solo a sentire la voce di suo marito.

"Sei sveglio, Jack!", esclamò con un risolino nervoso. "Ma come, credevo che nulla ti potesse svegliare."

"Dove sei stata?", le domandai in tono più severo.

"Non mi sorprende la tua meraviglia", disse; e potei vedere che le tremavano le dita mentre si slacciava il mantello. "Figurati, non ricordo di aver mai fatto una cosa simile in vita mia. Il fatto è che mi sentivo soffocare e avevo assolutamente bisogno di una boccata d'aria fresca. Credo proprio che, se non fossi uscita, sarei svenuta. Mi sono fermata per qualche minuto davanti alla porta e adesso mi sento molto meglio."

Mentre mi raccontava questa storia non guardò nemmeno una volta nella mia direzione e la sua voce suonava strana, molto diversa dal solito. Era evidente che mi stava raccontando una frottola. Non risposi, ma mi girai verso il muro, amareggiato, mentre mille sospetti mille dubbi velenosi si agitavano nella mia mente. Cosa mi stava nascondendo? Dove era stata durante quella strana uscita? Sentivo che non avrei trovato pace fino a quando non avessi saputo la verità, pure non mi sentivo di chiederglielo ancora dopo che mi aveva detto quella bugia. Per tutto il resto della notte mi girai e rigirai nel letto, facendo supposizioni su supposizioni, ciascuna più inverosimile della precedente.

Quel giorno sarei dovuto andare in città ma ero troppo preoccupato per poter pensare a questioni d'affari. Mia moglie appariva sconvolta quanto me e, dalle occhiate incerte che continuava a lanciarmi, potevo capire che sapeva benissimo che non le avevo creduto e non sapeva che fare. Durante la colazione non ci scambiammo nemmeno una parola e subito dopo uscii a fare due passi, per ripensare a tutta la faccenda nel fresco della mattina.

Arrivai fino al Crystal Palace, dove mi trattenni per un'ora circa, e per l'una ero di nuovo a Norbury. Sulla via del ritorno, passai per caso davanti al cottage e mi fermai un attimo per guardare la finestra nel caso potessi scorgere di nuovo la strana faccia del giorno prima. Mentre ero lì fermo, immagini la mia sorpresa, signor Holmes, quando la porta del cottage si aprì d'improvviso e ne uscì mia moglie.

Rimasi sbalordito nel vederla, ma la mia agitazione era niente in confronto a quella che le si dipinse sul viso quando i nostri sguardi s'incontrarono. Per un istante sembrò quasi che volesse rientrare a nascondersi nella casa; poi, rendendosi conto che nascondersi sarebbe stato inutile, venne verso di me, pallida, con gli occhi spaventati che smentivano il sorriso sulle sue labbra.

"Ah, Jack", disse. "Sono venuta per vedere se potevo essere di aiuto ai nostri nuovi vicini. Perché mi guardi in questo modo, Jack? Sei arrabbiato con me?"

"Allora è qui che sei venuta durante la notte", risposi.

"Che intendi dire?", esclamò.

"Sei venuta qui. Ne sono certo. Chi è questa gente perché tu venga a fargli visita a un'ora del genere?"

"È la prima volta che ci vengo."

"Come puoi raccontarmi quella che tu sai benissimo è una bugia?", gridai. "La tua stessa voce ti tradisce. Ti ho mai tenuto nascosto qualcosa, io? Adesso entro nel cottage e vado a fondo di questa storia."

"No, no, Jack, per amor di Dio!", ansimò in preda a un'emozione incontrollabile. Poi, mentre mi avvicinavo alla porta, mi afferrò per il braccio tirandomi indietro con la forza della disperazione.

"Ti imploro, non farlo, Jack", esclamò. "Ti giuro che un giorno o l'altro ti dirò tutto ma, se entrerai in quel cottage, non potrà venirne che dolore e pena." Poi, mentre cercavo di scrollarmela di dosso, mi si aggrappò supplicante e frenetica.

"Fidati di me, Jack!", implorò. "Fidati di me, solo per questa volta. Non te ne pentirai mai. Sai che non ti nasconderei nulla, se non fosse per il tuo bene. È in gioco la nostra stessa vita. Torna a casa con me e andrà tutto bene. Se vorrai entrare per forza nel cottage fra noi due tutto è finito.''

C'era in lei una tale sincerità, una tale disperazione che le sue parole mi arrestarono e rimasi indeciso davanti alla porta.

''Mi fiderò di te a una sola condizione'', le dissi alla fine. ''Che questo mistero finisca da questo istante. Sei libera di conservare il tuo segreto ma devi promettermi che non ci saranno più visite notturne, che non farai più nulla a mia insaputa. Sono disposto a dimenticare quanto è successo finora se mi prometti che non accadrà più nulla in futuro.''

''Sapevo che avresti avuto fiducia in me'', esclamò con un gran sospiro di sollievo. ''Sarà come vuoi tu. Andiamo — oh, andiamo a casa.''

Sempre tirandomi per il braccio mi allontanò dal cottage. Mentre ci stavamo avviando mi volsi a guardare e, alla finestra superiore, c'era quel volto livido e giallo che ci guardava. Che legame poteva mai esserci fra quella creatura e mia moglie? O fra lei e quella donna grossolana e volgare che avevo visto il giorno prima? Era uno strano enigma e sapevo che non avrei trovato pace finché non l'avessi risolto.

Per i due giorni seguenti non mi mossi da casa e mia moglie sembrò tenere fede al nostro patto perché, per quanto ne so, non se ne mosse neanche lei. Al terzo giorno, però, ebbi la prova lampante che la sua solenne promessa non bastava a sottrarla a quella influenza segreta che l'allontanava da suo marito e dai suoi doveri.

Quel giorno mi era recato in città ma, anziché tornare, come al solito, col treno delle 3.36, tornai con quello delle 2.40. Mentre entravo in casa la domestica corse nell'ingresso con aria allarmata.

''Dov'è la signora?'', le chiesi.

''Credo sia uscita a fare una passeggiata'', rispose.

Immediatamente rinacquero in me i sospetti. Mi precipitai al piano di sopra per assicurarmi che non fosse in casa e, guardando per caso fuori dalla finestra, vidi la domestica che attraversava di corsa il campo, in direzione del cottage. Capii allora esattamente come stavano le cose. Mia moglie era tornata laggiù lasciando detto alla cameriera di chiamarla se io fossi rientrato. Fremendo di rabbia, scesi di corsa le scale e mi precipitai anche io verso il cottage, deciso a mettere fine a quella faccenda una volta per tutte. Vidi mia moglie e la cameriera che si affrettavano a ritornare lungo il sentiero ma non mi fermai a parlare con loro. In quel cottage c'era la chiave del segreto che stava gettando un'ombra così dolorosa sulla mia vita. Giurai che l'avrei scoperto, a qualsiasi costo. Arrivato al cottage non mi diedi nemmeno la pena di bussare ma aprii la porta ed entrai di corsa nel corridoio.

Al piano terra tutto era tranquillo e silenzioso. In cucina, il bollitore fischiava sul fornello e un grosso gatto nero se ne stava acciambellato in una cesta; ma non c'era traccia della donna che avevo visto la volta precedente. Sempre correndo, entrai nell'altra stanza ma anche quella era deserta. Salii velocemente le scale ma solo per trovare anche le stanze superiori vuote e abbandonate. In tutta la casa non c'era nessuno. Mobili e quadri erano del tipo più comune e dozzinale tranne che in una stanza, quella alla cui finestra avevo scorto quella strana faccia. Era una stanza comoda ed elegante e i miei sospetti divamparono con violenza e amarezza vedendo, sulla mensola del caminetto, la copia di un ritratto di mia moglie che io stesso le avevo fatto fare non più di tre mesi prima.

Mi trattenni il tempo sufficiente per assicurarmi che la casa fosse assolutamente vuota. Poi me ne andai, con un peso sul cuore mai provato in vita mia. Mentre rientravo a casa mia moglie mi venne incontro all'ingresso; ma ero troppo ferito e adirato per parlarle e, spingendola da parte, me ne andai nel mio studio. Prima, però, che potessi chiudere la porta, entrò anche lei.

"Mi dispiace di essere venuta meno alla mia promessa, Jack", disse, "ma se tu conoscessi tutte le circostanze sono sicura che mi perdoneresti."

"Allora, raccontami tutto", esclamai.

"Non posso, Jack, non posso", rispose.

"Fino a quando non mi dirai chi abita in quel cottage e chi è la persona alla quale hai dato la tua fotografia, non ci potrà essere più alcuna fiducia fra noi", dissi e, divincolandomi da lei, uscii di casa. Questo accadeva ieri, signor Holmes, e non l'ho più vista né ho saputo altro su questa misteriosa faccenda. È la prima ombra che si sia messa fra di noi e mi ha lasciato così scosso che davvero non so quale partito prendere. D'improvviso questa mattina mi è venuto in mente che lei era l'unico che poteva darmi un consiglio quindi sono corso qui e mi affido a lei, incondizionatamente. Se c'è qualche punto in cui non sono stato abbastanza chiaro mi faccia pure tutte le domande che crede ma, soprattutto, mi dica subito cosa devo fare perché non sopporto più quest'angoscia.»

Holmes ed io avevamo ascoltato con estremo interesse quello straordinario racconto che il nostro ospite ci aveva narrato parlando a scatti, con voce rotta, come chi è in preda a una violenta emozione. Il mio amico rimase per un po' in silenzio, col mento fra le mani, assorto nei suoi pensieri.

«Mi dica», chiese alla fine, «potrebbe giurare che la faccia da lei vista alla finestra era una faccia d'uomo?»

«L'ho sempre vista da una certa distanza, non saprei proprio dirglielo.»

«Sembra però che le abbia fatto una sgradevole impressione.»

«Appariva di un colore insolito, con qualcosa di stranamente rigido nei lineamenti. Quando mi avvicinavo, svaniva di colpo.»

«Quanto tempo fa sua moglie le ha chiesto le cento sterline?»

«Quasi due mesi fa.»

«Ha mai visto una fotografia del suo primo marito?»

«No. Poco dopo la sua morte scoppiò un grosso incendio ad Atlanta, e tutte le carte di mia moglie andarono distrutte.»

«Però aveva un certificato di morte. Lei mi ha detto di averlo visto.»

«Sì, se ne fece fare un duplicato dopo l'incendio.»

«Ha mai incontrato nessuno che l'avesse conosciuta in America?»

«No.»

«Ha mai parlato di tornarci?»

«No.»

«O ne ha ricevuto delle lettere?»

«No.»

«La ringrazio. Adesso voglio riflettere un po' sul caso. Se il cottage è stato ormai definitivamente abbandonato potremmo incontrare qualche difficoltà. Se invece, come credo, gli inquilini sono stati avvisati del suo arrivo e sono usciti ieri, prima che lei entrasse, adesso potrebbero essere ritornati e allora potremmo chiarire ogni cosa senza fatica. Il consiglio che le do, quindi, è quello di tornare a Norbury e dare un'altra occhiata alle finestre del cottage. Se ha motivo di credere che sia di nuovo abitato non cerchi di entrare ma spedisca un telegramma al mio amico e a me. Un'ora dopo averlo ricevuto saremo da lei e in poco tempo andremo a fondo della faccenda.»

«E se è ancora vuoto?»

«In quel caso, verrò da lei domani e ne parleremo. Arrivederci, per ora, e soprattutto non si agiti prima di sapere se ne ha veramente motivo.»

«Temo che sia una brutta storia, Watson», disse il mio amico dopo aver accompagnato alla porta il signor Grant Munro. «Lei che ne pensa?»

«Certo, non suonava affatto bene», risposi.

«Già. Se non mi sbaglio di grosso, c'è sotto un ricatto.»

«E chi è il ricattatore?»

«Be', dev'essere la persona che abita l'unica stanza confortevole di tutta la casa e ha il ritratto della signora sul caminetto. Parola mia, Watson, c'è qualcosa che mi attira molto in quella faccia giallognola alla finestra e non mi sarei perso questo caso per tutto l'oro del mondo.»

«Ha una teoria?»

«Sì, provvisoria. Ma sarei sorpreso se non risultasse corretta. In quel cottage c'è il primo marito della signora Munro.»

«Cosa glielo fa pensare?»

«Come si può spiegare, altrimenti, la sua frenetica ansia di impedirne l'ingresso al secondo? I fatti, come li vedo io, dovrebbero essere più o meno questi: questa donna si è sposata in America. In seguito, il marito ha rivelato qualche lato odioso del suo carattere o, diciamo, ha contratto una qualche terribile malattia ed è diventato, poniamo, lebbroso, o pazzo. La donna, alla fine, lo abbandona, torna in Inghilterra, cambia nome e si rifà, o almeno così crede, una nuova vita. È ormai sposata da tre anni e si sente del tutto sicura dato che ha mostrato al secondo marito il certificato di morte di qualcuno di cui ha assunto il cognome, quando improvvisamente il primo marito o, possiamo supporre, una donna senza scrupoli che si è messa alle costole dell'invalido, scoprono dove si trova adesso. Le scrivono, minacciando di raggiungerla e raccontare tutto. Chiede allora le cento sterline e cerca di tenerli lontani. Malgrado il denaro, però, i due vengono ugualmente e quando suo marito menziona casualmente che ci sono dei nuovi venuti al cottage, la donna intuisce che si tratta dei suoi inseguitori. Aspetta che il marito sia addormentato poi si precipita da loro per cercare di convincerli a lasciarla in pace. Non ci riesce, e torna il mattino dopo; il marito, come ci ha raccontato, la incontra mentre esce dal cottage. Gli promette di non andarci più ma due giorni dopo la speranza di liberarsi di quei pericolosi vicini è più forte di lei e fa un altro tentativo, portando con sé la fotografia che probabilmente le hanno ingiunto di portare. Durante il colloquio arriva la domestica per informarla che il padrone è tornato a casa e la moglie, sapendo che si sarebbe immediatamente precipitato al cottage, ne fa uscire in fretta e furia gli inquilini dalla porta posteriore, che probabilmente si apre sul boschetto di pini silvestri che, ci è stato detto, è lì vicino. Il marito trova così la casa vuota. Mi sorprenderei molto, però, se la trovasse ancora vuota quando ci andrà in ricognizione questa sera. Che ne dice della mia teoria?»

«Non sono che ipotesi.»

«Ma che almeno coprono tutti i fatti. Quando ne conosceremo di nuovi che contrastino con la mia teoria, ci sarà sempre tempo per riesaminarla. Per ora, non possiamo fare altro che aspettare un messaggio dal nostro amico di Norbury.»

Non dovemmo attendere molto. Ci arrivò quando avevamo appena terminato di prendere il tè. Il messaggio diceva:

Il cottage è ancora abitato. Rivisto faccia alla finestra. Verrò prendervi treno ore sette e non farò altri passi fino a vostro arrivo.

Quando scendemmo dal treno ci aspettava sul marciapiede e, alla luce dei fanali della stazione, potemmo vedere che era pallidissimo e tremava per l'agitazione.

«Sono ancora lì, signor Holmes», disse afferrando stretto il braccio del mio amico. «Mentre venivo qui ho visto le luci nel cottage. Sistemeremo la faccenda adesso, una volta per tutte.»

«Cosa ha intenzione di fare?», chiese Holmes mentre percorrevamo la strada scura e alberata.

«Entrerò con la forza per vedere con i miei occhi chi ci abita. Voglio che voi due siate miei testimoni.»

«È deciso ad agire in questo modo malgrado l'avvertimento di sua moglie, che è meglio che lei non risolva questo mistero?»

«Decisissimo.»

«Bene, penso che abbia ragione. Qualsiasi verità è migliore dell'incertezza e del dubbio. Sarà meglio che ci andiamo subito. È ovvio che, legalmente, ci mettiamo senza rimedio dalla parte del torto; ma credo che ne valga la pena.»

Era una serata molto scura e cominciò a cadere una pioggia sottile mentre lasciavamo la strada per entrare in uno stretto sentiero molto accidentato, fiancheggiato da siepi. Il signor Grant Munro procedeva spedito, con impazienza, e lo seguimmo come meglio potevamo.

«Quelle sono le luci di casa mia», mormorò indicando un chiarore attraverso gli alberi; «e qui c'è il cottage dove sto per entrare.»

Mentre parlava, avevamo girato per una curva del sentiero e l'edificio ci si parò davanti. Una striscia gialla che attraversava il terreno anteriore dimostrava che la porta era socchiusa, e una finestra al piano superiore era brillantemente illuminata. Mentre guardavamo, scorgemmo una macchia nera e indistinta che si muoveva dietro la persiana.

«È quella persona!», esclamò Grant Munro. «Vedete voi stessi che c'è qualcuno. Seguitemi ora, presto sapremo tutto.»

Ci avvicinammo alla porta ma d'improvviso una donna emerse dall'ombra fermandosi nel raggio dorato del lampione. Non ne scorgevo il volto nell'oscurità ma aveva le braccia tese in gesto di supplica.

«Per amor di Dio, Jack, non farlo!», gridò. «Avevo il presentimento che saresti venuto questa sera. Ripensaci, caro! Abbi ancora fiducia in me, e non dovrai mai pentirtene.»

«Mi sono fidato troppo a lungo di te, Effie», le rispose in tono severo. «Lasciami andare! Devo passare. I miei amici ed io sistemeremo questa faccenda una volta per tutte!» La spinse da una parte e noi lo seguimmo da presso. Quando spalancò la porta una vecchia gli si parò davanti cercando di impedirgli l'ingresso ma le diede uno spintone e, un attimo dopo, salivamo tutti le scale. Grant Munro si precipitò nella stanza illuminata al piano superiore e noi entrammo subito dietro di lui.

Era un ambiente intimo, bene ammobiliato con due candele accese sulla tavola e altre due sulla mensola del caminetto. In un angolo, china su uno scrittoio, c'era quella che sembrava una bambina. Il viso era girato dalla parte opposta ma potemmo vedere che indossava un vestito rosso e lunghi guanti bianchi. Quando si voltò di scatto verso di noi lanciai un grido di sorpresa e di orrore. Il viso rivolto dalla nostra parte era di uno stranissimo colore livido, i lineamenti totalmente privi d'espressione. Un attimo dopo il mistero fu svelato. Con una risata, Holmes passò la mano dietro le orecchie della bambina e le tolse dal viso una maschera; ed ecco apparire una negretta, nera come il carbone, con i denti candidi che lampeggiavano in un sorriso divertito per le nostre facce stupite. Vedendo l'ilarità della bambina scoppiai a ridere anche io ma Grant Munro rimase immobile a fissarla, portandosi le mani alla gola.

«Mio Dio!», esclamò, «che significa tutto questo?»

«Te lo dirò io cosa significa», disse a voce alta la signora entrando nella stanza con espressione rigida e fiera. «Mi hai costretto a dirtelo, contro la mia volontà, e ora dobbiamo entrambi affrontare la situazione. Mio marito morì ad Atlanta. Mia figlia è sopravvissuta.»

«Tua figlia?»

La donna trasse dalla scollatura un grosso medaglione d'argento. «Non lo hai mai visto aperto.»

«Credevo che non si aprisse.»

Toccò una molla e il medaglione si aprì. Conteneva il ritratto di un uomo di eccezionale bellezza, con un viso intelligente, ma con i tratti inconfondibili della sua discendenza africana.

«Questo è John Hebron, di Atlanta», disse la signora, «e mai vi fu sulla terra uomo più nobile di lui. Ho rinnegato la mia razza per sposarlo ma, finché è vissuto, mai, neppure per un attimo, me ne sono pentita. Purtroppo la nostra unica figlia ha preso dal suo sangue, non dal mio. Capita spesso in casi del genere e la piccola Lucy è ancora più scura di pelle di quanto non lo fosse suo padre. Ma, scura o chiara, è la mia bambina adorata, e il tesoro della sua mamma.» A quelle parole, la bimba corse a rannicchiarsi fra le gonne di sua madre. «La lasciai in America perché era cagionevole di salute e il cambiamento avrebbe potuto farle male. Era affidata a una fedele scozzese che una volta era stata al nostro servizio. Mai, neppure per un attimo, mi passò per la mente di ripudiarla. Ma quando il caso mi ha fatto conoscere te, Jack, e ho imparato ad amarti, ho avuto paura di parlarti di mia figlia. Dio mi perdoni, temevo di perderti e non ebbi il coraggio di dirti nulla. Dovevo scegliere fra te e lei e, nella mia debolezza, ho voltato le spalle alla mia bambina. Per tre anni ti ho nascosto la sua esistenza ma avevo sue notizie dalla bambinaia e sapevo che stava bene. Alla fine, però, mi prese un desiderio struggente di rivedere mia figlia. Ho tentato di resistere, ma invano. Sapevo il pericolo cui andavo incontro ma ero decisa ad avere qui con me la bambina, magari solo per poche settimane. Mandai cento sterline alla bambinaia, le indicai come raggiungere questo cottage così che potesse venirci come una vicina, senza che niente potesse in alcun modo collegarmi a lei. Presi perfino la precauzione di ordinarle di tenere la bimba dentro casa durante il giorno e di coprirle il viso e le manine così che chiunque la scorgesse per caso alla finestra non potesse far chiacchiere circa la presenza di una bimba negra nei dintorni. Sarebbe stato meglio se fossi stata meno prudente ma ero paralizzata dal terrore all'idea che tu potessi scoprire la verità.

Sei stato tu a dirmi che il cottage era occupato. Avrei aspettato fino al mattino ma ero tanto eccitata che non riuscivo a dormire, così alla fine sgattaiolai fuori, sapendo quanto sia difficile svegliarti. Ma tu mi hai vista uscire e da quel momento sono cominciati tutti i miei guai. Il giorno seguente, avresti potuto scoprire il segreto senza fatica ma, molto nobilmente, non hai approfittato dell'occasione. Tre giorni dopo, però, la governante e la bambina riuscirono per un soffio a fuggire dalla porta posteriore mentre tu entravi precipitosamente da quella anteriore. E adesso, questa sera, finalmente sai tutto e io ti chiedo cosa ne sarà di noi, di me e della mia bambina?» Intrecciò le dita e attese una risposta.

Passarono dieci lunghi minuti prima che Grant Munro rompesse il silenzio e, quando finalmente arrivò, la sua risposta è di quelle che amo ricordare. Prese in braccio la piccola, le diede un bacio poi, sempre tenendola in braccio, tese l'altra mano a sua moglie e si voltò verso la porta.

«Possiamo parlarne con più comodo a casa», disse. «Non sono un santo, Effie, ma credo di essere un uomo migliore di quanto tu abbia pensato.»

Holmes ed io li seguimmo lungo il sentiero e, mentre sbucavamo sulla strada, il mio amico mi tirò per la manica.

«Penso», disse, «che saremo più utili a Londra che a Norbury.»

Non disse più una parola sul caso fino a tardi, quella sera, mentre, con la candela in mano, si avviava in camera da letto.

«Watson», mi disse, «se mai lei dovesse accorgersi che ripongo un po' troppa fiducia nelle mie capacità o che mi dedico a un caso con meno impegno di quanto merita, per favore, mi sussurri all'orecchio ''Norbury'', e gliene sarò infinitamente grato.»

# L'impiegato dell'agenzia di cambio

Poco dopo il mio matrimonio avevo rilevato uno studio medico nel distretto di Paddington. Il vecchio dottor Farquhar, dal quale lo avevo acquistato, era stato a suo tempo un ottimo medico generico; ma la sua età, e una malattia simile al ballo di San Vito dalla quale era afflitto, avevano causato un sensibile calo nella clientela. È comprensibile che i pazienti si attengano alla regola che chi vuol curare gli altri deve essere egli stesso in buona salute e che non facciano molto affidamento nelle capacità terapeutiche di un medico che non può curare se stesso. Via via che le condizioni fisiche del mio predecessore si aggravavano la sua clientela diminuiva tanto che, quando rilevai il suo studio, i suoi milleduecento pazienti l'anno erano scesi a poco più di trecento. Io però facevo affidamento sulla mia giovinezza e la mia energia ed ero convinto che, entro pochi anni, lo studio medico sarebbe tornato agli antichi splendori.

Per tre mesi dopo essere subentrato al vecchio dottor Farquhar lavorai senza un attimo di riposo ed ebbi ben poche occasioni di incontrarmi col mio amico Sherlock Holmes dal momento che ero troppo impegnato per recarmi a Baker Street e Holmes, dal canto suo, usciva molto raramente se non per motivi professionali. Rimasi assai sorpreso perciò quando, in una bella mattina di giugno mentre me ne stavo seduto dopo colazione a leggere il *British Medical Journal* sentii suonare il campanello e, subito dopo, mi giunse alle orecchie la voce alta e leggermente stridula del mio vecchio amico.

«Ah, mio caro Watson!», disse, entrando nella stanza, «sono davvero felice di vederla! Spero che la signora Watson si sia ripresa dalle emozioni della nostra avventura relativa al Segno dei quattro.»

«Grazie, stiamo tutti e due benissimo», risposi stringendogli calorosamente la mano.

«E spero anche», continuò, sedendosi nella poltrona a dondolo, «che i suoi impegni professionali non abbiano cancellato del tutto l'interesse che lei aveva per i nostri piccoli problemi deduttivi.»

«Al contrario», dissi, «non più tardi di ieri sera stavo riguardando i miei vecchi appunti e catalogando alcuni dei nostri passati successi.»

«Mi auguro che non voglia considerare chiusa la sua raccolta.»

«Niente affatto. Non chiederei di meglio che avere ancora esperienze simili.»

«Oggi, per esempio?»

«Anche oggi, se vuole.»

«Anche se si tratta di andare fino a Birmingham?»

«Certamente, se le fa piacere.»

«E i suoi clienti?»

«Mi occupo di quelli del mio collega quando lui è assente. Ed è sempre disposto a ricambiarmi il favore.»

«Perfetto, allora!», esclamò Holmes adagiandosi nella poltrona e scrutandomi attentamente da sotto le palpebre socchiuse. «Vedo che recentemente lei è stato poco bene. I raffreddori d'estate sono sempre spiacevoli.»

«La settimana scorsa sono dovuto rimanere a casa per tre giorni per via di un brutto raffreddore. Credevo, però, che oramai ne fossero sparite le tracce.»

«Infatti. Ha l'aria di stare benissimo.»

«Come ha fatto, allora, a saperlo?»

«Amico mio, lei conosce i miei metodi.»

«Quindi, lo ha dedotto?»

«Certamente.»

«E da che cosa?»

«Dalle sue pantofole.»

Guardai le nuove pantofole di pelle che portavo in quel momento. «Ma come diamine…», cominciai, ma Holmes mi rispose prima ancora che formulassi la domanda.

«Le sue pantofole sono nuove», disse. «Le porta sicuramente da non più di una settimana. Le suole, che in questo momento lei mi sta mostrando, sono leggermente strinate. Per un attimo ho pensato che si fossero bagnate e messe ad asciugare troppo vicino al fuoco. Ma al centro della suola c'è un dischetto di carta con i segni distintivi del negoziante. L'umidità l'avrebbe staccato. Quindi, lei è stato seduto con i piedi stesi verso il fuoco, cosa che un uomo in buona salute non farebbe, anche in un giugno così piovoso.»

Come tutti i ragionamenti di Holmes anche questo, una volta spiegato, era semplicissimo. Lesse i miei pensieri ed ebbe un sorriso velato d'amarezza.

«Temo che, quando spiego le cose, rivelo il mio segreto», disse. «I risultati senza cause sono assai più sensazionali. Allora, è pronto per accompagnarmi a Birmingham?»

«Certo. Di che si tratta?»

«Le racconterò tutto in treno. Il mio cliente ci aspetta fuori in carrozza. Può venire subito?»

«Un attimo solo.» Scarabocchiai un biglietto per il mio vicino dottore, corsi di sopra a informare mia moglie e raggiunsi Holmes sulla soglia di casa.

«Il suo vicino è un medico», disse indicando con un cenno del capo la targa d'ottone.

«Sì, ha rilevato uno studio anche lui.»

«Uno studio che esisteva da molto tempo?»

«Da quando esisteva il mio. Entrambi sono stati aperti quando furono costruite le case.»

«Ah! Allora lei ha scelto il migliore dei due.»

«Credo di sì. Ma come lo sa?»

«Dai gradini, ragazzo mio. I suoi sono molto più consumati di quelli del suo collega. Questo signore in carrozza è il mio cliente, il signor Hall Pycroft. Mi permetta di presentarglielo. Avanti, cocchiere, c'è appena il tempo di prendere il treno.»

L'uomo che mi trovai seduto di fronte era un giovane ben piantato, di carnagione rosea, con un viso onesto e sincero e un paio di baffetti biondi e ricciuti. Sfoggiava un cappello a cilindro molto lucido e un vestito nero, sobrio ed elegante, che lo faceva apparire ciò che in effetti era — uno svelto giovanotto della City, appartenente alla classe dei cosiddetti cockney dalle cui fila, però, provengono i nostri migliori reggimenti di volontari e i migliori atleti e sportivi del nostro paese. Il suo volto rotondo e colorito aveva una cordialità spontanea ma la bocca gli si curvava all'ingiù in un'espressione di sconforto che mi parve leggermente comica. Comunque, solamente quando ci trovammo sistemati in una carrozza di prima classe, in viaggio per Birmingham, venni informato di quale fosse il problema che lo aveva condotto da Sherlock Holmes.

«Abbiamo davanti a noi settanta minuti di viaggio», osservò Holmes. «Signor Pycroft, vorrei che fosse lei a raccontare al mio amico la sua straordinaria esperienza, esattamente come l'ha raccontata a me, o anche più dettagliatamente, se è possibile. Mi sarà utile riascoltare la successione degli eventi. Questo caso, Watson, può significare molto o può non significare nulla comunque, però, se non altro presenta quei risvolti insoliti e *outré* che tanto interessano sia a me che a lei. Ora, signor Pycroft, cominci pure; non la interromperò più.»

Il nostro giovane compagno mi guardò con occhi ammiccanti.

«Il peggio di tutta questa faccenda», disse, «è che mi sono dimostrato un perfetto cretino. Certo, le cose potrebbero risolversi e non vedo come avrei potuto agire altrimenti; ma, se ho perduto la mia greppia senza averne nulla in cambio, mi sentirò davvero un babbeo. Non sono un bravo narratore, dottor Watson, ma si tratta di questo.

Avevo un impiego con la Coxon & Woodhouse di Draper Gardens ma, all'inizio della primavera, si sono lasciati incastrare in quello che fu definito il prestito venezuelano, che lei certo ricorderà, e presero una solenne batosta. Lavoravo con loro da cinque anni e il vecchio Coxon, al momento del tracollo, mi diede una stupenda lettera di referenze ma, naturalmente, tutti noi impiegati fummo mandati a spasso, tutti e ventisette. Mi rivolsi a questo e a quello ma c'era un mucchio di altra gente nella mia stessa situazione e per un bel pezzo non riuscii a cavare un ragno dal buco. Da Coxon guadagnavo tre sterline la settimana e ne avevo messo da parte circa settanta che però finirono molto presto. Mi trovai così senza un soldo, nemmeno per comperare buste e francobolli per rispondere agli annunci. Mi ero logorato le suole delle scarpe a forza di andar su e giù per le scale degli uffici e sembrava proprio che non ci fosse speranza di trovare un altro lavoro.

Finalmente, vidi che c'era un posto vacante da Manson & Williams, il grosso istituto di cambio a Lombard Street. Immagino che il quartiere E.C. non le sia molto familiare ma le assicuro che questo istituto è più o meno il più ricco di Londra. L'inserzione specificava che la risposta doveva essere esclusivamente epistolare. Inoltrai la mia domanda e la mia lettera di referenze, senza però la minima speranza di ottenere il posto. Ma mi risposero a giro di posta per dire che, se mi fossi presentato il lunedì successivo, avrei potuto cominciare a lavorare subito, purché rimanessero soddisfatti della mia presenza. Nessuno sa come funzionano queste cose. C'è chi dice che il direttore non fa altro che pescare una lettera a caso dal mucchio. Comunque fosse, quella volta era uscito il mio numero e non mi ero mai sentito, né mai mi sentirò, tanto felice in vita mia. Per giunta, avrei guadagnato una sterlina in più la settimana e le mie mansioni sarebbero state analoghe a quelle che svolgevo da Coxon.

E adesso, arriva la parte strana della faccenda. Abitavo in un modestissimo alloggio dalle parti di Hampstead, al n. 17 di Potter's Terrace. Bene, quella stessa sera, dopo che mi era stato promesso il posto, me ne stavo seduto a fumare quando la padrona di casa venne a portarmi un biglietto su cui era stampato "Arthur Pinner, agente finanziario". Non lo avevo mai sentito nominare e non riuscivo a immaginare cosa potesse volere da me ma naturalmente le chiesi di farlo salire. E mi si presentò un tizio di media statura, capelli scuri, occhi scuri, barba scura, col naso un po' lucido. Aveva modi molto sbrigativi e parlava in tono deciso come un uomo che sa che il tempo è denaro.

"Il signor Hall Pycroft, immagino?", disse.

"Infatti, signore", risposi spingendo verso di lui una sedia.

"Di recente impiegato presso la Coxon & Woodhouse?"

"Sissignore."

"E adesso assunto dalla Mawson?"

"Esattamente."

"Bene", disse. "Il fatto è che ho sentito cose strabilianti circa la sua abilità in campo finanziario. Lei ricorderà Parker, che era dirigente da Coxon. Non fa che parlarmi di lei."

Naturalmente, mi sentii lusingato. Me l'ero sempre cavata molto bene in ufficio ma non avrei mai creduto di essermi fatto una nomea del genere nella City.

"Lei ha buona memoria?", mi chiese.

"Discreta", risposi modestamente.

"Da quando è senza lavoro ha seguito l'andamento del mercato?"

"Certo. Ogni mattina leggo i listini della borsa."

"Questo dimostra davvero buona volontà!", esclamò, "È la strada giusta per il successo! Non le dispiace, vero, se le faccio un piccolo esame? Vediamo. A quanto stanno le Ayrshires?"

"Centosei e un quarto a centocinque e sette ottavi."

"E le New Zealand consolidated?"

"A centoquattro."

"E le British Broken Hills?"

"Da sette a sette e sei."

"Straordinario!", esclamò alzando le mani. "Questo corrisponde esattamente a quanto avevo sentito dire. Ragazzo mio, lei è troppo in gamba per fare l'impiegato da Mawson!"

Come può immaginare, quell'entusiasmo mi lasciò un po' sconcertato. "Be'", dissi, "non tutti hanno di me l'alta opinione che sembra avere lei, signor Pinner. Ho dovuto faticare non poco per ottenere questo lavoro, e sono ben felice di averlo."

"Ma andiamo, giovanotto; lei dovrebbe volare molto più in alto. Questa non è la sfera per lei. Le dirò io cosa ho in mente. La mia offerta è senza dubbio inadeguata ai suoi meriti ma, rispetto a quella di Mawson, è come il giorno rispetto alla notte. Vediamo. Quando dovrebbe cominciare da Mawson?"

"Lunedì."

"Ah, ah! Penso proprio che sarei disposto a scommettere che lei non ci andrà."

"Non andrò da Mawson?"

"Nossignore. Per lunedì, lei sarà direttore commerciale della Franco-Midland Hardware Company, Ltd., con centotrentaquattro filiali in ogni cittadina e villaggio della Francia, senza contare una a Bruxelles e un'altra a San Remo."

Mi sentii mancare il fiato. "Non ne ho mai sentito parlare", dissi.

"Molto probabile. Non l'abbiamo pubblicizzata dato che il capitale è esclusivamente privato ed è un'impresa troppo buona per il grosso pubblico. Mio fratello, Harry Pinner, ne è stato il fondatore e, dopo l'assegnazione delle cariche, è uno dei consiglieri delegati. Sapeva che venivo da queste parti e mi ha chiesto di trovargli un buon elemento, che non venisse a costare troppo. Un giovane intraprendente e sveglio. Parker mi ha parlato di lei ed ecco perché questa sera sono qui. Per adesso, non possiamo offrirle che una miseria, cinquecento sterline."

"Cinquecento sterline l'anno!", esclamai.

"Solo per cominciare; ma avrà anche una commissione dell'uno per cento su tutte le transazioni concluse dai suoi agenti e può credermi se le dico che quella cifra sarà superiore al suo stipendio."

"Ma io non m'intendo affatto di vasellame."

"Ragazzo mio, lei s'intende di numeri."

Mi ronzavano le orecchie e quasi non riuscivo a rimanere seduto. Improvvisamente, però, fui colto da un dubbio raggelante.

"Voglio essere franco con lei", gli dissi. "Da Mawson prenderei solo duecento sterline, ma Mawson è una ditta sicura. Ora, io ne so così poco della sua ditta, che..."

"Giusto, giusto, un ragazzo intelligente!" esclamò deliziato. "Lei è proprio la persona che fa per noi. Non si fa incantare dalle parole, e ha ragione. Ecco, qui c'è una banconota da cento sterline e se pensa che la nostra offerta le possa interessare, se la metta in tasca come anticipo sullo stipendio."

"È un gesto molto generoso", dissi. "Quando dovrei cominciare?"

"Si trovi a Birmingham domani all'una", rispose. "Ho in tasca un biglietto che lei porterà a mio fratello. Lo troverà al n. 126B di Corporation Street, che è la nostra sede provvisoria. Naturalmente, spetta a lui convalidare la sua assunzione ma, detto fra noi, non ci saranno problemi."

"Non so davvero come ringraziarla, signor Pinner", dissi.

"Non deve ringraziarmi, ragazzo mio. Lei riceve solo quello che merita. Ci sono un paio di cosette — semplici formalità — che dobbiamo sbrigare. Lì c'è un foglio di carta. Per favore, scriva 'Sono pienamente disposto ad operare in qualità di direttore commerciale per la Franco-Midland Hardware Company, Ltd., per un salario annuo minimo di 500 sterline.'"

Scrissi quanto mi diceva, e si mise il foglietto in tasca.

"C'è un'altra cosa", disse. "Come intende comportarsi con Mawson?"

Nel mio entusiasmo, me n'ero completamente dimenticato. "Scriverò una lettera di dimissioni", risposi.

"È proprio quello che non deve fare. Ho litigato col direttore di Mawson a causa sua. Ero andato da lui per parlargli di lei ed è stato molto offensivo; mi ha accusato di volerla portare via a loro, in maniera sleale, e cose del genere. Alla fine, ho perduto la pazienza. 'Se volete impiegati in gamba dovreste pagarli bene', gli ho detto.

'Preferisce il nostro esiguo stipendio alla grossa cifra che gli offrite voi', mi ha risposto.

'Scommetto cinque sterline', gli ho detto, 'che quando gli farò la mia offerta lei non sentirà mai più parlare di lui.'

'Accetto!' ha risposto. 'L'abbiamo raccolto dal marciapiede e non ci abbandonerà così facilmente.' Queste sono state le sue precise parole."

"Che faccia di bronzo!", esclamai. "Non l'ho nemmeno mai visto in vita mia. Non gli devo proprio niente. Se è quello che lei preferisce, non gli manderò nemmeno una riga."

"Benissimo! È una promessa", disse alzandosi dalla sedia. "Bene, sono felicissimo di aver trovato una persona in gamba come lei per mio fratello. Ecco le sue cento sterline di anticipo, e questa è la lettera. Si segni l'indirizzo, 126B Corporation Street, e non dimentichi che il suo appuntamento è per domani all'una. Buona sera, e le auguro tutta la fortuna che merita!"

Questo, a quanto posso ricordare, è stato il tenore del nostro colloquio. Lei può immaginare, dottor Watson, come fossi felice di quell'incredibile colpo di fortuna. Rimasi sveglio buona parte della notte a crogiolarmi in quell'entusiasmo e il giorno dopo partii per Birmingham con un treno che mi avrebbe condotto al mio appuntamento pienamente in tempo. Lasciai le mie cose in un albergo di New Street e mi diressi all'indirizzo che mi aveva dato.

Ero in anticipo di un quarto d'ora, ma pensai che la cosa non avrebbe fatto alcuna differenza. Il 126B era uno stretto vicolo fra due grandi negozi, che conduceva a una scala a chiocciola di pietra sulla quale si aprivano molti appartamenti affittati come uffici o come studi professionali. Alla base del muro erano indicati i nomi degli inquilini, ma quello della Franco-Midland Hardware Company Ltd., non figurava affatto. Rimasi lì per qualche minuto, col cuore in gola, chiedendomi se non si era trattato di un'elaborata presa in giro quando un uomo salì le scale e mi rivolse la parola. Somigliava molto al tizio che avevo visto la sera prima, stessa corporatura, stessa voce, ma era sbarbato, e con i capelli più chiari.

"È lei il signor Hall Pycroft?", domandò.

"Sono io", risposi.

"La stavo aspettando, ma è leggermente in anticipo. Ho ricevuto questa mattina una lettera da mio fratello che mi dice un gran bene di lei."

"Stavo appunto cercando il vostro ufficio, quando lei è arrivato."

"Non abbiamo ancora messo il nome perché siamo venuti in questa sede provvisoria solo la settimana scorsa. Salga, e faremo due chiacchiere."

Lo seguii su su, fino in cima a una scala e lì, proprio sotto le tegole, c'erano un paio di stanzette vuote e polverose, senza tappeti e senza tende, dove mi fece entrare. Mi ero aspettato un ufficio grandioso con lucide scrivanie e file di impiegati, come quello al quale ero abituato, e devo dire che osservai sgradevolmente sorpreso le due sedie di legno e l'unico tavolinetto che, insieme con un libro mastro e un cestino per la carta straccia costituivano tutto l'arredamento.

"Non si scoraggi, signor Pycroft", disse l'uomo vedendo la mia espressione delusa. "Roma non è stata costruita in un giorno, e la nostra posizione finanziaria è solidissima, anche se non abbiamo ancora un ufficio elegante. Si accomodi, prego, e mi dia la sua lettera."

Gliela porsi e la lesse con molta attenzione.

"A quanto pare, lei ha fatto una profonda impressione a mio fratello Arthur", disse, "e so che lui è buon giudice. Sa, lui giura su Londra e io su Birmingham; ma questa volta seguirò il suo consiglio. Si consideri assunto."

"Quali saranno le mie mansioni?" chiesi.

"Il suo compito ultimo sarà quello di dirigere il nostro grosso deposito di Parigi che riverserà un fiume di vasellame inglese nei negozi di 134 concessionarie in Francia. L'acquisto sarà perfezionato fra una settimana e nel frattempo lei rimarrà a Birmingham, e si renderà utile."

"In che modo?"

Per tutta risposta, tirò fuori dal cassetto un librone rosso.

"Questo è un elenco telefonico di Parigi", disse, "dove, accanto al nome degli abbonati, è indicata la loro professione. Voglio che lei se lo porti a casa e faccia un segno accanto a tutti i rivenditori di vasellame, con relativo indirizzo. Mi sarebbe utilissimo averne il nominativo."

"Ma senza dubbio esistono degli elenchi di categoria?", osservai.

"Non sono affidabili. Il loro sistema è diverso dal nostro. Si metta al lavoro e mi faccia avere l'elenco per lunedì a mezzogiorno. Arrivederci, signor Pycroft. Se dimostrerà intelligenza e buona volontà vedrà che si troverà bene con noi."

Me ne tornai in albergo col librone sotto il braccio, in preda a emozioni molto contrastanti. Da un lato, ero stato assunto e avevo in tasca cento sterline; dall'altro, quell'ufficio spoglio, l'assenza del nome sul muro e altre cose che generalmente un uomo d'affari nota, mi avevano lasciato con una cattiva impressione circa la posizione dei miei datori di lavoro. Comunque, accadesse quel che accadesse, avevo i miei soldi; mi misi quindi all'opera. Lavorai sodo tutta la domenica eppure, al lunedì, ero arrivato solo alla lettera H. Andai dal mio principale, lo trovai nella stessa squallida stanza e mi sentii dire di continuare il lavoro fino a mercoledì e di ritornare. Al mercoledì, non avevo ancora finito; continuai a lavorare all'elenco fino a venerdì — cioè ieri. Poi lo portai al signor Harry Pinner.

"La ringrazio molto", mi disse, "temo di non essermi reso conto che fosse un lavoro così complesso. Questo elenco mi sarà utilissimo."

"Ha richiesto un bel po' di tempo", osservai.

"E adesso", continuò, "voglio che mi faccia un elenco di tutti i negozi di mobili perché anche loro vendono vasellame."

"Benissimo."

"E venga domani sera alle sette per farmi sapere come procede il lavoro. Non si stanchi troppo. Un paio d'ore, la sera, al Day's Music Hall, non le faranno male." Fece una risata mentre parlava e, con un sussulto, vidi che il secondo dente a sinistra era stato malamente otturato con dell'oro.»

Sherlock Holmes si fregò le mani, tutto felice, e io guardai sbalordito il nostro cliente.

«Capisco la sua sorpresa, dottor Watson», disse, «ma il fatto è che, mentre parlavo con quell'altro tizio a Londra a un certo punto si mise a ridere perché avevo piantato in asso Mawson, e per caso notai che aveva un dente con un'otturazione identica.

In entrambi i casi era stato il luccichio dell'oro a colpirmi. Quando a questo aggiunsi l'identità di figura e di voce e il fatto che le uniche differenze erano facilmente ottenibili con un rasoio o una parrucca, non ebbi più il minimo dubbio: si trattava della stessa persona. Naturalmente ci si aspetta che due fratelli si somiglino ma non che abbiano lo stesso dente otturato nello stesso modo. Mi accompagnò alla porta e mi ritrovai in strada, confuso e sbalordito. Tornai in albergo, infilai la testa in un catino d'acqua fredda, e cercai di ragionare. Per quale motivo mi aveva mandato da Londra a Birmingham? Perché mi aveva preceduto lì? E perché si era scritto una lettera da solo? Era troppo per me, non riuscivo a raccapezzarmici. Poi, improvvisamente, ho pensato che quello che poteva essere buio fitto per me forse sarebbe stato chiaro per il signor Sherlock Holmes. Sono arrivato appena in tempo col treno della sera per venire qui questa mattina e riportarvi entrambi con me a Birmingham.»

Dopo che l'agente di cambio ebbe terminato di raccontarci la sua straordinaria esperienza, ci fu una pausa di silenzio. Poi Holmes, appoggiandosi indietro sui cuscini mi lanciò un'occhiata fra il compiaciuto e il critico, come un enologo che abbia appena assaporato il primo sorso di un particolare vino d'annata.

«Niente male, eh, Watson?», disse. «Ci sono alcuni punti che mi piacciono assai. Credo converrà con me che una visitina al signor Arthur Harry Pinner nella sede provvisoria della Franco-Midland Hardware Company, Ltd. sarebbe un'esperienza interessante per entrambi.»

«Ma come possiamo fare?»

«Oh, facilissimo», disse allegramente Hall Pycroft. «Siete due miei amici in cerca di lavoro; nulla di più naturale che io vi presenti al consigliere d'amministrazione.»

«Ma certo, naturalissimo», osservò Holmes. «Mi piacerebbe dare un'occhiata a quel gentiluomo per vedere se riesco a scoprire a che gioco sta giocando. Amico mio, quali doti possiede che renderebbero così preziosi i suoi servigi? Oppure, è possibile che...», cominciò a mordicchiarsi le unghie guardando fuori dalla finestra con sguardo assente, e non riuscimmo a cavargli un'altra parola di bocca fino a quando non arrivammo a New Street.

Alle sette di quella stessa sera camminavamo tutti e tre lungo Corporation Road, diritti agli uffici della compagnia.

«Inutile arrivare in anticipo», disse il nostro cliente. «A quanto pare, viene qui solo per incontrarsi con me, perché fino all'ora dell'appuntamento l'ufficio è deserto.»

«Il che è molto significativo», osservò Holmes.

«Per Giove, che le avevo detto?», esclamò Pycroft. «Eccolo lì, sta camminando davanti a noi.»

Indicò un ometto insignificante, ben vestito, che percorreva frettolosamente l'altro lato della strada. Mentre lo guardavamo, l'ometto scorse sul marciapiede opposto un piccolo strillone che vendeva l'edizione appena uscita dei giornali della sera e, attraversando di corsa la strada fra gli autobus e le carrozze, ne comprò una copia. Poi, tenendola stretta in mano, svanì attraverso un vicolo.

«Ci siamo!», esclamò Hall Pycroft. «È entrato nell'ufficio. Venite con me, e sistemerò la cosa nel migliore dei modi.»

Seguendolo da presso, salimmo fino al quinto piano dove ci trovammo davanti a una porta semiaperta; il nostro cliente bussò.

Una voce dall'interno ci invitò ad entrare e ci introducemmo nella stanza squallida e disadorna che ci aveva descritto Hall Pycroft. All'unico tavolo, sedeva l'uomo che avevamo visto per la strada, col suo giornale della sera aperto davanti agli occhi; quando alzò lo sguardo verso di noi ebbi l'impressione di non aver mai visto prima in vita mia una faccia così segnata dal dolore, e da qualcosa di più del dolore — da un terrore quale raramente colpisce un uomo. La fronte era madida di sudore, le guance erano di un bianco cinereo, come la pancia di un pesce, gli occhi sgomenti e spalancati. Guardò il suo impiegato come se non lo riconoscesse e, dall'espressione che si dipinse sul viso del nostro accompagnatore, capii che quella non era certo l'apparenza solita del suo datore di lavoro.

«Lei sta male, signor Pinner!» esclamò.

«Sì, non mi sento troppo bene», rispose l'altro, facendo un evidente sforzo per riprendersi e passandosi la lingua sulle labbra aride. «Chi sono questi signori che ha portato con sé?»

«Uno è il signor Harris, di Bermondsey, e l'altro il signor Price, di qui», snocciolò senza esitazioni il nostro accompagnatore. «Sono amici miei, persone di esperienza che, purtroppo, si trovano senza lavoro da molto tempo e speravano che forse lei avrebbe potuto offrire loro un impiego nella sua ditta.»

«È fattibile! È fattibile», esclamò il signor Pinner con un sorriso spettrale. «Sì, senza dubbio potremo fare qualcosa per voi. Lei di che si occupa, signor Harris?»

«Sono contabile» rispose Holmes.

«Ah, certo, avremo bisogno di qualcuno del genere. E lei, signor Price?»

«Impiegato», risposi.

«Spero proprio che ci sarà posto per voi nella nostra impresa. Vi farò sapere qualcosa appena avremo deciso. E ora, vi prego, andate. Per amor di Dio, lasciatemi solo.»

Quasi gridò quelle ultime parole, come se il freno che si era evidentemente imposto avesse improvvisamente e completamente ceduto. Holmes ed io ci scambiammo un'occhiata e Hall Pycroft fece un passo verso il tavolo.

«Lei dimentica, signor Pinner, che io sono qui perché mi ha fissato lei un appuntamento e per ricevere altre istruzioni.»

«Certamente, signor Pycroft, certamente», riprese l'altro in tono più calmo. «La prego di attendere qui un momento, e non c'è motivo per cui i suoi amici non possano aspettare con lei. Se mi è concesso approfittare della vostra pazienza, fra tre minuti sarò a vostra completa disposizione.» Si alzò con estrema cortesia e, con un breve inchino, uscì dalla porta in fondo alla stanza, richiudendola dietro di sé.

«E adesso?», sussurrò Holmes. «Se la squaglia?»

«Impossibile», rispose Pycroft.

«Perché?»

«Quella porta conduce a una stanza interna.»

«Senza uscita?»

«Nessuna.»

«È ammobiliata?»

«Ieri era vuota.»

«E allora che diamine sta facendo? In questa storia c'è qualcosa che mi sfugge. Se mai ho visto un individuo in preda al terrore, quell'uomo è Pinner. Cosa può averlo tanto sconvolto?»

«Forse pensa che siamo investigatori», suggerii.

«Giusto!», esclamò Pycroft.

Holmes scosse il capo. «Non è impallidito. Era *già* pallido quando siamo entrati», disse. «Potrebbe darsi che...»

Le sue parole furono interrotte da alcuni colpi secchi che provenivano dalla stanza interna.

«Perché diavolo sta bussando alla propria porta?», esclamò l'impiegato.

I colpi si ripeterono, più forti. Fissavamo tutti la porta chiusa, in attesa. Lanciando un'occhiata ad Holmes lo vidi irrigidirsi in volto mentre, eccitatissimo, si chinava in avanti. Poi d'improvviso si sentì un gorgoglio soffocato e un secco tamburellare su una superficie di legno. Holmes attraversò d'un balzo la stanza e tentò di aprire la porta; era chiusa dall'interno. Seguendo il suo esempio ci buttammo tutti insieme contro di essa. Uno dei cardini si spezzò, poi l'altro, e la porta cadde a terra con un tonfo. La superammo di corsa e ci trovammo nella stanza interna. Era vuota.

Per un breve attimo restammo interdetti. In un angolo, il più vicino alla stanza che avevamo lasciato, c'era una seconda porta. Holmes la spalancò. Sul pavimento giacevano un cappotto e un gilè e, da un gancio dietro l'uscio, con le bretelle legate intorno al collo, pendeva l'amministratore delegato della Franco-Midland Hardware Company. Le ginocchia rattrappite, il capo piegato a un angolo innaturale; i tacchi che sbattevano contro la porta facevano il rumore che aveva interrotto la nostra conversazione. In un attimo l'avevo afferrato alla vita, sollevandolo mentre Holmes e Pycroft slegavano la bretella elastica affossata fra le pieghe livide del collo. Poi lo trasportammo nell'altra stanza dove rimase disteso col volto terreo, le labbra violacee che si contraevano ad ogni respiro — uno spaventoso rottame dell'uomo che era stato fino a cinque minuti prima.

«Che ne pensa, Watson?» chiese Holmes.

Mi chinai su di lui per esaminarlo. Il polso era debole e intermittente ma i respiri si facevano più lunghi e le palpebre tremolanti mostravano una sottile striscia bianca di iride.

«C'è mancato un soffio», dissi, «ma si riprenderà. Aprite quella finestra e datemi la brocca dell'acqua.» Gli slacciai il colletto, gli versai sul viso l'acqua fredda e gli praticai la respirazione artificiale fino a quando lo sentii tirare un lungo respiro. «Adesso è solo una questione di tempo», dissi tirandomi indietro.

Holmes era rimasto in piedi accanto al tavolo, con le mani sprofondate nelle tasche e il mento sul petto.

«Immagino che adesso dovremmo chiamare la polizia», osservò, «ma confesso che vorrei presentare ai poliziotti la soluzione bell'e pronta quando arrivano.»

«Per me è assolutamente incomprensibile», esclamò Pycroft grattandosi la testa. «Per quale motivo farmi venire fin qua, e poi...»

«Bah! In quanto a quello, è abbastanza chiaro», rispose con impazienza Holmes. «È quest'ultima mossa improvvisa.»

«Allora lei ha capito il resto?»

«Mi sembra del tutto ovvio. Lei che ne dice, Watson?»

Mi strinsi nelle spalle. «Devo ammettere che brancolo nel buio», risposi.

«Ma via, se considera i fatti fin dal principio, tutto porta a un'unica conclusione.»

«Cosa ne deduce, allora?»

«Be', l'intera faccenda si articola su due cardini. Il primo, quello di far firmare a Pycroft una dichiarazione per prendere servizio in questa assurda ditta. Non capisce quanto è significativo?»

«Veramente no.»

«Perché hanno voluto che redigesse quella carta? Non per motivi burocratici dato che accordi del genere solitamente sono solo verbali e non c'era un motivo al mondo per cui si dovesse fare un'eccezione in questo caso. Non capisce, mio giovane amico, che volevano assolutamente procurarsi un campione della sua scrittura e quello era l'unico sistema?»

«Ma perché?»

«Esatto. Perché? Quando avremo risposto a questa domanda avremo fatto un passo avanti verso la soluzione del nostro piccolo problema. Perché? Il motivo plausibile non può essere che uno. Qualcuno voleva esercitarsi a imitare la sua calligrafia e, prima, aveva bisogno di ottenerne un campione. E adesso, passando al secondo punto, vediamo come uno faccia luce sull'altro. Si tratta della richiesta fattale da Pinner di non scrivere una lettera di dimissioni, lasciando che il direttore di quell'importante istituto si aspettasse che un signor Hall Pycroft, che non aveva mai visto, facesse il suo ingresso negli uffici il lunedì mattina.»

«Mio Dio!», esclamò il nostro cliente, «che razza di cretino sono stato!»

«Ora comprende il fatto della calligrafia. Supponiamo che, al suo posto, si presentasse un'altra persona, con una scrittura totalmente diversa da quella usata da lei quando ha mandato la domanda di assunzione: sarebbe andato tutto all'aria. Ma nell'intervallo il malvivente avrebbe imparato a imitarla e la sua posizione sarebbe stata sicura, dato che immagino che nessuno in quell'ufficio l'avesse mai vista di persona.»

«Nemmeno un'anima», gemette Pycroft.

«Benissimo. Naturalmente, era essenziale impedire che lei ci ripensasse e che venisse in contatto con qualcuno che avrebbe potuto farle notare che un suo sosia lavorava negli uffici di Mawson. Quindi, le diedero un bell'anticipo sul salario e la rispedirono nelle Midlands affibbiandole un lavoro che le impediva di recarsi a Londra dove avrebbe potuto mandare all'aria il loro piano. Fin qui è tutto semplice.»

«Ma perché questo individuo doveva far finta di essere il proprio fratello?»

«Anche questo è molto chiaro. Evidentemente ci sono due

persone in questo imbroglio. L'altro, sta impersonando lei da Mawson. Questo ha agito per ingaggiarla poi ha capito che non poteva esibirle un datore di lavoro senza la complicità di una terza persona. E non aveva nessuna intenzione di farlo. Si è camuffato meglio che ha potuto, confidando che la somiglianza che lei avrebbe certamente notato potesse ascriversi a una semplice somiglianza tra fratelli. Se non fosse stato per la felice circostanza di quell'otturazione d'oro, probabilmente lei non avrebbe mai avuto alcun sospetto.»

Hall Pycroft agitò i pugni in aria. «Mio Dio!», gridò, «mentre mi hanno preso in giro in questo modo che ha combinato l'altro Hall Pycroft da Mawson? Che dobbiamo fare, signor Holmes? Mi dica, che dobbiamo fare?»

«Dobbiamo mandare un telegramma a Mawson.»

«Ma il sabato chiudono a mezzogiorno.»

«Non importa. Potrebbe esserci un custode, o un fattorino...»

«Ah, sì. C'è in permanenza una guardia, per via del valore delle azioni che tengono nell'ufficio. Ricordo di averne sentito parlare nella City.»

«Benissimo, gli manderemo un telegramma chiedendogli di controllare se tutto va bene e se una persona col suo nome lavora da loro. Per questo non c'è problema. Quello che mi è meno chiaro è perché, vedendoci, uno di quei farabutti sia dovuto uscire subito dalla stanza e impiccarsi.»

«Il giornale!», gracchiò una voce dietro di noi. L'uomo si era tirato su mettendosi a sedere, sbiancato e spettrale, con un barlume di raziocinio che gli si riaffacciava negli occhi mentre le mani strofinavano nervosamente la striscia rossa che ancora gli circondava la gola.

«Il giornale! Ma certo!», urlò Holmes in un parossismo di eccitazione. «Che stupido! Ho pensato tanto alla nostra visita che il giornale non mi è nemmeno passato per la mente! Ma certo, è lì il segreto.» Aprì il giornale sul tavolo e si lasciò sfuggire un grido di esultanza. «Guardi, Watson», esclamò, «è un giornale di Londra, un'edizione del mattino dell'*Evening Standard*. Ecco quello che cerchiamo. Guardi i titoli: ''Delitto nella City. Omicidio alla Mawson & Williams. Clamoroso tentativo di rapina. Il criminale catturato. ''Prenda, Watson, siamo tutti ansiosi di sapere le novità; per favore, legga ad alta voce.»

Dall'impaginazione sembrava si trattasse di una notizia di cronaca molto rilevante; l'articolo diceva così:

Un tentativo di furto, di audacia inaudita e che si è concluso con la morte di un uomo e la cattura del criminale, ha avuto luogo oggi nella City. Già da tempo la nota agenzia di cambio Mawson & Williams aveva in custodia obbligazioni per un valore complessivo molto superiore a un milione di sterline. Pienamente consapevole dell'enorme responsabilità che una tale custodia comportava, il direttore aveva fatto installare casseforti ultimo modello e assunto una guardia armata che rimaneva nell'edificio giorno e notte. Sembra che la settimana scorsa l'agenzia abbia assunto un nuovo impiegato, un certo Hall Pycroft. Pare che questa persona altri non fosse che Beddington, il famigerato falsario e scassinatore che, insieme con il fratello, è recentemente tornato in libertà dopo aver scontato una condanna a cinque anni di carcere. In qualche modo, ancora non del tutto chiarito, Beddington, sotto falso nome, era riuscito a farsi assumere dall'agenzia di cambio, aveva rilevato le impronte delle varie serrature, localizzando alla perfezione la dislocazione delle varie camere blindate e delle casseforti.

Il sabato, i dipendenti della Mawson lasciano gli uffici a mezzogiorno. Il sergente Tuson, del commissariato della City, rimase pertanto stupito nel vedere un signore, con un borsone di stoffa, scendere le scale dell'ufficio alle 13,20. Insospettito, il sergente lo seguì e, coadiuvato dall'agente Pollock, riuscì ad arrestarlo dopo che l'uomo aveva opposto una strenua resistenza. Apparve subito evidente che era stata commessa un'audacissima e incredibile rapina. Nel borsone di stoffa, infatti, vennero rinvenute azioni delle ferrovie americane per un valore di quasi centomila sterline, oltre a certificati azionari di miniere e altri investimenti. Furono quindi perquisiti gli uffici e si giunse al ritrovamento del corpo del povero guardiano notturno, ripiegato su se stesso e infilato in una delle casseforti di maggiori dimensioni, dove nessuno l'avrebbe scoperto fino al lunedì mattina se non fosse stato per il tempestivo intervento del sergente Tuson. L'uomo aveva il cranio fracassato dal colpo di un attizzatoio, infertogli da dietro. Senza dubbio, Beddington era riuscito ad entrare accampando la scusa di aver dimenticato qualcosa e, dopo avere ucciso la guardia, aveva rapidamente svaligiato la grande cassaforte, andandosene poi col bottino. Stando alle notizie finora pervenute, il fratello di Beddington, che generalmente lavora con lui, non sembra coinvolto in questo caso anche se la polizia lo sta attivamente ricercando.

«Be', sotto questo aspetto possiamo risparmiare un po' di fatica alla polizia», disse Holmes, guardando quella figura miserevole rannicchiata accanto alla finestra. «La natura umana è uno strano miscuglio di sentimenti, Watson. Come vede, perfino una canaglia omicida è capace di ispirare un affetto tale da indurre il fratello a impiccarsi venendo a sapere che oramai è pronto per la forca. Comunque, non abbiamo scelta. Il dottore ed io rimarremo qui di guardia, signor Pycroft, se lei vorrà essere così gentile da andare a chiamare la polizia.»

# Il mistero della *Gloria Scott*

«Ho qui delle carte», disse il mio amico Holmes una sera d'inverno mentre stavamo seduti accanto al fuoco, «alle quali, secondo me, dovrebbe dare un'occhiata. Si tratta dei documenti relativi allo straordinario caso della *Gloria Scott,* e questo è il messaggio che fulminò per l'orrore il giudice Trevor quando lo lesse.»

Prese dal cassetto un piccolo cilindro ossidato e, svolgendone il legaccio, mi porse un appunto scarabocchiato su un mezzo foglietto di carta di un grigio ardesia.

Il rifornimento di selvaggina per Londra è in costante aumento (c'era scritto). Riteniamo che al capo guardiacaccia Hudson sia stato ora ordinato di ricevere tutte le ordinazioni per la carta moschicida e per il mantenimento in vita della sua femmina di fagiano.

Alzando gli occhi dopo aver letto quell'enigmatico messaggio, vidi Holmes che ridacchiava.

«Mi sembra un po' sconcertato», disse.

«Non vedo come questo messaggio possa infondere orrore. A me pare più che altro piuttosto grottesco.»

«Molto probabile. Resta però il fatto che, dopo averlo letto, un uomo in gamba e vigoroso ne sia rimasto fulminato come da un colpo col calcio di una pistola.»

«Lei ha stuzzicato la mia curiosità», gli dissi. «Ma perché poco fa ha detto che c'erano motivi particolari per cui io dovessi occuparmi di questo caso?»

«Perché è stato il primo su cui io abbia indagato.»

Molte volte avevo cercato di farmi raccontare da Holmes come mai si fosse dedicato alla criminologia ma si era sempre dimostrato molto poco comunicativo sull'argomento. Adesso sedeva nella sua poltrona, chino in avanti, con i documenti sulle ginocchia. Accese la pipa e rimase a sfogliarli per un po'.

«Le ho mai parlato di Victor Trevor?», chiese. «Era il mio unico amico durante i miei due anni di università. Non sono mai stato un tipo molto socievole, Watson, e ho sempre avuto la passione di chiudermi in camera mia a rimuginare e ad elaborare i miei metodi di ragionamento e quindi mi mescolavo poco ai giovani della mia età. Tranne la scherma e il pugilato, non avevo grandi ambizioni atletiche e poi le cose che a me interessava studiare erano molto diverse da quelle che interessavano agli altri studenti, e fra noi c'erano ben pochi punti di contatto. Trevor era l'unico con cui avessi fatto conoscenza e anche in quel caso per pura combinazione, quando il suo bull terrier mi azzannò la caviglia una mattina mentre scendevo per andare in cappella.

Fu un inizio molto prosaico ma efficiente. Fui costretto a rimanere a riposo per dieci giorni e Trevor aveva preso l'abitudine di venire a trovarmi. Le prime volte si tratteneva un minuto, ma ben presto le sue visite si fecero più lunghe e, prima della fine del trimestre, eravamo diventati amici. Era un tipo sanguigno e cordiale, pieno di spirito e di energia, sotto molti aspetti esattamente l'opposto di quello che ero io, ma avevamo molti interessi in comune e quello che più ci unì fu lo scoprire che anche lui, come me, non aveva amici. Alla fine, mi invitò a casa di suo padre a Donnithorpe, nel Norfolk, ed io accettai la sua ospitalità per un lungo mese di vacanza.

Il vecchio Trevor era evidentemente un uomo ricco e influente, un giudice di pace e un proprietario terriero. Donnithorpe è un minuscolo villaggio proprio a nord di Langmere, nella contea dei Broads. La loro casa era un fabbricato di mattoni vecchio stile, molto grande, con le travature di legno, alla quale si accedeva lungo un bel viale fiancheggiato da tigli. Nel *fen*, la palude, si potevano cacciare le anatre selvatiche; c'erano anche ottimi punti per la pesca, una libreria piccola ma selezionata rilevata, a quanto capii, da un precedente inquilino, e la cucina non era male; bisognava essere davvero incontentabili per non trovare gradevole il soggiorno di un mese.

Trevor padre era vedovo, e il mio amico era il suo unico figlio. C'era stata anche una figlia, mi dissero, ma era morta di difterite nel corso di una visita a Birmingham. Il padre era una figura estremamente interessante. Un uomo non molto colto, ma dotato di una notevole forza bruta, sia fisica che mentale. Non aveva praticamente mai letto un libro ma aveva viaggiato in lungo e in largo, aveva visto buona parte del mondo e ricordava tutto ciò che aveva imparato. Fisicamente era un uomo ben piantato, massiccio, con un ciuffo di capelli brizzolati, un viso scuro e segnato dalle intemperie, in cui spiccavano due occhi azzurri penetranti quasi al limite della prepotenza. Eppure era conosciuto nella zona per la sua gentilezza e la sua carità, ed era famoso per la mitezza delle sue condanne.

Una sera, poco dopo il mio arrivo, stavamo seduti a bere un

bicchiere di porto dopo cena quando il giovane Trevor cominciò a parlare di quelle abitudini di osservazione e deduzione che io avevo già elaborato in metodo, anche se ancora non sapevo quanta parte avrebbero giuocato nella mia vita. Evidentemente il vecchio pensò che il figlio stesse esagerando nella descrizione di un paio di imprese molto banali che avevo compiuto.

"Allora, signor Holmes", disse ridendo allegramente. "Sono un eccellente soggetto, se vuole dedurre qualcosa su di me."

"Temo non ci sia molto da dedurre", risposi. "Potrei avanzare la supposizione che, durante gli ultimi dodici mesi, lei è vissuto nel timore di qualche attacco alla sua persona."

Il sorriso gli si spense sulle labbra e mi osservò con grande sorpresa.

"Be', non posso negarlo", disse. "Sai Victor", volgendosi al figlio, "quando abbiamo sgominato quella banda di bracconieri, hanno giurato di accoltellarci, e in effetti Sir Edward Holly è stato assalito. Da allora sono stato sempre in guardia, anche se non ho idea di come lei faccia a saperlo."

"Lei ha un bellissimo bastone", risposi, "e dall'iscrizione ho notato che ce l'ha da non oltre un anno. Ma si è dato la pena di scavare un foro nel pomo colandoci dentro del piombo fuso, così da renderlo un'arma formidabile. Ho immaginato che non avrebbe preso precauzioni del genere se non avesse temuto qualche pericolo."

"Niente altro?", domandò sorridendo.

"In gioventù ha praticato molto il pugilato."

"Vero anche questo. Come fa a saperlo? Ho il naso storto?"

"No", risposi. "Si tratta delle sue orecchie. Hanno quel particolare appiattimento e ispessimento tipico del pugile."

"Niente altro?"

"A giudicare dalle callosità, lei ha scavato molto."

"Tutti i miei soldi li ho fatti nei giacimenti auriferi."

"È stato in Nuova Zelanda."

"Giusto anche questo."

"Ha visitato il Giappone."

"Verissimo."

"Ed è stato associato molto strettamente con qualcuno le cui iniziali erano J.A. e che, in seguito, lei ha fatto di tutto per dimenticare."

Il signor Trevor si alzò lentamente, fissandomi con uno strano sguardo folle dei suoi grandi occhi azzurri, poi si abbatté a faccia avanti sui gusci di noci sparsi sulla tovaglia, svenuto.

Può immaginare, Watson, come rimanemmo scossi, suo figlio ed io. Lo svenimento non durò a lungo, però, perché quando gli slacciammo il colletto spruzzandogli in viso un po' d'acqua della vaschetta lava-dita, diede un paio di respiri rantolanti, e si rizzò a sedere.

"Ah, ragazzi", disse con un sorriso forzato, "spero di non avervi spaventati. Anche se sembro molto robusto, c'è qualcosa che non va nel mio cuore e basta poco per sbilanciarmi. Non so come ci riesca, signor Holmes, ma ho l'impressione che tutti gli investigatori dei romanzi o della realtà siano dei bambini nelle sue mani. Lei deve dedicarci la sua vita, signore, e creda a quello che le dice un uomo che conosce il mondo."

E quell'esortazione, Watson, malgrado l'esagerata lode delle mie capacità che l'aveva preceduta, fu il primo sprone a farmi capire che ciò che fino a quel momento era stato un passatempo, avrebbe potuto diventare una professione. Ma nel frattempo, ero troppo preoccupato per l'improvviso malore del mio anfitrione per pensare ad altro.

"Spero di non aver detto nulla che le sia dispiaciuto, signore", gli dissi.

"Be', senza dubbio ha toccato un punto debole. Posso chiederle come lo sa e quanto ne sa?" Parlava in tono abbastanza scherzoso ma nei suoi occhi ancora si annidava un'espressione di terrore.

"È semplicissimo", risposi. "Quando lei ha scoperto il braccio per tirar su quel pesce e metterlo nella barca ho visto tatuate le lettere J.A. nell'incavo del gomito. Le lettere erano ancora leggibili ma, dai loro contorni confusi e dalle macchie sulla pelle all'intorno, era chiarissimo che si era tentato di cancellarle. Ovviamente, quindi, quelle iniziali le erano state un tempo molto familiari ma, in seguito, lei cercò di dimenticarle."

"Lei ha un occhio straordinario", esclamò con un sospiro di sollievo. "È proprio come dice lei. Ma adesso non ne parliamo più. Fra tutti i fantasmi, i fantasmi dei nostri antichi amori sono i peggiori. Andiamo nella sala da biliardo a fumarci tranquillamente un sigaro."

Da quel giorno, malgrado tutta la sua cordialità, rimase un'ombra di sospetto nel comportamento del signor Trevor verso di me. Lo notò perfino suo figlio. "Hai talmente spaventato il mio vecchio", disse, "che d'ora in poi continuerà a domandarsi cosa sai e cosa non sai." Sono certo che cercava di nasconderlo, ma quel sentimento era ormai talmente radicato nella sua mente che si notava in ogni sua azione. Alla fine, convinto che la mia presenza gli causava un senso di disagio, posi fine alla mia permanenza. Però, proprio alla vigilia della mia partenza, accadde un incidente che, in seguito, doveva rivelarsi di estrema importanza. Stavamo seduti tutti e tre nelle sdraie, sul prato, crogiolandoci al sole e ammirando il panorama dei Broads quando arrivò una domestica per dire che alla porta c'era una persona che voleva vedere il signor Trevor.

"Come si chiama?", domandò il mio anfitrione.

"Non ha voluto dire il suo nome."

"E allora, cosa vuole?"

"Ha detto che lei lo conosce, e che vuole solo scambiare una parola con lei."

"Lo faccia venire qui." Poco dopo comparve un ometto rinsecchito, dall'aria servile e l'andatura dinoccolata. Indossava un giacchetto aperto, macchiato di catrame su una manica, una camicia a scacchi rossi e neri, calzoni di tela grezza, e pesanti stivali molto logori. Aveva un viso sottile, astuto, dalla carnagione scura, e un perpetuo sorriso che scopriva i denti gialli e irregolari; le mani rugose erano semichiuse, al modo tipico della gente di mare. Mentre attraversava il prato, con quella sua andatura ciondolante, il signor Trevor si lasciò sfuggire una specie di singhiozzo e, balzando dalla seggiola, corse in casa. Un attimo dopo era di ritorno e, mentre mi passava accanto, sentii una zaffata di acquavite.

"Bene, brav'uomo, che posso fare per lei?", chiese.

Il marinaio rimase a guardarlo con gli occhi increspati, e lo stesso sorriso a bocca semiaperta.

"Non mi riconosce?", domandò.

"Santo cielo, ma certo, Hudson!", esclamò il signor Trevor in tono sorpreso.

"Hudson in persona, signore", rispose il marinaio. "Diamine, sono passati più di trent'anni da quando l'ho vista l'ultima volta. Eccola qui, a casa sua, mentre io continuo a racimolare i miei pasti dal barilotto della carne salata."

"Via, via, vedrà che non ho dimenticato i vecchi tempi", esclamò il signor Trevor e, accostandosi al marinaio, gli disse qualcosa a bassa voce. "Vada in cucina", proseguì poi a voce alta, "e troverà da mangiare e da bere. Sono sicuro che le troveremo un lavoro."

"Grazie, signore", rispose il marinaio, portandosi la mano alla fronte nell'accenno di un saluto. "Sono appena sbarcato da un trabiccolo da otto nodi l'ora, con un equipaggio insufficiente, per giunta, e voglio un po' di riposo. Pensavo di trovarlo dal signor Beddoes o da lei."

"Ah!", esclamò il signor Trevor. "Lei sa dove si trova il signor Beddoes?"

"Ma che Dio la benedica, signore, so dove si trovano tutti i
vecchi amici", rispose quell'individuo con un sorriso maligno, e
col suo passo dinoccolato seguì la domestica in cucina. Il signor
Trevor ci farfugliò qualcosa circa il fatto che era stato imbarca-
to con quel tale quando tornava alle miniere poi, lasciandoci sul
prato, entrò in casa. Un'ora dopo, quando entrammo anche
noi, lo trovammo sdraiato sul divano del salotto, ubriaco fradi-
cio. Quell'incidente mi lasciò una pessima impressione e, il giorno dopo, fui ben felice di andarmene da Donnithorpe, poiché
sentivo che il mio amico era imbarazzato dalla mia presenza.

Tutto questo accadde durante il primo mese di una lunga vacanza. Me ne tornai al mio appartamento di Londra dove, per
varie settimane, mi dedicai a esperimenti di chimica organica.
Un giorno però, quando era già autunno inoltrato e la vacanza
stava per finire, ricevetti un telegramma dal mio amico che mi
scongiurava di tornare a Donnithorpe perché aveva assoluto bisogno del mio consiglio e del mio aiuto. Naturalmente, piantai
tutto e mi diressi di nuovo al Nord.

Il mio amico venne a prendermi alla stazione col calesse e vidi
subito che quei due mesi erano stati molto pesanti per lui. Era
smagrito, sciupato, e aveva perduto quella sua aria allegra e cordiale.

"Il mio vecchio sta morendo", furono le sue prime parole.

"Impossibile!", esclamai. "Che è successo?"

"Apoplessia. Shock nervoso. È tutto il giorno che sta con un
piede nella fossa. Non so nemmeno se lo troveremo ancora vivo."

Come può immaginare, Watson, rimasi orripilato a quella
inattesa notizia.

"Ma cosa ha provocato tutto questo?", domandai.

"Ah, ecco il punto. Salta su, e ne parleremo lungo la strada.
Ricordi quell'individuo che è venuto la sera prima della tua partenza?"

"Perfettamente."

"Hai idea di chi abbiamo fatto entrare in casa quel giorno?"

"Nessunissima."

"Abbiamo fatto entrare il demonio, Holmes", esclamò.

Lo guardai sbalordito.

"Proprio così, il demonio in persona. Da quel momento non
abbiamo avuto un'ora di pace — non un'ora. Da quella sera, il
mio vecchio è stato un uomo distrutto e adesso gli è stata portata
via la vita, gli si è spezzato il cuore, e tutto per colpa di quel maledetto Hudson."

"Ma che potere ha su di lui?"

"Ah, pagherei per saperlo! Il mio povero padre, gentile, caritatevole — come può essere caduto nelle grinfie di quel farabutto! Sono così felice che tu sia venuto, Holmes. Ho la massima fiducia nel tuo buon senso e nella tua discrezione, e so che mi consiglierai per il meglio."

Correvamo a tutta velocità su quella bianca strada di campagna, con i Broads che si stendevano davanti a noi, luminosi nel rosso del tramonto. Da un boschetto alla nostra sinistra già spuntavano gli alti comignoli e l'asta di bandiera che caratterizzavano la dimora dello squire.

"Mio padre aveva affidato a quel tipo l'incarico di giardiniere", disse il mio amico, "poi, dato che non gli andava a genio, gli ha fatto fare il maggiordomo. Sembrava che la casa fosse alla sua mercé, e se ne andava in giro a fare quello che gli pareva. Le domestiche si lamentavano delle sue continue sbornie e del suo linguaggio sboccato. Papà, per ricompensarle del disturbo, ha aumentato il loro salario. Quell'individuo si prendeva la barca e il fucile migliore di papà e se ne andava tranquillamente a caccia. Sempre con un'aria così beffarda, sarcastica e insolente che, se avesse avuto la mia età, l'avrei steso a pugni venti volte al giorno. Ti assicuro, Holmes, che ho dovuto far forza su me stesso per tutto questo tempo; e ora mi domando se non avrei fatto meglio a lasciarmi andare.

Comunque, le cose andarono sempre di male in peggio e quell'animale di Hudson si fece sempre più invadente al punto che un giorno in cui rispose in maniera insolente a mio padre, in mia presenza, lo afferrai per le spalle e lo spinsi fuori dalla stanza. Se ne andò alla chetichella, con la faccia livida e uno sguardo velenoso, più minaccioso di qualsiasi parola. Non so cosa si siano detti in seguito lui e il mio povero padre ma il giorno dopo il mio vecchio venne a chiedermi di fare le mie scuse a Hudson. Come puoi immaginarti, rifiutai e chiesi a mio padre come poteva permettere che un disgraziato del genere si prendesse tanta libertà con lui e con la sua famiglia.

'Ah, ragazzo mio', rispose, 'parli bene, ma non sai in che situazione mi trovo. Ma la saprai, Victor. A qualunque costo, farò in modo che tu lo sappia. Non penserai male del tuo povero papà, vero, figliolo?' Era molto commosso e si chiuse tutto il giorno nello studio; dalla finestra, potei vedere che era occupato a scrivere.

Quella sera, si verificò quella che mi parve una vera liberazione: Hudson ci comunicò che se ne sarebbe andato. Entrò in sala da pranzo, dove eravamo rimasti dopo aver cenato, annunciando la sua intenzione con la voce impastata di chi è mezzo ubriaco.

'Ne ho abbastanza del Norfolk', disse. 'Me ne vado nello Hampshire, dal signor Beddoes. Sono certo che sarà felice quanto lo è stato lei di vedermi.'

'Spero che lei se ne vada senza rancore, Hudson', disse mio padre, con una mansuetudine che mi fece ribollire il sangue.

'Non ho avuto le mie scuse', rispose imbronciato, guardando nella mia direzione.

'Victor, riconoscerai che hai trattato piuttosto male questo brav'uomo', disse papà rivolto a me.

'Al contrario, penso che abbiamo dato entrambi prova di un'immensa pazienza nei suoi confronti', risposi.

'Ah, davvero?', ringhiò. 'Benissimo, compare. Ne riparleremo!'

Uscì dondolando dalla stanza e mezz'ora dopo se ne andò da casa, lasciando mio padre in un penoso stato di nervosismo. Notte dopo notte, lo sentivo andare su e giù per la stanza e, proprio quando si stava un po' riprendendo, arrivò il colpo.''

''In che modo?'', chiesi con interesse.

''In modo assolutamente straordinario. Ieri sera mio padre ha ricevuto una lettera col timbro postale di Fordingham. L'ha letta, si è messo le mani nei capelli e ha cominciato a correre intorno alla stanza, come impazzito. Quando finalmente sono riuscito a portarlo al divano, la bocca e le palpebre erano tutte storte da una parte e ho capito che aveva avuto un colpo. È venuto subito il dottor Fordham. L'abbiamo messo a letto ma la paresi si era estesa, non ha ancora ripreso conoscenza e temo proprio che non lo troveremo vivo.''

''Ma questo è terribile, Trevor!'', esclamai. ''Cosa mai poteva esserci in quella lettera da provocare un simile effetto?''

''Niente. Questa è la cosa inspiegabile. Il messaggio era assurdo e banale. Oh mio Dio, è successo quello che temevo!''

Mentre parlava, avevamo superato la curva della strada e, nella luce del crepuscolo, vedemmo che tutte le persiane della casa erano state abbassate. Mentre ci precipitavamo alla porta col mio amico, sconvolto dal dolore, ne uscì un signore vestito di nero.

''Dottore, quando è successo?'', chiese Trevor.

''Quasi subito dopo che lei è uscito.''

''Ha ripreso conoscenza?''

''Per un attimo, prima della fine.''

"Ha detto qualcosa per me?"

"Solo che i documenti erano nel cassetto posteriore dell'armadietto giapponese."

Il mio amico salì col medico nella stanza del defunto mentre io rimanevo nello studio, pensando e ripensando a tutta quella faccenda, più depresso di quanto non lo fossi mai stato in vita mia. Cosa nascondeva il passato di Trevor, pugile, viaggiatore, e cercatore d'oro, e in quale modo si era messo alla mercé di quel marinaio dalla faccia acida? E perché mai era quasi svenuto per l'allusione alle iniziali sbiadite sul braccio, ed era morto di paura ricevendo una lettera da Fordingham? Poi ricordai che Fordingham si trova nell'Hampshire e che si era accennato al fatto che anche quel signor Beddoes da cui si era recato il marinaio, probabilmente per ricattarlo, viveva nell'Hampshire. La lettera, dunque, poteva avergliela mandata Hudson, il marinaio, per informarlo che aveva rivelato quello che sembrava essere un colpevole segreto; o poteva avergliela mandata Beddoes, per avvisare un vecchio amico che una tale rivelazione era imminente. Fin qui, sembrava tutto chiaro. Ma allora come mai la lettera appariva banale e grottesca, come aveva detto il mio amico? Forse aveva letto male. Forse si trattava di un ingegnoso codice segreto per cui le parole hanno un diverso significato. Dovevo vedere quella lettera. Se veramente conteneva un messaggio cifrato ero sicuro di poterlo scoprire. Per un'ora me ne restai a rimuginare in penombra; alla fine arrivò una domestica in lacrime con una lampada, seguita dal mio amico Trevor, pallido ma controllato, stringendo proprio queste carte che ho qui sulle ginocchia. Mi si sedette di fronte, spostò la lampada al bordo del tavolo e mi porse un breve messaggio scarabocchiato, come vede, su un foglietto di carta grigia. Il messaggio diceva: "Il rifornimento di selvaggina per Londra è in costante aumento. Riteniamo che al capo guardiacaccia Hudson sia stato ora ordinato di ricevere tutte le ordinazioni per la carta moschicida e per il mantenimento in vita della sua femmina di fagiano".

Credo proprio di essere rimasto sbalordito quanto lo è rimasto lei, nel leggere quel messaggio. Poi, lo rilessi attentamente. Evidentemente, era come pensavo e quella strana combinazione di parole doveva nascondere un messaggio cifrato. Oppure, frasi come "carta moschicida" e "femmina di fagiano" avevano un significato prestabilito? Ma era un'interpretazione arbitraria, non basata su alcuna deduzione. Pure, ero convinto che si trattasse proprio di una cosa del genere, e la presenza della parola Hudson sembrava confermare la mia prima ipotesi circa il significato del messaggio, che in quel caso doveva essere stato mandato da Beddoes piuttosto che dal marinaio. Cercai di leggerlo all'incontrario, ma la combinazione "vita della femmina di fagiano" non era molto incoraggiante. Provai a leggere le parole alternate ma né "il di per", né "rifornimento selvaggina Londra" sembravano gettare luce sull'intera vicenda.

Eppure, all'improvviso, ebbi la chiave dell'enigma e vidi che, leggendo una parola ogni tre, a cominciare dalla prima, veniva fuori il messaggio che poteva senz'altro aver provocato la disperazione di Trevor.

Era un avvertimento breve e succinto, e lo lessi al mio amico: "La partita è chiusa. Hudson ha detto tutto. Mettiti in salvo[1]".

Victor Trevor si nascose il viso fra le mani tremanti. "Immagino che sia così", disse. "Ma questo è peggio della morte, perché significa anche disonore. Che significano le parole 'capoguardiacaccia' e 'fagiano femmina'?"

"Nulla per quanto riguarda il messaggio, ma potrebbero significare molto per noi se non avessimo altro modo per rintracciare il mittente. Vedi che ha cominciato il suo messaggio scrivendo le parole-chiave. Poi, per rispettare il codice prestabilito, doveva inserire due parole in ogni spazio vuoto. Naturalmente, avrebbe usato le prime parole che gli venivano in mente e, dal momento che molte di esse si riferiscono alla caccia possiamo affermare con ragionevole certezza che o è un appassionato cacciatore o si interessa di allevamenti di selvaggina. Sai niente di questo Beddoes?"

"Be', adesso che mi ci fai pensare", rispose, "ricordo che ogni anno invitava il povero papà a una partita di caccia nelle sue riserve."

"In questo caso", dissi, "è stato certamente lui a mandare il messaggio. Ora non ci resta che scoprire quale fosse questo segreto che il marinaio Hudson teneva sospeso sulla testa di due gentiluomini agiati e rispettati."

"Ahimè, Holmes, temo che si tratti di una colpa vergognosa!", gemette il mio amico. "Ma con te non ho segreti. Questa è la dichiarazione redatta da mio padre quando si rese conto che, da un momento all'altro, Hudson avrebbe messo in atto le sue minacce. L'ho trovata nell'armadietto giapponese, come aveva detto al dottore. Prendila e leggimela tu, perché non ho né la forza né il coraggio di leggerla io stesso."

---

[1] Interpretazione basata, naturalmente, sul testo inglese del messaggio cui fa riferimento:

*The* supply of *game* for London *is* going steadily *up*. Headkeeper *Hudson,* we believe, *has* been now *told* to receive *all* orders for *fly*-paper and *for* preservation of *your* hen-pheasant's *life. (N.d.T.)*

Proprio queste, Watson, sono le carte che mi consegnò Trevor e ora le leggerò a lei come quella sera nello studio le lessi a lui. Come vede, sull'esterno c'è una nota: "particolari del viaggio del brigantino *Gloria Scott*, dal momento in cui salpò da Falmouth, l'8 ottobre 1855 fino a quando fece naufragio a N. Latit. 15°20', Ovest. Longit. 25°14', il 6 novembre". Lo scritto è in forma di lettera e dice così.

"Mio caro, carissimo figlio, ora che si sta approssimando una tragedia che getterà un'ombra sugli ultimi anni della mia vita, posso scrivere in piena sincerità e onestà che ciò che mi strazia il cuore non è il timore della legge, né il fatto di perdere la mia posizione nel paese e la rispettabilità agli occhi di coloro che mi hanno conosciuto; ma è il pensiero che tu debba vergognarti di me — tu che mi ami e che raramente, spero, hai avuto motivo di provare per me altro che rispetto. Ma se cadrà quella spada che mi pende sulla testa, allora desidero che tu legga quanto segue così che possa apprendere dalle mie stesse parole fino a che punto sono da biasimare. Se, invece, tutto dovesse finire bene (e voglia Dio Onnipotente che così sia!) allora, se per caso questa lettera non fosse stata distrutta e dovesse finire nelle tue mani, ti scongiuro per quanto hai di più sacro, per la memoria della tua cara madre e per l'amore che c'è stato fra noi, di gettarla nel fuoco e non pensarci mai più.

Se i tuoi occhi continuano a leggere, significherà che sono già stato smascherato e trascinato via dalla mia casa o, come è più probabile, perché tu sai che il mio cuore è debole, che giacerò nella morte con la bocca chiusa per sempre. Comunque, non sarà più possibile distruggere questa lettera; ogni parola che ti dico è la pura verità, te lo giuro sulla mia speranza della salvezza eterna.

Il mio nome, figlio caro, non è Trevor. Da giovane mi chiamavo James Armitage e puoi adesso immaginare lo shock che ebbi qualche settimana fa quando il tuo compagno d'università mi parlò in un modo che sembrava implicare che era venuto a conoscenza del mio segreto. Come Armitage entrai in un istituto bancario londinese, e come Armitage fui messo in carcere per avere infranto le leggi del mio paese e condannato alla deportazione. Non giudicarmi troppo male, ragazzo mio. Si trattava di un debito cosiddetto d'onore, che dovevo pagare; e per pagarlo mi appropriai di denaro altrui, nella certezza che avrei potuto rimettere a posto la somma prima che qualcuno se ne accorgesse. Ma la malasorte continuava a perseguitarmi. Non recuperai mai il denaro su cui avevo fatto conto e una prematura ispezione contabile portò alla luce il deficit. La mia colpa avrebbe potuto essere condannata con meno rigore ma trent'anni fa le leggi venivano applicate con assai maggiore severità rispetto a oggi e, il giorno del mio ventitreesimo compleanno, mi trovai incatenato come un malfattore insieme ad altri trentasette forzati sottocoperta nel brigantino *Gloria Scott,* in rotta per l'Australia.

Correva l'anno '55, quando la guerra di Crimea era al culmine, e le vecchie navi per il trasporto dei forzati erano state quasi tutte adibite ai trasporti nel Mar Nero. Il governo dovette quindi ripiegare su navi più piccole e meno adatte per condurre i prigionieri alla loro destinazione. La *Gloria Scott* era stata usata per il trasporto del tè sulla rotta della Cina ma era un'imbarcazione di vecchio tipo, pesante a prora, larga di chiglia e i nuovi clipper l'avevano messa fuori uso. Stazzava cinquecento tonnellate e, oltre ai trentotto forzati, aveva a bordo ventisei uomini d'equipaggio, diciotto soldati, un capitano, tre ufficiali in seconda, un medico, un cappellano e quattro guardie carcerarie. In totale, quando salpammo da Falmouth, aveva a bordo un centinaio di persone.

I divisori fra le celle dei forzati anziché di quercia massiccia, come si usa sulle navi per il trasporto dei forzati, erano sottili e fragili. Il prigioniero accanto a me, dalla parte di prora, era un individuo che mi aveva particolarmente colpito mentre ci conducevano lungo il molo. Era un giovane con un viso chiaro e glabro, un lungo naso sottile e la mascella squadrata. Camminava dondolandosi, col capo molto eretto e, soprattutto, lo si notava per la statura molto superiore alla media. Credo che nessuno di noi gli arrivasse alla spalla, e sono certo che fosse alto almeno un metro e novanta. Era strano vedere fra tanti visi tristi e rassegnati un viso pieno di energia e di risolutezza. La sua vista mi fece l'effetto di un falò in una tormenta di neve. Fui ben lieto, quindi, di scoprire che sarebbe stato il mio vicino e ancor più lieto quando, nel cuore della notte, sentii bisbigliare accanto al mio orecchio e scoprii che era riuscito ad aprire uno spiraglio nelle assi che ci separavano.

'Salve, compare!', disse, 'come ti chiami, e perché sei qui?'

Gli risposi e gli chiesi, a mia volta, il suo nome.

'Mi chiamo Jack Prendergast', rispose, 'E, per Giove! Imparerai ben presto a benedire il mio nome.'

Ricordai di aver sentito parlare del suo caso che aveva suscitato un'immensa eco nel paese poco prima del mio arresto. Era un uomo di buona famiglia e di grande abilità; ma la sua condotta era irrimediabilmente viziosa e, con un ingegnoso sistema di frode, era riuscito a spillare enormi somme di denaro ai principali mercanti londinesi.

'Ah, ah! Allora ricordi il mio caso!', disse con un certo orgoglio.

'Lo ricordo molto bene.'

'Allora, forse, ricorderai che c'era qualcosa di strano?'

'Vale a dire?'

'Avevo quasi un quarto di milione, no?'

'Così dissero.'

'Ma non è stato trovato, vero?'

'Be', dove credi che sia?' chiese.

'Non ne ho la minima idea.'

'Proprio nelle mie mani', esclamò. 'Per Dio! posseggo più sterline a mio nome di quanti capelli tu hai in testa. E se hai dei soldi, figlio mio, e sai come distribuirli nel modo giusto, puoi fare *tutto*. Non crederai adesso che un uomo che può fare tutto se ne starà a consumarsi il fondo dei pantaloni in un buco puzzolente infestato di sorci e formicolante di scarafaggi, una vecchia bara muffita come questo trabiccolo per musi gialli. Nossignore, un uomo del genere si prende cura di se stesso, e dei suoi amici. Puoi scommetterci! Tu stagli attaccato e puoi giurare sulla Bibbia che ti caverà dagli impicci.'

Era il suo modo di esprimersi e dapprima pensai che fossero solo chiacchiere; ma in seguito, dopo che mi aveva messo alla prova e mi aveva fatto giurare solennemente, mi lasciò intendere che si stava preparando un ammutinamento per impadronirsi della nave. Il piano era stato elaborato, prima ancora di salire a bordo, da una dozzina di prigionieri, capeggiati da Prendergast e spinti dal suo denaro.

'Avevo un compare', disse 'un gran brav'uomo, sincero come l'acqua di fonte. Ha la grana, lui, e sai dov'è in questo momento? Be', te lo dico io, è il cappellano di questa nave — il cappellano, ti rendi conto? È salito a bordo con un abito scuro, le carte in regola e abbastanza soldi da comprarsi l'intera baracca, dalla chiglia alla punta dell'albero di maestra. L'equipaggio è tutto con lui, anima e corpo. Poteva comperarseli a peso, un tanto alla dozzina, e con lo sconto, e così ha fatto, ancor prima di farsi ingaggiare. Si è già comprato due delle guardie e Mereer, l'ufficiale in seconda, e, se pensa che ne valga la pena, si comprerà anche il capitano in persona.'

'E allora, che dobbiamo fare?'

'Tu che ne dici?', rispose. 'Faremo diventare l'uniforme di qualcuno di questi soldati più rossa di quanto l'abbia mai fatta il sarto.'

'Ma sono armati', obiettai.

'E lo saremo anche noi, ragazzo mio. Ci sarà una bella pistola per ogni figlio di madre; e se non riusciamo a prenderci questa bagnarola, equipaggio e tutto, allora è tempo che ci mandino in un collegio per signorine. Parla col tuo compagno di sinistra, questa notte, e vedi se è un tipo di cui ci possiamo fidare.'

Feci come mi aveva detto e scoprii che l'altro mio vicino era un giovanotto che si trovava in una situazione molto simile alla mia, condannato per falsificazione. Il suo nome era Evans, ma in seguito lo cambiò, come feci io, e adesso è un ricco e prospero cittadino che risiede nel Sud dell'Inghilterra. Aderì ben volentieri al nostro complotto, come unico mezzo per salvarci, e prima che avessimo attraversato la baia, solo due prigionieri erano rimasti all'oscuro del nostro segreto. Uno di loro era un tipo indeciso e non troppo sveglio, e non dava affidamento; l'altro era malato d'itterizia e non poteva servirci a niente.

Fin dall'inizio non ci fu nulla che ci impedisse di impadronirci della nave. L'equipaggio consisteva in una manica di furfanti, scelti proprio per quel compito. Il falso cappellano veniva nelle nostre celle per esortarci e ammonirci, portandosi dietro una sacca nera che avrebbe dovuto contenere degli opuscoli; e venne così spesso che, al terzo giorno, ciascuno di noi teneva nascoste in fondo alla branda una lima, un paio di pistole, una libbra di polvere e venti pallottole. Due delle guardie carcerarie erano agenti di Prendergast, e il secondo ufficiale era il suo braccio destro. Non ci rimanevano da affrontare che il capitano, i due comandanti in seconda, il tenente Martin, i suoi diciotto soldati, e il medico di bordo. Comunque, anche se non c'erano problemi, decidemmo di prendere tutte le precauzioni e di attaccare all'improvviso, di notte. Ma dovemmo agire prima del previsto, e per questo motivo.

Una sera, circa tre settimane dalla nostra partenza, il medico era venuto a visitare uno dei prigionieri che stava male e, poggiando la mano all'estremità della cuccetta, sentì la forma della pistola. Se avesse tenuto la bocca chiusa avrebbe potuto mandare all'aria tutto, ma era un ometto nervoso e quindi lanciò un grido di sorpresa e impallidì a tal punto che il malato capì immediatamente cosa era successo e lo afferrò. Prima che potesse dare l'allarme, il dottore fu imbavagliato e legato al letto. Aveva aperto la porta che conduceva al ponte e uscimmo tutti di corsa. Sparammo alle due sentinelle e a un caporale che si era precipitato a vedere cosa stava succedendo. C'erano altre due sentinelle davanti alla porta del soggiorno del capitano ma, a quanto pare, avevano i moschetti scarichi perché non fecero fuoco contro di noi e rimasero uccisi mentre stavano cercando di innestare la baionetta. Ci precipitammo poi dentro la cabina ma, mentre aprivamo la porta, dall'interno risuonò un'esplosione e vedemmo il capitano riverso sulla tavola, col cranio fracassato e il cervello sparso sulla carta atlantica fissata alla scrivania, mentre al suo fianco stava il cappellano con la pistola ancora fumante. I due ufficiali in seconda erano stati fatti prigionieri dall'equipaggio e sembrava che tutto si fosse concluso.

Il soggiorno era adiacente alla cabina: entrammo in massa, sprofondandoci sui divani e parlando tutti insieme, pazzi di gioia per la riconquistata libertà. Tutt'intorno c'erano degli armadietti e Wilson, il finto cappellano, ne sfondò uno tirando fuori una dozzina di bottiglie di sherry. Spezzammo il collo delle bottiglie, ci versammo da bere e stavamo mandando giù il vino quando, senza il minimo preavviso, ci risuonò alle orecchie il crepitio dei moschetti e la stanza si riempì talmente di fumo che non riuscivamo a vedere al di là del tavolo. Quando il fumo si diradò, il locale era un caos. Wilson e altri otto si contorcevano, ammucchiati sul pavimento, e ancora oggi mi sento nauseato quando ripenso al sangue mescolato allo sherry sul tavolo. Eravamo così atterriti che credo ci saremmo arresi se non fosse stato per Prendergast. Mugghiò come un toro e, con i superstiti alle calcagna, corse alla porta. Ci precipitammo fuori e lì, a poppa, c'era il tenente con dieci dei suoi uomini. Il lucernario al di sopra della tavola del soggiorno era stato socchiuso e ci avevano sparato contro attraverso quello spiraglio. Li raggiungemmo prima che si potessero ricaricare i moschetti e si difesero con coraggio; ma eravamo più numerosi e in cinque minuti era tutto finito. Mio Dio! Non avevo mai visto un carnaio come quella nave! Prendergast sembrava invasato dal demonio, sollevava i soldati come se fossero stati bambini e li buttava a mare, vivi o morti che fossero. C'era un sergente, orribilmente ferito, che continuò non si sa come a nuotare fino a che qualcuno, per pietà, gli tirò il il colpo di grazia. Quando lo scontro ebbe termine, non era rimasto nessuno dei nostri nemici tranne le guardie carcerarie, gli ufficiali in seconda e il medico.

E proprio a causa loro scoppiò la lite furibonda. Molti di noi, ampiamente soddisfatti di essere tornati liberi, non volevano avere omicidi sulla coscienza. Una cosa era abbattere i soldati armati, un'altra rimanere lì a guardare l'uccisione a sangue freddo di esseri umani. Otto di noi, cinque forzati e tre marinai, si opposero. Ma non riuscimmo a commuovere Prendergast e i suoi seguaci. La nostra unica speranza di salvezza era di eliminare tutti i testimoni, disse; non voleva lasciare in vita qualcuno che avrebbe potuto cantare in un'aula di tribunale. Poco mancò che condividessimo anche noi la sorte dei prigionieri ma, alla fine, disse che se volevamo potevamo prendere una scialuppa e andarcene. Cogliemmo al volo l'offerta perché eravamo ormai nauseati da quello scempio cruento e capimmo che sarebbe successo anche di peggio prima della fine. Diedero a ciascuno di noi un completo da marinaio, un barile di acqua, due botticelle, una di carne sotto sale e una di biscotti, e una bussola. Prendergast ci gettò una mappa, ci disse che eravamo naufraghi di una nave affondata a 15° di latitudine nord e 25° di longitudine ovest, poi tagliò l'ormeggio e ci lasciò andare.

E ora, figlio mio, vengo alla parte più strana del mio racconto. Durante l'ammutinamento i marinai avevano ammainato il pennone di trinchetto ma, mentre noi ci allontanavamo, l'avevano sciolto di nuovo e, grazie a un leggero vento dal Nord, la nave cominciò lentamente a scostarsi da noi. La nostra imbarcazione dondolava sulle onde lunghe ed Evans ed io, che eravamo i due più istruiti del gruppo, stavamo seduti sulle scotte per determinare la nostra posizione e decidere verso quale costa dirigerci. Era un bel problema perché le isole di Capo Verde si trovavano a circa cinquecento miglia a Nord, e la costa africana circa settecento a Est. Dato che il vento soffiava da Nord pensammo che, tutto sommato, ci conveniva puntare verso la Sierra Leone e facemmo rotta da quella parte; in quel momento la nostra nave era con lo scafo quasi al di sotto della linea d'orizzonte, a tribordo. Improvvisamente, mentre la stavamo osservando, vedemmo alzarsi in cielo una densa colonna di fumo nero, un mostruoso albero all'orizzonte. Pochi secondi dopo, un rombo simile a tuono ci giunse alle orecchie e, quando il fumo si diradò, della *Gloria Scott* non c'era più traccia. In un attimo, invertimmo la rotta dirigendoci a tutta forza là dove una foschia che ancora sfiorava l'acqua indicava il luogo della catastrofe.

Ci volle un'ora abbondante prima di arrivare e, in un primo tempo, tememmo di essere arrivati troppo tardi per poter salvare qualcuno. I rottami di una barca, e un gran numero di casse e di frammenti di alberatura che galleggiavano sulle onde ci indicavano il punto preciso dove il vascello era colato a picco; ma non c'era segno di vita e già avevamo girato la prua, senza ormai più speranza, quando sentimmo invocare aiuto e, a una certa distanza, scorgemmo un relitto sul quale era steso un uomo. Quando lo issammo a bordo scoprimmo che si trattava di un giovane marinaio, un certo Hudson, così ustionato ed esausto che non riuscì a raccontarci cosa era accaduto, fino al mattino seguente.

A quanto sembrava, dopo che ce n'eravamo andati, Prendergast e la sua gang avevano giustiziato i cinque prigionieri rimasti. Le due guardie erano state fucilate e buttate a mare, e così anche il terzo ufficiale. Prendergast poi era sceso sotto coperta e, con le sue stesse mani, aveva tagliato la gola al povero dottore. Non rimaneva che il primo ufficiale, un uomo coraggioso e di risorse.

Quando vide il forzato che gli si avvicinava col coltello insanguinato in mano, si liberò dalle corde che, in qualche modo, era riuscito ad allentare e, correndo sul ponte, si tuffò nella stiva di poppa. Una dozzina di galeotti scesi a cercarlo con le pistole spianate, lo trovarono con in mano una scatola di fiammiferi, seduto accanto a un barile di polvere, aperto — uno dei cento che erano a bordo; l'uomo giurò che se gli avessero torto un capello avrebbe fatto saltare tutto in aria. Un attimo dopo si verificò l'esplosione che, secondo Hudson, fu provocata da un proiettile maldiretto di uno dei forzati più che dal fiammifero dell'ufficiale. Comunque fosse, quella era stata la fine della *Gloria Scott* e di tutta la ciurmaglia che ne aveva preso il comando.

Questa, ragazzo mio, è per sommi capi la storia della terribile faccenda nella quale fui coinvolto. Il giorno dopo fummo salvati dal brigantino *Hotspur*, in rotta per l'Australia, il cui comandante non ebbe difficoltà a credere che fossimo i superstiti di una nave passeggeri che era colata a picco. L'Ammiragliato registrò la *Gloria Scott* come dispersa in mare, e mai trapelò una parola di quello che era realmente accaduto. Dopo un ottimo viaggio, la *Hotspur* ci sbarcò a Sidney, dove Evans ed io cambiammo nome dirigendoci verso le miniere; fra la folla di cercatori di ogni nazione non avemmo alcuna difficoltà a cancellare la nostra identità precedente. In quanto al resto, già lo sai. Faccmmo fortuna, viaggiammo, c tornammo comc ricchi coloniali in Inghilterra dove acquistammo delle proprietà. Per oltre trent'anni abbiamo condotto una vita tranquilla e fruttuosa, e speravamo che il passato fosse sepolto per sempre. Immagina quindi cosa provai quando nel marinaio che venne a casa nostra riconobbi immediatamente il naufrago che avevamo salvato dal disastro. In un modo o nell'altro era riuscito a rintracciarci e aveva deciso di vivere alle spalle della nostra paura. Comprenderai adesso perché cercavo in tutti i modi di tenerlo buono e, in qualche misura, giustificherai il terrore di cui sono preda ora che si è spostato da me all'altra vittima, con le sue minacce."

In calce, con una grafia tremolante al punto da essere quasi illeggibile, c'è scritto, "Beddoes mi informa in codice che H. ha raccontato tutto. Signore mio Dio, abbi pietà di noi!"

Questa è la storia che quella sera lessi al giovane Trevor e credo, Watson, che fosse una storia davvero drammatica date le circostanze. A quel povero ragazzo si spezzò il cuore e se ne andò nella piantagione di tè di Terai dove, a quanto mi dicono, se la cava bene. In quanto al marinaio e a Beddoes, non se ne è mai più saputo nulla dal giorno della famosa lettera di avvertimento. Sono completamente spariti. La polizia non aveva ricevuto nessuna denuncia, quindi Beddoes aveva scambiato una minaccia per un fatto compiuto. Hudson è stato visto gironzolare da quelle parti e la polizia ritiene che abbia fatto fuori Beddoes e si sia dato alla fuga. Personalmente, ritengo che la verità sia esattamente l'opposto. Secondo me, è molto più probabile che Beddoes, spinto alla disperazione e convinto di essere stato già tradito, si sia vendicato su Hudson e poi sia fuggito dal paese portandosi dietro tutto il denaro che poteva. Questi sono i fatti, dottore, e se ritiene che possano esserle utili per la sua collezione, li consideri pure a sua completa disposizione.»

# Il Rituale dei Musgrave

Un'anomalia che spesso mi colpiva nel carattere del mio amico Sherlock Holmes era il fatto che, malgrado nei suoi metodi fosse la persona più precisa e metodica della terra, e malgrado affettasse un certo sobrio decoro nel vestire, quando si trattava delle sue abitudini personali era uno degli uomini più disordinati che mai potesse fare impazzire un coinquilino. Non che, sotto questo aspetto, io sia una persona convenzionale. Le mie peripezie in Afghanistan, unite a una certa disposizione bohémienne congenita, mi avevano reso più negligente di quanto si addicesse a un medico. Ma, almeno per me, c'è un limite a tutto, e quando vedo un uomo che tiene i suoi sigari nel secchio del carbone, il suo tabacco nella punta di una pantofola persiana e la sua corrispondenza inevasa, trafitta da un pugnale proprio al centro della mensola di legno del suo caminetto, allora comincio a darmi arie di virtuoso. Inoltre, ho sempre sostenuto che il tiro alla pistola sia un passatempo decisamente riservato agli spazi aperti; e quando Holmes, in uno di quei suoi attacchi di umore strano, si sprofondava in poltrona con la sua pistola dal grilletto sensibilissimo e un centinaio di cartucce Boxer e si dedicava a decorare la parete opposta con una patriottica V.R.[1] eseguita con i fori dei proiettili, allora decidevo, senza alcun dubbio, che né l'atmosfera né l'apparenza della nostra stanza ci guadagnavano.

Il nostro appartamento era sempre pieno di sostanze chimiche e di cimeli criminali che avevano l'abitudine di infilarsi nei posti più inverosimili, di spuntar fuori nel piattino del burro o in punti ancor meno desiderabili. Ma la mia grande croce erano le sue carte. Aveva in orrore il solo pensiero di distruggere un documento, specialmente quelli collegati con i suoi casi passati; ma solo una volta ogni anno, o ogni due anni, trovava l'energia necessaria per catalogarli e riporli; in queste mie slegate memorie ho già accennato, infatti, che i suoi scoppi di irrefrenabile energia, quando compiva quelle straordinarie imprese alle quali

---

[1] Vittoria Regina (*N.d.T.*).

è associato il suo nome, erano seguiti da periodi di letargo durante i quali se ne stava sdraiato, col suo violino e i suoi libri, senza muoversi se non per andare dal divano alla tavola e viceversa. Così, mese dopo mese, le carte si accumulavano fino a che ogni angolo della stanza traboccava di fasci di manoscritti che assolutamente non si potevano bruciare e che non potevano essere riposti se non dal loro autore. Una sera d'inverno, mentre sedevamo accanto al camino, mi azzardai a suggerirgli che, se aveva finito di incollare ritagli nel suo album dove li raccoglieva, avrebbe potuto dedicare le due ore successive a rendere un po' più abitabile la nostra stanza. Non poteva negare che la mia richiesta fosse giustificata così, con aria piuttosto contrita, se ne andò in camera sua e ritornò trascinandosi dietro uno scatolone di metallo. Lo piazzò per terra, in mezzo alla stanza e, accovacciandosi su uno sgabellino, ne aprì il coperchio. Potei così vedere che lo scatolone era già per un terzo pieno di rotoli di carta legati con un nastro rosso in vari pacchetti separati.

«Guardi quanti casi ci sono qui dentro, Watson», mi disse con uno sguardo malizioso. «Sono certo che se lei sapesse tutte le cose che sono conservate in questa scatola mi chiederebbe di tirarle fuori, anziché riporne delle altre.»

«Sono i resoconti delle sue investigazioni passate?», domandai. «Mi sono spesso augurato di poterne trarre qualche appunto.»

«Proprio così, ragazzo mio, tutto lavoro compiuto prematuramente, prima che il mio biografo comparisse all'orizzonte per glorificarmi.» Sollevò pacchetto dopo pacchetto, con gesto affettuoso, quasi carezzevole. «Non sono tutti successi, Watson», disse. «Ma fra di essi ci sono anche dei problemini niente male. Ecco il resoconto degli omicidi Tarleton, e il caso di Vamberry, il mercante di vino, e le avventure della vecchia russa, e lo strano caso della gruccia d'alluminio, e un resoconto completo del caso Ricoletti, lo sciancato, e della sua abominevole moglie. E qui... ah, ecco, questo è davvero una cosetta *recherché*.»

Pescò in fondo alla scatola e ne tirò fuori una cassettina di legno col coperchio scorrevole, simile a quella in cui si tengono i giocattoli. Dalla cassettina estrasse un foglio spiegazzato, una vecchia chiave d'ottone, un paletto di legno con attaccato un gomitolo di corda, e tre vecchi dischi di metallo arrugginiti.

«Be', ragazzo mio, che ne pensa di questi?», chiese, sorridendo alla mia espressione.

«Una strana collezione.»

«Molto strana, e le sembrerà ancora più strana la storia che si ricollega a questi oggetti.»

«Allora questi cimeli hanno una storia?»

«Eccome! *Sono* storia.»

«Cosa intende dire?»

Holmes li prese, uno alla volta, poggiandoli sul bordo del tavolo. Poi si rimise in poltrona osservandoli con un lampo di soddisfazione negli occhi.

«Questi», disse, «sono tutto ciò che mi rimane dell'avventura del Rituale dei Musgrave.»

Gliene avevo sentito parlare più di una volta, anche se non ero mai riuscito a conoscerne i particolari. «Mi farebbe davvero molto piacere», dissi, «se me la raccontasse.»

«E lasciare tutto così in disordine?», esclamò con un'occhiata maliziosa. «Dopo tutto, Watson, la sua mania dell'ordine è stata già messa a dura prova. Ma sarei lieto che aggiungesse questo caso ai suoi annali, poiché presenta degli aspetti che lo rendono unico nella storia del crimine di questo o, credo, di qualsiasi altro paese.

Ricorderà come il mistero della *Gloria Scott* e la conversazione che ebbi con lo sfortunato signore di cui le ho narrato la sorte, mi spinsero per la prima volta verso quella professione di cui avrei, in seguito, fatto lo scopo della mia vita. Lei mi conosce adesso che il mio nome è famoso ovunque, e tutti, polizia ufficiale compresa, mi considerano una sorta di tribunale di ultimo appello nei casi dubbi. Anche quando ci siamo incontrati per la prima volta, all'epoca del caso che lei ha ricordato nello *Studio in rosso*, mi ero già fatto una certa clientela, pur se non molto redditizia. Non può quindi immaginare quante difficoltà io abbia incontrato agli inizi della mia carriera e quanto tempo ho dovuto attendere prima di riuscire a farmi strada.

Nei primi tempi in cui ero a Londra abitavo a Montaguc Street, proprio dietro l'angolo del British Museum, e me ne rimanevo lì ad aspettare, colmando il mio fin troppo tempo libero con lo studio di quei rami della scienza che mi avrebbero reso più efficiente. Ogni tanto mi si presentava qualche caso, soprattutto tramite qualche mio vecchio compagno di scuola; durante i miei ultimi anni d'università, infatti, già correvano molte voci su di me e sui miei metodi. Il terzo di questi casi fu quello relativo al Rituale dei Musgrave e proprio grazie all'interesse che, all'epoca, suscitò la sua straordinaria catena di eventi e le gravi conseguenze che esso implicava, feci il primo passo verso la posizione che occupo attualmente.

Reginald Musgrave era stato con me all'università e, vagamente, lo conoscevo. Non era molto popolare fra gli studenti anche se, a parer mio, quello che gli altri chiamavano superbia era in realtà una maschera per nascondere un'estrema diffidenza congenita. Fisicamente era un tipo molto aristocratico, col naso aquilino e sottile, occhi grandi e modi languidi ma cerimoniosi. In effetti, era il rampollo di una delle più antiche famiglie del regno, anche se di un ramo cadetto che si era distaccato dai Musgrave del Nord in qualche periodo del XVI secolo e si era stabilito nel Sussex occidentale, dove il Maniero di Hurlstone è forse il più antico edificio abitato della contea. Qualcosa della sua culla natale doveva essergli rimasta attaccata, perché non potevo guardare il suo volto pallido, i suoi lineamenti affilati o l'atteggiamento del capo senza associarli nel pensiero a vòlte di pietra grigia, a finestre a bifora e a tutti i miserevoli relitti di un'epoca feudale. Una volta o due ci scambiammo qualche parola e ricordo che spesso aveva dimostrato molto interesse nei miei metodi di osservazione e deduzione.

Per quattro anni non ne seppi più nulla finché una bella mattina venne a trovarmi in Montague Street. Non era cambiato, vestiva come un giovane alla moda — era sempre stato un po' dandy — e aveva conservato quei modi pacati e amabili che gli erano propri.

"Come ti sono andate le cose, Musgrave?", gli chiesi dopo che ci eravamo scambiati una cordiale stretta di mano.

"Forse avrai saputo che il mio povero padre è morto", disse; "è mancato circa due anni fa. Da allora naturalmente, la proprietà di Hurlstone è affidata a me e, dato che sono anche membro del parlamento per la mia circoscrizione, sono sempre molto occupato. Ma a quanto mi risulta, Holmes, stai applicando alla pratica quelle doti con cui eri solito sbalordirci?"

"È vero", risposi, "è così che mi guadagno la vita."

"Sono felice di sentirtelo dire perché, in questo momento, un tuo consiglio mi sarebbe prezioso. Sono successe cose strane a Hurlstone, e la polizia non è riuscita a far luce sulla faccenda. È davvero una storia inspiegabile e straordinaria."

Può immaginare, Watson, con quale interesse lo ascoltassi; sembrava che, finalmente, fosse arrivata l'occasione che avevo inseguito per tutti quei mesi di inattività. Dentro di me ero certo di poter riuscire dove altri fallivano, e ora mi si presentava l'opportunità di mettermi alla prova.

"Ti prego, raccontami tutto, in dettaglio", esclamai.

Reginald Musgrave si sedette di fronte a me, accendendo la sigaretta che gli avevo offerto.

"Devi sapere", disse, "che, pur essendo io scapolo, debbo mantenere molto personale a Hurlstone, che è una antica dimora, enorme e dispersiva, e richiede una pesante manutenzione.

Ho anche una riserva di caccia e, nei mesi della caccia al fagiano, ho generalmente degli ospiti e non posso quindi permettermi di essere a corto di domestici. In tutto, ci sono otto cameriere, la cuoca, il maggiordomo, due lacchè, e un ragazzo. Naturalmente, il giardino e le scuderie hanno il loro personale.

Di questi domestici, quello che è da più tempo al nostro servizio è Brunton, il maggiordomo. Quando mio padre lo assunse era un giovane maestro di scuola un po' spaesato, ma dotato di energia e carattere, e ben presto si rese indispensabile per il buon andamento della casa. È un bell'uomo, imponente, con una fronte splendida e, anche se è al nostro servizio da vent'anni non può aver superato la quarantina. Con le sue qualità e i suoi doni straordinari — infatti parla varie lingue e suona quasi tutti gli strumenti — è una vera fortuna che per tanto tempo si sia accontentato di un impiego in fondo piuttosto modesto, ma immagino che ci si trovasse bene e non avesse sufficiente energia per cambiare. Il maggiordomo di Hurlstone è un personaggio che tutti i nostri ospiti ricordano.

Ma questa perla rara ha un difetto. È un po' un Don Giovanni e capirai bene che, per un uomo come lui, è un ruolo abbastanza facile da sostenere in una tranquilla località di campagna. Tutto andò bene quando prese moglie ma, da quando è rimasto vedovo, ci ha procurato un mucchio di guai. Qualche mese fa, speravamo che si sistemasse di nuovo perché si era fidanzato con Rachel Howells, la nostra seconda cameriera; poi, però, l'ha piantata e si è messo con Janet Tregellis, la figlia del guardiacaccia. Rachel — che è una bravissima ragazza ma col temperamento focoso dei Gallesi — ha avuto un attacco abbastanza forte di febbre cerebrale e adesso si aggira per casa — o almeno lo faceva fino a ieri — con gli occhi cerchiati, l'ombra della ragazza che era. Questo fu il nostro primo dramma a Hurlstone; poi ne arrivò un secondo, facendoci dimenticare il primo, il cui preludio fu l'ignominia e quindi il licenziamento del maggiordomo Brunton.

È successo così. Ti ho detto che era un uomo intelligente, e proprio la sua intelligenza lo ha condotto alla rovina in quanto sembra che abbia fatto nascere in lui una curiosità insaziabile per cose che non lo riguardavano affatto. Non immaginavo fino a quale punto sarebbe arrivato fino a quando un banalissimo incidente mi ha aperto gli occhi.

La casa, ripeto, è enorme e dispersiva. Un giorno della settimana scorsa — giovedì notte, per la precisione — non riuscivo a dormire perché avevo fatto la sciocchezza di bere una tazza di *café noir* dopo cena. Dopo essermi girato e rigirato fino alle due del mattino, capii che non c'era verso di addormentarmi, quindi mi alzai e accesi la candela con l'intenzione di andare avanti con un libro che stavo leggendo. Ma il libro era rimasto nella sala da biliardo, quindi mi infilai la vestaglia e mi avviai a prenderlo.

Per raggiungere la sala da biliardo dovevo scendere una rampa di scale e attraversare l'estremità di un corridoio che conduceva alla biblioteca e alla sala delle armi. Puoi immaginare la mia sorpresa quando, guardando nel corridoio, vidi un barlume di luce provenire dalla porta socchiusa della biblioteca. Io personalmente avevo spento la lampada e chiuso la porta prima di coricarmi. Naturalmente, il mio primo pensiero fu che ci fossero i ladri. Le pareti dei corridoi di Hurlstone sono abbondantemente decorate di trofei e vecchie armi. Presi quindi un'azza e, lasciando lì la candela, percorsi in punta di piedi il corridoio e feci capolino dalla porta socchiusa.

Brunton, il maggiordomo, era in biblioteca. Completamente vestito, se ne stava seduto in poltrona, tenendo sulle ginocchia un foglio di carta che sembrava una mappa e tenendosi la testa fra le mani, immerso nei suoi pensieri. Rimasi immobile nel buio, impietrito dalla sorpresa. Una sottile candela poggiata sul bordo del tavolo gettava abbastanza luce da farmi notare che era vestito di tutto punto. Improvvisamente, mentre lo osservavo, si alzò, si accostò a uno scrittoio da una parte, aprì la serratura e tirò fuori un cassetto da cui estrasse un foglio; tornò poi alla poltrona e stese il foglio sul tavolo, accanto alla candela, mettendosi a studiarlo con estrema attenzione. Fui sopraffatto a tal punto dall'indignazione nel vedere quel pacifico esame dei nostri documenti di famiglia, che feci un passo avanti e Brunton, alzando lo sguardo, mi vide sulla soglia. Balzò in piedi, sbiancando di paura, e s'infilò nella giacca quella specie di mappa che stava studiando prima.

'È così, dunque!', dissi. 'È così che ripaghi la nostra fiducia. Te ne andrai domattina stessa.'

Mi fece un inchino, con l'aria di un uomo distrutto, e mi scivolò accanto senza una parola. La candela era rimasta sul tavolo e, alla sua luce, diedi un'occhiata alle carte che Brunton aveva preso dallo scrittoio. Con mia grande sorpresa, vidi che non si trattava di niente d'importante, ma era semplicemente una copia delle domande e risposte che si scambiano in quella singolare cerimonia che va sotto il nome di Rituale dei Musgrave. È una specie di rito, proprio della nostra famiglia, cui ogni Musgrave, da secoli, deve sottostare al compimento della maggiore età — una cosa di interesse privato e, forse, di una certa importanza per un archeologo, come la storia della nostra araldica e delle nostre insegne, ma priva di qualsiasi valore pratico.''

"Sui documenti torneremo in seguito", gli dissi.

"Se proprio lo ritieni necessario", rispose con qualche esitazione. "Comunque, per continuare la mia storia: richiusi a chiave lo scrittoio, con la chiave che Brunton aveva lasciato, mi voltai per andarmene e vidi con stupore che il maggiordomo era tornato e mi stava davanti.

'Signor Musgrave, signore', esclamò con voce arrochita dall'emozione. 'Non posso sopportare quest'ignominia, signore. Nella vita sono sempre stato più orgoglioso di quanto convenisse alla mia estrazione, e l'ignominia mi ucciderebbe. Il mio sangue ricadrà sul vostro capo, signore — davvero ricadrà su di voi — se mi spingete alla disperazione. Se non potete più tenermi al vostro servizio dopo quanto è accaduto, allora per l'amor di Dio concedete che sia io a licenziarmi e ad andarmene fra un mese, come se lo facessi di mia spontanea volontà. Questo potrei sopportarlo, signor Musgrave, ma non di essere messo alla porta davanti a tutte quelle persone che conosco tanto bene.'

'Non meriti davvero molti riguardi, Brunton', risposi. 'La tua condotta è stata veramente obbrobriosa. Ma visto che stai con noi da tanto tempo, non voglio che tu sia esposto al pubblico disprezzo. Comunque, un mese è troppo. Vattene entro una settimana; in quanto al motivo, accampa pure quello che credi.'

'Solamente una settimana, signore?', gridò in tono disperato. 'Quindici giorni — concedetemi almeno quindici giorni!'

'Una settimana', ripetei, e puoi ritenerti trattato con molta clemenza.

Sgattaiolò via a testa bassa, avvilito, mentre io spegnevo la lampada e tornavo in camera mia.

Nei due giorni successivi, Brunton svolse le sue mansioni con estrema accuratezza. Non feci alcuna allusione a quanto era successo e, con una certa curiosità, aspettavo di vedere come avrebbe giustificato la sua caduta in disgrazia. La mattina del terzo giorno, però, non si presentò come al solito dopo colazione per ricevere i miei ordini per la giornata. Uscendo dalla sala da pranzo mi imbattei in Rachel Howells, la cameriera. Ti ho già detto che solo da poco si era rimessa da una malattia e appariva così pallida e smunta che la rimproverai per essere tornata al lavoro.

'Dovresti essere a letto', le dissi. 'Riposati finché non ti sentirai più in forze.'

Mi guardò con un'espressione così strana da farmi pensare che non avesse la testa a posto.

'Ho forze a sufficienza, signor Musgrave', disse.

'Vedremo cosa ne dice il medico', risposi. 'Adesso, smetti di lavorare e, quando scendi, dì a Brunton che voglio vederlo.'

'Il maggiordomo se n'è andato, signore', disse.

'Andato? Andato dove?'

'Se n'è andato. Nessuno l'ha visto. Non è in camera sua. Oh sì, se n'è andato, se n'è andato!' Indietreggiò andando a sbattere contro il muro, scossa da aspri singulti di riso mentre io, terrorizzato da quell'improvviso attacco isterico, mi precipitavo al campanello per chiamare aiuto. La ragazza fu accompagnata nella sua camera, ancora urlante e singhiozzante, mentre io chiedevo notizie di Brunton. Non c'erano dubbi sulla sua scomparsa. Non aveva dormito nel suo letto e nessuno l'aveva visto da quando si era ritirato, la sera prima; ma non si riusciva a capire come avesse lasciato la casa dato che, al mattino, porte e finestre erano state trovate chiuse. I suoi abiti, il suo orologio, perfino il suo denaro erano nella stanza; mancava solo il vestito nero che indossava abitualmente. Erano scomparse anche le sue pantofole, ma erano rimasti gli stivali. Dove mai poteva essere andato Brunton, nel cuore della notte, e che fine aveva fatto?

Naturalmente cercammo per tutta casa, dalla soffitta alle cantine, ma di lui non c'era traccia. Come ti ho già detto, la casa è vecchia, una sorta di labirinto, specialmente l'ala originale che adesso è praticamente disabitata; comunque frugammo ovunque, senza scoprire la minima traccia dello scomparso. Non riuscivo a capacitarmi che se ne fosse andato lasciando tutto quello che possedeva, ma dove mai poteva essere? Chiamai anche la polizia locale, ma senza successo. La notte prima era piovuto ed esaminammo il prato e tutti i viottoli intorno alla casa, ma invano. Le cose stavano così quando un nuovo evento distrasse la nostra attenzione dal mistero del maggiordomo.

Per due giorni Rachel Howells era stata così male, a volte in preda al delirio, a volte squassata da attacchi isterici, che era stata assunta un'infermiera per la notte. La terza sera dopo la scomparsa di Brunton l'infermiera aveva trovato la sua paziente tranquillamente addormentata e si era assopita nella poltrona quando, svegliandosi alle prime luci dell'alba, aveva trovato il letto vuoto, la finestra aperta, e nessuna traccia dell'ammalata. Vennero immediatamente a chiamarmi e, accompagnato da due lacchè, mi misi subito in cerca della ragazza scomparsa. Non era difficile vedere da che parte si era diretta perché, a partire da sotto la sua finestra, potemmo seguire agevolmente le sue impronte attraverso il prato fino al bordo dello stagno, dove svanivano accanto al vialetto di ghiaia che porta fuori dalla proprietà. In quel punto, l'acqua è profonda circa tre metri e puoi immaginare cosa provammo scorgendo le impronte della povera ragazza fuori di senno che si arrestavano proprio alla sponda dello stagno.

Naturalmente, lo facemmo subito dragare per recuperarne i resti ma del corpo non si trovò alcuna traccia. Portammo, però, alla superficie un oggetto assolutamente inaspettato. Una borsa di tela che conteneva una gran quantità di metallo arrugginito e annerito, oltre a vari pezzi di ciottoli e vetri, di un colore opaco. Questo fu tutto ciò che trovammo nello stagno e, anche se ieri abbiamo condotto ogni possibile ricerca e indagine, non si è saputo niente di Rachel Howells né di Richard Brunton. La polizia locale non sa più dove battere la testa e sono venuto da te, come ultima speranza.''

Lei può immaginare, Watson, con quale interesse ascoltassi questa straordinaria sequenza di eventi cercando di metterli insieme per scoprire un qualche filo comune che li collegasse l'uno all'altro. Il maggiordomo era sparito. La cameriera era sparita. La cameriera era stata innamorata del maggiordomo, ma, in seguito, aveva avuto motivo di odiarlo. La ragazza aveva il sangue caldo dei gallesi, orgoglioso e appassionato. Era apparsa molto scossa subito dopo la scomparsa dell'uomo. Aveva gettato nel lago una borsa dal contenuto strano. Tutti elementi che andavano presi in considerazione; ma nessuno dei quali portava al nocciolo della faccenda. Come aveva avuto inizio quella catena di eventi? Ecco il problema finale di quel groviglio di avvenimenti.

''Musgrave'', gli dissi, ''debbo vedere quel foglio che il tuo maggiordomo ha creduto bene di dover consultare anche a rischio di perdere il posto.''

''Questo nostro rituale è una faccenda abbastanza assurda,'' rispose. ''Ma almeno ha il pregio di essere molto antico. Ho qui una copia delle domande e delle risposte, se vuoi dargli un'occhiata.''

Mi porse proprio questo foglio che adesso ho in mano, Watson, ed ecco lo strano catechismo che ogni Musgrave ha dovuto recitare nel giorno in cui diventava maggiorenne. Glielo leggerò così com'è.

''Chi lo possedeva?''
''Colui che è andato.''
''Chi lo avrà?''
''Colui che verrà.''
''Dov'era il sole?''
''Sopra la quercia.''
''Dov'era l'ombra?''
''Sotto l'olmo.''
''Quanti erano i gradini?''
''Dieci per dieci a nord, cinque per cinque ad est, due per due a sud, uno per uno a ovest, e così al disotto...''

"Cosa daremo per esso?"

"Tutto quanto è nostro."

"Perché dovremmo darlo?"

"Per amore del patto."

"L'originale non è datato, ma l'ortografia risale alla metà del XVII secolo", osservò Musgrave. "Temo però che non ti servirà a molto per risolvere questo mistero."

"Se non altro", risposi, "ci presenta un altro mistero, ancora più interessante del primo. Può darsi che risolvendone uno si risolva anche l'altro. Mi scuserai, Musgrave, se ti dico che il tuo maggiordomo mi sembra sia stato molto furbo, assai più perspicace di dieci generazioni dei suoi padroni."

"Non ti seguo", disse Musgrave. "A me sembra che quel foglio non abbia, in pratica, la minima importanza."

"E invece a me sembra che ne abbia moltissima e immagino che così la pensasse anche Brunton. Probabilmente lo aveva già visto prima della notte in cui l'hai sorpreso."

"Possibilissimo. Non ci siamo mai dati pena di nasconderlo."

"Immagino che quella notte volesse solo rinfrescarsi la memoria. Se non sbaglio aveva in mano una specie di mappa o di pianta che stava confrontando col manoscritto e che si è messo in tasca quando sei comparso tu."

"Infatti. Ma quale nesso poteva avere con questa antica tradizione di famiglia, e che significato ha questa filastrocca?"

"Non credo che avremo molte difficoltà a scoprirlo", dissi; "se non ti dispiace, prenderemo il primo treno per il Sussex e andremo a fondo di questa storia sul posto."

Quello stesso pomeriggio eravamo entrambi a Hurlstone. Forse lei avrà visto delle illustrazioni e letto delle descrizioni di quel famoso edificio, quindi mi limiterò a dire che è costruito a forma di L, di cui la parte più lunga è la più moderna e quella più breve l'antico nucleo da cui si è sviluppato l'altro. Al centro della parte vecchia, sul portone basso, sormontato da una pesante architrave, è incisa la data 1607, ma gli esperti concordano nel ritenere che le travature e la muratura risalgano, in realtà, a molti anni prima. Negli ultimi secoli, le mura massicce e le finestre minuscole avevano spinto la famiglia a costruire un'ala nuova, e la vecchia ala adesso era usata, quando la si usava, come magazzino e cantina. La casa è circondata da uno splendido parco pieno di vecchi alberi, molto belli, e lo stagno, cui aveva accennato il mio cliente, si trova accanto al viale, a circa duecento yard dalla casa.

Ero già fermamente convinto, Watson, che non si trattava di

tre misteri separati ma di un mistero unico e che, se fossi riuscito a decifrare correttamente il Rituale dei Musgrave, avrei avuto in mano la chiave che mi avrebbe condotto alla verità circa il maggiordomo Brunton e la cameriera Howells. Mi ci dedicai, quindi, con tutte le mie energie. Perché il domestico era stato così ansioso di decifrare quell'antica formula? Evidentemente perché in essa vedeva qualcosa che era sfuggito a tutte quelle generazioni di nobili di campagna e dalla quale si aspettava un profitto personale. Di che si trattava, dunque, e in che modo era collegata alla sua scomparsa?

Leggendo il Rituale, mi appariva del tutto ovvio che le misure dovevano riferirsi a un determinato punto al quale alludeva il resto del documento e che, se avessimo individuato quel punto, avremmo fatto un bel passo avanti per scoprire il segreto che gli antichi Musgrave avevano ritenuto necessario celare in modo così insolito. Avevamo due elementi guida per cominciare, una quercia e un olmo. In quanto alla quercia, non c'erano dubbi. Proprio di fronte alla casa, a sinistra del viale d'accesso, si ergeva una quercia centenaria, uno degli alberi più splendidi che io avessi mai visto.

"Ecco dove è stato stilato il tuo Rituale", dissi mentre passavamo accanto con la carrozza.

"Probabilmente, è lì fin dai tempi della Conquista Normanna", rispose. "Ha una circonferenza di ventitré piedi."

Uno dei miei punti fissi di riferimento era assicurato.

"Ci sono dei vecchi olmi?", chiesi.

"Ce n'era uno molto vecchio laggiù ma dieci anni fa è stato abbattuto da un fulmine, e abbiamo tagliato il ceppo rimasto."

"Sai dirmi in che punto si trovava?"

"Certamente."

"Non ci sono altri olmi?"

"Nessuno vecchio, ma una quantità di faggi."

"Vorrei vedere il punto preciso dove sorgeva."

Stavamo viaggiando su un calessino, e il mio amico deviò subito, senza nemmeno entrare in casa, verso il punto del prato dove era stato il vecchio olmo. Si trovava quasi a mezza strada fra la quercia e la casa. La mia indagine sembrava fare progressi.

"Suppongo sia impossibile sapere quanto fosse alto quell'olmo?", dissi.

"Te lo dico subito. Era alto 64 piedi."

"Come lo sai?", gli domandai, stupito.

"Quando il mio vecchio tutore mi dava i compiti di trigonometria, faceva sempre riferimento alla misurazione delle altezze. Da ragazzo, avevo misurato ogni albero e ogni edificio della proprietà."

Questo era un insperato colpo di fortuna. Le informazioni mi arrivavano più rapidamente di quanto avrei potuto ragionevolmente sperare.

"Dimmi", gli chiesi, "il tuo maggiordomo ti ha fatto mai questa domanda?"

Reginald Musgrave mi guardò sbalordito. "Ora che mi ci fai pensare", rispose, "effettivamente Brunton *mi chiese* l'altezza dell'albero qualche mese fa, in seguito a una qualche discussione con lo stalliere."

Era un'ottima notizia, Watson, perché mi dimostrava che ero sulla strada giusta. Guardai il sole. Era basso sull'orizzonte e calcolai che, entro meno di un'ora, si sarebbe trovato proprio al di sopra dei rami più alti della vecchia quercia. Si sarebbe così compiuta una delle condizioni indicate nel Rituale. Il riferimento all'ombra dell'olmo doveva significare l'estremità dell'ombra stessa, altrimenti sarebbe stato scelto il tronco come puntoguida. Dovevo quindi scoprire dove andava a cadere l'ombra quando il sole superava la quercia.»

«Dev'essere stato difficile, Holmes, dal momento che l'olmo non c'era più.»

«Be', almeno sapevo che se poteva farlo Brunton, lo potevo fare anch'io. Inoltre, non c'era poi tutta quella difficoltà. Andai con Musgrave nel suo studio e mi feci questo paletto di legno al quale legai questa lunga corda, facendo un nodo per ogni yard. Presi poi due lunghezze di canna da pesca, che arrivavano giusto a sei piedi e, con il mio amico, tornai sul punto dove un tempo sorgeva l'olmo. Il sole stava appena sfiorando la sommità della quercia. Legai all'estremità la canna da pesca, segnai la direzione dell'ombra e la misurai. Era esattamente di nove piedi.

Naturalmente, a quel punto il calcolo era semplicissimo. Se una canna di sei piedi gettava un'ombra lunga nove piedi, un albero di 64 piedi ne avrebbe gettato una di 96, ed entrambe si sarebbero allungate su una medesima linea. Misurai la distanza che mi condusse fin quasi al muro della casa; in quel punto piantai il piolo. Può immaginare la mia esultanza, Watson, quando a due pollici dal mio paletto scorsi una depressione conica nel terreno. Sapevo che era stata fatta da Brunton nel corso delle sue misurazioni e che, quindi, ero ancora sulle sue tracce.

Partii da quel punto, dopo aver preso le coordinate con la mia bussola tascabile. Avanzai di dieci passi con ciascun piede parallelamente al muro dell'edificio e anche in quel caso segnai il mio punto d'arrivo con un paletto. Poi contai accuratamente dieci passi ad est e due passi a sud, arrivando così proprio alla soglia della vecchia porta. Due passi ad ovest significavano che dovevo scendere due gradini lungo il corridoio lastricato di pietra; raggiunsi così il punto indicato dal Rituale.

Non ero mai rimasto tanto deluso in vita mia, Watson. Per un attimo pensai che doveva esserci stato un qualche errore fondamentale nei miei calcoli. I raggi del sole al tramonto illuminavano in pieno il pavimento del corridoio e potevo vedere che le vecchie lastre di pietra grigia logorate dai passi erano fermamente cementate fra loro e certo non erano state smosse da molti anni. Sicuramente non era lì che Brunton aveva lavorato. Battei sul pavimento ma il suono era uguale dappertutto e non c'era traccia di incrinature o fessure. Fortunatamente però Musgrave, che aveva cominciato a capire a cosa miravano le mie azioni e a quel punto era eccitato quanto me, prese il manoscritto per controllare i miei calcoli.

"Al disotto!", gridò. "Hai dimenticato 'al disotto'!"

Avevo creduto che significasse che dovevamo scavare ma in quel momento, naturalmente, mi resi conto di aver sbagliato. "C'è un sotterraneo, allora, in questo punto?" esclamai.

"Sì, vecchio quanto la casa. Giù da questa parte, attraverso la porta."

Scendemmo lungo una scala a chiocciola di pietra e il mio amico, strofinando un fiammifero, accese una grossa lanterna poggiata su un barile, in un angolo. Ci rendemmo conto all'istante di essere arrivati nel punto giusto e che non eravamo le uniche persone ad esserci state di recente.

Il sotterraneo era stato usato per immagazzinare la legna ma i ciocchi che evidentemente erano sparsi sul pavimento ora erano ammonticchiati da una parte, lasciando al centro uno spazio vuoto. In quello spazio c'era un lastrone di pietra con al centro un anello di ferro arrugginito al quale era attaccato uno sciarpone di lana a quadri.

"Per Giove!", esclamò Musgrave. "Quella è la sciarpa di Brunton. Gliel'ho vista addosso, potrei giurarci. Che faceva qui quel furfante?"

Dietro mio suggerimento, vennero convocati un paio di agenti locali come testimoni; cercai allora di sollevare la lastra di pietra tirando con la sciarpa. Ma riuscii appena a smuoverla e solo con l'aiuto dei due agenti riuscii finalmente a spostarla da una parte, scoprendo una profonda cavità scura nella quale ci chinammo tutti a guardare mentre Musgrave, inginocchiato lì accanto, calava giù la lanterna.

Sotto di noi si apriva un piccolo locale, alto circa sette piedi e largo quattro; da una parte c'era un tozzo cofanetto di legno rinforzato con fasce d'ottone, col coperchio alzato e questa strana vecchia chiave sporgente dal lucchetto. All'esterno era ricoperto da una spessa coltre di polvere e il legno era corroso dall'umidità e dai vermi così che all'interno cresceva un cespuglio di funghi bluastri. Sul fondo del cofanetto erano sparsi vari dischi di metallo, monete antiche, a quanto sembrava; ma, per il resto, era vuoto.

Per il momento, però, i nostri pensieri non erano concentrati sul baule; guardavamo inchiodati ciò che gli giaceva accanto. Era il corpo di un uomo vestito di nero, accovacciato, con la fronte appoggiata all'orlo del baule e le braccia aperte su entrambi i suoi lati. A causa della posizione, il sangue si era concentrato nel viso e nessuno avrebbe potuto riconoscere quei lineamenti distorti di color rosso bruno; ma l'altezza, l'abbigliamento e i capelli furono sufficienti perché il mio amico, una volta tirato su il corpo, riconoscesse il suo maggiordomo scomparso. Era morto già da qualche giorno ma non presentava né ferite né contusioni che potessero indicare la causa di quella orribile fine. Una volta che il cadavere fu trasportato fuori dal sottosuolo, ci trovammo di fronte a un problema quasi altrettanto insolubile di quello da cui eravamo partiti.

Le confesso che, fino a quel momento, Watson, ero molto deluso dalle mie indagini. Avevo calcolato di arrivare alla soluzione una volta individuato il luogo indicato nel Rituale; c'ero arrivato, eppure ancora non avevo la minima idea di cosa la famiglia avesse nascosto con tante elaborate precauzioni. Certo, avevo scoperto cosa ne era stato di Brunton ma adesso dovevo accertare come era arrivato a quella fine e quale parte aveva avuto in tutta la faccenda la donna scomparsa. Mi sedetti in un angolo, su un barilotto, per ripensare passo per passo a tutta la storia.

Lei conosce i miei metodi in casi del genere, Watson. Mi misi nei panni di quell'uomo e, dopo averne calcolato l'intelligenza, cercai di immaginare come avrei agito io in circostanze analoghe. In questo caso, il processo era semplificato dal fatto che Brunton aveva un'intelligenza di prim'ordine e quindi non occorreva lasciare margini a quella che gli astronomi definiscono equazione personale. Aveva individuato il punto. Aveva scoperto che la lastra che lo chiudeva era troppo pesante perché un uomo potesse spostarla da solo. E poi che aveva fatto? Non poteva chiedere un aiuto esterno, anche se avesse avuto qualcuno di cui fidarsi, senza sbloccare le porte e correre il pericolo di essere scoperto. Sarebbe stato meglio, se appena possibile, avere un complice dall'interno. Ma a chi rivolgersi? La ragazza gli era stata devota. È sempre difficile per un uomo rendersi conto di aver perso l'amore di una donna, per quanto male l'abbia trattata. Avrebbe cercato, con qualche complimento e qualche piccola attenzione, di far pace con la Howells, poi ne avrebbe fatto la sua complice. Sarebbero scesi insieme nel sottosuolo, di notte, e unendo le loro forze avrebbero potuto sollevare la lastra di pietra. Fino a quel momento potevo seguire le loro azioni come se le avessi viste con i miei occhi.

Ma per due individui, uno dei quali una donna, alzare quella lastra doveva essere stato molto faticoso. Era stato già gravoso per un robusto poliziotto del Sussex e per me. In che modo si sarebbero aiutati? Probabilmente come io stesso mi sarei aiutato. Mi alzai ed esaminai con cura i vari ciocchi di legno sparsi sul pavimento. Quasi subito trovai quello che mi aspettavo di trovare. Un pezzo di legno, lungo circa tre piedi, presentava una tacca molto marcata a un'estremità mentre molti altri erano schiacciati ai lati come se fossero stati compressi da un grosso peso. Evidentemente, mentre trascinavano la lastra, si erano serviti dei ciocchi di legno come cunei fino a quando l'apertura non era stata sufficiente a farli passare; per tenerla aperta l'avevano appoggiata su un pezzo di legno messo di traverso che era rimasto intaccato all'estremità perché tutto il peso della lastra gravava sull'orlo di quella accanto. Fin qui, tutto liscio.

Ma adesso, come ricostruire quel dramma di mezzanotte? Chiaramente, solo una persona poteva penetrare dall'apertura, e quella fu Brunton. La ragazza doveva avere aspettato di sopra. Brunton aveva poi aperto il lucchetto del baule, probabilmente porgendole in alto il contenuto — dal momento che non era stato trovato — e poi — poi, cos'era accaduto?

Quale sopita fiamma di vendetta si era improvvisamente riaccesa nel cuore di quella celtica impulsiva vedendo che l'uomo che le aveva fatto torto — più torto, forse, di quanto immaginiamo — era alla sua mercé? Era stato per caso che il legno era scivolato e la pietra aveva rinchiuso Brunton in quella che era diventata la sua tomba? La ragazza si era solo resa colpevole di tacere circa la sorte del maggiordomo? O non era stato un colpo improvviso della sua mano a spazzar via il supporto e a far ricadere la lastra al suo posto? Comunque siano andate le cose, mi sembra di veder la donna, col suo tesoro stretto al petto, che fugge come il vento su per la scala mentre forse le risuonano alle orecchie delle grida smorzate e il battere di mani frenetiche contro la lastra di pietra che stava soffocando l'uomo togliendogli la vita.

Ecco il motivo del suo volto sbiancato, dei suoi scoppi di risa isteriche il mattino seguente. Ma cosa aveva contenuto il bauletto? Che ne aveva fatto? Senza dubbio, doveva trattarsi di quel mucchio di pezzi di metallo e di sassolini che il mio amico aveva trovato facendo dragare lo stagno. Ce li aveva buttati lei alla prima occasione, per cancellare ogni traccia del suo delitto.

Per venti minuti restai seduto, immobile, esaminando la faccenda. Musgrave mi stava accanto, pallidissimo, dondolando la lanterna e scrutando giù nella cripta.

"Queste sono monete di Carlo I", disse mostrandomi le poche che erano rimaste nel baule; "vedi che avevamo ragione nel fissare la data del Rituale."

"Possiamo trovare qualcos'altro di Carlo I", esclamai mentre il significato delle prime due domande del Rituale mi balenava alla mente. "Fammi vedere il contenuto della sacca che hai ripescato dallo stagno."

Salimmo nel suo studio e mi mise davanti i reperti. Guardandoli potevo capire come li considerasse cose di nessuna importanza perché il metallo era quasi nero, e le pietruzze scure e opache. Ne strofinai, però, una sulla manica e, nel palmo della mia mano, cominciò a brillare come una scintilla nel buio. L'oggetto di metallo aveva la forma di un doppio anello ma la forma originale era stata piegata e contorta.

"Non dimenticare", gli dissi, "che, anche dopo la morte del sovrano, la famiglia reale rimase in Inghilterra e, quando alla fine fuggì, probabilmente lasciarono sepolti qui i loro oggetti più preziosi con l'intenzione di tornare a riprenderseli quando si fossero calmate le acque."

"Un mio antenato, Sir Charles Musgrave, era un cavaliere di rango e braccio destro di Carlo II nelle sue peregrinazioni", osservò il mio amico.

"Ah davvero!", risposi. "Bene, questo ci fornisce l'ultimo anello della catena. Mi congratulo con te per essere entrato in possesso, sia pure in modo abbastanza tragico, di una reliquia di grande valore intrinseco ma di ancor più grande valore storico."

"E che sarebbe?", domandò sbalordito.

"Niente di meno che l'antica corona dei sovrani d'Inghilterra."

"La corona!"

"Precisamente. Pensa a quello che dice il Rituale. Come fa? 'Chi lo possedeva?' 'Colui che è andato.' E questo dopo l'esecuzione di Carlo i. Poi, 'Chi lo avrà?' 'Colui, che verrà.' E questo era Carlo ii, di cui già si prevedeva l'ascesa al trono. Credo non ci sia alcun dubbio che questo diadema informe e malconcio abbia un tempo cinto la fronte dei reali Stuart."

"E come è finito nello stagno?"

"Ci vorrà un po' di tempo per rispondere a questa domanda." E gli illustrai la lunga catena di supposizioni e prove che avevo intuito. Il sole era calato e la luna splendeva alta nel cielo prima che avessi finito il mio racconto.

"E come mai Carlo non ottenne la corona al suo ritorno?", chiese Musgrave riponendo il reperto nella borsa di tela.

"Ah, hai messo il dito sulla piaga. Questo probabilmente non lo scopriremo mai. Può darsi che il Musgrave detentore del segreto sia morto nel frattempo e, per una dimenticanza, lasciò ai suoi discendenti l'indicazione senza svelarne il segreto. Da quel giorno è stata tramandata di padre in figlio fino a quando capitò a portata di mano di un uomo che ne decifrò il segreto e perse la vita nella sua impresa."

E questa, Watson, è la storia del Rituale dei Musgrave. La corona è oggi in loro possesso a Hurlstone — anche se hanno dovuto affrontare dei cavilli legali e considerevoli spese prima di ottenere il permesso di trattenerla. Sono certo che, se farà il mio nome, saranno felici di mostrargliela. Della donna non si seppe più nulla e, in tutta probabilità, ha lasciato l'Inghilterra portando se stessa e il ricordo del suo delitto in qualche terra d'oltremare.»

# L'enigma di Reigate

Occorse un po' di tempo prima che il mio amico Holmes si rimettesse in salute dopo la sua frenetica attività durante la primavera dell'87. L'intera questione della Netherland-Sumatra Company e dei colossali progetti del barone Maupertuis sono ancora troppo vivi nella mente del grosso pubblico e troppo strettamente collegati con la politica e l'economia perché sia il caso di riparlarne in questa serie di brevi resoconti. Tuttavia, sia pure indirettamente, quegli eventi portarono a un insolito e complesso problema che offrì al mio amico l'opportunità di dimostrare il valore di una nuova arma fra le molte di cui egli si serviva per combattere la sua sempiterna lotta contro la criminalità.

Sfogliando i miei appunti vedo che fu il quattordici di aprile il giorno in cui ricevetti un telegramma da Lione con il quale mi si comunicava che Holmes giaceva ammalato nell'Hotel Dulong. Entro ventiquattr'ore ero al suo capezzale, sollevato nel vedere che i sintomi della sua malattia non indicavano nulla di grave. Comunque, anche la sua salute di ferro aveva ceduto sotto lo sforzo di un'indagine che si era protratta per oltre due mesi durante i quali non aveva mai lavorato meno di quindici ore al giorno e, spesso e volentieri, come egli stesso mi disse, per cinque giorni di fila. Perfino il brillante risultato conseguito non lo aveva salvato dalla reazione a uno sforzo così tremendo e proprio quando il suo nome veniva acclamato in tutta Europa e la sua camera era letteralmente sommersa da telegrammi di congratulazione, lo trovai in preda a una profonda depressione. Perfino la consapevolezza di essere riuscito là dove la polizia di tre nazioni aveva fallito, e di avere frustrato, passo per passo, le manovre del più abile imbroglione d'Europa, non bastava a sollevarlo dalla sua prostrazione nervosa.

Tre giorni dopo eravamo di nuovo insieme a Baker Street ma era evidente che il mio amico aveva bisogno di un cambiamento d'aria e del resto anche a me sorrideva l'idea di una settimana in campagna. Il colonnello Hayter, un mio vecchio amico che avevo avuto occasione di curare in Afghanistan, aveva affittato una casa a Reigate, nel Surrey, e spesso mi aveva invitato ad andarlo a trovare. Nella sua ultima offerta di ospitalità mi aveva detto che sarebbe stato felicissimo se anche il mio amico fosse venuto con me. Occorreva un po' di diplomazia ma, quando Holmes seppe che saremmo stati solo noi uomini e che sarebbe stato libero di andare e venire a suo piacimento, accettò di accompagnarmi e, una settimana dopo il nostro ritorno da Lione, eravamo a casa del colonnello. Hayter era un vecchio militare in gamba, che conosceva bene il mondo e, come mi aspettavo, scoprì ben presto che lui e Holmes avevano molto in comune.

La sera del nostro arrivo, eravamo seduti, dopo cena, nella sala delle armi del colonnello — Holmes sdraiato sul divano mentre Hayter ed io guardavamo la sua piccola collezione di armi orientali.

«A proposito», disse improvvisamente Hayter, «credo che mi porterò di sopra una di queste pistole, in caso ci fosse un allarme.»

«Un allarme!», esclamai.

«Sì, recentemente c'è stato un po' di panico da queste parti. Lunedì scorso, dei ladri sono penetrati in casa del vecchio Acton, uno dei nostri magnati locali. Non ci sono stati grossi danni, ma quelle canaglie sono ancora in circolazione.»

«Nessun indizio?», chiese Holmes lanciando un'occhiata d'intesa al colonnello.

«Ancora nessuno. Ma è una faccenda da poco, uno dei nostri piccoli crimini di campagna, troppo trascurabili per la sua attenzione, signor Holmes, dopo il suo exploit internazionale.»

Holmes fece un gesto con la mano, come a respingere il complimento anche se il suo sorriso dimostrava che gli aveva fatto piacere.

«C'era qualche aspetto interessante?»

«Direi di no. I ladri hanno saccheggiato la biblioteca, con scarsissimi risultati. Hanno messo tutto a soqquadro, aperto i cassetti, frugato negli armadi, ma le uniche cose sparite sono un volume scompagnato dell'*Homer* di Pope, due candelieri placcati, un fermacarte d'avorio, un piccolo barometro di legno di quercia e un gomitolo di spago.»

«Che straordinario assortimento!», esclamai.

«Mah! evidentemente i ladri hanno preso quello che hanno trovato.»

Dal divano venne un borbottio di Holmes.

«La polizia di contea dovrebbe cavarne qualcosa», disse; «dopotutto, è certamente ovvio che...»

Alzai un dito ammonitore.

«Amico mio, lei è qui per riposarsi. Per amor del cielo, non si imbarchi in un nuovo problema quando ha già i nervi a pezzi.»

Holmes si strinse nelle spalle, lanciando uno sguardo di comica rassegnazione al colonnello e il discorso si spostò su argomenti meno pericolosi.

Era però destino che tutta la mia cautela professionale andasse perduta perché la mattina dopo il problema ci si presentò in modo tale che era impossibile ignorarlo, e la nostra vacanza in campagna prese una piega che non potevamo assolutamente prevedere. Stavamo facendo colazione quando il maggiordomo del colonnello si precipitò sconvolto nella stanza.

«Ha sentito la novità, signore?», disse col fiato corto. «Dai Cunningham, signore!»

«Un altro furto con scasso!», esclamò il colonnello con la tazza del caffè a mezz'aria.

«Omicidio!»

Il colonnello emise un fischio. «Per Giove!» disse. «Chi è stato ucciso? Il giudice o suo figlio?»

«Nessuno dei due, signore. William il cocchiere. Gli hanno sparato dritto al cuore, signore, ed è morto sul colpo.»

«Ma chi gli ha sparato?»

«Il ladro, signore. Poi è fuggito come un lampo ed è sparito. Era appena penetrato in casa dopo aver infranto la finestra della dispensa quando William gli è piombato addosso e ha perso la vita per difendere la proprietà del suo padrone.»

«Quando è successo?»

«La scorsa notte, signore, all'incirca a mezzanotte.»

«Ah, bene, dopo ci faremo un salto», disse imperturbabile il colonnello, riprendendo la sua colazione.

«Una brutta faccenda», aggiunse dopo che il maggiordomo si fu ritirato. «È il personaggio più in vista da queste parti, il vecchio Cunningham, e una bravissima persona. Ne sarà rimasto molto colpito perché il cocchiere era con lui da anni, un ottimo dipendente. Ovviamente si tratta degli stessi furfanti che si erano introdotti in casa di Acton.»

«E che avevano rubato quella strana accozzaglia di oggetti», commentò Holmes, pensieroso.

«Precisamente.»

«Hum! Potrebbe trattarsi della cosa più semplice di questo mondo ma, a prima vista è una faccenda un po' curiosa, no? Si penserebbe che una banda di scassinatori che opera in campagna dovrebbe variare il teatro delle sue imprese, non forzare due case nello stesso distretto nell'arco di pochi giorni. Quando ieri sera lei ha parlato di prendere precauzioni ho pensato che questa era probabilmente l'ultima area in Inghilterra che avrebbe potuto richiamare l'attenzione del ladro, o dei ladri — il che dimostra che ho ancora molto da imparare.»

«Secondo me, si tratta di un qualche ladruncolo locale», disse il colonnello. «E in questo caso, naturalmente, prenderebbe di mira gli alloggi di Acton e di Cunningham, che sono i maggiori possidenti da queste parti.»

«E anche i più ricchi?»

«Be', dovrebbero esserlo, ma da anni trascinano una causa che, credo, li ha dissanguati. Il vecchio Acton accampa non so quale diritto su una metà della proprietà di Cunningham, e gli avvocati si stanno dando un gran daffare.»

«Se si tratta di un malvivente locale non dovrebbe essere molto difficile rintracciarlo», disse Holmes sbadigliando. «D'accordo, Watson, non ho intenzione di immischiarmene.»

«L'ispettore Forrester, signore», annunciò il maggiordomo spalancando la porta.

L'ufficiale, un giovanotto dall'aria svelta e intelligente, entrò nella stanza. «Buon giorno, colonnello», disse. «Spero di non disturbarla, ma abbiamo sentito che il signor Holmes di Baker Street è qui da lei.»

Il colonnello accennò con la mano al mio amico, e l'ispettore fece un inchino.

«Abbiamo pensato che le sarebbe piaciuto venire a dare un'occhiata, signor Holmes.»

«Il destino è contro di lei, Watson», disse Holmes ridendo. «Stavamo proprio parlando della cosa quando è entrato lei, ispettore. Forse, potrebbe darci qualche particolare.» Vedendolo riadagiarsi sulla sedia nel suo atteggiamento consueto, capii che avevo perso la partita.

«Nel caso Acton non abbiamo indizi, ma questa volta ce ne sono molti, e non c'è dubbio che si tratti in entrambi i casi della stessa persona. Quell'uomo è stato visto.»

«Ah!»

«Sì, signore. Ma dopo aver sparato il colpo che ha ucciso il povero William Kirwan è scappato come una lepre. Il signor Cunningham l'ha visto dalla finestra della sua camera da letto, e il signor Alec Cunningham dal corridoio sul retro. Era un quarto a mezzanotte quando è scoppiato l'allarme. Il signor Cunningham si era appena coricato e il signor Alec stava fumando la pipa, in vestaglia. Entrambi hanno sentito William, il cocchiere, che invocava aiuto e il signor Alec corse giù per vedere che stava succedendo. La porta sul retro era aperta e, arrivato in fondo alle scale, vide all'esterno due uomini che lottavano. Uno di loro sparò un colpo, l'altro cadde e l'assassino traversò di corsa il giardino scomparendo oltre la siepe. Dalla sua finestra, il signor Cunningham lo vide raggiungere la strada, poi lo perse subito di vista. Il signor Alec si era fermato per prestare soccorso al ferito in fin di vita, e quindi quel farabutto se l'è squagliata. Oltre al fatto che si trattava di un uomo di media statura, vestito di scuro, non abbiamo altre descrizioni; ma stiamo indagando attivamente e se non è di queste parti lo scopriremo presto.»

«Cosa ci faceva lì questo William? Ha detto qualcosa prima di morire?»

«Nemmeno una parola. Vive nella *dépendance* con sua madre e, dato che era un tipo molto scrupoloso, riteniamo che sia andato verso la casa per controllare se tutto era a posto. Il caso Acton ha messo tutti all'erta, naturalmente. Il ladro doveva avere appena aperto la porta — la serratura è stata forzata — quando William lo ha sorpreso.»

«Prima di uscire, William ha detto qualcosa a sua madre?»

«È molto anziana, e sorda, e da lei non abbiamo cavato alcuna informazione. Lo shock l'ha mezza istupidita, ma mi risulta che non sia mai stata molto sveglia. C'è solo una circostanza molto importante, però. Guardi!»

Tirò fuori un foglietto strappato da un taccuino, tutto spiegazzato, e se lo stese sul ginocchio. «L'abbiamo trovato fra il pollice e l'indice del morto. Sembra un frammento strappato da un foglio più grande. Noterà che l'ora citata è proprio quella in cui quel povero diavolo è morto. Come vede, l'assassino può avergli strappato il resto del foglio dalle mani, oppure William ha strappato questo frammento all'assassino. Sembra quasi che si tratti di un appuntamento.»

Holmes prese il frammento di carta, che si presentava così. .

at quarter to twelve<br><br>learn what<br><br>may

[a un quarto a mezzanotte
   apprendere qualcosa
    potrebbe]


«Presumendo che si tratti di un appuntamento», continuò l'ispettore, «è lecito supporre che questo William Kirwan, pur avendo fama di persona onesta, fosse in combutta col ladro. Può essersi incontrato con lui, magari l'ha anche aiutato a forzare la porta, poi è insorto qualche disaccordo fra loro.»

«Questo scritto è straordinariamente interessante», disse Holmes dopo averlo esaminato molto attentamente. «La faccenda è molto più complicata di quanto pensassi.» Si prese la testa fra le mani mentre l'ispettore sorrideva vedendo quale effetto avesse il suo caso sul famoso esperto londinese.

«La sua ultima osservazione», disse improvvisamente Holmes, «circa la possibilità che esistesse un accordo fra lo scassinatore e il domestico, e che questo si riferisca a un appuntamento fra i due, è una supposizione ingegnosa e non del tutto impossibile. Ma questo scritto apre…», si riprese di nuovo la testa fra le mani e rimase per qualche minuto immerso nei suoi pensieri. Quando rialzò il viso fui sorpreso nel vedere che aveva ripreso colore e che gli occhi gli brillavano come un tempo. Balzò in piedi con tutta l'antica energia.

«Sa una cosa», disse, «mi piacerebbe esaminare con calma i particolari di questo caso. C'è in esso qualcosa che mi affascina profondamente. Se me lo consente, colonnello, la lascerei qui con il mio amico Watson, e io andrei con l'ispettore a controllare la veridicità di un paio di idee che mi sono venute in mente. Sarò di ritorno fra mezz'ora.»

Passò un'ora e mezza prima che l'ispettore ritornasse, da solo.

«Il signor Holmes è là fuori, che sta andando avanti e indietro sul campo», disse. «Vuole che tutti e quattro ci rechiamo in quella casa.»

«Da Cunningham?»

«Sissignore.»

«A che scopo?»

L'ispettore si strinse nelle spalle. «Non ne ho idea, signore, Detto fra noi, credo che il signor Holmes non si sia ancora ripreso dalla sua malattia. Si è comportato in modo molto strano, ed è eccitatissimo.»

«Credo che non ci sia motivo di allarmarsi», dissi. «Ho scoperto che generalmente c'è del metodo nella sua follia.»

«Qualcuno potrebbe anche dire che c'è della follia nei suoi metodi», brontolò l'ispettore. «Ma è sulle spine per cominciare, colonnello, quindi, se lei è pronto, faremo bene a uscire.»

Trovammo Holmes che andava su e giù sul campo, a capo chino, con le mani sprofondate nelle tasche.

«La faccenda si fa sempre più interessante», disse. «Watson, la sua gita di campagna ha avuto davvero successo. Ho passato una mattinata deliziosa.»

«A quanto ho capito, è stato sulla scena del delitto», disse il colonnello.

«Sì, l'ispettore ed io abbiamo fatto un piccolo sopralluogo.»

«Risultati?»

«Be', abbiamo visto delle cose molto interessanti. Ne parleremo camminando. In primo luogo, abbiamo visto il corpo di quel poveretto. Senza dubbio è morto per il colpo di pistola, come è stato detto.»

«Nutriva dubbi in proposito?»

«Oh, è sempre meglio controllare tutto. La nostra ispezione non è stata inutile. Poi abbiamo avuto un colloquio con il signor Cunningham e con suo figlio, che ci hanno indicato il punto esatto in cui il ladro, scappando, ha attraversato la siepe del giardino. E questo è stato molto interessante.»

«Naturalmente.»

«Poi, abbiamo fatto un salto dalla madre di quel povero diavolo. Non ne abbiamo cavato niente, però, perché è molto anziana e debole.»

«E qual è il risultato delle sue indagini?»

«La convinzione che si tratta di un delitto molto insolito. Forse, la nostra visita di adesso contribuirà a renderlo meno oscuro. Credo, ispettore, che siamo d'accordo entrambi sul fatto che il frammento di carta trovato nelle mani del morto, e sul quale è scritta l'ora precisa del decesso, sia di enorme importanza.»

«Dovrebbe darci una traccia, signor Holmes.»

«Ci *dà* una traccia. Chiunque l'abbia scritto, è proprio la persona che ha trascinato William Kirwan fuori dal letto a quell'ora. Ma dov'è il resto del foglio?»

«Ho esaminato il terreno palmo a palmo sperando di ritrovarlo», disse l'ispettore.

«È stato strappato via dalla mano dell'uomo. Perché qualcuno era tanto ansioso di impadronirsene? Perché lo incriminava. E che ne avrebbe fatto? Probabilmente se lo sarebbe messo in tasca senza accorgersi che un frammento era rimasto nella mano dell'ucciso. Se potessimo entrare in possesso del resto del foglio senza dubbio avremmo fatto un grosso passo avanti nella soluzione del mistero.»

«Già, ma come possiamo arrivare alla tasca del criminale se prima non acciuffiamo il criminale stesso?»

«Bene, bene, valeva la pena di pensarci. C'è poi un altro elemento ovvio. Il messaggio fu mandato a William. Chi l'ha preso non poteva essere il mittente dato che, in quel caso, avrebbe fatto a voce la sua ambasciata. Allora, chi ha portato il biglietto? O è stato spedito?»

«Ho svolto qualche indagine», disse l'ispettore. «Ieri William ha ricevuto una lettera con la posta del pomeriggio. Ma ha gettato via la busta.»

«Eccellente!», esclamò Holmes dandogli una pacca sulle spalle. «Lei ha interrogato il postino. È un piacere lavorare con lei. Bene, eccoci alla *dépendance* e, se lei viene con noi, colonnello, le mostrerò la scena del delitto.»

Oltrepassammo il grazioso cottage dove aveva abitato il defunto e percorremmo un viale fiancheggiato da querce fino alla bella dimora regina Anna, sulla cui porta l'architrave reca incisa la data della battaglia di Malplaquet. Al seguito di Holmes e dell'ispettore girammo intorno e arrivammo al cancello laterale, che un giardino divide dalla siepe che costeggia la strada. Un poliziotto era a guardia della porta della cucina.

«Apra la porta», disse Holmes. «Ecco, il giovane Cunningham si trovava su quella scala quando vide i due uomini lottare, nel punto in cui ci troviamo noi. Il vecchio signor Cunningham era a quella finestra — la seconda a sinistra — e scorse quell'individuo che fuggiva proprio a sinistra di quel cespuglio. E lo vide anche il figlio. Entrambi ne sono certissimi, proprio per via del cespuglio. Poi il signor Alec corse fuori e si inginocchiò accanto al ferito. Come vedete, il terreno è molto duro e non ci sono impronte che possano guidarci.» Mentre parlava, due uomini arrivarono lungo il viale del giardino, da dietro l'angolo della casa. Uno era anziano, con un volto vigoroso, pesante, profondamente segnato; l'altro, un giovane focoso, la cui espressione gaia e sorridente e l'abbigliamento vistoso erano in stridente contrasto con l'evento che ci aveva portati lì.

«State ancora brancolando nel buio, allora?», disse ad Holmes. «Credevo che voi londinesi non sbagliaste mai. Tutto sommato, non mi sembrate poi così furbi.»

«Ah, ci dia un po' di tempo», rispose bonariamente Holmes.

«Ne avrete bisogno», ribatté il giovane Alec Cunningham. «Diamine, sembra proprio che non ci sia nessun indizio.»

«Ce n'è solo uno», rispose l'ispettore. «Pensavamo che, se solo potessimo trovare — santo cielo, signor Holmes! Che succede?»

Il viso del mio povero amico aveva assunto un'espressione spaventosa. Roteando gli occhi, con i lineamenti sconvolti e un gemito soffocato, cadde a terra bocconi. Orripilati dalla violenza e dalla subitaneità dell'attacco lo trasportammo nella cucina dove rimase sdraiato su una seggiola per qualche minuto, respirando affannosamente. Alla fine si rialzò, mormorando con aria contrita qualche parola di scusa per quel suo mancamento.

«Watson le dirà che esco adesso da una grave malattia», spiegò. «Vado soggetto a questi improvvisi attacchi nervosi.»

«La faccio riaccompagnare a casa col mio calesse?», disse il vecchio Cunningham.

«Be', dal momento che sono qui, c'è un punto su cui vorrei essere sicuro. Possiamo verificarlo facilmente.»

«Di che si tratta?»

«Bene, secondo me è anche possibile che quel pover'uomo di William sia arrivato non prima, ma dopo, che il ladro era entrato in casa. Sembra che voi tutti diate per scontato che, benché la porta sia stata forzata, il ladro non sia mai entrato.»

«Mi sembra ovvio», rispose il signor Cunningham con aria grave. «Mio figlio Alec non si era ancora coricato e senza dubbio avrebbe sentito se qualcuno si aggirava per la casa.»

«Dove era seduto?»

«Stavo fumando, nel mio spogliatoio.»

«Qual è la finestra?»

«L'ultima a sinistra, accanto a quella di mio padre.»

«Naturalmente, avevate entrambi la lampada accesa?»

«Certo.»

«Ci sono dei fatti molto strani», disse sorridendo Holmes. «Non è straordinario che uno scassinatore — uno scassinatore che ha già avuto una precedente esperienza — si introduca deliberatamente in una casa proprio quando, dalle luci, può vedere che due degli occupanti sono ancora svegli?»

«Dev'essere stato un tipo dotato di un gran sangue freddo.»

«Be', naturalmente, se non si fosse trattato di una faccenda strana non avremmo interpellato lei per farcela spiegare», disse il giovane Alec. «Ma in quanto alla sua idea che il ladro abbia svaligiato la casa prima che William lo affrontasse, credo proprio che sia un'assurdità. Non avremmo trovato tutto in disordine, e non ci saremmo accorti che degli oggetti erano scomparsi?»

«Dipende da quali oggetti», rispose Holmes. «Non dimentichi che il nostro ladro è un tipo molto particolare, che sembra seguire un suo metodo personale. Guardi, per esempio, che accozzaglia di cose strane ha rubato dagli Acton — cos'erano? — un rotolo di spago, un fermacarte, e non so quale altra cianfrusaglia.»

«Comunque, siamo nelle sue mani, signor Holmes», disse il vecchio Cunningham. «Faremo qualsiasi cosa lei o l'ispettore vorrete suggerire.»

«In primo luogo», proseguì Holmes, «vorrei che lei offrisse una ricompensa — lei personalmente, perché prima che la polizia si metta d'accordo sulla somma ci vorrebbe un po' di tempo, e queste cose vanno fatte subito. Ho buttato giù uno schema dell'avviso, se a lei non spiace di firmarlo. Ho pensato che cinquanta sterline fossero più che sufficienti.»

«Sarei dispostissimo a offrirne cinquecento», disse il giudice, prendendo il foglietto e la matita che Holmes gli porgeva. «Questo, però, non è del tutto esatto», aggiunse, dando un'occhiata al documento.

«L'ho scritto piuttosto in fretta.»

«Vede, lei comincia, ''Dato che, circa a un quarto all'una lunedì mattina, è stato compiuto un tentativo'', e così via. In realtà, era un quarto a mezzanotte.»

Mi dolsi dell'errore poiché sapevo quanto sarebbe dispiaciuta ad Holmes una svista del genere. La sua specialità era la precisione dei fatti, ma la sua recente malattia l'aveva scosso e quel banale incidente era sufficiente a dimostrarmi che non si era ancora ripreso del tutto. Per un attimo, rimase chiaramente imbarazzato mentre l'ispettore inarcava le sopracciglia e Alec Cunningham scoppiava a ridere. L'anziano signore, però, corresse l'errore e restituì il foglio ad Holmes.

«Lo faccia stampare appena possibile», disse; «credo sia un'ottima idea.»

Holmes ripose accuratamente il foglietto nel portafoglio.

«E adesso», disse, «sarebbe bene che tutti insieme esaminassimo la casa per essere certi che quello stravagante ladro non si sia, dopotutto, portato via qualcosa.»

Prima di entrare, Holmes studiò la porta che era stata forzata. Evidentemente, era stato usato uno scalpello o un robusto coltello per far scattare la serratura. Si vedevano i segni nel legno.

«Non usate spranghe, allora?», domandò.

«Non è stato mai necessario.»

«Avete un cane?»

«Sì, ma è legato alla catena dall'altra parte della casa.»

«A che ora si ritirano i domestici?»

«Verso le dieci.»

«A quanto mi hanno detto, a quell'ora William era generalmente a letto?»

«Sì.»

«È strano che proprio quella notte fosse alzato. Ora, le sarei molto grato se volesse cortesemente farci visitare la casa, signor Cunningham.»

Un corridoio lastricato di pietra, dal quale si diramava la cucina, conduceva, attraverso una scala di legno, direttamente al primo piano. Arrivava al pianerottolo dirimpetto a una seconda scala, più ornamentale, che saliva dal salone sul lato anteriore della casa. Su questo pianerottolo si aprivano il salotto e varie camere da letto, comprese quelle del signor Cunningham e di suo figlio. Holmes camminava lentamente, prendendo accuratamente nota dell'architettura della casa. Dalla sua espressione, potevo capire che stava seguendo una buona pista, anche se non riuscivo neanche lontanamente a immaginare dove lo conducesse.

«Mio caro signore», disse Cunningham con una certa impazienza, «credo che questo non sia affatto necessario. Là, dove finiscono i gradini, c'è la mia camera, e appresso quella di mio figlio. Chiedo a lei se le sembra possibile che il ladro sia salito quassù senza disturbarci.»

«Credo proprio che farà meglio a cercare una nuova pista», disse il figlio con un sorrisetto sarcastico.

«Comunque, debbo chiedervi di assecondarmi ancora per un po'. Per esempio, vorrei vedere fino a che punto può spaziare l'occhio dalle finestre delle camere da letto. Questa, se non sbaglio, è quella di suo figlio», spalancò la porta, «e quello, immagino, è lo spogliatoio dove stava seduto a fumare quando si è sentito l'allarme. Dove guarda quella finestra?», attraversò la camera da letto, aprì la porta dello spogliatoio e si guardò intorno.

«Adesso sarà soddisfatto?», chiese il signor Cunningham in tono secco.

«Grazie, ho visto tutto quello che volevo vedere.»

«Allora, se è proprio necessario, possiamo andare in camera mia.»

«Se non le è di troppo disturbo.»

Il giudice alzò le spalle e fece strada nella sua camera, una stanza molto comune e ammobiliata con semplicità. Mentre andavamo verso la finestra, Holmes rallentò il passo finché lui e io restammo per ultimi. Accanto ai piedi del letto c'era un piatto di arance e una caraffa d'acqua. Mentre passavamo accanto Holmes, con mio enorme sbigottimento, si chinò davanti a me facendo deliberatamente cadere tutto quanto. Il vetro andò in mille pezzi e le arance rotolarono in ogni angolo della stanza.

«Cos'ha combinato, Watson», disse senza scomporsi, «guardi che ha fatto sul tappeto.»

Confuso mi chinai e cominciai a raccogliere la frutta poiché avevo capito che, per qualche suo motivo, il mio amico voleva che mi prendessi io la colpa. Gli altri fecero come me e rialzarono il tavolino.

«Ehi!», esclamò l'ispettore, «dove è finito?»

Holmes era scomparso.

«Aspettate un attimo qui», disse il giovane Alec Cunningham: «secondo me, gli ha dato di volta il cervello. Papà, vieni con me, andiamo a vedere dove è andato!»

Corsero fuori dalla stanza lasciando l'ispettore, il colonnello e me a guardarci in faccia.

«Parola mia, sarei quasi d'accordo col signorino Alec», disse il poliziotto. «Può darsi che sia effetto della malattia, ma mi sembra che...»

Fu interrotto da un improvviso grido di «Aiuto! Aiuto! Mi uccidono!». Con un brivido, riconobbi la voce del mio amico. Mi precipitai come un pazzo sul pianerottolo. Le urla, che si erano trasformate in un grido rauco e inarticolato, provenivano dalla stanza che avevamo visto prima. Vi entrai di corsa e raggiunsi lo spogliatoio. I due Cunningham stavano chini sulla figura prostrata di Sherlock Holmes; il giovane gli serrava la gola con ambo le mani mentre il vecchio sembrava gli stesse torcendo un polso. In un secondo, tutti e tre li strappammo via da lui e Holmes si rialzò barcollando, pallidissimo e chiaramente esausto.

«Arresti questi uomini, ispettore», disse con voce rotta.

«Con quale accusa?»

«Omicidio nella persona del loro cocchiere, William Kirwan.»

L'ispettore si guardò intorno sbalordito. «Andiamo, signor Holmes», disse finalmente, «non vorrà certo dirmi che...»

«Li guardi in faccia!», esclamò Holmes, senza aggiungere altro.

Sicuramente, non ho mai visto una più esplicita confessione di colpevolezza dipinta su un volto umano. Il vecchio stordito e intontito, il viso pesante e segnato ancora più cupo. Il giovane, dal canto suo, aveva abbandonato la sua aria disinvolta e baldanzosa, una luce da bestia feroce gli lampeggiava negli occhi scuri, distorcendone le fattezze armoniose. L'ispettore non disse nulla ma, avvicinandosi alla porta, soffiò nel fischietto. Arrivarono subito due poliziotti.

«Non ho alternative, signor Cunningham», disse. «Mi auguro che tutto questo si dimostri un assurdo errore, ma come vede... Ah, ti piacerebbe? Buttala!» Colpì con la mano e la pistola alla quale il giovane stava togliendo la sicura, cadde a terra con un suono metallico.

«La conservi», disse Holmes tranquillamente poggiandoci un piede sopra; «le sarà utile al processo. Ma è questo quello che volevamo.» Mostrò un foglietto appallottolato.

«Il resto della lettera!», esclamò l'ispettore.

«Esattamente.»

«Dove l'ha trovato?»

«Dove ero certo di trovarlo. Fra poco le spiegherò tutto. Credo che adesso, colonnello, lei e Watson possiate tornare a casa; vi raggiungerò fra un'ora al massimo. L'ispettore e io dobbiamo scambiare due parole con i prigionieri, ma tornerò senz'altro per l'ora di pranzo.»

Sherlock Holmes mantenne la promessa e all'una circa si unì a noi nel salotto del colonnello. Lo accompagnava un signore anziano, piccoletto, che mi fu presentato come il signor Acton, nella cui casa era stata compiuta la prima effrazione.

«Desideravo che il signor Acton fosse presente quando vi avrei spiegato questa faccenda», disse Holmes, «perché, naturalmente, gli interessa ascoltarne i particolari. Caro colonnello, temo proprio che rimpiangerà il momento in cui le è venuto in mente di ospitare una procellaria come me.»

«Al contrario», rispose calorosamente il colonnello, «considero un grande privilegio l'aver potuto assistere ai suoi metodi di lavoro. Confesso che sono infinitamente superiori alle mie aspettative e che non riesco a capire come sia giunto ai suoi risultati. Non ho ancora visto l'ombra di un indizio.»

«Ho paura che le mie spiegazioni la deluderanno, ma ho sempre avuto l'abitudine di non tenere nascosti i miei metodi, né al mio amico Watson, né a chiunque mostri di interessarsene. Per prima cosa però, dato che sono ancora un po' scombussolato dallo scontro nel salotto, credo proprio che mi verserò un goccio del suo brandy, colonnello. In questi ultimi tempi, le mie forze sono state messe a dura prova.»

«Mi auguro che non abbia più quei suoi attacchi nervosi.»

Sherlock scoppiò in una risata. «A suo tempo, parleremo anche di questo», disse. «Vi farò un resoconto della faccenda, passo per passo, illustrandovi i vari elementi in base ai quali sono giunto alle mie conclusioni. Interrompetemi pure se qualcosa non vi è del tutto chiara.

Nell'arte della deduzione, la cosa più importante è il saper vagliare, da un cumulo di fatti, quelli che sono accidentali e quelli che invece sono essenziali. Altrimenti, energia e attenzione vanno sprecate, anziché concentrarsi. Ora, in questo caso, non avevo il minimo dubbio che la chiave di tutta la storia fosse il frammento di carta nella mano del morto.

Ma, prima ancora, voglio richiamare la vostra attenzione sul fatto che, se il racconto di Alec Cunningham era esatto e l'assalitore, dopo aver sparato a William Kirwan, si era dato *immediatamente* alla fuga, non poteva essere stato lui a strappare il foglio dalla mano del defunto. Ma, se non era stato lui, allora doveva essere stato lo stesso Alec Cunningham perché, quando il vecchio scese, sulla scena del delitto c'erano già molti domestici. È un punto molto semplice ma l'ispettore l'aveva trascurato perché era partito dal presupposto che quelle eminenti personalità erano completamente estranee al delitto. Ma vede, io per principio, non do mai niente per scontato e non seguo mai docilmente la strada che i fatti indicano quindi, nella primissima fase dell'indagine, ho considerato con un certo sospetto la parte avuta da Alec Cunningham in questa faccenda.

Esaminai con estrema cura il frammento di carta che l'ispettore ci aveva mostrato e mi resi subito conto che apparteneva a un documento molto interessante. Eccolo qui. Non vi trovate qualcosa di estremamente suggestivo?»

«Ha dei contorni molto irregolari», disse il colonnello.

«Mio caro signore», esclamò Holmes, «non vi è alcun dubbio che sia stato scritto contemporaneamente da due persone diverse. Osservi il tratto deciso della *t* nelle parole ''*at*'' e ''*to*'' e lo confronti con il tratto incerto di ''*quarter*'' e ''*twelve*'' e noterà subito la differenza. Un breve esame delle quattro parole le consentirà di affermare con la massima certezza che il ''*learn*'' e ''*maybe*'' sono scritte dalla persona con la grafia più decisa, e ''*what*'' da quella con la grafia più incerta.»

«Per Giove, è chiaro come il sole!», esclamò il colonnello. «Perché mai due persone devono scrivere una lettera in questo modo?»

«Evidentemente si trattava di qualcosa di poco pulito, e uno dei due uomini, che diffidava dell'altro, era deciso a far sì che, di qualunque cosa si trattasse, dovessero entrambi averne uguale responsabilità. Ora, di questi due uomini, è chiaro che quello che tracciò le parole ''*at*'' e ''*to*'' era il caporione.»

«Da che cosa lo capisce?»

«Possiamo dedurlo semplicemente paragonando le due grafie. Ma ci sono anche altri motivi. Se esaminate con attenzione questo frammento arriverete alla conclusione che l'individuo con il tratto più deciso scrisse per primo, lasciando fra una parola e l'altra lo spazio perché l'altro completasse il messaggio. Ma questi spazi non erano sempre sufficienti e noterà che il secondo uomo ha potuto inserire a malapena la parola "*quarter*" fra "*at*" e "*to*" dimostrando così che queste erano già scritte. Quello che ha scritto per primo è senza dubbio l'ideatore del colpo.»

«Straordinario», esclamò il signor Acton.

«Ma molto superficiale», disse Holmes. «Veniamo, adesso, a un elemento importante. Forse lei ignora che oggi gli esperti possono determinare con considerevole precisione l'età di un individuo dalla sua calligrafia. In casi normali, è possibile stabilirne il decennio con discreta sicurezza. Dico in casi normali perché una malattia o una debolezza fisica possono produrre gli stessi segni dell'età avanzata, anche quando la persona invalida è giovane. In questo caso, osservando il tratto forte e deciso dell'uno e quello piuttosto tremolante dell'altro, ancora leggibile anche se le *t* non hanno più il taglietto, possiamo affermare che uno era un uomo giovane e l'altro un uomo anziano, anche se non decrepito.»

«Straordinario!», esclamò di nuovo il signor Acton.

«C'è però un altro punto, più sottile e più interessante. Le due grafie hanno qualcosa in comune. Appartengono a due uomini legati da vincoli di parentela. A lei può apparire evidente nella forma grecizzante della *e* ma, ai miei occhi, molti altri elementi confermano le analogie; per esempio, una sorta di manierismo di famiglia. Naturalmente, vi sto semplicemente indicando i risultati principali del mio esame di questo foglio. Esistono altre ventitré deduzioni che avrebbero più interesse per esperti del ramo che non per voi. Come ho potuto stabilire con assoluta certezza, la ferita riscontrata sul cadavere era dovuta a un proiettile sparato da una distanza di poco superiore ai quattro metri. Gli abiti non presentavano tracce di bruciatura. Evidentemente, quindi, Alec Cunningham aveva mentito quando aveva affermato che lo sparo era partito mentre i due uomini lottavano avvinghiati. E ancora: padre e figlio furono d'accordo nell'indicare il punto nel quale l'uomo era fuggito sulla strada. Ma si dà il caso che, proprio in quel punto, ci sia un fosso, abbastanza largo, umido sul fondo. E dal momento che intorno al fossato non c'erano impronte di stivali, ero sicurissimo non solo che i Cunningham avessero mentito ma che non ci fosse stato nessuno sconosciuto sulla scena del delitto.

Passiamo ora al movente di questo insolito crimine. Per scoprirlo cercai, in primo luogo, di risolvere il movente della prima effrazione in casa del signor Acton. Da qualche accenno del colonnello, ero venuto a sapere che fra lei e i Cunningham era in corso un'azione legale. Naturalmente, la prima cosa che mi venne in mente fu che padre e figlio si fossero introdotti nella sua biblioteca allo scopo di impadronirsi di determinati documenti importanti per la causa.»

«È proprio così», assentì il signor Acton. «Non può sussistere il minimo dubbio circa le loro intenzioni. Ho diritto chiaramente motivato su metà della loro attuale proprietà e se avessero potuto trovare un certo documento — che, per fortuna, è conservato nella cassaforte dei miei legali — sarebbero sicuramente riusciti a ostacolare le procedure.»

«Come volevasi dimostrare», disse Holmes sorridendo. «Era un tentativo pericoloso e azzardato nel quale riconosco la mano del giovane Alec. Non avendo trovato nulla, cercarono di allontanare i sospetti facendo apparire il loro gesto come quello di un comune scassinatore, per cui portarono via quello che trovarono. Fin qui, tutto era abbastanza chiaro, ma c'erano altri punti, invece, assai più oscuri. Quello che soprattutto volevo era la parte mancante di quel biglietto. Ero sicuro che Alec l'avesse strappato dalle mani del morto, infilandolo poi quasi certamente nella tasca della vestaglia. Dove avrebbe potuto metterlo altrimenti? L'unico problema era se si trovasse ancora lì. Valeva la pena di cercar di scoprirlo e a quello scopo ci recammo a casa loro.

Come sicuramente ricorderete, i Cunningham ci raggiunsero fuori dalla porta della cucina. Era essenziale che niente e nessuno facesse loro pensare all'esistenza di questo foglio perché, altrimenti, l'avrebbero immediatamente distrutto. L'ispettore era sul punto di rivelare quale peso noi dessimo al biglietto quando, per una felicissima combinazione, fui preso da una specie di attacco deviando così il discorso.»

«Bontà divina!», esclamò il colonnello scoppiando a ridere, «vuol dire che tutta la nostra ansia era inutile e che la crisi era solo una finzione?»

«Professionalmente parlando, la sua interpretazione è stata ottima!», esclamai guardando stupito quell'uomo che continuava a sbalordirmi per la sua furberia.

«È un'arte spesso utile da conoscere», rispose. «Quando mi ripresi riuscii, con un trucco che, devo ammetterlo, era abbastanza ingegnoso, a far scrivere al vecchio Cunningham la parola "*dodici*"[1] così da confrontarla con la stessa parola scritta sul foglio.»

«Che cretino che sono stato!», esclamai.

---

[1] In inglese, *twelve*.

«Mi ero accorto che mi commiserava per la mia debolezza», disse Holmes divertito. «Mi doleva darle il dispiacere che sapevo lei provava. Poi andammo insieme di sopra e quando, entrando nella stanza, vidi la vestaglia appesa dietro la porta, rovesciai il tavolino così da distrarre la loro attenzione e tornai indietro per frugare nelle tasche. Mi ero appena impadronito del foglio, però, — che, come mi aspettavo era appunto in una delle tasche — che i due Cunningham mi piombarono addosso e sono certo che mi avrebbero ucciso su due piedi se non fosse stato per il vostro sollecito e amichevole intervento. A dir la verità, ancora adesso sento intorno al collo la stretta del giovanotto; e il padre, tentando di strapparmi di mano il foglio, mi ha storto un polso. Capite, si erano resi conto che evidentemente sapevo tutto e il fatto di passare dall'assoluta sicurezza alla totale disperazione, li rendeva forsennati.

In seguito, scambiai due parole col vecchio Cunningham circa il movente del delitto. Il vecchio era abbastanza ragionevole ma il giovane si era trasformato in un demonio scatenato pronto a far saltare il proprio o l'altrui cervello se avesse potuto usare la pistola. Quando Cunningham si rese conto che oramai tutto lo accusava, si arrese e confessò ogni cosa. Sembra che William avesse seguito di nascosto i suoi padroni la notte in cui erano andati a saccheggiare la casa del signor Acton e, avutili così in suo potere, cominciasse a ricattarli minacciando di rivelare tutto. Ma era un gioco pericoloso con un tipo come Alec; e fu davvero un colpo di genio da parte sua sfruttare la paura degli scassinatori che aveva messo in agitazione tutta la zona per liberarsi, senza dare adito a sospetti, del ricattatore. William fu attirato fuori con un inganno e ucciso con un colpo di pistola; se solo padre e figlio avessero potuto recuperare il foglio intero e avessero prestato un po' più di attenzione ai particolari, è possibilissimo che non sarebbero mai stati sospettati.»

«E il biglietto?», chiesi.

Sherlock Holmes ci pose davanti il foglio qui accluso.

«È proprio il genere di nota che mi aspettavo», disse. «Naturalmente, non sappiamo ancora quali rapporti siano intercorsi tra Alec Cunningham, William Kirwan e Annie Morrison. Ma, dai risultati, l'esca era evidentemente quella adatta. Sono convinto che sarete felicissimi di notare i tratti grafici ereditari che compaiono nella *p* e nel ricciolo della *g*. Anche il fatto che, nella scrittura del vecchio, manchi il puntino sulle *i* è molto caratteristico. Credo proprio, Watson, che la nostra tranquilla vacanza in campagna sia stata un autentico successo e sicuramente domani tornerò a Baker Street pieno di nuove energie.»

*If you will only come round
to the east gate you will
will very much surprise you and
be of the greatest service to you and also
to Annie Morrison. But say nothing to anyone
upon the matter*

[Se solo vorrà venire
al cancello est potrà
che la sorprenderà molto e
essere di grande utilità per lei e anche
per Annie Morrison. Ma non dica nulla a nessuno
su questa faccenda].

# Il caso dell'uomo deforme

Una sera d'estate, pochi mesi dopo il mio matrimonio, stavo seduto accanto al caminetto fumando l'ultima pipa prima di coricarmi, sonnecchiando su un romanzo, dopo una giornata di stressante lavoro. Mia moglie era già salita e il rumore del chiavistello della porta d'ingresso, poco prima, mi aveva fatto capire che anche i domestici si erano ritirati. Mi ero alzato dalla poltrona e stavo svuotando la pipa quando, improvvisamente, risuonò lo squillo del campanello.

Guardai l'orologio. Mezzanotte meno un quarto. A quell'ora non poteva essere una visita. Quindi, si trattava senza dubbio di un paziente e forse sarei dovuto restare alzato tutta la notte. Con un'aria molto seccata, andai all'ingresso e aprii la porta. Con mio grande sbalordimento, sui gradini c'era Sherlock Holmes.

«Ah, Watson», disse, «speravo di fare ancora in tempo a trovarla alzato.»

«Prego, si accomodi, amico mio.»

«Sembra sorpreso, ed è logico! Anche sollevato, però, direi! Hum! Allora fuma ancora quella mistura Arcadia che fumava da scapolo! Con quel fiocco di cenere sulla giacca, non c'è da sbagliarsi. È facile vedere che lei è stato abituato a indossare un'uniforme, Watson. Non passerà mai per un civile puro sangue fino a quando avrà l'abitudine di portare il fazzoletto nella manica. Potrebbe ospitarmi per questa notte?»

«Ben volentieri.»

«Tanto per cominciare, mi ha detto che aveva un appartamento da scapolo e vedo che, al momento, non ha visite. Lo deduco dall'attaccapanni.»

«Sarò felicissimo di averla qui.»

«Grazie. Allora attaccherò il cappello sul piolo libero. Mi dispiace che abbia avuto gli operai per casa. Gli operai inglesi sono una vera calamità. Non i tubi di scarico, spero?»

«No, il gas.»

«Ah! Gli scarponi hanno lasciato due segni di chiodi sul suo linoleum, proprio dove batte la luce. No, grazie, ho già mangiato qualcosa a Waterloo, ma fumerò volentieri una pipa con lei.»

Gli porsi la borsa del tabacco e si sedette di fronte a me, fumando in silenzio per un po' di tempo. Sapevo benissimo che solo una faccenda importante l'avrebbe spinto a venire da me a quell'ora, e aspettai pazientemente che si decidesse a parlarmene.

«Vedo che in questo periodo lei è piuttosto occupato con i suoi pazienti», disse scrutandomi attentamente.

«In effetti, ho avuto una giornata faticosa», risposi. «Le sembrerò molto stupido», aggiunsi, «ma davvero non capisco come l'abbia dedotto.»

Holmes ridacchiò fra sé e sé.

«Conosco le sue abitudini, mio caro Watson», disse. «Quando il suo giro di visite è breve, va a piedi e quando è lungo prende una carrozza. Come vedo dalle sue scarpe, sono usate ma non sporche, e quindi al momento le sue visite sono tanto numerose da giustificare l'uso della carrozza.»

«Perfetto!», esclamai.

«Elementare», rispose. «È uno di quei casi in cui, usando semplicemente il ragionamento, si possono stupire gli altri ai quali è sfuggito quel piccolo indizio che è alla base della deduzione. Lo stesso può dirsi, amico mio, per l'effetto che lei ottiene con quei suoi brevi racconti; effetto del tutto artificiale in quanto dovuto al fatto che lei è a conoscenza di determinati aspetti del problema ignoti al lettore. Attualmente, mi trovo proprio nella posizione di uno dei suoi lettori; infatti, ho nelle mani vari fili di uno dei casi più strani che mai abbiano messo alla prova cervello umano, ma mi manca proprio quel filo o due che mi occorre a completare la mia teoria. Ma li avrò, Watson, li avrò!» Gli brillavano gli occhi e un leggero rossore gli si diffuse sulle guance scarne. Per un attimo aveva sollevato il velo della sua natura penetrante e intensa; ma solo per un attimo. Quando lo guardai di nuovo, il suo volto aveva ripreso quell'impassibilità da pellerossa che aveva indotto tante persone a ritenerlo un robot più che un essere umano.

«Il problema presenta degli aspetti interessanti», continuò. «Direi addirittura eccezionali. Ho già esaminato il caso e credo di essere in vista della soluzione. Se lei potesse accompagnarmi in quest'ultimo passo, potrebbe essermi molto utile.»

«Ne sarei felicissimo.»

«Potrebbe arrivare fino ad Aldershot, domani?»

«Sono certo che Jackson non avrà difficoltà a sostituirmi.»

«Benissimo. Intendo prendere il treno delle 11,10 da Waterloo.»

«Questo mi darà tutto il tempo.»

«Allora, se non ha troppo sonno, le illustrerò per sommi capi quello che è successo fino ad ora e quello che rimane da fare.»

«Avevo sonno prima del suo arrivo. Adesso sono sveglissimo.»

«Riassumerò la storia quanto più è possibile senza omettere l'essenziale. Può darsi che lei ne abbia già letto qualcosa sui giornali. Si tratta del presunto assassinio del colonnello Barclay, dei Royal Munsters, ad Aldershot.»

«Non ne so niente.»

«Finora, almeno localmente, non ha suscitato molta attenzione. I fatti risalgono solo a due giorni fa. In breve, si tratta di questo:

Come lei sa, quello dei Royal Munsters è uno dei più famosi reggimenti irlandesi nell'Esercito Britannico. Ha compiuto meraviglie in Crimea e durante la Rivolta e, da allora, si è distinto in ogni possibile occasione. Fino a lunedì sera, era al comando di James Barclay, un valoroso veterano che ha iniziato la sua carriera come soldato semplice, è stato promosso per meriti all'epoca della Rivolta ed è arrivato a comandare il reggimento nelle cui fila marciava una volta col moschetto in spalla.

Quando era sergente, il colonnello Barclay si era sposato e sua moglie, che da ragazza si chiamava Nancy Devoy, era la figlia di un ex-sergente portabandiera dello stesso corpo. Come si può facilmente immaginare, ci furono quindi dei piccoli scontri sociali quando la giovane coppia (entrambi erano ancora giovani) si trovò nel nuovo ambiente. Sembra, però, che ben presto si inserissero bene e, a quanto dicono, la signora Barclay ha sempre goduto di molte simpatie fra le signore del reggimento, come il marito fra i suoi colleghi ufficiali. Posso aggiungere che era una donna molto bella e anche adesso, dopo trent'anni di matrimonio, è ancora avvenente e con un portamento regale.

La vita familiare del colonnello Barclay sembra sia stata felicissima. Il maggiore Murphy, al quale devo quasi tutti i fatti, mi assicura che, a quanto ne sa, non ci sono mai stati attriti o incomprensioni fra marito e moglie. In linea di massima, pensa che fosse più Barclay ad essere innamorato della moglie che non viceversa. Stava sulle spine se doveva allontanarsi da lei anche solo per un giorno. Lei, invece, anche se devota e fedele al marito, palesava meno il suo affetto. Ma tutto il reggimento li considerava una coppia modello di mezz'età. Non esisteva assolutamente nulla nei loro rapporti che potesse anche lontanamente far pensare alla tragedia che si verificò in seguito.

Pare che il colonnello Barclay avesse un carattere singolare. Quando era del solito umore, era il tipico vecchio militare, focoso e gioviale; ma in certe occasioni, poteva essere molto violento e vendicativo. Sembra però che questo lato del suo carattere non si sia mai manifestato nei confronti della moglie. Un altro fatto che aveva colpito il maggiore Murphy e altri tre dei cinque ufficiali con i quali ho parlato, era la strana depressione di cui a volte cadeva preda. Come ha detto il maggiore, mentre si univa all'allegria e agli scherzi della mensa, d'improvviso era come se una mano invisibile gli cancellasse il sorriso sulle labbra. Quando ciò accadeva, per giorni e giorni rimaneva cupo e silenzioso. Questo e una leggera sfumatura di superstizione erano gli unici tratti insoliti del suo carattere che i colleghi ufficiali avevano notato. La superstizione prendeva la forma di una riluttanza a rimanere solo, specialmente quando faceva buio. Quell'infantile paura in un uomo decisamente virile aveva spesso suscitato commenti e congetture.

Il primo battaglione dei Royal Munsters (che è il vecchio 117°) è rimasto per alcuni anni di stanza ad Aldershot. Gli ufficiali sposati non vivevano in caserma e, durante quel periodo, il colonnello occupava una villa chiamata "Lachine", a circa mezzo miglio dall'accampamento Nord. La casa sorge su un terreno proprio il cui lato occidentale non dista più di trenta metri dalla strada provinciale. Il personale domestico è formato da un cocchiere e da due cameriere. Questi, oltre al colonnello e a sua moglie, erano i soli occupanti di Lachine, in quanto i Barclay non avevano figli e raramente avevano ospiti.

Veniamo ora agli eventi che si sono verificati a Lachine fra le nove e le dieci di lunedì scorso.

Sembra che la signora Barclay appartenesse alla Chiesa Cattolica Romana e si era molto prodigata nella creazione della Confraternita di S. Giorgio, creata in collegamento con la Watt Street Chapel allo scopo di distribuire indumenti ai poveri. Quel lunedì sera, alle otto, c'era stata una riunione della Confraternita e la signora Barclay aveva cenato in fretta, per parteciparvi. Mentre usciva di casa il cocchiere la sentì rivolgere una qualche banale osservazione al marito e assicurargli che sarebbe rientrata presto. Passò poi a prendere la signorina Morrison, che abita nella villa accanto, e le due donne si avviarono insieme alla riunione. La riunione durò quaranta minuti e alle nove e un quarto la signora Barclay fece ritorno a casa dopo aver lasciato a casa sua la signorina Morrison.

A Lachine esiste una stanza usata come soggiorno; guarda verso la strada e dà sul parco attraverso una grande vetrata scorrevole. Il parco si stende per una trentina di metri e solo un basso muretto sormontato da punte di ferro lo divide dalla strada provinciale. Fu in questa stanza che la signora Barclay si recò, al suo rientro. Le persiane non erano abbassate poiché raramente veniva usata di sera, ma la signora Barclay accese lei stessa la lampada e suonò il campanello per ordinare alla cameriera, Jane Stewart, che le portasse una tazza di tè; cosa del tutto contraria alle sue abitudini. Il colonnello era seduto in sala da pranzo ma, sentendo rientrare la moglie, la raggiunse in soggiorno. Il cocchiere lo vide attraversare l'androne ed entrare. Non fu mai più visto vivo.

Dopo una diecina di minuti la cameriera portò il tè che le era stato ordinato ma, accostandosi alla porta, fu sorpresa nel sentire le voci del padrone e della padrona che stavano litigando furiosamente. Bussò senza avere risposta, provò a girare la maniglia ma la porta era chiusa a chiave dall'interno. Naturalmente, corse giù per informare la cuoca e le due donne e il cocchiere salirono ad ascoltare l'alterco che ancora non accennava a interrompersi. Furono tutti d'accordo nel dichiarare che si sentivano due voci, quella di Barclay e di sua moglie. Barclay parlava con voce sommessa e a scatti così che non si riusciva a capire cosa stesse dicendo. Le parole della signora, invece, erano molto amare e, quando alzò la voce, si sentirono distintamente. "Vigliacco!" continuava a ripetere. "E adesso che si può fare? Che si può fare? Rendimi la mia vita. Non voglio più nemmeno respirare l'aria che tu respiri! Vigliacco! Vigliacco!" Questo fu quanto si poté sentire delle sue parole che si conclusero con un terribile grido dell'uomo, un tonfo, e un urlo acuto della donna. Convinto che fosse successa una tragedia, il cocchiere si precipitò alla porta cercando di forzarla mentre dall'interno si sentivano degli urli laceranti e incessanti. Non riuscì però a entrare e le cameriere erano troppo terrorizzate per prestargli aiuto. D'improvviso, il cocchiere ebbe un'idea: attraversò di corsa l'androne e uscì nel parco sul quale davano i finestroni di vetro. Un lato della finestra era aperto; cosa, a quanto mi dicono, usuale d'estate, e poté facilmente entrare nella stanza. La signora Barclay non gridava più ma giaceva svenuta su un divano mentre, con i piedi appoggiati sul bracciolo della poltrona e la testa sul pavimento, accanto allo spigolo del parafuoco, giaceva il povero militare, morto stecchito, in una pozza di sangue.

Naturalmente, vedendo che oramai non c'era più niente da fare per il suo padrone, il primo pensiero del cocchiere fu quello di aprire la porta. Ma si scontrò con una difficoltà imprevista e incredibile. La chiave non era nella serratura interna, né riuscì a trovarla, in nessun punto della stanza. Uscì quindi, di nuovo, attraverso la finestra e, dopo aver chiamato un poliziotto e un dottore, rientrò nel soggiorno. La signora, su cui, naturalmente, ricadevano i sospetti, fu trasportata nella sua camera, ancora priva di sensi. Il corpo del colonnello venne poi adagiato sul divano e si procedette a un accurato esame della scena della tragedia.

Si scoprì che il cadavere del povero signor Barclay presentava una ferita lunga circa due pollici sulla nuca, evidentemente provocata da un violento colpo con un corpo contundente. Né era difficile immaginare di cosa potesse trattarsi. Per terra, accanto al corpo, c'era una strana mazza di legno lavorato, col manico d'osso. Il colonnello possedeva una ricca collezione di armi provenienti dai vari paesi nei quali aveva combattuto e la polizia ritiene che quella mazza facesse appunto parte della collezione. I domestici dichiararono di non averla mai vista prima ma è possibile che, fra i vari oggetti strani della casa, non l'avessero notata. Nella stanza la polizia non scoprì nient'altro di importante, tranne il fatto che né addosso alla signora Barclay, né addosso alla vittima, né in nessun angolo della stanza fu possibile ritrovare la chiave mancante. Alla fine, fu necessario chiamare un fabbro da Aldershot per aprire la porta.

Così stavano le cose, Watson, quando martedì mattina, su richiesta del maggiore Murphy, mi recai ad Aldershot per contribuire alle ricerche della polizia. Ammetterà che il problema presentava già un notevole interesse ma, dopo un rapido esame, mi resi conto che in realtà era ancora più straordinario di quanto non apparisse a prima vista.

Prima di esaminare la stanza interrogai i domestici ma non riuscii a cavarne altro se non quanto le ho già detto. Solo la cameriera, Jane Stewart, ricordò un particolare interessante. Come le ho accennato prima, sentendo l'alterco la Stewart era ridiscesa ed era andata dagli altri domestici. Nella prima occasione, quando era sola, dice che le voci dei padroni erano così sommesse che non era riuscita a distinguere nulla e aveva capito che stavano litigando più dal tono che dalle parole. Dietro le mie insistenze, però, ricordò di aver sentito la signora pronunciare due volte la parola David. Un punto di estrema importanza per metterci sulla buona strada circa il motivo della lite improvvisa. Come ricorderà, il nome del colonnello era James.

C'era un aspetto del caso che più degli altri aveva impressionato sia i domestici che la polizia. L'alterazione dei lineamenti del colonnello. Secondo il loro racconto, il volto era contorto nella più spaventosa espressione di terrore e di orrore che un viso umano possa mostrare. Più di una persona svenne a quella vista, tanto era terribile. Senza alcun dubbio era stato cosciente di quanto gli stava succedendo e ne era rimasto inorridito. Il che, naturalmente, calzava con la tesi della polizia, se effettivamente il colonnello aveva visto la moglie che lo stava uccidendo. Né la ferita alla nuca contrastava con questa teoria perché poteva essersi girato per scansare il colpo. Non è stato possibile interrogare la moglie, momentaneamente fuori di senno per un attacco di febbre cerebrale.

Dalla polizia ho saputo che la signorina Morrison che, come lei ricorderà, era uscita quella sera con la signora Barclay, dichiarò di ignorare totalmente il motivo del malumore della sua amica mentre tornavano a casa.

Una volta in possesso di questi fatti, Watson, ci fumai sopra più di una pipa cercando di separare quelli cruciali da quelli puramente marginali. Innegabilmente, l'aspetto più caratteristico e suggestivo di tutta la faccenda era la strana sparizione della chiave; malgrado accurate ricerche, infatti, non si riuscì a trovarla da nessuna parte nella stanza. Quindi, qualcuno l'aveva presa. Ma quel qualcuno non poteva essere stato né il colonnello né sua moglie. Questo era perfettamente chiaro. Quindi, una terza persona doveva essere entrata nella stanza. E quella terza persona poteva essere entrata solamente dalla finestra. Pensai che esaminando la stanza e il parco si sarebbero forse trovate tracce dell'individuo misterioso. Lei conosce i miei metodi, Watson. E le assicuro che li ho applicati tutti. Alla fine, trovai delle tracce ma molto diverse da quelle che mi ero aspettato. Nella stanza c'era stato un uomo, e quell'uomo aveva attraversato il parco venendo dalla strada. Sono riuscito a ottenere cinque impronte chiarissime: una sulla strada, nel punto dove aveva scavalcato il muretto; due nel parco e due, molto indistinte, sulle assi verniciate accanto alla finestra dalla quale era entrato. Evidentemente aveva attraversato il prato di corsa perché il segno lasciato dalle punte era molto più profondo di quello lasciato dai tacchi. Ma non è l'uomo che mi ha sorpreso. È il suo compagno.»

«Il suo compagno!»

Holmes tirò fuori di tasca un grande foglio di carta velina, spiegandolo con molta cura sulle ginocchia.

«Che gliene pare di questo?», mi chiese.

Sul foglio erano ricalcate le impronte di un qualche animale, piuttosto piccolo. Cinque cuscinetti, chiaramente delineati, e una traccia di unghie lunghe, il tutto della grandezza più o meno di un cucchiaino da dessert.

«È un cane», disse.

«Ha mai visto un cane che si arrampica su per una tenda? Ho trovato chiari segni proprio di questo.»

«Allora, una scimmia?»

«Ma queste non sono impronte di scimmia.»

«E allora, cosa può essere?»

«Né un cane, né un gatto, né una scimmia, né un essere che ci sia familiare. Ho cercato di ricostruirlo tramite le misure. Qui ci sono quattro impronte dell'animale mentre stava immobile. Come vede, fra la zampa posteriore e quella anteriore ci sono non meno di quindici pollici. Aggiunga a questo la lunghezza del collo e della testa e abbiamo un animale lungo non meno di due piedi — probabilmente anche più, se ha una coda. Ma osservi ora queste altre misure. L'animale si è mosso, e abbiamo la lunghezza del passo. In ciascuno dei casi, è di circa tre pollici. Questo, vede, indica un corpo allungato con delle zampe molto corte. Purtroppo quella bestia non ha avuto la cortesia di lasciarsi dietro qualche pelo. Ma la sua forma dev'essere più o meno quella che ho indicato, inoltre può arrampicarsi su una tenda ed è carnivoro.»

«Questo da che lo deduce?»

«Dal fatto che si sia arrampicato su per la tenda. Alla finestra c'era una gabbia con un canarino e sembra che il suo scopo fosse quello di raggiungere l'uccello.»

«Ma di che bestia si trattava?»

«Se potessi dargli un nome sarei un bel passo avanti sulla soluzione del caso. In linea di massima, probabilmente apparteneva alla specie delle donnole e degli ermellini, ma è più grossa di qualsiasi donnola o ermellino io abbia mai visto.»

«Ma cosa ha avuto a che fare col delitto?»

«Anche questo è un punto ancora oscuro. Ma si renderà conto che abbiamo già appreso parecchio. Sappiamo che per la strada c'era un uomo che assisteva al diverbio fra i Barclay — le persiane erano alzate e la stanza illuminata. Sappiamo anche che quest'uomo ha attraversato di corsa il parco, è entrato nella stanza in compagnia di uno strano animale e poi, o ha colpito il colonnello, oppure, il che è ugualmente possibile, il colonnello, al solo vederlo, è caduto a terra dal terrore e ha battuto la testa contro lo spigolo del parafuoco. E infine, c'è il fatto curioso che l'intruso si è portato via la chiave quando se n'è andato.»

«Mi sembra che le sue scoperte abbiano reso la faccenda ancora più complicata di quello che era», osservai.

«Verissimo. Esse infatti dimostrano che si tratta di qualcosa di assai più grave di quanto si fosse pensato in un primo tempo. Ci ho riflettuto a lungo e sono giunto alla conclusione che devo considerare il caso da un altro aspetto. Ma io la sto tenendo alzata, Watson, quando potrei benissimo raccontarle tutto domani, mentre andiamo a Aldershot.»

«Grazie, ma oramai è andato troppo avanti per fermarsi proprio adesso.»

«È più che certo che quando la signora Barclay è uscita di casa alle sette e mezza era in ottimi rapporti col marito. Come credo di averle già detto, non era mai molto espansiva ma il cocchiere la sentì chiacchierare amichevolmente col colonnello. Ed è altrettanto certo che, subito dopo il suo ritorno, era andata nella stanza dove aveva meno probabilità di incontrare il marito, aveva chiesto urgentemente un tè, come farebbe una donna agitata, e infine, al sopraggiungere del marito, era esplosa in violente recriminazioni. Dunque, fra le sette e mezza e le nove era successo qualcosa che aveva completamente alterato i suoi sentimenti verso il marito. Ma per tutto il tempo la signorina Morrison era rimasta con lei. Pertanto, malgrado i suoi dinieghi, è assolutamente certo che deve saperne qualcosa.

La mia prima ipotesi fu che forse c'era stato qualcosa fra la ragazza e il militare, e la ragazza aveva confessato tutto alla moglie. Il che spiegherebbe il furioso ritorno a casa e l'insistenza della ragazza nel sostenere che non era successo niente. E non sarebbe nemmeno incompatibile con le parole che erano corse fra marito e moglie. Ma sull'altro piatto della bilancia c'era quel riferimento a David, e il risaputo affetto del colonnello nei confronti della moglie; per non parlare della tragica intrusione dell'altro uomo che, naturalmente, potrebbe anche non aver nulla a che fare con gli eventi precedenti. Difficile sapere che strada seguire ma, in linea di massima, ero incline a scartare l'ipotesi di un flirt fra il colonnello e la signorina Morrison; ero però sempre più convinto che la ragazza possedesse la chiave per scoprire che cosa aveva suscitato nella signora Barclay l'odio verso suo marito. Feci quindi la mossa più logica; mi recai dalla signorina M., le spiegai come fossi assolutamente certo che lei era a conoscenza dei fatti, e le feci capire che, se la faccenda non veniva chiarita, la signora Barclay sarebbe finita in carcere e condannata a morte.

La signorina Morrison è una ragazza esile e fragile, con lo sguardo timido e i capelli biondi, ma scoprii che non le mancavano certo l'acutezza e il buon senso. Dopo avermi ascoltato rimase a pensare per un po' poi, volgendosi verso di me con aria decisa, mi rilasciò una straordinaria dichiarazione che adesso le riassumo.

"Ho promesso alla mia amica che non avrei aperto bocca su questa storia, e una promessa è una promessa", disse; "ma se davvero posso·aiutarla quando è accusata di una colpa così grave e quando lei stessa, povera donna, non può parlare perché è ammalata, allora penso di potermi sentire sciolta dalla promessa. Le dirò esattamente cosa accadde lunedì sera.

Stavamo tornando dalla Missione di Watt Street, verso le nove meno un quarto. Durante la strada, passammo per Hudson Street, che è una via molto tranquilla. C'è solo un lampione, sulla sinistra, e mentre ci avvicinavamo al lampione vidi venire verso di noi un uomo con la schiena molto curva e una specie di scatola buttata su una spalla. Sembrava un individuo deforme perché teneva la testa bassa e camminava con le ginocchia piegate. Mentre gli passavamo accanto, sollevò il viso a guardarci nel fascio di luce del lampione, si fermò di botto gridando con una voce spaventosa, 'Mio Dio, è Nancy!'. La signora Barclay diventò bianca come un panno lavato e sarebbe caduta se quell'orribile creatura non l'avesse afferrata. Stavo per chiamare la polizia ma lei, con mia grande sorpresa, si rivolse a quell'individuo in tono molto cortese.

'Ti credevo morto da trent'anni, Henry', disse con voce tremante.

'È come se lo fossi' rispose quell'uomo, e la sua voce era terribile a sentirsi. Aveva un volto di colore assai scuro, che incuteva spavento, e negli occhi un bagliore che ancora mi sogno la notte. Capelli e favoriti erano spruzzati di grigio, e la pelle del viso segnata e rugosa come una mela vizza.

'Va' pure avanti per un po', cara', mi disse la signora Barclay; 'voglio scambiare due parole con quest'uomo. Non c'è nulla da temere.' Cercava di parlare con aria indifferente ma era ancora mortalmente pallida e le tremavano talmente le labbra che quasi non riusciva a spiccicarc parola.

Feci come mi aveva chiesto, e parlarono insieme per qualche minuto. Poi mi raggiunse, con gli occhi fiammeggianti, e vidi quel povero storpio sotto il lampione, che agitava in aria i pugni come pazzo di rabbia. Non mi disse una parola fino a quando arrivammo qui alla porta; allora mi prese per mano scongiurandomi di non riferire a nessuno l'accaduto.

'È un mio vecchio conoscente che ha avuto sfortuna', disse. Quando le promisi che non avrei detto una parola, mi abbracciò e mi baciò, e da allora non l'ho più vista. Ora vi ho raccontato tutta la verità e se prima l'ho taciuta alla polizia è perché non mi ero resa conto del pericolo che correva la mia cara amica. Adesso so che la verità su quanto è successo non può che tornare a suo vantaggio.''

Questa fu la sua deposizione, Watson, e, come può immaginare, mi fece l'effetto di un fulmine a ciel sereno. Tutti gli elementi che fino ad allora sembravano presentarsi alla rinfusa cominciarono subito ad andare al loro posto e avevo già una vaga idea di come si fossero svolti gli eventi. Il primo passo, naturalmente, era quello di cercare l'uomo che aveva prodotto una così profonda impressione sulla signora Barclay. Se si trovava ancora ad Aldershot non sarebbe stato difficile. I civili non sono molto numerosi e un uomo deforme non poteva mancare di attirare l'attenzione. Lo cercai per tutto un giorno e la sera — proprio questa sera, Watson — l'ho trovato. Si chiama Henry Wood e abita in una casa della stessa strada dove lo hanno incontrato le due donne. Si trova lì solo da cinque giorni. Facendomi passare per un funzionario dell'ufficio tesseramento feci due chiacchiere, molto interessanti, con la sua padrona di casa. Quest'uomo fa di mestiere il prestigiatore e l'attore e, dopo il tramonto, fa il giro delle osterie dove si esibisce nel suo spettacolino. In quella scatola, si porta dietro una strana creatura sul conto della quale la padrona sembra nutrire una certa trepidazione, perché non aveva mai visto un animale del genere. L'uomo, a quanto mi ha detto, se ne serve per alcuni dei suoi trucchi. Questo è quanto è stata in grado di dirmi e ha anche aggiunto che era un miracolo che quell'uomo fosse ancora vivo, considerando la sua deformità, e che talvolta si esprimeva in una lingua strana, e che durante le ultime due notti lo aveva sentito lamentarsi e piangere nella sua stanza. In quanto a soldi non aveva problemi ma, quando le aveva anticipato il deposito, le aveva dato una moneta che sembrava un fiorino falso. Me lo mostrò, Watson, e si trattava di una rupia indiana.

Quindi, amico mio, adesso vede esattamente a che punto siamo e perché desidero che lei mi accompagni. È evidente che quando le signore si sono allontanate l'uomo le ha seguite da lontano, ha assistito alla lite fra i coniugi Barclay attraverso la finestra, poi si è precipitato all'interno e l'animale che trasporta nella scatola gli è scappato. Fin qui non ci sono dubbi. Ma è l'unica persona al mondo in grado di dirci esattamente cosa accadde in quella stanza.»

«E lei intende domandarglielo?»

«Sicuramente — ma in presenza di un testimonio.»

«E il testimonio sarei io?»

«Se non le dispiace. Se può spiegare come sono andate le cose, tanto meglio. Se rifiuta, non abbiamo altra alternativa che chiedere un mandato di cattura.»

«Ma come sa che lo troverà ancora lì quando noi ritorniamo?»

«Stia tranquillo, ho preso le mie precauzioni. Uno dei miei ragazzi di Baker Street lo tiene d'occhio e gli resterà attaccato alle costole come una sanguisuga, dovunque egli vada. Lo troveremo domani a Hudson Street, Watson; frattanto, sarei io il criminale se la tenessi ancora fuori dal letto.»

Era mezzogiorno quando arrivammo sul luogo della tragedia e, sotto la guida del mio amico, ci dirigemmo subito verso Hudson Street. Malgrado il suo autocontrollo vedevo che Holmes era in preda a un'eccitazione repressa, e io stesso avvertivo il formicolio di quel piacere per metà sportivo e per metà mentale che sempre provavo quando mi associavo con lui nelle sue indagini.

«Questa è la strada», disse mentre svoltavamo in una breve arteria di traffico fiancheggiata da brutti edifici di mattoni a due piani. «Ah, ecco Simpson a rapporto.»

«È in casa, signor Holmes!», gridò un piccolo scugnizzo correndoci incontro.

«Bravo, Simpson!», disse Holmes, con un buffetto sul capo. «Venga, Watson. Questa è la casa.» Fece recapitare il suo biglietto da visita dicendo che era venuto per una faccenda urgente e, un momento dopo, ci trovammo faccia a faccia con l'uomo che eravamo venuti a cercare. Malgrado facesse caldo, se ne stava raggomitolato accanto al fuoco e la sua stanzetta era un forno. L'uomo sedeva tutto contorto e ripiegato sulla seggiola in un modo che dava un'indescrivibile impressione di deformità; ma il viso che volse verso di noi, anche se sciupato e scurito, un tempo doveva essere stato bellissimo. Ora ci guardava sospettoso con gli occhi iniettati di bile e, senza parlare né alzarsi, ci indicò due seggiole.

«Il signor Henry Wood, reduce dall'India, suppongo», disse affabilmente Holmes. «Sono venuto per questo piccolo incidente della morte del colonnello Barclay.»

«E io cosa dovrei saperne?»

«È quello che desidero accertare. Lei sa, immagino, che a meno che la faccenda non sia chiarita la signora Barclay, che è una sua vecchia amica, sarà probabilmente processata per omicidio.»

L'uomo sobbalzò.

«Non so chi lei sia», esclamò, «né come faccia a sapere quello che sapete, ma mi giura che quanto mi dice è la verità?»

«Diamine, stanno solo aspettando che riprenda i sensi per arrestarla.»

«Mio Dio! Lei è un poliziotto?»

«No.»

«E allora di che s'immischia?»

«Ogni uomo deve immischiarsi per assicurarsi che giustizia sia fatta.»

«La signora Barclay è innocente, le do la mia parola, può credermi.»

«Allora, il colpevole è lei.»

«No, non sono io.»

«E allora chi ha ucciso il colonnello James Barclay?»

«È la mano della Provvidenza che l'ha ucciso. Ma, senta bene, se gli avessi fracassato la testa, come avevo voglia di fare, avrebbe avuto né più né meno ciò che si meritava, per mano mia. Se non fosse stata la sua coscienza colpevole ad abbatterlo, molto probabilmente avrei avuto io il suo sangue sulla coscienza. Vuole che le racconti la storia. Bene, non vedo perché no, non ho motivo di vergognarmene.

È successo questo, signore. Adesso lei mi vede con la schiena ingobbita come quella di un cammello e le costole tutte storte, ma una volta il caporale Henry Wood era l'uomo più elegante del 117° reggimento di fanteria. Eravamo in India, allora, acquartierati in una località che chiameremo Bhurtee. Barclay, che è morto l'altro giorno, era sergente nella mia stessa compagnia e la bella del reggimento, la più splendida ragazza che sia mai esistita sulla faccia della terra, era Nancy Devoy, figlia del portabandiera. C'erano due uomini che l'amavano, e uno che lei amava; e le verrà da sorridere quando questo povero relitto rannicchiato accanto al fuoco le dirà che lei lo amava per la sua bellezza.

Bene, il suo cuore apparteneva a me ma il padre era deciso a farle sposare Barclay. Io ero un ragazzo scapestrato e avventato, mentre lui era un uomo istruito e già designato a portare i gradi da ufficiale. Ma la ragazza voleva bene a me e sembrava che alla fine sarebbe stata mia, quando scoppiò la Rivolta e in tutto il paese si scatenò l'inferno.

Eravamo bloccati a Bhurtee, il nostro reggimento con una mezza batteria di artiglieria, una compagnia di Shiks, e un mucchio di civili e di donne. Eravamo accerchiati da diecimila rivoltosi che ci stringevano da presso, come una muta di cani intorno alla gabbia di un topo. Più o meno durante la seconda settimana dell'assedio restammo senz'acqua e il problema era se saremmo riusciti a metterci in contatto con la colonna del generale Neill che stava risalendo il paese. Era la nostra unica via di scampo, dato che non si poteva nemmeno pensare di aprirsi un varco fra le schiere degli assedianti con tutte le donne e i bambini; mi offrii quindi volontario per andare ad avvisare il generale Neill del pericolo che ci minacciava. La mia offerta venne accettata e ne parlai col sergente Barclay che meglio di chiunque altro doveva conoscere il terreno e che mi tracciò un itinerario per attraversare le linee dei rivoltosi. Alle dieci di quella stessa sera mi misi in cammino. C'erano diecimila persone da salvare ma era solo a una di esse che pensavo quando scavalcai il muro quella notte.

Il mio percorso scendeva lungo un corso d'acqua asciutto che, si sperava, mi avrebbe nascosto alla vista delle sentinelle nemiche; ma, mentre giravo cautamente l'angolo finii nelle braccia di sei di loro che, acquattati nel buio, mi stavano aspettando. In un attimo mi stordirono con un colpo, legandomi mani e piedi. Ma il colpo fu più doloroso per il mio cuore che non per la mia testa poiché quando rinvenni e cercai di ascoltare quanto potevo capire dei loro discorsi, ne sentii abbastanza per comprendere che il mio camerata, proprio l'uomo che mi aveva tracciato l'itinerario, mi aveva tradito tramite un servitore indigeno, consegnandomi nelle mani del nemico.

Bene, non occorre che io mi soffermi su questa parte della storia. Ora lei sa di cosa fosse capace James Barclay. Il giorno seguente, Neill liberò Bhurtee, ma i rivoltosi mi trascinarono con loro nella ritirata e trascorsero molti anni prima che io potessi rivedere una faccia bianca. Fui torturato, cercai di fuggire, fui ripreso e torturato di nuovo. Vede da sé in che stato mi hanno ridotto. Alcuni dei rivoltosi che cercarono scampo nel Nepal mi condussero con loro e, alla fine, mi ritrovai oltre Darjeeling. Lì i contadini uccisero i ribelli che mi tenevano prigioniero e, fino a quando non riuscii a fuggire, rimasi loro schiavo; quando riuscii a fuggire, anziché dirigermi al sud fui costretto a dirigermi al nord e, alla fine, mi trovai fra gli afghani. Vagai per molti anni in quel territorio e finalmente tornai nel Punjab dove trascorsi la vita fra gli indigeni guadagnandomi il pane grazie ai giochi di prestigio che avevo imparato. Che scopo c'era per un povero storpio come me di tornare in Inghilterra o di far sapere ai miei antichi camerati che ero ancora vivo? Nemmeno la mia sete di vendetta poteva spingermi a tanto. Preferivo che Nancy e i miei vecchi amici credessero che Harry Wood fosse morto con la schiena diritta anziché mi vedessero vivo, a trascinarmi con un bastone come uno scimpanzé. Non ebbero mai dubbi sulla mia morte e così volevo che fosse. Venni a sapere che Barclay aveva sposato Nancy e che stava facendo rapidamente carriera nel reggimento; ma nemmeno quella notizia mi indusse a rompere il silenzio.

Quando si invecchia, però, si ha nostalgia di casa. Per anni avevo sognato i verdi campi e le siepi dell'Inghilterra. Alla fine, decisi di rivederli prima di morire. Avevo risparmiato abbastanza da pagarmi il viaggio e arrivai qui, dove ci sono i soldati, perché li conosco e so come divertirli e, quindi, come guadagnarmi il pane.»

«Il suo racconto è davvero interessante», disse Sherlock Holmes. «Ho già saputo del suo incontro con la signora Barclay e del vostro reciproco riconoscimento. Allora, a quanto ho capito, lei la seguì fino a casa e, attraverso la finestra, la vide discutere con il marito, senza dubbio per rinfacciargli la sua condotta verso di lei.»

«Proprio così, signore, e non ho mai visto sul volto di un uomo l'espressione che si dipinse sul suo, vedendomi; cadde di schianto, battendo la testa sul parafuoco. Ma era morto prima ancora di cadere. Gli ho letto la morte in faccia con la stessa chiarezza con cui leggo quello scritto là, sul caminetto. Al solo vedermi fu come se un proiettile gli avesse trapassato quel suo cuore colpevole.»

«E poi?»

«Poi Nancy svenne, e io le presi dalle mani la chiave con l'intenzione di aprire la porta e chiamare aiuto. Ma mentre mi accingevo a farlo pensai che era meglio lasciare tutto come stava e scomparire, perché la cosa avrebbe potuto ritorcersi contro di me e, comunque, se mi avessero catturato, il mio segreto sarebbe venuto alla luce. Mi infilai in fretta la chiave in tasca e lasciai cadere il bastone mentre seguivo Teddy, che si era arrampicato su per la tenda. Quando riuscii a rimetterlo nella scatola da dove era uscito, me la diedi a gambe.»

«Chi è Teddy?», chiese Holmes.

L'uomo si chinò per sollevare la parte anteriore di una specie di gabbia in un angolo. Ne scivolò fuori una bella bestiola, di color marrone rossiccio, sottile e agile, con le zampe come quelle di un ermellino, un lungo muso affilato e i più begli occhi color rosso che io abbia mai visto in un animale.

«Ma è una mangusta!», esclamai.

«Be', c'è chi la chiama mangusta e chi la chiama icneumone», disse l'uomo. «Io la chiamo acchiappa-serpenti, e Teddy è straordinariamente rapido con i cobra. Ne ho qui uno, al quale sono stati estirpati i denti, e tutte le sere Teddy lo acchiappa per divertire i clienti dell'osteria. C'è altro che vuol sapere, signore?»

«Forse dovremo nuovamente rivolgerci a lei se la signora Barclay dovesse trovarsi seriamente in pericolo.»

«In quel caso, naturalmente, sono pronto a farmi avanti.»

«Altrimenti, non c'è motivo di suscitare questo scandalo contro un morto, per vergognoso che sia stato il suo comportamento. Se non altro, lei ha la soddisfazione di sapere che per trent'anni la coscienza non gli ha dato requie per la sua malvagità. Ah, ecco il maggiore Murphy sul marciapiede di fronte. Arrivederci Wood. Voglio sapere se da ieri è successo qualcosa di nuovo.»

Facemmo in tempo a raggiungere il maggiore prima che girasse l'angolo.

«Ah, Holmes», disse, «immagino abbia saputo che tutto è finito in una bolla di sapone?»

«Allora come stanno le cose?»

«L'inchiesta si è appena conclusa. I medici hanno dimostrato in maniera inconfutabile che la morte è stata dovuta a un colpo apoplettico. Come vede, dopotutto era un caso abbastanza semplice.»

«Oh, assolutamente banale», rispose Holmes sorridendo. «Andiamo Watson, credo che la nostra presenza ad Aldershot non sia più necessaria.»

«C'è una cosa», dissi mentre ci stavamo avviando alla stazione. «Se il marito si chiamava James e l'altro Henry, come salta fuori quel David?»

«Quell'unico nome, mio caro Watson, avrebbe dovuto rivelarmi l'intera storia se fossi stato quel sottile ragionatore quale lei si compiace di dipingermi. Evidentemente, era un termine di biasimo.»

«Di biasimo?»

«Esattamente; sa, ogni tanto David faceva qualche scappatella e, una volta, la fece nella stessa direzione del sergente James Barclay. Ricorda il piccolo incidente di Uriah e Betsabea? Le mie cognizioni bibliche sono un po' arrugginite, temo, ma troverà il racconto nel primo o nel secondo libro di Samuele.»

# Il paziente interno

Esaminando la serie piuttosto slegata delle Memorie nelle quali ho cercato di illustrare alcuni degli insoliti aspetti mentali del mio amico Sherlock Holmes, mi ha colpito la difficoltà che ho incontrato nello scegliere gli esempi che potessero meglio illustrare il mio scopo. Nei casi, infatti, in cui Holmes ha compiuto qualche *tour de force* di ragionamento analitico, dimostrando il valore dei suoi particolari sistemi investigativi, i fatti in sé e per sé spesso erano talmente labili o banali che non mi sentivo giustificato nel presentarli ai lettori. D'altro canto, è spesso accaduto che Holmes si sia trovato alle prese con qualche caso in cui i fatti erano quanto mai insoliti e drammatici ma la sua partecipazione nell'individuarne le cause è stata minore di quanto io, come suo biografo, potessi desiderare. Il caso che ho riportato sotto il titolo *Uno Studio in rosso* e l'altro, più recente, collegato con la scomparsa della *Gloria Scott*, sono un esempio degli Scilla e Cariddi che sempre mettono in difficoltà il biografo. Forse, nell'avventura che mi accingo a narrare, il ruolo avuto dal mio amico non è abbastanza rilevante; ma la serie di circostanze è così straordinaria che non posso passarla totalmente sotto silenzio in questa mia cronistoria.

Eravamo in ottobre, e la giornata era stata soffocante e piovosa. Le nostre persiane erano semi-abbassate e Holmes se ne stava rannicchiato sul divano, leggendo e rileggendo una lettera che aveva ricevuto con la posta del mattino. In quanto a me, gli anni trascorsi come militare in India mi avevano abituato a sopportare meglio il caldo che il freddo, e una temperatura di quasi 35 gradi non mi dava alcun fastidio. Sul giornale non c'era niente di interessante. Il Parlamento aveva chiuso i battenti. Tutti erano fuori città, e io sognavo le radure del New Forest o la spiaggia di Southsea. Un conto in banca ridotto all'osso mi aveva costretto a rimandare le vacanze e, per quanto concerne il mio amico, né campagna né mare presentavano per lui la benché minima attrazione. Adorava rimanere al centro di cinque milioni di persone, fra le quali stendeva le antenne, recettivo al minimo fruscio di sospetto o di crimine irrisolto. Fra le sue molte qualità non figurava l'amore per la natura e la sua unica vacanza era quella di rivolgere la mente dal malfattore di città al suo fratello di campagna.

Visto che Holmes era troppo assorto per fare conversazione, avevo gettato da una parte quel noioso giornale e, sdraiato in poltrona, mi ero abbandonato alle mie fantasticherie. D'improvviso i miei pensieri furono interrotti dalla voce del mio amico.

«Ha ragione, Watson», disse. «Sembra un modo veramente assurdo di risolvere una discussione.»

«Assolutamente assurdo!», esclamai; poi, rendendomi improvvisamente conto di come avesse echeggiato i miei pensieri più reconditi mi drizzai sulla seggiola guardandolo sbalordito.

«Ma, Holmes!», gridai, «questo supera qualsiasi mia immaginazione!»

Vedendo il mio sconcerto scoppiò a ridere di cuore.

«Ricorderà», disse, «che pochi giorni fa, mentre le leggevo un passaggio degli appunti di Poe in cui una persona, con un ragionamento serrato, segue i pensieri inespressi del suo compagno, lei considerò la cosa come nulla più che un *tour de force* dell'autore. E non ha creduto quando le ho detto che io avevo l'abitudine costante di fare la stessa cosa.»

«Oh no!»

«Forse non l'ha espresso con le parole, mio caro Watson, ma senza dubbio con le sue sopracciglia. Quindi, quando l'ho vista gettare da parte il giornale e cominciare a seguire il filo dei suoi pensieri, ho colto al volo l'occasione di leggerli e, infine, di penetrarli, per dimostrarle che avevo seguito le sue elucubrazioni.»

Ma la sua spiegazione non mi convinse affatto. «Nell'esempio che lei mi ha letto», risposi, «chi seguiva il ragionamento traeva le sue conclusioni dalle azioni dell'uomo che stava osservando. Se ben ricordo, aveva inciampato in un mucchio di sassi, aveva alzato gli occhi al cielo, e così via. Ma io me ne sono rimasto tranquillamente seduto e, dunque, quale indizio posso averle fornito?»

«Lei si sottovaluta. I lineamenti sono stati dati all'uomo come mezzo per esprimere le proprie emozioni, e i suoi la servono fedelmente.»

«Vuol dire che ha letto i miei pensieri dalla mia espressione?»

«La sua espressione e specialmente i suoi occhi. Forse lei stesso non ricorda come ha avuto inizio la sua fantasticheria?»

«No, non me lo ricordo.»

«Allora glielo dirò io. Dopo aver buttato via il giornale — e questo fu il gesto che attirò la mia attenzione, lei restò per mezzo minuto seduto a guardare nel vuoto. Poi, i suoi occhi si sono fissati su quel ritratto appena incorniciato del generale Grant e, dal suo cambiamento di espressione, ho visto che era partito su una linea di pensiero. Ma non l'ha seguita per molto. Il suo sguardo si è spostato sul ritratto senza cornice di Henry Ward Beecher che sta in cima ai suoi libri. Poi, ha guardato in alto sul muro e, naturalmente, era ovvio a cosa stava pensando. Stava pensando che, se il ritratto fosse stato incorniciato, avrebbe riempito benissimo quello spazio vuoto, facendo pendant col ritratto di Gordon da quella parte.»

«Ha seguito i miei pensieri in modo straordinario!», esclamai.

«Fin qui c'era poco da sbagliare. Ma poi il suo pensiero è tornato a Beecher e il suo sguardo si è fissato sul ritratto come se volesse studiarne il carattere attraverso i lineamenti. Poi lo sguardo si è fatto meno intenso ma è rimasto a guardarlo con aria pensierosa. Stava rammentando gli incidenti della carriera di Beecher. Sapevo che non poteva farlo senza pensare alla missione in cui si era impegnato per conto del Nord al tempo della Guerra Civile, perché ricordo che mi aveva espresso la sua profonda indignazione per il modo in cui era stato accolto dai più turbolenti fra i nostri compatrioti. Ne era talmente sdegnato che sapevo non avrebbe potuto pensare a Beecher senza pensare anche a quello. Quando, un momento dopo, vidi che i suoi occhi avevano lasciato il ritratto sospettai che lei fosse tornato col pensiero alla Guerra Civile e, notando che aveva le labbra serrate, gli occhi luccicanti e le mani strette a pugno, ho avuto la certezza che lei stesse appunto pensando al valore dimostrato da entrambe le parti in quella lotta disperata. Ma il suo viso si era rifatto triste; ha scosso la testa. La sua mente indugiava sulla tristezza, l'orrore, l'inutile spreco di tante vite. Ha allungato la mano verso la sua vecchia ferita e ha avuto un leggero sorriso, il che mi ha dimostrato che stava riflettendo su questo assurdo sistema di comporre le vertenze internazionali. A questo punto, concordai con lei sul fatto che era una cosa davvero assurda, e ho avuto il piacere di scoprire che le mie deduzioni erano corrette.»

«Assolutamente corrette!», esclamai. «E adesso che me lo ha spiegato, confesso che sono sbalordito come prima.»

«Una cosa molto semplice, mio caro Watson, glielo assicuro. Non mi sarei imposto alla sua attenzione se lei, l'altro giorno, non avesse dimostrato un certo scetticismo. Ma si è alzato un filo di brezza. Che ne direbbe di un giretto per Londra?»

Ero stufo di rimanere chiuso nel nostro piccolo soggiorno e accettai di buon grado. Per tre ore ce ne andammo a zonzo, osservando il sempre mutevole caleidoscopio della vita che fluisce e rifluisce come una marea attraverso Fleet Street e lo Strand. I suoi tipici discorsi, la sua acuta osservazione dei particolari e la sua acuta capacità di deduzione mi divertivano e affascinavano. Erano le dieci quando rientrammo a Baker Street. Una carrozza attendeva davanti alla porta.

«Hum! è la carrozza di un medico — un medico generico, a quanto vedo», disse Holmes. «Non esercita da molto tempo ma ha parecchio da fare. Immagino sia venuto a consultarci. Per fortuna che siamo tornati!»

Ero abbastanza al corrente dei metodi di Holmes per seguire il suo ragionamento e capire che gli elementi per la sua rapida deduzione gli erano stati forniti dal tipo e dalle condizioni dei vari strumenti medici all'interno del cestino di vimini appeso dentro la carrozza, sotto la luce del lampione. Il fatto che anche la nostra finestra fosse illuminata dimostrava che quella visita a un'ora così tarda era effettivamente per noi. Chiedendomi con una certa curiosità cosa mai poteva aver spinto un collega medico da noi a quell'ora, seguii Holmes nel nostro *sancta sanctorum*.

Un uomo alto, col viso sottile e favoriti biondicci, si alzò dalla sedia accanto al fuoco al nostro ingresso. Non poteva avere più di 33 o 34 anni, ma la sua espressione disfatta e il colorito malsano rivelavano una vita che gli aveva indebolito le forze e rubato la giovinezza. Aveva modi nervosi e timidi, come quelli di un gentiluomo sensibile, e la sottile mano bianca che poggiò sulla mensola del camino alzandosi era quella di un artista più che di un chirurgo. Era vestito molto sobriamente — finanziera nera, calzoni scuri e appena un tocco di colore sulla cravatta.

«Buona sera dottore», lo salutò cordialmente Holmes. «Vedo con piacere che attende solo da pochi minuti.»

«Ha parlato col mio cocchiere?»

«No, l'ho capito dalla candela sul tavolinetto. Prego, si accomodi e mi dica in che posso servirla.»

«Sono il dottor Percy Trevelyan», disse il nostro ospite, «e abito al 403 di Brook Street.»

«Non è lei l'autore di una monografia sulle lesioni nervose nascoste?», gli chiesi.

Le sue guance pallide arrossirono di piacere nel sentire che conoscevo la sua opera.

«Ne sento parlare così raramente che pensavo fosse ormai una cosa morta e sepolta», disse. «I miei editori mi hanno dato un resoconto molto scoraggiante delle vendite. Immagino che anche lei sia un medico?»

«Un chirurgo militare in congedo.»

«Mi sono sempre interessato alle malattie nervose. Volevo farne la mia specializzazione ma, naturalmente, in principio bisogna accontentarsi. Comunque questo non c'entra, signor Holmes, e mi rendo perfettamente conto di come il suo tempo sia prezioso. Il fatto è che recentemente nella mia casa a Brook Street si è verificata una strana serie di eventi, e questa sera le cose sono giunte a un punto tale che non potevo aspettare nemmeno un'ora di più per chiedere a lei aiuto e consiglio.»

Holmes si sedette e accese la pipa. «Le darò entrambi con piacere», disse. «La prego, mi riferisca nei particolari le circostanze che l'hanno così turbata.»

«Una o due di esse sono talmente trascurabili», disse il dottor Trevelyan, «che quasi mi vergogno di parlargliene. Ma la faccenda è così inesplicabile, ed è giunta a un tale punto di complicazione che le dirò tutto per filo e per segno; lei stesso giudicherà cosa è essenziale e cosa non lo è.

Tanto per cominciare, debbo dirle qualcosa della mia carriera universitaria. Sa, provengo dalla London University e sono certo che non mi giudicherà presuntuoso quando le dirò che i miei professori mi consideravano uno studente molto promettente. Dopo la laurea, continuai a dedicarmi alla ricerca, con un piccolo incarico al King's College Hospital e fui tanto fortunato da suscitare un notevole interesse con le mie ricerche sulla patologia della catalessi e, alla fine, da vincere il premio Bruce Pinkerton e una medaglia con la monografia sulle lesioni nervose cui ha accennato il suo amico. Senza esagerare, potrei affermare che allora tutti avevano l'impressione che davanti a me si spalancasse una brillante carriera.

Ma l'intoppo insormontabile era la mia mancanza di capitali. Comprenderà facilmente come uno specialista che mira in alto debba necessariamente cominciare in una della dozzina di strade nella zona di Cavendish Square, ma tutte comportano degli affitti altissimi e delle spese enormi di arredamento. Oltre a questo primo esborso, bisogna poi essere in condizioni di mantenersi per qualche anno e di noleggiare una carrozza e un cavallo presentabili. Tutto questo era assolutamente al di là delle mie possibilità e potevo solo sperare che, facendo economia, in una decina d'anni avrei potuto mettere da parte il denaro sufficiente ad affiggere la mia targa sul portone. Improvvisamente, però, un incidente inaspettato mi aprì un nuovo orizzonte.

Venne a trovarmi un gentiluomo di nome Blessington, che non conoscevo affatto. Salì una mattina nella mia stanza e venne subito al sodo.

"Lei è quel Percy Trevelyan che ha fatto una così brillante carriera e che, recentemente, ha vinto un premio?", mi chiese.

Assentii con un inchino.

"Mi risponda francamente", continuò, "perché vedrà che è nel suo interesse essere sincero. Lei ha tutte le qualità per diventare una persona di successo. Ne ha anche la diplomazia?"

Non potei trattenermi dal sorridere a quella domanda così diretta.

"Confido di averne la mia parte", risposi.

"Cattive abitudini? Non è che per caso beve, vero?"

"Ma signore!", esclamai.

"Va bene! Va benissimo! Ma dovevo chiederglielo. Con tutte le sue qualità perché non esercita?"

Mi strinsi nelle spalle.

"Andiamo, andiamo!", disse con quel suo modo sbrigativo. "La solita vecchia storia. La sua mente è più ricca delle sue tasche, eh? Che ne direbbe se io le aprissi uno studio a Brook Street?"

Lo guardai sbalordito.

"Oh, sarebbe per fare un piacere a me, non a lei", esclamò. "Sarò perfettamente franco e se la proposta va bene a lei va bene anche a me. Ho qualche migliaio di sterline da investire, vede, e credo che le investirò su di lei."

"Ma perché?", domandai, senza fiato.

"Be' è una speculazione come un'altra, e più sicura di altre."

"Allora, cosa dovrei fare?"

"Ora glielo dico. Io penserò ad affittare la casa, ad arredarla, a pagare le domestiche, e mi occuperò del lato pratico della cosa. Lei non dovrà fare altro che starsene seduto nel suo studio. Le darò l'*argent de poche* e tutto il resto. In cambio, lei mi darà i tre quarti del suo guadagno, tenendo l'altro quarto per sé."

Questa, signor Holmes, fu la strana proposta che mi fece quel Blessington. Non voglio tediarla con i particolari delle nostre trattative. Basti dirle che il giorno dell'Assunzione mi trasferii nella nuova casa, iniziando ad esercitare la mia professione alle condizioni che mi aveva suggerito. Lo stesso Blessington venne a vivere con me, in qualità di paziente interno. Sembra che soffrisse di cuore e necessitava di controllo medico costante. Trasformò le due stanze migliori al primo piano in un salotto e una camera da letto per sé. Aveva strane abitudini, evitava la compagnia e usciva molto di rado. Conduceva una vita irregolare ma su una cosa era la regolarità fatta persona. Ogni sera, alla stessa ora, entrava nel consultorio, esaminava i libri contabili, metteva sul tavolo 53 penny per ogni ghinea che avevo riscosso, e si portava via il resto, chiudendolo in cassaforte nella sua stanza.

Posso onestamente affermare che non ebbe mai occasione di rimpiangere il suo investimento. Fu un successo fin dal principio. Qualche caso interessante e la reputazione che mi ero fatto in ospedale mi portarono rapidamente alla ribalta, e durante questi ultimi anni l'ho fatto diventare ricco.

Questo per quanto riguarda la storia passata e i miei rapporti col signor Blessington. Ora non mi resta che raccontarle cosa è successo per spingermi a venire qui da lei questa sera.

Qualche settimana fa il signor Blessington venne da me in quello che mi parve uno stato di estrema agitazione. Parlava di un qualche furto con scasso compiuto nel West End e, se ben ricordo, appariva inutilmente preoccupato per quel fatto, asserendo che quel giorno stesso avremmo dovuto far mettere dei chiavistelli più solidi a porte e finestre. Per una settimana continuò a mostrare una strana irrequietezza, sbirciando continuamente fuori dalle finestre, e sospendendo la breve passeggiata che generalmente compiva prima di cena. Il suo comportamento mi diede la netta impressione che avesse un sacro terrore di qualcosa o di qualcuno ma quando gli chiesi di cosa si trattasse si inalberò a tal punto che fui costretto a lasciar cadere l'argomento. Poco a poco, col passar del tempo, le sue paure sembrarono svanire ed era tornato alle vecchie abitudini quando un fatto nuovo lo ridusse nello stato pietoso di prostrazione in cui si trova attualmente.

Era successo questo. Due giorni fa ricevetti la lettera che ora le leggerò. Non aveva né indirizzo né data.

Un gentiluomo russo attualmente residente in Inghilterra (dice la lettera) gradirebbe servirsi dell'assistenza professionale del dottor Percy Trevelyan. Da anni soffre di attacchi catalettici sui quali, è risaputo, il dottor Trevelyan è un'autorità. Il gentiluomo in questione si propone di venire da lui domani sera verso le sei e un quarto, se il dottor Trevelyan ritiene di essere disponibile.

Questa lettera suscitò in me grande interesse dato che la difficoltà principale nello studio della catalessi è la rarità della malattia. Come può ben credere, quindi, ero nel mio consultorio quando, all'ora indicata, il cameriere fece entrare il paziente.

Era un uomo anziano, esile, riservato, un tipo qualunque — ben lontano dall'immagine che normalmente ci si fa di un nobiluomo russo. Quello che mi colpì di più fu l'aspetto del suo accompagnatore. Un giovanotto alto, straordinariamente bello, con un volto scuro e intenso, il torace e le membra di un Ercole. Quando entrarono, teneva l'uomo anziano sotto il braccio e lo accompagnò a una sedia con una sollecitudine che non ci si sarebbe aspettata da un tipo come quello.

"Vorrà scusare la mia presenza, dottore", mi disse, parlando inglese con una pronuncia leggermente blesa. "Questo è mio padre, e la sua salute mi sta terribilmente a cuore."

Quell'ansia filiale mi commosse. "Vuole rimanere durante il consulto?", chiesi.

"Assolutamente no!" esclamò con un gesto di orrore. "Mi è più penoso di quanto possa dire. Se dovessi vedere mio padre in preda a uno di quei terribili attacchi sono certo che non sopravviverei. Il mio sistema nervoso è di una sensibilità straordinaria. Con il suo permesso, rimarrò in sala d'aspetto mentre lei esamina il caso di mio padre."

Fui, naturalmente, d'accordo e il giovane si ritirò. Il paziente ed io cominciammo allora a discutere il caso e presi molti appunti. Il russo non brillava per intelligenza e le sue risposte erano spesso oscure, ma attribuii la cosa alla scarsa conoscenza della nostra lingua. Improvvisamente, mentre stavo scrivendo, non rispose più alle mie domande e, alzando lo sguardo su di lui, rimasi sconvolto nel vedere che sedeva rigido ed eretto sulla sedia, col volto impietrito e totalmente inespressivo. Era vittima di un altro attacco del suo male.

Come le ho detto, la mia prima reazione fu di compassione e di orrore. Subito dopo, però, confesso che provai una certa soddisfazione professionale. Presi appunti sul polso e la temperatura del mio paziente, controllai la rigidità muscolare, ne provai i riflessi. Tutto risultava più o meno normale, il che concordava con le mie esperienze precedenti. In casi del genere, avevo ottenuto buoni risultati con inalazioni di nitrito di amile e quella era l'occasione migliore per controllarne l'efficacia. Il flacone era dabbasso, nel mio laboratorio, quindi, lasciando il mio paziente seduto sulla sedia, corsi giù a prenderlo. Impiegai circa cinque minuti per trovarlo, poi risalii. Immagini il mio sconcerto nello scoprire la stanza vuota e il paziente scomparso.

Naturalmente, per prima cosa mi precipitai nella sala d'aspetto. Anche il figlio era sparito. Il portone era accostato, ma non chiuso. Il domestico che fa entrare i pazienti è un ragazzo, nuovo, e non molto sveglio. Aspetta giù e risale per accompagnare fuori i pazienti o quando suono il campanello del consultorio. Non aveva sentito niente, e l'incidente rimase assolutamente incomprensibile. Poco dopo il signor Blessington rientrò dalla sua passeggiata, ma non gli parlai della cosa perché, a dire la verità, da un po' di tempo cerco di avere a che fare con lui il meno possibile.

Bene, ero convinto che non avrei mai più avuto notizie del russo e di suo figlio; può quindi immaginare la mia sorpresa quando questa sera, alla stessa ora, entrarono entrambi nel mio consultorio, come la volta precedente.

"Sento di doverle le mie più profonde scuse per essermene andato in quel modo, ieri, dottore", disse il mio paziente.

"Confesso che ne sono rimasto molto stupito", dissi.

"Vede", continuò, "il fatto è che quando mi riprendo da quegli attacchi non ricordo quasi affatto quello che è successo prima. Mi sono risvegliato in quella che mi sembrava una stanza sconosciuta e, durante la sua assenza sono uscito, con la mente ancora confusa."

"E io", aggiunse il figlio, "vedendo mio padre lasciare il consultorio ho pensato, naturalmente, che la visita fosse finita. Solo arrivando a casa ci siamo resi conto di quello che era successo."

"Bene", risposi ridendo, "non è successo niente, solo mi avete lasciato molto perplesso; quindi, signore, se vuole avere la cortesia di accomodarsi in sala d'aspetto, sarò ben lieto di terminare il consulto così bruscamente interrotto."

Per una mezz'ora circa discussi con l'anziano signore i suoi sintomi e poi, dopo avergli prescritto delle medicine, lo vidi allontanarsi al braccio del figlio.

Le ho già detto che quella era l'ora in cui il signor Blessington faceva generalmente la sua passeggiata. Rientrò poco dopo e salì le scale. Un istante dopo lo sentii scendere di corsa e irruppe nel mio consultorio come un uomo in preda al panico.

"Chi è entrato nella mia stanza?", gridò.

"Nessuno", risposi.

"È una menzogna!", urlò. "Venga su a vedere!"

Non raccolsi la sua volgarità perché mi sembrava fuori di sé dal terrore. Quando salii con lui mi indicò varie impronte sul tappeto chiaro.

"Vuole forse dirmi che sono le mie?", esclamò.

Certo, le impronte erano molto più grandi di quelle che avrebbe potuto lasciare lui, ed erano evidentemente impronte fresche. Come sa, oggi pomeriggio pioveva a dirotto e le uniche persone entrate in casa erano state il russo e suo figlio. Quindi, l'uomo in sala d'aspetto, per chissà quale motivo, mentre io ero occupato con l'altro, era salito in camera del mio paziente interno. Niente era stato toccato o asportato, ma c'erano le impronte a dimostrazione inconfutabile dell'intrusione.

Il signor Blessington mi sembrò più agitato di quanto potessi prevedere, anche se naturalmente la faccenda avrebbe innervosito chiunque. Si lasciò cadere in poltrona piangendo e non riuscii a ottenere da lui una spiegazione coerente. Fu lui stesso a suggerirmi di venire da lei e capii subito che aveva ragione, dato che l'incidente è senza dubbio molto singolare anche se, secondo me, Blessington gli attribuisce un'importanza eccessiva. Se lei potesse tornare indietro con me in carrozza, riuscirebbe quanto meno a calmarlo, anche se dubito che lei riuscirà a spiegare questo strano incidente.»

Sherlock Holmes aveva ascoltato con estrema attenzione questo lungo racconto e capii che era molto interessato. Il suo viso era impenetrabile come sempre ma gli occhi erano ancora più socchiusi e aveva sottolineato con grossi sbuffi di fumo ogni strano particolare nella storia del medico. Quando il nostro ospite concluse il suo racconto, Holmes balzò in piedi senza una parola, mi porse il mio cappello, prese il suo dal tavolo e seguì il dottor Trevelyan alla porta. Dopo un quarto d'ora eravamo a casa sua, a Brook Street, uno di quegli edifici piatti e deprimenti che generalmente associamo agli studi del West End. Un giovane domestico ci fece entrare e ci avviammo subito su per una scala, ricoperta da un tappeto.

Un'inaspettata interruzione ci arrestò all'improvviso. Al piano superiore la luce si spense e dal buio si levò una voce stridula e tremante.

«Ho una pistola», gridò. «Giuro che, se vi accostate, farò fuoco.»

«Questo è veramente troppo, signor Blessington», esclamò il dottor Trevelyan.

«Ah, è lei, dottore», disse la voce in tono di enorme sollievo. «Ma quegli altri signori, sono davvero chi dicono di essere?»

Avvertimmo uno sguardo che ci scrutò a lungo nel buio.

«Sì, sì, va tutto bene», disse finalmente la voce. «Potete salire, e scusatemi se vi ho incomodato con le mie precauzioni.»

Parlando, aveva riacceso il gas sulle scale e ci trovammo davanti un individuo dall'aspetto molto singolare i cui lineamenti, come la voce, tradivano i nervi a fior di pelle. Era molto grasso ma, a quanto pareva, una volta lo era ancora di più perché la pelle gli pendeva dal viso in borse tremolanti come le guance di un cane da caccia. Aveva un colorito malaticcio e i capelli radi e giallastri sembravano drizzarglisi in testa. Teneva in mano una pistola ma, mentre avanzavamo, se la ficcò in tasca.

«Buona sera, signor Holmes», disse. «Le sono davvero infinitamente grato per essere venuto. Nessuno più di me ha bisogno del suo consiglio. Immagino che il dottor Trevelyan le abbia raccontato di questa ingiustificabile intrusione nelle mie stanze.»

«Ce lo ha raccontato», rispose Holmes. «Chi sono questi due uomini, signor Blessington, e perché dovrebbero infastidirla?»

«Bene, bene», disse il paziente con aria nervosa, «certo, è difficile dirlo. Non può aspettarsi che io risponda a questa domanda, signor Holmes.»

«Intende dire che non lo sa?»

«Entrate, prego. Abbiate la bontà di entrare.»

Ci fece strada nella sua camera da letto, un ambiente spazioso e bene ammobiliato. «Vede quella», disse indicando un grosso contenitore nero ai piedi del letto. «Non sono mai stato molto ricco, signor Holmes — ho fatto un unico investimento in vita mia, come vi dirà il dottor Trevelyan. Ma non ho fiducia nelle banche. Non mi fiderei mai di un banchiere, signor Holmes. Detto fra noi, quel poco che possiedo è in quella scatola; può quindi capire quello che provo se degli sconosciuti si introducono in camera mia.»

Holmes guardò Blessington con quella sua espressione interrogativa e crollò la testa.

«Non posso assolutamente darle un consiglio se lei cerca di ingannarmi», osservò.

«Ma le ho detto tutto.»

Holmes girò sui tacchi con aria disgustata. «Buona sera, dottor Trevelyan», disse.

«E non mi dà un consiglio?», esclamò Blessington con voce rotta.

«Il mio consiglio, signore, è di dire la verità.»

Un momento dopo eravamo per la strada, diretti a piedi verso casa. Avevamo attraversato Oxford Street ed eravamo giunti a metà di Harley Street, prima che riuscissi a cavar di bocca una parola al mio amico.

«Mi dispiace di averla trascinata in questa spedizione a vuoto, Watson», disse finalmente. «Eppure, in fondo, è un caso interessante.»

«A me non dice un granché», confessai.

«Be', è evidente che ci sono due uomini — forse di più ma al minimo due — decisi, per un qualche motivo, ad arrivare a questo Blessington. Sono sicurissimo che tanto nella prima quanto nella seconda occasione il giovane è entrato in camera di Blessington mentre il compare, con un trucco ingegnoso, teneva occupato il dottore.»

«E la catalessi?»

«Una imitazione fraudolenta, Watson, anche se certo non lo direi al nostro specialista. È una malattia molto facile da imitare. L'ho fatto io stesso.»

«E poi?»

«Per pura combinazione, Blessington era fuori tutt'e due le volte. Il motivo per cui avevano scelto un'ora così insolita per una visita medica era quello di assicurarsi che in sala d'aspetto non ci fosse nessuno. Caso ha voluto, però, che l'ora coincidesse con quella della passeggiata di Blessington, il che dimostra che non erano molto al corrente della sua routine quotidiana. Naturalmente, se avessero mirato solo al furto, avrebbero almeno fatto un tentativo di frugare nella stanza. Inoltre, dagli occhi di un uomo mi accorgo benissimo quando teme per la propria vita. È inconcepibile che questa persona si sia fatta due nemici così vendicativi come appaiono questi due, senza saperlo. Sono quindi convinto che sappia benissimo chi sono questi due individui e per qualche suo motivo personale non lo dice. Può darsi che domani sia di umore più loquace.»

«Non potrebbe esistere un'alternativa», suggerii, «certo ridicolmente improbabile ma pur tuttavia concepibile? Non potrebbe darsi che tutta la storia del russo affetto da catalessi e di suo figlio sia stata escogitata dal dottor Trevelyan e che sia stato lui, per motivi suoi, a entrare in camera di Blessington?»

Alla luce del lampione, vidi che Holmes sorrideva divertito alla mia brillante uscita.

«Amico mio», disse, «questa è una delle prime soluzioni che mi è venuta in mente, ma ben presto sono stato in grado di corroborare il racconto del dottore. Questo giovanotto ha lasciato le sue impronte sulla passatoia delle scale per cui non mi è stato necessario chiedere di vedere quelle che aveva lasciato nella stanza. Quando le dico che le sue scarpe erano a punta quadra invece che a punta allungata come quelle di Blessington che, inoltre, erano di un buon pollice e un terzo più lunghe di quelle del dottore, dovrà riconoscere che non sussistono dubbi su chi le abbia lasciate. Ma per adesso dormiamoci sopra; sarei molto sorpreso se in mattinata non ricevessimo altre notizie da Brook Street.»

La profezia di Holmes non tardò ad avverarsi e in maniera drammatica. Alle sette e mezza del mattino seguente, alle prime luci del giorno, era accanto al mio letto, avvolto nella sua veste da camera.

«C'è una carrozza che ci aspetta, Watson», disse.

«Perché, cos'è successo?»

«L'affare di Brook Street.»

«Ci sono altre notizie?»

«Tragiche, ma ambigue», rispose tirando su le persiane. «Guardi qui — un foglio staccato da un taccuino, c'è scarabocchiato a matita ''per amor di Dio, venite subito. P.T.''. Andiamo, amico, è un appello urgente.»

Dopo circa un quarto d'ora eravamo ancora una volta a casa del dottore che corse fuori ad incontrarci col terrore dipinto sul volto.

«Mio Dio, che pasticcio!», esclamò con le mani fra i capelli.

«Che è successo?»

«Blessington si è suicidato!»

Holmes fischiò sommessamente.

«Sì, si è impiccato durante la notte.»

Frattanto eravamo entrati e il dottore ci aveva preceduto in quella che evidentemente era la sua sala d'aspetto.

«Non so proprio che fare», esclamò. «La polizia è già di sopra. Questa storia mi ha sconvolto.»

«Quando l'ha scoperto?»

«Ogni mattina, presto, si fa portare una tazza di tè. Quando la domestica è entrata, verso le sette, quel povero diavolo pendeva in mezzo alla stanza; aveva legato una corda al gancio che di solito reggeva la lampada pesante, e poi era saltato giù proprio da quella scatola che ci aveva mostrato ieri.»

Holmes rimase per un momento assorto.

«Col suo permesso,» disse alla fine, «vorrei andare di sopra a dare un'occhiata.»

Salimmo entrambi, seguiti dal dottore.

Entrando nella stanza ci si presentò uno spettacolo raccapricciante. Ho già accennato all'impressione di flaccidezza che dava Blessington. Mentre pendeva da quel gancio, l'impressione era accentuata e ingigantita tanto da conferirgli un'apparenza quasi non più umana. Il collo era tirato come quello di un pollo facendo così apparire il resto del corpo ancora più obeso e abnorme. Non indossava che una lunga camicia da notte dalla quale spuntavano in modo quasi grottesco le caviglie enfiate e i piedi deformati. Accanto al suicida, un ispettore di polizia dall'aria sveglia stava prendendo appunti.

«Ah, signor Holmes», disse cordialmente quando il mio amico entrò nella stanza, «sono felicissimo di vederla.»

«Buon giorno, Lanner», rispose Holmes; «sono certo che non mi considererà un intruso. Ha sentito degli eventi che hanno portato a questa storia?»

«Sì, ne ho saputo qualcosa.»

«Si è fatto un'opinione?»

«Per quanto posso vedere, quest'uomo è impazzito dal terrore. Come vede, si era coricato; c'è l'impronta, bella profonda, sul letto. Sa, i suicidi, in genere, si verificano verso le cinque di mattina. E sembra appunto che fosse questa l'ora in cui si è impiccato. Si direbbe che abbia agito con estrema deliberazione.»

«A giudicare dalla rigidità dei muscoli direi che è morto da circa tre ore», dissi.

«Ha notato qualcosa di strano nella stanza?», chiese Holmes.

«Sulla mensola del lavabo ho trovato un cacciavite e alcune viti. Sembra anche che abbia fumato molto durante la notte. Ecco quattro mozziconi di sigaro che ho trovato nel caminetto.»

«Hum!», brontolò Holmes, «ha il suo bocchino?»

«No, non ho visto nessun bocchino.»

«Il portasigari, allora?»

«Sì, era nella tasca del cappotto.»

Holmes lo aprì e annusò l'unico sigaro che conteneva.

«Ma questo è un Avana, mentre gli altri sono di quel tipo speciale che gli olandesi importano dalle loro colonie dell'India orientale. Sa, di solito vengono imballati con la paglia e, considerando la loro lunghezza, sono molto più sottili di quelli delle altre marche.» Prese i quattro mozziconi e li esaminò con la lente.

«Due sono stati fumati con un bocchino e due senza», osservò. «Due sono stati tagliati con una lama smussata, e negli altri due l'estremità è stata staccata con un morso da una dentatura eccellente. Questo non è un suicidio, signor Lanner. È omicidio, accuratamente progettato e eseguito a sangue freddo.»

«Impossibile!», esclamò l'ispettore.

«E perché mai?»

«Per quale motivo si sarebbe dovuto scegliere un sistema così grossolano come l'impiccagione per uccidere un uomo?»

«È appunto quello che dobbiamo scoprire.»

«Come sono entrati?»

«Dall'ingresso principale.»

«Questa mattina è stato trovato sbarrato.»

«Allora è stato sbarrato dopo che se ne sono andati.»

«Come lo sa?»

«Ho visto le loro tracce. Mi scusi un momento, e potrò darle altre informazioni.»

Andò alla porta e, girando la maniglia, l'esaminò in quel suo modo metodico. Poi tolse la chiave, che era all'interno, ed esaminò anche quella. Letto, tappeto, seggiole, caminetto, perfino il cadavere e la corda, vennero esaminati accuratamente fino a quando si dichiarò soddisfatto e, con il mio aiuto e quello dell'ispettore, tirò giù il raccapricciante fardello e lo coprì pietosamente con un lenzuolo.

«Da dove viene questa corda?», chiese.

«È stata tagliata da qui», disse il dottor Trevelyan traendo un grosso rotolo da sotto il letto. «Aveva un terrore morboso degli incendi, e si teneva sempre accanto questa corda in modo da poter fuggire dalla finestra se il fuoco si estendeva alle scale.»

«Il che ha risparmiato una fatica agli assassini», disse Holmes pensieroso. «Sì, i fatti sono molto chiari e mi sorprenderei se non potessi fornirvene il movente questo stesso pomeriggio. Prendo quella foto di Blessington che sta sul caminetto; potrebbe servirmi nelle indagini.»

«Ma non ci ha detto nulla!» esclamò il dottore.

«Oh, in quanto alla sequenza degli avvenimenti non ci sono dubbi. Hanno agito in tre: il giovanotto, il vecchio e una terza persona di cui ancora non conosco l'identità. Inutile dirvi che i primi due sono gli stessi che si sono fatti passare per il conte russo e suo figlio, e di loro abbiamo una descrizione completa. Sono stati fatti entrare da un complice all'interno della casa. Se posso darle un consiglio, ispettore, arresterei il domestico che, se ho ben capito, è da poco al vostro servizio, dottore.»

«Non si riesce a trovarlo, quel giovane furfante», disse il dottor Trevelyan; «la domestica e la cuoca l'hanno cercato fin'adesso.»

Holmes crollò le spalle.

«Ha avuto un ruolo non certo secondario in questo dramma», osservò. «I tre uomini sono saliti per le scale, in punta di piedi, prima il vecchio, poi il giovane e, terzo, il complice sconosciuto...»

«Ma mio caro Holmes!», esclamai sorpreso.

«Oh, lo dimostra chiaramente la sovrapposizione delle impronte. Fortunatamente, ieri sera, ho potuto individuare a chi appartengono rispettivamente. Dunque, sono saliti fino alla stanza del signor Blessington, ma hanno trovato la porta chiusa a chiave. Però con un filo di ferro hanno forzato la serratura. Anche senza bisogno della lente potete vedere dalla seghettatura il punto preciso su cui hanno fatto pressione.

Una volta penetrati nella stanza, per prima cosa hanno imbavagliato il signor Blessington. Probabilmente dormiva, o era talmente paralizzato dal terrore che non è riuscito a gridare aiuto. Queste mura sono molto spesse ed è presumibile che il suo grido, ammettendo che abbia gridato, non è stato sentito.

Dopo averlo legato e imbavagliato, mi sembra evidente che

abbiano tenuto una specie di conciliabolo. Dev'essere durato abbastanza perché è allora che sono stati fumati questi sigari. Il vecchio sedeva nella poltrona di vimini; è stato lui a usare il bocchino. L'altro, più giovane, sedeva laggiù; ha scrollato la cenere battendo il sigaro contro il comò. Il terzo uomo, andava avanti e indietro. Blessington, a quanto credo, stava seduto sul letto; ma di questo non sono sicuro.

Be', alla fine, presero Blessington e l'impiccarono. Era stato tutto premeditato tanto che ritengo si fossero portati dietro qualcosa come un paranco o una carrucola che servisse da forca. Immagino che il cacciavite e le viti dovessero servire a fissarla. Però, vedendo il gancio, si sono naturalmente risparmiati la fatica. Una volta compiuta l'opera se ne sono andati e il loro complice ha di nuovo sbarrato la porta alle loro spalle.»

Avevamo ascoltato tutti col massimo interesse quella schematica ricostruzione degli eventi della notte, cui Holmes era arrivato attraverso indizi così tenui e impercettibili da renderci difficile seguire il suo filo logico anche dopo che ce li aveva indicati. L'ispettore andò subito via per indagare sul domestico scomparso, mentre Holmes ed io tornavamo a Baker Street per far colazione.

«Sarò di ritorno alle tre», disse quando finimmo di mangiare. «A quell'ora verranno qui anche l'ispettore e il dottore e, per allora, spero di aver chiarito anche gli altri pochi punti oscuri di questo caso.»

I nostri ospiti giunsero all'ora stabilita, ma il mio amico fece la sua comparsa solo alle quattro meno un quarto. Dalla sua espressione, compresi che tutto era andato bene.

«Novità, ispettore?»

«Abbiamo preso il ragazzo, signore.»

«Eccellente, e io ho gli uomini.»

«Li ha acciuffati!», esclamammo all'unisono.

«Be', quanto meno so chi sono. Come mi aspettavo, questo cosiddetto Blessington è una vecchia conoscenza al distretto di polizia, come pure i suoi assalitori. Si chiamano Biddle, Hayward e Moffat.»

«La banda delle banche di Worthingdon!», esclamò l'ispettore.

«Esattamente», rispose Holmes.

«Allora Blessington doveva essere Sutton.»

«Proprio lui.»

«Allora è tutto chiaro come il sole», disse l'ispettore.

Trevelyan e io ci guardammo in faccia, stupiti.

«Senza dubbio ricorderete la grande rapina alla Worthingdon

Bank», disse Holmes. «Fu compiuta da cinque uomini — questi quattro e un quinto, un certo Cartwright. Uccisero Tobin, il guardiano, e se la svignarono con settemila sterline. Fu nel 1875. Tutti e cinque vennero arrestati ma le prove a loro carico risultarono insufficienti. Questo Blessington, o Sutton, che era il peggiore della banda, cantò. Grazie alle sue informazioni, Cartwright finì sulla forca e gli altri tre si presero quindici anni a testa. L'altro giorno sono stati rilasciati, con qualche anno di anticipo sullo scadere della pena e, come vedete, si sono subito messi in cerca del traditore per vendicare la morte del compagno. Due volte hanno cercato di mettergli le mani addosso, e due volte hanno fatto fiasco; la terza volta, come sappiamo, ci sono riusciti. C'è altro che io possa spiegarle, dottor Trevelyan?»

«Mi sembra che adesso sia tutto chiaro», rispose il dottore. «Senza dubbio, il giorno in cui era così sconvolto era quello in cui aveva letto del loro rilascio sul giornale.»

«Appunto. Le sue chiacchiere su un eventuale furto servivano solo a gettar polvere negli occhi.»

«Ma perché non gliel'ha detto?»

«Mio caro signore, conoscendo il carattere vendicativo dei suoi vecchi compari cercava di tenere il più a lungo possibile nascosta la sua identità a tutti. Il suo era un segreto vergognoso e non aveva il coraggio di parlarne. Comunque, per farabutto che fosse, viveva ancora sotto la protezione della legge britannica e quindi, ispettore, non ho dubbi circa il fatto che, anche se quello scudo protettivo non ha funzionato, lei farà in modo che ci sia ancora la spada della giustizia a punire la sua morte.»

Queste furono le strane circostanze del Paziente Interno e del Medico di Brook Street. Da quella notte, la polizia non ha scoperto nulla sui tre assassini e a Scotland Yard si ritiene che fossero a bordo della nave *Norah Creina*, che qualche anno fa colò a picco con tutto l'equipaggio sulla costa portoghese, qualche lega a nord di Oporto. Le accuse contro il giovane domestico non ebbero seguito per mancanza di prove e mai fino ad ora quello che venne chiamato il Mistero di Brook Street fu affrontato dalla stampa.

# L'interprete greco

Nel corso della mia lunga, intima amicizia con Sherlock Holmes non lo avevo mai sentito accennare ai suoi parenti e quasi mai ai precedenti anni della sua vita. Questa sua reticenza aveva potenziato quell'effetto di distacco che a volte egli mi dava, tanto da farmelo occasionalmente considerare un fenomeno a sé stante, una mente priva di un cuore, tanto manchevole di calore umano quanto ricco di intelligenza. La sua avversione per le donne e la sua riluttanza a stringere nuove amicizie erano tipici del suo temperamento freddo e indifferente, sottolineato dal suo totale silenzio circa la sua famiglia. Ero arrivato a credere che fosse orfano, senza parenti viventi; poi un giorno, con mia grande sorpresa, cominciò a parlarmi di suo fratello.

Era una serata estiva, dopo l'ora del tè e la conversazione, che fino a quel momento aveva divagato senza nesso dai circoli del golf alle ragioni del mutamento nell'inclinazione obliqua dell'eclittica, venne a cadere sul problema dell'atavismo e delle attitudini ereditarie. Si discuteva fino a che punto una determinata facoltà dell'individuo fosse dovuta a un fattore ancestrale e fino a che punto a un allenamento perseguito negli anni della giovinezza.

«Nel suo caso», osservai, «da quanto lei mi ha detto mi sembra evidente che le sue facoltà di osservazione e la sua straordinaria capacità di deduzione siano dovute al suo sistematico allenamento.»

«In certa misura è così», rispose assorto. «I miei antenati erano signorotti di campagna che, per quanto ne so, conducevano una vita consona al loro ceto. Eppure, le abilità che io possiedo sono congenite in me e forse, le ho ereditate da mia nonna, che era sorella di Vernet, l'artista francese. L'arte nel sangue spesso può assumere le forme più strane.»

«Ma come sa che si tratta di un dono ereditario?»

«Perché mio fratello Mycroft lo possiede ancora più di me.»

Questa mi giungeva davvero nuova. Se in Inghilterra esisteva un'altra persona dotata di facoltà così eccezionali, come mai né polizia né pubblico ne aveva mai sentito parlare? Lo chiesi a

Holmes, facendogli capire che, secondo me, era la sua modestia che gli faceva ritenere il fratello superiore a lui. Ma Holmes si mise a ridere.

«Mio caro Watson», disse, «non sono fra coloro che considerano la modestia una virtù. Per un uomo dotato di logica, tutte le cose andrebbero viste esattamente come sono, e sottovalutare se stessi significa allontanarsi dalla verità almeno quanto sopravvalutare le proprie doti. Quindi, quando affermo che Mycroft possiede poteri di osservazione superiori ai miei, le assicuro che dico la pura verità.»

«È più giovane di lei?»

«Ha sette anni più di me.»

«Come mai nessuno lo conosce?»

«Oh, nel suo ambiente è molto conosciuto.»

«E quale sarebbe il suo ambiente?»

«Be', il Diogenes Club, per esempio.»

Non avevo mai sentito parlare di quell'associazione e Holmes dovette leggermelo in faccia perché tirò fuori l'orologio.

«Il Diogenes Club è il più straordinario circolo londinese e Mycroft è il più straordinario degli uomini. È sempre lì, dalle cinque meno un quarto alle otto meno venti. Adesso sono le sei; è una bella serata e, se le va di fare due passi, sarò felicissimo di farle conoscere queste due curiosità.»

Cinque minuti dopo eravamo per la strada, diretti verso Regent's Circus.

«Lei si domanda», osservò il mio amico, «perché Mycroft non usi le sue capacità per svolgere un lavoro di investigatore. Non ne è capace.»

«Ma, mi pareva che avesse detto...»

«Ho detto che mi supera nel campo dell'osservazione e della deduzione. Se l'arte dell'investigatore cominciasse e finisse con un ragionamento fatto standosene seduti in poltrona, mio fratello sarebbe il più grande criminologo di tutti i tempi. Ma non ha né ambizione né energia. Non si scomoda nemmeno per verificare le soluzioni alle quali arriva, e preferirebbe che la gente pensasse che si è sbagliato piuttosto che darsi la pena di dimostrare che ha ragione. Infinite volte gli ho sottoposto un problema e ne ho ricevuto una spiegazione che, in seguito, si è sempre dimostrata corretta. Eppure, era assolutamente incapace di trarne gli elementi pratici necessari perché un caso possa essere portato in tribunale, davanti a un giudice o una giuria.»

«Allora, non lo fa per professione?»

«Assolutamente no. Quello che per me è un mezzo di guadagnarmi il pane, per lui non è che l'hobby di un dilettante. È straordinariamente portato per la matematica e si occupa della revisione della contabilità per qualche dicastero. Abita a Pall Mall e ogni mattina se ne va a piedi a Whitehall da dove ritorna ogni sera. Questo è l'unico moto che fa, anno dopo anno, e non lo si vede in nessun'altra parte tranne il Diogenes Club, che sta proprio incontro a casa sua.»

«Non ricordo di aver mai sentito questo nome.»

«Molto probabile. Vede, a Londra ci sono molte persone che, alcune per timidezza, altre per misantropia, evitano la compagnia del loro prossimo. Però non disdegnano una comoda poltrona e le pubblicazioni più recenti. È proprio per queste persone che è nato il Diogenes Club dove, attualmente, si trovano riuniti gli uomini meno socievoli di tutta la città. Ai soci è assolutamente vietato occuparsi, sia pur minimamente, degli altri. Tranne che nella Sala degli Estranei, è assolutamente vietato parlare, in qualsiasi circostanza; e, alla terza infrazione, se denunciata al Comitato, chi ha infranto il silenzio può essere espulso. Mio fratello ne è stato uno dei soci fondatori e io personalmente ho trovato l'atmosfera del Diogenes molto rilassante.»

Chiacchierando, avevamo raggiunto Pall Mall e la stavamo percorrendo provenienti dal lato di St. James. Sherlock Holmes si fermò davanti a un portone poco distante dal Carlton e, ammonendomi di non parlare, mi fece strada nell'anticamera. Attraverso le vetrate intravidi una sala ampia e lussuosa, nella quale sedevano molti uomini, ciascuno nel suo angolino, immersi nella lettura dei giornali. Holmes mi fece entrare in una piccola stanza che dava su Pall Mall e, lasciandomi solo per un minuto, rientrò accompagnato da quello che non poteva che essere suo fratello.

Mycroft Holmes era molto più robusto e massiccio di Sherlock. Addirittura corpulento, ma il volto, benché massiccio, aveva in parte conservato quell'espressione intensa che, anche se più marcata, caratterizzava il volto del fratello. Gli occhi, di uno strano colore grigio chiaro, sembravano avere sempre quello sguardo lontano e introspettivo che avevo osservato in quello di Sherlock quando impiegava tutte le sue facoltà.

«Lieto di conoscerla signore», disse porgendomi una mano larga e grassa come la pinna di una foca. «Sento ovunque parlare di Sherlock da quando lei è divenuto il suo cronista. A proposito, Sherlock, mi aspettavo di vederti la settimana scorsa per quel caso di Manor House. Ho pensato che forse ti trovavi un po' in alto mare.»

«No, l'ho risolto», rispose il mio amico sorridendo.

«Naturalmente, era Adams.»

«Già, era Adams.»

«Ne ero certo fin dal principio.» I due fratelli sedevano uno accanto all'altro nel vano della finestra. «Per chiunque sia interessato allo studio della natura umana, questo è il posto giusto», disse Mycroft. «Guarda che stupendi esemplari! Guarda, per esempio, quei due che stanno venendo verso di noi.»

«Il biscazziere e quell'altro?»

«Precisamente. Che ne pensi dell'altro?»

I due individui in questione si erano fermati di fronte alla finestra, dall'altra parte della strada. Qualche traccia di gesso sul taschino del panciotto era l'unico segno di biliardo che riuscissi a vedere in uno di loro. L'altro era un tipo mingherlino, scuro, col cappello spinto indietro sulla nuca e svariati pacchi sotto al braccio.

«Un vecchio soldato, a quanto vedo», disse Sherlock.

«E congedato da pochissimo», osservò il fratello.

«Ha prestato servizio in India.»

«Come sottufficiale.»

«Royal Artillery, direi.»

«E vedovo.»

«Ma con un figlio.»

«Figli, ragazzo mio, figli.»

«Andiamo!», esclamai ridendo, «questo è un po' troppo.»

«Senza dubbio», rispose Holmes, «non è difficile affermare che un uomo con quel portamento, quell'espressione autoritaria, e quella pelle cotta dal sole è un soldato, di un grado superiore a soldato semplice, e che è tornato recentemente dall'India.»

«Che abbia lasciato il servizio attivo da poco tempo lo dimostra il fatto che ancora indossa gli stivali da campo, come li chiamano», osservò Mycroft.

«Non ha l'andatura del cavallerizzo ma portava il berretto da una parte, come risulta dalla pelle più chiara in quel lato della fronte. Il suo peso non è quello di un geniere. È in artiglieria.»

«Poi, naturalmente, il fatto che sia in lutto stretto sta ad indicare che ha perduto una persona molto cara. Si fa la spesa da solo, quindi deve trattarsi della moglie. Noterai che ha comperato delle cose per i figli. C'è un sonaglino, perciò uno di essi è molto piccolo. Probabilmente, la moglie è morta di parto. Il fatto che porti sotto il braccio un libro illustrato dimostra che c'è anche un altro figlio cui pensare.»

Cominciai a capire cosa intendeva il mio amico dicendomi che il fratello possedeva facoltà ancor più affinate delle sue. Mi lanciò un'occhiata, con un sorriso. Mycroft prese una presa di tabacco da una scatolina di tartaruga spazzando poi via le briciole di tabacco dal davanti della giacca con un grande fazzoletto di seta rossa.

«A proposito, Sherlock», disse, «ho qualcosa che fa proprio per te — un problema quanto mai singolare — che mi hanno sottoposto. Francamente, non avevo l'energia di occuparmene se non in maniera molto approssimativa, ma mi ha fornito lo spunto per qualche piacevole congettura. Se ti va di sentire i fatti...»

«Mio caro Mycroft, ne sarei felicissimo.»

Il fratello scarabocchiò un appunto su un foglietto del suo taccuino e, suonando il campanello, lo porse al cameriere.

«Ho chiesto al signor Melas di raggiungerci», disse. «Abita al piano sopra di me e ci conosciamo vagamente; per questo, nel suo dilemma, si è rivolto a me. Il signor Melas è di origine greca, a quanto mi risulta, ed è un notevole poliglotta. Si guadagna da vivere in parte come interprete giurato in tribunale e in parte come guida per facoltosi orientali in visita negli alberghi di Northumberland Avenue. Credo che lascerò a lui il compito di raccontarti la sua straordinaria esperienza, a modo suo.»

Pochi minuti dopo entrò un uomo basso, tarchiato, con un viso olivastro e capelli neri come l'inchiostro che tradivano la sua origine meridionale, anche se il suo modo di esprimersi era quello di un inglese colto. Strinse cordialmente la mano di Sherlock Holmes e i suoi occhi scuri scintillarono di gioia quando si rese conto che lo «specialista» era ansioso di sentire la sua storia.

«Non credo che la polizia mi presti fede — parola mia, non lo credo proprio», disse in tono lamentoso. «Proprio perché non l'hanno mai sentita prima, sono convinti che una cosa del genere non possa esistere. Ma so che non mi darò pace fino a quando saprò che fine ha fatto il mio povero diavolo col cerotto in faccia.»

«Sono tutt'orecchi», disse Holmes.

«Oggi è mercoledì pomeriggio», disse il signor Melas. «Bene, allora tutto questo è successo lunedì sera — solo due giorni fa, capisce. Come forse il mio vicino le ha detto, faccio l'interprete. Interprete per tutte le lingue — o quasi tutte — ma dato che sono greco di nascita e ho un cognome greco, è in questa lingua che si svolge principalmente il mio lavoro. Da anni sono il principale interprete greco di Londra e il mio nome è molto noto negli alberghi.

Non è raro che degli stranieri mi mandino a chiamare, nelle ore più strane, perché si trovano in difficoltà, o che dei viaggiatori che arrivano tardi richiedano i miei servigi. Non mi meravigliai, quindi, lunedì sera quando un certo signor Latimer, un giovanotto molto ben vestito, salì nel mio appartamento chiedendomi di accompagnarlo in una carrozza che attendeva alla porta. Un amico greco era venuto a incontrarlo per affari, mi disse, e dal momento che non conosceva altra lingua che la propria, era indispensabile un interprete. Mi raccontò che casa sua era poco lontano, a Kensington, e sembrava avere una gran fretta perché, una volta scesi in strada, mi spinse rapidamente dentro la carrozza.

Dico carrozza, ma ben presto cominciai a pensare che non si trattava di una vettura di piazza. Senza dubbio era molto più spaziosa di quelle trappole a quattro ruote che girano per Londra e gli accessori, anche se logori, erano di lusso. Il signor Latimer si sedette di fronte a me e ci avviammo lungo Charing Cross e su per Shaftesbury Avenue. Eravamo sbucati su Oxford Street e mi ero permesso di osservare che era un giro molto tortuoso per arrivare a Kensington quando le parole mi morirono in bocca vedendo lo straordinario comportamento del mio compagno.

Cominciò col tirar fuori dalla tasca un randello dall'aria formidabile, appesantito col piombo, agitandolo avanti e indietro varie volte quasi a provarne il peso e la forza. Poi, senza una parola, lo appoggiò accanto a sé, sul sedile. Dopo di che, alzò i finestrini da entrambi i lati e, con mio sommo stupore, vidi che erano ricoperti di carta così che io non potessi vedere fuori.

"Mi spiace di non farle ammirare il paesaggio, signor Melas" disse. "Il fatto è che non ho la minima intenzione di lasciarle vedere da che parte ci stiamo dirigendo. Potrebbe non farmi comodo che lei ritrovasse la strada."

Come può immaginare, quel discorsetto mi lasciò sconcertato. Il mio compagno era giovane, atletico e robusto e, a parte l'arma, se avessi ingaggiato una lotta con lui non avrei avuto la benché minima *chance*.

"È un comportamento davvero straordinario, signor Latimer", balbettai. "Senza dubbio, sa che sta facendo una cosa del tutto illegale."

"Senza dubbio, mi sto prendendo delle libertà", rispose, "ma ci faremo perdonare. Devo avvertirla, però, signor Melas che, se in un qualsiasi momento, questa sera, le venisse in mente di dare l'allarme o di fare qualcosa che sia contrario ai miei interessi, si troverebbe nei guai. La prego di ricordare che nessuno sa dove lei si trovi e che, sia in questa carrozza che a casa mia, lei è ugualmente in mio potere."

Le parole erano pacate ma pronunciate in un tono aspro,

estremamente minaccioso. Rimasi in silenzio, chiedendomi quale motivo avesse mai per sequestrarmi in quello strano modo. Quale che fosse il motivo, era perfettamente chiaro che sarebbe stato del tutto inutile da parte mia opporre resistenza e che non mi rimaneva altro che aspettare e vedere cosa sarebbe successo.

Viaggiammo per quasi due ore, senza che avessi la minima idea di dove eravamo diretti. A volte, il suono delle ruote sull'acciottolato suggeriva una strada selciata; altre volte il percorso liscio e silenzioso, faceva pensare all'asfalto; ma, tranne quelle variazioni di suono, non c'era altro che potesse aiutarmi a indovinare, anche vagamente, dove ci trovavamo. La carta che copriva i finestrini era impenetrabile alla luce e il vetro anteriore era schermato da una tendina blu. Avevamo lasciato Pall Mall alle sette e un quarto e il mio orologio segnava le nove meno dieci quando finalmente ci fermammo. Il mio compagno abbassò il finestrino e scorsi un ingresso basso, sormontato da un arco, sopra cui ardeva una lampada. Mentre mi spingeva in fretta giù dalla carrozza, il portone si aprì e mi trovai all'interno della casa, con una vaga impressione di un prato e degli alberi sui due lati mentre entravo. Che si trattasse, però, di una proprietà privata o effettivamente di una zona di campagna, non potevo assolutamente dirlo.

All'interno, c'era una lampada colorata la cui luce era talmente fioca da consentirmi solo di vedere che l'ingresso era abbastanza grande, con dei quadri alle pareti. Riuscii anche a vedere che la persona che ci aveva aperto la porta era un ometto di mezz'età, con l'aria sparuta e le spalle incurvate. Mentre si voltava verso di noi, un barlume di luce mi permise di notare che portava gli occhiali.

"È questo il signor Melas, Harold?", domandò.

"Sì."

"Bene! Bene! Spero che non ce ne voglia, signor Melas, ma avevamo assoluto bisogno di lei. Se sarà leale con noi non avrà da rimpiangerlo, ma se cerca di farci qualche scherzo, Dio l'aiuti!" Parlava a scatti, nervosamente, intervallando le parole con delle risatine chiocce ma, non so perché, mi ispirò più timore degli altri.

"Cosa vuole da me?", gli chiesi.

"Solo porre qualche domanda a un gentiluomo greco che è venuto a trovarci, e tradurci le risposte. Ma non dica una parola di più del necessario, altrimenti...", di nuovo la risatina nervosa — "altrimenti, sarebbe meglio per lei non esser mai nato."

Parlando, aveva aperto una porta facendoci entrare in una

stanza che sembrava riccamente arredata, ma anche qui la luce proveniva da un'unica lampada, abbassata a metà. Era senza dubbio una stanza larga e, da come i miei piedi affondarono nel tappeto mentre entravo, capii che era un ambiente lussuoso. Intravidi delle poltrone di velluto, un alto caminetto di marmo bianco e, da una parte, quella che sembrava un'armatura giapponese. Proprio sotto la lampada c'era una sedia e l'ometto anziano mi fece cenno di sedermi. Il più giovane si era allontanato e rientrò improvvisamente da un'altra porta conducendo con sé un signore avvolto in una specie di ampia veste da camera, che avanzò lentamente verso di noi. Quando entrò nel fioco cerchio di luce potei vederlo più chiaramente e inorridii al suo aspetto. Era mortalmente pallido, emaciato, con gli occhi sporgenti e brillanti di un uomo il cui spirito supera le sue forze. Ma, più che la sua debolezza fisica, ciò che mi sconvolse fu vedere il suo viso coperto da vari cerotti; un cerotto più grande gli chiudeva la bocca.

"Hai la lavagna, Harold?", chiese il vecchio mentre lo sconosciuto più che sedersi si lasciava cadere su una sedia. "Gli hai slegato le mani? Allora, dagli il gesso. Lei dovrà fargli le domande, signor Melas, e lui scriverà le risposte. Per prima cosa, gli domandi se è disposto a firmare i documenti."

Gli occhi dell'uomo lampeggiarono.

"Mai!", scrisse il greco sulla lavagna.

"A nessuna condizione?", gli chiesi dietro istruzioni del nostro tiranno.

"Solo se la vedrò sposata in mia presenza, da un prete greco che io conosco."

L'uomo fece di nuovo sentire la sua risatina velenosa.

"Allora, lei sa cosa l'aspetta?"

"Di me stesso non m'importa."

Questo è il tipo di domande e risposte che costituì il nostro strano dialogo, per metà parlato e per metà scritto. Dovetti ripetutamente chiedergli se non voleva cedere e firmare i documenti. E ogni volta, la stessa sdegnata risposta. Ma dopo un po' mi venne un'idea brillante. Ad ogni domanda, cominciai ad aggiungere qualche breve frase del mio, innocente, dal principio, tanto per vedere se gli altri presenti erano in grado di capire e poi, vedendo che non davano segno di aver afferrato il trucco, cominciai a spingermi pericolosamente oltre. La nostra conversazione si svolse più o meno così:

"La sua ostinazione non le servirà a niente. *Chi è lei?*"

"Non m'importa. *Sono uno straniero a Londra.*"

"Lei sa cosa l'aspetta. *Da quanto tempo è qui?*"

"E così sia. *Tre settimane*."

"La proprietà non sarà mai sua. *È malato?*"

"Non cadrà mai in mano a dei furfanti. *Mi stanno facendo morire di fame.*"

"Se firma, è libero. *A chi appartiene questa casa?*"

"Non firmerò mai. *Non lo so.*"

"Non le sta rendendo un buon servizio. *Come si chiama?*"

"Che me lo dica lei. *Kratides.*"

"La vedrà se firma. *Da dove viene?*"

"Allora non la vedrò mai. *Da Atene.*"

Altri cinque minuti, signor Holmes, e sarei riuscito a conoscere tutta la storia proprio sotto il loro naso. La mia domanda successiva avrebbe chiarito tutto ma proprio in quel momento la porta si aprì e una donna entrò nella stanza. Non potevo vederla molto distintamente quindi posso solo dire che era alta e aggraziata, con i capelli neri e indossava una specie di veste sciolta bianca.

"Harold", disse parlando inglese con accento straniero. "Non posso rimanere più a lungo lontana. È così solitario lassù, con solamente... Oh, mio Dio, è Paul!"

Queste ultime parole furono pronunciate in greco e, nello stesso istante l'uomo, con uno sforzo convulso, strappò il cerotto dalla bocca e gridando "Sophy! Sophy!" si lanciò fra le braccia della donna. Ma il loro abbraccio non durò che un attimo perché l'uomo più giovane afferrò la donna e la spinse fuori dalla stanza, mentre quello più anziano aveva facilmente ragione della sua macilenta vittima, che trascinò via attraverso l'altra porta. Per qualche secondo rimasi solo nella stanza e balzai in piedi con la vaga idea di trovare in qualche modo un indizio per capire dove mi trovavo. Per fortuna, però, non mi mossi; infatti, alzando gli occhi, vidi il vecchio sulla porta, che mi fissava.

"Questo è tutto, signor Melas," mi disse. "Lei si rende conto che le abbiamo concesso la nostra fiducia in una faccenda strettamente privata. Non l'avremmo disturbata, solo che il nostro amico che parla greco e che ha avviato queste trattative, ha dovuto far ritorno in oriente. Dovevamo assolutamente trovare chi lo rimpiazzasse e, fortunatamente, abbiamo sentito parlare della sua abilità."

Mi inchinai.

"Eccole cinque sovrane", disse avvicinandosi; "spero lo riterrà un compenso sufficiente. Ma ricordi," aggiunse puntandomi l'indice al petto e ridacchiando, "se lei farà parola di questo ad anima viva — ad anima viva, badi bene — allora, che Dio abbia pietà di lei!"

Non so dirle il disgusto e l'orrore che mi ispirava quell'ometto insignificante. Ora, sotto la luce diretta della lampada, potevo vederlo meglio. Aveva un volto scarno e giallastro, e una barbetta a punta, rada e mal curata. Parlando, sporgeva il viso in avanti mentre labbra e palpebre si contraevano incessantemente, come se fosse affetto dal ballo di S. Vito. Non potei fare a meno di pensare che anche quella sua strana, insidiosa risatina fosse un sintomo di qualche grave disfunzione nervosa. Quello che più incuteva terrore nel suo viso erano gli occhi, grigi come l'acciaio, nei quali brillava una luce fredda e malevola, una crudeltà spietata.

"Se ne parlerà, lo verremo a sapere", disse. "Abbiamo i nostri canali d'informazione. Adesso, troverà ad attenderla la carrozza e il mio amico l'accompagnerà."

Venni rapidamente condotto attraverso l'androne e nella carrozza e ancora intravidi alberi e un giardino. Il signor Latimer mi tallonava e si sedette di fronte a me senza aprire bocca. Viaggiammo ancora in silenzio per un tempo interminabile, con i finestrini chiusi, fino a quando, poco dopo mezzanotte, la carrozza si fermò.

"Lei scende qui, signor Melas," disse il mio accompagnatore. "Mi spiace di lasciarla tanto lontano da casa, ma non posso fare altrimenti. Un suo eventuale tentativo di seguire la carrozza non farebbe altro che procurarle guai."

Parlando aveva aperto lo sportello ed ebbi appena il tempo di scendere che il cocchiere frustò il cavallo e il veicolo si allontanò rumorosamente. Mi guardai attorno, sbalordito. Mi trovavo in un luogo che sembrava una brughiera, punteggiata da macchie scure di cespugli di ginestra. In lontananza, si stendeva una fila di case con qualche finestra illuminata, qua e là. Dall'altro lato, scorsi il segnale rosso di una ferrovia.

La carrozza che mi aveva portato fin lì era già scomparsa. Rimasi a guardarmi intorno chiedendomi dove diavolo fossi quando, nel buio, vidi qualcuno venire verso di me. Quando mi fu vicino mi resi conto che era un facchino.

"Può dirmi come si chiama questo posto?", gli chiesi.

"Wandsworth Common", rispose.

"C'è un treno per andare in città?"

"A poco più di un miglio c'è Clapham Junction", disse. "Farà giusto in tempo per l'ultimo treno che arriva alla stazione di Victoria."

Così finì la mia avventura, signor Holmes. Non so dove ero,

né con chi ho parlato, non so altro se non quanto le ho raccontato. Ma so che c'è sotto qualcosa di molto brutto e, se possibile, vorrei aiutare quel poveretto. Il mattino seguente ho riferito tutta la storia al signor Mycroft Holmes e, poi, alla polizia.»

Dopo aver ascoltato quello straordinario racconto rimanemmo tutti seduti per un po' in silenzio. Poi Sherlock si rivolse al fratello.

«Hai fatto nulla?» gli chiese.

Mycroft prese il *Daily News* che stava sul tavolinetto.

Offresi ricompensa a chiunque fornisca informazioni circa l'attuale dislocazione di un signore greco, di nome Paul Kratides, proveniente da Atene, che non parla inglese. Analoga ricompensa sarà versata a chiunque possa dare informazioni circa una signora greca, il cui nome di battesimo è Sophy. X 2473.

«Era su tutti i quotidiani. Nessuna risposta.»

«Il consolato greco?»

«Ho chiesto. Non ne sanno niente.»

«Un telegramma al capo della polizia di Atene, allora?»

«Sherlock possiede tutta l'energia della famiglia», osservò Mycroft rivolto a me. «Bene, occupati tu del caso, e fammi sapere se fai progressi.»

«Certamente», rispose il mio amico alzandosi. «Ti terrò informato, e terrò informato anche il signor Melas. Nel frattempo, signor Melas, se fossi in lei starei molto in guardia dato che quei tipi, vedendo l'annuncio, capiranno senz'altro che lei li ha traditi.»

Mentre ce ne tornavamo passo passo verso casa, Holmes si fermò all'ufficio del telegrafo e spedì vari telegrammi.

«Come vede, Watson, non è stata certo una serata sprecata. Molti dei miei casi più interessanti sono arrivati fino a me tramite Mycroft. Quello che abbiamo appena ascoltato, anche se la spiegazione possibile è una sola, presenta degli aspetti interessanti.»

«Spera di risolverlo?»

«Be', sapendo quanto sappiamo, sarebbe davvero strano se non riuscissimo a scoprire il resto. Lei stesso si sarà fatto una qualche idea per spiegare gli avvenimenti che abbiamo ascoltato.»

«Sì, molto vagamente.»

«Sentiamo allora la sua idea.»

«Mi è sembrato ovvio che quella ragazza greca sia stata portata via dal giovane inglese, quell'Harold Latimer.»

«Via da dove?»

«Atene, forse.»

Sherlock Holmes scosse il capo. «Quel giovanotto non sa una parola di greco. La ragazza invece parla inglese abbastanza bene. *Ergo*... lei è in Inghilterra da un po' di tempo, ma lui non è mai stato in Grecia.»

«Bene, supponiamo allora che una volta sia venuta a visitare l'Inghilterra e che questo Harold l'abbia convinta a fuggire con lui.»

«Questo è più probabile.»

«Allora il fratello — perché immagino che questa sia la parentela — viene qui dalla Grecia per fermarli. Imprudentemente, si mette nelle mani di quel giovane e del suo compare più anziano. Lo catturano e gli usano violenza per convincerlo a firmare dei documenti in base ai quali il patrimonio della ragazza passa a loro; può darsi che il fratello ne fosse il curatore. Lui rifiuta. Per contrattare con lui hanno bisogno di un interprete e, dopo essersi serviti di qualcun altro, finiscono col chiamare questo signor Melas. La ragazza non sa che il fratello è in Inghilterra e lo scopre per puro caso.»

«Eccellente, Watson!», esclamò Holmes. «Credo proprio che non sia lontano dalla verità. Come vede, abbiamo tutte le carte in mano; dobbiamo solo evitare qualche improvviso atto di violenza da parte di quella gente. Se ci danno un po' di tempo, li acciufferemo.»

«Ma in che modo possiamo scoprire dove si trova quella casa?»

«Be', se la nostra supposizione è corretta e il nome della ragazza è, o era, Sophy Kratides, non dovrebbe essere difficile rintracciarla. Questa dev'essere la nostra principale speranza visto che il fratello, naturalmente, è un perfetto sconosciuto. Chiaramente è trascorso un certo tempo da quando questo Harold ha stabilito tali rapporti con la ragazza — almeno qualche settimana — dal momento che il fratello, in Grecia, ha avuto il tempo di venirne a conoscenza e di arrivare qui. Se durante questo periodo hanno abitato nella stessa casa è probabile che avremo qualche risposta all'annuncio di Mycroft.»

Parlando e chiacchierando, eravamo arrivati a Baker Street. Holmes salì per primo e, aprendo la porta della nostra stanza, ebbe un sussulto di sorpresa. Guardando da dietro le sue spalle, rimasi stupito anch'io. Nella poltrona, fumando placidamente, c'era suo fratello Mycroft.

«Entra, Sherlock! Entri, signore», disse bonariamente, sorridendo alla nostra espressione di meraviglia. «Non ti aspettavi un tale sforzo di energia da me, vero Sherlock? Ma in un modo o nell'altro questo caso mi attira.»

«Come sei arrivato?»

«Vi sono passato accanto in carrozza.»

«Ci sono novità?»

«Ho ricevuto una risposta al mio annuncio.»

«Ah!»

«Sì, pochi minuti dopo che eravate usciti.»

«E cosa dice?»

Mycroft Holmes tirò fuori un foglietto di carta.

«Ecco qui», disse; «scritto con una penna, su carta color crema, da un uomo di mezz'età, malfermo in salute.

Signore [diceva il biglietto]
   In risposta al suo annuncio in data odierna, desidero comunicarle che conosco molto bene la signorina in questione. Se vorrà avere la cortesia di venire da me, potrò fornirle ulteriori particolari sulla sua penosa storia. Attualmente, la signorina vive a The Myrtles, Beckenham,

con i migliori saluti,<br>J. Davenport

«Scrive da Lower Brixton», disse Mycroft Holmes. «Non credi che potremmo andare subito da lui, Sherlock, e sentire quello che ha da raccontarci?»

«Mio caro Mycroft, la vita del fratello è più preziosa della storia della ragazza. Credo che dovremmo passare a Scotland Yard a prendere l'ispettore Gregson e poi recarci a Beckenham. Sappiamo che lì c'è un uomo in pericolo di vita e ogni minuto può essere vitale.»

«Meglio passare a prendere anche il signor Melas», suggerii. «Potremmo aver bisogno di un interprete.»

«Eccellente», disse Holmes. Frattanto aveva aperto il cassetto del tavolo e vidi che si faceva scivolare in tasca la pistola. «Sì», assentì in risposta alla mia occhiata. «Da quanto abbiamo sentito, direi che siamo alle prese con una banda particolarmente pericolosa.»

Era quasi buio quando ci trovammo a Pall Mall, a casa del signor Melas. Un signore era appena venuto a chiamarlo ed era uscito.

«Sa dirmi dov'è andato?», chiese Mycroft Holmes.

«Non saprei, signore», rispose la donna che ci aveva aperto la porta; «so solo che è andato via in carrozza con un signore.»

«E questo signore ha detto come si chiamava?»

«Nossignore.»

«Era forse un bel giovanotto, alto e bruno?»

«Oh no, signore. Era uno di mezz'età, con gli occhiali, il viso magro, ma molto simpatico, perché ha ridacchiato per tutto il tempo che parlava.»

«Andiamo!», esclamò bruscamente Sherlock Holmes. «La cosa sta diventando seria», osservò mentre ci dirigevamo a Scotland Yard. «Quella gente si è di nuovo impadronita di Melas. Non è un uomo fisicamente coraggioso, come hanno potuto constatare dalla loro esperienza la notte scorsa. Questo farabutto è riuscito a terrorizzarlo nel momento stesso in cui l'ha avuto davanti. Senza dubbio, hanno ancora bisogno dei suoi servigi professionali ma, una volta che se ne sono serviti, potrebbero volerlo punire per quello che considerano un tradimento da parte sua.»

L'unica speranza era che, servendoci del treno, saremmo potuti arrivare a Beckenham contemporaneamente, o anche prima della carrozza. A Scotland Yard però dovemmo attendere più di un'ora prima che l'ispettore Gregson riuscisse a sbrigare le formalità legali che ci avrebbero consentito di entrare nella casa. Mancava un quarto alle dieci quando raggiungemmo London Bridge ed erano le dieci e mezza quando scendemmo tutti e quattro sul marciapiede della stazione di Beckenham. Un tragitto in carrozza di mezzo miglio ci portò a The Myrtles — un grande edificio scuro arretrato rispetto alla strada e circondato da un'estensione di terreno. Qui congedammo il cocchiere e ci avviammo insieme a piedi lungo il viale d'accesso.

«Le finestre sono tutte buie», osservò l'ispettore. «La casa sembra abbandonata.»

«Gli uccellini sono scappati e il nido è vuoto», disse Holmes.

«Perché dice questo?»

«Una carrozza carica di bagagli ci è passata accanto in quest'ultima ora», disse Holmes.

L'ispettore fece una risata. «Ho visto i solchi delle ruote alla luce del fanale, ma che ne sa dei bagagli?»

«Può osservare gli stessi solchi che vanno in direzione opposta. Ma quelli che partono dalla casa sono molto più profondi — tanto che possiamo affermare con certezza che la carrozza trasportava un peso considerevole.»

«A questo punto non la seguo molto», disse l'ispettore con un'alzata di spalle. «Non sarà facile forzare questa porta, ma vediamo se riusciamo a farci sentire da qualcuno.»

Batté ripetutamente col picchiotto e suonò il campanello, ma senza risultato. Holmes si era silenziosamente allontanato ma tornò dopo pochi minuti.

«Ho aperto una finestra», disse.

«Per fortuna, è dalla parte della legge e non contro di essa, signor Holmes», commentò l'ispettore notando l'ingegnoso sistema con cui il mio amico aveva forzato il nottolino. «Bene, date le circostanze, credo che possiamo entrare senza essere invitati.»

Uno dopo l'altro ci facemmo strada all'interno di un vasto appartamento, evidentemente lo stesso in cui si era trovato il signor Melas. L'ispettore aveva acceso la sua lampada e potemmo così vedere due porte, la tenda, la lampada, e l'armatura giapponese, come le aveva descritte. Sulla tavola c'erano due bicchieri, una bottiglia di brandy vuota, e i resti di un pasto.

«Cos'è questo?», chiese improvvisamente Holmes.

Restammo tutti immobili in ascolto. Da qualche parte, sopra le nostre teste, veniva un lungo suono lamentoso. Holmes si precipitò attraverso la porta e nell'anticamera. Quel lugubre suono proveniva dal piano di sopra. Salì di corsa le scale, tallonato dall'ispettore e da me, mentre suo fratello ci seguiva con tutta la rapidità che la sua mole gli consentiva.

Al secondo piano ci trovammo di fronte a tre porte; i suoni venivano da quella centrale, a volte smorzati in un sordo borbottìo per poi alzarsi di nuovo in un lamento stridulo e acuto. La porta era chiusa a chiave ma la chiave era rimasta all'esterno. Holmes la spalancò precipitandosi all'interno, ma riuscì immediatamente con le mani alla gola.

«Ossido di carbonio», gridò. «Dategli tempo. Svanirà.»

Sbirciando all'interno potemmo notare che l'unica luce nella stanza proveniva da una fiamma azzurro cupo che saettava da un piccolo braciere d'ottone al centro, proiettando un cerchio anomalo e bluastro sul pavimento mentre in fondo, nell'ombra, si scorgevano i contorni vaghi di due figure accucciate contro il muro. Dalla porta aperta uscivano a fiotti esalazioni venefiche che ci fecero tossire e boccheggiare. Holmes salì di corsa in cima alle scale per inspirare aria fresca poi, precipitandosi nella stanza, spalancò la finestra lanciando il braciere acceso nel giardino.

«Fra un minuto potremo entrare», disse boccheggiando e venendo fuori di nuovo. «Dov'è una candela? Non credo che possiamo accendere un fiammifero in quell'aria satura di gas. Tenete la luce sulla porta e li tireremo fuori, Mycroft: adesso!»

Di corsa raggiungemmo i due uomini intossicati e li trascinammo fuori nell'anticamera illuminata. Entrambi erano privi di sensi, con le labbra livide, il volto enfiato e congestionato, gli occhi fuori dalle orbite. I loro lineamenti erano distorti a un punto tale che, se non fosse stato per la barba e il fisico massiccio, non avremmo nemmeno riconosciuto in uno di loro l'interprete greco che solo poche ore prima si era congedato da noi al

Diogenes Club. Aveva mani e piedi saldamente legati e il segno di un colpo violento su un occhio. L'altro, anche lui legato, era un individuo alto, all'ultimo stadio del deperimento e varie strisce di cerotto appiccicate in un grottesco disegno sul volto. Mentre lo stendevamo a terra aveva smesso di gemere e un'occhiata mi disse che, almeno per lui, eravamo arrivati troppo tardi. Il signor Melas, però, era ancora vivo e in meno di un'ora, con l'aiuto dei sali di ammoniaca e del brandy, ebbi la soddisfazione di vedergli aprire gli occhi e di sapere che la mia mano era riuscita a riportarlo indietro dall'oscura vallata dove tutte le strade confluiscono.

La storia che ci narrò era molto semplice e non fece che confermare le nostre deduzioni. Entrando nel suo alloggio, il suo visitatore aveva tirato fuori dalla manica uno sfollagente e l'aveva talmente terrorizzato con la minaccia di una morte inevitabile e istantanea che era riuscito a sequestrarlo per la seconda volta. L'effetto che quel mascalzone ridacchiante aveva prodotto sullo sfortunato poliglotta sembrava addirittura ipnotico, perché non riusciva a parlare di lui se non con le mani tremanti e il viso sbiancato. Era stato trasportato rapidamente a Beckenham e aveva fatto da interprete in un secondo colloquio, anche più drammatico del primo, durante il quale i due inglesi avevano minacciato di uccidere seduta stante il loro prigioniero se non aderiva alle loro richieste. Alla fine, vedendo che le minacce non riuscivano a smuoverlo, lo avevano ributtato nella sua prigione e, dopo aver rinfacciato a Melas il suo tradimento, che appariva evidente dall'annuncio sul giornale, lo avevano stordito con un colpo di bastone e non ricordava altro fino al momento in cui ci aveva visti chini su di lui.

E questo fu il singolare caso dell'interprete greco, la cui spiegazione è rimasta in parte misteriosa. Mettendoci in contatto con la persona che aveva risposto all'annuncio, venimmo a sapere che la sfortunata ragazza proveniva da una ricca famiglia greca e che era venuta a trovare degli amici in Inghilterra. Nel corso della visita, aveva incontrato un giovanotto, Harold Latimer, che era riuscito ad acquistare un ascendente su di lei e finalmente l'aveva persuasa a fuggire con lui. I suoi amici, scossi per quel gesto, si erano limitati a informarne il fratello ad Atene, poi se n'erano lavati le mani. Il fratello, arrivando in Inghilterra, aveva avuto l'imprudenza di cadere nelle mani di Latimer e del suo compare, che si chiamava Wilson Kemp — un tipo con una fedina penale lunga un chilometro. I due, scoprendo che, a causa della lingua, il povero Kratides era un giocattolo nelle loro mani, lo avevano tenuto prigioniero e avevano cercato, seviziandolo e privandolo del cibo, di fargli firmare un atto di rinuncia a ogni proprietà sua e della sorella. Lo avevano tenuto in casa all'insaputa della ragazza e il cerotto sulla faccia aveva lo scopo di renderlo irriconoscibile se per caso Sophy l'avesse intravisto. Ma il suo intuito femminile lo aveva ugualmente riconosciuto subito quando l'aveva visto per la prima volta in occasione della visita dell'interprete. Ma la povera ragazza era anche lei prigioniera, dal momento che in casa c'erano solamente l'uomo che si era finto cocchiere e sua moglie, entrambi complici dei due imbroglioni. Visto che il loro segreto era stato scoperto e che non c'era verso di piegare il loro prigioniero, i due furfanti erano fuggiti con la ragazza dalla casa mobiliata che avevano affittato ma prima avevano voluto vendicarsi dell'uomo che li aveva sfidati e di quello che li aveva traditi.

Mesi dopo, uno strano ritaglio di giornale ci giunse da Budapest; parlava di due inglesi, in viaggio con una ragazza, che avevano incontrato una tragica fine. Sembrava che entrambi fossero stati pugnalati a morte e la polizia ungherese era del parere che avessero litigato e si fossero inflitti a vicenda le ferite mortali. Credo però che Holmes sia di diverso parere e a tutt'oggi ritenga che, se si riuscisse a trovare la giovane greca, si potrebbe scoprire come fossero stati vendicati i torti fatti a lei e al fratello.

# Il trattato navale

Il luglio immediatamente successivo al mio matrimonio fu un mese memorabile grazie a tre casi nei quali ebbi il privilegio di lavorare a fianco di Sherlock Holmes e di studiare i suoi metodi. Li trovo registrati nei miei appunti sotto i titoli «L'avventura della Seconda Macchia», «L'avventura del Trattato Navale» e «L'avventura del Capitano Stanco». Il primo di essi tratta di interessi talmente importanti e coinvolge tante delle più eminenti famiglie del regno che, per molti anni, non sarà possibile renderlo di pubblico dominio. Comunque, nessuno dei casi ai quali Sherlock Holmes si è dedicato ha mai esemplificato con maggiore chiarezza i suoi metodi analitici né ha lasciato maggiore impressione nei suoi più prossimi coadiutori. Conservo ancora un rapporto quasi *verbatim* dell'intervista nel corso della quale dimostrò gli autentici fatti di quel caso a Monsieur Dubugue della Polizia parigina e a Fritz von Waldbaum, il famoso esperto di Danzica, che entrambi si erano dedicati anima e corpo a quelli che si vide poi non erano che aspetti marginali della vicenda. Il secondo caso, quello del Trattato Navale, conteneva tutti i presupposti per rivelarsi un evento di importanza nazionale e fu caratterizzato da numerosi incidenti che lo rendono unico nel suo genere.

Ai tempi di scuola ero stato molto amico di un ragazzo che si chiamava Percy Phelps, più o meno della mia età anche se era due classi avanti a me. Era uno studente brillantissimo, vinceva sempre tutti i premi scolastici e finì col vincere una borsa di studio che gli permise di continuare la sua trionfante carriera a Cambridge. Ricordo che proveniva da una famiglia di alto ceto e, perfino da ragazzi, sapevamo tutti che il fratello di sua madre era Lord Holdhurst, l'eminente politico del partito conservatore. Ma quella parentela di spicco non gli servì molto nella scuola. Anzi, ci sembrava molto divertente tormentarlo, farlo correre per tutto il campo di giochi e prenderlo a calci negli stinchi. Ma le cose cambiarono quando diventò adulto e si fece strada. Venni a sapere, non ricordo da chi, che la sua abilità e l'influen-

za di cui godeva gli avevano procurato un'ottima posizione al
Foreign Office; poi, mi passò completamente di mente fino al
giorno in cui la seguente lettera me ne rammentò l'esistenza:

Briarbrae, Woking

Carissimo Watson,
   sono certo che ricorderai Phelps «il girino», che stava in quinta quando tu
eri in terza. Può anche darsi che tu abbia sentito dire che, grazie ai buoni uffici
di mio zio, ho ottenuto un incarico di rilievo al Foreign Office, e che godevo
della massima fiducia e onorabilità fino al giorno in cui una spaventosa disgrazia mi è piombata addosso, distruggendo la mia carriera.
   Inutile rivangare i particolari di quel tragico evento. Dovrò forse raccontar-
teli, però, se accoglierai la mia richiesta. Mi sono appena ripreso da una febbre
cerebrale che mi ha tenuto a letto per nove settimane e mi sento ancora molto
debole. Pensi che riusciresti a convincere il tuo amico Sherlock Holmes a venire qui da me? Vorrei avere il suo parere su questa faccenda, anche se le autorità
mi assicurano che non c'è altro da fare. Ti prego, cerca di portarmelo qui al più
presto possibile. Vivo in uno stato di estrema angoscia e ogni minuto mi sembra un'ora. Dì al tuo amico che, se non ho chiesto prima il suo consiglio, non è
stato perché non apprezzassi le sue capacità ma semplicemente perché, da
quando mi è piombata addosso quella tegola, non ci sto più con la testa. Ora
mi sono ripreso, anche se preferisco non pensare troppo a quel guaio per non
avere una ricaduta. Sono ancora così debole che, come vedi, dètto questa lettera. Ti prego, cerca di condurmelo qui.

Il tuo vecchio compagno di scuola<br>Percy Phelps

   C'era qualcosa di commovente in questa lettera, mi commuovevano le sue reiterate invocazioni perché portassi Holmes da
lui. Mi commuovevano a tal punto che, anche se la cosa avesse
presentato delle difficoltà, l'avrei tentata ugualmente; ma sapevo benissimo quanto Holmes fosse appassionato del suo lavoro,
tanto pronto a portare il suo aiuto a un cliente quanto il cliente
stesso era desideroso di riceverlo. Mia moglie convenne con me
che bisognava informare subito Holmes della faccenda e quindi, un'ora dopo aver fatto colazione, mi trovavo ancora una
volta nel vecchio appartamento di Baker Street.
   Trovai Holmes seduto al suo tavolo, avvolto nella solita veste
da camera, intento a una ricerca chimica. Una grossa storta bolliva furiosamente sulla fiamma bluastra di un becco Bunsen lasciando cadere gocce di un liquido distillato in un contenitore da
due litri. Quando entrai il mio amico non alzò nemmeno gli occhi e vedendo, quindi, che si trattava evidentemente di un espe-
rimento importante, mi sedetti in poltrona ed aspettai. Con la
sua pipetta di vetro prelevò alcune gocce di liquido da vari flaco-
ni e, alla fine, portò sul tavolo una provetta contenente una soluzione. In mano teneva una striscetta di cartina di tornasole.

«È arrivato in un momento cruciale, Watson», disse. «Se la cartina rimane blu, va tutto bene. Se diventa rossa, c'è in gioco la vita di un uomo.» Immerse nella provetta la cartina che assunse immediatamente un color rosso scuro. «Hum! Me l'immaginavo!», esclamò. «Arrivo subito, Watson. Il tabacco sta nella pantofola persiana.» Si girò verso la scrivania e si mise a compilare in fretta vari telegrammi che consegnò poi al fattorino. Dopo di che, si sprofondò nella poltrona di fronte alla mia, tirando su le ginocchia fino a circondare le sue caviglie lunghe e sottili con le braccia.

«Un omicidio da quattro soldi», disse. «Immagino lei abbia qualcosa di meglio da offrirmi. Lei è la procellaria del crimine, Watson. Di che si tratta?»

Gli porsi la lettera, che lesse molto attentamente.

«Non ci dice molto, vero?», osservò restituendomela.

«Quasi niente.»

«Ma la calligrafia è interessante.»

«Ma non è la sua.»

«Certo. È di una donna.»

«Di un uomo, vorrà dire», esclamai.

«No, no, di una donna. E una donna con una personalità spiccata. Vede, all'inizio di un'indagine è già qualcosa sapere che il tuo cliente è in stretto contatto con qualcuno che, nel bene o nel male, ha un carattere fuori dal comune. Questo caso già mi interessa. Se lei è pronto, possiamo partire subito per Woking e andare a trovare questo diplomatico nei guai e la signora alla quale dètta le sue lettere.»

Fummo tanto fortunati da prendere un treno del mattino da Waterloo e, in poco meno di un'ora, ci trovammo fra le pinete e l'erica di Woking. Briarbrae risultò essere una grande casa isolata, circondata da un ampio terreno, a pochi minuti di strada dalla stazione. Consegnammo i nostri biglietti da visita e fummo fatti accomodare in un elegante salotto dove, pochi minuti dopo, ci raggiunse un signore piuttosto robusto che ci salutò con estrema cordialità. Si avvicinava più alla quarantina che alla trentina ma le gote colorite e gli occhi allegri davano ancora l'impressione di un ragazzo grassoccio e birichino.

«Sono davvero lieto che siate venuti», disse stringendoci la mano con calore. «Percy ha chiesto di voi per tutta la mattina. Povero diavolo, si attacca a ogni pagliuzza! I suoi genitori mi hanno incaricato di accogliervi perché il solo accennare alla vicenda li riempie di angoscia.»

«Ancora non conosciamo alcun particolare», disse Holmes. «Vedo che lei non fa parte della famiglia.»

Il nostro anfitrione apparve sorpreso poi, guardando in basso, scoppiò a ridere.

«Ma certo, ha visto il monogramma J H sul medaglione», disse. «Per un momento ho pensato che fosse un mago. Mi chiamo Joseph Harrison e, dal momento che Percy sta per sposare mia sorella Annie, diventerò un parente, almeno per matrimonio. Mia sorella è nella stanza di Percy; da due mesi gli fa da infermiera. Sarà meglio che andiamo subito da lui perché so che vi attende con ansia.»

La camera in cui fummo fatti entrare era sullo stesso piano del salotto. Era arredata come soggiorno-letto e in ogni angolo c'erano dei fiori disposti con garbo. Un giovanotto, pallidissimo e sciupato, stava disteso su un divano accanto alla finestra aperta dalla quale entrava il profumo del giardino e la piacevole aria estiva. Accanto a lui sedeva una donna che si alzò al nostro ingresso.

«Vuoi che me ne vada, Percy?», chiese.

Il giovane la trattenne per la mano. «Salve, Watson, come va?», disse cordialmente. «Con quei baffi, non ti avrei mai riconosciuto e credo che anche tu avresti fatto fatica a riconoscere me. Questo signore, immagino, è il tuo famoso amico Sherlock Holmes?»

Dopo poche parole di presentazione, ci sedemmo. Il giovanotto robusto ci aveva lasciati ma sua sorella era rimasta accanto al convalescente, mano nella mano. Era una donna che colpiva, forse un po' troppo bassina e tarchiata ma con una bella carnagione olivastra, grandi occhi neri da italiana, e una massa di capelli corvini. Quei suoi colori così decisi facevano apparire il suo fidanzato ancora più pallido ed emaciato, per contrasto.

«Non vi farò perdere tempo», disse, mettendosi seduto sul divano. «Verrò subito al sodo, senza preamboli. Ero un uomo felice e di successo, signor Holmes, e in procinto di sposarmi, quando un'improvvisa, terribile sciagura ha distrutto tutta la mia carriera.

Come Watson le avrà probabilmente detto, lavoravo al Foreign Office e, grazie all'influenza di mio zio, Lord Holdhurst, arrivai presto a un posto di grande responsabilità. Quando mio zio diventò ministro degli Esteri in questa legislazione, mi affidò vari incarichi di fiducia che ho sempre condotto a felice conclusione tanto che, alla fine, mio zio si fidava ciecamente della mia abilità e della mia diplomazia.

Quasi dieci settimane fa — il 23 maggio, per l'esattezza — mi chiamò nel suo studio privato e, dopo essersi complimentato con me per il buon lavoro svolto, mi comunicò che doveva affidarmi un altro incarico di fiducia.

"Questo", disse prendendo dallo scrittoio un rotolo di carta grigia, "è l'originale del trattato segreto fra Italia e Inghilterra di cui, purtroppo, già è trapelata notizia sulla stampa. È assolutamente essenziale che non ci siano altre indiscrezioni. L'ambasciata francese e quella russa pagherebbero una fortuna per conoscere il contenuto di questi documenti. Non dovrebbero uscire dal mio cassetto ma è indispensabile che ne venga fatta una copia. Tu hai una scrivania nel tuo ufficio?"

"Sì, signore."

"Allora, prendi il trattato e chiudicelo dentro a chiave. Darò istruzioni che puoi trattenerti in ufficio dopo che gli altri se ne sono andati, così potrai copiarlo con calma, senza timore di ficcanaso. Quando hai finito, richiudi sia l'originale che la copia nel cassetto e domattina li consegnerai a me personalmente."

Presi i documenti e...»

«Mi scusi», lo interruppe Holmes. «Eravate soli durante quella conversazione?»

«Solissimi.»

«In una stanza grande?»

«Trenta piedi per trenta.»

«Al centro della stanza?»

«Sì, più o meno.»

«E parlavate a bassa voce?»

«La voce di mio zio è sempre molto bassa. Io non ho quasi aperto bocca.»

«Benissimo», disse Holmes, chiudendo gli occhi. «Continui pure.»

«Feci esattamente come mi aveva detto e attesi che tutti gli altri impiegati fossero usciti. Uno di quelli che lavorano in camera mia, Charles Gorot, aveva del lavoro arretrato da sbrigare, così lo lasciai lì e andai a pranzo. Quando tornai, se n'era andato. Ero ansioso di mettermi al lavoro, perché sapevo che Joseph — il signor Harrison, che avete appena incontrato — era in città e sarebbe andato a Woking col treno delle undici; e, se possibile, volevo prendere anch'io lo stesso treno.

Il documento era molto lungo, in francese, e si componeva di ventisei articoli separati. Copiavo più in fretta che potevo ma, alle nove, ne avevo copiati solo nove e mi sembrava inutile tentare di prendere quel treno. Mi sentivo intontito, un po' per effetto del pranzo e un po' per il lavoro della giornata. Una tazza di caffè mi avrebbe schiarito le idee. Nella guardiola in fondo alle scale rimane per tutta la notte un guardiano che ha l'abitudine di fare il caffè sul fornelletto a spirito per i funzionari che si trattengono a lavorare oltre l'orario. Quindi, suonai il campanello per chiamarlo.

Con mia grande sorpresa, alla mia chiamata si presentò una donna, un donnone anziano dai tratti volgari, che indossava un grembiule. Mi spiegò che era la moglie del guardiano e ordinai a lei di portarmi un caffè.

Copiai altri due articoli poi, sentendomi più intontito che mai, mi alzai dalla scrivania e mi misi a passeggiare su e giù per la stanza, per sgranchirmi le gambe. Il caffè non era ancora arrivato e mi chiedevo il perché del ritardo. Aprii la porta e mi avviai lungo il corridoio per scoprirlo.

L'unica uscita dalla mia stanza era un lungo passaggio, poco illuminato, che terminava in una scala ricurva, alla fine della quale c'era la guardiola del custode. A metà della scala c'è un piccolo pianerottolo su cui sbuca un altro passaggio ad angolo retto. Questo secondo passaggio, attraverso un'altra piccola scala, porta a una porticina laterale usata dagli inservienti e viene anche usato come scorciatoia dagli impiegati provenienti da Charles Street. Qui c'è una piantina.»

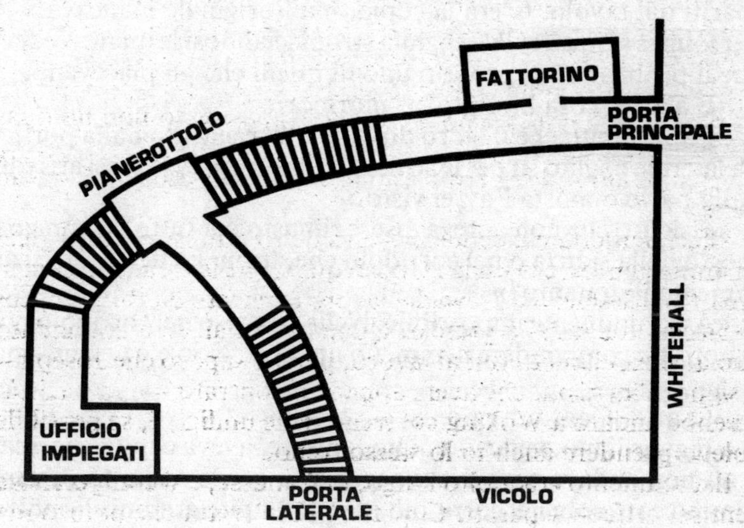


«Grazie, la seguo perfettamente», disse Holmes.

«C'è un punto importantissimo sul quale vorrei richiamare la sua attenzione. Scesi le scale, arrivai all'ingresso, e trovai il guardiano profondamente addormentato mentre la caffettiera bolliva a tutto spiano sul fornelletto a spirito. Tolsi il bollitore e spensi il fornelletto, perché l'acqua stava schizzando sul pavimento. Poi tesi la mano e stavo per scuotere l'uomo, ancora immerso in un sonno profondo, quando un campanello suonò sopra la sua testa, svegliandolo di soprassalto.

"Signor Phelps!", esclamò fissandomi sbalordito.

"Sono venuto a vedere se è pronto il mio caffè."

"Avevo messo il bollitore sul fuoco quando mi sono addormentato, signore." Guardò me, poi il campanello che ancora vibrava e un'espressione sbigottita gli si dipinse sul volto.

"Ma, se lei è qui, signore, allora, chi ha suonato il campanello?", chiese.

"Il campanello!", gridai. "Quale campanello è?"

"Quello della stanza dove lei stava lavorando."

Sembrò che il cuore mi si chiudesse in una morsa di ghiaccio. Dunque, qualcuno era in quella stanza, e, sul tavolo, c'era il mio prezioso trattato. Corsi frenetico su per le scale e lungo il passaggio. Non c'era nessuno nei corridoi, signor Holmes. Nessuno nella stanza. Tutto era esattamente come l'avevo lasciato, tranne il fatto che i documenti che mi erano stati affidati erano spariti dal tavolo. C'era la copia, ma l'originale mancava.»

Holmes si rizzò sulla seggiola stropicciandosi le mani. Vedevo che il problema era proprio uno di quelli che gli piacevano.

«E allora, cosa ha fatto?», mormorò.

«Capii subito che il ladro doveva essere entrato dalla porticina laterale e salito su per le scale. Naturalmente, se fossi arrivato dalla parte opposta l'avrei visto.»

«È sicuro che non poteva essere rimasto per tutto il tempo nascosto nella stanza o nel corridoio che, lei mi ha detto, era scarsamente illuminato?»

«Assolutamente impossibile. Nella stanza o nel corridoio non si potrebbe nascondere nemmeno un topo. Non c'è nessun riparo.»

«Grazie. Continui pure.»

«Il guardiano, vedendomi impallidire, aveva capito che qualcosa non andava e mi aveva seguito su per le scale. Ci precipitammo entrambi nel corridoio e lungo i ripidi gradini che portano a Charles Street. Il portone era chiuso, ma non a chiave. Lo spalancammo e uscimmo di corsa. Ricordo distintamente che proprio in quell'attimo un orologio da quelle parti batté tre rintocchi. Erano le dieci meno un quarto.»

«Questo è estremamente importante», disse Holmes prendendone nota sul polsino.

«La notte era molto scura e cadeva una pioggia sottile. Charles Street era deserta ma, come il solito, c'era invece molto traffico a Whitehall. Senza cappello come eravamo, corremmo lungo il marciapiede e, sull'angolo in fondo alla strada, trovammo un poliziotto.

"C'è stato un furto", dissi col fiato grosso. "Un documento di estrema importanza è stato rubato dal Foreign Office. È passato nessuno da questa parte?"

"Sono qui da un quarto d'ora, signore", rispose, "e l'unica persona che è passata è stata una donna — alta, anziana, con uno scialle decorato con un disegno a pigne."

"Ah, ma quella è solo mia moglie", esclamò il guardiano; "non è passato nessun altro?"

"Nessuno."

"Allora il ladro dev'essersi diretto dall'altra parte", gridò tirandomi per la manica.

Ma non ero convinto, e i suoi tentativi di trascinarmi via aumentavano i miei sospetti.

"Da che parte si è diretta la donna?", chiesi.

"Non lo so, signore. L'ho vista passare ma non avevo un motivo particolare per tenerla d'occhio. Sembrava avesse fretta."

"Quanto tempo fa è successo?"

"Oh, pochi minuti, signore."

"Cinque minuti?"

"Be', certo non di più."

"Lei sta solo perdendo tempo, signore, e ogni minuto è importante", gridò il guardiano; "mi creda, la mia vecchia non c'entra affatto; venga con me, andiamo all'altro angolo della strada. Be', se lei non viene, ci vado io." E così dicendo, corse verso la direzione opposta.

Ma lo raggiunsi in un istante e lo afferrai per la manica.

"Lei dove abita?", gli chiesi.

"16 Ivy Lane, Brixton", rispose. "Ma non si lasci trascinare su una falsa pista, signor Phelps. Venga dall'altra parte della strada e vediamo se c'è qualcosa da vedere o da sentire."

Non avevo niente da perdere a seguire il suo consiglio. Seguiti dal poliziotto ci affrettammo verso l'angolo opposto ma trovammo solo la strada piena di traffico, gente che andava e veniva, tutti in cerca di un posto dove ripararsi in quella notte così umida. Non c'era nessuno che se ne stesse lì a gironzolare e potesse dirci chi era passato.

Tornammo allora in ufficio e frugammo per le scale e nel corridoio, senza risultati. Il corridoio che conduce alla mia stanza è ricoperto da una specie di linoleum color crema che conserva benissimo le impronte. Lo esaminammo attentamente, ma di impronte non ce n'era neanche l'ombra.»

«Aveva continuato a piovere tutta la sera?»

«Circa dalle sette in poi.»

«Come mai, allora, la donna che è venuta nel suo ufficio verso le nove non ha lasciato tracce con le scarpe infangate?»

«Sono contento che abbia sollevato questo punto. Al momento, me lo chiesi anche io. Le donne delle pulizie hanno l'abitudine di togliersi le scarpe nella guardiola e di infilarsi delle pantofole di panno.»

«Capisco. Dunque, anche se era una serata piovosa non c'erano impronte? Una serie di eventi straordinariamente interessanti. Poi cosa ha fatto?»

«Abbiamo esaminato anche la stanza. Non c'è nessun passaggio segreto e le finestre sono a buoni trenta piedi da terra; entrambe erano chiuse dall'interno. Il tappeto elimina ogni possibilità dell'esistenza di una botola e il soffitto è un normale soffitto imbiancato. Sono pronto a scommettere la vita che chiunque ha rubato quei documenti dev'essere per forza passato dalla porta.»

«E il caminetto?»

«Non c'è caminetto. Solo una stufa. Il cordone del campanello pende a destra della mia scrivania. Chiunque l'abbia suonato dev'essere andato alla scrivania per farlo. Ma perché un ladro dovrebbe suonare un campanello? È un mistero insolubile.»

«Senza dubbio, un incidente molto strano. Cos'ha fatto dopo? Immagino che abbia esaminato la stanza nel caso l'intruso avesse lasciato qualche traccia — mozziconi di sigarette, un guanto, una forcina o qualche cosa del genere?»

«Non c'era nulla di tutto questo.»

«Nessun odore?»

«Be', a questo non abbiamo fatto caso.»

«Ah, un odore di tabacco sarebbe stato un elemento prezioso nella nostra indagine.»

«Io non fumo quindi credo che, se ci fosse stato odore di tabacco, l'avrei notato. Non c'era l'ombra di un indizio. L'unico fatto tangibile era che la moglie del guardiano — la signora Tangey — era uscita dalla stanza in tutta fretta. Il marito non ha saputo spiegarlo tranne il fatto che era l'ora in cui generalmente la moglie andava a casa. Il poliziotto e io fummo d'accordo che la cosa migliore sarebbe stata quella di acciuffare la donna prima che potesse disfarsi dei documenti, ammesso che li avesse lei.

Oramai l'allarme aveva raggiunto Scotland Yard e l'ispettore Forbes arrivò subito e si dedicò al caso con molta energia. Noleggiammo una carrozza e dopo mezz'ora eravamo all'indirizzo che ci era stato dato. Ci aprì la porta una donna giovane, che poi sapemmo era la figlia maggiore della signora Tangey. La madre non era ancora tornata e ci fece aspettare nella stanza sul davanti.

Dopo circa dieci minuti si sentì bussare alla porta e qui commettemmo un grosso errore, per colpa mia. Invece di aprire noi personalmente lasciammo che ad aprire andasse la ragazza. La sentimmo dire, "Mamma, ci sono qui due uomini che vogliono vederti", e, un attimo dopo, sentimmo un frettoloso scalpiccio lungo il corridoio. Forbes spalancò la porta e corremmo entrambi nella stanza sul retro, la cucina, ma la donna ci aveva preceduti. Ci guardò con aria di sfida poi, all'improvviso, mi riconobbe e rimase assolutamente sbalordita.

"Ma lei è il signor Phelps, dell'ufficio!", esclamò.

"Andiamo, andiamo, chi credeva che fossimo quando è corsa via?", domandò il mio compagno.

"Pensavo che foste gli uscieri", rispose, "abbiamo avuto delle noie con un commesso viaggiatore."

"Non ce la dà a bere", disse Forbes. "Abbiamo motivo di credere che lei abbia sottratto un importante documento dal Foreign Office e che è venuta qui in tutta fretta per disfarsene. Ci segua a Scotland Yard; dobbiamo perquisirla."

Invano protestò e oppose resistenza. Arrivò una carrozza e tutti e tre tornammo indietro. Già prima avevamo esaminato la cucina e specialmente il fornello per vedere se per caso aveva distrutto le carte in quei pochi secondi in cui era rimasta da sola. Ma non c'era traccia di ceneri o frammenti di carta. Aspettai col cuore in gola fino a quando tornò col suo rapporto. Nessuna traccia di documenti.

Allora, per la prima volta, mi resi pienamente conto della terribile situazione in cui mi trovavo. Fino a quel momento avevo agito, e l'azione aveva sopito i miei pensieri. Ero stato tanto sicuro che avrei recuperato subito il trattato scomparso che non avevo avuto il coraggio di pensare alle conseguenze se così non fosse stato. Ma adesso, non c'era altro da fare, e avevo tutto il tempo di pensare alla mia posizione. Era orribile. Watson le dirà che, anche a scuola, ero un ragazzo nervoso ed emotivo. Sono fatto così. Pensai a mio zio, ai suoi colleghi del Gabinetto, al disonore che per colpa mia avevo arrecato a lui, a me stesso, e a tutti quelli che in un modo o nell'altro erano legati a me. Che importanza poteva avere il fatto che io fossi rimasto vittima di un singolarissimo incidente? Quando si tratta di questioni diplomatiche, gli incidenti non sono ammessi. Ero rovinato, vergognosamente e inesorabilmente rovinato. Non sapevo più quello che facevo. Immagino di aver dato spettacolo. Ricordo vagamente un gruppo di funzionari che mi stavano intorno, cercando di calmarmi. Uno di loro mi accompagnò in carrozza fino a Waterloo e si assicurò che salissi sul treno per Woking. Credo che mi avrebbe accompagnato fino a casa se non fosse stato per il fatto che il dottor Ferrier, che abita accanto a me, era su quello stesso treno. Molto gentilmente, il dottore promise di prendersi cura di me, e per fortuna, poiché fui colto da un accesso di disperazione nella stazione e, prima che arrivassimo a casa, mi comportavo come un pazzo da legare.

Può immaginare cosa successe qui quando la scampanellata del dottore tirò tutti giù dal letto e mi videro in quelle condizioni. La povera Annie e mia madre erano angosciate. Alla stazione, il dottor Ferrier aveva sentito dall'ispettore quanto bastava per farsi un'idea dell'accaduto e il suo racconto non migliorò certo le cose. Apparve chiaro a tutti che mi sarei ammalato, e per lungo tempo, così Joseph fu fatto sgomberare da questa piacevole camera da letto che venne trasformata in una camera d'infermo per me. E qui sono rimasto, signor Holmes, per oltre nove settimane, privo di sensi e delirante. Se non fosse stato per la signorina Harrison qui presente e per le cure del dottore, adesso non sarei qui con lei. La signorina mi assisteva di giorno e venne presa un'infermiera per assistermi la notte, perché quando mi veniva uno dei miei attacchi, ero capace di tutto. Poco a poco mi è tornata la ragione, ma solo in questi ultimi tre giorni ho potuto ricordare quello che era successo. A volte, mi augurerei di non averlo fatto. La prima cosa che feci fu telegrafare al signor Forbes, che si occupava del caso. Venne qui e mi disse che, malgrado ogni sforzo, non si era scoperta né una traccia né un indizio. Il guardiano e sua moglie erano stati sottoposti a interrogatori di ogni genere ma non si era scoperto niente. I sospetti della polizia si erano allora appuntati sul giovane Gorot che, come lei forse ricorderà, quella sera si era trattenuto in ufficio oltre l'orario. Questo fatto, e il suo cognome francese, erano in realtà gli unici due elementi sospetti; ma, in effetti, non avevo cominciato a lavorare fino a che se n'era andato e la sua famiglia, anche se di origine ugonotta, è inglese quanto lei e me in fatto di simpatie e tradizioni. Non si trovò assolutamente niente che potesse implicarlo, e quella pista fu abbandonata. Mi rivolgo a lei, signor Holmes, perché lei è veramente la mia ultima speranza. Se nemmeno lei riuscirà ad aiutarmi, allora la mia onorabilità e la mia posizione sono compromesse per sempre.»

L'invalido ricadde sui cuscini, spossato da quel lungo racconto, mentre l'infermiera gli versava una medicina stimolante. Holmes sedeva silenzioso, con la testa all'indietro e gli occhi chiusi, in un atteggiamento che può sembrare indifferente a chi non lo conosce ma che io so denota una profonda meditazione.

«La sua relazione è stata così chiara», disse alla fine, «che in verità ho ben poco da chiederle ancora. Ma c'è una domanda della massima importanza. Ha detto a qualcuno che aveva un incarico speciale da svolgere?»

«A nessuno.»

«Nemmeno alla signorina Harrison, per esempio?»

«No. Dal momento che avevo ricevuto l'incarico a quello in cui mi sono accinto ad eseguirlo, non sono rientrato a casa.»

«E nessuno dei suoi ha avuto occasione di vederla?»

«Nessuno.»

«Qualcuno di loro conosceva la dislocazione del suo ufficio?»

«Sì, tutti l'avevano visitato.»

«Naturalmente, se lei non ha parlato con nessuno del trattato, queste domande sono irrilevanti.»

«Non ho detto niente a nessuno.»

«Cosa mi sa dire del guardiano?»

«Niente, se non che è un ex-militare.»

«Quale reggimento?»

«Oh, mi sembra... Coldstream Guards.»

«Grazie. Sono certo che potrò avere i particolari da Forbes. Le autorità sono bravissime ad ammassare fatti, anche se non sempre se ne servono nel modo giusto. Che bella cosa è una rosa!»

Passò accanto al divano per andare verso la finestra aperta e sollevò il gambo incurvato di una rosa muschiata, osservandone le delicate sfumature verdi e cremisi. Quello era un lato nuovo del suo carattere, perché non l'avevo mai visto mostrare particolare interesse per le cose della natura.

«Non c'è nulla per cui la deduzione sia così necessaria come nella religione», disse appoggiandosi con la schiena alle persiane. «Un individuo raziocinante può costruirla come una scienza esatta. Ma ritengo siano i fiori che, più di ogni altra cosa, ci confermano la bontà della Provvidenza. Tutto il resto, poteri, desideri, nutrimento, sono indispensabili alla nostra esistenza. Ma questa rosa è un di più. Il suo profumo e i suoi colori sono un abbellimento, non una condizione essenziale della vita. Ed è solo la bontà che ci concede il di più; ripeto, quindi, che abbiamo molto da sperare dai fiori.»

Durante quel fervorino, Percy Phelps e l'infermiera rimasero a guardare Holmes sorpresi e con una buona dose di delusione dipinta in volto. Era immerso in un sogno ad occhi aperti, con la rosa muschiata fra le dita. Passò qualche minuto, poi la ragazza spezzò il filo della sua *rêverie*.

«Ritiene di poter risolvere questo mistero, signor Holmes?», chiese con una punta di asprezza nella voce.

«Oh, il mistero!» rispose, tornando di soprassalto alla realtà della vita. «Be', sarebbe assurdo negare che si tratta di una faccenda molto astrusa e complicata, ma le prometto che esaminerò la cosa e le farò sapere se ci sono dei punti che mi colpiscono particolarmente.»

«Vede qualche indizio?»

«Me ne ha forniti sette, ma naturalmente debbo controllarli prima di pronunciarmi sul loro valore.»

«Sospetta di qualcuno?»

«Sospetto di me stesso.»

«Come?»

«Di giungere troppo rapidamente alle conclusioni.»

«Allora torni a Londra e controlli le sue conclusioni.»

«Un consiglio davvero eccellente, signorina Harrison», disse Holmes alzandosi. «Credo sia la cosa migliore da fare, Watson. Non si abbandoni a false speranze, signor Phelps. È una faccenda molto imbrogliata.»

«Sarò in ansia finché non la rivedrò», esclamò il nostro cliente. «Mi sento già meglio sapendo che qualcosa si sta facendo. A proposito, ho ricevuto una lettera da Lord Holdhurst.»

«Ah! Cosa dice?»

«Il tono è freddo, ma non severo. Immagino che la mia grave malattia lo abbia frenato. Mi ripete che si tratta di una cosa importantissima e che non saranno presi provvedimenti circa il mio futuro — in altre parole, il mio licenziamento — fino a quando non mi sarò ristabilito e abbia avuto modo di porre rimedio alla disgrazia.»

«Bene, molto ragionevole e premuroso», disse Holmes. «Andiamo, Watson, in città ci aspetta un bel po' di lavoro.»

Il signor Joseph Harrison ci portò alla stazione e poco dopo correvamo a tutta velocità sul treno di Portsmouth. Holmes era pensieroso e non aprì bocca fino a quando oltrepassammo Clapham Junction.

«È molto piacevole arrivare a Londra con una di queste linee sopraelevate che permettono di guardare le case in basso.»

Pensai che stesse scherzando perché lo spettacolo era abbastanza squallido, ma presto si spiegò.

«Guardi quel grosso gruppo di fabbricati isolati che si innalzano sopra i tetti, come isole colorate su un mare plumbeo.»

«I convitti.»

«Fari, ragazzo mio! Lanterne del futuro! Capsule con centinaia di semini ciascuna, dai quali spunterà l'Inghilterra del futuro, migliore e più saggia. Suppongo che quel suo Phelps non beva?»

«Non credo proprio.»

«Non lo credo nemmeno io, ma dobbiamo tener conto di ogni possibilità. Quel povero diavolo si è davvero ficcato in un grosso guaio e si tratta di vedere se riusciamo a tirarlo fuori. Che ne pensa della signorina Harrison?»

«Ha un carattere forte.»

«Sì ma, se non mi sbaglio di molto, è una brava persona. Lei e il fratello vengono da qualche parte del Northumberland; il padre possiede una ferriera. Phelps si è fidanzato con lei l'inverno scorso e la ragazza è venuta qui, scortata dal fratello, per conoscere la sua famiglia. Poi è scoppiata la tragedia ed è rimasta per assistere il suo innamorato; è rimasto anche il fratello, Joseph, visto che ci stava comodo. Sa, ho svolto qualche indagine per conto mio. Ma oggi dobbiamo darci da fare.»

«I miei pazienti…», cominciai.

«Oh, be', se i suoi casi sono più interessanti dei miei…», disse Holmes con una certa asprezza.

«Stavo per dire che i miei pazienti potevano benissimo tirare avanti per un paio di giorni, visto che questo è il periodo più tranquillo dell'anno.»

«Benissimo», rispose, recuperando il buon umore. «Allora ci occuperemo insieme di questo caso. Credo che per prima cosa dovremmo parlare con Forbes. Probabilmente potrà darci tutte le informazioni che ci servono fino a quando sapremo da quale ottica affrontarlo.»

«Ha detto che aveva un indizio?»

«Di indizi ne abbiamo parecchi, ma solo ulteriori indagini ci diranno fino a che punto sono validi. Il crimine più difficile da scoprire è quello che non ha un movente. E questo, invece, ha un movente. Chi ne trae profitto? Abbiamo l'ambasciatore francese, quello russo, chiunque possa vendere il trattato a uno dei due, e poi c'è Lord Holdhurst.»

«Lord Holdhurst!»

«Be', può anche succedere che un uomo politico possa venire a trovarsi in una situazione tale da fargli piacere se un documento del genere andasse accidentalmente distrutto.»

«Non un politico con alle spalle una carriera onorevole come quella di Lord Holdhurst!»

«È un'eventualità che non possiamo ignorare. Incontreremo oggi quel nobiluomo e vedremo se ha qualcosa da dirci. Nel frattempo, ho già avviato le indagini.»

«Di già?».

«Sì, dalla stazione di Woking ho spedito telegrammi a tutti i quotidiani della sera londinesi. Questo annuncio comparirà in ciascuno di essi.»

Mi porse un foglietto tolto da un taccuino; c'era scarabocchiato a matita:

Ricompensa di 10 sterline a chi fornirà il numero della carrozza di piazza che alle dieci meno un quarto circa la sera del 23 maggio, ha lasciato un passeggero alla porta del Foreign Office in Charles Street. Rivolgersi al 221B di Baker Street.

«Crede proprio che il ladro sia arrivato in carrozza?»

«Se non è così, non fa alcun danno. Ma se ha ragione il signor Phelps quando afferma che non esistono possibili nascondigli né nella stanza né nei corridoi, il ladro deve essere venuto dall'esterno: e se è venuto dall'esterno in una sera così piovosa e non ha lasciato tracce di umido sul linoleum, che è stato esaminato pochi minuti dopo il suo passaggio, è estremamente probabile che sia arrivato in carrozza. Sì, credo proprio che possiamo dedurre la presenza di una carrozza.»

«Sembra plausibile.»

«Questo è uno degli indizi di cui le parlavo. Può portarci a qualcosa. Poi, naturalmente, c'è il campanello — l'elemento più strano di questo caso. Perché mai il campanello doveva suonare? È stato il ladro, che ha voluto fare una bravata? Oppure qualcuno che era con il ladro e ha cercato di impedire il furto? Oppure è stato un incidente? Oppure?...» Ricadde in quel suo stato di intensa e silenziosa meditazione; ma, avvezzo com'ero ai suoi sbalzi d'umore, ritenni che gli fosse balenata alla mente qualche altra possibilità.

Erano le tre e venti quando arrivammo al nostro capolinea e, dopo aver mandato giù un boccone in fretta al bar, proseguimmo subito per Scotland Yard. Holmes aveva già telegrafato a Forbes che, infatti, ci aspettava — un ometto dalla faccia volpina, con l'aria sveglia ma tutt'altro che amabile. Fu decisamente freddo nei nostri confronti, specialmente quando apprese lo scopo per cui eravamo venuti.

«Ho già sentito parlare dei suoi metodi, signor Holmes», disse in tono pungente. «Lei è prontissimo a servirsi di tutte le informazioni che la polizia può darle, poi cerca di risolvere il caso da solo screditando gli investigatori ufficiali.»

«Al contrario», rispose Holmes, «negli ultimi 53 casi di cui mi sono occupato il mio nome è apparso solo in quattro di essi e per gli altri 49 tutto il credito è andato alla polizia. Non la biasimo per non essere al corrente di questo, perché lei è giovane e manca di esperienza, ma se vuole far carriera lavorerà con me, non contro di me.»

«Be', un paio di suggerimenti non mi dispiacerebbero», convenne l'investigatore, cambiando tono. «Certo, fino a questo momento, non ho riscosso davvero credito per questo caso.»

«Quali provvedimenti ha preso?»

«Abbiamo fatto seguire Tangey, il guardiano. È stato congedato con buone referenze e non abbiamo trovato niente contro di lui. La moglie, invece, è una persona poco raccomandabile. Credo che di questa faccenda ne sappia più di quanto sembra.»

«Ha fatto seguire anche lei?»

«Le abbiamo messo alle costole una delle nostre donne poliziotto. La Tangey beve, e la collega per ben due volte è stata con lei quando era più che alticcia, ma non ne ha cavato niente.»

«A quanto ho capito, hanno avuto gli uscieri in casa.»

«Sì, ma hanno pagato tutto.»

«Da dove è venuto il denaro?»

«Ah, quello è a posto. Lui aveva ricevuto la sua pensione. Non hanno dato altri segni di aver quattrini.»

«Come ha spiegato il fatto di aver risposto lei al campanello quando il signor Phelps suonò per il caffè?»

«Ha detto che il marito era stanco e che lei voleva risparmiargli la fatica.»

«E questo concorderebbe col fatto che, poco dopo, il guardiano è stato trovato addormentato sulla seggiola. L'unico elemento a loro sfavore, quindi, è la reputazione della donna. Le ha chiesto perché quella sera si è allontanata con tanta fretta? Proprio quella fretta ha attirato l'attenzione del poliziotto.»

«Ha detto che era in ritardo e voleva andare a casa.»

«Le ha fatto notare che lei e il signor Phelps, pur essendovi mossi almeno venti minuti dopo di lei, siete arrivati a casa sua prima di lei?»

«Lo spiega con la differenza fra l'autobus e la carrozza.»

«Ha spiegato perché, arrivando a casa, è corsa subito nella cucina sul retro?»

«Perché lì teneva i soldi con cui pagare gli uscieri.»

«Se non altro, ha una risposta a tutto. Le ha chiesto se, quando è uscita, ha incontrato o visto qualcuno che gironzolava per Charles Street?»

«Non ha visto nessuno tranne il poliziotto.»

«Be', sembra proprio che lei l'abbia interrogata a fondo. Che altro ha fatto?»

«Da nove settimane stiamo pedinando l'impiegato, Gorot, ma senza risultati. Non è emerso nulla a suo carico.»

«Nient'altro?»

«Non abbiamo altro su cui basarci — nessuna prova, di nessun genere.»

«Si è fatto una sua teoria circa lo squillo del campanello?»

«Be', devo ammettere che non riesco a spiegarmelo. Chiunque sia stato, deve aver avuto un bel sangue freddo per dare l'allarme in quel modo.»

«Già, è stato un gesto molto strano. La ringrazio per quanto ci ha detto. Se riuscirò a metterle fra le mani il colpevole glielo farò sapere. Venga, Watson.»

«E adesso dove siamo diretti?», gli chiesi uscendo dall'ufficio.

«Andiamo a intervistare Lord Holdhurst, membro del Gabinetto e futuro primo ministro dell'Inghilterra.»

Avemmo la fortuna di trovare Lord Holdhurst nel suo appartamento di Downing Street; Holmes consegnò il suo biglietto da visita e fummo fatti subito salire. Lo statista ci ricevette con quella cortesia vecchio stampo per cui era famoso, facendoci accomodare in due lussuose poltrone ai lati del caminetto. In piedi sul tappeto, fra di noi, con la sua figura alta e sottile, il viso serio dai tratti marcati, i capelli ricci prematuramente spruzzati di grigio, appariva proprio come l'esponente di quella categoria oramai in via di estinzione — un nobiluomo veramente nobile.

«Il suo nome mi è molto familiare, signor Holmes», disse sorridendo. «E certo non posso far finta di ignorare lo scopo della sua visita. In questi uffici si è verificato un unico evento che possa richiamare la sua attenzione. Posso chiederle nell'interesse di chi agisce?»

«In quello del signor Percy Phelps», rispose Holmes.

«Ah, il mio sfortunato nipote! Comprenderà come la nostra parentela mi renda ancor più impossibile proteggerlo. Temo che l'incidente avrà ripercussioni estremamente negative sulla sua carriera.»

«Ma se il documento venisse ritrovato?»

«Allora, naturalmente, sarebbe un'altra cosa.»

«Avrei una o due domande da rivolgerle, Lord Holdhurst.»

«Sarò lietissimo di darle qualsiasi informazione in mio potere.»

«È questa la stanza in cui lei ha dato istruzioni a suo nipote circa la copia del documento?»

«Proprio questa.»

«Allora, è impossibile che qualcuno vi abbia sentito?»

«Fuori discussione.»

«Ha mai accennato a qualcuno della sua intenzione di consegnare il documento perché ne fosse fatta una copia?»

«Mai.»

«Ne è sicuro?»

«Sicurissimo.»

«Bene. Allora, dal momento che lei non ne ha mai parlato, e non ne ha mai parlato il signor Phelps, e nessun altro era al corrente della cosa, la presenza del ladro in quell'ufficio è stata puramente accidentale. Ha visto la sua occasione e l'ha colta al volo.»

Lo statista sorrise. «Questo esula dal mio campo», disse.

Holmes rifletté per un momento. «C'è un altro punto importante di cui vorrei discutere con lei», disse. «A quanto mi risulta, lei temeva che, se i particolari del trattato fossero venuti a conoscenza di altri, i risultati sarebbero stati molto gravi.»

Un'ombra oscurò il viso espressivo dello statista.

«Gravissimi.»

«E questi risultati si sono già verificati?»

«Non ancora.»

«Se, poniamo, il trattato fosse finito nelle mani dei francesi o dei russi, lei si aspetterebbe di sentirne qualcosa?»

«Me lo aspetterei senz'altro», rispose Lord Holdhurst, con espressione tesa.

«Dal momento che sono trascorse quasi dieci settimane e che non si è saputo niente, non è azzardato supporre che, per un qualche motivo, il trattato non sia arrivato nelle loro mani.»

Lord Holdhurst si strinse nelle spalle.

«Ma non possiamo certo supporre, signor Holmes, che il ladro abbia preso il trattato per incorniciarlo e appenderlo al muro.»

«Forse, aspetta che il prezzo salga.»

«Se aspetta ancora un po', non ci sarà nessun prezzo. Entro pochi mesi il trattato non sarà più un segreto.»

«Questo è molto importante», disse Holmes. «Naturalmente, si potrebbe anche supporre che il ladro si fosse improvvisamente ammalato...»

«Un attacco di febbre cerebrale, per esempio?», chiese lo statista lanciandogli una rapida occhiata.

«Non ho detto questo», rispose Holmes imperturbabile. «E adesso, Lord Holdhurst, le abbiamo già rubato troppo del suo tempo prezioso, quindi le auguriamo il buon giorno.»

«Le auguro il miglior successo per le sue indagini, chiunque sia il colpevole», rispose il nobiluomo accompagnandoci alla porta con un inchino.

«È una brava persona», disse Holmes mentre uscivamo a Whitehall. «Ma stenta a mantenere la sua posizione. È tutt'altro che ricco e ha molte spese. Avrà sicuramente notato che le sue scarpe sono risuolate. E ora, Watson, non la trattengo più dai suoi legittimi impegni. Per oggi non farò altro, a meno che non riceva una risposta al mio annuncio. Ma le sarei infinitamente grato se domani volesse venire con me a Woking, con lo stesso treno di ieri.»

Come d'accordo, lo incontrai la mattina dopo e ci recammo insieme a Woking. Nessuno aveva risposto all'annuncio, mi disse, e sul caso non si era aperto nessun nuovo spiraglio. Quando voleva, sapeva diventare imperturbabile e impenetrabile come un Pellerossa e, dalla sua espressione, non riuscii a capire se era soddisfatto o meno di come procedevano le cose. Ricordo che parlò del metodo di misurazione Bertillon, esprimendo il suo entusiasmo nei confronti dello studioso francese.

Trovammo il nostro cliente ancora affidato alle cure della sua devota infermiera, ma con un aspetto molto migliore. Si alzò dal divano senza difficoltà per accoglierci al nostro ingresso.

«Novità?», ci chiese ansiosamente.

«Come mi aspettavo», rispose Holmes, «il mio rapporto è negativo. Ho visto Forbes e ho visto suo zio, e ho avviato un paio di indagini che potrebbero portarci a qualcosa.»

«Allora non ha gettato la spugna?»

«Assolutamente no.»

«Che Dio gliene renda merito!», esclamò la signorina Harrison. «Se non ci perderemo di coraggio e di pazienza la verità finirà col venir fuori.»

«Abbiamo per lei delle novità, più di quante lei ne abbia per noi», disse Phelps rimettendosi a sedere sul divano.

«Speravo che fosse così.»

«Già, durante la notte abbiamo avuto un'avventura, che avrebbe potuto finire male.» Si fece molto serio in viso mentre parlava e nei suoi occhi balenò qualcosa di molto simile a un lampo di paura. «Sa», disse, «comincio a pensare di trovarmi, senza saperlo, al centro di un qualche mostruoso complotto, e che si sta attentando non solo al mio onore ma anche alla mia vita.»

«Ah!», esclamò Holmes.

«Sembra incredibile perché, per quanto ne so, non ho un nemico al mondo. Pure, dopo l'esperienza di questa notte, non posso che giungere a questa conclusione.»

«Mi racconti tutto, per favore.»

«Deve sapere che questa notte è stata la prima notte che ho trascorso senza che in camera mia ci fosse l'infermiera. Mi sentivo talmente meglio che ho pensato di poterne fare a meno. Avevo però lasciato una piccola lampada accesa. Bene, circa alle due della mattina mi ero assopito quando sono stato improvvisamente risvegliato da un leggero rumore. Un po' come il rumore di un topo che rosicchia una tavola di legno; per un po' sono rimasto in ascolto, pensando che fosse appunto un topo. Poi il rumore si fece più forte e improvvisamente, dalla finestra, venne uno scatto metallico. Stupito, mi rizzai a sedere sul letto. Ora non potevano esserci più dubbi sulla natura di quei rumori. Il primo era stato provocato da qualcuno che cercava di infilare qualche arnese nelle fessure delle persiane, e il secondo dal nottolino che veniva spinto indietro.

Poi, non sentii più nulla per circa dieci minuti, come se l'intruso stesse aspettando di vedere se il rumore mi aveva svegliato. Infine, udii un leggero scricchiolio, come se stesse aprendo lentamente la finestra. Non resistetti più, dato che i miei nervi non sono oggi quelli che erano. Saltai giù dal letto e spalancai le persiane. Sotto la finestra stava acquattato un uomo. Non sono riuscito a vederlo bene perché si è dileguato in un lampo. Era avvolto in una specie di mantello che gli copriva la parte inferiore del viso. Ma di una cosa sono sicuro e cioè che, in mano, aveva un'arma. Mi sembrò un lungo coltello; ne ho visto distintamente il bagliore quando quell'uomo si voltò per fuggire.»

«Tutto questo è davvero interessante», disse Holmes. «Poi cos'ha fatto?»

«Se fossi stato più in forze l'avrei seguito uscendo dalla finestra. Ma, stando le cose come stanno, suonai il campanello svegliando tutta la casa. Ci volle un certo tempo perché il campanello suona in cucina e i domestici dormono tutti al piano di sopra. Gridai, però; Joseph mi sentì, svegliò gli altri, e scese. Lui e il valletto trovarono delle impronte sul prato fuori della finestra ma in questi ultimi giorni il tempo è stato così asciutto che non riuscirono a seguirne la traccia in mezzo all'erba. C'è però un punto del vecchio steccato che costeggia la strada dove, mi dicono, si vedono dei segni, come se qualcuno l'avesse scavalcato, spezzandolo in cima. Non ho ancora detto niente alla polizia locale perché ritenevo fosse meglio parlare prima con lei.»

Questo racconto del nostro cliente sembrò avere un effetto straordinario su Sherlock Holmes. Si alzò dalla seggiola mettendosi a camminare su e giù per la stanza in preda a un'incontrollabile eccitazione.

«Le disgrazie non vengono mai sole», commentò Phelps sorridendo anche se era evidente che era rimasto molto scosso dalla sua avventura.

«Certo, ne ha avuto una buona dose», disse Holmes. «Crede di potermi accompagnare a fare un giro intorno alla casa?»

«Certo, ho voglia di prendere un po' di sole. Verrà anche Joseph.»

«E anch'io», aggiunse la signorina Harrison.

«Mi dispiace», disse Holmes scuotendo la testa, «ma devo proprio chiedervi di rimanere esattamente dove siete.»

La signorina si rimise a sedere con aria seccata. Suo fratello, però, si era unito a noi, e uscimmo tutti e quattro. Facemmo il giro del giardino fino a giungere sotto la finestra del giovane diplomatico. Come aveva detto, si vedevano delle impronte sul tappeto erboso, ma molto vaghe e confuse. Holmes si chinò un istante a osservarle, poi si rialzò con una spallucciata.

«Non credo che nessuno potrebbe cavarne niente», disse. «Facciamo il giro della casa e vediamo perché il ladro ha scelto proprio quella stanza. Avrei detto che le finestre più ampie del salotto e della sala da pranzo lo avrebbero attirato di più.»

«Sono più visibili dalla strada», suggerì Joseph Harrison.

«Ah già, naturale. Qui c'è una porta che avrebbe potuto tentare di aprire. Dove conduce?»

«È l'ingresso di servizio per i fornitori. Naturalmente, di notte è chiusa a chiave.»

«C'è mai stato un tentativo del genere prima d'ora?»

«Mai», rispose il nostro cliente.

«Avete in casa dell'argenteria, o qualche cosa che potrebbe attirare un ladro?»

«Nulla di valore.»

Holmes fece lentamente il giro della casa, con le mani in tasca e un'aria distratta insolita per lui.

«A proposito», disse a Joseph Harrison, «mi risulta che lei abbia scoperto un punto in cui quel tizio ha scavalcato lo steccato. Andiamo a dargli un'occhiata!»

Il giovanotto ci condusse in un punto dove la sommità di uno dei paletti di legno era rotto e da esso pendeva un frammento di legno. Holmes lo staccò, esaminandolo con cura.

«Pensa che questo sia successo questa notte? Sembra una scheggiatura piuttosto vecchia, non le pare?»

«Be', può darsi.»

«Non ci sono impronte a indicare che qualcuno sia saltato dall'altra parte. No, credo che qui non troveremo niente. Torniamo nella stanza da letto e parliamone.»

Percy Phelps camminava molto lentamente, appoggiandosi al braccio del suo futuro cognato. Holmes invece attraversò rapidamente il parco e arrivammo alla finestra aperta della camera da letto molto prima degli altri due.

«Signorina Harrison», disse Holmes in tono estremamente serio, «lei deve rimanere qui tutto il giorno. Tutto il giorno, a qualunque costo. È di estrema importanza.»

«Certamente, signor Holmes, se è questo che vuole», rispose stupita la ragazza.

«Quando andrà a coricarsi, chiuda a chiave questa porta dall'esterno e tenga lei la chiave. Mi prometta di farlo.»

«Ma Percy?»

«Verrà a Londra con noi.»

«E io debbo rimanere qui?»

«È per il suo bene. In questo modo potrà essergli utile. Svelta! Prometta!»

Fece un breve cenno di assenso proprio mentre il fidanzato e il fratello entravano nella stanza.

«Che ci fai, seduta lì a rimuginare, Annie?» esclamò il fratello. «Vieni fuori a prendere un po' di sole.»

«No, grazie, Joseph. Ho un leggero mal di testa e questa stanza è così fresca e tranquilla.»

«Cosa pensa di fare adesso, signor Holmes?», domandò il nostro cliente.

«Be', anche se indaghiamo su questo piccolo incidente non dobbiamo perdere di vista il problema principale. Mi sarebbe di grande aiuto se lei venisse a Londra con noi.»

«Subito?»

«Bene, appena le è possibile. Diciamo, fra un'ora.»

«Mi sento abbastanza in forze, se davvero posso esserle utile.»

«Utilissimo.»

«Vuole che rimanga a Londra questa notte?»

«Stavo appunto per suggerirglielo.»

«Così, se il mio amico notturno torna a farmi visita, troverà che l'uccellino è volato dal nido. Siamo tutti nelle sue mani, signor Holmes, e deve dirci esattamente cosa vuole che facciamo. Preferisce che venga anche Joseph, per prendersi cura di me?»

«Oh no, il mio amico Watson è un medico, sa, e ci penserà lui ad assisterla. Pranzeremo qui, se lei ce lo consente, poi tutti e tre ce ne andremo in città.»

Tutto fu sistemato come voleva lui anche se la signorina Harrison, con una qualche scusa, rifiutò di lasciare la stanza da letto, secondo le istruzioni di Holmes. Non riuscivo a immaginare quale scopo avessero le manovre del mio amico, se non forse quello di tener la ragazza lontana da Phelps che, tutto contento per il miglioramento della sua salute e per la prospettiva di agire, mangiò con noi in sala da pranzo. Ma Holmes teneva in serbo per noi ancora un'altra sorpresa; dopo averci accompagnati alla stazione e averci visti salire nello scompartimento, ci annunciò calmo e placido che non aveva nessuna intenzione di allontanarsi da Woking.

«Ci sono un paio di cosette che vorrei chiarire prima di andarmene», disse. «La sua assenza, signor Phelps, in qualche modo mi farà comodo. Quando arriverete a Londra, Watson, mi raccomando di andare subito a Baker Street col nostro amico e restare con lui fino al mio ritorno. È una fortuna che siate vecchi compagni di scuola, perché avrete tante cose da raccontarvi. Per questa notte il signor Phelps può dormire nella camera degli ospiti; io arriverò in tempo per la colazione, col treno che si ferma a Waterloo alle otto.»

«Ma le nostre indagini a Londra?», domandò Phelps in tono afflitto.

«Ce ne occuperemo domani. Per il momento, credo di poter essere molto più utile qui.»

«Avvisi quelli di Briarbrae che spero di essere di ritorno domani sera», gridò Phelps mentre il treno si metteva in moto.

«Non credo proprio che andrò a Briarbrae», gridò Holmes di rimando, agitando la mano per salutarci mentre ci allontanavamo.

Durante il viaggio, Phelps ed io parlammo della faccenda ma nessuno dei due riuscì a trovare un motivo attendibile per questi nuovi sviluppi.

«Immagino voglia cercare qualche indizio per il tentativo di scasso della notte scorsa, se di tentativo di scasso si è trattato. Personalmente, non ritengo che fosse un comune ladro.»

«Qual è, allora, la tua teoria?»

«Se vuoi, danne pure la colpa ai miei nervi, ma ti garantisco che sono convinto di trovarmi al centro di un qualche oscuro intrigo politico e che, per motivi che non capisco, i cospiratori stanno attentando alla mia vita. Sembrerà una fantasia, un'assurdità, ma considera i fatti! Perché mai un ladro dovrebbe cercare di entrare dalla finestra di una camera da letto dove non può trovare niente da rubare, e perché dovrebbe farlo armato di coltello?»

«Sei certo che non si trattasse di un grimaldello?»

«No, ti assicuro che si trattava di un coltello. Ho visto chiaramente il bagliore della lama.»

«Ma per quale motivo dovrebbero avercela tanto con te?»

«Ah, questo è il problema.»

«Be', se Holmes la pensa come te, questo spiegherebbe il suo comportamento, non ti pare? Supponiamo che la tua teoria sia corretta; se riuscisse a metter le mani sull'individuo che ti ha minacciato l'altra notte, avrebbe fatto un bel passo avanti per scoprire chi si è impadronito del trattato navale. È assurdo pensare che tu abbia due nemici, uno che ti ruba il documento e l'altro che attenta alla tua vita.»

«Ma Holmes ha detto che non sarebbe tornato a Briarbrae.»

«Lo conosco da molto tempo», risposi, «e non l'ho mai visto fare qualcosa senza un ottimo motivo», e ci mettemmo a parlare d'altro.

Comunque, per me fu una giornata stressante. Phelps non aveva ancora ripreso bene le forze dopo la malattia e le sue sfortune lo rendevano querulo e nervoso. Invano cercai di interessarlo all'Afghanistan, all'India, ai problemi sociali, a qualsiasi cosa che potesse distrarlo dalla sua idea fissa. Tornava sempre al trattato scomparso, ponendosi domande, formulando ipotesi, chiedendosi cosa stesse facendo Holmes, quali misure stesse prendendo Lord Holdhurst, quali notizie avremmo avuto al mattino. E via via che trascorrevano le ore diventava sempre più agitato.

«Tu ti fidi ciecamente di Holmes?», chiese.

«Gli ho visto fare cose veramente notevoli.»

«Ma è mai riuscito a far luce su un problema così oscuro come questo?»

«Oh sì, l'ho visto risolvere casi che presentavano molti meno indizi di questo.»

«Ma che non coinvolgevano interessi di questa portata?»

«Non lo so. Però so di certo che ha agito per conto di tre case regnanti europee in cose di importanza vitale.»

«Ma tu lo conosci bene, Watson. È un uomo così impenetrabile che non so mai cosa pensare di lui. Pensi che abbia buone speranze? Pensi che sia convinto di poter risolvere la faccenda?»

«Non ne ha fatto parola.»

«Brutto segno.»

«Al contrario. Ho notato che, in genere, quando non riesce a trovare la pista giusta, lo dice. È proprio quando segue una pista e non è matematicamente certo che sia quella giusta, che diventa taciturno. Ragazzo mio, se ci lasciamo prendere dai nervi non rendiamo certo le cose più facili; quindi ti scongiuro di andartene a dormire così domattina sarai fresco e riposato per affrontare qualsiasi cosa ci aspetti.»

Riuscii finalmente a convincerlo e a seguire il mio consiglio anche se, vedendolo così agitato, sapevo che non avrebbe dormito un gran che. Anzi, la sua smania mi aveva contagiato perché mi girai e rigirai nel letto tutta notte, rimuginando su quello strano problema e formulando teorie su teorie, una più inverosimile dell'altra. Perché Holmes si era trattenuto a Woking? Perché aveva chiesto alla signorina Harrison di rimanere tutto il giorno nella stanza del malato? Perché si era dato tanta pena di informare i residenti di Briarbrae che intendeva rimanere nelle vicinanze? Mi strologai il cervello tentando di trovare una qualche spiegazione plausibile finché mi addormentai.

Mi svegliai alle sette e andai subito in camera di Phelps, che trovai desto e spossato dopo una notte insonne. La sua prima domanda fu se Holmes era già arrivato.

«Sarà qui quando ha promesso», risposi, «né un momento prima né un momento dopo.»

Ed ebbi ragione perché, poco dopo le otto, una carrozza si fermò alla porta e ne scese il nostro amico. Dalla finestra, vedemmo che la mano sinistra era vistosamente bendata e che era pallido, con l'aria cupa. Entrò in casa, ma non salì subito.

«Ha l'aria di chi è stato sconfitto», esclamò Phelps.

Dovetti ammettere che aveva ragione. «Dopo tutto», dissi, «la chiave dell'enigma si trova probabilmente qui in città.»

Phelps ebbe un gemito.

«Non so perché», confessò, «avevo sperato tanto dal suo ritorno. Ma ieri non aveva certamente la mano fasciata. Cosa può essere successo?»

«Lei è ferito, Holmes?», gli domandai appena entrò nella stanza.

«Oh, sciocchezze, non è che un graffio, che mi sono procurato con la mia goffaggine», rispose facendoci un cenno di saluto. «Questo suo caso, signor Phelps, è senza dubbio uno dei più misteriosi che mi sia mai capitato.»

«Temevo, infatti, che si sarebbe dimostrato troppo difficile anche per lei.»

«È stata un'esperienza quanto mai insolita.»

«Quella fasciatura parla da sola», osservai. «Non vuole dirci cosa è successo?»

«Dopo colazione, mio caro Watson. Ricordi che questa mattina ho respirato per trenta miglia l'aria del Surrey. Immagino che nessuno abbia risposto al mio annuncio circa il cocchiere? Bene, bene, non si può pretendere di vincere sempre.»

La tavola era già apparecchiata e proprio mentre stavo per suonare entrò la signora Hudson con tè e caffè. Pochi minuti dopo portò anche tre piatti coperti e ci sedemmo tutti a tavola, Holmes affamato, io incuriosito, e Phelps in uno stato di depressione nera.

«La signora Hudson è stata veramente all'altezza dell'occasione», osservò Holmes scoprendo un piatto di pollo al curry. «Il suo repertorio culinario è un po' limitato ma, da buona scozzese, ha idee precise circa una prima colazione. Lei cosa mangia, Watson?»

«Uova e prosciutto.»

«Bene! E lei cosa prende, signor Phelps? pollo al curry, o uova?... si serva pure.»

«Grazie. Non riuscirei a mandar giù un boccone», disse Phelps.

«Andiamo! Provi almeno quel piatto che ha davanti.»

«Grazie, ma davvero preferisco di no.»

«Allora», disse Holmes ammiccando, «non le dispiace passarlo a me?»

Phelps sollevò il coprivivande, mandò un grido e rimase lì a guardare con gli occhi sbarrati e il volto bianco come la porcellana del piatto. Al centro del quale stava un piccolo cilindro di carta grigio-azzurra. Lo afferrò, lo divorò con gli occhi, poi si mise a ballare come un pazzo per la stanza stringendoselo al petto e mandando grida di gioia. Alla fine, ricadde a sedere, talmente fiacco ed esausto per l'emozione che dovemmo fargli bere a forza del brandy perché non perdesse i sensi.

«Su, coraggio!», disse Holmes battendogli sulla spalla. «È stata una cattiveria farle una sorpresa del genere ma il nostro Watson le dirà che non so mai resistere a una punta di teatralità.»

Phelps gli afferrò la mano e gliela baciò. «Dio la benedica!» esclamò. «Mi ha salvato la reputazione.»

«Be', sa, c'era in ballo anche la mia, di reputazione», disse Holmes. «Le garantisco che detesto fallire in un'indagine quanto lei detesta fallire in un compito affidatole.»

Phelps infilò il prezioso documento nella tasca più interna della giacca.

«Non ho il coraggio di interrompere la vostra colazione, ma muoio dalla voglia di sapere come ha fatto e dove l'ha trovato.»

Sherlock Holmes bevve una tazza di caffè e dedicò tutta la sua attenzione alle uova col prosciutto. Poi si alzò, accese la pipa, e si accomodò nella sua poltrona.

«Per prima cosa, le dirò cosa ho fatto, poi le dirò come», rispose. «Dopo avervi lasciati alla stazione ho fatto una bella passeggiata in un magnifico paesaggio del Surrey fino a un delizioso piccolo villaggio, chiamato Ripley; mi sono fermato a bere un tè alla locanda e ho avuto l'accortezza di riempire il mio thermos e mettermi in tasca dei sandwich. Sono rimasto lì fino alla sera, quando mi sono rimesso in cammino per Woking e, subito dopo il tramonto, sono arrivato alla strada maestra che costeggia Briarbrae.

Ho atteso fino a quando la strada era deserta — immagino che non ci passi mai molta gente — poi ho scavalcato lo steccato e sono sceso sul prato.»

«Ma sicuramente il cancello era aperto!», esclamò Phelps.

«Sì, ma ho dei gusti strani in questo genere di cose. Ho scelto il punto dove ci sono i tre pini e, riparandomi dietro di essi, ho scavalcato senza che nessuno dalla casa potesse vedermi. Mi sono acquattato fra i cespugli del prato, strisciando dall'uno all'altro — come dimostra il deplorevole stato dei miei pantaloni — fino a raggiungere la macchia di rododendri proprio di fronte alla finestra della sua camera da letto. Lì mi accucciai, aspettando gli eventi.

La sua persiana era alzata e potevo vedere la signorina Harrison seduta accanto al tavolo, che leggeva un libro. Alle dieci e un quarto ha smesso di leggere, ha chiuso le persiane e si è ritirata.

L'ho sentita chiudere la porta e ho anche sentito che girava la chiave nella toppa.»

«La chiave!», disse Phelps.

«Sì, le avevo raccomandato di chiudere la porta dall'esterno e portare la chiave con sé quando andava a letto. Ha seguito alla lettera le mie istruzioni e certo, senza la sua collaborazione, adesso lei non avrebbe in tasca il suo documento. Poi la signorina si è allontanata, le luci si sono spente, e io sono rimasto acquattato dietro i rododendri.

La nottata era bella ma l'attesa mi pesava. Certo, non mancava quella specie di eccitazione che prova il cacciatore quando sta vicino al fiume e aspetta la sua preda. Ma è stata molto lunga — quasi altrettanto lunga, Watson, come quando lei ed io ci trovavamo in quella stanza letale nel caso della Fascia Maculata. A Woking, l'orologio del campanile batteva i quarti e più di una volta pensai che si fosse fermato. Finalmente, però, verso le due del mattino, sentii improvvisamente il suono leggero di un catenaccio che veniva rimosso e il cigolio di una chiave. Un attimo dopo la porta di servizio si aprì e Joseph Harrison uscì sotto la luna.»

«Joseph!», gridò Phelps.

«Era a testa nuda, ma aveva un mantello nero sulle spalle così da poter nascondere il viso al minimo segnale d'allarme. Costeggiò in punta di piedi il muro, tenendosi nell'ombra, e quando raggiunse la finestra infilò un coltello a lama lunga fra le stecche delle persiane, alzò il saliscendi e le spalancò.

Dal mio punto d'osservazione vedevo perfettamente l'interno della stanza e tutti i suoi movimenti. Accese le due candele che erano sul caminetto poi cominciò a sollevare l'angolo del tappeto accanto alla porta. Subito dopo si chinò a tirare su un quadrato delle assi del pavimento come quelli che generalmente si lasciano mobili perché gli operai possano accedere alle tubature del gas. Quel particolare quadrato, in effetti, ricopriva il giunto a T dal quale parte la tubatura che alimenta la cucina sottostante. Da quel nascondiglio tirò fuori il rotolo di carta, rimise a posto la copertura e il tappeto, spense le candele e venne a finire dritto nelle mie braccia, perché lo stavo aspettando fuori dalla finestra.

Bene, è più carognetta di quanto credessi, il nostro amico Joseph. Mi si è buttato addosso col coltello e ho dovuto afferrarlo due volte, procurandomi un taglio sulle nocche, prima di ridurlo all'impotenza. Quando abbiamo finito di azzuffarci mi ha guardato con aria feroce dall'unico occhio che gli era rimasto aperto, ma ha finito con l'arrendersi e consegnarmi il documento. Una volta in possesso delle carte l'ho lasciato andare ma questa mattina ho telegrafato a Forbes dandogli tutti i particolari. Se si sbriga ad acciuffarlo, bene. Ma se, come sospetto, trovasse il nido vuoto quando arriva, sarebbe tanto meglio per il governo. Credo proprio che sia Lord Holdhurst che il signor Percy Phelps preferirebbero che la faccenda non finisse in tribunale.»

«Mio Dio!», boccheggiò il nostro cliente. «Vuol dirmi che per tutte quelle dieci lunghe settimane di agonia, il documento è rimasto per tutto il tempo nella mia stanza?»

«Proprio così.»

«E Joseph! Joseph un farabutto e un ladro!»

«Hum! Temo che il nostro caro Joseph sia più subdolo e pericoloso di quanto sembri a prima vista. Da quanto gli ho sentito dire stamattina, ha perso un mucchio di soldi speculando in

Borsa ed è pronto a tutto pur di fare quattrini. Dal momento che pensa solo a se stesso, quando gli si è presentata l'occasione non si è lasciato certo trattenere dalla felicità di sua sorella o dalla sua reputazione.»

Percy Phelps si abbandonò sulla poltrona. «Mi gira la testa», disse. «Le sue parole mi hanno dato le vertigini.»

«Nel suo caso», continuò Holmes in tono didattico, «la difficoltà principale era costituita dal fatto che c'erano troppi indizi. Quelli essenziali erano sovrastati e coperti da quelli secondari. Fra tutti i fatti a nostra conoscenza dovevamo scegliere solo quelli di vitale importanza e poi riordinarli in modo da ricostruire questa straordinaria catena di eventi. Cominciai a sospettare di Joseph quando venni a sapere che quella sera lei sarebbe rientrato in treno con lui e che quindi era abbastanza probabile che sarebbe venuto a prenderla, dato che conosceva benissimo il Foreign Office. Quando ho sentito che qualcuno aveva cercato di entrare nella sua stanza dove nessun altro se non Joseph poteva aver nascosto qualcosa — lei stesso ci ha raccontato di aver fatto uscire Joseph, arrivando col dottore — i miei sospetti divennero certezza, specialmente dopo il tentativo compiuto proprio la prima sera in cui non era presente l'infermiera, il che stava a dimostrare come l'intruso fosse al corrente di quanto succedeva in casa.»

«Come sono stato cieco!»

«Per quanto ho potuto ricostruirle, le cose sono andate così: questo Joseph Harrison è penetrato nell'ufficio dall'ingresso di Charles Street e, conoscendo bene la strada, è entrato direttamente nella sua stanza dopo che lei ne era uscito. Non trovando nessuno, suonò il campanello e in quel momento gli cadde l'occhio sul documento che era sulla sua scrivania. Capì al volo che la sorte gli metteva davanti un documento ufficiale di enorme valore e, in un lampo, se lo mise in tasca e si dileguò. Come lei ricorda, passò qualche minuto prima che il custode, ancora assonnato, richiamasse la sua attenzione sul campanello: il tempo sufficiente perché il ladro fuggisse.

Si recò a Woking col primo treno e, una volta esaminata con più attenzione la refurtiva ed essersi assicurato che si trattava effettivamente di una cosa di valore immenso, la nascose in quello che pensava fosse un nascondiglio sicuro, ripromettendosi di tirarla fuori dopo un giorno o due e portarla all'Ambasciata Francese o dovunque ritenesse che gliel'avrebbero pagata profumatamente. Poi, lei rientrò all'improvviso. Senza preavviso venne fatto sgomberare dalla stanza e, da quel momento, c'erano sempre due o tre persone presenti e non poteva, quindi, recuperare il documento. Dev'essersi sentito impazzire. Finalmente, escogitò un piano. Cercò di introdursi di soppiatto nella sua stanza ma lei non era riuscito ad addormentarsi, e il suo piano fallì. Ricorderà che, quella sera, lei non aveva preso la sua abituale pozione.»

«Me lo ricordo.»

«Suppongo che Joseph avesse manipolato la pozione e fosse quindi sicuro di trovarla profondamente addormentato. Naturalmente, ero certo che avrebbe ripetuto il tentativo appena avesse potuto farlo senza pericolo. Quando lei lasciò la stanza, pensò che quella fosse l'occasione che aspettava. Dopo avergli fatto credere che ci fosse via libera, mi appostai, come vi ho già raccontato. Sapevo già che il documento si trovava molto probabilmente nella stanza ma non avevo la minima voglia di sollevare tutte le assi del pavimento per cercarlo. Lasciai che fosse lui, quindi, a tirarlo fuori dal nascondiglio, risparmiando a me la fatica. C'è qualche altra cosa che non vi sembra chiara?»

«Perché la prima volta cercò di entrare dalla finestra, quando avrebbe potuto entrare dalla porta?», domandai.

«Per arrivare alla porta doveva passare davanti a sette camere da letto. Gli era molto più facile uscire nel parco. C'è altro?»

«Ma lei non crede», disse Phelps, «che avesse davvero intenzioni omicide? Il coltello doveva servire solo per scassinare la persiana.»

«Può anche darsi», rispose Holmes scrollando le spalle. «L'unica cosa che posso affermare con sicurezza è che sarei estremamente riluttante ad affidarmi alla clemenza di quell'esimio gentiluomo che è il nostro caro Joseph Harrison.»

# L'ultima avventura

È con cuore molto pesante che prendo la penna per scrivere queste parole, le ultime con le quali avrò mai più occasione di ricordare al mondo le straordinarie capacità che il mio amico Sherlock Holmes possedeva. In maniera incoerente e, temo proprio, totalmente inadeguata, ho cercato di raccontare le straordinarie esperienze che ho vissuto al suo fianco, dal primo, fortuito momento, che ci fece incontrare all'epoca dello *Studio in rosso,* fino al suo ultimo intervento nel caso del *Trattato Navale* — intervento che, senza alcun dubbio, evitò pesanti complicazioni internazionali. Era mia intenzione di interrompere lì la mia cronistoria, e non parlare di quell'evento che ha lasciato nella mia vita un vuoto ancora incolmabile, benché da allora siano trascorsi due anni. Ma sono stato costretto a riprendere la penna dopo la recente pubblicazione delle lettere con cui il colonnello James Moriarty difende la memoria di suo fratello; e non ho altra scelta che esporre pubblicamente i fatti come effettivamente si svolsero nella realtà. Io solo conosco la verità e sono convinto che sia arrivato il momento in cui il tenerla nascosta non sia più di alcuna utilità per nessuno. Per quanto ne so, la stampa ha pubblicato solo tre resoconti del caso: quello del *Journal de Genève,* nel numero del 6 maggio dell'81, il dispaccio stampa della Reuter il 7 maggio, e infine, le recenti lettere che ho menzionato prima. Di questi resoconti, i primi due sono estremamente schematici e succinti mentre il terzo, come ora vi dimostrerò, stravolge completamente i fatti. Tocca dunque a me il compito di raccontare per la prima volta cosa realmente accadde fra il professor Moriarty e il mio amico Holmes.

Forse ricorderete che, dopo il mio matrimonio e l'apertura del mio studio medico personale, le strettissime relazioni che esistevano fra me e Holmes subirono una leggera modifica. Occasionalmente si rivolgeva ancora a me quando voleva un compagno nelle sue indagini, ma sempre più raramente finché, come vedo dai miei appunti, nel 1890, ebbi occasione di registrare solo tre dei suoi casi. Durante l'inverno di quell'anno e il principio della primavera dell'anno successivo, il 1891, appresi dai gior-

nali che era stato ingaggiato dal governo francese per una questione della massima importanza e ricevetti da lui due brevi lettere, una da Narbonne e una da Nîmes dalle quali compresi che il suo soggiorno in Francia si sarebbe protratto. Rimasi quindi sorpreso quando, il pomeriggio del 24 aprile, me lo vidi comparire davanti, in ambulatorio, ancora più pallido e magro del solito.

«Già, ho abusato un po' delle mie forze», disse rispondendo più alla mia occhiata che alle mie parole. «In questi ultimi tempi sono stato abbastanza sotto pressione. Le dispiace se chiudo le persiane?»

L'unica luce nell'ambulatorio era la lampada sul tavolo dove stavo leggendo. Holmes girò muro muro lungo la stanza e, chiudendo le persiane, le assicurò col paletto.

«Ha paura di qualcosa?», gli domandai.

«In realtà, sì.»

«Di che cosa?»

«Delle carabine.»

«Mio caro Holmes, ma cosa intende dire?»

«Credo che lei mi conosca abbastanza bene, Watson, da sapere che non sono affatto una persona nervosa. Ma rifiutarsi di riconoscere un pericolo quando ci pende sulla testa è da stupidi, non da coraggiosi. Potrei chiederle un fiammifero?» Inalò profondamente il fumo quasi a goderne l'effetto calmante.

«Mi scuso per esserle piombato qui a quest'ora tarda», disse, «e devo anche pregarla di non formalizzarsi se fra qualche istante me ne andrò scavalcando il muro del giardino retrostante.»

«Ma che significa tutto questo?», chiesi.

Tese la mano e, alla luce della lampada, vidi che aveva due nocche spellate e sanguinanti.

«Come vede, non è un fantasma quello contro cui sto combattendo», rispose con un sorriso. «Al contrario, è qualcosa di abbastanza solido perché un uomo quasi ci rimetta una mano. Sua moglie è in casa?»

«È partita per andare da un'amica.»

«Davvero! Allora lei è solo?»

«Solissimo.»

«Bene; mi è quindi più facile proporle di venire via con me per una settimana sul Continente.»

«Dove?»

«Oh, dovunque. Per me non fa differenza.»

C'era qualcosa di molto strano in tutta quella faccenda. Holmes non era tipo da prendersi una vacanza senza scopo e dal suo viso pallido e tirato capivo che aveva i nervi a fior di pelle. Lesse la domanda nei miei occhi e, congiungendo le punte delle dita, con i gomiti sulle ginocchia, mi spiegò la situazione.

«Probabilmente, lei non ha mai sentito parlare del professor Moriarty?», disse.

«Mai.»

«E questa è la cosa più straordinaria, più geniale!», esclamò. «Quest'uomo è onnipresente a Londra e nessuno ne ha mai sentito parlare. Ecco perché è veramente in vetta alle classifiche del crimine. Le dico, Watson, con la massima serietà, che, se riuscissi a battere quell'uomo, se potessi liberare la società dalla sua esistenza, sentirei che anche la mia carriera ha raggiunto il suo culmine e sarei pronto a dedicarmi a un'attività più tranquilla. Detto fra noi, i recenti casi nei quali sono stato di aiuto ai Reali di Scandinavia, e alla Repubblica Francese, mi hanno messo in una posizione per cui potrei continuare la mia vita con quella tranquillità che mi è congeniale e dedicarmi interamente alle mie ricerche chimiche. Ma non avrei pace, Watson, non potrei rimanermene beatamente seduto, col pensiero che un individuo come il professor Moriarty passeggia indisturbato per le vie di Londra.»

«Ma cos'ha fatto, dunque, questo tale?»

«La sua è stata una carriera straordinaria. È un uomo di buona famiglia e di ottima cultura, che la natura ha dotato di un eccezionale intuito matematico. All'età di ventun'anni scrisse un trattato sul teorema binomiale che ha suscitato interesse in tutta Europa. Grazie a quella pubblicazione, ottenne la cattedra di scienze matematiche presso una delle nostre università minori e tutto faceva ritenere che avesse dinnanzi a sé una brillante carriera. Ma aveva tendenze ereditarie assolutamente diaboliche. I geni criminali gli scorrevano nelle vene, potenziati e resi infinitamente più pericolosi dalle sue straordinarie facoltà mentali. Nella città universitaria cominciarono a correre strane voci sul suo conto e, alla fine, fu costretto a rinunciare alla cattedra e venire a Londra dove si mise a fare l'istruttore militare. Questo è quanto comunemente si sa di lui, ma ora le dirò ciò che io personalmente ho scoperto.

Come lei sa, Watson, nessuno meglio di me conosce l'ambiente londinese del crimine di alta classe. Per anni mi sono reso conto che dietro i malfattori agiva una qualche potenza, una forza organizzatrice in perenne contrasto con la legge, che faceva da scudo ai malfattori. Più e più volte, nei casi più disparati — falsi, rapine, omicidi — ho avvertito la presenza di questa

forza, e ne ho dedotto l'intervento in molti di quei crimini inso-
luti per i quali non sono stato direttamente consultato. Per anni
ho tentato di squarciare il velo dietro cui si celava e, finalmente,
un bel giorno, afferrai il bandolo della mia matassa e lo seguii fino a quando, dopo migliaia di astute tortuosità, mi condusse
all'ex-professor Moriarty, di matematica fama.

Quell'uomo, Watson, è il Napoleone del crimine. L'organiz-
zatore di metà delle imprese malvagie e di quasi tutte quelle
ignorate, in questa grande città. È un genio, un filosofo, un pen-
satore astratto. Ha un cervello di prim'ordine. Se ne sta immobile, come un ragno al centro della sua tela, ma quella tela ha
mille raggi di cui egli conosce ogni minimo tremolio. Non agisce
di persona. Si limita a pianificare. Ma i suoi agenti sono numerosi e splendidamente organizzati. Se c'è un crimine da compiere, un documento da rubare, poniamo, una casa da svaligiare,
una persona da eliminare — si passa parola al professore, e l'impresa viene organizzata e portata a termine. Può darsi che l'a-
gente venga catturato. In quel caso, è pronto il denaro per la
cauzione o per la difesa. Ma il *deux ex machina* che si serve del-
l'agente non viene mai preso — non viene mai nemmeno sospettato. Questa, Watson, è l'organizzazione la cui esistenza mi è
stata rivelata dalle mie deduzioni; e ho dedicato tutta la mia
energia al compito di smascherarla e sgominarla.

Ma il professore si era creato un muro di protezione, in maniera talmente scaltra, che, per quanti sforzi facessi, sembrava
impossibile ottenere quelle prove che lo avrebbero condannato
in tribunale. Lei conosce le mie facoltà, Watson, eppure, dopo
tre mesi, fui costretto ad ammettere di avere incontrato un anta-
gonista del mio stesso livello intellettuale. Il mio orrore per i
suoi crimini cedeva il passo alla mia ammirazione per le sue doti.
Ma alla fine, commise uno sbaglio — un piccolo, piccolissimo
sbaglio — che però non poteva permettersi, con me che praticamente gli stavo addosso. Era la mia occasione e, da quel momento, ho intessuto intorno a lui la mia rete che ora è pronta a
chiudersi. Fra tre giorni — vale a dire lunedì prossimo — i tempi
saranno maturi e il professore, con tutti i suoi accoliti principali,
sarà nelle mani della polizia. E avremo allora il più sensazionale
processo criminale del secolo, la soluzione di oltre quaranta casi
misteriosi, e il capestro per tutti quei malviventi; ma se facciamo
una mossa appena appena prematura, capisce, potrebbero sfuggirci di mano anche all'ultimo momento.

Ora, se io avessi potuto agire senza che il professor Moriarty
ne venisse a conoscenza, sarebbe andato tutto bene. Ma è troppo astuto. Ha seguito passo per passo ogni mio gesto per pren-

derlo nella rete. Ha ripetutamente cercato di uscirne fuori, ma altrettante volte gliel'ho impedito. Le assicuro, amico mio, che se si potesse scrivere un resoconto dettagliato di questa lotta silenziosa, sarebbe il migliore esempio di duello all'ultimo sangue nella storia dell'indagine criminale. Mai avevo raggiunto tali altezze né mai un nemico mi aveva stretto così da presso. Sono riuscito a parare ogni suo affondo. Questa mattina avevo compiuto gli ultimi passi e mancavano solo tre giorni al completamento dell'impresa. Stavo seduto in soggiorno a riflettere sulla situazione quando si è aperta la porta e mi sono trovato davanti il professor Moriarty.

I miei nervi sono ben saldi, Watson, ma devo confessare che ho avuto un sussulto nel vedere proprio l'uomo che ossessionava i miei pensieri, lì, sulla mia soglia. È un tipo molto alto, magro, con la fronte bianca a cupola e gli occhi profondamente infossati. Le spalle gli si sono incurvate per il troppo studio e il volto è proteso in avanti; e oscilla perennemente da un lato all'altro come la testa di un serpente. Mi osservò con estrema curiosità, socchiudendo gli occhi.

"Le sue bozze frontali sono meno marcate di quanto mi sarei aspettato", disse finalmente. "È pericoloso giocherellare con armi da fuoco cariche nella tasca della veste da camera."

Il fatto è che, al suo ingresso, mi ero immediatamente reso conto del pericolo in cui mi trovavo. L'unico modo che aveva per sfuggirmi era quello di chiudermi per sempre la bocca. In un lampo, avevo preso il revolver dal cassetto facendomelo scivolare nella tasca della vestaglia, puntandolo su di lui attraverso la stoffa. Al suo commento, lo tirai fuori, tolsi la sicura e lo appoggiai sul tavolo. Continuava a sorridere strizzando gli occhi ma c'era qualcosa nel suo sguardo per cui mi sentii ben lieto di avere l'arma a portata di mano.

"Lei evidentemente non mi conosce", disse.

"Oh, al contrario", risposi. "Mi sembra abbastanza ovvio che io la conosco. Prego, si accomodi. Posso dedicarle cinque minuti, se ha qualcosa da dirmi."

"Tutto quello che ho da dirle lei già lo ha intuito", disse.

"E allora, probabilmente, le sue domande si sono incrociate con le mie risposte", replicai.

"Lei è deciso?"

"Decisissimo."

Si ficcò una mano in tasca e io presi la pistola dal tavolo. Ma si limitò a tirarne fuori un taccuino sul quale aveva scarabocchiato alcune date.

"Lei ha attraversato la mia strada il quattro gennaio", disse.

"Il 23, mi ha procurato delle noie; che si sono fatte ancor più spiacevoli alla metà di febbraio; alla fine di marzo, i miei piani erano decisamente ostacolati; e adesso, alla fine di aprile, la sua incessante persecuzione ha fatto sì che io corra il serio pericolo di perdere la mia libertà. La situazione sta diventando insostenibile."

"Ha qualche suggerimento in proposito?", gli chiesi.

"Lei deve smetterla, Holmes", rispose sempre dondolando il viso di qua e di là. "Deve proprio smetterla, sa."

"Dopo lunedì", risposi.

"Andiamo, andiamo!", disse. "Sono certo che un uomo della sua intelligenza si rende conto che questa faccenda non può avere che un'unica soluzione. Lei deve ritirarsi. Ha sistemato le cose in modo tale che a noi non rimane che un'unica via d'uscita. È stato per me un vero godimento intellettuale vedere come lei abbia affrontato questo stato di cose e le assicuro, in tutta sincerità, che sarei veramente desolato se mi trovassi costretto a ricorrere a rimedi estremi. Lei sorride, signore, ma le garantisco che è così."

"Il pericolo fa parte del mio mestiere", osservai.

"Qui non si tratta di pericolo ma di inevitabile annientamento", disse. "Lei sta intralciando la strada non solamente a una singola persona ma a una potente organizzazione le cui ramificazioni nemmeno lei, con tutta la sua intelligenza, è riuscito a immaginare. Deve levarsi di torno, signor Holmes, o sarà calpestato."

"Temo proprio", risposi alzandomi, "che il piacere di questa conversazione mi stia facendo dimenticare impegni urgenti che mi attendono altrove."

Si alzò anche lui, guardandomi in silenzio e scuotendo il capo con aria dispiaciuta.

"Bene, bene", disse alla fine. "È un peccato, ma ho fatto quello che potevo. Conosco ogni sua mossa. Lei non può far niente fino a lunedì. È stato un duello fra noi due, signor Holmes. Lei spera di mandarmi sul banco degli imputati. E io le dico che sul banco degli imputati non comparirò mai. Lei spera di sconfiggermi. E io le dico che non mi sconfiggerà mai. Se lei è abbastanza furbo da distruggermi, stia pur certo che io farò la stessa cosa con lei."

"Lei mi ha fatto molti complimenti, signor Moriarty", gli risposi. "Mi consenta ora di fargliene uno io dicendole che, se potessi essere matematicamente certo della prima eventualità, accetterei a cuor leggero la seconda, nell'interesse della società."

"Posso prometterle l'una, ma non l'altra", ringhiò e, voltandomi le spalle curve uscì dalla stanza strizzando gli occhi e sbattendo le palpebre.

Questo è stato il mio strano colloquio col professor Moriarty. Le confesso che mi ha lasciato a disagio. Quel suo modo pacato e preciso di parlare mi convince della sua sincerità più di quanto lo farebbe un tono arrogante e aggressivo. Naturalmente, lei dirà: "Perché non chiedere la protezione della polizia?" Perché sono convintissimo che il colpo sarà sferrato da uno dei suoi agenti. Ne ho tutte le prove.»

«L'hanno già aggredita?»

«Caro Watson, il professor Moriarty non è il tipo che si lascia crescere l'erba sotto i piedi. Verso mezzogiorno sono andato a Oxford Street per sbrigare certi affari. Mentre giravo l'angolo fra Bentinck Street e Welbeck Street, un furgone tirato da due cavalli è arrivato a tutta velocità piombandomi addosso come un fulmine. Sono saltato sul marciapiede, salvandomi per una frazione di secondo. Il furgone ha continuato a correre per Marylebone Lane ed è scomparso in un attimo. Dopo di che, ho continuato a camminare sul marciapiede, Watson; ma, mentre percorrevo Vere Street, dal tetto di uno degli edifici è piombato giù un mattone che si è sbriciolato ai miei piedi. Ho chiamato la polizia perché esaminasse la sommità dell'edificio. Sul tetto, erano accatastati mattoni e tegole, in vista di lavori di riparazione e hanno cercato di farmi credere che il vento aveva fatto precipitare uno dei mattoni. Naturalmente, sapevo benissimo come stavano le cose, ma non ero in grado di dimostrarlo. Allora presi una carrozza e andai a Pall Mall, a casa di mio fratello, dove ho passato tutta la giornata. Adesso, mentre venivo da lei, sono stato assalito da un teppista armato di manganello. L'ho steso con un pugno e la polizia l'ha preso in custodia; ma posso garantirle che non si troverà mai il benché minimo legame fra il gentiluomo contro i cui denti mi sono spellato le nocche e l'ex insegnante di matematica che, sicuramente, sta svolgendo qualche problema su una lavagna a dieci miglia di distanza. Non deve quindi meravigliarsi, Watson, se la prima cosa che ho fatto entrando è stato chiudere le persiane e se ho dovuto chiederle di poter lasciare la sua casa da qualche uscita secondaria, meno in vista di quella principale.»

Avevo spesso ammirato il coraggio del mio amico, ma mai come in quel momento, mentre se ne stava lì seduto, a elencare tranquillamente tutta una serie di incidenti che dovevano aver reso quella giornata un vero incubo.

«Si ferma qui a dormire?», gli chiesi.

«No, amico mio, potrebbe trovarmi un ospite pericoloso. Ho già fatto i miei piani e andrà tutto bene. Oramai le cose si sono spinte a un punto tale che la polizia può procedere a un arresto senza il mio intervento, anche se sarà necessaria la mia presenza per un verdetto di condanna. È ovvio quindi che la cosa migliore da fare è che io sparisca per quei pochi giorni che restano prima che la polizia sia libera di agire. Sarei quindi felicissimo se lei volesse venire con me sul Continente.»

«In questo periodo l'ambulatorio è tranquillo», risposi, «e ho un collega molto disponibile. Verrò con gran piacere.»

«Può partire domattina?»

«Se è necessario.»

«Oh sì, necessarissimo. Allora, ecco le sue istruzioni e la prego, caro Watson, di seguirle alla lettera; adesso sta anche lei giocando insieme a me una partita doppia contro il più astuto furfante e il più potente sindacato del crimine di tutta Europa. Ascolti bene! Mandi il suo bagaglio, quale che esso sia, questa sera, tramite un incaricato di fiducia, alla stazione Victoria, senza indirizzo. Domattina, si faccia chiamare una carrozza, avvisando il suo incaricato di non prendere né la prima, né la seconda che gli si presentano. Salti in carrozza e si faccia portare alle Lowther Arcade, all'estremità dello Strand, consegnando al cocchiere l'indirizzo scritto su un pezzo di carta e raccomandandogli di non gettarlo via. Tenga pronto il prezzo della corsa e, nel momento stesso in cui la carrozza si ferma, attraversi di corsa l'Arcade calcolando il tempo così da arrivare all'altra estremità alle nove e un quarto. Accanto al marciapiede troverà ad attenderla una piccola carrozza chiusa guidata da un tipo con un pesante cappotto nero bordato di rosso al collo. Salga, e arriverà a Victoria in tempo per il Continental Express.»

«E noi due dove ci incontreremo?»

«Alla stazione. Il secondo scompartimento di prima classe a partire dal davanti sarà riservato per noi.»

«Allora, l'appuntamento è nello scompartimento?»

«Sì.»

Invano insistetti perché Holmes si trattenesse da me. Evidentemente temeva di mettermi in pericolo e per questo doveva assolutamente andarsene. Con pochi, ultimi frettolosi accordi circa il nostro piano del giorno dopo si alzò, uscì con me in giardino, si arrampicò sul muro che dà su Mortimer Street e, subito dopo, lo sentii fischiare per una carrozza e allontanarsi.

Il mattino seguente, seguii alla lettera le istruzioni di Holmes. Mi procurai una carrozza, con tutte le precauzioni necessarie per evitare che si trattasse di un veicolo preordinato e, subito dopo colazione, mi recai alle Lowther Arcade che attraversai a tutta velocità. Dall'altra parte trovai ad attendermi la carrozza chiusa col suo imponente cocchiere vestito di nero che, nel momento stesso in cui salii, frustò i cavalli dirigendosi a gran velocità verso la Stazione Victoria. Quando scesi, voltò la carrozza e filò via senza nemmeno un'occhiata dalla mia parte.

Finora, tutto era filato liscio. Il mio bagaglio mi aspettava e non ebbi alcuna difficoltà a trovare lo scompartimento indicato da Holmes, anche perché era l'unico in tutto il treno col cartello «Prenotato».

La sola cosa che mi preoccupava era che di Holmes non si vedeva traccia. All'orologio della stazione mancavano solo sette minuti alla partenza. Invano scrutavo i gruppi di viaggiatori e di chi li accompagnava cercando l'alta figura sottile del mio amico. Nemmeno l'ombra. Dedicai qualche minuto ad aiutare un venerando sacerdote italiano che, nel suo inglese approssimativo, cercava di far capire al facchino che il suo bagaglio doveva esser fatto proseguire fino a Parigi. Poi, guardandomi attorno ancora una volta, tornai nel mio scompartimento per scoprire che, malgrado il cartello della prenotazione, il facchino mi aveva dato per compagno di viaggio il decrepito prete italiano. Inutile cercar di spiegargli che la sua presenza in quello scompartimento era un'intrusione, dato che il mio italiano era ancora più limitato del suo inglese; quindi, con una scrollata di spalle, mi rassegnai e continuai a guardare ansiosamente dal finestrino sperando di vedere il mio amico. Mi sentivo gelare dalla paura poiché temevo che la sua assenza potesse significare che qualcosa era successo durante la notte. Già erano stati chiusi gli sportelli e il controllore aveva lanciato il suo fischio, quando...

«Mio caro Watson», disse una voce, «non si è nemmeno degnato di dire buon giorno.»

Mi voltai sbalordito. L'anziano ecclesiastico mi stava guardando. Per un attimo, le rughe scomparvero, il naso si allontanò dal mento, il labbro inferiore non fu più cascante, le labbra avevano smesso di biascicare e gli occhi spenti avevano ripreso splendore; la figura cascante si raddrizzò. Un secondo dopo, tutto il suo corpo ricadde come prima ed Holmes era sparito con la stessa rapidità con cui era apparso.

«Santo cielo!» esclamai, «mi ha davvero spaventato!»

«Le precauzioni non sono mai troppe, ancora», sussurrò. «Ho motivo di ritenere che ci stanno alle calcagna. Ah, ecco Moriarty in persona.»

Mentre Holmes parlava, il treno si era già messo in moto. Guardando indietro, scorsi un individuo alto che si faceva strada a spintoni fra la folla, agitando la mano quasi volesse fermare il treno. Troppo tardi, però; stavamo acquistando rapidamente velocità e un istante dopo eravamo fuori dalla stazione.

«Come vede, malgrado tutte le precauzioni ce l'abbiamo fatta per un pelo», disse Holmes ridendo. Si alzò, liberandosi della tonaca nera e del cappello che avevano costituito il suo travestimento e riponendoli in una sacca da viaggio.

«Ha visto i giornali del mattino, Watson?»

«No.»

«Allora, non sa di Baker Street?»

«Baker Street?»

«Ieri notte hanno appiccato il fuoco al nostro appartamento. Non ci sono stati molti danni.»

«Santo cielo, Holmes, è intollerabile!»

«Dopo che il loro teppista col manganello è stato arrestato devono aver perso completamente le mie tracce. Altrimenti, non avrebbero potuto pensare che fossi tornato a casa. Evidentemente, hanno avuto la precauzione di tenere lei sotto sorveglianza, però, e questo ha portato Moriarty a Victoria. Non ha commesso errori venendo alla stazione?»

«Ho fatto esattamente quello che mi ha detto lei.»

«Ha trovato la carrozza?»

«Sì, mi stava aspettando.»

«Ha riconosciuto il cocchiere?»

«No.»

«Era mio fratello Mycroft. In casi del genere è un vantaggio poter agire senza l'aiuto di estranei. Ma adesso, dobbiamo pianificare quello che dobbiamo fare per Moriarty.»

«Questo treno è un espresso e, dato che ha la coincidenza con il traghetto, direi che ce lo siamo scrollato di dosso.»

«Caro Watson, evidentemente lei non mi ha capito bene quando le ho detto che quest'uomo è al mio stesso livello, intellettualmente. Non crederà che, se l'inseguitore fossi io, mi lascerei fuorviare da un impedimento così banale. Perché, dunque, lo sottovaluta tanto?»

«Cosa farà?»

«Quello che farei io.»

«E lei che farebbe?»

«Noleggerei un treno speciale.»

«Ma oramai è tardi.»

«Niente affatto. Questo treno ferma a Canterbury; e c'è sempre almeno un quarto d'ora di ritardo al traghetto. Ci raggiungerà là.»

«Si direbbe che i criminali siamo noi. Facciamolo arrestare appena arriva.»

«Manderebbe all'aria il lavoro di tre mesi. Prenderemmo il pesce grosso, ma i piccoli sguscerebbero dalle maglie della rete. Lunedì li avremo tutti. No, arrestarlo, nemmeno a pensarci.»

«E allora?»

«Scenderemo a Canterbury.»

«E poi?»

«Poi, dovremo arrivare a Newhaven e da lì a Dieppe. Moriarty farà esattamente quello che farei io. Arriverà a Parigi, rintraccerà il nostro bagaglio, e aspetterà per un paio di giorni al deposito. Frattanto, noi ci concederemo il lusso di due sacche da viaggio di stoffa, incoraggiando l'industria locale, e ce ne andremo tranquillamente in Svizzera, via Lussemburgo e Basilea.»

A Canterbury, quindi, scendemmo dal treno, solo per scoprire che avremmo dovuto aspettare un'ora per prenderne un altro per Newhaven.

Stavo ancora guardando con un certo rimpianto la carrozza-bagagli che si allontanava rapidamente con tutto il mio guardaroba, quando Holmes mi tirò per la manica indicandomi un punto sulla strada ferrata.

«Ci siamo già, vede», disse.

In lontananza, fra i boschi del Kent, si alzava un sottile sbuffo di fumo. Un momento dopo un locomotore e un vagone sfrecciarono lungo la curva che porta alla stazione. Facemmo appena in tempo a nasconderci dietro una catasta di valigie quando ci passò davanti, sferragliando e investendoci con una vampata di aria calda.

«Eccolo che se ne va», disse Holmes mentre guardavamo il vagone che oscillava e sobbalzava sugli scambi. «Come vede, anche l'intelligenza del nostro amico ha dei limiti. Sarebbe stato un *coup-de-maître* se avesse dedotto quello che ho dedotto io e avesse agito di conseguenza.»

«Che avrebbe fatto se ci avesse raggiunti?»

«Mi avrebbe attaccato per uccidermi, senza il minimo dubbio. Ma a questo gioco si può giocare in due. Ora si tratta di decidere se dobbiamo pranzare qui, anche se è presto, o rischiare di morire di fame prima di arrivare a Newhaven.»

Quella sera ci spingemmo fino a Bruxelles, dove rimanemmo due giorni; il terzo giorno arrivammo a Strasburgo. Il lunedì mattina Holmes aveva telegrafato alla polizia londinese e la sera trovammo la risposta che ci aspettava all'albergo. Holmes lacerò frettolosamente la busta e, con un'amara imprecazione, la buttò nel caminetto.

«Dovevo immaginarmelo!» gemette. «È fuggito!»

«Moriarty?»

«Hanno preso tutta la banda, tranne lui. Li ha seminati. Certo, dopo che ho lasciato il paese non era rimasto nessuno in grado di competere con lui. Ma credevo proprio di averlo consegnato nelle loro mani. Penso che farebbe meglio a tornare in Inghilterra, Watson.»

«Perché?»

«Perché, adesso, costituisco un pericolo. Quell'individuo ha perso la sua occupazione. Se torna a Londra è perduto. E se ben lo conosco, dedicherà tutte le sue energie a vendicarsi. Me lo ha praticamente detto durante il nostro colloquio e sono certo che parlava seriamente. Le consiglio senz'altro di tornare dai suoi pazienti.»

Naturalmente, era un consiglio del tutto inutile per chi, come me, oltre a essere un vecchio soldato era anche un vecchio amico. Rimanemmo nella *salle-à-manger* di Strasburgo, a discuterne per mezz'ora, ma la sera stessa eravamo di nuovo in viaggio, diretti a Ginevra.

Per una deliziosa settimana percorremmo in lungo e in largo la valle del Reno poi, con una deviazione a Leuk, ci dirigemmo verso il Passo Gemmi, ancora coperto di neve e quindi, attraverso Interlaken, a Meiringen. Fu un viaggio piacevolissimo, fra le pianure che cominciavano ad assumere il verde della primavera, e le vette ancora candide per l'inverno; ma mi resi perfettamente conto che mai, neppure per un attimo, Holmes dimenticò l'ombra che incombeva su di lui. Nei raccolti villaggi alpini e nei solitari passi di montagna le sue occhiate rapide e furtive e il suo sguardo scrutatore su ogni viso che incontravamo, mi diceva come fosse assolutamente convinto che, dovunque ci recassimo, non avremmo mai potuto liberarci dal pericolo che ci pedinava passo per passo.

Rammento che una volta, mentre attraversavamo il Gemmi incamminandoci lungo la sponda del malinconico Daubensee, un grosso masso staccatosi da un costone alla nostra destra rotolò giù finendo con un tonfo nel lago dietro di noi. In un momento Holmes si era inerpicato sul costone e, ritto su un alto spuntone di roccia, scrutò attentamente in tutte le direzioni. Invano la nostra guida gli assicurò che, in quel punto, la caduta di massi era un fenomeno usuale in primavera. Non disse nulla ma mi sorrise con l'aria di chi vede avverarsi le sue previsioni.

Ma, pur rimanendo sempre all'erta, non era mai depresso. Al contrario, non ricordo di averlo visto prima di umore così esuberante. Non faceva che ripetere che, se avesse potuto esser certo che la società si era liberata di un individuo come il professor Moriarty, non avrebbe avuto alcun rimpianto a chiudere la propria carriera.

«Penso, Watson» mi disse, «che potrei addirittura affermare di non essere vissuto invano. Se dovessi smettere la mia attività questa sera stessa, potrei ancora ripercorrerla mentalmente con la coscienza tranquilla. L'aria di Londra è resa più respirabile dalla mia presenza. Negli oltre mille casi di cui mi sono occupato non ricordo di aver mai sfruttato le mie capacità a vantaggio della parte sbagliata. In questi ultimi tempi, sono stato tentato di esaminare i problemi che presenta la natura anziché quelli superficiali di cui è responsabile il nostro artificioso ordinamento sociale. Le sue memorie, Watson, si concluderanno il giorno in cui coronerò la mia carriera con la cattura o l'estinzione del più pericoloso e abile criminale esistente in Europa.»

Sarò breve, anche se preciso, nel raccontare quel poco che mi resta da dire. È un argomento sul quale non mi trattengo volentieri ma mi rendo conto che ho il dovere di non omettere alcun particolare.

Era il tre di maggio quando raggiungemmo il piccolo villaggio di Meiringen, prendendo alloggio alla Englischer Hof, di cui era allora direttore Peter Steiler senior. Un uomo intelligente, che parlava un inglese eccellente poiché, per tre anni, era stato cameriere al Grosvenor Hotel di Londra. Dietro suo consiglio, il pomeriggio del quattro ci avviammo insieme con l'intenzione di oltrepassare le colline e pernottare nel paesino di Rosenlaui. Ci raccomandò, però, di non superare le cascate di Reichenbach, circa a metà strada delle colline, senza fare una piccola deviazione per ammirarle.

In effetti, lo spettacolo era straordinario e terribile. Il torrente, gonfiato dallo scioglimento delle nevi, si tuffa in un abisso spaventoso dal quale la spuma si alza come il fumo da una casa che brucia. La fessura entro cui precipita il fiume è un'immensa voragine solcata da nere rocce scintillanti, che si restringe poi in una cavità spumeggiante e ribollente di profondità incalcolabile, da cui il fiume trabocca e rigonfia le sue acque sul bordo dentellato. Quell'alta cortina di acqua verde che precipita incessantemente ruggendo verso il basso e la spessa, tremolante cortina di schiuma che incessantemente si proietta sibilando verso l'alto, danno le vertigini con il loro continuo, rugghiante turbinare. Ci fermammo sul bordo a guardare sotto di noi il luccichio delle acque che si frangevano sulle rocce nere e ad ascoltare il grido quasi umano che, insieme con la spuma, saliva rimbombando dalla voragine.

Il sentiero è stato tagliato a mezza strada intorno alla cascata per consentirne una veduta panoramica, ma poi s'interrompe bruscamente e il viaggiatore deve ritornare sui propri passi. Così stavamo infatti facendo quando vedemmo arrivare di corsa un ragazzo svizzero con una lettera in mano. La lettera portava il timbro dell'hotel che avevamo appena lasciato ed era indirizzata a me, da parte del proprietario. A quanto sembrava, pochi minuti dopo che ce n'eravamo andati, era arrivata una signora inglese all'ultimo stadio della consunzione. Aveva svernato a Davos Platz e si era messa in viaggio per raggiungere degli amici a Lucerna quando era stata colpita da una violenta emorragia. Si temeva che non sarebbe sopravvissuta che poche ore, ma che sarebbe stato pcr lci un gran sollievo vedere un medico inglese e quindi, se potevo essere così gentile da rientrare, etc. In un poscritto, il buon Steiler mi assicurava che lui personalmente l'avrebbe considerato un gran favore, dal momento che la signora rifiutava assolutamente di farsi visitare da un medico svizzero e lui sentiva che si stava assumendo una grossa responsabilità.

Era un appello che non si poteva ignorare. Impossibile respingere la richiesta di una compatriota, morente in terra straniera. Ma avevo i miei scrupoli a lasciare Holmes. Alla fine, rimanemmo d'accordo che lui avrebbe trattenuto con sé il ragazzo svizzero, come compagno e guida, mentre io tornavo a Meiringen. Lui sarebbe rimasto per un po' alle cascate, disse, poi si sarebbe avviato con calma verso Rosenlaui dove io l'avrei raggiunto in serata. Mentre me ne andavo, vidi Holmes appoggiato con le spalle a una roccia, a braccia conserte, che osservava il turbinare delle acque giù in basso. Era l'ultima volta che il destino mi avrebbe concesso di vederlo vivo.

Quando arrivai quasi in fondo alla discesa mi voltai ma, da quel punto, era impossibile scorgere la cascata; si vedeva però il sentiero che curvando, s'inerpica lungo la dorsale delle colline e porta alla cascata. Ricordo che, lungo quel sentiero, vidi un uomo che camminava molto rapidamente.

Ne vedevo la sagoma scura stagliata contro il verde dei prati. Lo notai, come notai il suo passo agile e deciso, poi mi passò di mente mentre mi affrettavo verso la mia destinazione.

Ci volle forse poco più di un'ora prima di arrivare a Meiringen. Il vecchio Steiler stava nel porticato dell'albergo.

«Allora», dissi avvicinandomi in fretta, «spero che la signora non sia peggiorata?»

Un'espressione di stupore gli si dipinse sul viso e, al primo inarcare delle sue sopracciglia, sentii il cuore farmisi di piombo.

«Questa non l'ha scritta lei?», chiesi tirando fuori di tasca la lettera. «Non c'è nessuna signora inglese ammalata, in albergo?»

«No di certo!», esclamò. «Ma porta il timbro dell'albergo! Ah, deve averla scritta quell'inglese alto che è arrivato dopo che voi ve ne siete andati. Ha detto...»

Ma non mi fermai ad ascoltare le sue spiegazioni. In preda alla paura, stavo già correndo lungo la strada del villaggio verso il sentiero da cui ero appena disceso. Mi ci era voluta un'ora a scendere. Malgrado tutti i miei sforzi, erano passate più di due ore quando mi ritrovai alla cascata di Reichenbach. Il bastone di Holmes era ancora appoggiato alla roccia dove avevo lasciato il mio amico. Ma di lui non c'era traccia e invano gridai il suo nome. Non mi rispose che la mia stessa voce, rimandatami dall'eco che rotolava giù dai picchi che mi circondavano.

La vista di quel bastone mi gelò il sangue. Allora, non era andato a Rosenlaui. Era rimasto su quel sentiero angusto fra una ripida parete di roccia da una parte e l'immane voragine dall'altra, fino a quando il suo nemico l'aveva sorpreso. Anche il giovane svizzero era scomparso. Probabilmente, era stato al soldo di Moriarty e se n'era andato lasciandoli lì insieme. E poi cos'era accaduto? Chi avrebbe mai potuto dirci cos'era accaduto?

Rimasi per un minuto o due a cercar di riordinare le idee perché ero annichilito dall'orrore. Poi cominciai a ripensare ai metodi di Holmes, cercando di applicarli per far luce su quella tragedia. Ahimè, era fin troppo facile. Durante la nostra conversazione non ci eravamo spinti fino alla fine del sentiero, e il bastone segnava il punto esatto dove ci eravamo fermati. Il terreno nerastro è sempre morbido per gli incessanti spruzzi di schiuma e lascerebbe scorgere anche le tracce di un uccello. Due linee di impronte spiccavano nettamente lungo l'estremità del sentiero, allontanandosi entrambe dal punto in cui mi trovavo. Ma non c'erano impronte che tornassero indietro. A pochi metri dalla fine, il terreno era calpestato fino a trasformarsi in una fanghiglia informe, e i rovi e le felci sull'orlo dell'abisso erano strappate e infangate. Mi misi bocconi cercando di vedere attraverso gli spruzzi di schiuma tutt'intorno. Si era fatto buio, da quando me n'ero andato, e adesso non riuscivo a scorgere che, qua e là, il luccichio dell'umidità sulle pareti nere e in basso, lontano, al fondo della voragine, il riflesso dell'acqua spumeggiante. Gridai; ma solo quello stesso grido, semi-umano, della cascata mi ritornò all'orecchio.

Era destino, però, che, dopotutto, dovessi ricevere un'ultima parola di saluto dal mio amico e camerata. Ho detto che il suo bastone era rimasto appoggiato a una roccia che sporgeva sul sentiero. Dalla sommità di quel masso il raggio di qualcosa di brillante mi colpì l'occhio, e alzando la mano, scoprii il portasigarette d'argento che Holmes portava sempre con sé. Mentre lo prendevo un foglietto di carta, su cui era stato poggiato per tenerlo fermo, svolazzò per terra. Lo spiegai e vidi che si trattava di tre paginette strappate dal suo taccuino e indirizzate a me. Era tipico dell'uomo che l'indirizzo fosse preciso e la grafia ferma e nitida come se l'avesse scritto nel suo studio.

Mio caro Watson [diceva il messaggio]

Le scrivo queste poche righe grazie alla cortesia del signor Moriarty che gentilmente aspetta che io abbia terminato prima di discutere circa le questioni in sospeso fra noi. Mi ha illustrato brevemente il modo in cui ha evitato la polizia inglese e si è tenuto al corrente dei nostri spostamenti. Confermandomi così l'altissima opinione che mi ero fatta delle sue capacità. Sono lieto di pensare che potrò liberare la società da ulteriori effetti della sua presenza anche se, temo, a un prezzo che addolorerà i miei amici e specialmente lei, mio caro Watson. Comunque, le ho già spiegato che, in ogni caso, la mia carriera era arrivata a un punto critico e che nessun'altra conclusione potrebbe andarmi meglio di questa. Anzi, per dirle tutta la verità, ero sicurissimo che la lettera da Meiringen non fosse che un trucco e la lasciai andare solo perché ero convinto che ci sarebbero stati degli sviluppi. Dica all'ispettore Patterson che i documenti che gli occorrono per mandare in galera tutta la banda, si trovano nel casellario M, dentro una busta azzurra su cui è scritto «Moriarty». Ho lasciato precise disposizioni circa i miei averi prima di lasciare Londra, e le ho consegnate a mio fratello Mycroft. La prego di dare i miei saluti alla signora Watson e mi creda, amico mio,

il suo affezionatissimo,<br>Sherlock Holmes

Per raccontare il seguito, bastano poche parole. Dall'esame di un esperto è stato rilevato, senza alcun dubbio, che i due uomini hanno lottato fra loro e che, come era inevitabile in quella situazione, entrambi sono precipitati, stretti l'uno nelle braccia dell'altro. Ogni tentativo di recuperare i corpi è stato del tutto inutile e laggiù, nel fondo di quell'orrendo calderone di acque turbinose e spuma sibilante, giaceranno per sempre il peggior criminale e il miglior difensore della legge della loro generazione. Del giovane svizzero non si seppe più nulla e non c'è dubbio che fosse uno dei tanti agenti al soldo di Moriarty. In quanto alla banda, tutti ricorderanno quanto esauriente fosse la documentazione raccolta da Holmes circa la loro organizzazione e quale peso abbia avuto nella loro condanna quella denuncia di un morto. Pochi elementi emersero sul loro infame capo durante il processo, e se oggi mi sono sentito in dovere di illustrarne chiaramente la carriera ciò è dovuto al fatto che Don Chisciotte senza cervello hanno tentato di riscattarne la memoria, attaccando proprio colui che considererò sempre il migliore e il più saggio degli uomini che io abbia mai conosciuto.

# IL MASTINO DEI BASKERVILLE

*Mio caro Robinson: Fu proprio lei, raccontandomi una leggenda dell'ovest dell'Inghilterra, a suggerirmi l'idea di questo racconto. Per il suggerimento, e per l'aiuto che lei mi ha dato a svilupparlo, la ringrazio moltissimo.*

*Molto cordialmente*
*A. Conan Doyle*

# CAPITOLO PRIMO

# Sherlock Holmes

Sherlock Holmes, che generalmente scendeva molto tardi al mattino tranne che nelle non rare occasioni quando rimaneva alzato tutta la notte, era già seduto al tavolo della colazione. Mi fermai sul tappeto accanto al caminetto a raccogliere il bastone dimenticato la sera prima dal nostro visitatore. Era un bel bastone col pomo rotondo, del tipo comunemente chiamato «Malacca». Proprio sotto l'impugnatura c'era una larga fascia d'argento con l'iscrizione «A James Mortimer, M.R.C.S. dai suoi amici del C.C.H.» e la data «1884». Era proprio il tipo di bastone adatto a un medico di famiglia vecchio stampo — dignitoso, solido, e rassicurante.

«Bene, Watson, che mi dice di quel bastone?»

Holmes era seduto dandomi le spalle, e io non avevo fatto il benché minimo rumore.

«Come diamine sa cosa stavo facendo? Comincio a credere che lei abbia gli occhi anche dietro la testa.»

«Non proprio, ma ho davanti a me una caffettiera placcata d'argento molto lucida», rispose. «Ma mi dica, Watson, che ne pensa del bastone del nostro visitatore? Dal momento che abbiamo avuto la sfortuna di non essere in casa al momento del suo arrivo e di non avere la minima idea del perché fosse venuto da noi, questo casuale souvenir diventa importante. Sentiamo come lei riesce, osservandolo, a dirmi qualcosa del proprietario.»

«Secondo me», risposi cercando per quanto possibile di seguire i metodi del mio amico, «il dottor Mortimer è un anziano medico di successo, molto stimato, dal momento che i suoi conoscenti gli hanno voluto dimostrare il loro apprezzamento con questo dono.»

«Bene!», disse Holmes: «Eccellente!»

«Ritengo anche probabile che sia un medico condotto, che spesso va a piedi dai suoi pazienti.»

«Da che lo deduce?»

«Dal fatto che questo bastone, pur se in origine era molto bello, ora è talmente usato che non credo che un medico di città continuerebbe a servirsene. La punta di ferro è molto logora; è quindi evidente che è stato molto usato per andare a piedi.»

«Perfettamente logico!» convenne Holmes.

«E poi, ci sono questi "amici del C.C.H." Direi che si riferisce ad amici del "Qualcosa della Caccia"[1], un circolo locale di cui forse ha operato uno dei membri che ha voluto fargli questo regalo in segno di riconoscenza.»

«Lei sta davvero superando se stesso, Watson», disse Holmes alzandosi e accendendo una sigaretta. «Devo riconoscere che, in tutti i resoconti che lei ha voluto dare delle mie modeste imprese, ha sempre sottovalutato le sue capacità. Ci sono persone che, senza essere geniali, hanno l'abilità di stimolare la genialità in altri. Le confesso, caro amico, che sono molto in debito verso di lei.»

Non aveva mai detto prima una cosa del genere e ammetto che le sue parole mi fecero molto piacere dato che spesso mi ero un po' risentito per la sua indifferenza nei confronti della mia ammirazione e dei miei tentativi di pubblicizzare i suoi metodi. Ero anche molto fiero per essere riuscito ad assorbire a tal punto il suo sistema da essere arrivato a servirmene io stesso in modo tale da conquistarmi la sua approvazione. Mi prese dalle mani il bastone, esaminandolo per un po' a occhio nudo. Poi, con aria interessata, posò la sigaretta e, portando il bastone accanto alla finestra, lo esaminò di nuovo con la lente.

«Interessante anche se elementare», disse, rimettendosi a sedere nel suo angolo favorito del divano. «Ci sono un paio di indicazioni, su quel bastone, su cui possiamo fondare varie deduzioni.»

«Qualcosa che mi è sfuggito?», chiesi, dandomi un po' di arie. «Spero di non aver trascurato indizi importanti?»

«Mio caro Watson, temo che quasi tutte le sue conclusioni fossero errate. Quando ho detto che lei mi stimolava intendevo dire, per essere sincero, che i suoi errori spesso mi hanno indirizzato alla verità. No, in questo caso lei non ha sbagliato del tutto. Il proprietario è senza dubbio un medico condotto. E un gran camminatore.»

«Allora avevo ragione.»

«Fin qui, senz'altro.»

«Ma questo è tutto.»

«No, no, caro Watson, non tutto — non è affatto tutto. Le suggerirei, per esempio, che più che un circolo della Caccia, è un

---

[1] «Caccia» in inglese *Hunt,* da cui il riferimento alla lettera H *(N.d.T.).*

ospedale che, in genere, offre un dono a un medico. E che quando le iniziali C.C. vengono prima della H di ospedale, è spontaneo pensare a "Charing Cross".»

«Potrebbe aver ragione.»

«Tutte le probabilità puntano in questa direzione. E, se partiamo da questo presupposto, abbiamo un nuovo punto di partenza per ricostruire l'immagine del nostro sconosciuto visitatore.»

«Bene; supponiamo, allora, che "C.C.H." stia per "Charing Cross Hospital"; che altro possiamo dedurne?»

«Non le viene in mente niente? Lei conosce i miei metodi. Li applichi!»

«Posso solo pensare alla ovvia conclusione che, prima di ritirarsi in campagna, ha fatto il medico in città.»

«Credo che potremmo spingerci un poco oltre. Guardi la cosa da un altro punto di vista. In quale occasione è più probabile che venga offerto un dono di questo genere? Quando è che i suoi amici si riunirebbero per dargli un pegno del loro affetto? Ovviamente, nel momento in cui il dottor Mortimer abbandona la pratica ospedaliera per dedicarsi a quella privata, in campagna. Sappiamo che gli è stato offerto un dono. Riteniamo che ci sia stato un passaggio dall'attività ospedaliera a quella privata. Sarebbe, dunque, azzardato ritenere che il dono gli è stato consegnato in occasione di quel cambiamento?»

«Sembra molto probabile.»

«Andiamo avanti. Noterà che non poteva fare parte dello staff medico dell'ospedale dal momento che solo un uomo con una vasta clientela propria potrebbe occupare un posto del genere, e quell'uomo non si ritirerebbe certo a fare il medico di campagna. Cosa faceva, allora? Se lavorava in ospedale ma non faceva parte dello staff, non poteva essere che un chirurgo o un medico generico interno — poco più di uno studente anziano. E ha lasciato l'ospedale cinque anni fa — c'è la data sul bastone. Quindi, il suo austero e maturo medico di famiglia svanisce, mio caro Watson, per lasciare il posto a un giovanotto sotto i trent'anni, amabile, senza ambizioni, distratto, e padrone di un amatissimo cane che, a occhio e croce, descriverei come più grande di un terrier e più piccolo di un mastino.»

Mi misi a ridere, incredulo, mentre Holmes si adagiava più comodamente sul divano sbuffando anelli di fumo verso il soffitto.

«Per quanto riguarda l'ultima parte», dissi, «non ho modo di controllare le sue asserzioni ma, se non altro, è facile trovare qualche notizia sulla sua età e sulla sua carriera professionale.»

Presi dal mio scaffale il Medical Directory e cercai il nominativo. C'erano molti Mortimer, ma uno soltanto poteva essere il nostro visitatore. Lessi il paragrafo ad alta voce:

Mortimer, James, M.R.C.S., 1882, Grimpen, Dartmoor, Devon. Dal 1882 al 1884, chirurgo interno presso il Charing Cross Hospital. Vincitore del Premio Jackson per la Patologia Comparata, con un saggio intitolato *La Malattia è una Regressione?* Membro corrispondente della Swedish Pathological Society. Autore di *Scherzi dell'Atavismo* (*Lancet,* 1882), e *Facciamo Progressi?* (*Journal of Psychology,* marzo 1883). Ufficiale sanitario per i distretti di Grimpen, Thorsley e High Barrow.

«Nessun cenno al locale circolo della caccia, Watson», commentò Holmes con un sorriso malizioso. «Ma un medico condotto, come lei molto acutamente ha osservato. Credo che le mie deduzioni siano sufficientemente giustificate. In quanto agli aggettivi, se ben ricordo, ho usato i termini amabile, privo di ambizioni, e distratto. Secondo la mia esperienza, a questo mondo solo una persona amabile riceve dei pegni di amicizia, solo una persona priva di ambizioni abbandona una carriera a Londra per andarsene in campagna, e solo una persona distratta lascia il bastone, ma non un suo biglietto da visita, dopo aver aspettato per un'ora.»

«E il cane?»

«È stato addestrato a portare il bastone seguendo il padrone. Il bastone è pesante, e il cane lo afferrava saldamente a metà, e sono visibilissimi i segni dei denti. Come indica la distanza fra questi denti, la mascella del cane è troppo larga, secondo me, per un terrier ma non abbastanza larga per un mastino. Potrebbe trattarsi... ma sì, *certo,* di uno spaniel a pelo riccio.»

Parlando, si era alzato e andava su e giù per la stanza. Si fermò nel vano della finestra. Il suo tono suonava talmente convinto che alzai, sorpreso, lo sguardo.

«Ma, amico mio, come può affermarlo con tanta sicurezza?»

«Per il semplicissimo motivo che il cane è proprio alla nostra soglia ed ecco lo squillo del suo padrone. Rimanga, Watson, la prego. È un suo collega e la sua presenza può essermi utile. È questo il drammatico momento del destino, Watson, quando per le scale risuona un passo che sta per fare il suo ingresso nella nostra vita, e non sappiamo se per il bene o per il male. Che cosa il dottor James Mortimer, uomo di scienza, desidera chiedere a Sherlock Holmes, lo specialista del crimine? Avanti!»

L'aspetto del nostro visitatore mi lasciò stupito. Mi ero immaginato il tipico medico di campagna e invece avevamo davanti un uomo molto alto, magro, con un lungo naso a becco che sporgeva fra due occhi grigi e penetranti, ravvicinati e scintillanti dietro gli occhiali montati in oro. Era vestito in maniera professionale anche se piuttosto trascurata, con una finanziera non troppo pulita e i calzoni sfilacciati all'orlo. Era giovane ma con la schiena già curva, e camminava tenendo in avanti il capo, come scrutando benevolmente il prossimo. Quando entrò, gli caddero gli occhi sul bastone che Holmes teneva in mano e si precipitò verso di lui con un grido di gioia. «Sono proprio contento», disse. «Non sapevo se l'avevo lasciato qui o all'ufficio della Società di Navigazione. Non vorrei perdere quel bastone per nulla al mondo.»

«Un regalo, vedo», disse Holmes.

«Sì, signore.»

«Dal Charing Cross Hospital?»

«Da un paio di miei amici che lavorano lì, in occasione del mio matrimonio.»

«Oh, che peccato!», esclamò Holmes scuotendo il capo.

«Che cosa è un peccato?»

«Solo che lei ha mandato all'aria le nostre piccole deduzioni. Il suo matrimonio, dice?»

«Sì, signore. Mi sono sposato e quindi ho abbandonato l'ospedale e, con esso, tutte le mie speranze di aprire uno studio medico. Dovevo farmi una famiglia.»

«Via, via, dopotutto, non ci siamo poi sbagliati tanto», disse Holmes. «E adesso, dottor James Mortimer...»

«Signor Mortimer, semplicemente signor Mortimer — un umile M.R.C.S.»

«E un uomo dalla mente molto precisa, ovviamente.»

«Uno scienziato dilettante, signor Holmes, uno che raccatta conchiglie sulle spiagge del grande oceano ignoto. Immagino che sia il signor Sherlock Holmes quello al quale mi rivolgo, e non...»

«No, questo è il mio amico, il dottor Watson.»

«Lieto di conoscerla. Ho sentito fare il suo nome in relazione con quello del suo amico. Lei mi interessa molto, signor Holmes. Non mi aspettavo un cranio così dolicocefalo e uno sviluppo sopraorbitale così marcato. Le dispiacerebbe se passassi il dito lungo la sua fissura parietale? Un calco del suo cranio, signore, fino a quando non sarà disponibile l'originale, sarebbe un onore per qualsiasi museo antropologico. Non esagero, signore, se le confesso che desidererei ardentemente il suo cranio.»

Holmes fece cenno al nostro strano ospite di accomodarsi. «Vedo che lei è un entusiasta nel suo campo come io lo sono nel mio», commentò. «Noto dal suo indice che si arrotola le sigarette da solo. Non faccia complimenti, ne accenda pure una.»

L'uomo tirò fuori tabacco e cartine e arrotolò la sigaretta con sorprendente abilità. Aveva dita lunghe e palpitanti, agili e irrequiete come le antenne di un insetto.

Holmes non parlava, ma le sue rapide occhiate mi rivelavano fino a che punto quel nostro insolito ospite lo interessasse.

«Suppongo, signore», disse finalmente, «che non è solo allo scopo di esaminare il mio cranio che lei mi ha fatto l'onore di venire ieri sera e di tornare oggi?»

«No, no di certo; pur se sono felice di avere avuto l'opportunità di fare anche questo. Sono venuto da lei, signor Holmes, perché riconosco di non essere personalmente dotato di senso pratico e perché mi trovo improvvisamente di fronte a un problema molto grave e straordinario. Riconoscendo, come faccio, che lei è il secondo miglior esperto in Europa...»

«Davvero, signore! Potrei domandarle a chi spetta l'onore di essere il primo?», chiese Holmes con una certa asprezza.

«Chiunque abbia la mente precisa di uno scienziato, non può che essere fortemente attratto dall'opera di Monsieur Bertillon.»

«Allora, non farebbe meglio a rivolgersi a lui?»

«Ho detto chiunque abbia la mente precisa di uno scienziato. Ma quando si viene alle cose pratiche, tutti riconoscono che lei è unico. Spero, signore, di non averla involontariamente...»

«Un pochino», rispose Holmes. «Credo, dottor Mortimer, che farebbe bene a raccontarci, senza ulteriori indugi e in parole chiare, qual è l'esatta natura del problema per cui lei richiede il mio aiuto.»

# CAPITOLO SECONDO

# La maledizione dei Baskerville

«Ho in tasca un manoscritto», disse il dottor Mortimer.

«L'ho notato quando è entrato», rispose Holmes.

«Si tratta di un manoscritto antico.»

«Inizi del XVIII secolo, se non è un falso.»

«Come può dirlo?»

«Per tutta la durata della sua conversazione, me ne ha lasciato sott'occhio un paio di pollici. Sarei un esperto ben da poco se non fossi in grado di datare un documento entro l'arco di un decennio. Forse lei ha avuto occasione di leggere la mia piccola monografia sull'argomento. Lo farei risalire al 1730.»

«La data esatta è 1742.» Il dottor Mortimer lo tirò fuori dalla tasca. «Questo documento di famiglia mi fu affidato da Sir Charles Baskerville, la cui improvvisa e tragica morte circa tre mesi fa creò tanto scalpore nel Devonshire. Posso dire che ero suo amico personale, oltre che suo medico. Era un uomo molto risoluto, signore, astuto, pratico e, come me, totalmente privo d'immaginazione. Pure, prese questo documento molto seriamente e, in cuor suo, era preparato a fare la fine che poi ha fatto.»

Holmes tese la mano a prendere il manoscritto, spianandolo sulle ginocchia.

«Noterà, Watson», disse, «l'uso alternativo della *s* lunga e di quella breve. È una delle molte caratteristiche che mi hanno permesso di fissarne la data.»

Da sopra le sue spalle, osservai la carta ingiallita e il testo sbiadito. In alto c'era scritto: «Baskerville Hall» e sotto, in larghi caratteri disordinati: «1742».

«Sembrerebbe una dichiarazione.»

«Infatti, è una dichiarazione che si riferisce a una certa leggenda che si tramanda nella famiglia Baskerville.»

«Ma, se ho ben capito, lei vuole consultarmi per qualcosa di più attuale e pratico, non è così?»

«Una faccenda estremamente attuale. Ed estremamente pratica, che dev'essere decisa entro ventiquattr'ore. Ma il manoscritto è breve e intimamente collegato al caso. Col suo permesso, glielo leggerò.»

Holmes si adagiò in poltrona, unì le punte delle dita e chiuse gli occhi, con aria rassegnata. Il dottor Mortimer girò il manoscritto verso la luce e con voce alta e stridula lesse il seguente racconto di un tempo andato:

«Molto è stato detto circa l'origine del Mastino dei Baskerville ma, poiché discendo in linea diretta da Hugo Baskerville e la storia mi è stata raccontata da mio padre, che, a sua volta, l'aveva sentita dal proprio padre, la riporto con la piena convinzione che si sia verificata come qui appresso narrato. E voglio che voi crediate, figli miei, che la stessa Giustizia che punisce il peccato può anche generosamente perdonarlo, e che nessuna condanna è così grave che la preghiera e il pentimento non possano rimuoverla. Imparate dunque da questa storia a non temere i frutti del passato ma piuttosto ad essere cauti in futuro, così che le torbide passioni per cui la vostra famiglia ha tanto sofferto non debbano nuovamente scatenarsi per distruggerci.

Sappiate dunque che all'epoca della Grande Rivolta (la cui storia, scritta dall'erudito Lord Clarendon raccomando vivamente alla vostra attenzione), del Maniero dei Baskerville era signore un Hugo di tal nome, né si può negare che fosse uomo sregolato, sacrilego e senzadio. Il che, in verità, i suoi vicini avrebbero potuto perdonare, dato che i santi non sono mai fioriti da queste parti; ma c'era in lui qualcosa di così dissoluto e crudele che il suo nome divenne proverbiale in tutto l'ovest. Caso volle che questo Hugo si innamorò (ammesso che a una passione così tenebrosa come la sua possa darsi un nome così luminoso) della figlia di un piccolo proprietario terriero le cui terre erano vicine alla proprietà dei Baskerville. Ma la fanciulla, riservata e da tutti stimata, continuava ad evitarlo, temendone la malvagia reputazione. Successe quindi che a una Festa di S. Michele questo Hugo, con cinque o sei compari della sua risma, raggiunse di nascosto la fattoria e rapì la fanciulla mentre il padre e i fratelli, come lui ben sapeva, erano fuori, al lavoro. Portata alla Hall, la fanciulla fu chiusa in una camera al piano superiore mentre dabbasso Hugo e i suoi amici iniziarono a gozzovigliare, come ogni sera. La povera ragazza stava per impazzire ai canti, alle grida sguaiate e alle spaventose bestemmie che salivano fino a lei dal basso — si diceva, infatti, che il linguaggio di Hugo Baskerville, quando era ubriaco, sarebbe stato sufficiente a far cadere fulminato chi lo usava. Alla fine, terrorizzata, la fanciulla fece ciò che avrebbe intimorito anche l'uomo più coraggioso o più agile: aggrappandosi ai rami di un'edera che coprivano (e coprono tuttora) il muraglione a sud, si calò giù da sotto il tetto e corse a casa attraverso la brughiera, percorrendo le tre leghe che separavano il castello dalla fattoria paterna.

Accadde che, poco dopo, Hugo lasciò i suoi ospiti con l'intenzione di portare cibo e bevande — o forse anche con intenzioni peggiori — alla sua prigioniera e trovò la gabbia vuota e l'uccellino scappato. Sembra che, allora, quasi invasato dal demonio, si precipitasse per le scale ed entrasse nella sala da pranzo. Saltò sul grande tavolo, facendo volare in aria piatti e boccali e, davanti a tutta la compagnia, gridò che quella notte stessa avrebbe ceduto l'anima e il corpo alle Potenze Infernali se lo avessero aiutato a raggiungere la ragazza. E mentre i convitati, interrotta la loro gozzoviglia, rimanevano impietriti davanti a quella furia, uno fra i più malvagi, o forse più ubriachi, fra loro urlò che avrebbero dovuto sguinzagliarle appresso i mastini. Al che Hugo corse fuori, gridando agli stallieri di sellargli la cavalla e far uscire i segugi dal canile; dopo aver fatto annusare ai cani un fazzoletto della ragazza, li scatenò sulla traccia e la muta cominciò a correre a perdifiato sotto la luna, attraverso la brughiera.

Per un po' gli amici rimasero interdetti senza capire quello che era successo così in fretta. Poi le loro menti confuse si resero improvvisamente conto di quanto stava per succedere sulla brughiera. E allora fu tutto un gridare, chi ordinava le pistole, chi i cavalli, chi un altro boccale di vino. Ma, alla fine, tornò in essi un barlume di buon senso e tutta la brigata, tredici in tutto, montò a cavallo e si lanciò all'inseguimento. La luna splendeva chiara nel cielo ed essi galoppavano in gruppo lungo il percorso che la fanciulla doveva aver seguito per raggiungere la propria casa.

Avevano percorso un miglio o due quando, sulla brughiera, incontrarono uno dei pastori che custodiva le greggi di notte e gli chiesero se avesse visto passare cani e cavaliere. Ma l'uomo, così si racconta, era talmente inebetito dalla paura che non riusciva a parlare; alla fine disse che sì, aveva visto la sfortunata fanciulla e i segugi sulle sue tracce. "Ma ho visto dell'altro", raccontò, "perché Hugo Baskerville mi è passato accanto sulla sua cavalla nera e dietro di lui, in silenzio, correva un mastino infernale che Dio non voglia debba mai trovarsi alle mie calcagna." Gli uomini ubriachi rovesciarono sul pastore un torrente di maledizioni e continuarono la galoppata. Ma ben presto si sentirono gelare il sangue nelle vene; si udì un tambureggiare di zoccoli attraverso la brughiera e la cavalla nera, spruzzata di bava bianca, sfrecciò accanto a loro, con le redini a terra e la sella vuota. Allora quegli uomini si strinsero l'uno accanto all'altro, perché un profondo terrore si era impadronito di loro, ma proseguirono l'inseguimento pur se ognuno di essi, preso individualmente, sarebbe stato ben contento di voltare il cavallo e tornarsene indietro. Con i cavalli ormai quasi al passo raggiunsero finalmente la muta dei cani. Quelle bestie, pur famose per razza e coraggio, se ne stavano raggruppate uggiolando sull'orlo di un profondo dirupo, un *goyal,* come lo chiamiamo noi, che si apriva nella brughiera, alcune strisciando indietro, altre col pelo ritto e gli occhi spalancati a guardar giù nella stretta valle che si apriva dinnanzi ad esse.

Gli uomini si erano fermati, molto più sobri, come potete immaginare, di quando erano partiti. Quasi nessuno se la sentiva di fare un passo avanti ma tre di loro, i più spavaldi, o forse i più ubriachi, scesero col cavallo nel goyal. Il dirupo terminava in un'ampia radura dove c'erano due di quegli enormi massi, che ancora oggi si possono vedere, messi lì da popolazioni ormai dimenticate, nella notte dei tempi. La luna illuminava la radura e, al centro, giaceva l'infelice fanciulla, lì dove era caduta stremata dal terrore e dalla stanchezza. Ma non fu la vista del suo corpo, né quella del corpo di Hugo Baskerville, steso accanto a lei, che fece drizzare i capelli in testa a quei tre bravacci temerari: accanto al corpo di Hugo, con le zanne ancora affondate nella gola sbranata, c'era un essere orrendo, un'enorme bestia nera, simile a un mastino ma assai più grande di qualsiasi mastino si sia mai visto al mondo. E mentre lo guardavano sbigottiti, quella creatura dilaniò con uno strappo la gola di Hugo Baskerville volgendo verso di loro gli occhi fiammeggianti e le fauci grondanti sangue. A quella vista i tre, con un urlo di raccapriccio, spronarono i cavalli e si lanciarono, ancora urlando, a briglia sciolta per la brughiera. Si dice che uno di essi morì quella stessa notte per ciò che aveva visto e gli altri due rimasero dei relitti umani per il resto dei loro giorni.

Questa, figli miei, è la storia di come sia giunto qui da noi il mastino che, si dice, ha così duramente perseguitato la nostra famiglia da allora in poi. L'ho scritta perché ciò che si conosce incute meno terrore di ciò che si sente sussurrare o si immagina. Né si può negare che molti membri della nostra famiglia siano morti di una morte improvvisa cruenta e misteriosa. Ma possiamo sempre cercare rifugio nell'infinita bontà della Provvidenza che non vorrà continuare per sempre a punire gli innocenti dopo la terza o la quarta generazione, come è minacciato nelle Sacre Scritture. A quella Provvidenza, figli miei, io qui vi affido, e vi consiglio di essere prudenti e di non attraversare mai la brughiera in quelle ore oscure quando si scatenano le potenze delle tenebre.

[Questo è da Hugo Baskerville ai suoi figli Rodger e John, con l'ordine di non farne mai parola alla loro sorella Elizabeth.]»

Quando ebbe terminato di leggere questo strano racconto, il dottor Mortimer si alzò gli occhiali sulla fronte e guardò Holmes. Il quale Holmes sbadigliò, gettando nel fuoco il mozzicone della sigaretta.

«Ebbene?», chiese poi.

«Non lo trova interessante?»

«Forse per un collezionista di favole.»

Il dottor Mortimer tirò fuori di tasca un giornale piegato.

«Allora, signor Holmes, le daremo qualcosa di un po' più recente. Questo è il *Devon County Chronicle* del 14 maggio di quest'anno. È un breve riassunto di quanto emerso in occasione della morte di Sir Charles Baskerville, avvenuta pochi giorni prima di quella data.»

Il mio amico si sporse un po' in avanti facendosi attento. Il nostro visitatore si rimise gli occhiali e lesse:

La recente, improvvisa scomparsa di Sir Charles Baskerville, di cui si è fatto il nome come probabile candidato liberale per il Mid-Devon alle prossime elezioni, ha gettato un'ombra di sconforto su tutta la contea. Anche se Sir Charles risiedeva a Baskerville Hall da un tempo relativamente breve, la sua amabilità e la sua estrema generosità gli avevano conquistato l'affetto e il rispetto di tutti coloro che avevano avuto occasione di incontrarlo. In quest'epoca di *nouveaux riches,* era consolante vedere come il rampollo di una nobile famiglia della contea, decaduta a seguito di giorni oscuri, fosse stato capace di farsi da solo una fortuna e di essere tornato per riportare il casato al suo antico splendore. Come tutti sanno, Sir Charles realizzò ingenti somme con le sue speculazioni in Sud Africa. Più saggio di coloro che continuano a tentar la fortuna fino a quando essa volta loro le spalle, egli convertì i suoi guadagni in denaro liquido che riportò con sé in Inghilterra. Solo da due anni si era insediato a Baskerville Hall e tutti conoscono i suoi progetti di ricostruzione e migliorie che la morte ha bruscamente interrotto. Non avendo figli, era sua dichiarata intenzione che, finché era vivo, l'intera contea beneficiasse della sua fortuna e sono molti quelli che avranno motivi personali per piangere la sua prematura scomparsa. In queste stesse pagine, abbiamo sovente dato notizia delle sue generose donazioni a opere di carità locali e di contea.

Non si può affermare che le circostanze relative alla morte di Sir Charles siano state interamente chiarite all'inchiesta; ma, quanto meno, si è fatto il possibile per dissipare e mettere a tacere le voci messe in giro dalla superstizione locale. Non c'è alcun motivo per sospettare l'intervento di agenti esterni o per immaginare che la sua morte sia stata dovuta ad altre cause che non quelle naturali. Sir Charles era vedovo e, a quanto si diceva, una persona piuttosto eccentrica. Malgrado la sua considerevole ricchezza, era un uomo di gusti semplici e maledì servitù di Baskerville Hall si componeva unicamente di una coppia di coniugi, certi Barrymore; il marito fungeva da maggiordomo e la moglie da governante. La loro testimonianza, corroborata da quella di numerosi amici, sta ad indicare che, da un po' di tempo, Sir Charles non godeva di buona salute e soffriva specialmente di qualche affezione cardiaca che si manifestava con pallori improvvisi, affanno, e acute crisi di depressione nervosa. In tal senso ha anche testimoniato il dottor James Mortimer, amico e medico curante del defunto.

Le circostanze della morte sono semplici. Sir Charles Baskerville aveva l'abitudine ogni sera, prima di coricarsi, di fare una passeggiata lungo il famoso viale dei cipressi di Baskerville Hall. Questa sua abitudine è emersa dalla testimonianza dei Barrymore. Il quattro maggio Sir Charles aveva manifestato la sua intenzione di recarsi a Londra il giorno seguente e aveva ordinato a Barrymore di preparargli la valigia. Quella sera uscì come al solito per la sua passeggiata, durante la quale fumava sempre un sigaro. Non fece mai ritorno.

A mezzanotte Barrymore, trovando la porta ancora aperta, si allarmò e, accendendo una lanterna, andò in cerca del padrone. Era stata una giornata umida e non fu difficile seguire le impronte di Sir Charles lungo il viale. A metà circa di questo viale c'è un cancello attraverso cui si raggiunge la brughiera. Si vedeva che Sir Charles aveva sostato per un po' in quel punto. Poi aveva continuato a camminare lungo il viale e fu alla fine di esso che il corpo venne trovato. Un fatto inspiegabile è quello indicato da Barrymore nella sua testimonianza, e cioè che, a partire dal cancello della brughiera, le impronte di Sir Charles apparivano diverse e sembrava che, da quel punto in poi, avesse camminato in punta di piedi. Uno zingaro mercante di cavalli, un certo Murphy, si trovava in quel momento poco distante nella brughiera, ma a quanto pare la sua confessione è poco attendibile in quanto l'uomo era ubriaco. Dichiara di aver sentito delle grida, ma non sa indicare da che parte provenissero. Il corpo di Sir Charles non presentava segni di violenza e, anche se il dottor Mortimer parlò di lineamenti distorti in maniera quasi incredibile — tanto che, in un primo tempo, rifiutò di credere che quello che giaceva a terra fosse proprio il suo amico e paziente — venne successivamente spiegato che tale distorsione è un sintomo non insolito in casi di dispnea e di decesso per arresto cardiaco. Questa spiegazione fu avallata dall'autopsia che rivelò una malattia organica di lunga data; pertanto la giuria emise un verdetto che collimava con i referti medici. E meglio così perché, ovviamente, è molto importante che l'erede di Sir Charles si insedi alla Hall per continuare il buon lavoro così tristemente interrotto. Se il prosaico referto del coroner non avesse messo fine alle voci fantasiose sparse dalla gente in merito alla morte di Sir Charles, sarebbe stato difficile trovare un inquilino per Baskerville Hall. Sembra che il parente più prossimo sia il signor Henry Baskerville, se è ancora vivo, figlio del fratello minore di Sir Charles. Le ultime notizie lo davano in America e in questo momento lo stanno cercando per comunicargli la sua fortuna.

Il dottor Mortimer piegò di nuovo il giornale, rimettendoselo in tasca.

«Questi, signor Holmes, sono i fatti che si conoscono circa la morte di Sir Charles Baskerville.»

«La ringrazio», rispose Holmes, «per aver richiamato la mia attenzione su un caso che senza dubbio presenta aspetti interessanti. All'epoca, avevo visto qualcosa sui giornali ma ero troppo preoccupato per quel piccolo problema dei cammei vaticani e, nella mia ansia di far cosa gradita al Santo Padre, ho trascurato parecchi casi interessanti qui in Inghilterra. Lei dice che questo articolo presenta tutti i fatti conosciuti?»

«Sì, è così.»

«Allora, mi racconti i fatti che il pubblico non conosce.» Si appoggiò allo schienale congiungendo le punte delle dita, con la sua espressione più impassibile e distaccata.

«Così facendo», disse il dottor Mortimer che stava cominciando a dare segni di grande agitazione, «le confiderò quello che non ho confidato a nessuno. Il motivo per cui non ne ho parlato all'inchiesta è che uno scienziato rifugge sempre dal mettersi pubblicamente in una posizione tale che potrebbe avallare la superstizione popolare. Inoltre, come giustamente fa notare il giornale, nessuno sarebbe andato ad abitare a Baskerville Hall se qualcosa ne avesse peggiorato la già macabra reputazione. Per questi due motivi, mi sono sentito giustificato nel dire meno di quanto sapessi, dato che una mia relazione completa non avrebbe portato a niente di buono; ma non c'è motivo perché io non debba essere perfettamente franco con lei.

La brughiera è molto scarsamente popolata e i pochi abitanti che vivono in case limitrofe sono molto legati fra loro. Per questo motivo vedevo tanto spesso Sir Charles Baskerville. Ad eccezione del signor Frankland, di Lafter Hall, e del signor Stapleton, il naturalista, non ci sono persone di cultura nel raggio di molte miglia. Sir Charles era un uomo piuttosto solitario ma la sua malattia creò fra noi una consuetudine, rafforzata da un comune interesse per la scienza. Dal Sud Africa aveva riportato numerose informazioni scientifiche e abbiamo passato insieme molte piacevoli serate discutendo dell'anatomia comparata fra i Boscimani e gli Ottentotti.

Negli ultimi mesi, mi apparve sempre più evidente che il sistema nervoso di Sir Charles era arrivato a un punto di rottura. Si era praticamente convinto della veridicità della leggenda che le ho appena raccontato — al punto che, pur andando a passeggiare sulle sue terre, non sarebbe mai andato sulla brughiera di notte. Per incredibile che possa sembrarle, signor Holmes, era sinceramente convinto che un destino terribile incombeva sulla sua famiglia, e certo le notizie che era in grado di dare sui suoi antenati non erano incoraggianti. Era costantemente perseguitato dall'idea di una qualche presenza spettrale e più di una volta mi chiese se, durante le mie visite notturne ai pazienti, avessi visto qualche strana creatura o avessi sentito l'ululato di un mastino. Mi rivolgeva molto spesso quest'ultima domanda, con voce tremante di ansietà.

Ricordo benissimo di essermi recato una sera a casa sua, circa tre settimane prima dell'evento fatale. Per caso lo trovai sulla porta. Ero sceso dal calessino e gli stavo di fronte quando vidi i suoi occhi guardare fissamente oltre le mie spalle con un'espressione di indicibile orrore. Mi girai di scatto e feci appena in tempo a scorgere qualcosa che mi parve un grosso vitello nero che attraversava l'estremità del viale. Sir Charles era così agitato e spaventato che dovetti andare nel punto in cui era passato l'animale, e cercarlo. Ma dell'animale non c'era traccia e l'incidente sembrò lasciarlo profondamente scosso. Rimasi con lui tutta la sera e fu in quella occasione che, per giustificare il suo turbamento, mi affidò quel racconto che le ho letto quando sono venuto da lei. Le riferisco questo piccolo episodio perché assume una certa importanza vista la tragedia che seguì ma, allora, ero convinto che fosse assolutamente banale e che la sua angoscia era ingiustificata.

Fu dietro mio consiglio che Sir Charles decise di recarsi a Londra. Sapevo che soffriva di cuore e la continua ansia nella quale viveva, per chimerica che ne fosse la causa, stava evidentemente rovinandogli la salute. Pensai che qualche mese di distrazione in città lo avrebbe rimesso a nuovo. Del mio parere fu anche il signor Stapleton, un amico comune, preoccupato come me per le sue condizioni di salute. Ma all'ultimo momento sopraggiunse questa terribile catastrofe.

La notte in cui Sir Charles morì, Barrymore, il maggiordomo, che scoprì il corpo, mi spedì lo stalliere Perkins a cavallo e, dal momento che ero ancora alzato, arrivai a Baskerville Hall entro un'ora dalla disgrazia. Controllai personalmente tutti i fatti emersi all'inchiesta. Seguii le impronte lungo il viale dei cipressi, vidi il punto dove sembrava si fosse fermato, accanto al cancello della brughiera, notai il successivo cambiamento delle impronte, vidi che, sulla ghiaia bagnata, non c'erano altre orme tranne quelle di Barrymore e, infine, esaminai attentamente il corpo che non era stato toccato in attesa del mio arrivo. Sir Charles giaceva bocconi, con le braccia tese in fuori, le dita artigliate al terreno e i lineamenti distorti da una qualche terribile emozione, a un punto tale che stentai a riconoscerlo. Non si vedevano lesioni di alcun genere. Ma all'inchiesta Barrymore ha dichiarato una cosa non vera. Ha detto che non c'erano tracce sul terreno intorno al corpo. Non ne aveva viste. Ma io sì — un po' distanti, ma fresche e nitide.»

«Impronte?»

«Impronte.»

«Uomo o donna?»

Il dottor Mortimer ci guardò per un momento con una strana espressione e la sua voce si abbassò fino a divenire quasi un sussurro quando rispose:

«Signor Holmes, erano le impronte di un mastino gigantesco!».

CAPITOLO TERZO
# L'enigma

Confesso che a quelle parole mi sentii rabbrividire. C'era un fremito nella voce del dottore che dimostrava come egli stesso fosse profondamente turbato da quanto ci aveva detto. Nella sua eccitazione, Holmes si era chinato in avanti e i suoi occhi avevano quel bagliore duro e implacabile di quando il suo interesse era risvegliato.

«Le ha viste personalmente?»

«Chiare come vedo lei.»

«E non ne ha parlato?»

«A che scopo?»

«Come mai nessun altro le ha viste?»

«Le impronte erano a una ventina di metri dal corpo e nessuno ci ha badato. Forse non ci avrei badato nemmeno io, se non fosse stato per la leggenda.»

«Ci sono molti cani da pastore sulla brughiera?»

«Certo, ma non si trattava di un cane da pastore.»

«Dice che era molto grosso?»

«Enorme.»

«Ma non si era accostato al corpo?»

«No.»

«Che tempo faceva?»

«Umido e freddo.»

«Ma non pioveva?»

«No.»

«Mi descriva il viale.»

«È fiancheggiato da due siepi di vecchi cipressi, alte dodici piedi e impenetrabili. Al centro, il passaggio è largo circa otto piedi.»

«C'è qualcosa fra le siepi e il passaggio?»

«Sì, una striscia d'erba larga circa sei piedi, da entrambi i lati.»

«Se ho ben capito, a un certo punto la siepe di cipressi è interrotta da un cancello?»

«Esatto. Il cancello di vimini che dà sulla brughiera.»

«Altre aperture?»

«Nessuna.»

«Quindi, per raggiungere il viale dei cipressi, bisogna provenire dalla casa o altrimenti entrare attraverso quel cancello?»

«C'è un'uscita in fondo, attraverso un chiosco del giardino.»

«Sir Charles era arrivato a quel punto?»

«No; giaceva a circa cinquanta metri di distanza.»

«Adesso mi dica, dottor Mortimer — e questo è importante — le impronte che lei ha visto erano sul sentiero e non sull'erba?»

«Sull'erba non si sarebbero viste.»

«Ma erano dallo stesso lato del cancello?»

«Sì; sul bordo del sentiero, dalla stessa parte del cancello sulla brughiera.»

«Questo è davvero molto interessante. Un'altra cosa. Il cancello era chiuso?»

«Chiuso con un lucchetto.»

«Quanto è alto?»

«Circa quattro piedi.»

«Allora qualcuno avrebbe potuto scavalcarlo?»

«Sì.»

«E quali impronte ha trovato vicino al cancello?»

«Nessuna in particolare.»

«Santo cielo! Ma non sono state esaminate?»

«Certo, le ho esaminate io stesso.»

«E non ha trovato nulla?»

«Era tutto molto confuso. Evidentemente Sir Charles era rimasto lì in piedi per cinque o dieci minuti.»

«Come lo sa?»

«Perché per due volte era caduta la cenere dal sigaro.»

«Eccellente! Il dottore è proprio un collega in gamba, Watson. Ma le impronte?»

«C'erano le sue impronte in quel punto, su tutto il ghiaietto. Non ne ho viste altre.»

Sherlock Holmes si batté il pugno sul ginocchio con gesto impaziente.

«Se solo ci fossi stato anch'io!», esclamò. «È un caso interessantissimo, che offre possibilità infinite a un esperto. Quella piccola superficie di ghiaia su cui avrei potuto leggere tante cose oramai è stata da un pezzo lavata dalla pioggia e calpestata dagli zoccoli di contadini curiosi. Oh dottor Mortimer, dottor Mortimer, e pensare che lei non mi ha chiamato subito! È stato davvero imperdonabile!»

«Non potevo chiamarla, signor Holmes, senza che tutti venissero a conoscenza di questi fatti e le ho già spiegato per quale motivo volevo evitarlo. Inoltre, inoltre...»

«Vada avanti!»

«Esiste un campo in cui anche il più acuto e il più esperto degli investigatori è impotente.»

«Intende dire che si è trattato di un evento soprannaturale?»

«Non l'ho affermato con certezza.»

«No, ma evidentemente lo pensa.»

«Dal giorno della tragedia, signor Holmes, mi sono giunti all'orecchio vari incidenti difficilmente attribuibili all'ordine predestinato della Natura.»

«Per esempio?»

«Ho saputo che, prima di quel terribile evento, molte persone avevano visto sulla brughiera una creatura che corrisponde a questo demonio di Baskerville e che non poteva essere un animale conosciuto dalla scienza. Tutti concordemente hanno affermato che si trattava di una creatura enorme, luminescente, allucinante e spettrale. Ho interrogato queste persone — uno è un ottuso contadino, uno un maniscalco, e un altro un agricoltore della brughiera — e tutti raccontano la stessa storia di questa orrenda apparizione, che corrisponde punto per punto al demoniaco segugio della leggenda. Le assicuro che nel distretto regna il terrore, e chi si azzardasse ad attraversare di notte la brughiera dovrebbe veramente avere un bel coraggio.»

«E lei, uno scienziato, crede al soprannaturale?»

«Non so cosa credere.»

Holmes alzò le spalle.

«Fino ad oggi ho limitato le mie indagini a questo mondo», disse. «Nel mio piccolo, ho combattuto il male, ma affrontare addirittura il Signore del Male in persona sarebbe forse un compito troppo ambizioso. Ma ammetterà che l'impronta non ha niente di soprannaturale.»

«Anche il cane originale era abbastanza materiale da sbranare la gola di un uomo, eppure era contemporaneamente un animale diabolico.»

«Vedo che lei oramai è un fautore del soprannaturale. Ma adesso, dottor Mortimer, mi dica una cosa. Se la pensa così, per quale motivo è venuto a consultarmi? Mi dice che è inutile investigare nella morte di Sir Charles e, al tempo stesso, mi chiede di farlo.»

«Non le ho chiesto questo.»

«Allora, in che modo posso aiutarla?»

«Consigliandomi sul come contenermi con Sir Henry Baskerville, che arriva alla stazione di Waterloo», il dottor Mortimer guardò l'orologio, «esattamente fra un'ora e un quarto.»

«È lui l'erede?»

«Sì. Alla morte di Sir Charles abbiamo chiesto notizie su questo giovane signore e abbiamo scoperto che aveva una fattoria in Canada. Da quanto mi hanno detto, è un bravissimo ragazzo. Ora sto parlando non come medico ma come fiduciario ed esecutore testamentario di Sir Charles.»

«Non ci sono altri aspiranti al titolo, immagino?»

«Nessuno. L'unico altro parente che siamo riusciti a rintracciare è stato Rodger Baskerville, il più giovane dei tre fratelli, di cui Sir Charles era il più anziano. Il secondo fratello, morto in giovane età, è il padre di questo Henry. Il terzo, Rodger, era la pecora nera della famiglia. Aveva ereditato tutta l'arroganza dei Baskerville e pare che somigliasse come una goccia d'acqua al vecchio Hugo. L'Inghilterra gli scottava sotto i piedi, si rifugiò in Centro America, e lì morì nel 1876 di febbre gialla. Henry è l'ultimo dei Baskerville. Fra un'ora e cinque minuti gli andrò incontro alla stazione di Waterloo. Mi ha telegrafato che era sbarcato a Southampton questa mattina. Ora, signor Holmes, come mi consiglia di comportarmi con lui?»

«Perché vuole tornare nella dimora ancestrale?»

«Mi sembra naturale, no? Eppure, considerando che ogni Baskerville che vi ha messo piede ha fatto una brutta fine, sicuramente Sir Charles, se avesse potuto parlare con me prima di morire, mi avrebbe consigliato di non condurre proprio l'ultimo rampollo di un'antica stirpe, l'erede di un grosso patrimonio, in quel posto letale. D'altro canto, non si può negare che la prosperità di quelle terre povere e desolate dipende dalla sua presenza. Tutto il buon lavoro fatto da Sir Charles sarebbe vanificato se non ci fosse un Baskerville alla Hall. Temo anche di farmi influenzare troppo dal mio interesse personale nella faccenda, ed è per questo che sono venuto a esporle il caso e a chiedere il suo aiuto.»

Holmes ci pensò sopra per un po'.

«In parole povere si tratta di questo», disse. «Secondo lei c'è qualcosa di diabolico che rende Dartmoor una residenza pericolosa per un Baskerville — è così?»

«Quanto meno, posso spingermi fino a dire che alcuni fatti dimostrano che potrebbe essere così.»

«Esattamente. Ma, se la sua teoria del soprannaturale è corretta, una disgrazia potrebbe cogliere il giovane a Londra come nel Devonshire. Un diavolo con poteri puramente locali, come un parroco di campagna, sarebbe troppo inconcepibile.»

«Lei scherza su questa faccenda, signor Holmes, più di quanto farebbe se venisse in contatto diretto con certe cose. Mi sembra dunque di capire che il suo consiglio è che il giovane sarà al sicuro nel Devonshire quanto lo sarebbe a Londra. Arriva fra cinquanta minuti. Cosa devo fare, dunque?»

«Deve prendere una carrozza, richiamare il suo cane che sta grattando alla porta, e andare a Waterloo a ricevere Sir Henry Baskerville.»

«E poi?»

«E poi non gli dirà niente fino a quando io non avrò preso una decisione in merito a questa storia.»

«Quanto tempo le ci vorrà per decidere?»

«Ventiquattr'ore. Alle dieci di domani mattina, dottor Mortimer, le sarò molto grato se vorrà venire qui da me; e i miei piani per il futuro sarebbero facilitati se lei portasse con sé Sir Henry.»

«D'accordo, signor Holmes.» Si scrisse l'appuntamento sul polsino e si affrettò ad andarsene in quel suo strano modo scrutatore e distratto. Holmes lo fermò in cima alle scale.

«Solo un'altra domanda, dottor Mortimer. Lei ha detto che, prima della morte di Sir Charles Baskerville, molti hanno visto quell'apparizione sulla brughiera?»

«L'hanno vista in tre.»

«E in seguito l'ha vista qualcun altro?»

«Non mi risulta.»

«Grazie. Arrivederci.»

Holmes tornò a sedersi con quello sguardo di soddisfazione interiore che denotava come lo aspettasse un compito di suo gradimento.

«Esce, Watson?»

«A meno che non possa esserle utile.»

«No, amico mio, è nell'ora dell'azione che chiedo il suo aiuto. Ma questo caso è splendido, sotto certi aspetti perfino unico. Quando passa da Bradley potrebbe dirgli di mandarmi un'oncia del trinciato più forte? Grazie. Sarebbe bene se potesse sistemare le cose in modo da non rientrare prima di sera. A quell'ora, sarei felice di confrontare le mie impressioni con le sue circa l'interessantissimo problema che ci è stato sottoposto stamattina.»

Sapevo che il mio amico aveva bisogno di solitudine e isolamento in quelle ore di intensa concentrazione mentale durante le quali soppesava ogni minimo indizio, formulava teorie alternative, le confrontava e decideva quali fossero i punti essenziali e quali quelli trascurabili. Perciò trascorsi l'intera giornata al mio club e non rientrai a Baker Street fino a sera. Erano quasi le nove quando mi trovai di nuovo nel soggiorno.

Quando aprii la porta, la mia prima impressione fu che fosse scoppiato un incendio; la stanza era talmente invasa dal fumo che la lampada sul tavolo ne era appannata. Entrando, però, i miei timori si dileguarono, perché l'acre odore del trinciato forte mi prese alla gola facendomi tossire. Attraverso quella cortina intravidi vagamente Holmes, in vestaglia, acciambellato in poltrona, con la sua pipa di creta nera, circondato da vari rotoli di carte.

«Si è preso un raffreddore, Watson?»

«No, è quest'aria mefitica.»

«Già, ora che me lo fa notare, effettivamente *c'è* un po' di fumo.»

«Un po'? Non si respira.»

«E allora, apra la finestra! Vedo che ha passato tutta la giornata al club.»

«Mio caro Holmes!»

«Ho ragione?»

«Certo, ma come...?»

Rise alla mia aria sbalordita.

«C'è in lei una tale deliziosa ingenuità, Watson, che è per me veramente un piacere esercitare le mie modeste facoltà a sue spese. Un signore esce in una giornata piovosa e fangosa. Ritorna la sera con aspetto immacolato, ancora con cappello e scarpe lucide. Quindi, ha messo per tutto il giorno radici in qualche posto. Non ha amici intimi. Dove può essere stato, allora? Non le sembra ovvio?»

«Be', sì, è abbastanza ovvio.»

«Il mondo è pieno di cose ovvie di cui nessuno si accorge mai. Dove pensa che sia stato io?»

«A mettere anche lei radici da qualche parte, immagino.»

«Al contrario, sono stato nel Devonshire.»

«In spirito?»

«Esattamente. Il mio corpo è rimasto in questa poltrona e noto con rammarico che, in assenza del mio spirito, ha bevuto due grossi bricchi di caffè e ha consumato una quantità incredibile di tabacco. Dopo che lei è uscito, ho mandato a prendere a Stamford una mappa militare di questa parte della brughiera e il mio spirito vi ha aleggiato sopra per tutto il giorno. Oserei dire che ero sicuro di potermi orizzontare.»

«Una mappa su grande scala, suppongo?»

«Molto grande.» Ne srotolò una parte, tenendola sulle ginocchia. «Qui abbiamo l'area che ci interessa. Quella al centro è Baskerville Hall.»

«Circondata da un bosco?»

«Appunto. Immagino che il viale dei cipressi, anche se non è indicato con questo nome, si stenda lungo questa linea, con la brughiera sulla destra, come può vedere. Questo gruppetto di case è il villaggio di Grimpen, dove il nostro amico Mortimer ha il suo quartier generale. Noterà che, entro un raggio di cinque miglia, gli edifici sono pochi e sparpagliati. Questa è Lafter Hall, di cui si parla nel racconto. E qui è indicata una casa che potrebbe essere quella del naturalista — Stapleton, se ben ricordo. Ecco due fattorie sulla brughiera, High Tor e Foulmire. Poi, a quattordici miglia di distanza, il massiccio penitenziario di Princetown. Fra e intorno a questi punti di riferimento si stende la brughiera, desolata e sterile. Ecco quindi la scena su cui si è svolta la tragedia, e su cui potremo contribuire a farla svolgere di nuovo.»

«Dev'essere una zona selvaggia.»

«Sì, lo scenario calza a pennello. Se Belzebù desiderava mettere lo zampino nelle faccende umane...»

«Allora, pensa anche lei a una spiegazione soprannaturale.»

«Gli agenti del diavolo possono essere di carne e ossa, non crede? Tanto per cominciare, dobbiamo rispondere a due interrogativi. Primo, se veramente è stato commesso un crimine; secondo, di che crimine si tratta e in che modo è stato perpetrato. Certo, potrebbe essere corretta la supposizione del dottor Mortimer, e abbiamo a che fare con forze che esulano dalle comuni leggi di natura, e in questo caso le nostre indagini sono già finite. Ma dobbiamo poter scartare ogni altra ipotesi, prima di ripiegare su questa. Penso che sarebbe bene richiudere la finestra, se non le spiace. È strano, ma trovo che un'atmosfera concentrata favorisce a sua volta la concentrazione del pensiero. Non sono arrivato al punto di chiudermi all'interno di una scatola per pensare, ma sarebbe il risultato logico delle mie convinzioni. Lei ha riflettuto su questo caso?»

«Sì, ci ho pensato molto durante la giornata.»

«Che ne pensa?

«È sconcertante.»

«Senza dubbio, è un caso a sé. Presenta aspetti davvero insoliti. Per esempio, il cambiamento delle impronte. Di quello cosa ne pensa?»

«Stando a quanto dice Mortimer, l'uomo ha camminato in punta di piedi lungo quel tratto del viale.»

«Stava solo ripetendo quello che qualche sciocco ha affermato all'inchiesta. Perché mai una persona dovrebbe camminare in punta di piedi lungo un viale?»

«E allora?»

«Stava correndo, Watson — correndo disperatamente, correndo per mettersi in salvo, correndo fino a quando gli è scoppiato il cuore ed è caduto stecchito.»

«Correndo da che cosa?»

«Questo è il problema. Da alcuni indizi si direbbe che l'uomo fosse pazzo di terrore ancora prima di mettersi a correre.»

«Come può dirlo.»

«Immagino che la causa dei suoi terrori sia giunta fino a lui attraverso la brughiera. Se è così, e sembra probabile, solo un uomo in preda al panico correrebbe *lontano* dalla casa anziché verso di essa. Se possiamo fare affidamento sulla testimonianza dello zingaro, corse invocando aiuto nella direzione dove aveva meno probabilità di riceverne. E, ancora, chi stava aspettando quella sera, e perché stava aspettando nel viale anziché dentro casa?»

«Lei crede che aspettasse qualcuno?»

«Era un uomo anziano e malato. Passi per la passeggiata serale, ma il terreno era umido e il tempo inclemente. Le sembra naturale che sia rimasto fermo lì per cinque o dieci minuti come il dottor Mortimer, con più senso pratico di quanto gli avrei fatto credito, ha dedotto dalla cenere del sigaro?»

«Ma usciva tutte le sere.»

«Ritengo molto improbabile che tutte le sere si fermasse ad aspettare al cancello della brughiera. Anzi, le testimonianze indicano che evitava la brughiera. Quella notte invece si è fermato ad aspettare. La notte prima della sua partenza per Londra. Le cose cominciano a prendere forma, Watson. Si comincia a vedere una certa coerenza. Sia gentile, mi passi il violino; accantoneremo questa faccenda fino a domattina, quando avremo il piacere di incontrarci con il dottor Mortimer e con Sir Henry Baskerville.»

# CAPITOLO QUARTO

# Sir Henry Baskerville

Il tavolo della colazione fu sparecchiato più presto del solito e Holmes, paludato nella sua consueta vestaglia, attendeva la visita promessa. I nostri clienti furono puntuali; la pendola aveva infatti appena battuto le dieci quando fu fatto entrare il dottor Mortimer, seguito dal giovane baronetto; un giovane non molto alto, sveglio, dagli occhi scuri, sulla trentina, molto massiccio, con folte sopracciglia nere e un viso forte e battagliero. Indossava un vestito di tweed color ruggine e aveva l'aria abbronzata di chi ha passato quasi tutto il tempo all'aria aperta. Eppure, nello sguardo fermo e nella pacatezza del suo comportamento c'era qualcosa che denotava il gentiluomo.

«Questo è Sir Henry Baskerville», disse il dottor Mortimer.

«Già, proprio io», disse l'interessato, «e la cosa strana è, signor Holmes, che se il mio amico non mi avesse proposto di venire qui da lei stamattina, ci sarei venuto per conto mio. Mi risulta che lei ama risolvere i piccoli rompicapi e proprio stamattina me ne è capitato uno la cui soluzione richiede ben altro cervello che il mio.»

«Prego, si accomodi, Sir Henry. Vuole dirmi che lei ha avuto una qualche strana esperienza dal momento in cui è arrivato a Londra?»

«Niente di molto importante, signor Holmes. Probabilmente si tratta solo di uno scherzo. È questa lettera, se lettera può chiamarsi, che mi è arrivata stamattina.»

Posò sul tavolo una busta e tutti ci chinammo ad osservarla. Una busta comune, di color grigiastro. L'indirizzo, «Sir Henry Baskerville, Northumberland Hotel», era scritto in rozzi caratteri a stampatello; il timbro postale era quello di «Charing Cross» e la data di spedizione era quella della sera prima.

«Chi sapeva che lei sarebbe sceso al Northumberland Hotel?», chiese Holmes scrutando attentamente il nostro visitatore.

«Non poteva saperlo nessuno. L'abbiamo deciso solo dopo che mi sono incontrato col dottor Mortimer.»

«Ma senza dubbio il dottor Mortimer alloggiava già in quell'albergo?»

«No, ero ospite di un amico», disse il dottore. «Non c'era il minimo indizio che intendessimo recarci a quell'albergo.»

«Hum! Sembra che qualcuno si interessi molto ai suoi spostamenti.» Dalla busta trasse un mezzo foglio protocollo piegato in quattro. Lo aprì, stendendolo sul tavolo. Nel mezzo c'era una sola frase, ottenuta incollando parole stampate. Diceva.

*As you value your life or your reason keep away from the* MOOR.
[Se ti preme la vita o la ragione sta lontano dalla BRUGHIERA.]

La parola «brughiera» era scritta a stampatello con l'inchiostro.

«E ora, signor Holmes», disse Sir Henry Baskerville, «mi saprà dire che diavolo significa e chi è che si interessa tanto agli affari miei?»

«Lei che ne pensa, dottor Mortimer? Deve ammettere che, almeno in questo, non c'è niente di soprannaturale.»

«È vero, ma potrebbe averla mandata qualcuno convinto che tutta la faccenda sia soprannaturale.»

«Quale faccenda?», chiese bruscamente Sir Henry. «Mi sembra che lorsignori siano molto più informati di me degli affari miei.»

«Prima che lei lasci questa stanza, Sir Henry, la metteremo a parte di quanto sappiamo. Glielo prometto», disse Holmes. «Per il momento, col suo permesso, ci limiteremo a questo interessante documento che dev'essere stato compilato e spedito ieri sera. Ha il *Times* di ieri Watson?»

«È qui nell'angolo.»

«Avrebbe la cortesia di darmelo — la pagina interna, per favore, con gli articoli di fondo?» Diede una rapida occhiata al giornale, scorrendo velocemente le colonne. «Ottimo articolo questo sulla liberalizzazione del commercio. Mi consenta di leggergliene un paragrafo.

Ci sarà chi tenterà di convincervi che la vostra attività commerciale o la vostra industria trarrebbero vantaggio da un protezionismo tariffario; ma è logico ritenere che una normativa del genere, a lungo andare sottrarrebbe ricchezza al paese, diminuirebbe il valore delle nostre importazioni e abbasserebbe il livello generale di vita in questa nostra isola.

Che gliene pare, Watson?», esclamò Holmes allegrissimo, fregandosi le mani soddisfatto. «Non ritiene che sia un sentimento ammirabile?»

Il dottor Mortimer lo guardò con espressione di interesse professionale, e Sir Henry Baskerville mi rivolse uno sguardo perplesso.

«Non ne so molto di tariffe e cose del genere», disse, «ma ho l'impressione che stiamo un po' uscendo dai binari per quanto riguarda quel biglietto.»

«Al contrario, credo invece che siamo proprio sulla pista giusta, Sir Henry. Il mio amico Watson conosce meglio di lei i miei metodi, ma temo che neanche lui abbia afferrato il senso di questa frase.»

«No, confesso di non vedere il nesso.»

«Eppure, mio caro Watson, il nesso è così stretto che uno è estratto dall'altro. *"You"*, *"your"*, *"your"*, *"life"*, *"reason"*, *"value"*, *"keep away"*, *"from the"*. Non capite adesso da dove sono state prese queste parole?»

«Perbacco! Ha ragione! Be', ditemi se non è astuzia questa!», esclamò Sir Henry.

«Se ci fosse ancora ombra di dubbio, basti vedere che *"keep away"* e *"from the"*, sono state tagliate senza staccarle.»

«È vero — è proprio così!»

«Le assicuro, signor Holmes, che questo supera ogni mia immaginazione,» disse il dottor Mortimer guardando sbalordito il mio amico. «Potevo capire se mi avessero detto che le parole erano prese da un giornale, ma che lei indicasse quale giornale, e aggiungesse che si trattava dell'articolo di fondo, è davvero una delle cose più straordinarie che io abbia mai visto. Come ha fatto?»

«Dottore, presumo che lei sappia distinguere il cranio di un negro da quello di un esquimese?»

«Certamente.»

«E come fa?»

«È un mio hobby particolare. Le differenze sono ovvie. La cresta supraorbitale, l'angolo facciale, la curva mascellare, la...»

«E dal momento che questo è il mio hobby particolare, anche per me le differenze sono ugualmente ovvie. Ai miei occhi, fra i caratteri corpo 9 di un articolo del *Times* e la stampa sciatta e tirata via di un qualunque giornaletto della sera da quattro soldi, c'è la stessa differenza che può esserci fra il suo negro e il suo esquimese. L'identificazione dei caratteri tipografici è una delle più elementari branche della conoscenza, per un esperto in criminologia, anche se confesso che una volta, quando ero molto giovane, ho confuso il *Leeds Mercury* col *Western Morning News*. Ma la stampa del *Times* è inconfondibile, e quelle parole non potevano provenire da nessun altro giornale. Visto che il biglietto era stato compilato ieri, era più che probabile che avremmo trovato le parole nella edizione di ieri.»

«D'accordo, fino a questo punto la seguo, signor Holmes», disse Sir Henry, «qualcuno ha ritagliato le parole con le forbici...»

«Forbicine da unghie», lo corresse Holmes. «Vede che si trattava di forbici a lama molto corta, dal momento che ci sono voluti due tagli per le parole *"keep away"*.»

«Giusto. Qualcuno, allora, ha ritagliato il messaggio con un paio di forbicine, le ha appiccicate con la colla...»

«Colla liquida», interruppe di nuovo Holmes.

«Colla liquida, sul foglio. Ma vorrei sapere perché la parola "brughiera" è stata scritta con l'inchiostro.»

«Perché non è riuscito a trovarla stampata. Le altre, erano tutte parole semplici, reperibili in qualsiasi giornale, ma la parola "brughiera" è molto meno comune.»

«Ma certo, questo spiega tutto. Ha letto altro nel messaggio, signor Holmes?»

«Ci sono un paio di indicazioni, ma lo scrivente ha fatto di tutto per cancellare ogni indizio. Come vede, l'indirizzo è a stampatello, in caratteri grossolani. Ma il *Times* è un tipo di giornale che raramente si trova in mano a persone che non siano di buona cultura. Possiamo quindi ritenere che la lettera è stata composta da una persona educata che vuol passare da ignorante, e i suoi sforzi per alterare la propria calligrafia suggeriscono che si tratta di una calligrafia che lei già conosce o che poteva venire a conoscere. Osserverà, anche, che le parole non sono state incollate con cura, seguendo una linea dritta, ma che molte sono spostate più verso l'alto. "Life", per esempio, è completamente fuori posto. Potrebbe essere indice di trascuratezza oppure di agitazione e fretta da parte del mittente. In linea di massima, propendo per questa seconda ipotesi, dal momento che si trattava evidentemente di una faccenda importante ed è poco probabile che chi ha scritto un avviso del genere sarebbe stato trascurato. Se invece aveva fretta, sorge l'interessante domanda del perché aveva fretta dal momento che qualsiasi lettera impostata la notte o fino alle prime ore del mattino, avrebbe raggiunto Sir Henry prima che lasciasse l'albergo. Forse chi l'ha composta temeva di essere interrotto — e da chi?»

«Adesso stiamo entrando nel campo delle ipotesi», disse il dottor Mortimer.

«Dica piuttosto nel campo dove soppesiamo le probabilità e scegliamo la più verosimile. Questo è il modo scientifico di usare l'immaginazione, ma abbiamo sempre una base di partenza materiale. Ora, lei senza dubbio dirà che sto tirando a indovinare, ma sono quasi sicuro che questo indirizzo è stato scritto in un albergo.»

«Come diamine può affermare una cosa del genere?»

«Se esamina attentamente la busta, vedrà che lo scrivente ha avuto qualche difficoltà con la penna e l'inchiostro. La penna si è impuntata due volte in un'unica parola e ha dovuto intingerla nel calamaio tre volte per un indirizzo breve; il che dimostra che il calamaio era quasi vuoto. Ora, una penna o un calamaio privati raramente sono in quello stato, e che lo fossero entrambi è molto raro. Ma lei sa benissimo che, in un albergo, calamaio e penna sono praticamente sempre in cattive condizioni. Sì, mi sentirei di affermare senza esitazione che, se potessimo esaminare il cestino della carta straccia degli alberghi intorno a Charing Cross, fino a trovare i ritagli dell'articolo mutilato del *Times,* potremmo mettere le mani sulla persona che ha inviato questo singolare messaggio. Bene, bene, e questo che è?»

Stava esaminando accuratamente il foglio protocollo su cui erano incollate le parole, tenendolo vicino agli occhi.

«E allora?»

«No, niente», rispose gettandolo sul tavolo. «È un comune foglio, senza nemmeno una filigrana. Credo che da questa insolita missiva abbiamo desunto tutto il possibile; e adesso, Sir Henry, le è accaduto altro di interessante da quando è a Londra?»

«No, signor Holmes. Direi di no.»

«Non ha notato se qualcuno la seguiva o la teneva d'occhio?»

«Mi sembra di trovarmi nel bel mezzo di un romanzetto da quattro soldi», disse il nostro visitatore. «Perché diavolo qualcuno dovrebbe seguirmi, o tenermi d'occhio?»

«Ci stiamo arrivando. Non ha altro da riferirci prima che ci addentriamo in questa faccenda?»

«Dipende da quello che lei ritiene valga la pena di riferire.»

«Mi riferisco a tutto quanto esula dalla normale routine.»

Sir Henry sorrise.

«Non conosco ancora molto bene il sistema di vita in Inghilterra, dato che ho vissuto quasi sempre negli Stati Uniti e in Canada. Ma spero che perdere uno stivale non rientri nella normale routine quotidiana di queste parti.»

«Ha perduto uno dei suoi stivali?»

«Ma signore», esclamò il dottor Mortimer, «è solo finito fuori posto. Lo ritroverà certamente rientrando in albergo. A che scopo annoiare il signor Holmes con sciocchezze del genere?»

«È lui che mi ha chiesto di riferirgli qualsiasi cosa non rientri nella normale routine.»

«Proprio così», disse Holmes, «per banale che appaia l'incidente. Dunque, lei ha perduto uno stivale?»

«Sì, o, comunque, non è al suo posto. Ieri sera li ho messi entrambi fuori della porta e questa mattina ne ho trovato uno solo. L'inserviente incaricato di lucidarli non ha saputo darmi una spiegazione plausibile. Il guaio è che li avevo comperati proprio ieri sera nello Strand e non li ho mai calzati.»

«Se non li ha mai calzati, perché li ha messi fuori dalla porta per farli pulire?»

«Erano di cuoio conciato e non erano mai stati lucidati. Ecco perché.»

«Allora ieri, appena arrivato a Londra, lei è andato subito a comperarsi un paio di stivali?»

«Ho fatto parecchie spese. Mi ha accompagnato il dottor Mortimer. Vede, se qui devo fare la parte dello squire locale devo anche essere vestito adeguatamente e può darsi che laggiù, nell'Ovest, io sia diventato un po' trascurato in fatto di abbigliamento. Fra le altre cose, ho comperato anche questi stivali di cuoio — li ho pagati sei dollari — e me ne rubano uno prima ancora che li abbia messi ai piedi.»

«Sembra un furto stranamente inutile», disse Holmes. «Confesso che sono d'accordo col dottor Mortimer e credo anche io che presto lo stivale mancante verrà ritrovato.»

«E ora signori», disse in tono deciso il baronetto, «mi sembra di aver parlato anche troppo su quel poco che so. È ora che lei mantenga la sua promessa e mi racconti da cima a fondo in che cosa ci siamo imbarcati.»

«Una richiesta molto ragionevole», ammise Holmes. «Dottor Mortimer, credo che la cosa migliore sia che lei racconti la sua storia, come l'ha raccontata a noi.»

Così incoraggiato, il nostro amico scienziato tirò nuovamente fuori di tasca il giornale e riferì l'intera storia come aveva fatto la mattina precedente. Sir Henry Baskerville l'ascoltò con la massima attenzione, e con qualche occasionale espressione di meraviglia.

«Bene, sembra che io sia entrato in possesso di un'eredità che scotta», disse quando il lungo racconto giunse al termine. «Certo, ho sentito parlare del mastino fin da quando ero in fasce. La famiglia adora questa storia, anche se non ho mai pensato prima di prenderla sul serio. Ma in quanto alla morte di mio zio — be', sembra che tutto mi stia bollendo nella testa e ancora non riesco a metterla a fuoco. Ho l'impressione che non abbiate ancora deciso se è il caso di informarne la polizia o la chiesa.»

«Proprio così.»

«E adesso, c'è questa storia della lettera che mi è stata mandata in albergo. Immagino che rientri nel quadro.»

«Sembrerebbe che qualcuno sappia molto più di noi su quanto accade nella brughiera», disse il dottor Mortimer.

«E quel qualcuno», aggiunse Holmes, «pare sia ben disposto verso di lei, dal momento che l'avvisa del pericolo.»

«O forse, per un qualche motivo, cercano di spaventarmi per farmi ripartire.»

«Naturalmente, è possibile anche questo. Le sono molto grato, dottor Mortimer, per avermi sottoposto un problema che presenta varie interessanti alternative. Ma adesso, Sir Henry, il fatto pratico che dobbiamo decidere è se sia consigliabile o meno che lei si rechi a Baskerville Hall.»

«Perché non dovrei?»

«Sembra che ci sia un pericolo.»

«Intende un pericolo da parte di questo spirito maligno di famiglia o da parte di esseri umani?»

«È proprio quello che dobbiamo scoprire.»

«Comunque sia, la mia risposta è una sola. Non esiste diavolo dell'inferno, signor Holmes, né uomo sulla terra che mi impedirà di tornare nella casa della mia famiglia, e questa è la mia ultima risposta.» Parlando, aveva aggrottato le sopracciglia scure e un cupo rossore gli si era diffuso sul volto. Evidentemente, lo spirito indomito dei Baskerville non era estinto nel loro ultimo rappresentante. «Nel frattempo», aggiunse, «non ho avuto modo di riflettere su quanto mi avete raccontato. Un uomo non può comprendere e decidere così, sui due piedi. Vorrei rimanere un'oretta da solo per pensarci sopra. Senta, signor Holmes, adesso sono le undici e mezza e io me ne torno dritto all'albergo. Supponiamo che lei e il suo amico ci raggiungiate per il pranzo, alle due. Per quell'ora sarò in grado di dirle più chiaramente cosa ne penso della faccenda.»

«Per lei va bene, Watson?»

«Benissimo.»

«Allora ci saremo. Le faccio chiamare una carrozza?»

«Preferirei camminare, perché questa storia mi ha un po' turbato.»

«La accompagnerò volentieri in questa passeggiata», disse il suo compagno.

«Allora ci rivediamo alle due. *Au-revoir* e buon giorno!»

Sentimmo i passi scendere le scale e poi il colpo della porta d'ingresso. In un secondo, Holmes si era trasformato da un languido sognatore a un uomo di azione.

«Si metta cappello e stivali, Watson, presto! Non c'è un momento da perdere!» Si precipitò in camera sua per riemergerne pochi secondi dopo, vestito di tutto punto. Scendemmo di corsa le scale e uscimmo in strada. Il dottor Mortimer e Baskerville erano ancora visibili, duecento metri circa avanti a noi, diretti verso Oxford Street.

«Devo rincorrerli e fermarli?»

«Assolutamente no, caro Watson. Sono pienamente soddisfatto della sua compagnia, se lei lo è della mia. I nostri amici sono saggi, perché è certamente una splendida mattina per una passeggiata.»

Affrettò il passo fino a quasi dimezzare la distanza che ci separava. Poi, sempre mantenendoci indietro di un centinaio di metri, li seguimmo per Oxford Street e poi lungo Regent Street. Una volta i nostri due amici si fermarono per guardare una vetrina, e Holmes fece altrettanto. Un attimo dopo lanciò un gridolino di soddisfazione e, seguendo la direzione del suo sguardo, vidi che una carrozza con un uomo all'interno si era fermata dall'altro lato della strada e adesso si stava rimettendo lentamente in cammino.

«Ecco il nostro uomo, Watson! Venga! Se non altro, gli daremo almeno una buona occhiata.»

In quel momento mi resi conto che una cespugliosa barba nera e un paio di occhi penetranti erano rivolti verso di noi dal finestrino laterale della carrozza. In un lampo la botola sul tetto si spalancò, una voce gridò qualcosa al cocchiere, e la carrozza corse a folle velocità lungo Regent Street. Holmes si guardò intorno, cercandone un'altra, ma non se ne vedeva nessuna libera. Si gettò allora all'inseguimento, nella corrente del traffico, ma il vantaggio era troppo e già la carrozza non si vedeva più.

«Accidenti!», esclamò amareggiato Holmes emergendo affannato e pallido di rabbia dalla marea di veicoli. «Ha mai visto una tale sfortuna e una tale incompetenza? Watson, Watson, se lei è una persona onesta dovrà scrivere anche questo, sulla bilancia dei miei insuccessi!»

«Chi era quell'uomo?»

«Non ne ho la minima idea.»

«Una spia.»

«Be', da quanto abbiamo sentito, è evidente che Baskerville è stato tenuto sotto stretta sorveglianza da quando ha messo piede in città. Altrimenti, come avrebbero fatto a sapere così presto che aveva scelto il Northumberland Hotel? Se l'hanno seguito il primo giorno, ho pensato che lo avrebbero seguito anche il secondo. Avrà notato che, mentre il dottor Mortimer leggeva il suo foglio, mi sono accostato due volte alla finestra.»

«Sì, me lo ricordo.»

«Guardavo se ci fosse qualcuno che bighellonava per la strada, ma non ho visto nessuno. Abbiamo a che fare con un individuo terribilmente astuto, Watson. Questa faccenda ha radici molto più profonde, e anche se non ho ancora deciso se chi si tiene in contatto con noi ha intenzioni buone o malvagie, sento però la presenza di un potere e di un piano preciso. Quando i nostri amici sono usciti, li ho seguiti immediatamente sperando di identificare la loro invisibile scorta. Ma è stato così furbo da non fidarsi a seguirli a piedi e si è servito di una carrozza così da poter rimanere indietro, o passargli rapidamente accanto, evitando quindi di farsi notare. Inoltre, il suo sistema aveva anche un altro vantaggio, e cioè che, se anche loro avessero preso una carrozza, non avrebbe avuto difficoltà a seguirli. Ma c'è però un unico svantaggio.»

«Che la sua manovra lo mette praticamente nelle mani del cocchiere.»

«Esatto.»

«Peccato che non abbiamo preso il numero!»

«Caro Watson, per inetto che io sia stato, sicuramente non penserà che ho tralasciato di prendere il numero? È il 2704. Ma per adesso non ci serve a niente.»

«Non vedo cosa avrebbe potuto fare di più.»

«Notando la carrozza, avrei dovuto immediatamente girar sui tacchi e avviarmi nella direzione opposta. Poi, con calma, avrei dovuto prendere una seconda carrozza e avrei dovuto seguire la prima a rispettosa distanza o, meglio ancora, mi sarei dovuto recare al Northumberland Hotel e aspettare lì. Una volta che il nostro sconosciuto avesse seguito Baskerville fino a casa, avremmo avuto l'opportunità di sperimentare su di lui il suo stesso gioco e scoprire dove si sarebbe diretto. Invece, per troppa premura, che il nostro oppositore ha saputo sfruttare con straordinaria rapidità e decisione, ci siamo traditi e abbiamo perso il nostro uomo.»

Così chiacchierando, stavamo percorrendo lentamente Regent Street e il dottor Mortimer, col suo compagno, erano spariti da un pezzo.

«Niente ci impedisce di seguirli», disse Holmes. «Chi li tallonava se n'è andato e non tornerà. Dobbiamo vedere quali altre carte abbiamo in mano, e giocarle con decisione. Potrebbe affermare sotto giuramento di riconoscere la faccia dell'uomo dentro la carrozza?»

«Potrei giurare solo per quanto riguarda la barba.»

«E così io — dal che deduco che, in tutta probabilità, era finta. Un uomo astuto impegnato in un compito così delicato non ha bisogno di una barba, se non per nascondere la faccia. Entriamo qui, Watson!»

Era entrato in una di quelle agenzie locali di recapito e smistamento il cui direttore lo accolse con grande cordialità.

«Bene, Wilson, vedo che lei non ha dimenticato il piccolo problema per il quale fui tanto fortunato da aiutarla?»

«Certamente no, signore. Lei mi ha salvato la reputazione, forse anche la vita.»

«Esagera, amico mio. Mi sembra di ricordare, Wilson, che fra i suoi fattorini c'era un ragazzo, un certo Cartwright, che dimostrò una certa abilità nel corso delle indagini.»

«Sì, signore, è ancora con noi.»

«Potrebbe chiamarlo? — grazie! E le sarei grato se potesse cambiarmi questa banconota da cinque sterline.»

Un ragazzetto di quattordici anni, dall'aria svelta e intelligente, aveva risposto alla chiamata del direttore. E adesso stava guardando con profonda reverenza il famoso detective.

«Mi dia l'Elenco degli Alberghi», disse Holmes. «Grazie! Allora, Cartwright, qui ci sono i nomi di ventitré alberghi, tutti nelle immediate vicinanze di Charing Cross. Li vedi?»

«Sì, signore.»

«Andrai da ciascuno di essi.»

«Sì, signore.»

«Per prima cosa, darai ogni volta uno scellino al portiere. Eccoti ventitré scellini.»

«Bene signore.»

«Poi gli dirai che vuoi vedere la carta straccia di ieri. Dirai che è andato perduto un telegramma importante e che lo stai cercando. Hai capito?»

«Sì, signore.»

«Ma quello che in realtà cercherai è la pagina centrale del *Times* con dei buchi tagliati con le forbici. Ecco una copia del *Times*. La pagina è questa. La riconoscerai facilmente, no?»

«Certo signore.»

«Ogni volta, il portiere all'esterno manderà a chiamare il portiere interno e anche a lui darai uno scellino. Eccotene altri ventitré. Probabilmente venti volte su ventitré ti diranno che la carta straccia del giorno prima è stata bruciata o portata via. Negli altri tre casi, ti mostreranno un mucchio di cartacce fra le quali dovrai cercare questa pagina del *Times*. Le probabilità che tu riesca a trovarla sono pochissime. Eccoti altri dieci scellini per i casi di emergenza. Fammi avere un rapporto a Baker Street prima di sera. E adesso, Watson, non ci resta che scoprire l'identità del vetturino n. 2704; poi ce ne andremo in una delle gallerie d'arte di Bond Street a passare il tempo prima del nostro appuntamento all'albergo.»

# CAPITOLO QUINTO

# Tre fili spezzati

Sherlock Holmes possedeva al massimo grado la facoltà di estraniarsi a comando. Per due ore, sembrò dimenticare completamente la strana faccenda nella quale ci eravamo trovati implicati, interamente assorbito dai dipinti dei maestri del modernismo belga. Non parlò che di arte, della quale s'intendeva pochissimo, da quando lasciammo la galleria fino al momento in cui ci trovammo al Northumberland Hotel.

«Sir Henry Baskerville l'attende di sopra», ci disse l'impiegato. «Mi ha detto di farvi salire appena arrivavate.»

«Ha obiezioni se dò un'occhiata al suo registro?», chiese Holmes.

«Niente affatto.»

Dal registro, risultava che, dopo quello di Baskerville, erano stati aggiunti altri due nomi. Un certo Theophilus Johnson e famiglia, di Newcastle; e una certa signora Oldmore e cameriera, di High Lodge, Alton.

«Deve sicuramente trattarsi dello stesso Johnson che conoscevo una volta», disse Holmes al receptionist. «Non è un avvocato, coi capelli grigi, che cammina zoppicando?»

«No, signore, questo signor Johnson è proprietario di una miniera di carbone, un signore molto attivo, non più anziano di lei.»

«Ma è sicuro della sua professione?»

«Certamente, signore! È nostro cliente da anni e lo conosciamo molto bene.»

«Ah, allora non c'è niente da dire. E la signora Oldmore; è un nome che mi sembra di ricordare. Perdoni la mia curiosità, ma spesso andando a trovare un amico se ne incontra un altro.»

«È un'invalida, signore. Una volta il marito era sindaco di Gloucester. Quando è in città scende sempre da noi.»

«Grazie; temo di non conoscerla. Abbiamo appurato una cosa molto importante con queste domande, Watson», continuò a voce bassa mentre salivamo le scale. «Sappiamo che le persone che s'interessano tanto al nostro amico non sono scese in questo albergo. Il che vuol dire che mentre, come abbiamo visto, sono così ansiose di non perderlo di vista, sono ugualmente ansiose di non farsi vedere da lui. E questa è una cosa molto suggestiva.»

«Cosa le suggerisce?»

«Mi suggerisce — ehi, amico mio, che sta succedendo?»

Arrivati in cima alle scale, ci eravamo scontrati con Sir Henry Baskerville. Paonazzo di collera, teneva in mano un vecchio stivale polveroso. Era talmente furibondo che non riusciva a spiccicare parola e quando alla fine riuscì a parlare lo fece in un dialetto molto più marcatamente occidentale di quanto non gli avessi sentito usare la mattina.

«Pare che in questo albergo mi vogliano far passare da idiota», sbraitò. «Ma se non stanno attenti, si accorgeranno che hanno scelto la persona sbagliata per i loro sporchi trucchetti. Sono il primo ad apprezzare uno scherzo, signor Holmes, ma questa volta hanno oltrepassato i limiti.»

«Sta ancora cercando il suo stivale?»

«Sissignore, e intendo trovarlo.»

«Ma lei ha detto che era uno stivale nuovo, marrone.»

«Appunto. E adesso è diventato un vecchio stivale nero!»

«Cosa! Non vorrà dirmi...?»

«È proprio quello che voglio dirle. Ne avevo solo tre paia — quelli marrone scuro, quelli neri, vecchi, e le scarpe di copale che porto. Ieri notte hanno preso uno di quelli marroni, e oggi hanno sottratto uno di quelli neri. Be', l'ha trovato? Forza, brav'uomo, non stia lì a guardarmi, impalato!»

Un agitatissimo cameriere tedesco era entrato in scena.

«No, signore; ho chiesto in tutto l'albergo, ma nessuno ne sa niente.»

«Bene, o quello stivale salta fuori prima del tramonto o vado dal direttore a dirgli che lascio immediatamente l'albergo.»

«Lo troveremo, signore — le assicuro che se avrà un po' di pazienza lo troveremo.»

«Badi bene che sia così, perché è l'ultimo oggetto che perdo in questo covo di ladri. Bene, bene, signor Holmes, perdoni se la disturbo per una piccolezza del genere.»

«Credo che valga la pena di disturbarsene.»

«Perbacco, mi sembra che lei la prenda molto sul serio.»

«Come lo spiega?»

«Non ci provo nemmeno. Secondo me è la cosa più folle e più bizzarra che mi sia mai capitata.»

«La più bizzarra, forse...», commentò Holmes pensieroso.

«E lei che ne pensa?»

«Confesso che ancora non lo capisco. Questo suo caso è molto complicato, Sir Henry. Abbinato alla morte di suo zio, direi quasi che di tutti i cinquecento casi di importanza capitale che ho affrontato fino ad oggi, nessuno aveva risvolti così misteriosi. Ma abbiamo in mano vari fili e c'è da scommetterci che uno o l'altro di essi ci condurranno alla verità. Può darsi che sprechiamo tempo a seguire quello sbagliato ma, prima o poi, capiteremo su quello giusto.»

Fu un piacevole pranzo durante il quale poco si parlò del motivo che ci aveva fatto riunire. Fu nel salottino privato dove ci recammo in seguito che Holmes chiese a Baskerville quali fossero le sue intenzioni.

«Andare a Baskerville Hall.»

«Quando?»

«Alla fine della settimana.»

«Nel complesso, credo che abbia preso una saggia decisione», disse Holmes. «Ho ampie prove che dimostrano come lei, a Londra, sia pedinato e, fra i milioni di persone che affollano questa grande città, è difficile individuare chi siano i suoi pedinatori o quale sia il loro scopo. Se hanno cattive intenzioni, potrebbero farle del male e noi non saremmo in grado di impedirlo. Lei sapeva, dottor Mortimer, che questa mattina siete stati seguiti, uscendo da casa mia?»

Il dottor Mortimer sobbalzò.

«Seguiti! Da chi?»

«Questo, sfortunatamente, non so dirglielo. Fra i suoi vicini o i suoi conoscenti a Dartmoor c'è qualcuno che abbia una lunga barba nera?»

«No — aspetti — ma sì. Barrymore, il maggiordomo di Sir Charles, ha una grossa barba nera.»

«Ah! E dove si trova Barrymore?»

«È rimasto a occuparsi della Hall.»

«Sarà meglio accertarci che ci sia veramente o se, per puro caso, non si trovi a Londra.»

«Ma in che modo?»

«Mi dia un modulo per telegramma. "È tutto pronto per Sir Henry?" Questo andrà bene. Indirizzato al signor Barrymore, Baskerville Hall. Qual è l'ufficio postale più vicino? Grimpen. Benissimo, manderemo un secondo telegramma al direttore, Grimpen: "Telegramma per signor Barrymore da consegnarsi in sue mani. Se assente, pregola telegrafare a giro di posta a Sir Henry Baskerville, Northumberland Hotel". Questo dovrebbe farci sapere prima di sera se Barrymore è al suo posto nel Devonshire oppure no.»

«Giusto», disse Baskerville. «A proposito, dottor Mortimer, chi è poi questo Barrymore?»

«È il figlio del vecchio custode, che è morto. Da quattro generazioni ormai si occupano della Hall. Per quanto ne so, lui e sua moglie sono una coppia rispettabilissima.»

«Comunque», commentò Baskerville, «è evidente che, fino a quando alla Hall non c'è nessuno della famiglia, questa gente se ne sta in una bellissima casa senza aver niente da fare.»

«Questo è vero.»

«Barrymore è fra i beneficiari del testamento di Sir Charles?» chiese Holmes.

«Lui e sua moglie hanno ricevuto cinquecento sterline ciascuno.»

«Ah! E lo sapevano prima?»

«Sì; Sir Charles amava molto parlare delle clausole del suo testamento.»

«Molto interessante.»

«Spero», disse il dottor Mortimer, «che non nutrirà sospetti su chiunque abbia ricevuto una eredità da Sir Charles, dal momento che anche a me ha lasciato mille sterline.»

«Davvero? E chi altro eredita qualcosa?»

«Piccole somme trascurabili a determinate persone, e molte opere pubbliche assistenziali. Il rimanente è andato tutto a Sir Henry.»

«E a quanto ammontava questo rimanente?»

«740 mila sterline.»

Holmes inarcò le sopracciglia, stupito. «Non immaginavo che ci fosse in ballo una somma così enorme», osservò.

«Si diceva che Sir Charles fosse ricco, ma non sapevamo fino a che punto se non quando abbiamo esaminato i suoi titoli. Il valore complessivo della proprietà si avvicinava al milione di sterline.»

«Perbacco! Una posta per cui si potrebbe davvero giocare una partita disperata. Un'altra domanda, dottore. Supponiamo che qualcosa accada al nostro giovane amico qui presente — perdoni la spiacevole ipotesi! — chi erediterebbe la proprietà?»

«Dal momento che Rodger Baskerville, il fratello minore di Sir Charles, è morto scapolo, la proprietà andrebbe ai Desmond, che sono dei lontani cugini. James Desmond è un anziano sacerdote a Westmoreland.»

«Grazie. Questi particolari sono molto interessanti. Lei ha avuto occasione di conoscere il signor James Desmond?»

«Sì; venne una volta a trovare Sir Charles. Un uomo dall'apparenza venerabile e dalla vita integerrima. Ricordo che rifiutò di accettare una rendita da Sir Charles, malgrado le sue insistenze.»

«E quest'uomo così frugale sarebbe l'erede delle ricchezze di Sir Charles.»

«Erediterebbe la proprietà perché quella è un'eredità inalienabile. Andrebbe a lui anche il denaro a meno che l'attuale proprietario non ne voglia disporre diversamente per testamento poiché, naturalmente, può farne ciò che vuole.»

«E lei ha fatto testamento, Sir Henry?»

«No, non l'ho fatto. Non ne ho avuto il tempo dato che solo ieri ho saputo come stavano le cose. Comunque sono del parere che il denaro dovrebbe andare insieme al titolo e alla proprietà. Così la pensava il povero zio. Come fa il proprietario a restituire Baskerville all'antico splendore se non ha abbastanza soldi da conservarne il possesso? Casa, terra e dollari devono andare insieme.»

«Verissimo. Bene, Sir Henry, sono d'accordo con lei circa l'opportunità che lei si rechi nel Devonshire senza ulteriori indugi. C'è solo una condizione che devo porre. Non deve assolutamente andarci da solo.»

«Il dottor Mortimer ritorna insieme a me.»

«Ma il dottor Mortimer deve occuparsi dei suoi pazienti, e la sua casa dista miglia dalla sua. Con tutta la buona volontà di questo mondo potrebbe non essere in grado di aiutarla. No, Sir Henry, lei deve portare qualcuno con sé, qualcuno di cui si fida, che rimanga sempre al suo fianco.»

«Non potrebbe venire lei stesso, signor Holmes?»

«Se le cose dovessero arrivare a un punto critico cercherei di venire di persona; ma lei capisce che, con tutti i miei clienti e con i continui appelli che mi arrivano da ogni parte, mi è impossibile lasciare Londra per un periodo indefinito. In questo preciso momento, uno dei nomi più riveriti d'Inghilterra viene trascinato nel fango da un ricattatore, e sono il solo a poter impedire uno scandalo disastroso. Come vede, mi è impossibile venire a Dartmoor.»

«Chi raccomanderebbe, allora?»

Holmes mi posò una mano sul braccio.

«Se volesse farlo il mio amico, lei non potrebbe avere al suo fianco persona migliore in caso di necessità. E nessuno può affermarlo con maggior sicurezza di me.»

La proposta mi giunse del tutto inaspettata ma, prima che avessi il tempo di rispondere, Baskerville mi afferrò la mano stringendola calorosamente.

«Bene, questo è davvero gentile da parte sua, dottor Watson», esclamò. «Lei sa in che situazione mi trovo e conosce questa storia quanto la conosco io. Se verrà a Baskerville Hall e mi darà una mano, non lo dimenticherò mai.»

L'avventura mi ha sempre affascinato ed ero lusingato dalle parole di Holmes e dall'entusiasmo con cui il baronetto mi aveva accolto come compagno.

«Verrò con piacere», risposi. «Non potrei immaginare modo migliore di occupare il mio tempo.»

«E mi riferirà tutto quello che accade», disse Holmes. «Quando arriverà la crisi, perché arriverà, le dirò io come dovrà agire. Immagino che tutto possa essere sistemato per sabato sera?»

«Per lei andrebbe bene, dottor Watson?»

«Benissimo.»

«Allora, salvo contrordini ci vediamo sabato a Paddington, al treno delle dieci e trenta?»

Ci eravamo alzati per prendere congedo quando Baskerville, con un grido trionfante, si precipitò in un angolo della stanza e da sotto un mobiletto tirò fuori uno stivale.

«Lo stivale mancante!», esclamò.

«Che tutte le nostre difficoltà possano risolversi altrettanto facilmente!», rispose di rimando Holmes.

«Ma è molto strano», osservò il dottor Mortimer. «Io stesso ho frugato attentamente in tutta la stanza, prima di pranzo.»

«E così ho fatto io. Centimetro per centimetro», aggiunse Baskerville.

«Allora lo stivale non c'era di sicuro.»

«In questo caso, deve avercelo messo il cameriere mentre stavamo pranzando.»

Mandammo a chiamare il cameriere tedesco il quale però dichiarò di non saperne niente e, malgrado le nostre indagini, il mistero rimase insoluto. Un altro elemento si era aggiunto a quella costante e apparentemente inconcludente serie di piccoli enigmi che si erano verificati in così rapida successione. A parte la fosca storia della morte di Sir Charles, nell'arco di soli due giorni ci eravamo trovati di fronte a una serie di incidenti inspiegabili: l'arrivo della lettera a stampatello, il pedinatore barbuto in carrozza, la perdita del nuovo stivale marrone, quella del vecchio stivale nero, e adesso la ricomparsa del nuovo stivale marrone. Mentre tornavamo in carrozza a Baker Street Holmes taceva e, dalle sopracciglia aggrottate e il volto teso, sapevo che il suo cervello, come il mio, stava cercando di elaborare uno schema in cui rientrassero tutti i pezzi di quello strano e apparentemente sconclusionato puzzle. Per tutto il pomeriggio, fino a tarda sera, se ne stette assorto nei suoi pensieri e nella sua pipa.

Proprio prima di cena ci furono recapitati due telegrammi. Il primo diceva:

Ho appena saputo che Barrymore è alla Hall.

Baskerville

Il secondo:

Secondo istruzioni, recatomi nei ventitré alberghi, ma dolente comunicare non riuscito rintracciare pagina tagliata del *Times*.

Cartwright

«E così, partono due dei miei fili, Watson. Non c'è niente di più stimolante di un caso in cui tutto ci va storto. Dobbiamo lanciare di nuovo la lenza.»

«Ci rimane il vetturino che ha portato il pedinatore.»

«Esatto. Ho telegrafato per avere nome e indirizzo all'Ufficio Immatricolazioni. Non mi meraviglierei che questa fosse la mia risposta.»

Lo squillo del campanello ci recò qualcosa di meglio di una risposta perché la porta si aprì per lasciar passare un tipo rozzo che, evidentemente, era il vetturino in persona.

«La Sede Centrale mi ha avvisato che un signore a questo indirizzo stava cercando il n. 2704», disse. «Da sette anni faccio il cocchiere e nessuno si è mai lamentato. Sono venuto direttamente qui dal Deposito per chiederle faccia a faccia di che ha da lamentarsi.»

«Non ho assolutamente niente contro di lei, brav'uomo», disse Holmes. «Al contrario, ecco mezza sovrana per lei se risponderà alla mia domanda.»

«Be', questa è veramente una giornata fortunata», sogghignò il cocchiere. «Cosa vuole chiedermi, signore?»

«Per prima cosa, il suo nome e il suo indirizzo, nel caso avessi ancora bisogno di lei.»

«John Clayton, 3 Turpey Street, the Borough. La mia carrozza sta al deposito di Shipley's Yard, vicino alla Stazione Waterloo.»

Holmes se lo scrisse.

«E ora, Clayton, mi parli del cliente che è venuto a sorvegliare questa casa alle dieci questa mattina e poi ha seguito i due signori lungo Regent Street.»

L'uomo apparve sorpreso e un po' imbarazzato. «Be', è inutile che io le racconti niente, dato che sembra lei già ne sappia quanto ne so io», rispose. «Il fatto è che quel signore mi ha detto che era un investigatore e che non dovevo parlare di lui con nessuno.»

«Amico mio, questa è una faccenda molto seria, e potrebbe trovarsi in grossi guai, se cerca di nascondermi qualcosa. Lei afferma che il suo cliente le ha detto di essere un investigatore?»

«Sì, è così.»

«Quando glielo ha detto?»

«Quando è sceso.»

«Le ha detto altro?»

«Mi ha detto come si chiamava.»

Holmes mi lanciò una rapida occhiata di trionfo. «Oh, le ha detto come si chiamava, eh? Molto imprudente. E che nome le ha dato?»

«Era il signor Sherlock Holmes», rispose il vetturino.

Mai avevo visto il mio amico preso tanto in contropiede come a quella risposta. Per un attimo, rimase sbalordito in silenzio. Poi scoppiò a ridere di cuore.

«Stile, Watson — innegabilmente, stile!», esclamò. «Intravedo un fioretto rapido e agile quanto il mio. Questa volta, me l'ha proprio fatta. Dunque si chiamava Sherlock Holmes, eh?»

«Sì, questo era il nome del mio cliente.»

«Eccellente! Mi dica dove è salito e tutto quello che è successo.»

«Mi ha fermato alle nove e mezza a Trafalgar Square. Ha detto che era un investigatore e mi ha offerto due ghinee se avessi fatto esattamente ciò che voleva, per tutta la giornata, e niente domande. Fui ben felice di accettare. Prima andammo al Northumberland Hotel e aspettammo fino a quando due signori uscirono e presero una carrozza al posteggio. La seguimmo finché si fermò da queste parti.»

«Proprio a questa porta», disse Holmes.

«Be', non potevo esserne sicuro, ma direi che il mio cliente lo sapeva benissimo. Ci siamo fermati a metà della strada e abbiamo aspettato un'ora e mezza. Poi i due signori ci sono passati accanto, a piedi, e li abbiamo seguiti lungo Baker Street e lungo...»

«Lo so», lo interruppe Holmes.

«Fino a un tre quarti di Regent Street. Poi il mio cliente ha alzato la botola sul tetto gridandomi di dirigermi subito a tutta velocità alla Stazione di Waterloo. Ho frustato la cavalla e ci siamo arrivati in meno di dieci minuti. Poi mi ha dato le due ghinee, da uomo di parola, ed è scomparso dentro la stazione. Solo mentre si allontanava si è girato e mi ha detto: ''potrebbe interessarle sapere che ha avuto a bordo il signor Sherlock Holmes''. Ecco perché so il nome.»

«Capisco. E non l'ha più visto?»

«Non dopo che è entrato nella stazione.»

«E potrebbe descrivermi questo signor Sherlock Holmes?»

Il vetturino si grattò la testa. «Be', non è tanto facile descri-

verlo. Sui quaranta, direi, di media statura, uno o due pollici più
basso di lei, signore. Era vestito come un elegantone, aveva una
barba nera, quadrata, e la faccia pallida. Non saprei che altro
dirle.»

«Il colore degli occhi?»

«No, non lo so.»

«Non si ricorda altro?»

«No, signore, niente.»

«Bene, ecco qui la sua mezza sovrana. Ce n'è un'altra che l'a-
spetta se potrà darmi altre informazioni. Buonanotte!»

«Buonanotte, signore; e grazie!»

John Clayton se ne andò ridacchiando e Holmes si voltò verso
di me stringendosi nelle spalle con un mesto sorriso.

«Ed ecco che si spezza il nostro terzo filo, e ci troviamo al
punto di partenza», disse. «Che astuta canaglia! Conosceva il
nostro numero civico, sapeva che Sir Henry Baskerville era venuto a consultarmi, mi ha riconosciuto a Regent Street, ha immaginato che avevo preso il numero della carrozza e che avrei
rintracciato il vetturino, così mi ha mandato questo temerario
messaggio. Le dico, Watson, che questa volta siamo alle prese
con uno schermidore degno della nostra lama. Ho avuto scacco-
matto a Londra. Posso solo augurarle miglior fortuna nel Devonshire. Ma dentro di me non mi sento tranquillo.»

«Su che cosa?»

«Sul fatto di mandarci lei. È una brutta faccenda, Watson,
una brutta, pericolosa faccenda e più la vedo meno mi piace. Sì,
amico mio, lei può anche riderci sopra ma le do la mia parola
che sarò davvero felice quando la riavrò sano e salvo a Baker
Street.»

# CAPITOLO SESTO

# Baskerville Hall

Nel giorno fissato, Sir Henry Baskerville e il dottor Mortimer erano pronti e partimmo, come stabilito, per il Devonshire. Holmes mi accompagnò alla stazione per darmi le ultime istruzioni e gli ultimi consigli.

«Non voglio influenzarla suggerendole ipotesi o sospetti, Watson», mi disse. «Desidero soltanto che lei mi riferisca i fatti nella maniera più esauriente possibile; le ipotesi le lasci a me.»

«Che genere di fatti?», chiesi.

«Tutto quanto sembri avere un collegamento, sia pure indiretto, col caso, e specialmente i rapporti fra il giovane Baskerville e i suoi vicini, oppure qualsiasi nuovo particolare dovesse emergere circa la morte di Sir Charles. Ho già svolto qualche indagine in questi ultimi giorni ma con risultati, temo, negativi. Solo una cosa sembra certa, e cioè che il signor James Desmond, secondo nella linea ereditaria, è un amabilissimo anziano signore, quindi questa persecuzione non parte da lui. Credo proprio che possiamo eliminarlo completamente dai nostri calcoli. Rimangono le persone che vivono effettivamente intorno a Sir Henry, sulla brughiera.»

«Non sarebbe meglio per prima cosa liberarsi di quei Barrymore?»

«Assolutamente no. Sarebbe un gravissimo errore. Se sono innocenti, sarebbe una crudele ingiustizia; e se sono colpevoli, perderemmo ogni possibilità di incastrarli. No, no, li manterremo sulla nostra lista dei sospetti. Poi, se ben ricordo, c'è anche uno stalliere, alla Hall. E due agricoltori sulla brughiera. E il nostro amico Mortimer, che ritengo sia in perfetta buona fede, e sua moglie, di cui non sappiamo niente. Poi c'è quel naturalista, Stapleton, e sua sorella, che sembra sia una signorina molto attraente. E ancora, il signor Frankland, di Lafter Hall, un'altra incognita, e un paio di altri vicini. Sono queste le persone che lei deve studiare attentamente.»

«Farò del mio meglio.»

«È armato, immagino?»

«Sì. Ho ritenuto che fosse più prudente.»

«Ha perfettamente ragione. Tenga la sua pistola a portata di mano giorno e notte, e non abbassi mai la guardia.»

I nostri amici avevano già occupato i posti in uno scompartimento di prima classe e ci stavano aspettando sul marciapiede.

«No, nessuna novità», disse il dottor Mortimer rispondendo a una domanda di Holmes. «Ma una cosa posso giurare: in questi ultimi due giorni nessuno ci ha pedinato. Siamo stati molto attenti ogni volta che siamo usciti e se qualcuno ci avesse seguito ce ne saremmo certamente accorti.»

«Suppongo siate rimasti sempre insieme?»

«Tranne ieri pomeriggio. Quando vengo in città di solito dedico un giorno allo svago, così sono stato al Museo dell'Ordine dei Chirurghi.»

«E io sono stato al parco, a guardare la gente», disse Baskerville. «Ma non abbiamo avuto noie di nessun genere.»

«Comunque, siete stati imprudenti», disse Holmes scuotendo il capo con aria grave. «La prego, Sir Henry, di non andare in giro da solo. Altrimenti, le accadrà qualche disgrazia. Ha trovato l'altro stivale?»

«No. Si è volatilizzato.»

«Ma guarda! È davvero interessante. Bene, arrivederci», aggiunse mentre il treno si metteva in moto. «Sir Henry, si ricordi di una delle frasi di quella strana antica leggenda che ci ha letto il dottor Mortimer ed eviti la brughiera nelle ore di tenebra, quando le forze del male si scatenano.»

Rimasi a guardare il marciapiede che si allontanava e scorsi l'alta e austera figura di Holmes, immobile, che ci seguiva con gli occhi.

Il viaggio fu rapido e piacevole, ed ebbi il modo di conoscere meglio i miei due compagni e di giocare con lo spaniel di Mortimer. Nell'arco di poche ore, la campagna marrone si era fatta color ruggine, i mattoni avevano ceduto il posto al granito e mucche rossastre pascolavano nei campi divisi da siepi, dove l'erba verde e la vegetazione lussureggiante indicavano un clima migliore, anche se più umido. Il giovane Baskerville non staccava gli occhi dal finestrino mandando esclamazioni di gioia via via che riconosceva i tratti familiari del paesaggio del Devon.

«Da quando ho lasciato questi luoghi ho girato in quasi tutto il mondo, dottor Watson», mi disse, «ma non ho mai visto un posto altrettanto bello.»

«E io non ho mai visto un uomo del Devonshire che non dicesse la stessa cosa», commentai.

«Dipende dalla razza dell'individuo oltre che dalla località», disse il dottor Mortimer. «Per esempio, basta dare un'occhiata al nostro amico per vedere che la sua è la tipica testa celtica, che porta in sé l'entusiasmo e il senso di attaccamento celtico. Il povero Sir Charles aveva una testa di tipo molto raro, mezza gaelica e mezza iverniana. Ma lei era molto giovane quando ha visto per l'ultima volta Baskerville Hall, non è vero?»

«Ero adolescente quando morì mio padre, e non avevo mai visto la Hall perché abitavo in un piccolo cottage sulla costa meridionale. Di lì, andai direttamente in America, da un amico. Per me è un'assoluta novità, come per il dottor Watson, e non vedo l'ora di ammirare la brughiera.»

«Davvero? Un desiderio facile da esaudire, eccola là», rispose il dottor Mortimer indicando fuori dal finestrino.

Sui riquadri verdeggianti dei campi e la bassa curva ondulata dei boschi si ergeva in lontananza una collina grigia e malinconica, stranamente sfrangiata alla sommità, indistinta e offuscata all'orizzonte, quasi un fantastico paesaggio onirico. Baskerville rimase a lungo a fissarla e dal suo viso intento compresi cosa significasse per lui vedere per la prima volta quello strano luogo dove gli uomini del suo sangue avevano dominato così a lungo, e lasciato un'impronta così profonda. Se ne stava seduto lì, con il suo vestito di tweed e il suo accento americano, nell'angolo di un prosaico scompartimento ferroviario eppure, osservandone il volto scuro ed espressivo, sentivo più che mai di trovarmi in presenza di un discendente di quell'antica stirpe di uomini dal sangue caldo, orgogliosi e dominatori. C'era fierezza, coraggio, e forza nelle sue folte sopracciglia, nelle nari sensibili, nei grandi occhi castani. Se in quella impervia e minacciosa brughiera ci avesse aspettato una ricerca difficile e pericolosa, per quell'uomo si poteva osare di correre un rischio con la certezza che lo avrebbe condiviso senza esitazioni.

Il treno si arrestò a una stazioncina secondaria e scendemmo. Fuori, al di là della bassa staccionata bianca, era in attesa un carrozzino con due piccoli cavalli. Evidentemente, il nostro arrivo era un evento di grande importanza perché il capostazione e i facchini ci si affollarono intorno per prendere il nostro bagaglio. Era una simpatica, piccola località di campagna ma fui sorpreso nel notare che, accanto al cancello, c'erano due uomini dall'aspetto soldatesco, in uniforme scura, appoggiati ai moschetti, che ci squadrarono attentamente mentre passavamo accanto. Il cocchiere, un ometto bisbetico dalla faccia dura, salutò Sir Henry Baskerville e, un minuto dopo, correvamo veloci lungo lo stradone bianco. Da entrambi i lati si rincorrevano declivi di pascoli e, dal denso fogliame verde, occhieggiavano antiche case col tetto a spioventi; ma alle spalle di quella pacifica e solatìa campagna si ergeva sempre, scura contro il cielo del pomeriggio, la lunga, minacciosa curva della brughiera, interrotta qua e là dalle cupe e frastagliate colline.

Il carrozzino svoltò per una strada laterale, salendo lungo sentieri profondamente scavati dal passaggio secolare delle ruote, fiancheggiati da alte sponde su cui ricadevano pesantemente muschi e ciuffi di erba cervina. Continuammo a salire, attraversando uno stretto ponte di granito e costeggiando un torrente che precipitava con fragore, spumeggiante e ruggente, fra gli enormi massi grigiastri. Sia la strada che il torrente si snodavano attraverso una valle fitta di arbusti di quercia e di abeti. A ogni svolta Baskerville lanciava un'esclamazione di diletto, guardandosi intorno e ponendo infinite domande. Ai suoi occhi, tutto appariva bello ma in quel paesaggio che recava tanto chiaramente l'impronta del tempo io scorgevo un'ombra di malinconia. Il sentiero era coperto da un tappeto di foglie gialle e altre cadevano svolazzando su di noi. Il rumore delle ruote si attutì fino a scomparire mentre attraversavamo cumuli di vegetazione in disfacimento — un dolente omaggio della Natura, mi sembrò, ai piedi della carrozza che riportava a casa l'erede dei Baskerville.

«Ehi!», esclamò il dottor Mortimer, «cos'è quello?»

Ci si parava davanti una stretta curva di terreno coperto d'erica, uno sperone di brughiera, sulla cui sommità, stagliato e nitido come una statua equestre sul piedistallo, si profilava un soldato a cavallo, tetro e severo, col fucile imbracciato. Stava controllando la strada su cui passavamo.

«Di che si tratta, Perkins?», domandò Mortimer.

Il cocchiere si girò a mezzo.

«Un galeotto è evaso da Princetown, signore. Sono ormai tre giorni, e le guardie controllano ogni strada e ogni stazione ma fin'adesso non se ne è vista traccia. Ai contadini di queste parti l'idea non va a genio, signore, proprio per niente.»

«Mi sembra che ci sia una ricompensa di cinque sterline per chi fornisce informazioni.»

«Sì signore, ma cinque sterline sono ben poca cosa di fronte al pericolo di ritrovarsi con la gola tagliata. Vede, non si tratta di un galeotto qualunque. Questo è un individuo che non si fermerebbe davanti a niente.»

«Chi è?»

«Selden, l'assassino di Notting Hill.»

Rammentavo bene il caso, dato che se n'era occupato Holmes, per via della incredibile ferocia del crimine e della gratuita brutalità che aveva caratterizzato ogni azione dell'assassino. Gli era stata commutata la pena di morte per via di alcuni dubbi circa la sua sanità mentale, visto il modo atroce con cui aveva agito. Il nostro carrozzino aveva raggiunto una sommità e, di fronte a noi, si alzava la brughiera sconfinata, punteggiata da cumuli di pietre e massi rocciosi, contorti e scoscesi. In qualche punto di quella landa desolata era in agguato quel demonio, nascosto in una tana come una bestia selvatica, col cuore gonfio di odio e di livore verso tutta la razza umana che lo aveva messo al bando. Non mancava che quello a completare il cupo fascino di quella distesa sterile, di quel vento gelido, di quel cielo che si andava abbuiando. Perfino Baskerville si fece silenzioso, avvolgendosi più strettamente nel cappotto.

Avevamo lasciato la campagna fertile dietro e sotto di noi. Ci voltammo a guardarla, sotto i raggi obliqui del tramonto che trasformavano i ruscelli in nastri dorati e facevano risplendere la terra rossiccia arata di fresco e la massa frondosa dei boschi. Davanti a noi, la strada si faceva sempre più desolata e selvaggia, scavalcando ampi pendii color ruggine e verde oliva, punteggiati da massi giganteschi. Ogni tanto si vedeva un cottage di brughiera, con le pareti e il tetto di pietra, minuscole costruzioni severe che nessun rampicante rallegrava. Finalmente scorgemmo in basso una sorta di conca, cosparsa di querce e di abeti rachitici, contorti e piegati da secoli di furiose tempeste. Sopra gli alberi svettavano due strette torri. Il cocchiere indicò con la frusta.

«Baskerville Hall», disse.

Il nuovo signore si era alzato in piedi e osservava con le guance arrossate e gli occhi brillanti. Pochi minuti dopo eravamo al cancello, un fantastico, intricato disegno di ferro battuto, fiancheggiato da pilastri corrosi dal tempo, chiazzati dai licheni e sormontati dalla testa di cinghiale dei Baskerville. La dimora era un rudere di granito scuro su cui si stagliavano le nude costole delle travi; ma, di fronte ad essa, si ergeva una costruzione nuova, non ancora completamente finita, primo frutto dell'oro sudafricano di Sir Charles.

Attraverso il cancello entrammo nel viale, dove le foglie attutirono nuovamente il rumore delle ruote, e le antiche piante stendevano i loro rami in un cupo tunnel sopra le nostre teste. Baskerville rabbrividì osservando la strada lunga e oscura che conduceva alla casa, che baluginava spettrale giù in fondo.

«È successo qui?», chiese a bassa voce.

«No, no, il sentiero dei cipressi è dall'altra parte.»

Il giovane erede si guardò attorno con aria depressa.

«Non mi sorprende che mio zio si sentisse minacciato in un

luogo come questo», disse. «Spaventerebbe chiunque. Entro sei mesi farò collocare una fila di lampade elettriche e allora non la riconoscerete più, con cento luci che, grazie a Swan ed Edison, brilleranno di fronte all'ingresso.»

Il viale terminava in un'ampia spianata erbosa, e la casa era davanti a noi. Nella tenue luce del crepuscolo potevo distinguerne il massiccio corpo centrale dal quale sporgeva un portico. Il muro anteriore era interamente ricoperto di edera, potata qua e là per lasciare spazio a una finestra o a uno stemma che occhieggiava da quel velame scuro. Dal corpo centrale si alzavano le due torri gemelle, antiche, merlate, in cui si aprivano numerose feritoie. A destra e a sinistra delle torri si allungavano le ali più recenti, di granito scuro. Un fioco chiarore filtrava dalle finestre polifore e, dagli alti camini che svettavano sul tetto a spioventi acuti, usciva una colonna di fumo nero.

«Benvenuto, Sir Henry! Benvenuto a Baskerville Hall!»

Un uomo alto era emerso dall'ombra del portico per aprire lo sportello del carrozzino. Contro il chiarore giallastro dell'androne si stagliava una figura di donna. Uscì e venne ad aiutare l'uomo a scaricare i bagagli.

«Non le dispiace, Sir Henry, se io proseguo direttamente verso casa?», disse il dottor Mortimer. «Mia moglie mi sta aspettando.»

«Ma non vuole fermarsi a cena?»

«No, devo andare. Probabilmente troverò del lavoro che mi aspetta. Vorrei rimanere per farle vedere la casa, ma Barrymore sarà una guida migliore di me. Arrivederci e, se posso esserle utile, non esiti a mandarmi a chiamare, in qualsiasi ora del giorno o della notte.»

Il rumore delle ruote svanì lungo il viale mentre Sir Henry ed io entravamo nell'androne e il portone si richiudeva pesantemente alle nostre spalle. Ci trovammo in un bell'appartamento, ampio, dai soffitti alti, con grosse travature di quercia scurite dal tempo. Nel grande camino antico, dietro gli alari di ferro, scoppiettavano i ceppi accesi. Sir Henry ed io tendemmo le mani alla fiamma, intirizziti dal lungo viaggio. Poi ci guardammo intorno, osservando le finestre alte e strette con i vetri dipinti, i pannelli di quercia alle pareti, le teste di cervi, gli stemmi sulle pareti, ogni cosa cupa e indistinta alla fioca luce della lampada centrale.

«Proprio come l'avevo immaginato», disse Sir Henry. «Non è esattamente il prototipo di un avito maniero? Pensare che in questa stessa sala la mia gente ha vissuto per cinquecento anni. È un pensiero solenne.»

Il volto scuro gli si illuminò di entusiasmo fanciullesco mentre girava intorno lo sguardo. La sua figura era in piena luce ma cupe ombre strisciavano lungo le pareti e sulla sua testa, quasi neri tendaggi di un baldacchino. Barrymore era tornato dopo avere depositato i bagagli nelle nostre camere e ora ci stava davanti nell'atteggiamento ossequioso del buon domestico. Era un bell'uomo, molto alto, con la barba nera e quadrata, i lineamenti signorili.

«Desidera che la cena venga servita subito, signore?»

«È pronta?»

«Fra pochissimi minuti. Troverà l'acqua calda nella sua stanza. Mia moglie ed io, Sir Henry, saremo felici di rimanere al suo servizio fino a quando lei avrà preso tutte le disposizioni necessarie, ma comprenderà che, in vista delle nuove circostanze, occorrerà un personale assai più numeroso.»

«Quali nuove circostanze?»

«Intendevo solo dire, signore, che Sir Charles conduceva vita molto ritirata ed eravamo in grado di prenderci cura di ogni sua necessità. Lei, naturalmente, desidererà avere più compagnia e pertanto dovrà apportare dei cambiamenti nel suo *ménage*.»

«In altre parole, desiderate andarvene?»

«Solo quando sarà conveniente per lei, signore.»

«Ma la vostra famiglia è con noi da generazioni, non è così? Mi spiacerebbe iniziare la mia vita qui interrompendo un antico legame di famiglia.»

Mi parve di scorgere segni di emozione sul viso pallido del maggiordomo.

«Spiace anche a me, signore, e a mia moglie. Ma a dire la verità, signore, eravamo molto affezionati a Sir Charles e la sua scomparsa ci ha profondamente turbati rendendoci penoso il rimanere in questo luogo. Temo che non saremo mai più sereni a Baskerville Hall.»

«Ma cosa pensa di fare?»

«Sono sicuro, signore, che riusciremo a metter su una piccola attività commerciale. La generosità di Sir Charles ce ne ha dato i mezzi. E adesso, signore, sarà meglio che io le mostri le sue stanze.»

Una galleria balaustrata correva intorno alla sommità dell'antica sala, e vi si accedeva mediante un doppio scalone. Da questo punto centrale, partivano due corridoi che si estendevano per tutta la lunghezza dell'edificio e sui quali davano tutte le camere da letto. La mia si trovava nella stessa ala di quella di Baskerville, quasi a fianco alla sua. Queste stanze apparivano molto più moderne del corpo centrale della casa e un'allegra carta da parati e varie candele accese contribuirono a disperdere un po' quell'impressione di cupezza che il nostro arrivo mi aveva lasciato addosso.

Ma la sala da pranzo, cui si accedeva dalla hall, era cupa e deprimente. Era un locale molto lungo con un gradino che divideva la pedana sopraelevata dove sedeva la famiglia, dalla zona inferiore, destinata ai dipendenti. Da una parte, la galleria dei musicanti dava sulla pedana. Attraverso la fuga di travi scure sulle nostre teste, si vedeva il soffitto annerito dal fumo. Le file di torcieri accesi, i colori vividi e la rozza ilarità dei banchetti di un tempo, potevano forse attenuarne la cupezza; ma adesso, con due signori in smoking seduti nell'esiguo cerchio di luce proiettato da una lampada schermata, ci si sentiva depressi e veniva istintivo abbassare la voce. Un'indistinta serie di antenati nei più svariati abbigliamenti, dal cavaliere elisabettiano al damerino della Reggenza, guardavano giù verso di noi raggelandoci con la loro silenziosa compagnia. Parlammo poco e, per parte mia, fui ben contento quando la cena terminò e potemmo ritirarci nella moderna sala da biliardo a fumare una sigaretta.

«Be', non si può certo dire che sia un posto molto allegro», disse Sir Henry. «Immagino che si finisca con l'adattarcisi ma, adesso come adesso, mi sento un po' spaesato. Non mi sorprende che mio zio sia diventato apprensivo, se viveva da solo in una casa come questa. Comunque, se per lei va bene, questa sera andremo a dormire presto e forse, domattina, le cose ci sembreranno meno tetre.»

Prima di andare a letto, tirai le tende e guardai fuori dalla mia finestra che si apriva sullo spazio erboso di fronte all'ingresso, oltre il quale gli alberi di due boschetti cedui gemevano e si agitavano nel vento che si stava alzando. Una falce di luna occhieggiava ogni tanto dagli squarci fra le nuvole galoppanti e, al suo pallido chiarore, scorgevo dietro gli alberi una cresta sfrangiata di rocce e la lunga curva bassa della malinconica brughiera. Richiusi le tende, sentendo che quell'ultima immagine era in carattere col resto.

Ma in realtà non fu proprio l'ultima. Mi sentivo spossato eppure sveglio, girandomi e rigirandomi nel letto, cercando un sonno che non voleva venire. In lontananza, una pendola batteva i quarti, ma, tranne che per quel debole suono, la casa era immersa in un silenzio di morte. Poi d'improvviso, nel cuore della notte, mi giunse all'orecchio un suono chiaro, echeggiante e inconfondibile. Un singhiozzare di donna, l'ansito smorzato e soffocante di una persona straziata da un dolore incontrollabile. Mi alzai a sedere nel letto ascoltando attentamente. Il suono non veniva da lontano, sicuramente dall'interno della casa. Attesi per una mezz'ora, con i nervi a fior di pelle, ma l'unico altro suono fu quello della pendola e del fruscio dell'edera sul muro.

CAPITOLO SETTIMO
# Gli Stapleton di Merripit House

Il fresco splendore del mattino riuscì in parte a cancellarci
dalla mente la tetra e opprimente impressione che su entrambi
aveva lasciato il nostro primo impatto con Baskerville Hall.
Mentre Sir Henry ed io facevamo colazione, il sole entrava a
fiotti dalle finestre colorate, quasi facendoci piovere addosso i
riflessi multicolori degli stemmi che le sovrastavano. Nei raggi
dorati i pannelli scuri brillavano come bronzo, ed era difficile
rendersi conto che questa era la stessa stanza che la sera prima
aveva gettato tanto sconforto nei nostri cuori.

«Immagino che sia colpa nostra e non della casa!», disse il baronetto. «Eravamo stanchi e intirizziti dal viaggio, quindi abbiamo visto le cose nello stato d'animo peggiore. Adesso che ci
sentiamo freschi e riposati, è tutto diverso.»

«Eppure, non era solo questione d'immaginazione», risposi.
«Per esempio, questa notte lei per caso non ha sentito qualcuno,
una donna, che singhiozzava?»

«Strano che me lo chieda. Mentre ero mezzo addormentato
mi è sembrato di sentire qualcosa del genere. Ho aspettato un
bel po', ma non l'ho sentito più e ho concluso che doveva essersi
trattato di un sogno.»

«Io l'ho sentito distintamente, e sono certo che erano proprio
i singhiozzi di una donna.»

«Dobbiamo informarci subito.» Suonò il campanello e chiese
a Barrymore se poteva dirci qualcosa circa la nostra esperienza.
Mi sembrò che i lineamenti pallidi del maggiordomo si sbiancas-
sero ancora di più alla domanda del padrone.

«In casa ci sono solamente due donne, Sir Henry», rispose.
«Una è la sguattera, che dorme nell'altra ala. L'altra è mia moglie, e posso assicurarle che quel suono non proveniva da lei.»

Ma mentiva. Per caso, dopo colazione, incontrai nel lungo
corridoio la signora Barrymore, in piena luce. Era una donna
grossa, imperturbabile, con i lineamenti pesanti e la bocca seve-
ra. Ma la tradirono gli occhi arrossati e lo sguardo che mi lanciò
da sotto le palpebre gonfie. Era lei, dunque, che piangeva nella
notte e, in quel caso, il marito doveva saperlo. Pure, aveva corso

l'evidente rischio di essere scoperto, affermando il contrario. Per quale motivo? E perché quella donna aveva pianto così amaramente? Già si stava addensando un'atmosfera di mistero e di cupaggine intorno a quel bell'uomo pallido e barbuto. Era stato lui a scoprire per primo il corpo di Sir Charles e avevamo soltanto la sua parola circa le circostanze che avevano portato alla morte del vecchio. Era possibile, dopotutto, che fosse proprio Barrymore l'uomo che avevamo visto nella carrozza a Regent Street? La barba poteva benissimo essere la stessa. Il cocchiere aveva parlato di un individuo un po' più basso ma poteva essersi sbagliato. Come fare per accertarlo una volta per tutte? Ovviamente, la prima cosa da fare era di andare dal direttore dell'ufficio postale di Grimpen e scoprire se il telegramma di controllo era stato effettivamente consegnato nelle mani di Barrymore. Quale che fosse la risposta, avrei se non altro avuto qualcosa da riferire a Sherlock Holmes.

Sir Henry aveva molti documenti da esaminare dopo colazione, quindi era il momento giusto per la mia escursione. Dopo una piacevole passeggiata di quattro miglia lungo il margine della brughiera, giunsi finalmente a un piccolo villaggio grigio dove due edifici più grandi, — la locanda e la casa del dottor Mortimer, come poi scoprii — spiccavano tra gli altri. Il direttore dell'ufficio postale, che era anche proprietario dello spaccio del villaggio, rammentava benissimo il telegramma.

«Certo, signore», disse, «il telegramma è stato consegnato direttamente al signor Barrymore, secondo le istruzioni.»

«Chi l'ha consegnato?»

«Lui, mio figlio. James, la settimana scorsa hai consegnato tu quel telegramma al signor Barrymore alla Hall, no?»

«Sì, papà, l'ho consegnato io.»

«A lui personalmente?», chiesi.

«Be', in quel momento era su in soffitta, quindi non potevo consegnarlo nelle sue mani, ma l'ho dato alla signora Barrymore che ha promesso di portarglielo subito.»

«Tu hai visto il signor Barrymore?»

«No, signore; le ho detto che era in soffitta.»

«Se non l'hai visto, come fai a sapere che era in soffitta?»

«Be', sua moglie doveva certo sapere dov'era», disse seccato il direttore. «Non ha avuto il telegramma? Se c'è qualche disguido, quello che deve reclamare è il signor Barrymore.»

Ogni ulteriore indagine sembrava inutile, ma era chiaro che, malgrado lo stratagemma di Holmes, non c'era alcuna prova che Barrymore non si trovasse a Londra in quel momento. Supponendo che così fosse — supponendo che lo stesso uomo fosse stato l'ultimo a vedere Sir Charles vivo e il primo a scovare il nuovo erede appena tornava in Inghilterra. E allora? Agiva per conto di altri, o aveva un qualche sinistro scopo personale? Quale interesse poteva avere nel perseguitare la famiglia Baskerville? Pensai allo strano avviso ritagliato dall'articolo del *Times*. Era opera sua o forse di qualcun altro che ne contrastava i disegni? L'unico movente concepibile era quello suggerito da Sir Henry e cioè che, se si fossero terrorizzati i membri della famiglia al punto di convincerli ad andarsene, i Barrymore si sarebbero garantiti una casa comoda e permanente. Ma senza dubbio una spiegazione del genere non poteva essere sufficiente a giustificare quel sottile e oscuro complotto che sembrava tessere una rete invisibile intorno al giovane baronetto. Holmes stesso aveva dichiarato che mai, in tutta la sua lunga e sensazionale carriera, gli era capitato un caso così complesso. Tornando indietro, lungo la strada biancastra e solitaria, pregavo che il mio amico si liberasse presto dai suoi impegni e venisse lì a sollevarmi da quella gravosa responsabilità.

Il corso dei miei pensieri fu improvvisamente interrotto dal suono di passi che correvano dietro di me e da una voce che mi chiamava per nome. Mi voltai, aspettandomi di vedere il dottor Mortimer ma, con mia sorpresa, chi mi inseguiva era uno sconosciuto. Un uomo piccolo, magro, sbarbato, con i capelli biondo-stoppa, il viso scarno, fra i trenta e i quarant'anni, con un vestito grigio e un cappello di paglia. Una cassettina per campioni botanici gli pendeva dalla spalla e, in mano, portava una grossa rete da farfalle.

«Mi perdonerà la sfacciataggine, dottor Watson», disse quando, ansante, mi fu vicino. «Qui sulla brughiera siamo gente alla buona e non aspettiamo una presentazione formale. Forse ha sentito il mio nome dal nostro comune amico Mortimer. Sono Stapleton, di Merripit House.»

«L'avrei capito dal retino e dalla scatola», risposi, «dato che sapevo che il signor Stapleton era un naturalista. Ma come ha fatto lei a riconoscere me?»

«Sono stato da Mortimer e lui me l'ha indicata dalla finestra dell'ambulatorio, mentre passava. Visto che facevamo la stessa strada, ho pensato di raggiungerla e di presentarmi. Mi auguro che Sir Henry non sia troppo stanco per il viaggio?»

«Sta benissimo, grazie.»

«Temevamo tutti che, dopo la dolorosa dipartita di Sir Charles, il nuovo baronetto rifiutasse di vivere qui. È chiedere troppo a un uomo ricco di venire a seppellirsi in un posto simile ma non occorre che le dica quanto la sua presenza sia importante per la nostra zona. Immagino che Sir Henry non nutra timori superstiziosi al riguardo di quella faccenda?»

«Lo riterrei molto improbabile.»

«Naturalmente lei conosce la leggenda del diabolico cane che perseguita la famiglia?»

«Me l'hanno raccontata.»

«Incredibile come siano creduloni i contadini da queste parti! Molti di loro sono pronti a giurare di averlo visto sulla brughiera.» Parlava sorridendo ma dai suoi occhi mi sembrò di capire che prendeva la cosa più seriamente di quanto volesse ammettere. «Quella leggenda ha notevolmente influenzato la fantasia di Sir Charles e sono sicuro che è stata la causa della sua tragica fine.»

«In che modo?»

«I suoi nervi erano talmente scossi che la comparsa di un cane qualsiasi avrebbe potuto essere fatale per il suo cuore malato. Secondo me, quella sua ultima sera vide, effettivamente, qualcosa del genere nel viale dei cipressi. Temevo che si sarebbe potuta verificare una disgrazia; ero molto affezionato al vecchio, e sapevo che soffriva di cuore.»

«Come mai lo sapeva?»

«Me lo aveva detto il mio amico Mortimer.»

«Lei ritiene, dunque, che un cane abbia seguito Sir Charles e che, di conseguenza, egli sia morto di paura?»

«Ha qualche spiegazione migliore?»

«Non sono giunto a nessuna conclusione.»

«Nemmeno il signor Sherlock Holmes?»

Per un istante rimasi senza fiato, ma un'occhiata al volto placido e allo sguardo tranquillo del mio compagno, mi dissero che non aveva voluto sorprendermi.

«Non c'è scopo di far finta che non sappiamo chi è lei, dottor Watson», disse Stapleton. «Le imprese del suo investigatore sono giunte fino a noi e, di conseguenza, sappiamo anche chi è lei. E se lei si trova qui, ne consegue che il signor Sherlock Holmes si sta interessando personalmente della faccenda e, naturalmente, sono curioso di sapere che ne pensa.»

«A questa domanda temo di non saper rispondere.»

«Posso chiedere se ci onorerà di una visita?»

«Per il momento non può allontanarsi dalla città. Si sta occupando di altri casi.»

«Peccato! Avrebbe potuto gettare un po' di luce su quello che per noi è ancora oscuro. Ma, in quanto alle sue ricerche, se in qualche modo posso esserle utile spero che vorrà dirmelo. Se avessi un'idea di cosa sospetta o di come si propone di indagare, forse potrei ora stesso darle aiuto o consiglio.»

«Le assicuro che sono qui unicamente in visita al mio amico, Sir Henry, e che non mi serve aiuto di nessun genere.»

«Giustissimo!», disse Stapleton. «Lei ha perfettamente ragione ad essere cauto e discreto. Mi merito un rimprovero per quella che sicuramente è stata un'imperdonabile ingerenza, e le prometto che non parlerò più della cosa.»

Eravamo arrivati in un punto dove uno stretto sentiero erboso si diramava dalla strada per snodarsi sulla brughiera. Alla nostra destra, si ergeva una collina ripida e costellata di massi che, in tempi lontani, era stata usata come cava di granito. Il lato rivolto verso di noi costituiva una scogliera scura, piena di cavità nelle quali spuntavano felci e rovi. Da una collina più lontana si alzava un pennacchio di fumo grigio.

«Una breve passeggiata lungo questo sentiero ci porta a Merripit House», disse Stapleton. «Se mi concede un'oretta del suo tempo sarei lieto di farle conoscere mia sorella.»

Il mio primo pensiero fu che avrei dovuto essere al fianco di Sir Henry. Poi rammentai la pila di carte e fatture ammucchiate sulla sua scrivania. Con quelle non potevo certo aiutarlo. E Holmes mi aveva espressamente ordinato di studiare i vicini che abitavano sulla brughiera. Accettai quindi l'invito di Stapleton e ci avviammo lungo il sentiero.

«È un posto stupendo, la brughiera», disse girando lo sguardo sulle colline ondulate, flutti di verde che si rincorrevano, con creste di granito frastagliato che sembravano schiumare in onde fantastiche. «Non ci si stanca mai della brughiera. Non può immaginare quanti meravigliosi segreti nasconda. Così vasta, così desolata, e così misteriosa.»

«La conosce bene?»

«Sono qui solo da due anni. La gente del posto mi definirebbe un nuovo arrivato. Siamo venuti poco dopo l'insediamento di Sir Charles. Ma le mie inclinazioni mi spingono a esplorare ogni angolo del paesaggio che mi circonda, e credo che poche persone la conoscano meglio di me.»

«È difficile conoscerla?»

«Molto. Per esempio, osservi quella grande pianura a nord, su cui spuntano quelle strane colline. Nota qualcosa di particolare?»

«Sarebbe un ottimo posto per una galoppata.»

«Naturalmente, è la prima cosa che si pensa, ma è un pensiero che è costato la vita a molta gente. Vede tutte quelle macchie di un verde brillante che si addensano su di essa?»

«Sì, sembrano più fertili delle altre.»

Stapleton rise.

«Quella è Grimpen Mire, la grande palude di sabbie mobili», disse. «Laggiù, un passo falso significa la morte, per gli uomini e per gli animali. Non più tardi di ieri ho visto uno dei pony di brughiera che ci si avventurava. Non è più tornato indietro. Ho scorto a lungo la testa che si dibatteva nell'acquitrino ma, alla fine, è stato risucchiato. Anche nella stagione secca è pericoloso attraversarla ma, dopo le piogge autunnali, è un posto spaventoso. Eppure, io sono in grado di entrarci e di riuscirne vivo. Perbacco, ecco un altro di quei disgraziati pony!»

Qualcosa di color marrone si stava dibattendo fra i carici verdi. Poi, emerse un collo lungo, teso in uno sforzo agonico e un nitrito spaventoso echeggiò nella brughiera. Mi si gelò il sangue ma il mio compagno sembrava avere nervi più saldi dei miei.

«È andato!», disse. «La palude l'ha inghiottito. Due in due giorni, e forse molti di più perché hanno l'abitudine di recarsi lì nella stagione secca e non capiscono la differenza se non quando è troppo tardi. È un brutto posto, il Grimpen Mire.»

«E lei dice che è in grado di entrarci?»

«Sì, ci sono un paio di sentieri, impervi ma transitabili. Li ho scoperti.»

«Ma perché vuole andare in un posto così orrendo?»

«Be', vede quelle colline laggiù? In realtà, sono isole circondate dalla palude che si è insinuata tutt'intorno col passar degli anni. È laggiù che si trovano le piante e le farfalle rare, se si riesce a raggiungerle.»

«Uno di questi giorni ci proverò anche io.»

«Per amor di Dio, non ci pensi nemmeno!», esclamò. «Il suo sangue ricadrebbe sul mio capo. Le assicuro che non avrebbe la minima probabilità di uscirne vivo. Io ci riesco unicamente tenendo a mente determinati e complessi punti di riferimento.»

«Ehi!», esclamai, «e questo che è?»

Un lungo lamento prolungato, di una tristezza indicibile, sorvolò la brughiera, riempiendo l'aria ed era impossibile dire da dove provenisse. Da un sordo mormorio si trasformò in un profondo ruggito per poi smorzarsi di nuovo in un sussurro palpitante e malinconico. Stapleton mi guardò con espressione bizzarra.

«Strano posto, la brughiera!», disse.

«Ma cos'è?»

«I contadini dicono che è il Mastino dei Baskerville che cerca la sua preda. L'ho già sentito un paio di volte, ma mai così forte.»

Mi guardai intorno, col cuore stretto in una morsa di paura, osservando la sconfinata pianura collinosa, con le fitte macchie verdi dei canneti. Tutto era immobile in quella distesa, tranne che per un paio di corvi che gracchiavano rumorosamente da una sommità rocciosa alle nostre spalle.

«Lei è un uomo colto. Non crederà a simili sciocchezze?», dissi. «Secondo lei, qual è la causa di questo strano suono?»

«Gli acquitrini a volte producono strani rumori. Il fango che si assesta, l'acqua che gorgoglia, o cose del genere.»

«No, no, quel suono proveniva da un essere vivente.»

«Può darsi. Ha mai sentito il grido di un airone di palude?»

«No, mai.»

«È un uccello di una specie molto rara oggi in Inghilterra — praticamente estinta —, ma sulla brughiera tutto è possibile. Sì, non mi sorprenderei se venissi a sapere che quello che abbiamo sentito è il grido dell'ultimo airone di palude.»

«È il suono più strano e misterioso che abbia mai sentito in vita mia.»

«Già, ma tutto il posto è misterioso e inquietante. Guardi quelle colline laggiù. Che gliene sembra?»

Tutto il ripido pendio era ricoperto da cerchi di pietra grigia, almeno una dozzina.

«Cosa sono? Stazzi per le pecore?»

«No, sono le dimore dei nostri emeriti antenati. Nella preistoria, molti individui vivevano sulla brughiera e, dal momento che, da allora in poi, non ci ha più abitato nessuno in particolare, troviamo tutti questi piccoli insediamenti, esattamente come furono lasciati. Erano i loro wigwam, le loro tende, ma senza il tetto. Se ha la curiosità di andare a osservarli da vicino, si vedono ancora le tracce dei focolari e dei giacigli.»

«Ma sembra quasi una città. A che epoca risale?»

«Al periodo neolitico — non c'è una data precisa.»

«Che attività svolgeva l'uomo neolitico?»

«Pascolava i suoi armenti su questi pendii, poi imparò a estrarre lo stagno quando all'ascia di pietra si sostituì la spada di bronzo. Osservi quella grande trincea sulla collina opposta. È opera sua. Sì, troverà cose molto insolite sulla brughiera, dottor Watson. Oh, mi scusi un attimo! Una farfalla rarissima!»

Una piccola farfalla, o una falena, ci svolazzava davanti e, in un istante, Stapleton si era lanciato all'inseguimento, con un'energia e una velocità straordinarie. Vidi con sgomento l'insetto che volava in direzione delle sabbie mobili; il mio nuovo conoscente non ebbe un attimo di esitazione, correndole appresso, saltando di zolla in zolla, sventolando il retino verde. Il suo vestito grigio e i movimenti a scatti, il suo procedere a zigzag, senza una direttiva precisa, rendevano lui stesso simile a una grossa falena. Ero rimasto a guardare il suo inseguimento, combattuto fra l'ammirazione per la sua straordinaria energia e il timore che, per un passo falso, finisse in quella palude insidiosa quando mi sentii un passo alle spalle e, voltandomi, vidi una donna accanto a me sul sentiero. Era venuta dalla direzione in cui il pennacchio di fumo indicava la posizione di Merripit House, ma l'avvallamento della brughiera l'aveva nascosta alla vista fino a quando non mi era arrivata vicino.

Senza dubbio, questa era la signora Stapleton di cui mi avevano parlato, dal momento che di donne sulla brughiera ce n'erano ben poche e rammentavo di averla sentita descrivere come una vera bellezza. La donna che mi si era accostata era certamente bella, di una bellezza fuori dal comune. Fratello e sorella non avrebbero potuto essere più diversi fra loro — Stapleton, tutto a tinte neutre, capelli chiari e occhi grigi, mentre lei era più scura di qualsiasi bruna avessi mai visto in Inghilterra —. Alta, sottile, elegante, col viso altero dai tratti delicati, così regolari che avrebbe potuto apparire inespressivo se non fosse stato per la bocca sensibile e gli splendidi occhi scuri. Con la sua figura perfetta e il suo abito elegante, era davvero una strana apparizione su un solitario viottolo di brughiera. Quando mi voltai, stava guardando il fratello, poi affrettò il passo venendo verso di me. Mi tolsi il cappello e stavo per fare qualche commento di spiegazione quando le sue parole incanalarono i miei pensieri in tutt'altra direzione.

«Torni indietro!», disse. «Torni immediatamente a Londra.»

Non seppi che guardarla con aria sorpresa e sicuramente stupida. Gli occhi mandavano lampi e batteva nervosamente il piede per terra.

«Perché dovrei tornare a Londra?», chiesi.

«Non posso spiegarglielo.» Parlava con voce bassa, agitata, con una strana pronuncia blesa. «Ma per amor di Dio faccia come le ho detto. Se ne vada, e non metta mai più piede sulla brughiera.»

«Ma sono appena arrivato.»

«Insomma!», esclamò. «Non capisce quando la si avvisa, per il suo bene? Torni a Londra! Parta questa sera stessa! Se ne vada da questo luogo, ad ogni costo! Sst!, sta arrivando mio fratello! Non una parola di quanto le ho detto. Le dispiacerebbe cogliermi quell'orchidea, laggiù fra l'erba cavallina? La brughiera è piena di orchidee anche se, naturalmente, adesso la stagione è troppo inoltrata per scoprire tutte le bellezze del posto.»

Stapleton aveva rinunciato all'inseguimento ed era tornato col fiato grosso, rosso in faccia per la corsa.

«Ciao, Beryl!», disse e mi parve che il suo tono non fosse troppo cordiale.

«Sei molto accaldato, Jack.»

«Già, stavo inseguendo un insetto rarissimo, che quasi mai si trova alla fine d'autunno. Peccato che l'ho perso!», parlava con aria distratta ma i suoi occhietti chiari andavano incessantemente dalla ragazza a me.

«Vedo che vi siete già presentati.»

«Sì, stavo dicendo a Sir Henry che la stagione è piuttosto inoltrata perché possa ammirare la brughiera in tutta la sua bellezza.»

«Ma chi credi che sia questo signore?»

«Sir Henry Baskerville, immagino.»

«No, no», dissi io, «solo una persona qualunque, senza titolo, ma un suo amico. Sono il dottor Watson.»

Il volto espressivo s'imporporò di stizza. «Ci siamo fraintesi», disse.

«Be', non avete avuto molto tempo per parlare», osservò il fratello con lo stesso sguardo inquisitore.

«Mi sono rivolta al dottor Watson come se fosse un residente anziché un semplice visitatore», rispose. «Non può importargli molto se è troppo presto o troppo tardi per le orchidee. Ma verrà con noi, no, a vedere Merripit House?»

La raggiungemmo dopo una breve passeggiata, una deprimente casa di brughiera che, in giorni migliori, doveva essere stata la fattoria di qualche allevatore di bestiame, e in seguito era stata restaurata e rimodernata. Era circondata da un frutteto ma, come sempre sulla brughiera, le cime degli alberi erano spuntate e sfrangiate e tutto il luogo appariva misero e tetro. Ci aprì la porta uno strano domestico, avvizzito, con una giacca color ruggine, che sembrava in carattere con la casa. All'interno, però, le stanze erano ampie e arredate con un'eleganza in cui credetti di riconoscere il gusto della signora. Osservando dalle finestre l'interminabile brughiera spruzzata di granito che si estendeva ininterrotta fino all'estremo orizzonte, non potei fare a meno di chiedermi cosa avesse indotto quell'uomo coltissimo e quella bella donna a vivere in un posto simile.

«Strana zona da scegliere, non è vero?», osservò Stapleton, quasi rispondendo ai miei pensieri. «Eppure, riusciamo ad essere abbastanza felici, non è così, Beryl?»

«Felicissimi», confermò la sorella, ma senza la minima convinzione.

«Avevo una scuola», continuò Stapleton. «Nel nord. Per un uomo del mio temperamento era un lavoro meccanico e poco interessante ma il privilegio di vivere a contatto con i giovani, di contribuire a plasmare le loro giovani menti, l'imprimere in esse il proprio carattere e i propri ideali era una cosa cui tenevo molto. Ma il destino ci fu avverso. Scoppiò una grave epidemia nella scuola e tre dei ragazzi morirono. Non si riprese mai da quel colpo e buona parte del mio capitale era irrimediabilmente perduto. Eppure, se non fosse che mi manca la piacevole compagnia dei ragazzi, potrei rallegrarmi per la mia sfortuna; con la mia passione per la botanica e la zoologia qui ho trovato un campo di lavoro praticamente illimitato, e mia sorella è amante della natura quanto me. Le dico tutto questo dottor Watson perché ho notato la sua espressione mentre guardava la brughiera dalla finestra.»

«Certo, mi è passata per la mente l'idea che questo potesse essere un luogo poco divertente — se non forse per lei, per sua sorella.»

«No, no, io non mi annoio mai», rispose in fretta la donna.

«Abbiamo i nostri libri, i nostri studi, e dei vicini interessanti. Il dottor Mortimer è un uomo coltissimo nel suo campo. Anche Sir Charles era un compagno molto piacevole. Lo conoscevamo bene e ci manca più di quanto riesca a dirle. Crede che disturberei se, oggi pomeriggio, venissi a fare la conoscenza di Sir Henry?»

«Sono certo che ne sarebbe felicissimo.»

«Allora forse avrà la cortesia di annunciargli la mia visita. Nel nostro piccolo, potremmo facilitargli le cose fino a quando non si sarà abituato al suo nuovo ambiente. Vuole venire di sopra, dottor Watson, a vedere la mia collezione di *Lepidoptera?* Credo che sia la più completa nel sud-ovest dell'Inghilterra. Quando avrà terminato di guardarla, il pranzo sarà quasi pronto.»

Ma ero ansioso di tornare dal mio protetto. La tristezza della brughiera, la morte di quel povero pony, il misterioso suono associato alla fosca leggenda dei Baskerville, tutto mi faceva sentire depresso. E, in aggiunta a queste più o meno vaghe sensazioni, era arrivato il preciso e chiaro avvertimento della signorina Stapleton, pronunciato con tale intensità da farmi ritenere che, senza dubbio, era motivato da qualche grave e misteriosa ragione. Resistetti a tutti i tentativi di trattenermi per il pranzo e mi rimisi subito in cammino per tornare a casa, seguendo il sentiero coperto d'erba attraverso il quale eravamo venuti.

Doveva però esistere una qualche scorciatoia, nota a pochi,

perché, prima ancora di raggiungere la strada, rimasi sbalordito nel vedere la signorina Stapleton seduta su un macigno al bordo del viottolo. Il viso, arrossato dall'esercizio, era ancora più bello, e si premeva un fianco con la mano.

«Ho fatto tutta la strada di corsa per intercettarla, dottor Watson», disse. «Non ho avuto nemmeno il tempo di mettermi il cappello. Non posso fermarmi o mio fratello potrebbe accorgersi della mia assenza. Volevo scusarmi con lei per quello sciocco errore di scambiarla con Sir Henry. Dimentichi, la prego, ciò che le ho detto, e che non riguarda affatto lei.»

«Ma non posso dimenticarlo, signorina Stapleton,» risposi. «Sir Henry è mio amico e la sua incolumità mi riguarda da vicino. Mi dica perché era così ansiosa che Sir Henry tornasse a Londra.»

«Un capriccio femminile, dottor Watson. Quando mi conoscerà meglio, capirà che non sempre so spiegare quello che dico o faccio.»

«No, no. Ricordo bene l'apprensione nella sua voce. Lo sguardo nei suoi occhi. La prego, la prego signorina Stapleton, mi dica la verità, poiché da quando sono qui ho avvertito molte ombre intorno a me. La vita è diventata come la grande Grimpen Mire, piena di piccole chiazze verdi nelle quali si può sprofondare, e senza nessuna guida a indicare la strada. Mi dica cosa intendeva dire, e le prometto che trasmetterò il suo monito a Sir Henry.»

Ebbe un attimo di indecisione ma, quando parlò, il suo sguardo si era di nuovo indurito.

«Lei dà troppa importanza alla cosa, dottor Watson. Mio fratello ed io eravamo profondamente scossi per la morte di Sir Charles. Lo conoscevamo molto bene perché la sua passeggiata favorita era attraverso la brughiera fino alla nostra casa. Era assai impressionato dalla maledizione che incombeva sulla sua famiglia e, quando accadde la tragedia, naturalmente pensai che i timori che ci aveva espresso dovevano avere qualche fondamento. Mi angosciava quindi l'idea che un altro membro della famiglia venisse a vivere qui e ho ritenuto di doverlo avvisare del pericolo che correva. Ecco tutto.»

«Ma di che pericolo si tratta?»

«Lei conosce la leggenda del cane?»

«Non credo a queste sciocchezze.»

«Ma io sì. Se lei ha una qualche influenza su Sir Henry, lo conduca via da un luogo che è sempre stato fatale alla sua famiglia. Il mondo è grande. Perché dovrebbe voler vivere dove un pericolo lo minaccia?»

«Proprio per questo. È nel suo carattere. Temo che, a meno che lei non voglia darmi qualche informazione più precisa, sarebbe impossibile spostarlo.»

«Non posso dirle niente di preciso, perché non so niente di preciso.»

«Le chiedo un'ultima cosa, signorina Stapleton. Se era solo questo il significato delle sue parole, perché non voleva che suo fratello la sentisse? Non c'è nulla su cui lui, o altri, potrebbero sollevare obiezioni.»

«Mio fratello ci tiene molto a che la Hall sia abitata, perché ritiene che sia per il bene della povera gente che vive sulla brughiera. Si arrabbierebbe moltissimo se sapesse che, a motivo di qualcosa che ho detto io, Sir Henry andasse via. Ma adesso ho fatto il mio dovere e non aggiungerò altro. Devo tornare, o si accorgerà che non sono in casa e sospetterà che ho parlato con lei. Arrivederci!», si voltò e scomparve in pochi minuti dietro i macigni sparsi mentre io, con l'animo colmo di timori indistinti, continuai il mio cammino per Baskerville Hall.

# CAPITOLO OTTAVO

# Primo rapporto del dottor Watson

Da questo momento in poi, seguirò il corso degli eventi trascrivendo le mie lettere a Sherlock Holmes, che ho qui davanti a me. Manca una pagina ma, altrimenti, sono esattamente come le ho scritte e riportano i miei sentimenti e i miei sospetti del momento più accuratamente di quanto potrebbe fare la mia memoria, per quanto quei tragici fatti mi siano rimasti impressi.

Baskerville Hall, 13 ottobre

Mio caro Holmes,

Con le mie precedenti lettere e telegrammi l'ho tenuta costantemente al corrente di tutto quanto è successo in quest'angolo di mondo dimenticato da Dio. Più si rimane qui, più si è pervasi dallo spirito della brughiera, dalla sua desolazione e dal suo tetro fascino. Una volta su questa landa, si lasciano alle spalle tutte le vestigia dell'Inghilterra moderna e si è continuamente consci che qui hanno vissuto e lavorato le genti preistoriche. Dovunque si vada, si incontrano le dimore di questi esseri inghiottiti dall'oblio del tempo, con le loro tombe e gli enormi monoliti che, si dice, fossero i loro templi. Guardando quelle capanne di pietra grigia sui fianchi solcati delle colline, si dimentica la nostra epoca e, se capitasse di scorgere un uomo villoso, coperto di pelli, che striscia fuori dalle porticine basse, con una freccia dalla punta di selce incoccata sull'arco, la sua presenza apparirebbe più normale della nostra. La cosa strana è che queste popolazioni abbiano vissuto così numerose su una terra che deve essere sempre stata sterile. Non sono un etnologo, ma suppongo che si trattasse di una razza pacifica e perseguitata, costretta ad accettare ciò che tutti gli altri rifiutavano.

Comunque, questo non ha nulla a che fare con la missione per cui lei mi ha mandato qui e, probabilmente, non interesserà affatto la sua mente rigorosamente pratica. Ricordo ancora la sua totale indifferenza circa il fatto se era il sole a ruotare intorno alla terra o viceversa. Torniamo quindi ai fatti che riguardano Sir Henry Baskerville.

Se in questi ultimi giorni non ha ricevuto i miei rapporti è perché, fino ad oggi, non c'era niente di importante da riferire. Poi, è successa una cosa molto strana, di cui le parlerò a tempo debito. Ma, in primo luogo, devo aggiornarla su altri fattori che sono entrati in gioco.

Uno di questi, del quale le ho parlato poco, è l'ergastolano evaso sulla brughiera. Ora ci sono buoni motivi per ritenere che sia riuscito a lasciare la zona, con grande sollievo delle famiglie così isolate. Sono ormai trascorse due settimane dalla sua fuga, durante le quali non si è visto e non si è saputo niente di lui. È del tutto inconcepibile che sia potuto rimanere sulla brughiera per tutto questo tempo. Certo, non avrebbe avuto difficoltà a trovare un nascondiglio. Una qualsiasi di quelle capanne di pietra sarebbe servita allo scopo. Ma non aveva niente da mangiare, a meno che avesse rubato e sgozzato una pecora. Riteniamo, quindi, che se ne sia andato e i contadini più isolati dormono meglio.

In casa siamo quattro uomini validi e possiamo badare a noi stessi, ma le confesso che, in certi momenti, sono stato molto preoccupato per gli Stapleton. Vivono a miglia di distanza da qualsiasi aiuto. Sono soltanto una cameriera, un vecchio domestico, la sorella e il fratello, che non è un individuo molto robusto. Se un galeotto che non ha niente da perdere, come questo criminale di Notting Hill, dovesse introdursi in casa loro, sarebbero assolutamente impotenti nelle sue mani. Tanto Sir Henry che io ci preoccupavamo per la loro situazione e fu suggerito di mandare Perkins, lo stalliere, a dormire da loro. Ma gli Stapleton non ne hanno voluto sentir parlare.

Il fatto è che il nostro amico baronetto comincia a dimostrare notevole interesse per la nostra bella vicina. Non c'è da meravigliarsene; per un uomo attivo come lui, il tempo passa molto lentamente in un posto solitario come questo, e lei è una donna molto affascinante e molto bella. C'è in lei qualcosa di tropicale e di esotico, in netto contrasto col fratello, freddo e distaccato. Ma anche lui suscita l'idea di un fuoco nascosto. Certo, ha un forte ascendente sulla sorella; l'ho vista guardarlo in continuazione mentre parlava, come a cercarne l'approvazione. Suppongo che sia affettuoso nei suoi confronti. Anche se nei suoi occhi c'è un bagliore ironico e un'espressione inflessibile sulle sue labbra sottili, da far pensare a un carattere forte e, magari, duro. Lei lo troverebbe un soggetto interessante.

Quel primo giorno, venne a farci visita a Baskerville e, subito la mattina dopo, ci condusse a vedere il luogo dove pare abbia avuto origine la leggenda del malvagio Hugo. Una passeggiata di qualche miglio attraverso la brughiera fino a una zona così tetra e squallida che poteva benissimo aver dato vita alla storia. Scoprimmo una breve vallata, fra due rocce brulle, che conduceva a uno spazio aperto ed erboso punteggiato dai ciuffi bianchi di quella che chiamano erba del cotone. Nel centro, si ergevano due enormi pietre, consunte e appuntite in cima fino a sembrare le enormi e taglienti zanne di qualche mostruoso animale. Quel luogo corrispondeva in tutto e per tutto alla scena della tragedia. Sir Henry era interessatissimo e più di una volta chiese a Stapleton se lui credeva veramente nella possibilità di un'ingerenza soprannaturale nelle faccende umane. Parlava in tono gaio, ma era evidente che diceva molto sul serio. Stapleton fu molto cauto nelle sue risposte, ma era facile vedere che diceva meno di quel che sapeva e che non esprimeva chiaramente la sua opinione per riguardo ai sentimenti del baronetto. Ci raccontò di casi analoghi, in cui alcune famiglie avevano sofferto per qualche influsso maligno e ci lasciò con l'impressione che, per parte sua, condivideva l'opinione popolare.

Durante il ritorno, ci fermammo a pranzo a Merripit House, e fu proprio lì che Sir Henry fece la conoscenza della signorina Stapleton. Ne sembrò attratto fin dal primo istante e, se il sentimento non fu reciproco, allora vuol dire che mi sbaglio di grosso. Continuò a parlare di lei per tutto il tragitto verso casa e da allora non è praticamente passato giorno senza che ci incontrassimo con i due Stapleton. Questa sera cenano da noi, e già si parla di andare a cena da loro la settimana prossima. Si penserebbe che un'unione del genere dovesse essere molto gradita a Stapleton e invece, più di una volta, ho sorpreso sul suo volto un'espressione di profonda disapprovazione quando Sir Henry rivolgeva dei complimenti alla sorella. Senza dubbio, le è molto legato e, senza di lei, condurrebbe una vita molto solitaria; ma sembrerebbe il colmo dell'egoismo se volesse impedirle di fare un matrimonio così brillante. Sono sicuro che non desidera affatto che la loro intimità sfoci in amore, e molte volte ho notato che fa di tutto perché non si trovino insieme da soli. A proposito, le sue istruzioni circa l'impedire a Sir Henry di uscire da solo diventeranno sempre più difficili da seguire se, a tutte le altre difficoltà, dovesse aggiungersi anche un idillio. Se dovessi eseguire le sue istruzioni alla lettera, ben presto diventerei estremamente impopolare.

L'altro giorno — giovedì, per l'esattezza — il dottor Mortimer è stato a pranzo da noi. Aveva condotto degli scavi in un tumulo di Long Down ed era esultante perché aveva rinvenuto un cranio preistorico. Non ho mai visto una persona che, come lui, si dedichi con tanto entusiasmo a un'unica attività! Più tardi, ci hanno raggiunto gli Stapleton e, dietro richiesta di Sir Henry, il buon dottore ci ha portato tutti nel viale dei cipressi per indicarci esattamente come si erano svolti gli eventi di quella tragica sera. Questo viale dei cipressi costituisce una passeggiata lunga e triste, fra due alte pareti di siepi cimate, fiancheggiate da una stretta striscia erbosa. All'estremità del viale, si trova un vecchio chiosco diroccato. A metà, c'è il cancello sulla brughiera, presso il quale l'anziano signore aveva lasciato cadere la cenere del suo sigaro. È un cancello di legno fermato con un nottolino, al di là del quale si stende l'immensità della brughiera. Mi sono ricordato della sua teoria e ho cercato di immaginare cosa fosse accaduto. Mentre era fermo al cancello, il vecchio vide qualcosa che attraversava la brughiera, qualcosa che lo terrorizzò a tal punto da fargli perdere il ben dell'intelletto, e si mise a correre e correre fino a quando crollò per l'orrore e la stanchezza. Teatro della sua fuga era quel lungo e cupo tunnel. Ma da cosa era fuggito? Un cane da pastore? O un cane fantasma, nero, silenzioso e mostruoso? C'era un intervento umano in tutta la faccenda? Quel pallido e vigile Barrymore sapeva più di quanto era disposto a dire? Tutto era vago e sfocato, ma su tutto incombeva l'oscura ombra del delitto.

Da quando le ho scritto l'ultima volta, ho avuto occasione di conoscere un altro dei vicini. Il signor Frankland, di Lafter Hall, che abita a circa quattro miglia da noi, in direzione sud. È un uomo anziano, rubizzo e collerico, con i capelli bianchi. La sua passione sono le leggi inglesi e ha speso un patrimonio in cause e processi. Discute per il solo piacere di discutere ed è pronto ad appoggiare uno o l'altro degli aspetti di ogni questione; niente di strano, quindi, se ha scoperto che questo suo divertimento è piuttosto costoso. Talvolta blocca una strada con diritto di transito e sfida le autorità del circondario a fargliela riaprire. Altre volte, abbatte con le sue mani il cancello di qualcun altro, dichiarando che in quel punto esisteva da tempi immemorabili un sentiero e sfida il proprietario a fargli causa per violazione di confini. È un esperto di diritto feudale e comunale e, qualche volta, applica le sue cognizioni a favore dei paesani di Fernworthy, altre volte contro di loro; e quindi, periodicamente, o viene portato in trionfo per le strade del villaggio, o viene bruciato in effigie, a seconda del suo ultimo *exploit*. Si dice che attualmente abbia in corso almeno sette cause che, probabilmente, inghiottiranno quello che resta del suo patrimonio: forse, così, perderà il pungiglione e, in futuro, sarà innocuo. A prescindere dalle sue manie legali, sembra una brava persona, e ho accennato a lui solo perché lei ha molto insistito per avere qualche notizia circa la gente che ci circonda. In questo periodo, è impegnato in una strana attività; dato che è un astronomo dilettante e possiede un ottimo telescopio, se ne sta tutto il giorno sdraiato sul tetto di casa sua a perlustrare la brughiera, sperando di avvistare il forzato evaso. Se dedicasse tutte le sue energie a questo, non ci sarebbe niente di male, ma corre voce che intenda trascinare in tribunale il dottor Mortimer sotto l'accusa di aver aperto una tomba senza il consenso del parente più prossimo — e si riferisce al cranio neolitico che il dottore ha trovato nello scavo di Long Down! È un tipo che contribuisce a interrompere la monotonia della vita e, ogni tanto, ci procura una ventata di comicità di cui si sente davvero il bisogno.

E ora, dopo che l'ho aggiornata sul forzato evaso, sugli Stapleton, sul dottor Mortimer, e su Frankland di Lafter Hall, vengo al punto più importante, vale a dire qualche ulteriore informazione sui Barrymore e specialmente sui sorprendenti sviluppi di ieri sera.

In primo luogo, il telegramma di controllo che lei ha mandato da Londra per assicurarsi che Barrymore fosse effettivamente qui. Come le ho già spiegato, la testimonianza del direttore dell'ufficio postale dimostra che il controllo è stato inutile e che non abbiamo prove né in un senso né nell'altro. Ho raccontato a Sir Henry come stavano le cose e subito, nella sua maniera sbrigativa, ha fatto chiamare Barrymore e gli ha chiesto se aveva ricevuto personalmente il telegramma. Barrymore ha risposto di sì.

«Il fattorino l'ha consegnato nelle sue mani?», ha domandato.

Barrymore è apparso sorpreso e ci ha pensato un po' su.

«No», ha risposto, «in quel momento ero in soffitta e mia moglie me l'ha portato.»

«Ha risposto lei stesso?»

«No; ho detto a mia moglie cosa doveva rispondere e lei è scesa per scrivere il telegramma di ritorno.»

La sera, riprese l'argomento di sua spontanea volontà.

«Non capisco bene lo scopo delle sue domande di questa mattina, Sir Henry», disse. «Mi auguro che non vogliano dire che ho fatto qualcosa per cui abbia perso la sua fiducia?»

Sir Henry lo rassicurò, che non si trattava di questo e, per rabbonirlo, gli regalò buona parte del suo vecchio guardaroba dato che da Londra erano arrivati gli abiti nuovi.

Quella che mi interessa è la signora Barrymore. È una donna solida e pratica, molto limitata, estremamente rispettabile, e con tendenze puritane. Non si potrebbe immaginare persona meno emotiva di lei. Eppure le ho raccontato di come, la prima notte trascorsa qui, l'ho sentita singhiozzare amaramente e, da allora, più di una volta ho notato tracce di pianto sul suo viso. Qualche profonda angoscia le strazia il cuore. Talvolta mi chiedo se a perseguitarla non sia un ricordo del passato, talvolta sospetto che Barrymore sia un tiranno fra le pareti domestiche. Ho sempre sentito che c'era qualcosa di poco chiaro e discutibile nel carattere di quest'uomo, ma l'avventura della notte scorsa ha scatenato i miei sospetti.

Può anche darsi che, di per sé, la cosa sembri banale. Lei sa che ho il sonno piuttosto leggero e, da quando sono qui a fare la guardia, lo è ancora di più. Ieri notte, verso le due di mattina, sono stato svegliato da passi furtivi fuori dalla mia porta. Mi sono alzato, l'ho aperta e ho sbirciato fuori. Una lunga ombra nera scivolava nel corridoio. Era un uomo, che camminava senza rumore, con una candela in mano. Indossava camicia e calzoni ed era a piedi nudi. Ne distinguevo solo la sagoma ma, dall'altezza, ho capito che si trattava di Barrymore. Camminava adagio e con circospezione, e in tutto il suo modo di fare c'era qualcosa di indicibilmente colpevole e furtivo.

Le ho detto che il corridoio è interrotto dalla balconata che corre tutt'intorno al salone, per poi riprendere quando essa termina. Attesi fino a quando fu fuori di vista, poi lo seguii. Quando arrivai alla balconata, lui era giunto alla fine del corridoio e, da un barlume di luce da una porta socchiusa, capii che era entrato in una delle stanze. Ora, tutte quelle stanze sono vuote e disabitate quindi la sua spedizione appariva più misteriosa che mai. La luce brillava sempre nello stesso punto, il che voleva dire che era rimasto fermo e immobile. Mi avviai lungo il corridoio in punta di piedi, cercando di non fare il minimo rumore e mi affacciai alla porta.

Barrymore era accucciato alla finestra, con la candela contro il vetro. Era girato, di mezzo profilo, dalla mia parte e il suo volto appariva irrigidito nell'attesa mentre guardava fuori, nell'oscurità della brughiera. Per qualche minuto rimase a osservare intensamente. Poi emise un profondo gemito e spense la lampada con un gesto impaziente. Immediatamente tornai verso la mia stanza e, poco dopo, sentii di nuovo quei passi furtivi davanti alla mia porta. Molto tempo dopo, mentre ero immerso nel dormiveglia, sentii girare una chiave in una serratura, ma non riuscii a individuare da dove proveniva il suono. Non ho idea di cosa significhi tutto ciò ma succede qualcosa di misterioso in questa casa malinconica e, presto o tardi, scopriremo di che si tratta. Non voglio annoiarla con le mie teorie, poiché lei mi ha chiesto solo fatti. Questa mattina ho parlato a lungo con Sir Henry e abbiamo concordato un piano d'azione sulla base di quanto ho visto ieri notte. Per ora non ne parlo, ma credo che il mio prossimo rapporto sarà interessante.

# CAPITOLO NONO

# Secondo rapporto del dottor Watson

*La luce sulla brughiera*

Baskerville Hall, 15 ottobre

Mio caro Holmes,

Se nei primi giorni della mia missione sono stato costretto a lasciarla un po' a corto di notizie, deve ammettere che mi sto rifacendo del tempo perduto e che gli eventi adesso precipitano e si accavallano. Ho concluso il mio ultimo rapporto con la scena di Barrymore alla finestra e adesso ho un altro bel mucchietto di notizie che, se non mi sbaglio di grosso, la sorprenderanno notevolmente. Le cose hanno preso una piega che non potevo prevedere. Nelle ultime quarantott'ore sono diventate più chiare sotto certi aspetti, e più complicate sotto certi altri. Ma le racconterò tutto e giudicherà da sé.

La mattina successiva alla mia avventura, prima di colazione, mi avviai lungo il corridoio e andai a ispezionare la camera in cui era entrato Barrymore quella notte. Notai che la finestra a ovest, da cui la sera prima aveva scrutato così intensamente, ha una particolarità che la differenzia da tutte le altre finestre della casa — è quella da cui si vede più da vicino la brughiera. Infatti, c'è uno spazio, fra due alberi, che permette una veduta panoramica, mentre da tutte le altre finestre se ne ha solo un'immagine lontana. Dato, quindi, che solo questa finestra poteva servire allo scopo, Barrymore evidentemente stava cercando qualcuno o qualcosa sulla brughiera. Era una notte molto oscura e non capisco come potesse sperare di vedere qualcuno. Mi venne in mente che forse si trattava di una qualche tresca amorosa. Il che avrebbe spiegato le sue mosse furtive e il disagio di sua moglie. È un uomo che fa colpo, il tipo ideale per conquistare il cuore di una contadina, quindi la mia ipotesi poteva essere quella giusta. La porta che avevo sentito aprirsi dopo che ero tornato in camera mia, poteva forse indicare che era uscito per un appuntamento clandestino. Questa fu l'ipotesi che formulai la mattina e gliela riferisco anche se poi i risultati ne hanno dimostrato la totale infondatezza.

Comunque, quale che fosse la spiegazione dell'attività notturna di Barrymore, la prospettiva di dovermela tenere per me fino a quando non potessi darne una spiegazione, mi era intollerabile. Dopo colazione, ebbi un colloquio col baronetto, nel suo studio, e gli raccontai tutto quello che avevo visto. Rimase meno sorpreso di quanto mi aspettassi.

«Sapevo che Barrymore andava in giro di notte e mi ero ripromesso di parlargliene», disse. «Due o tre volte ho sentito i suoi passi che andavano e venivano nel corridoio, più o meno all'ora che indica lei.»

«Forse, ogni notte va ad affacciarsi a quella particolare finestra», suggerii.

«Forse. In questo caso, non dovrebbe essere difficile seguirlo per vedere cosa sta facendo. Mi domando come agirebbe il suo amico Holmes se fosse qui.»

«Credo che farebbe esattamente quanto lei ha appena suggerito», risposi. «Seguirebbe Barrymore per scoprire quello che fa.»

«Allora, lo faremo noi due.»

«Ma ci sentirà sicuramente.»

«No, è un po' duro d'orecchi; comunque, è un rischio che dobbiamo correre. Questa notte, veglieremo in camera mia e aspetteremo di sentirlo passare.» Sir Henry si fregò soddisfatto le mani ed era evidente che quell'avventura costituiva per lui un'interruzione alla vita sulla brughiera, un po' troppo tranquilla per i suoi gusti.

Il baronetto si è messo in contatto con un architetto che preparava i piani per Sir Charles e con un appaltatore londinese, quindi possiamo aspettarci quanto prima grandi cambiamenti. Sono venuti decoratori e mobilieri da Plymouth, ed è evidente che il nostro amico ha idee grandiose, e non intende risparmiare né fatiche né denaro per ridare lustro al casato. Quando la casa sarà rinnovata e riarredata, non gli mancherà che una moglie per completare la sua opera. Detto fra noi, ci sono chiari segni che non sarà difficile trovarla, se la signora è d'accordo, perché raramente ho visto un uomo più infatuato di una donna di quanto lui lo sia della nostra bella vicina, la signorina Stapleton. Eppure il corso dell'amore non sembra così liscio come ci si aspetterebbe, date le circostanze. Oggi, per esempio, quel corso è stato disturbato da un'increspatura totalmente inattesa, che ha causato notevole perplessità e contrarietà al nostro amico.

Dopo la conversazione a proposito di Barrymore, di cui le ho parlato, Sir Henry si è messo il cappello, preparandosi a uscire. Naturalmente feci anche io la stessa cosa.

«Ma come, viene *anche* lei, Watson?», mi ha chiesto, guardandomi in modo strano.

«Dipende se lei è diretto alla brughiera», ho risposto.

«Sì, sono diretto proprio lì.»

«Bene, lei sa quali sono le mie istruzioni. Mi spiace di imporle la mia presenza, ma lei ha sentito con quanta insistenza Holmes mi ha raccomandato di non allontanarmi da lei, e specialmente di non lasciarla andare sulla brughiera da solo.»

Sir Henry mi ha messo la mano sulla spalla con un amabile sorriso.

«Amico mio», mi ha detto, «malgrado tutta la sua saggezza, Holmes non poteva prevedere determinate cose che mi sono accadute da quando sono stato sulla brughiera. Capisce cosa voglio dire? Sono certo che lei è l'ultima persona al mondo che vorrebbe fare il guastafeste. Devo andare da solo.»

Mi trovavo in una posizione molto imbarazzante. Non sapevo cosa dire o cosa fare e, prima che mi fossi deciso, aveva preso il bastone ed era uscito.

Ma, quando ci ripensai, mi sentii rimordere la coscienza per averlo lasciato allontanare dalla mia vista, quale che ne fosse il pretesto. Immaginavo come mi sarei sentito se fossi dovuto tornare da lei a confessarle che era accaduta una disgrazia, solo perché avevo disobbedito alle sue istruzioni. Forse, avrei fatto ancora in tempo a raggiungerlo, così mi diressi immediatamente verso Merripit House.

Mi affrettai lungo la strada, il più velocemente possibile, senza scorgere traccia di Sir Henry fino a quando arrivai alla biforcazione del sentiero sulla brughiera. Temendo di avere preso la direzione sbagliata, salii su una collinetta da dove lo sguardo poteva spaziare — quella stessa collinetta in cui era stata scavata la cava. E da lì, lo vidi subito. Era sul sentiero della brughiera, a circa un quarto di miglio di distanza, e con lui era una donna che non poteva che essere la signorina Stapleton. Evidentemente, c'era già un accordo fra di loro e si erano dati appuntamento. Camminavano lentamente, assorti nella loro conversazione, e vedevo la ragazza accompagnare le sue parole con piccoli, rapidi gesti quasi a sottolinearle, mentre lui ascoltava attentamente e, un paio di volte, scosse il capo in cenno di violento diniego. Rimasi tra le rocce ad osservarli, indeciso sul da farsi. Seguirli e intromettermi in quella loro intima conversazione sarebbe stato imperdonabile, d'altro canto avevo il preciso dovere di non perderlo mai di vista, nemmeno per un momento. Detestavo spiare un amico. Ma mi sembrò che l'unica cosa da fare fosse di restare a osservarlo dalla collina e poi, in seguito, alleggerirmi la coscienza confessandogli tutto. È vero che, se un pericolo improvviso l'avesse minacciato, io ero troppo lontano per aiutarlo ma sono sicuro che converrà con me che mi trovavo in una posizione molto delicata, e quella era l'unica cosa che potessi fare.

Il nostro amico e la signora si erano fermati sul sentiero, profondamente assorti nella loro conversazione, quando improvvisamente mi resi conto che io non ero l'unico testimonio di quell'incontro. Vidi con la coda dell'occhio qualcosa di verde che si agitava nell'aria e, guardando meglio, vidi che quella cosa verde era attaccata a un bastone, retto da un uomo che si aggirava sul terreno accidentato. Era Stapleton con il suo retino da farfalle. Era molto più vicino di me alla coppia e sembrava che stesse avanzando proprio nella loro direzione. In quel preciso momento Sir Henry improvvisamente circondò la signorina Stapleton con un braccio, tirandosela vicino, ma ebbi l'impressione che lei cercasse di liberarsi, girando il viso dall'altra parte. Lui chinò la sua testa su quella della ragazza e lei alzò una mano come in segno di protesta. Un istante dopo li vidi separarsi bruscamente, girandosi in fretta. La causa di quell'interruzione era Stapleton. Correva a perdifiato verso di loro, con quel suo assurdo retino che gli ciondolava dietro le spalle. Gesticolava e quasi saltellava per l'agitazione davanti ai due innamorati. Non riuscivo a immaginare cosa significasse quella scena, ma mi sembrò che Stapleton stesse insultando Sir Henry il quale tentava di spiegare le cose e si incolleriva sempre più vedendo che l'altro respingeva le sue spiegazioni. La donna rimaneva da parte, in sdegnoso silenzio. Alla fine, Stapleton girò sui tacchi facendo un cenno perentorio alla sorella che, dopo un'occhiata titubante a Sir Henry, se ne andò a fianco del fratello. Il gesticolare irato del naturalista indicava che se la stava prendendo anche con la ragazza. Il baronetto rimase per un momento a guardarli poi si incamminò lentamente per la strada da cui era venuto, a testa bassa, immagine vivente dell'avvilimento.

Non riuscivo a capire il senso di quanto avevo visto, ma mi vergognavo moltissimo di avere assistito a una scena così intima e personale all'insaputa del mio amico. Corsi quindi giù per la collina, ai cui piedi incontrai il baronetto. Aveva il viso arrossato dall'ira e la fronte aggrottata, come una persona che non sa dove battere la testa.

«Ehi, Watson, da dove piomba lei?», disse. «Non vorrà dirmi che, malgrado tutto, lei mi ha seguito?»

Gli spiegai ogni cosa: come mi fosse stato impossibile rimanere a casa, come lo avessi seguito e avessi assistito all'intero incidente. Per un attimo mi guardò infuriato, ma la mia franchezza lo aveva disarmato e, infine, scoppiò in una risata contrita.

«C'era da credere che in mezzo a quella prateria un uomo avrebbe potuto avere un po' di *privacy*», disse, «ma, accidenti, sembra che tutto il paese sia in giro ad assistere al mio corteggiamento — e che razza di corteggiamento! Dove si era assicurato la sua poltrona di prima fila?»

«Stavo su quella collina.»

«Allora nell'ultima fila, eh? Ma suo fratello era proprio nella prima. Lo ha visto piombarci addosso?»

«Sì, l'ho visto.»

«Non le è mai venuta l'idea che fosse pazzo — questo fratello?»

«Veramente mai.»

«Lo credo anch'io. Fino ad oggi l'ho sempre ritenuto sano di mente, ma le assicuro che o lui o io ci meritiamo la camicia di forza. In ogni modo, cos'è che non va in me? Lei ormai mi vive accanto da parecchie settimane, Watson. Adesso, mi risponda francamente! C'è qualcosa in me per cui non potrei essere un buon marito per la donna che amo?»

«Direi proprio di no.»

«Non può aver da ridire sulla mia posizione sociale, quindi è proprio con me che ce l'ha. Ma perché? Che io sappia, non ho mai torto un capello a nessuno in vita mia. Eppure, non mi permetterebbe nemmeno di sfiorarle la punta delle dita.»

«Ha detto questo?»

«Questo, e molte altre cose. Vede, Watson, conosco quella ragazza solo da poche settimane ma, fin dal principio, ho sentito che era la donna per me e anche lei — lei era felice quando era con me, sono pronto a giurarlo. Gli occhi di una donna dicono più delle parole. Ma lui non ci ha mai lasciato insieme e solo oggi, per la prima volta, ho visto l'occasione di scambiare qualche parola con lei, da solo. Ha accettato volentieri di incontrarmi ma, una volta insieme, non era d'amore che voleva parlare, né avrebbe voluto che ne parlassi io se avesse potuto impedirmelo. Continuava a ripetere che questo è un posto pericoloso e che non avrebbe avuto pace finché non me ne fossi andato. Le dissi che, dopo avere incontrato lei, non avevo nessuna fretta di andarmene e che se proprio insisteva, l'unico sistema era che lei venisse via con me. E con questo, le stavo evidentemente offrendo di sposarla ma, prima che potesse rispondere, ecco che arriva quel suo fratello, piombandoci addosso con la faccia da pazzo. Era livido di rabbia, con gli occhi che lanciavano fuoco. Che stavo facendo con sua sorella? Come osavo offrirle delle attenzioni che le erano sgradite? Credevo forse che, solo perché sono un baronetto, potevo fare quello che volevo? Se lui non fosse stato suo fratello, mi avrebbe dato una lezione. Fatto sta che gli dissi che non avevo nulla da vergognarmi per i sentimenti che nutrivo per sua sorella e che speravo mi facesse l'onore di diventare mia moglie. Questo sembrò addirittura peggiorare le cose tanto che persi le staffe anche io e gli risposi forse con più violenza di quanto avrei dovuto, considerando che lei era presente. Così, è finita che lui se n'è andato con la sorella, come ha visto, e io sono qui, a non capirci niente. Mi dica lei, Watson, cosa significa tutto questo, e mi farà un favore che non riuscirò mai a ricambiare.»

Cercai un paio di spiegazioni ma, in realtà, ero sconcertato quanto lui. Il titolo del nostro amico, il suo patrimonio, la sua età, il suo carattere, il suo aspetto, sono tutti a suo favore e non vedo niente contro di lui, a meno che non si tratti di questo oscuro destino che sembra perpetuarsi nella famiglia. Che i suoi approcci siano respinti così bruscamente, senza tenere minimamente in conto l'opinione della signora, e che lei accetti la situazione senza protestare, è davvero sorprendente. Comunque, le nostre congetture ebbero fine quel pomeriggio stesso, perché Stapleton venne a farci visita. Era venuto a scusarsi per la sua scortesia della mattina e, dopo un lungo colloquio privato con Sir Henry nel suo studio, il risultato fu che adesso il dissidio è sanato e venerdì prossimo siamo a cena a Merripit House.

«Continuo a sostenere che quell'individuo è pazzo», disse Sir Henry, «non posso dimenticare i suoi occhi quando mi ha affrontato stamattina, ma devo ammettere che nessuno poteva scusarsi più civilmente.»

«Ha dato una spiegazione della sua condotta?»

«Sua sorella è tutta la sua vita, dice. È abbastanza naturale e sono lieto che l'apprezzi come merita. Hanno sempre vissuto insieme e, stando a quanto dice, lui è stato sempre un uomo solitario e lei l'unica compagnia, quindi non poteva sopportare l'idea di perderla. Non si era reso conto, ha detto, che io mi stavo innamorando di lei ma, quando l'ha visto con i suoi propri occhi, e ha capito che avrei potuto portargliela via, è rimasto talmente sconvolto da non essere più responsabile delle sue parole o dei suoi atti. Gli dispiaceva molto per quanto era accaduto, e riconosceva di essere stato uno sciocco egoista per aver pensato di poter tenere accanto a sé per tutta la vita una donna bella e attraente come sua sorella. Se doveva rinunciare a lei, preferiva farlo a favore di un vicino come me piuttosto che di qualcun altro. In ogni caso, per lui era stato un duro colpo e gli occorreva un po' di tempo per abituarsi all'idea. Avrebbe ritirato ogni obiezione da parte sua se io gli avessi promesso di lasciare le cose come stavano per tre mesi, durante i quali avrei dovuto accontentarmi di approfondire l'amicizia con la sorella, senza sollecitarne l'affetto. L'ho promesso e la questione è finita lì.»

Ecco quindi chiarito un altro dei nostri piccoli misteri. È già qualcosa aver toccato un fondo solido in questo marasma nel quale stiamo affondando. Adesso sappiamo perché Stapleton era così contrario al corteggiatore di sua sorella — anche quando quel corteggiatore è un ottimo partito come Sir Henry. E adesso, passo a un altro filo che ho sbrogliato dall'intricata matassa, vale a dire il mistero dei singhiozzi nella notte, del viso segnato di lacrime della signora Barrymore, e della spedizione segreta del maggiordomo alla finestra ad ovest. Mi faccia le sue congratulazioni, caro Holmes, e mi dica che non l'ho delusa come suo braccio destro — che non si pente della fiducia che mi ha dimostrato mandandomi qui. È stata sufficiente una nottata di lavoro per chiarire tutto.

Ho detto «una nottata» ma, in realtà avrei dovuto dire due nottate, perché durante la prima non abbiamo concluso niente. Rimasi con Sir Henry nella sua camera fino a quasi le tre del mattino ma l'unico suono che ci giunse alle orecchie furono i rintocchi della pendola sulle scale. Una veglia molto malinconica che, alla fine, si concluse con noi due addormentati nelle rispettive poltrone. La notte successiva, abbassammo la luce e restammo a fumare senza fare il minimo rumore. Incredibile come trascorressero lentamente le ore, eppure, a superare quella lunga veglia, ci aiutò lo stesso paziente interesse che il cacciatore prova sorvegliando la trappola entro cui spera che cada la selvaggina. Batté l'una, batterono le due e, per la seconda volta, eravamo sul punto di rinunciare quando all'improvviso ci rizzammo sulla sedia con tutti i nostri sensi all'erta, malgrado la stanchezza. Avevamo sentito un passo nel corridoio.

Lo udimmo proseguire furtivo fino a spegnersi in distanza. Allora il baronetto aprì cautamente la porta e ci mettemmo all'inseguimento. Il nostro uomo aveva già fatto il giro della galleria e il corridoio era immerso nell'oscurità più profonda. Continuammo ad avanzare in punta di piedi fino a raggiungere l'altra ala. Facemmo appena in tempo a intravedere l'alta figura di Barrymore, la sua barba nera, le spalle curve, mentre percorreva silenziosamente il corridoio. Entrò poi in quella stessa stanza e la luce della candela attraversò con un raggio di luce giallastra le tenebre del corridoio. Ci accostammo piano piano, saggiando ogni tavola del pavimento prima di appoggiarvi il nostro peso. Per precauzione ci eravamo tolti le scarpe ma, anche così, le vecchie tavole scricchiolavano e cigolavano sotto i nostri passi. A volte, ci sembrava impossibile che non sentisse il nostro avvicinarsi. Per fortuna, però, è un po' duro d'orecchi e, inoltre, era completamente assorbito da ciò che stava facendo. Quando finalmente arrivammo alla porta e sbirciammo all'interno, lo vedemmo acquattato alla finestra, con la candela in mano, il viso teso e pallido premuto contro il vetro, esattamente come lo avevo visto io due notti prima.

Non avevamo stabilito nessun piano d'azione, ma il baronetto è un uomo che segue sempre la via più sbrigativa. Entrò nella stanza e Barrymore balzò in piedi, allontanandosi dalla finestra con un mezzo singhiozzo di spavento, rimanendo poi in piedi davanti a noi, livido e tremante. I suoi occhi scuri, che spiccavano nella maschera terrea del volto, erano colmi di orrore e di sgomento mentre girava lo sguardo dall'uno all'altro di noi.

«Che sta facendo qui, Barrymore?»

«Niente, signore.» Era talmente agitato che non riusciva quasi a parlare e la candela che gli tremava nella mano faceva danzare luci e ombre sulle pareti. «Era la finestra, signore. Di sera, faccio il giro per accertarmi che siano tutte chiuse.»

«Al secondo piano.»

«Sì, signore, tutte.»

«Andiamo, Barrymore», disse Sir Henry in tono severo, «vogliamo assolutamente sapere la verità, quindi, meglio che ce la dica subito. Coraggio! Niente bugie! Che stava facendo a quella finestra?»

Il maggiordomo, annichilito, si torceva le mani come una persona al culmine del dubbio e dell'angoscia.

«Non stavo facendo niente di male, signore. Tenevo una candela alla finestra.»

«E perché teneva una candela alla finestra?»

«Non me lo chieda, Sir Henry — non me lo chieda! Le do la mia parola, signore, che si tratta di un segreto che non mi appartiene e che non posso rivelarle. Se non riguardasse che me stesso, non cercherei di nasconderglielo.»

D'improvviso, mi venne un'idea e presi la candela dalla mano tremante del maggiordomo.

«Deve averla accostata al vetro come un segnale», dissi. «Vediamo se c'è una risposta.» La tenni come l'aveva tenuta lui, scrutando nel buio della notte. Potevo vagamente discernere il gruppo scuro degli alberi e la distesa leggermente più chiara della brughiera, dato che la luna era coperta dalle nuvole. Poi lanciai un grido d'esultanza perché un minuscolo puntolino di luce aveva improvvisamente trafitto il velo nero e brillava al centro del riquadro nero incorniciato dalla finestra.

«Eccola!», gridai.

«No, no, signore, non è niente — assolutamente niente!», intervenne il maggiordomo; «le assicuro, signore...»

«Sposti la candela avanti e indietro, Watson!», esclamò il baronetto. «Vede, si sposta anche quella luce! E adesso, farabutto, nega ancora che si tratti di un segnale? Avanti, parli! Chi è il suo compare laggiù, e cos'è questa cospirazione?»

L'uomo prese un'espressione di aperta sfida.

«È affar mio, signore, non suo. Non dirò niente.»

«Allora, lei è licenziato seduta stante.»

«Benissimo. Se così dev'essere, così sia.»

«E se ne va con infamia. Perbacco, dovrebbe vergognarsi. Per oltre un secolo, la sua famiglia ha diviso con la mia questo stesso tetto, e adesso la scopro a complottare contro di me.»

«No, no, signore; no, non contro di lei!» Era la voce di una donna e la signora Barrymore, ancor più pallida e terrorizzata del marito, stava sulla soglia. La sua figura massiccia, in camicia da notte e scialle, avrebbe potuto essere comica se non fosse stato per l'angoscia dipinta sul viso.

«Dobbiamo andarcene, Eliza. Questa è la fine. Puoi fare le valigie», disse il maggiordomo.

«Oh, John, John, a questo ti ho portato? È colpa mia, Sir Henry — solo colpa mia. Lui ha agito solo per amor mio e perché gliel'ho chiesto io.»

«Allora avanti, parli! Di che si tratta?»

«Il mio povero fratello sta morendo di fame sulla brughiera. Non possiamo lasciarlo morire così, proprio sulla porta di casa. La luce è un segnale per dirgli che c'è del cibo pronto per lui, e laggiù, con quella luce, ci indica dove portarglielo.»

«Allora suo fratello è...»

«Il galeotto evaso, signore — Selden, il criminale.»

«È la verità, signore», interloquì Barrymore. «Le avevo detto che non era un mio segreto e che non potevo rivelarlo. Ma adesso lo sa, e capirà che non c'era nessun complotto contro di lei.»

Quello dunque era il motivo delle furtive escursioni notturne e della luce alla finestra. Sir Henry ed io guardammo la donna sbalorditi. Era mai possibile che quella persona stolida e rispettabile avesse lo stesso sangue di uno dei più famosi criminali del paese?

«Sì, signore, il mio cognome era Selden, e lui è mio fratello minore. Lo abbiamo viziato troppo da ragazzo, dandogliele tutte vinte, finché ha finito col credere che il mondo fosse stato creato unicamente per suo uso e consumo e che poteva fare quello che voleva. Crescendo, incontrò brutte compagnie e sembrò

che un diavolo gli fosse entrato in corpo, fino a far morire di cre-
pacuore mia madre e a trascinare il nostro nome nel fango. Passò di crimine in crimine, sprofondando sempre più in basso e solo la misericordia divina lo ha salvato dal patibolo; ma per me,
signore, rimaneva il ragazzetto riccioluto, il mio fratellino che
avevo curato e fatto giocare, come tutte le sorelle maggiori. Per
questo è evaso, signore. Sapeva che ero qui e che non potevamo
rifiutarci di aiutarlo. Quando una notte si trascinò qui, spossato
e affamato, con le guardie alle calcagna, cosa potevamo fare?
Lo facemmo entrare, gli demmo da mangiare, ci prendemmo
cura di lui. Poi è tornato lei, signore, e mio fratello pensò che sarebbe stato più al sicuro sulla brughiera che altrove, fino a quando avessero smesso di dargli la caccia, e sulla brughiera, appunto, si nascose. Ma, una notte sì e una notte no, ci accertavamo
che fosse ancora lì mettendo una luce alla finestra e, se ci rispon-
deva, mio marito andava a portargli del pane e della carne. Ogni
giorno speravamo che se ne fosse andato ma, fino a quando rimaneva lì, non potevamo abbandonarlo. Questa è la pura verità, come è vero che sono un'onesta cristiana, e vede bene che, se
colpa c'è stata, non è stata di mio marito bensì mia, perché tutto
questo l'ha fatto per me.»
    Le parole della donna suonavano profondamente sincere e
convincenti.
    «È la verità, Barrymore?»
    «Sì, Sir Henry. L'assoluta verità.»
    «Bene, non posso biasimarla per avere aiutato sua moglie.
Dimentichi quello che ho detto. Andate in camera vostra, tutti e
due, e ne riparleremo domattina.»
    Quando se ne furono andati, guardammo di nuovo fuori dal-
la finestra. Sir Henry l'aveva spalancata e il vento freddo della
notte ci soffiava in faccia. Lontano, nel buio, brillava ancora
quel puntolino di luce.
    «Mi domando come osi», disse Sir Henry.
    «Forse, sta in un punto che è visibile solo da qui.»
    «Probabile. A che distanza calcola?»
    «Direi dalla parte di Cleft Tor.»
    «Non più di una o due miglia.»
    «Seppure.»
    «Be', non può essere lontano se Barrymore doveva portargli
da mangiare. E sta aspettando, quella canaglia, accanto alla
candela. Per Giove, Watson, esco e vado a prenderlo!»
    Era venuta anche a me la stessa idea. Non era come se i Barry-
more ci avessero confidato il loro segreto. Glielo avevamo estor-
to. Quell'individuo era un pericolo per la società, un fara-

butto incallito per cui non esisteva né pietà né giustificazione. Cercando di ricacciarlo dove non potesse nuocere, non facevamo che il nostro dovere. Se non fossimo intervenuti, altri avrebbero dovuto soffrire per la sua violenza e la sua brutalità. In una qualsiasi notte, per esempio, i nostri vicini Stapleton potevano essere aggrediti e forse era proprio quel timore a rendere Sir Henry così impaziente di agire.

«Vengo con lei», dissi.

«Allora, prenda la pistola e si metta gli stivali. Più presto ci avviamo meglio è, dato che quell'individuo potrebbe spegnere la candela e filarsela.»

In cinque minuti, eravamo usciti e incamminati per la nostra spedizione. Ci inoltrammo rapidamente attraverso i cespugli scuri, fra il gemito lamentoso del vento d'autunno e il fruscio delle foglie che cadevano. L'aria della notte era satura di un odore di umidità e di decomposizione. Ogni tanto faceva capolino la luna, ma il cielo era coperto di nuvole e, proprio mentre uscivamo sulla brughiera, cominciò a piovigginare. La luce continuava a brillare davanti a noi.

«Lei è armato?», gli chiesi.

«Ho un frustino da cavallo.»

«Dobbiamo arrivargli addosso all'improvviso perché pare che sia un individuo capace di tutto. Dobbiamo catturarlo di sorpresa, prima che abbia il tempo di difendersi.»

«Senta, Watson», osservò il baronetto, «che ne direbbe Holmes di tutto questo? A proposito dell'ora delle tenebre in cui si scatenano le forze del male?»

Quasi in risposta alle sue parole, si alzò subitaneo dalla desolata brughiera quello strano grido che avevo già sentito accanto alla grande Grimpen Mire. Venne sulle ali del vento attraverso il silenzio della notte, un lungo, profondo brontolio che si alzò in un ululato, per poi spegnersi in un gemito lamentoso. Risuonò più volte, pulsando nell'aria, stridente, selvaggio e minaccioso. Il baronetto mi afferrò per la manica e, nel buio, spiccava il pallore del suo viso.

«Mio Dio, Watson, che cos'è?»

«Non lo so. È un suono della brughiera. L'ho già sentito una volta.»

Il gemito si spense e restammo circondati dal silenzio assoluto. Rimanemmo a orecchie tese, ma non si sentiva più nulla.

«Watson», disse il baronetto, «era l'ululato di un cane.»

Mi si gelò il sangue nelle vene; c'era un'incrinatura nella sua voce che rivelava tutto l'orrore che lo aveva pervaso.

«Come lo chiamano questo suono?», chiese.

«Chi?»

«I contadini.»

«Oh, sono gente ignorante. Che importanza ha come lo chiamano?»

«Mi risponda, Watson. Cos'è, secondo loro?»

«Dicono che è l'ululato del Mastino dei Baskerville.»

Si lasciò sfuggire un gemito e rimase in silenzio.

«Era un cane, un segugio», disse alla fine, «ma sembrava venire da molto lontano, da laggiù, direi.»

«Difficile dire da dove venisse.»

«Si alzava e si abbassava col vento. Quella non è la direzione della grande Grimpen Mire?»

«Infatti.»

«Be', veniva da lì. Andiamo, Watson, non è sembrato anche a lei l'ululato di un cane? Non sono un bambino. Non tema di dirmi la verità.»

«L'ultima volta che l'ho sentito, ero con Stapleton. Secondo lui, poteva essere il grido di uno strano uccello.»

«No, era senz'altro un cane. Mio Dio, può esserci qualcosa di vero in tutte queste storie? È possibile che io sia realmente in pericolo per una causa così sconosciuta? Lei non ci crede, Watson, è vero?»

«No, certo che no.»

«Eppure, una cosa era riderci sopra a Londra, e un'altra trovarsi qui, nel buio della brughiera, e sentire un grido del genere. E mio zio! C'erano le impronte di un cane accanto al suo corpo. Tutto quadra. Non mi ritengo un codardo, Watson, ma quel suono mi ha gelato il sangue! Senta le mie mani!»

Erano fredde come il marmo.

«Domani starà benissimo.»

«Non credo che riuscirò a levarmi dalla mente quel grido. Cosa pensa che dovremmo fare, adesso?»

«Torniamo indietro?»

«No, accidenti; siamo usciti per acciuffare quel manigoldo, e lo acciufferemo. Noi diamo la caccia all'evaso e, molto probabilmente, un cane infernale sta dando la caccia a noi. Andiamo! Arriveremo fino in fondo anche se tutti i diavoli dell'inferno si scatenassero sulla brughiera.»

Avanzammo, incespicando nel buio, fra le creste nere e solcate delle colline e quella minuscola fiammella gialla che continuava ad ardere davanti a noi. Non c'è nulla di più ingannevole della distanza di una luce in una notte buia; a volte sembrava brillare lontana sull'orizzonte, a volte sembrava a pochi metri da noi. Alla fine riuscimmo a individuare da dove proveniva e ci rendemmo conto che, in realtà, eravamo molto vicini. Una candela sgocciolante era infissa in un crepaccio delle rocce che la circondavano, così da ripararla dal vento e da renderla invisibile da ogni parte, tranne che da Baskerville Hall. Ci avvicinammo, nascosti da un masso di granito, dietro cui ci acquattammo ad osservare quel segnale luminoso. Era strano vedere quell'unica candela che ardeva in mezzo alla brughiera, senza altro segno di vita accanto — solo quell'unica fiammella gialla che si rifletteva di fianco, sulle rocce.

«Ora che facciamo?», sussurrò Sir Henry.

«Aspettiamo qui. Dev'essere vicino alla candela. Vediamo se riusciamo a scorgerlo.»

Non avevo finito di parlare, che lo vedemmo entrambi. Al disopra delle rocce, nel cui crepaccio era infissa la candela, sporgeva una malvagia faccia giallastra, una faccia orribile, animalesca, scavata e marchiata dalle passioni più vili. Coperta di fango, con la barba lunga, i capelli impastati di terra, avrebbe potuto essere la faccia di uno di quegli antichi selvaggi che avevano popolato le tane scavate nelle colline. La luce che proveniva dal basso si rifletteva negli occhi piccoli e astuti che scrutavano a destra e a sinistra nell'oscurità, come quelli di una belva feroce e scaltra che avesse sentito i passi del cacciatore. Evidentemente, qualcosa lo aveva insospettito. Forse Barrymore aveva un qualche suo segnale privato che noi non avevamo fatto, o forse, per qualche altro motivo, pensava che qualcosa non andasse; comunque, su quel volto malvagio potevo leggere la paura. Da un momento all'altro poteva spegnere la candela e svanire nelle tenebre. Balzai quindi avanti, seguito da Sir Henry. In quell'attimo stesso, il galeotto ci urlò contro qualche maledizione scagliando una pietra che si frantumò contro il masso che ci aveva nascosto. Colsi un'immagine della sua figura piccola, tozza e vigorosa mentre con un balzo si dava alla fuga. Per fortuna, proprio in quel momento la luna si affacciò dalle nuvole. Ci precipitammo sulla cresta della collina e vedemmo il nostro uomo che scendeva velocemente dall'altra parte, saltando di masso in masso con l'agilità di una capra di montagna. Forse, con un tiro lungo e fortunato, avrei anche potuto ferirlo ma avevo portato la pistola unicamente per difendermi da eventuali attacchi e non per sparare a un uomo disarmato e in fuga.

Eravamo ambedue corridori rapidi e in ottima forma ma presto scoprimmo che non avevamo alcuna possibilità di raggiungerlo. A lungo lo seguimmo con gli occhi, sotto la luna, fino a che non fu che un puntolino che si muoveva rapidamente fra i massi lungo il pendio di una collina lontana. Corremmo e corremmo fino a restare senza fiato, ma la distanza si allargava sempre più. Alla fine ci fermammo, sedendoci ansanti su due pietroni e lo vedemmo sparire all'orizzonte.

Fu in quel momento che accadde qualcosa di strano e inaspettato. Ci eravamo alzati per tornare verso casa, rinunciando a quell'inutile inseguimento. La luna era bassa, sulla nostra destra, e un pinnacolo frastagliato di granito si stagliava contro la curva inferiore del suo disco argenteo. E lì, profilato come una statua di ebano su quello sfondo luminoso, vidi la figura di un uomo sulla sommità rocciosa. Non creda che fosse un'illusione ottica, Holmes. Le garantisco che non ho mai visto nulla più chiaramente in vita mia. A quanto potevo giudicare, si trattava di un uomo, alto e magro, a gambe un po' aperte, braccia conserte, capo chino, come stesse meditando su quella landa sconfinata di torba e granito che si stendeva ai suoi piedi. Avrebbe potuto essere lo spirito di quel terribile luogo. Non era l'evaso. Era assai più distante dal punto in cui il galeotto si era dileguato. Inoltre, era molto più alto. Con un'esclamazione di stupore lo indicai al baronetto ma, nell'istante stesso in cui mi ero voltato a prenderlo per un braccio, quella figura era scomparsa. Rimaneva l'aguzzo pinnacolo di granito a stagliarsi contro l'orlo inferiore della luna, ma di quella figura silenziosa e immobile non c'era più alcuna traccia.

Volevo andare da quella parte a ispezionare la roccia, ma era troppo lontana. Il baronetto aveva ancora i nervi scossi per quell'ululato che gli aveva richiamato alla mente la tragica storia della sua famiglia e non aveva nessuna voglia di imbarcarsi in altre avventure. Non aveva scorto quella figura solitaria e non poteva quindi provare il brivido che quella strana e imperiosa presenza avevano suscitato in me. «Senza dubbio una guardia carceraria», disse. «Pullulano sulla brughiera da quando quell'individuo è evaso.» Può darsi che quella fosse la spiegazione giusta, ma mi piacerebbe averne una conferma. Oggi pensiamo di metterci in contatto con il carcere di Princetown, per informarli di dove cercare il galeotto, ma è un vero peccato che non abbiamo avuto noi la soddisfazione di riportarlo da loro come nostro prigioniero. Queste sono le avventure della scorsa notte e deve riconoscere, caro Holmes, che i miei rapporti sono molto esaurienti. Forse, molto di quanto le dico non avrà nessuna importanza, ma ritengo comunque che sia meglio informarla di tutto, e sia poi lei a scegliere ciò che potrà esserle più utile al fine delle sue conclusioni. Certo, stiamo facendo progressi. Per quanto riguarda i Barrymore, abbiamo scoperto il motivo del loro comportamento, il che ha molto schiarito la situazione. Ma la brughiera con i suoi misteri e i suoi strani abitanti rimane imperscrutabile come sempre. Forse, nel mio prossimo rapporto, potrò dirle qualcosa di più anche su questo. La cosa migliore, sarebbe che lei ci raggiungesse qui. In ogni caso, entro i prossimi giorni avrà ancora mie notizie.

# CAPITOLO DECIMO

# Dal diario del dottor Watson

Fino a questo momento ho potuto citare i rapporti che, in quei primi giorni, ho inviato a Sherlock Holmes. Adesso, però, sono a un punto tale del mio racconto che mi trovo costretto ad abbandonare questo sistema e ad affidarmi ancora una volta alla memoria, aiutandomi col diario che ho tenuto in quel periodo e di cui qualche brano mi servirà per ricollegarmi a quegli avvenimenti che mi sono rimasti indelebilmente scolpiti nella mente. Continuo, quindi, dal mattino che seguì al nostro fallito inseguimento dell'ergastolano e alle nostre strane esperienze sulla brughiera.

*16 ottobre.* Una giornata triste e nebbiosa, pioviggina. Densi nuvoloni si accumulano intorno alla casa per poi sollevarsi ogni tanto a rivelare le monotone ondulazioni della brughiera, le sue colline dai fianchi striati da sottili venature argentee, e, lontano, i macigni inondati dalla pioggia, su cui si riflette la luce. Fuori e dentro, tutto è malinconia. Il baronetto è prostrato dopo le emozioni della notte. Anche io mi sento il cuore oppresso e ho la sensazione di un pericolo imminente — un pericolo costante, tanto più terribile perché indefinibile.

E non ne ho forse motivo? Considerate la lunga serie di incidenti, altrettanti segni di una funesta influenza che opera intorno a noi. La morte dell'ultimo occupante della Hall, così esattamente rispondente alle condizioni della leggenda di famiglia, e i ripetuti ragguagli dei contadini circa l'apparizione di una strana creatura sulla brughiera. Due volte ho sentito con le mie orecchie quel suono simile al lontano ululare di un cane. È incredibile, impossibile che si tratti di qualcosa al di fuori delle normali leggi di natura. Un cane spettrale, il quale lascia impronte e riempie l'aria dei suoi ululati, è inconcepibile. Stapleton potrebbe credere a questa superstizione, e anche Mortimer; ma se possiedo una virtù, questa è il buon senso, e non crederò mai a una cosa del genere. Equivarrebbe a scendere allo stesso livello di questi contadini analfabeti, che non si accontentano di un semplice cane feroce ma debbono descriverlo con fuoco e fiamme che gli escono dalle fauci e dagli occhi. Holmes non ascolterebbe queste fantasie, e io sto agendo per suo conto. Ma i fatti sono fatti, e per ben due volte ho udito quell'urlo sulla brughiera. Supponiamo che ci sia effettivamente in giro un grosso cane randagio; questo spiegherebbe tutto. Ma dove potrebbe nascondersi una bestia del genere, dove si procurerebbe il cibo, da dove viene, come mai nessuno l'ha visto di giorno? Devo confessare che una spiegazione naturale è non meno difficile di una fantasiosa. E comunque, a prescindere dal cane, rimane pur sempre il fatto di quell'uomo di Londra, quello nella carrozza, e della lettera che avvisava Sir Henry di guardarsi dalla brughiera. Quella, almeno, era reale ma poteva essere stata opera tanto di qualcuno che voleva proteggerlo, quanto di un nemico. E dov'era adesso, quell'amico, o quel nemico? Era rimasto a Londra o ci aveva seguito fin qui? Poteva... Poteva forse essere lo sconosciuto che avevo visto sulla roccia?

È vero che lo avevo soltanto intravisto, ma ci sono cose sulle quali sono pronto a giurare. Non l'avevo mai visto da queste parti eppure adesso ho conosciuto tutti i vicini. Era molto più alto di Stapleton, e molto più magro di Frankland. Avrebbe forse potuto essere Barrymore, ma lo avevamo lasciato a casa e sono certo che non aveva potuto seguirci. Dunque è uno sconosciuto che ci sta pedinando, come uno sconosciuto ci aveva pedinato a Londra. Non siamo mai riusciti a scrollarcelo di dosso. Se solo riuscissi a mettere le mani su quell'individuo, allora potremmo finalmente vedere la fine delle nostre difficoltà. È a questo che devo adesso dedicare tutte le mie energie.

Il mio primo impulso fu di parlarne a Sir Henry. Il secondo, più saggio, è quello di agire da solo e dire il meno possibile a chiunque altro. Sir Henry è silenzioso e preoccupato. È rimasto stranamente scosso da quel suono sulla brughiera. Non gli dirò nulla che possa aggravare le sue preoccupazioni, ma prenderò le mie misure per raggiungere lo scopo che mi sono prefisso.

C'è stato un piccolo diverbio questa mattina, dopo colazione. Barrymore aveva chiesto di poter parlare con Sir Henry ed erano rimasti per un po' chiusi nello studio. Seduto nella sala del biliardo, più di una volta li avevo sentiti alzare la voce ed ero quasi certo di sapere per che cosa stessero discutendo. Dopo un certo tempo, il baronetto aprì la porta e mi chiamò.

«Barrymore ritiene di avere di che lamentarsi», disse. «È del parere che è stato sleale da parte nostra dare la caccia a suo cognato dopo che lui, di sua spontanea volontà, ci ha rivelato il segreto.»

Il maggiordomo ci stava davanti, pallidissimo ma molto padrone di sé.

«Posso essermi accalorato troppo, signore», disse, «e, in questo caso, la prego di perdonarmi. Ripeto, però, che sono rimasto assai sorpreso quando voi due signori siete rientrati stamattina e ho appreso che avevate dato la caccia a Selden. Quel povero diavolo deve già guardarsi da abbastanza inseguitori, senza che io ne scateni altri sulle sue tracce.»

«Se lei ce ne avesse parlato di sua spontanea volontà, sarebbe stata un'altra cosa», disse il baronetto. «Lei, o meglio sua moglie, ce lo avete detto solo quando ve l'abbiamo tirato fuori di bocca e non potevate fare altrimenti.»

«Non pensavo che lei se ne sarebbe approfittato, Sir Henry — davvero non lo pensavo.»

«Quell'uomo è un pericolo pubblico. Ci sono case solitarie sparpagliate sulla brughiera, ed è un individuo che non si fermerebbe davanti a nulla. Basta guardarlo in faccia per capirlo. Pensi, per esempio, alla casa del signor Stapleton, dove non c'è nessuno, tranne lui, a difenderla. Nessuno è al sicuro fino a quando non sarà sotto chiave.»

«Non si introdurrà in nessuna casa, signore. Su questo le do la mia solenne parola d'onore. Ma non darà più fastidio a nessuno in questo paese. Le assicuro, Sir Henry, che fra pochi giorni tutto sarà sistemato e se ne andrà in Sud America. Per amor di Dio, signore, la scongiuro di non dire alla polizia che si trova ancora sulla brughiera. Hanno smesso di cercarlo in quella zona e può restarsene tranquillo fino a quando non potrà imbarcarsi. Non può denunciarlo senza mettere nei guai me e mia moglie. La scongiuro, signore, non lo faccia.»

«Che ne dice, Watson?»

Mi strinsi nelle spalle. «Una volta fuori dal paese, sarà un peso di meno per i contribuenti.»

«Ma se prima di andarsene dovesse rapinare qualcuno?»

«Non farebbe mai una pazzia del genere, signore. Gli abbiamo fornito tutto quello che gli serve. Commettere un crimine equivarrebbe a svelare dove si nasconde.»

«Questo è vero», convenne Sir Henry. «Bene, Barrymore…»

«Dio la benedica, signore, e grazie dal profondo del cuore! Se fosse stato ripreso, la mia povera moglie ne sarebbe morta di dolore.»

«Immagino che potremmo essere accusati di complicità e favoreggiamento, Watson, non crede? Ma, dopo quanto abbiamo sentito, non me la sento di denunciarlo, quindi finiamola qui. Va bene, Barrymore, lei può andare.»

Mormorando poche, commosse parole di gratitudine il maggiordomo si voltò per andarsene, ma ebbe un attimo di esitazione e tornò sui suoi passi.

«Lei è stato molto buono con noi, signore, e io vorrei fare il possibile per ricambiarla. So qualcosa, Sir Henry, e forse avrei dovuto dirglielo prima, ma l'ho scoperto solo molto tempo dopo l'inchiesta. Non ne ho fatto mai parola ad anima viva. Riguarda la morte del povero Sir Charles.»

Il baronetto ed io balzammo in piedi. «Lei sa come è morto?»

«No, signore, quello non lo so.»

«E allora?»

«So perché era al cancello a quell'ora. Doveva incontrare una donna.»

«Incontrare una donna! Lui?»

«Sì, signore.»

«E il nome della donna?»

«Il nome non glielo so dire, signore, ma posso dirle le iniziali. Erano L.L.»

«E questo come lo sa, Barrymore?»

«Vede, Sir Henry, quella mattina suo zio ricevette una lettera. Ne riceveva molte, in genere, per via della sua posizione e perché la sua bontà era nota a tutti e chiunque si trovasse nei guai si rivolgeva senz'altro a lui. Ma quella mattina, per caso, c'era solo quella lettera, quindi l'ho notata. Veniva da Coombe Tracey, e l'indirizzo era scritto con una calligrafia femminile.»

«Allora?»

«Bene, signore, non ci pensai più che tanto né avrei avuto motivo di farlo se non fosse stato per mia moglie. Solo poche settimane prima, riordinando lo studio di Sir Charles — non è stato più toccato da quando è morto — aveva trovato nel caminetto una lettera bruciata. Per la maggior parte, era ridotta in cenere ma ne era rimasto un brandello, la fine di una pagina, e si poteva ancora leggere lo scritto, anche se era diventato grigio, su un fondo nero. Sembrava un poscritto, e diceva: ''La prego, la prego, lei è un gentiluomo, bruci questa lettera, e si trovi alle dieci al cancello''. E sotto era firmata con le iniziali L.L.»

«Ha ancora quel pezzo di carta?»

«No, signore, si è sbriciolato dopo che l'abbiamo mosso.»

«Sir Charles aveva ricevuto altre lettere con la stessa calligrafia?»

«Non ho mai notato in modo particolare le sue lettere, signore. Non avrei notato nemmeno quella, se non fosse stata l'unica.»

«E non ha idea di chi sia L.L.?»

«No, signore. Non più di quanta ne abbia lei. Ma suppongo che se potessimo rintracciare la signora, ne sapremmo di più circa la morte di Sir Charles.»

«Non riesco a capire, Barrymore, perché mai lei abbia taciuto un'informazione così importante.»

«Vede, signore, subito dopo sono cominciati i nostri guai. E poi, signore, eravamo entrambi molto affezionati a Sir Charles, e ne avevamo motivo, visto quanto aveva fatto per noi. Riesumare questa storia non sarebbe servito al nostro povero padrone e, inoltre, è bene andar cauti quando c'è di mezzo una signora. Anche il migliore di noi...»

«Ha pensato che potesse nuocere alla sua reputazione?»

«Diciamo, signore, che ho pensato che non ne sarebbe venuto niente di buono. Ma ora, lei è stato generoso con noi e mi sembrerebbe di agire slealmente nei suoi confronti se non le dicessi tutto quello che so.»

«Benissimo, Barrymore; può andare.» Quando il maggiordomo fu uscito dalla stanza, Sir Henry si rivolse a me. «Allora, Watson, che ne dice di questo nuovo spiraglio di luce?»

«Mi sembra che faccia sembrare ancor più buia l'oscurità.»

«Sembra anche a me. Ma se solo riuscissimo a rintracciare questa L.L. l'intera faccenda dovrebbe chiarirsi. Qualcosa abbiamo raggiunto. Sappiamo che esiste una persona che conosce la verità, se solo riuscissimo a rintracciarla. Cosa pensa che dovremmo fare?»

«Informare subito Holmes. Gli darà la chiave che cercava. E sono pronto a scommettere che lo indurrà a venire qui.»

Andai subito in camera mia a stendere il rapporto della conversazione di quel mattino per mandarlo a Holmes. Evidentemente, negli ultimi tempi era stato molto occupato, perché i biglietti che ricevevo da Baker Street erano pochi e brevi, senza alcun commento sulle informazioni che gli avevo fornito e senza il minimo riferimento al mio incarico. Senza dubbio, quel suo caso di ricatto gli prende tutto il tempo. Ma sicuramente questo nuovo fattore richiamerà la sua attenzione, suscitando di nuovo il suo interesse. Vorrei che fosse qui.

*17 ottobre.* Ha diluviato tutto il giorno e la pioggia scorreva sull'edera e sgocciolava dalle tegole. Pensai all'evaso, senza un riparo su quella desolata e gelida brughiera. Povero diavolo! Qualunque delitto abbia commesso, lo sta certo scontando. Poi, pensai a quell'altro — il volto nella carrozza, la figura stagliata contro la luna. Era anche lui all'aperto sotto quel diluvio — la spia invisibile, l'uomo della tenebra? La sera, mi infilai l'impermeabile e feci una lunga passeggiata sulla brughiera inzuppata di pioggia, abbandonandomi a cupe fantasticherie, con la pioggia che mi sferzava la faccia e il vento che mi fischiava nelle orecchie. Dio abbia misericordia di chi si avventura adesso nella grande palude, perché anche le colline sono trasformate in acquitrini. Trovai lo scuro picco di roccia sul quale avevo visto quel solitario osservatore e dalla sua cima frastagliata lasciai io stesso spaziare lo sguardo sulle colline desolate. Rivoli di pioggia scorrevano lungo il terreno rossiccio e pesanti nuvole plumbee incombevano sul paesaggio, disegnando lunghe spirali grigiastre giù per i pendii di quelle spettrali colline. In lontananza, nell'avvallamento a sinistra, seminascoste dalla nebbia, si ergevano sopra le cime degli alberi le due sottili torri di Baskerville Hall. Quelle torri erano l'unico segno di vita che riuscissi a scorgere, ad eccezione di quelle capanne preistoriche disseminate fittamente sui fianchi delle colline. Non c'era traccia di quello sconosciuto solitario che avevo visto proprio in quel punto due notti prima.

Tornando indietro, fui raggiunto dal dottor Mortimer che, col suo calessino, stava percorrendo un accidentato viottolo di brughiera che partiva dalla remota fattoria di Foulmire. Mortimer era stato molto premuroso nei nostri confronti e non era passato giorno che non fosse venuto alla Hall a vedere come stavamo. Insistette perché salissi sul calessino e mi diede un passaggio verso casa. Lo trovai molto avvilito per la scomparsa del suo piccolo spaniel. Se n'era andato in giro per la brughiera e non aveva più fatto ritorno. Cercai di consolarlo come meglio potevo, ma pensavo al piccolo pony sul Grimpen Mire, e temo proprio che non rivedrà mai più quella povera bestiola.

«A proposito, Mortimer», gli dissi mentre percorrevamo sobbalzando la strada malagevole, «suppongo siano poche le persone entro un raggio di poche miglia che lei non conosca?»

«Nessuna, direi.»

«Sa dirmi il nome di una donna le cui iniziali sono L.L.?»

Ci pensò su per qualche minuto.

«No», rispose alla fine. «Ci sono degli zingari, e qualche contadino di cui non so il nome, ma fra gli agricoltori o i proprietari terrieri non c'è nessuno con quelle iniziali. Aspetti un momento, però,» aggiunse dopo un'altra pausa. «C'è una Laura Lyons — le iniziali corrisponderebbero — ma vive a Coombe Tracey.»

«Chi è?», chiesi.

«La figlia di Frankland.»

«Chi? Il vecchio Frankland, il maniaco?»

«Proprio così. Ha sposato un artista, un certo Lyons, che era venuto a fare degli schizzi della brughiera. Si è dimostrato un mascalzone e l'ha piantata. Anche se ho sentito dire che non è stata proprio tutta colpa sua. Il padre di Laura ha rotto i rapporti con la figlia perché si era sposata senza il suo consenso e forse per un paio di altri motivi. Quindi, fra il reprobo incallito e il reprobo più giovane, quella povera ragazza ha avuto un mucchio di dispiaceri.»

«Come vive?»

«Suppongo che il vecchio Frankland le dia una miserrima rendita; dev'essere veramente esigua, perché anche lui non se la passa bene. Qualunque cosa quella donna avesse fatto, non si poteva abbandonarla alla deriva e molta gente del posto ha cercato di metterla in condizioni di guadagnarsi da vivere onestamente. Lo ha fatto Stapleton, per dirne uno, e anche Sir Charles. Io stesso le ho dato una modesta somma che avrebbe dovuto permetterle di aprire un piccolo ufficio di dattilografia.»

Era curioso di sapere perché gli facevo quelle domande ma riuscii a soddisfare la sua curiosità senza dirgli troppo; non c'è motivo, infatti, per cui dovremmo confidare gli affari nostri a un estraneo. Domani mattina cercherò di trovare la strada per Coombe Tracey e, se potrò vedere questa signora Laura Lyons, di dubbia reputazione, avremo fatto un grosso passo avanti per chiarire almeno uno di questa serie di misteri. Sto certo sviluppando la prudenza del serpente perché, quando le domande di Mortimer si fecero troppo pressanti, gli chiesi con aria indifferente a quale categoria appartenesse il cranio di Frankland e, per tutto il resto della strada, non sentii parlare d'altro che di craniologia. Non per niente vivo da tanti anni con Sherlock Holmes.

Per quanto riguarda questa giornata tempestosa e triste, ho solo un incidente da registrare. La mia conversazione di poco fa con Barrymore che mi ha fornito un'altra buona carta che giocherò al momento opportuno.

Mortimer si era trattenuto a pranzo e, dopo, lui e il baronetto si misero a giocare a *écarté*. Il maggiordomo mi portò il caffè in biblioteca e ne approfittai per fargli qualche domanda.

«Allora», gli chiesi, «questo suo impagabile parente se n'è andato o sta ancora in agguato da qualche parte?»

«Non so, signore. Mi auguro caldamente che se ne sia andato, visto che qui non ha portato che guai! Non ne ho più saputo niente da quando gli ho portato da mangiare l'ultima volta, ed è stato tre giorni fa.»

«Lo ha visto in quell'occasione?»

«No, ma quando sono ripassato da quella parte, il cibo era sparito.»

«Allora era sicuramente lì?»

«Così sembrerebbe, signore, a meno che non l'abbia preso l'altro uomo.»

Rimasi con la tazzina a mezz'aria, guardando Barrymore a occhi sgranati.

«Dunque, lei sa che c'è un altro uomo?»

«Sì, signore; c'è un altro uomo sulla brughiera.»

«Lo ha visto?»

«No, signore.»

«E come fa a sapere che c'è?»

«Me ne ha parlato Selden, signore, una settimana fa o anche più. Anche quello si sta nascondendo ma, per quanto ne so, non è un galeotto. Non mi piace, dottor Watson — glielo dico francamente, non mi piace affatto.» Parlava con improvvisa veemenza.

«Mi stia a sentire, Barrymore! In questa storia, l'unico interesse che mi sta a cuore è quello del suo padrone. Sono venuto qui all'unico scopo di aiutarlo. Mi dica, francamente, cosa c'è che non le piace.»

Barrymore ebbe un momento di esitazione, quasi rimpiangendo il suo sfogo o incontrando difficoltà ad esprimere a parole i suoi sentimenti.

«Tutto questo che sta succedendo, signore», esclamò alla fine, agitando la mano in direzione della finestra sulla brughiera. «C'è della violenza, in giro, e si sta tramando qualche infamia vergognosa, sono pronto a giurarlo! Sarei felicissimo, signore, di vedere Sir Henry tornarsene a Londra!»

«Ma cosa la mette in allarme?»

«Guardi come è morto Sir Charles! E già quella è stata una cosa malvagia, da quanto ha detto il coroner. E poi, guardi i rumori che si sentono di notte sulla brughiera. Nessuno la attraverserebbe dopo il tramonto, nemmeno a pagarlo oro. E ancora, questo sconosciuto che si nasconde laggiù, da qualche parte, sempre a spiare, sempre ad aspettare! Cosa aspetta? Che significa? Non significa niente di buono per chiunque si chiami Baskerville e sarò ben lieto di piantare tutto quando i nuovi domestici di Sir Henry saranno pronti a occuparsi della Hall.»

«Ma, a proposito di questo sconosciuto», insistei. «Sa dirmi qualcosa di lui? Che ha detto Selden? Ha scoperto dove si nasconde, o cosa fa?»

«L'ha visto un paio di volte, ma è un'acqua cheta e non dà informazioni. In un primo tempo, pensava che fosse qualcuno della polizia, ma ben presto ha scoperto che aveva un qualche scopo personale. Sembrava un gentiluomo, per quanto ha potuto vedere, ma non è riuscito a capire cosa stesse facendo.»

«E dove ha detto che viveva?»

«Fra le vecchie case sulla collina — le capanne di pietra dove un tempo abitavano le antiche genti.»

«E come faceva per mangiare?»

«Selden ha scoperto che ha un ragazzo che lavora per lui e gli porta tutto ciò di cui ha bisogno. Suppongo che vada a rifornirsi a Coombe Tracey.»

«Benissimo, Barrymore. Forse continueremo questo discorso un'altra volta.» Quando il maggiordomo si fu allontanato, mi accostai alla finestra scura e, attraverso un vetro appannato, osservai le nuvole tumultuanti e il profilo agitato degli alberi squassati dal vento. Già dentro casa era una nottataccia, immaginiamoci cosa doveva essere in una capanna di pietre sulla brughiera. Quale odio bruciante poteva indurre una persona a isolarsi in un posto simile, con un tempo come quello! E quale misterioso e pressante scopo poteva indurlo a sopportare una prova del genere! Lassù, in quella capanna sulla brughiera, sembra concentrarsi il nocciolo di quel problema che tanto mi preoccupa. Giuro che non passerà un altro giorno prima che io abbia fatto tutto quanto si può umanamente fare per arrivare a fondo del mistero.

CAPITOLO UNDICESIMO
# L'uomo in cima alla roccia

L'estratto del mio diario privato che costituisce il capitolo precedente, ha portato il mio racconto al 18 di ottobre, giorno in cui questi strani eventi cominciarono a muoversi rapidamente verso la loro tragica conclusione. Gli incidenti dei giorni successivi sono impressi indelebilmente nella mia memoria e posso raccontarli senza alcun bisogno di consultare gli appunti presi in quel periodo. Inizio dal giorno successivo a quello in cui avevo appurato due fatti di grande importanza: uno, che la signora Laura Lyons di Coombe Tracey aveva scritto a Sir Charles Baskerville dandogli un appuntamento proprio nel luogo e nell'ora in cui aveva incontrato la morte; l'altro, che l'uomo che si nascondeva sulla brughiera lo si poteva trovare fra le capanne di pietra sulla collina. Con questi due fatti in mio possesso, avrei dovuto essere uno sciocco o un codardo se non fossi riuscito a fare un po' di luce su entrambi.

Non ebbi occasione di riferire la sera prima al baronetto quanto avevo appreso sul conto della signora Lyons, perché Mortimer si trattenne a giocare a carte fino a tarda ora. A colazione, però, lo informai della mia scoperta e gli chiesi se voleva venire con me a Coombe Tracey. In un primo tempo accettò con entusiasmo poi, ripensandoci, decidemmo di comune accordo che andando da solo avrei ottenuto migliori risultati. Più formale era la nostra visita, meno saremmo riusciti a sapere. Lasciai quindi Sir Henry a casa, non senza uno scrupolo di coscienza, e mi avviai verso la mia nuova ricerca.

Arrivati a Coombe Tracey, ordinai a Perkins di fermare i cavalli e chiesi informazioni sul domicilio della signora che ero venuto a interrogare. Non ebbi difficoltà a trovare la casa, centralissima ed elegante. Una cameriera mi fece entrare senza cerimonie e, quando misi piede in un salotto, una signora seduta davanti a una macchina da scrivere Remington, si alzò subito dandomi il benvenuto con un cordiale sorriso. Che però si spense quando vide che ero uno sconosciuto; si rimise a sedere chiedendomi lo scopo della visita.

La prima impressione che si aveva della signora Lyons era di

straordinaria bellezza. Occhi e capelli dello stesso colore castano dorato, le guance lentigginose avevano lo straordinario colorito delle brune, quel rosa delicato che occhieggia dal cuore di
una rosa gialla. La prima impressione che suscitava, ripeto, era
di ammirazione. Ma la seconda, di critica. C'era qualcosa di
sottilmente sbagliato in quel viso, una certa volgarità nella
espressione, una certa durezza, forse, nello sguardo, un'ombra
di dissolutezza sulle labbra, che guastava quella bellezza perfetta. Questi, naturalmente, sono ripensamenti. Al momento, sapevo solo di trovarmi davanti a una donna molto bella che mi
chiedeva il motivo della mia visita. Fino a quel momento non mi
ero reso pienamente conto di quanto delicata fosse la mia missione.

«Ho il piacere», risposi, «di conoscere suo padre.»

Una presentazione molto goffa, che ella non mancò di farmi
pesare.

«Mio padre ed io non abbiamo nulla in comune», disse. «Non
gli debbo nulla, e i suoi amici non sono amici miei. Se non fosse
stato per lo scomparso Sir Charles Baskerville e per qualche altra anima buona, avrei anche potuto morire di fame per quanto
gliene importava, a mio padre.»

«È a proposito del defunto Sir Charles Baskerville che sono
venuto.»

Le lentiggini si accesero sul viso della donna.

«Cosa potrei dirle di lui?», disse, battendo nervosamente sui
tasti della macchina.

«Lei lo conosceva, non è vero?»

«Ho già detto che gli devo molto. Se sono in grado di mantenermi è in gran parte grazie al suo interesse per la mia sfortunata
condizione.»

«Avevate uno scambio di corrispondenza?»

La donna mi lanciò un rapido sguardo irato con i suoi occhi
castani.

«Perché mi fa tutte queste domande?», chiese bruscamente.

«Per scongiurare uno scandalo pubblico. Meglio che sia io a
fargliele, qui, anziché la faccenda finisca fuori dal nostro controllo.»

Rimase in silenzio, ancora pallidissima. Alla fine, mi guardò
con espressione di sfida temeraria.

«Benissimo, le risponderò», disse. «Cosa vuole chiedermi?»

«Lei e Sir Charles vi siete scritti?»

«Io gli ho scritto sicuramente un paio di volte, per ringraziarlo della sua cortesia e generosità.»

«Ricorda in quali date?»

«No.»

«Lo ha mai incontrato?»

«Sì, una volta o due, quando venne a Coombe Tracey. Era un uomo molto schivo e preferiva fare il bene di nascosto.»

«Ma se lei lo ha visto così di rado, e gli ha scritto così di rado, come poteva essere sufficientemente informato delle sue condizioni per poterla aiutare, come mi dice che ha fatto?»

Non diede peso alla mia obiezione.

«Molti signori conoscevano la mia triste storia e si erano riuniti per aiutarmi. Uno era il signor Stapleton, un vicino e intimo amico di Sir Charles. Si è dimostrato gentilissimo e da lui Sir Charles apprese in quali condizioni mi trovavo.»

Già sapevo che, in varie occasioni, sir Charles Baskerville si era servito di Stapleton come suo elemosiniere, quindi le parole della signora avevano l'accento della verità.

«Ha mai scritto a Sir Charles fissandogli un appuntamento?» continuai.

La signora Lyons avvampò di collera.

«Questa è davvero una strana domanda, signore.»

«Mi spiace, ma devo insistere.»

«E allora le rispondo, no certamente.»

«Non gli ha scritto proprio il giorno in cui Sir Charles è morto?»

Il rossore era scomparso lasciando il posto a un pallore spettrale. Aveva le labbra talmente aride che, più che sentirlo, vidi il suo «No.»

«La sua memoria l'inganna», dissi. «Potrei perfino citarle un brano della sua lettera. Diceva ''La prego, la prego, lei è un gentiluomo, bruci questa lettera e si trovi alle dieci al cancello''.»

Pensai che stesse per svenire ma si riprese con enorme sforzo.

«Non esiste, dunque, un gentiluomo?», mormorò.

«Lei fa torto a Sir Charles. Lui *bruciò* la lettera. Ma a volte una lettera rimane leggibile anche se bruciata. Ammette, ora, di averla scritta?»

«Sì, l'ho scritta» esclamò prorompendo in un torrente di parole. «L'ho scritta. Perché dovrei negarlo? Non ho nessun motivo per vergognarmene. Volevo che mi aiutasse. Pensavo che, incontrandolo, avrei potuto convincerlo a farlo, così gli fissai un appuntamento.»

«Ma perché a quell'ora?»

«Perché avevo appena saputo che il giorno seguente sarebbe andato a Londra e ci sarebbe rimasto per mesi. E c'erano dei motivi per cui non sarei potuta arrivare là prima.»

«E perché un appuntamento in giardino anziché in casa?»

«Crede che una donna possa recarsi da sola in casa di uno scapolo?»

«Bene, e quando è arrivata che è successo?»

«Non ci sono mai andata.»

«Signora Lyons!»

«È così, glielo giuro su quanto ho di più sacro. Non ci sono andata. È sopraggiunto qualcosa che me lo ha impedito.»

«E cioè?»

«È una faccenda privata. Non posso dirglielo.»

«Lei dunque riconosce di aver fissato un appuntamento a Sir Charles proprio nell'ora e nel luogo in cui ha incontrato la morte, ma nega di esserci andata.»

«È la verità.»

Continuai a subissarla di domande, ma non riuscii a superare quell'ostacolo.

«Signora Lyons», dissi alzandomi dopo quel lungo e inconcludente colloquio, «lei si sta assumendo una grossa responsabilità e si sta mettendo in una luce molto falsa, non rivelando tutto ciò che sa. Se sarò costretto a chiedere l'aiuto della polizia si renderà conto di quanto sia seriamente compromessa. Se lei non ha nulla da nascondere per quale motivo ha negato, in un primo tempo, di aver scritto a Sir Charles quel giorno?»

«Perché temevo che se ne potessero trarre conclusioni sbagliate e che avrei potuto trovarmi coinvolta in uno scandalo.»

«E perché ci teneva tanto a che Sir Charles distruggesse la lettera?»

«Se l'ha letta, lo capisce da sé.»

«Non ho detto di aver letto tutta la lettera.»

«Ne ha citato un brano.»

«Ho citato il poscritto. Come le ho detto, la lettera era stata bruciata ed era in massima parte illeggibile. Le chiedo ancora una volta per quale motivo lei voleva assolutamente che Sir Charles distruggesse quella lettera, ricevuta proprio il giorno della sua morte.»

«È una faccenda strettamente privata.»

«A maggior ragione, quindi, dovrebbe evitare un'indagine ufficiale.»

«D'accordo, glielo dirò. Se ha saputo qualcosa della mia dolorosa storia saprà che ho fatto un matrimonio avventato e avevo motivo di pentirmene.»

«Questo l'ho sentito.»

«La mia vita non è stata che un'incessante persecuzione da parte di un marito che detesto. La legge è dalla sua parte, e ogni giorno esiste la possibilità che possa costringermi a vivere con lui. Quando scrissi quella lettera a Sir Charles avevo appena saputo che avrei forse potuto riguadagnare la mia libertà se fossi stata in grado di far fronte a certe spese. Significava tutto per me — tranquillità, felicità, rispetto di me stessa — tutto. Conoscevo la generosità di Sir Charles e pensai che, se avessi potuto raccontargli personalmente la mia storia, mi avrebbe aiutato.»

«Come mai, allora, non è andata all'appuntamento?»

«Perché nel frattempo avevo ricevuto aiuto da un'altra fonte.»

«E allora, perché non ha scritto a Sir Charles, spiegandoglielo?»

«L'avrei fatto se la mattina dopo, nel giornale, non avessi letto della sua morte.»

Il racconto della donna era abbastanza coerente e tutte le mie domande non riuscirono a farglielo cambiare. Potevo controllarlo solamente scoprendo se effettivamente aveva avviato le pratiche di divorzio contro il marito più o meno all'epoca della tragedia.

Era poco probabile che avrebbe osato affermare di non essere stata a Baskerville Hall, se invece c'era stata; infatti, le sarebbe occorso un mezzo di trasporto per andarci e non avrebbe potuto rientrare a Coombe Tracey prima dell'alba. Un viaggio del genere non poteva restare un segreto. Era quindi probabile che dicesse la verità, o almeno parte della verità. Me ne venni via confuso e scoraggiato. Ancora una volta, mi ero trovato davanti quel muro che sembrava bloccare ogni strada io imboccassi per raggiungere lo scopo della mia missione. Eppure, più ripensavo al viso di quella donna, al suo comportamento, più sentivo che mi nascondeva qualcosa. Perché era diventata così pallida? Perché aveva fatto di tutto per non parlare fino a quando l'avevo costretta? Perché era stata così reticente all'epoca della tragedia? Senza dubbio, la spiegazione a questi interrogativi non era così innocente come voleva farmi credere. Per il momento, non potevo proseguire in quella direzione ma dovevo ripiegare sull'altro indizio che mi conduceva fra le capanne di pietra sulla brughiera.

Ed era un indizio molto vago. Me ne resi conto tornando indietro e notando che, una dopo l'altra, tutte le colline recavano tracce di quegli insediamenti preistorici. L'unica indicazione che mi aveva dato Barrymore era che quello sconosciuto viveva in una delle tante capanne abbandonate, e ce ne sono centinaia e centinaia, sparse in lungo e in largo sulla brughiera. Comunque, c'era la mia esperienza personale a guidarmi dal momento che io stesso avevo visto quell'uomo ritto in piedi sulla sommità rocciosa del Black Tor. Da lì, dunque, dovevano partire le mie ricerche. Partendo da quel punto, avrei esplorato ogni capanna sulla brughiera fino a trovare quella giusta. E se all'interno c'era quell'uomo avrei scoperto dalla sua stessa bocca, puntandogli contro la pistola se necessario, chi era e perché ci stava spiando. Poteva sfuggirci fra la folla di Regent Street, ma non gli sarebbe stato altrettanto facile in quella landa desolata. Se invece, una volta trovata la capanna, il suo abitante non ci fosse stato, avrei atteso il suo ritorno, per tutto il tempo necessario. Holmes se l'era lasciato sfuggire a Londra. Sarebbe stato per me davvero un trionfo se fossi riuscito dove il mio maestro aveva fallito.

Durante tutto il corso di questa indagine la sorte ci era stata avversa ma adesso, finalmente, mi venne in aiuto. E il messaggero della buona fortuna altri non fu che il signor Frankland che, con i suoi baffi grigi e la faccia rubizza, se ne stava fuori dal cancello del suo giardino lungo la strada maestra che percorrevo.

«Buon giorno, dottor Watson», esclamò con insolito buon umore, «deve proprio far riprendere fiato ai suoi cavalli ed entrare a bere con me un bicchiere di vino e farmi le congratulazioni.»

I miei sentimenti nei suoi confronti erano tutt'altro che amichevoli dopo quanto avevo sentito circa il modo in cui aveva trattato la figlia, ma ero ansioso di rimandare a casa Perkins col calessino, e questa era un'ottima occasione. Scesi e mandai un messaggio a Sir Henry per informarlo che sarei stato a casa per l'ora di pranzo. Poi, seguii Frankland nel soggiorno.

«Questo è un gran giorno, per me, signore — uno dei giorni fausti», esclamò ridacchiando. «Ho raggiunto un duplice scopo. Quello di insegnare alla gente di queste parti che la legge è legge, e di dimostrare che esiste almeno una persona che non teme di ricorrere ad essa. Ho fatto riconoscere il diritto di transito attraverso il parco del vecchio Middleton, proprio al centro, a cento metri dalla sua porta. Che ne pensa? Così insegneremo a questi alti papaveri che non possono calpestare i diritti del popolo, accidenti a loro! E ho chiuso il bosco dove la gente di Fernworthy andava a fare i picnic. Quei maledetti cafoni pensano che i diritti di proprietà non esistono e che possono sciamare dove vogliono con le loro cartacce e le loro bottiglie. La sentenza è stata emanata per entrambe le cose, dottor Watson, e a mio favore in entrambi i casi. Non avevo una giornata simile da quando ho fatto condannare Sir John Morland per violazione di proprietà perché sparava ai conigli nelle sue terre.»

«Come diamine c'è riuscito?»

«Lo cerchi nei verbali, signore. Sarà una lettura piacevole — Frankland contro Morland, Magistratura del Palazzo di Giustizia di Sua Maestà. Mi è costato 200 sterline, ma l'ho spuntata.»

«Che vantaggio ne ha ricavato?»

«Nessuno, signor mio, nessuno. Sono fiero di dire che non avevo nessun interesse personale nella faccenda. Io agisco esclusivamente per un senso di dovere civico. Sono sicuro, per esempio, che questa sera la gente di Fernworthy mi brucerà in effigie. L'ultima volta che lo hanno fatto, dissi alla polizia che doveva porre fine a questo genere di manifestazioni disgustose. La Polizia di Contea è in condizioni scandalose e non mi ha dato la protezione cui ho diritto. Il caso di Frankland contro Regina richiamerà l'attenzione del pubblico. Li avevo avvisati che si sarebbero pentiti del modo in cui mi avevano trattato, e la mia profezia si è avverata.»

«In che modo?», chiesi.

Il vecchio prese un'aria intelligente.

«Perché potrei raccontargli quello che muoiono dalla voglia di sapere; ma niente al mondo mi indurrà a dare una mano a quei cialtroni.»

Già da un po' stavo cercando di trovare una scusa per sottrarmi ai suoi pettegolezzi ma, a questo punto, cominciai a desiderare di saperne di più. Conoscevo abbastanza il carattere contraddittorio del vecchio reprobo per sapere che dimostrargli il mio interesse sarebbe stato il modo più sicuro per cucirgli la bocca.

«Qualche caso di bracconaggio, suppongo?», dissi con aria indifferente.

«Ah, ah, ragazzo mio, altro che bracconaggio! Che ne dice del galeotto sulla brughiera?»

Ebbi un sussulto. «Non vorrà dirmi che sa dov'è?», esclamai.

«Posso non sapere esattamente dove sia, ma sono certo che potrei aiutare la polizia ad acciuffarlo. Non le è mai venuto in mente che basterebbe scoprire dove si procura il cibo per seguirne le tracce e trovare dove si nasconde?»

Si stava avvicinando un po' troppo alla verità.

«Senza dubbio», risposi; «ma come fa a sapere che è sulla brughiera?»

«Lo so perché ho visto con i miei occhi quello che gli porta da mangiare.»

Tremai per il povero Barrymore. Era davvero affar serio finire nelle grinfie di questo vecchio impiccione dispettoso. Ma la sua successiva osservazione mi tolse il peso dal cuore.

«Sarà sorpreso nel sapere che chi gli porta da mangiare è un bambino. Lo vedo tutti i giorni dal tetto, col telescopio. Passa per lo stesso sentiero, alla stessa ora, e da chi potrebbe andare se non dal galeotto?»

Questo era davvero un colpo di fortuna! Ma feci finta di niente. Un bambino! Barrymore aveva detto che il nostro sconosciuto era assistito da un ragazzo. Era sulle sue tracce, e non su quelle dell'evaso, che era capitato Frankland. Se fossi riuscito a farlo parlare mi sarei risparmiato una lunga ed estenuante caccia. Ma, evidentemente, l'unica carta da giocare era quella dell'indifferenza e dell'incredulità.

«Direi che mi sembra molto più probabile che si tratti del figlio di uno dei pastori di brughiera che va a portare il pranzo al padre.»

La minima opposizione faceva scattare quel vecchio despota. Mi rivolse uno sguardo malevolo, e i baffi gli si drizzavano come quelli di un gatto.

«Ma davvero!», esclamò, indicandomi la distesa della brughiera. «Vede laggiù il Black Tor? Bene, vede, in fondo, quella collinetta bassa sormontata dal cespuglio di rovi? È la zona più sassosa di tutta la brughiera. E crede che un pastore porterebbe lì a pascolare il suo gregge? La sua è una supposizione assurda, signor mio.»

Risposi in tono mite che avevo parlato senza cognizione di causa. Il mio atteggiamento contrito gli piacque, e lo spinse a ulteriori confidenze.

«Può star certo, caro signore, che io vaglio ben bene i fatti prima di formulare un'opinione. Ho visto un'infinità di volte quel ragazzo col suo fagotto. Tutti i giorni, talvolta anche due volte al giorno, ho potuto... ma, aspetti un momento, dottor Watson. Mi ingannano gli occhi o, proprio in questo momento, c'è qualcosa che si muove su quella collina?»

La distanza era di parecchie miglia ma potevo scorgere distintamente un puntolino scuro che spiccava sul verdegrigio del paesaggio.

«Venga, venga!», gridò Frankland, precipitandosi su per le scale. «Lo vedrà con i suoi occhi e giudicherà da se stesso!»

Il telescopio, uno strumento formidabile, montato su un treppiedi, era collocato sul tetto piatto. Frankland ci guardò dentro e lanciò un grido di soddisfazione.

«Svelto, dottor Watson, svelto, prima che oltrepassi la collina!»

E c'era davvero, un ragazzetto con un fagotto sulle spalle, che si inerpicava lentamente. Quando arrivò sulla cima scorsi per un attimo quella figuretta goffa e cenciosa stagliarsi contro l'azzurro chiaro del cielo. Si guardava intorno con aria furtiva, come temendo di essere seguito. Poi svanì oltre la collina.

«Allora? Ho ragione?»

«Certamente, c'è un ragazzino che sembra avere un qualche incarico segreto.»

«E quale sia questo incarico, lo capirebbe anche un poliziotto di campagna. Ma da me non sapranno neppure una parola e impegno anche lei al segreto, dottor Watson. Non una parola! Capisce?»

«Come vuole lei.»

«Mi hanno trattato in maniera vergognosa — vergognosa. Quando i fatti verranno fuori al processo Frankland contro Regina credo proprio che il paese ne sarà indignato. Non aiuterei la polizia per nessuna cosa al mondo. Per quanto se ne curano, avrei potuto essere io, e non la mia effigie, che quelle canaglie hanno dato alle fiamme. Non mi dica che se ne vuole già andare! Mi aiuterà a vuotare la caraffa per celebrare questa grande occasione!»

Ma resistetti alle sue insistenze e riuscii a dissuaderlo dall'idea di accompagnarmi a casa. Mi tenni sulla strada maestra fino a quando poteva vedermi, poi deviai per la brughiera dirigendomi verso la collina pietrosa dove era scomparso il ragazzo. Tutto cospirava a mio favore e giurai a me stesso che se non avessi saputo approfittare dell'occasione che la fortuna mi porgeva non sarebbe certo stato per mancanza di energia o di perseveranza.

Il sole stava già tramontando quando raggiunsi la vetta della collina e, davanti ai miei occhi, i lunghi pendii erano di un verde dorato da una parte e immersi nell'ombra grigia dall'altra. Lontano, sulla linea dell'orizzonte, si era alzata una foschia dalla quale emergevano i fantastici profili del Belliver e di Vixen Tor. Sulla distesa sconfinata, né un suono né un movimento. Un grosso uccello, un gabbiano o un chiurlo, si librava alto nell'azzurro del cielo. Sembravano essere le uniche creature fra l'immensa volta del cielo e il deserto sottostante. Quello scenario desolato, il senso di solitudine, l'enigma e l'urgenza del mio compito, mi davano una stretta al cuore. Il ragazzo non si vedeva da nessuna parte. Ma sotto di me, in una spaccatura fra le colline, c'erano alcune delle antiche capanne di pietra, disposte in cerchio intorno ad una di esse che ancora conservava quel tanto di copertura sufficiente a riparare dagli agenti atmosferici. Esultai nello scorgerla. Doveva essere l'avvallamento in cui si annidava lo sconosciuto. Finalmente, ero alla soglia del suo nascondiglio — avevo a portata di mano il suo segreto.

Accostandomi alla capanna, con la stessa cautela di Stapleton quando, col retino pronto, si avvicinava a una farfalla, ebbi conferma che quel luogo era effettivamente servito da dimora.

Un incerto sentiero fra i massi conduceva all'apertura diroccata che fungeva da porta. All'interno, silenzio completo. Lo sconosciuto poteva nascondersi da qualche parte, o aggirarsi per la brughiera. I miei nervi fremevano per la febbre dell'avventura. Gettando la sigaretta, posi la mano sul calcio della pistola, mi avvicinai rapidamente alla porta e guardai dentro. Era vuota.

Ma molti indizi stavano a confermare che ero sulla pista giusta. Quell'individuo viveva sicuramente lì. Delle coperte arrotolate in un telo impermeabile erano appoggiate su una lastra di pietra, un tempo giaciglio dell'uomo neolitico. In un camino di fortuna si ammucchiava della cenere. Accanto, alcuni utensili da cucina e un secchio pieno a metà di acqua. Una quantità di lattine vuote, dimostrava che quel rifugio era occupato già da un certo tempo e, quando i miei occhi si furono abituati a quella mescolanza di buio e di luce, vidi in un angolo una ciotola di latta e una mezza bottiglia di liquore alcoolico. Una pietra liscia al centro della capanna serviva da tavolo, e su di essa c'era un fagottello di stoffa — lo stesso, sicuramente, che, attraverso il telescopio, avevo visto sulla spalla del ragazzo. Nel fagottello, una pagnotta, una scatoletta di lingua affumicata, e due lattine di pesche conservate. Dopo averlo esaminato li rimisi sul tavolo e mi sentii il cuore in gola notando che, al disotto, c'era un foglio di carta scritta. Lo presi e questo è ciò che lessi, rozzamente scarabocchiato con una matita: «il dottor Watson è andato a Coombe Tracey».

Per un attimo rimasi lì, con quel foglio in mano, chiedendomi cosa significasse quel laconico messaggio. Allora ero io, e non Sir Henry, quello che lo sconosciuto teneva d'occhio. Non mi aveva seguito personalmente ma mi aveva messo alle calcagna un suo incaricato — il ragazzo, forse — e questo era il suo rapporto. Forse non avevo fatto un passo, da quando ero sulla brughiera, che non fosse stato spiato e riferito. C'era sempre quella sensazione di una forza ignota, una rete sottile tessuta intorno a noi con abilità e delicatezza infinita, che ci avvolgeva in modo talmente impercettibile che solo all'ultimo momento ci saremmo accorti di essere intrappolati nelle sue maglie.

Se c'era un rapporto, potevano essercene altri; mi guardai intorno per cercarli ma non ce n'era traccia né potevo scoprire un qualsiasi segno circa il carattere o le intenzioni dell'uomo che viveva in quel singolare nascondiglio, tranne il fatto che doveva avere abitudini spartane e poco si curava delle comodità della vita. Pensando alle piogge violente e osservando il tetto squarciato, compresi quanto impellente e irremovibile dovesse essere lo scopo che lo aveva trattenuto in quel rifugio inospitale. Era un nostro nemico implacabile o era, invece, il nostro angelo custode? Giurai di non lasciare la capanna prima di averlo scoperto.

Fuori, il sole stava tramontando e l'occidente fiammeggiava di oro e di scarlatto. I raggi morenti si riflettevano in macchie color ruggine, rimbalzando dai lontani acquitrini che si stendevano nella grande Grimpen Mire. Ecco laggiù le due torri di Baskerville Hall, e una nuvola lontana di fumo a indicare il villaggio di Grimpen. Fra i due punti, al di là delle colline, c'era la casa degli Stapleton. Tutto era dolce, soffuso e tranquillo nella luce dorata del crepuscolo eppure, mentre osservavo il paesaggio, il mio cuore non partecipava alla pace della natura ma palpitava per l'incertezza e il terrore di quell'incontro che si faceva ogni istante più vicino. Con i nervi a fior di pelle, ma fermo e deciso, mi sistemai nell'ombra sul fondo della capanna ad aspettare, con cupa pazienza, l'arrivo del suo occupante.

E finalmente lo sentii. Da lontano risuonò il rumore secco di uno stivale che colpiva una pietra. Poi un altro, e un altro ancora, sempre più vicino, più vicino. Mi rincantucciai nell'angolo più oscuro e tolsi la sicura della pistola che tenevo in tasca, ben deciso a non farmi scoprire prima di aver potuto dare un'occhiata allo sconosciuto. Ci fu una lunga pausa, a indicare che si era fermato. Poi i passi si accostarono di nuovo e un'ombra si profilò sull'apertura della capanna.

«Una bella serata, caro Watson», disse una voce familiare. «Credo proprio che starà più comodo fuori che dentro.»

# CAPITOLO DODICESIMO

# Morte sulla brughiera

Per un secondo o due rimasi senza fiato, non credendo alle mie orecchie. Poi riacquistai sensi e voce e mi sembrò che un peso schiacciante di responsabilità mi fosse stato tolto dal cuore. Quella voce fredda, incisiva, ironica non poteva che appartenere a un'unica persona al mondo.

«Holmes!», gridai — «Holmes!»

«Venga fuori», disse, «e per favore faccia attenzione alla pistola.»

Mi incurvai sotto il grossolano architrave ed eccolo là fuori, seduto su un masso, con gli occhi grigi che brillavano divertiti osservando la mia espressione sbalordita. Era magro e affaticato, ma sveglio e vispo, col volto sottile abbronzato dal sole e dal vento. Col suo abito di tweed e il berretto di stoffa sembrava un qualunque turista della brughiera e, con quell'amore felino di pulizia che era una delle sue caratteristiche, era riuscito ad essere sbarbato e in perfetto ordine come se si trovasse a Baker Street.

«Non sono mai stato più felice di vedere qualcuno in vita mia», dissi stringendogli calorosamente la mano.

«O più stupito, eh?»

«Be', non posso negarlo.»

«La sorpresa non è stata tutta sua, glielo garantisco. Non immaginavo nemmeno lontanamente che avesse scoperto il mio temporaneo rifugio e tanto meno che ci fosse entrato, fino a quando sono stato a venti passi dalla porta.»

«Le mie impronte, suppongo?»

«No, Watson; non credo proprio che sarei stato in grado di identificare le sue impronte fra tutte le impronte del mondo. Se lei desidera veramente ingannarmi, deve cambiare tabaccaio; perché quando vedo un mozzicone di sigaretta marcato Bradley, di Oxford Street, so che il mio amico Watson è da quelle parti. Il mozzicone è là, accanto al sentiero. L'ha buttato, senza dubbio, in quel supremo attimo in cui ha fatto irruzione nella capanna vuota.»

«Proprio così.»

«L'avevo immaginato — e conoscendo la sua encomiabile tenacia ero convinto che se ne stesse appostato, con un'arma a portata di mano, aspettando il ritorno dell'occupante. Quindi lei ha davvero pensato che io fossi il criminale?»

«Non sapevo chi fosse, ma ero deciso a scoprirlo.»

«Eccellente, Watson! E come è riuscito a localizzarmi? Forse, mi ha visto la sera della caccia all'evaso, quando sono stato così imprudente da consentire alla luna di sorgere alle mie spalle?»

«Sì, è allora che l'ho vista.»

«E naturalmente ha frugato in tutte le capanne prima di arrivare a questa?»

«No, il suo ragazzo era stato notato, e questo mi ha indicato dove cercare.»

«Senza dubbio, l'anziano signore col suo telescopio. Lì per lì non riuscii a capire di che si trattasse, quando scorsi il riflesso luminoso delle lenti.» Si alzò e andò a sbirciare nella capanna. «Ah, bene. Vedo che Cartwright ci ha portato delle vettovaglie. Cos'è questo foglietto? Allora, lei è stato a Coombe Tracey?»

«Sì.»

«Dalla signora Laura Lyons?»

«Esattamente.»

«Benissimo. Le nostre ricerche evidentemente hanno seguito linee parallele; unendo i risultati credo che avremo un quadro abbastanza preciso della faccenda.»

«Devo dire che mi rallegro dal profondo del cuore che lei sia qui perché la responsabilità e il mistero stavano mettendo un po' troppo a dura prova i miei nervi. Ma, in nome di tutti i santi, come è arrivato qui, e cosa ha fatto? La credevo a Baker Street a risolvere quel caso di ricatto.»

«Era proprio quello che volevo farle credere.»

«Ma bene! Si serve di me e non si fida di me!» esclamai piuttosto amareggiato. «Credevo di meritare qualcosa di meglio da lei, Holmes.»

«Mio caro amico, in questo, come in molti altri casi, lei mi è stato preziosissimo e la prego di perdonarmi se le ho dato l'impressione di averle giocato un brutto tiro. In realtà, l'ho fatto in parte per proteggerla, e proprio perché valutavo pienamente il pericolo che correva sono venuto qui per esaminare la cosa con i miei occhi. Se fossi stato con Sir Henry e con lei, sicuramente avrei condiviso il vostro punto di vista e la mia presenza avrebbe messo in guardia i nostri formidabili nemici. In questo modo, invece, ho potuto andarmene in giro come non avrei potuto fare se fossi stato alla Hall e, in questa storia, costituisco il fattore ignoto, pronto a intervenire con tutto il mio peso nel momento critico.»

«Ma perché tenermi all'oscuro?»

«Che lei lo sapesse, non ci sarebbe stato di alcuna utilità e anzi avrebbe potuto farmi scoprire. Le sarebbe venuta voglia di raccontarmi qualcosa o, gentilmente, mi avrebbe portato qualche genere di conforto e avremmo corso un rischio inutile. Ho portato con me Cartwright — rammenta il ragazzetto dell'ufficio postale — e ha provveduto lui alle mie semplici necessità: una pagnotta e un colletto pulito. Che altro si può desiderare? Inoltre mi ha dato un paio di occhi in più su due attivissimi piedi, cose che si sono dimostrate entrambe preziose.»

«Allora i miei rapporti non sono serviti a niente!» — mi tremava la voce, ricordando con quanta fatica e quanto orgoglio li avevo redatti.

Holmes tirò fuori di tasca un rotolo di carte.

«Ecco i suoi rapporti, amico mio, e le assicuro che li ho sfogliati parecchio. Avevo predisposto dei piani eccellenti, che sono rimandati di un solo giorno. E devo farle i miei complimenti per lo zelo e l'intelligenza che ha dimostrato in questo difficilissimo caso.»

Ero ancora un po' offeso per l'inganno ma il calore della lode di Holmes mi fece dimenticare il risentimento. Inoltre, sentivo in cuor mio che le sue parole erano giuste e che effettivamente era stato meglio, per il nostro scopo, che io non sapessi della sua presenza sulla brughiera.

«Così va meglio», disse, notando la mia espressione meno corrucciata. «E adesso, mi racconti della sua visita alla signora Laura Lyons — non mi è stato difficile capire che era andato a trovare lei, poiché già sapevo che è l'unica persona a Coombe Tracey in grado di aiutarci. Anzi, se oggi non ci fosse andato lei, con molta probabilità ci sarci andato io domani.»

Il sole era tramontato e sulla brughiera era sceso il crepuscolo. L'aria aveva rinfrescato e ci ritirammo nella capanna per un po' di caldo. Lì, seduti fianco a fianco nell'ombra della sera, riferii ad Holmes il mio colloquio con la signora. Ne fu così interessato che dovetti ripetergliene alcuni brani due volte prima che fosse soddisfatto.

«Questo è importantissimo», disse al termine del mio racconto. «Colma un vuoto che non ero riuscito a colmare in questa intricata faccenda. Lei forse sa che esiste una stretta intimità fra questa signora e quello Stapleton?»

«Non sapevo che fossero in rapporti così stretti.»

«Non c'è alcun dubbio. Si incontrano, si scrivono, c'è fra loro una comprensione totale. E questo ci offre un'arma formidabile. Se solo potessi usarla per staccare sua moglie...»

«Sua moglie?»

«Ora le do io qualche informazione, in cambio di quelle che lei ha dato a me. La signora che passa per la signorina Stapleton è in realtà sua moglie.»

«Santo cielo, Holmes! È sicuro di quello che dice? Come ha potuto permettere a Sir Henry di innamorarsene?»

«L'innamoramento di Sir Henry non poteva nuocere a nessuno se non a Sir Henry. Come lei stesso ha notato, è stato molto attento a che il baronetto non *facesse* l'amore con lei. Le ripeto che è sua moglie, non sua sorella.»

«Ma perché questa elaborata mistificazione?»

«Perché prevedeva che gli sarebbe stata molto più utile sotto le spoglie di una donna libera.»

Tutti i miei istinti reconditi, i miei vaghi sospetti presero immediatamente corpo, accentrandosi sul naturalista. In quell'uomo impassibile e incolore, col suo cappello di paglia e il suo retino per farfalle, mi sembrava di scorgere qualcosa di terribile — una creatura infinitamente paziente e astuta, col sorriso sulle labbra e l'omicidio nel cuore.

«È lui, allora, il nostro nemico — quello che ci ha pedinati a Londra?»

«Così la vedo io.»

«E l'avvertimento — deve averlo mandato la donna!»

«Esattamente.»

Nelle tenebre che mi avevano avvolto per tanto tempo cominciò a profilarsi il disegno di qualche mostruosa infamia, per metà vista e per metà indovinata.

«Ma ne è proprio sicuro, Holmes? Come può asserire che quella donna è sua moglie?»

«Perché la prima volta che vi siete incontrati, è stato così malaccorto da raccontarle un particolare autentico della sua biografia, e credo che se ne sia pentito amaramente. Una volta, *era* insegnante nel nord dell'Inghilterra. E nessuno è più facile da rintracciare di un insegnante. Esistono agenzie scolastiche tramite le quali è possibile identificare chiunque abbia svolto quella professione. Qualche piccola indagine mi ha fatto scoprire che una scuola era andata in malora in circostanze spaventose e che il proprietario e direttore — il nome era differente — era scomparso insieme con la moglie. La descrizione calzava. Quando poi ho saputo che lo scomparso era un patito di entomologia, l'identificazione è stata completa.»

Il velo di tenebra si stava alzando, ma molte cose rimanevano ancora nell'ombra.

«Se questa donna è effettivamente sua moglie, come entra in scena Laura Lyons?», chiesi.

«Questo è uno dei punti chiariti grazie alle sue ricerche. La sua intervista con la signora ha fatto molta luce. Non sapevo del progetto di divorzio fra lei e il marito. In quel caso, convinta che Stapleton fosse scapolo, contava senza dubbio di diventare sua moglie.»

«E quando scoprirà di essere stata ingannata?»

«Proprio allora ci sarà utile. Per prima cosa dobbiamo incontrarla — entrambi noi — domani. Non crede, Watson, che da troppo tempo è lontano dal suo protetto? Lei dovrebbe essere a Baskerville Hall.»

Le ultime strisce purpuree erano svanite ad occidente e la notte era scesa sulla brughiera. Poche stelle brillavano debolmente nel cielo violaceo.

«Un'ultima domanda, Holmes», dissi alzandomi. «Non c'è bisogno di segreti fra lei e me. Cosa significa tutto questo? Cosa va cercando quell'uomo?»

Holmes abbassò la voce a sussurrare la sua risposta: «Omicidio, Watson — raffinato, spietato, deliberato omicidio. Non mi chieda particolari. La mia rete si sta chiudendo su di lui, come la sua su Sir Henry e, con il suo aiuto, l'ho quasi in pugno. C'è un unico pericolo che può minacciarci. Che riesca a colpire prima di noi. Un altro giorno — due al massimo — e il mio caso sarà completo ma, fino ad allora, sorvegli il nostro amico con la stessa sollecitudine di una madre che sorveglia il figlioletto malato. La sua missione di oggi si è dimostrata utile eppure vorrei quasi che non si fosse allontanato da lui. Ascolti!».

Un urlo terribile — un grido prolungato di orrore e di angoscia squarciò il silenzio della brughiera. Quel lamento terrificante mi gelò il sangue nelle vene.

«Oh, mio Dio!», rantolai. «Che cos'è? Che significa?»

Holmes era balzato in piedi e la sua figura atletica si stagliò all'ingresso della capanna, le spalle curve, il capo teso in avanti, lo sguardo che frugava nel buio.

«Sst!», sussurrò, «Sst!»

Il grido era risuonato forte per la sua intensità ma proveniva da un qualche punto lontano, dalla pianura ammantata di ombre. Ora esplose di nuovo, più vicino, più forte, più incalzante di prima.

«Da dove viene?», sussurrò Holmes; e dal fremito della sua voce capii che anche lui, l'uomo di ferro, era sconvolto fino in fondo all'anima. «Da dove viene, Watson?»

«Da laggiù, credo.» Indicai nell'oscurità.

«No, da là!»

E ancora quell'urlo di agonia spazzò la notte silenziosa, più forte, più vicino. E ad esso si mescolava un suono nuovo, un brontolio profondo, soffocato, musicale, eppur minaccioso, che si alzava e si abbassava come il rumore della risacca.

«Il cane!», gridò Holmes. «Venga, Watson, venga! Buon Dio, se arriviamo troppo tardi!»

Si era lanciato in corsa sulla brughiera, e io lo seguivo da presso. Ma da un qualche punto del terreno accidentato, proprio di fronte a noi, risuonò un ultimo urlo disperato, poi un tonfo, pesante e sordo. Ci fermammo in ascolto. Ma un silenzio greve era calato nella notte senza vento.

Vidi Holmes portarsi la mano alla fronte in gesto di disperazione. Batté violentemente il piede a terra.

«Ci ha sconfitto, Watson. Siamo arrivati troppo tardi.»

«No, no, non è possibile!»

«Che stupido sono stato ad indugiare! E lei, Watson, vede cosa è successo ad abbandonare il suo incarico! Ma, se è accaduto il peggio, giuro davanti a Dio che lo vendicherò!»

Corremmo alla cieca nel buio, inciampando nei sassi, aprendoci un varco fra i cespugli di rovo, ansimando su per le colline, scendendo a perdifiato lungo i pendii, sempre nella direzione da cui ci erano giunti quei suoni terrificanti. Da ogni punto più elevato Holmes scrutava ansiosamente all'intorno ma le ombre gravavano sulla brughiera e niente si muoveva su quella distesa desolata.

«Vede niente?»

«Niente.»

«Ma ascolti, questo cos'è?»

Un lamento sommesso ci era giunto all'orecchio. E di nuovo, alla nostra sinistra! In quel punto, una cresta frastagliata di rocce terminava in un dirupo scosceso su un pendio cosparso di pietre. In quello spazio frastagliato giaceva sdraiata una forma scura e irregolare, una silhouette indistinta che prese forma mentre ci avvicinavamo correndo. Era il corpo di un uomo, steso bocconi per terra, col capo ripiegato al disotto in un'angolazione allucinante, le spalle incurvate sul corpo rannicchiato quasi nell'atto di spiccare una capriola. Un atteggiamento così grottesco che, sul momento, non mi resi conto che quel gemito aveva segnato il suo ultimo respiro. Non un sussurro, non un fruscio veniva ora da quella forma oscura mentre ci chinavamo su di essa. Holmes tese la mano a toccarla e la ritrasse subito con un'esclamazione di orrore. Accese un fiammifero che illuminò le sue dita sporche di sangue e l'orrenda pozza che si allargava lentamente sotto il cranio fratturato della vittima. Ma illuminò anche qualcosa che ci fece mancare il cuore — il corpo di Sir Henry Baskerville!

Non potevamo assolutamente sbagliare su quell'insolito vestito di ruvido tweed rossiccio — lo stesso che aveva indosso quella prima volta in cui lo avevamo visto a Baker Street. Fu una visione fuggevole, e il fiammifero tremolò e si spense, come si era spenta la speranza in noi. Holmes mandò un gemito e il suo volto splendeva bianco nell'oscurità.

«Quel bruto! Quell'animale!», esclamai serrando i pugni. «Oh, Holmes, non mi perdonerò mai per averlo abbandonato al suo destino.»

«La colpa è più mia che sua, Watson. Per concludere e completare il mio caso, ho gettato via la vita del mio cliente. È il colpo più duro di tutta la mia carriera. Ma come potevo sapere — come *potevo* sapere — che avrebbe rischiato la vita sulla brughiera da solo, nonostante tutti i miei avvertimenti?»

«Pensare che abbiamo sentito le sue grida — mio Dio, quelle grida! — e non siamo riusciti a salvarlo! Dov'è questo cane selvaggio che l'ha condotto a morte? Forse, in questo stesso istante, si nasconde fra le rocce. E Stapleton, dov'è Stapleton? Dovrà risponderne, di questo.»

«E ne risponderà. Ci penserò io. Zio e nipote sono stati assassinati — uno, spaventato a morte dalla sola vista di un animale che riteneva soprannaturale; l'altro, dalla sua fuga disperata per sfuggirgli. Ma adesso dobbiamo provare il collegamento fra l'uomo e la bestia. Tranne per ciò che ci è stato riferito, non possiamo dimostrarne l'esistenza, dal momento che la morte di Sir Henry è ovviamente dovuta alla caduta. Ma, per tutti i santi, per astuto che sia, avrò in mano quell'individuo prima che sia trascorso un altro giorno!»

Rimanemmo con tutta la nostra amarezza accanto a quel corpo martoriato, affranti da quella subitanea e irrevocabile tragedia con cui si erano conclusi i nostri lunghi e penosi sforzi. Poi, quando sorse la luna, ci inerpicammo sulle rocce da dove era precipitato il nostro povero amico e scrutammo la brughiera immersa nell'ombra e nella luce argentea. Lontano, a miglia di distanza, verso Grimpen, brillava immobile un'unica luce gialla. Non poteva che venire dalla solitaria casa degli Stapleton. E contro di essa agitai il pugno con un'imprecazione di odio.

«Perché non lo prendiamo subito?»

«Il nostro caso non è ancora completo. Quel tipo è astuto e accorto al massimo. Non si tratta di quello che sappiamo ma di quello che possiamo provare. Una mossa falsa, e ci potrebbe sfuggire di mano un'altra volta.»

«Cosa possiamo fare?»

«Domani avremo moltissime cose da fare. Questa sera non possiamo fare altro che rendere l'estremo omaggio al nostro amico.»

Scendemmo entrambi lungo il ripido pendio e ci accostammo al corpo, scuro e nitido contro i massi inargentati dalla luna. Provai uno spasimo di dolore, e gli occhi mi si annebbiarono di lacrime nel vedere l'agonia di quelle membra contorte.

«Dobbiamo cercare aiuto, Holmes! Non possiamo trasportarlo fino alla Hall. Santo cielo, è impazzito?»

Aveva lanciato un grido chinandosi sul corpo. Ora stava ballando e ridendo, stringendomi le mani. Poteva mai essere il mio austero e controllato amico? C'era davvero un fuoco nascosto in lui!

«Una barba! Una barba! Quest'uomo ha una barba!»

«Una barba?»

«Non è il baronetto... è..., perbacco, è il mio vicino, il galeotto!»

Con movimenti febbrili girammo il corpo e la barba gocciolante puntò dritta verso la luna, chiara e fredda. Non ci si poteva sbagliare su quella fronte sporgente, gli occhi animaleschi infossati. Era la stessa faccia che mi era apparsa dalle rocce, illuminata dalla candela — la faccia di Selden, il criminale.

E in un attimo, tutto mi fu chiaro. Rammentai che il baronetto mi aveva detto di avere regalato il suo vecchio guardaroba a Barrymore. Barrymore l'aveva passato a Selden per aiutarlo a fuggire. Stivali, camicia, cappello — erano quelli di Sir Henry. La tragedia era ancora misteriosa ma almeno quell'individuo aveva meritato la morte in base alla legge. Lo dissi a Holmes, con cuore colmo di gratitudine e di gioia.

«E allora, questo povero diavolo è morto a causa dei vestiti», disse. «È chiaro che al cane è stato fatto annusare qualche capo di vestiario di Sir Henry — molto probabilmente lo stivale che gli è stato rubato in albergo — e quindi ha braccato e abbattuto quest'uomo. C'è però una cosa molto strana: come ha fatto Selden, nel buio, a sapere che il cane era sulle sue tracce?»

«Lo avrà sentito.»

«Sentire un cane che si aggira sulla brughiera non poteva gettare un uomo vigoroso e spietato come questo in un tale parossismo di terrore da fargli correre il rischio di venire catturato invocando così disperatamente aiuto. A giudicare dalle sue grida deve aver corso parecchio dopo essersi reso conto che l'animale era sulle sue tracce. Come lo sapeva?»

«Per me, il mistero più grande è il perché questo mastino, presumendo che tutte le nostre congetture siano corrette...»

«Io non presumo niente.»

«Diciamo, allora, perché questo mastino non era legato questa notte? Non credo che sia sempre libero di scorrazzare sulla brughiera. Stapleton non lo avrebbe lasciato libero se non avesse avuto motivo di ritenere che ci sarebbe stato anche Sir Henry.»

«Il mio problema è ancora più complicato del suo. Credo infatti che quanto prima avremo una spiegazione per il suo, mentre il mio potrebbe rimanere un mistero per sempre. Ma adesso, che ne facciamo del corpo di questo disgraziato? Non possiamo lasciarlo qui, abbandonato alle volpi e ai corvi.»

«Suggerirei di portarlo in una delle capanne, fino a quando potremo metterci in contatto con la polizia.»

«Giustissimo. Credo che in due ce la faremo a trasportarlo fin lì. Ehi, Watson, guardi! In nome di tutto ciò che è audace e spregiudicato! È lui in persona! Non una parola che tradisca i suoi sospetti — non una parola, o il mio piano crolla.»

Una figura si stava appressando a noi sulla brughiera e scorsi il fioco barlume rosso di un sigaro. La luna lo illuminava in pieno e riconobbi la figura piccola e vivace, la camminata baldanzosa del naturalista. Si arrestò vedendoci, poi riprese a camminare verso di noi.

«Non sarà mica lei, dottor Watson? È l'ultima persona che mi sarei aspettato di trovare sulla brughiera a quest'ora di notte. Perbacco, che è successo? Qualcuno si è fatto male? Non… non mi dica che è il nostro amico Sir Henry!» Mi passò accanto rapidamente chinandosi sul morto. Lo sentii trattenere il fiato e il sigaro gli cadde dalle dita.

«Chi… chi è costui?», balbettò.

«È Selden, l'uomo che è evaso da Princetown.»

Stapleton si girò verso di noi, spettrale in volto ma, con uno sforzo disperato, riuscì a nascondere lo stupore e il disappunto. Girò uno sguardo inquisitorio da Holmes a me.

«Santo cielo! Che cosa orribile! Come è morto?»

«Sembra che si sia spezzato il collo cadendo da quelle rocce. Il mio amico ed io stavamo facendo una passeggiata sulla brughiera quando abbiamo sentito un grido.»

«L'ho sentito anche io. Per questo sono uscito. Non mi sentivo tranquillo riguardo a Sir Henry.»

«Perché proprio Sir Henry?», non potei fare a meno di chiedergli.

«Perché lo avevo invitato a venire da noi. Quando non è venuto mi sono meravigliato e, naturalmente, sentendo delle grida sulla brughiera, mi sono allarmato per la sua incolumità. A proposito…», gli occhi dardeggiarono ancora dal mio viso a quello di Holmes… «ha sentito niente altro, oltre al grido?»

«No», rispose Holmes; « e lei?»

«No.»

«Allora che intendeva dire?»

«Oh, sa quello che raccontano i contadini, di un mastino fantasma, e cose del genere. Dicono che lo si senta di notte sulla brughiera. Mi chiedevo se si fosse sentito un suono del genere questa notte.»

«Noi non abbiamo sentito niente di simile», dissi.

«E come spiega la morte di questo pover'uomo?»

«Senza dubbio l'ansia e il terrore di essere scoperto lo hanno fatto uscire di senno. Si è messo a correre per la brughiera come un pazzo, finendo col precipitare e rompersi il collo.»

«Sembra l'ipotesi più attendibile», disse Stapleton con un sospiro che presi per un segno di sollievo. «Lei che ne pensa, signor Sherlock Holmes?»

Il mio amico s'inchinò in un cenno di complimento.

«Lei è molto rapido nell'identificare le persone», disse.

«La aspettavamo da queste parti da quando è arrivato il dottor Watson. È arrivato in tempo per assistere a una tragedia.»

«Già. Sono sicuro che la spiegazione del mio amico comprende tutti i fatti. Domani, porterò con me a Londra uno spiacevole ricordo.»

«Oh, torna a Londra domani?»

«Questa è la mia intenzione.»

«Mi auguro che la sua visita abbia fatto un po' di luce sugli eventi che ci hanno lasciati così perplessi.»

Holmes si strinse nelle spalle.

«Non sempre si può avere il successo che si spera. Un investigatore ha bisogno di fatti, non di leggende o di voci. Non è stato un caso soddisfacente.»

Il mio amico parlava nel suo tono più sincero e distaccato. Stapleton continuava a fissarlo. Poi si rivolse a me.

«Suggerirei di portare questo poveretto a casa mia, ma mia sorella ne sarebbe talmente spaventata che non mi sento autorizzato a farlo. Credo che, se gli copriamo il volto, nulla lo disturberà fino a domattina.»

Così facemmo. Rifiutando l'offerta di ospitalità di Stapleton, Holmes ed io ci avviammo alla volta di Baskerville Hall, lasciando che il naturalista se ne tornasse a casa da solo. Voltandoci indietro vedemmo la sua figura che si allontanava lentamente sulla distesa della brughiera; dietro di lui, sul pendio argentato, una macchia scura indicava il corpo dell'uomo che aveva incontrato una morte così terribile.

CAPITOLO TREDICESIMO
# Il cerchio si stringe

«Finalmente siamo alla stretta finale», disse Holmes mentre percorrevamo insieme la brughiera. «Ha un bel sangue freddo, quell'individuo! Come si è ripreso subito da quello che deve essere stato un colpo paralizzante quando si è reso conto che, a cadere vittima della sua trama, è stato l'uomo sbagliato. Glielo dissi a Londra, Watson, e glielo ripeto: non abbiamo mai trovato avversario più degno della nostra lama.»

«Mi spiace che l'abbia vista.»

«Lì per lì è dispiaciuto anche a me. Ma era inevitabile.»

«Ora che sa della sua presenza quale effetto pensa che avrà sui suoi piani?»

«Potrebbe renderlo più prudente o spingerlo a gesti inconsulti e immediati. Come la maggioranza dei criminali astuti, potrebbe fare troppo affidamento sulla sua furberia e pensare di averci completamente fuorviati.»

«Perché non dovremmo arrestarlo subito?»

«Mio caro Watson, lei è nato per essere un uomo d'azione. Il suo istinto è quello di adottare sempre misure estreme. Ma, immaginiamo, per amor di chiacchiera, che lo facessimo arrestare questa sera, cosa ci guadagneremmo? Non abbiamo una sola prova contro di lui. Qui sta l'astuzia diabolica! Se agisse tramite un agente umano potremmo, in qualche modo, ottenerne le prove ma, se dovessimo trascinare allo scoperto quel suo enorme cane, non ci aiuterebbe a mettere il cappio intorno al collo del suo padrone.»

«Ma senza dubbio abbiamo prove sufficienti.»

«Nemmeno l'ombra di una prova — solo illazioni e congetture. Ci faremmo ridere in faccia in tribunale se presentassimo una storia del genere con le prove che abbiamo.»

«C'è la morte di Sir Charles.»

«Sul cadavere non c'era il minimo segno. Lei ed io sappiamo che è morto di terrore, e sappiamo anche cosa l'ha terrorizzato; ma come potremmo convincerne dodici stolidi giurati? Che segni ci sono di un mastino? Dove sono le impronte delle zanne? Naturalmente, sappiamo che un mastino non morde un corpo senza vita e che Sir Charles era già morto quando quella bestiaccia l'ha raggiunto. Ma sono tutte cose che dobbiamo *provare,* e non siamo in condizioni di farlo.»

«E questa notte, allora?»

«Ci troviamo nella stessa situazione. Non c'era un nesso diretto fra il mastino e la morte di quell'uomo. Il mastino non l'abbiamo mai visto. Lo abbiamo sentito, ma non possiamo dimostrare che stava inseguendo Selden. Manca assolutamente un movente. No, amico mio; dobbiamo rassegnarci al fatto che per il momento non abbiamo nessun caso, e che vale la pena di correre qualsiasi rischio pur di stabilirne uno.»

«E come pensa di farlo?»

«Spero molto nell'aiuto della signora Lyons una volta che le avremo spiegato come stanno le cose. E ho anche i miei piani. Il domani avrà già le sue inquietudini; ma spero che, prima che il giorno trascorra, riuscirò finalmente a trionfare.»

Non riuscii a fargli dire altro, e rimase silenzioso e assorto fino al cancello di Baskerville.

«Entra anche lei?»

«Sì; non vedo motivo di nascondermi oltre. Ma un ultimo avvertimento, Watson. Non parli a Sir Henry del mastino... Lasci che pensi che la morte di Selden è avvenuta come vuol farci credere Stapleton. Potrà così affrontare con più calma la prova di domani, quando ha promesso, se ben ricordo il suo rapporto, di cenare con quella gente.»

«Sono invitato anche io.»

«Allora dovrà trovare una scusa per mandarlo da solo. Non sarà difficile. E adesso, se è troppo tardi per la cena, penso però che non rifiuteremo uno spuntino prima di coricarci.»

Sir Henry fu più felice che sorpreso nel vedere Sherlock Holmes, dato che già da alcuni giorni si aspettava che i recenti avvenimenti lo avrebbero richiamato da Londra. In realtà, rimase un po' sconcertato scoprendo che il mio amico non aveva bagagli, né una scusa per la loro assenza. Riuscimmo però, fra noi due, a dargli quanto gli occorreva e, dopo un tardivo spuntino, raccontammo al baronetto quel tanto della nostra esperienza che ci sembrava auspicabile dovesse sapere. Prima, però, mi toccò lo sgradito compito di informare della disgrazia Barrymore e sua moglie. Per lui forse fu un grosso sollievo, ma lei pianse amare lacrime nel suo grembiule. Per tutti Selden era stato un violento, mezzo animale e mezzo demonio; ma per lei era sempre rimasto il ragazzino capriccioso della sua infanzia, il bambinetto che si attaccava alla sua mano. Ben malvagio dev'essere l'uomo che non abbia una donna che lo pianga.

«Da quando Watson è uscito, questa mattina, sono rimasto a ciondolare a casa tutto il giorno», disse il baronetto. «Direi che mi merito un elogio, per aver mantenuto la mia promessa. Se non avessi giurato di non uscire solo, la mia serata avrebbe potuto essere più movimentata perché Stapleton aveva mandato a invitarmi a casa sua.»

«Sicuramente avrebbe avuto una serata più movimentata», disse seccamente Holmes. «A proposito, penso che lei non si renda conto che abbiamo pianto su di lei credendo che si fosse rotto l'osso del collo?»

Sir Henry spalancò gli occhi. «Come sarebbe a dire?»

«Quel poveraccio indossava i suoi vestiti. Temo che il suo domestico che glieli ha dati possa avere dei guai con la polizia.»

«Molto improbabile. Per quanto ne so, non c'era nessuna etichetta.»

«Meglio per lui — anzi, meglio per voi tutti dal momento che, in questa storia, siete tutti dalla parte sbagliata della legge. Mi domando se, in qualità di investigatore coscienzioso, il mio primo dovere non sia quello di mettervi tutti agli arresti. I rapporti di Watson sono quanto mai incriminanti.»

«Ma che mi dice di questo caso?», chiese il baronetto. «È riuscito a dipanare la matassa? Credo proprio che Watson ed io ne sappiamo quanto ne sapevamo prima di venire.»

«Ritengo che quanto prima sarò in condizioni di chiarirle molte cose. È stata una faccenda difficilissima ed estremamente complicata. Rimangono ancora molti lati oscuri — ma la luce si sta avvicinando.»

«Come sicuramente Watson le avrà detto, abbiamo avuto una strana esperienza. Abbiamo sentito il mastino sulla brughiera quindi posso giurare che non si tratta unicamente di superstizione locale. Quando ero all'ovest ho avuto a che fare con i cani, e quando ne sento uno lo riconosco. Se riuscirà a mettere guinzaglio e museruola a questo, sarò pronto a giurare che lei è il più grande investigatore di tutti i tempi.»

«Credo che riuscirò senz'altro a mettergli guinzaglio e museruola se lei mi darà una mano.»

«Farò tutto quello che mi chiederà.»

«Benissimo; e le chiederò di obbedirmi ciecamente, senza mai chiedermene i motivi.»

«Come vuole.»

«In questo caso, ci sono buone probabilità che il nostro piccolo problema sia presto risolto. Sono certo...»

S'interruppe improvvisamente guardando fisso nel vuoto, sopra la mia testa. Il suo volto era illuminato dalla lampada e appariva così attento e immobile da sembrare quello di una statua classica, la personificazione della vigilanza e dell'attesa.

«Che c'è?», esclamammo entrambi.

Quando abbassò lo sguardo vidi che stava reprimendo qualche profonda emozione. Il viso era ancora imperturbabile ma gli occhi brillavano di divertita esultanza.

«Perdoni l'ammirazione di un esperto», disse indicando con un gesto la serie di ritratti che tappezzavano la parete opposta. «Watson afferma che di arte non capisco niente, ma è solo gelosia perché le nostre opinioni sull'argomento non coincidono. Quella è davvero una bella raccolta di ritratti.»

«Mi fa piacere sentirglielo dire», rispose Sir Henry guardandolo un po' sorpreso. «Non pretendo di capirne molto di queste cose e sarei miglior giudice di un cavallo o un manzo che non di un quadro. Non pensavo che trovasse il tempo per certe cose.»

«Riconosco il bello quando lo vedo, e lo vedo adesso. Quello è uno Kneller, giurerei, la signora laggiù, con l'abito di seta azzurra, e quel prosperoso gentiluomo in parrucca dovrebbe essere un Reynolds. Ritratti di famiglia, immagino?»

«Tutti quanti.»

«Sa chi sono?»

«Barrymore mi ha istruito al proposito e credo di poter ripetere abbastanza bene la lezione.»

«Chi è quel gentiluomo col telescopio?»

«Quello è il contrammiraglio Baskerville che combatté sotto Rodney nelle Indie Occidentali. L'uomo con la giacca blu e il rotolo di carte è Sir William Baskerville, che fu presidente dei Comitati alla Camera dei Comuni, all'epoca di Pitt.»

«E questo cavaliere di fronte a me — quello in velluto nero e merletti?»

«Ah, ha davvero il diritto di saperlo. Quella è la causa di tutti i guai, il malvagio Hugo che scatenò il Mastino dei Baskerville. Non credo proprio che lo dimenticheremo.»

Osservai il ritratto, sorpreso e interessato.

«Però!», esclamò Holmes. «Sembrerebbe un tipo mite e tranquillo anche se si potrebbe dire che un diavolo si affaccia dai suoi occhi. Me lo figuravo più robusto e con l'aria malvagia.»

«Non c'è dubbio sull'autenticità, ci sono il nome e la data — 1647 — sul retro del dipinto.»

Holmes non parlò più molto, ma il ritratto dell'antico gaudente sembrava affascinarlo perché continuò a fissarlo durante la cena. Solo più tardi, quando Sir Henry salì in camera sua, riuscii a seguire il filo dei suoi pensieri. Con la candela in mano, mi riportò nella sala dei banchetti, accostammo la fiammella al ritratto annerito dal tempo sulla parete.

«Non ci vede niente?»

Osservai l'ampio cappello piumato, i boccoli, il collo di pizzo bianco e il volto rigido e severo che essi incorniciavano. Non era un viso brutale ma compassato, con le labbra sottili e decise, lo sguardo gelido e intransigente.

«Somiglia a qualcuno che lei conosce?»

«La mascella ha qualcosa di Sir Henry.»

«Sì, un'idea, forse. Ma aspetti un momento!» Salì su una sedia e, tenendo la candela con la sinistra, piegò il braccio destro coprendo l'ampio cappello e i lunghi riccioli.

«Santo cielo!», esclamai sbalordito.

Dalla tela era balzato fuori il volto di Stapleton.

«Ah, capisce adesso. I miei occhi sono addestrati a scrutare i visi, e non i contorni. La prima dote di un criminologo è quella di penetrare un travestimento.»

«Ma è incredibile. Potrebbe essere il suo ritratto.»

«Sì, un interessante caso di regresso atavico, che potrebbe essere sia fisico che morale. Uno studio sui ritratti di famiglia sarebbe sufficiente a convertirci alla dottrina della reincarnazione. Quell'uomo è un Baskerville — è evidente.»

«Che mira alla successione.»

«Appunto. Questo ritratto ci ha casualmente fornito uno degli anelli della catena di cui più sentivamo la mancanza. Lo abbiamo in pugno, Watson, lo abbiamo in pugno e sarei pronto a scommettere che prima di domani sera si dibatterà nella nostra rete come una delle sue farfalle. Uno spillo, un turacciolo e un cartoncino, e lo aggiungeremo alla nostra collezione di Baker Street!»

Girando le spalle al ritratto ebbe uno dei suoi rari scoppi di risa. Non l'ho sentito ridere spesso, e ogni volta era un cattivo segno per qualcuno.

Mi alzai presto il giorno dopo, ma Holmes era stato ancora più mattiniero di me perché, mentre mi vestivo, lo vidi risalire il viale.

«Sì, oggi dovrebbe essere una giornata piena», osservò soddisfatto, pregustando la gioia dell'azione. «Le reti sono pronte e stiamo per chiuderle. Prima che finisca il giorno sapremo se abbiamo catturato il nostro grosso e astuto luccio o se è riuscito a sfuggire fra le maglie della rete.»

«È già stato sulla brughiera?»

«Ho mandato un rapporto da Grimpen a Princetown circa la

morte di Selden. Credo di poter promettere che nessuno di voi avrà delle noie. E mi sono anche messo in contatto col mio fedele Cartwright che sicuramente sarebbe rimasto a languire sulla porta della capanna, come un cane sulla tomba del padrone, se non lo avessi rassicurato che sto bene.»

«Quale sarà la prossima mossa?»

«Vedere Sir Henry. Ah, eccolo che arriva!»

«Buon giorno, Holmes», disse il baronetto. «Sembra un generale che stia preparando un piano di battaglia col capo del suo stato maggiore.»

«La situazione è esattamente questa. Watson stava chiedendo istruzioni.»

«E le chiedo anche io.»

«Benissimo. Se ho ben capito, lei ha promesso di cenare, questa sera, con i nostri amici, gli Stapleton.»

«Spero che vorrà venire anche lei. Sono persone molto ospitali e sarebbero certamente felici di vederla.»

«Mi dispiace, ma Watson ed io dobbiamo andare a Londra.»

«A Londra?»

«Sì, ritengo che, nelle attuali circostanze, saremo più utili lì.»

Il baronetto fece la faccia lunga.

«Speravo che mi avreste aiutato fino in fondo a questa faccenda. La Hall e la brughiera non sono luoghi molto piacevoli quando si è soli.»

«Mio caro amico, lei deve fidarsi ciecamente di me e fare esattamente quanto le dirò. Può comunicare ai suoi amici che saremmo stati ben felici di accompagnarla ma che affari urgenti ci richiamano in città. E che speriamo di ritornare quanto prima nel Devonshire. Ricorderà di riferire questo messaggio?»

«Se ci tiene tanto.»

«Le assicuro che non c'è altra alternativa.»

Dalla fronte aggrottata del baronetto capii che era molto ferito da quella che considerava la nostra diserzione.

«Quando volete partire?», chiese freddamente.

«Subito dopo colazione. Raggiungeremo in carrozza Coombe Tracey, ma Watson lascerà qui le sue cose come pegno del suo ritorno. Watson, mandi un biglietto a Stapleton scusandosi per non poter accettare il suo invito.»

«Avrei quasi voglia di venire a Londra con voi», disse il baronetto. «Perché dovrei starmene qui da solo?»

«Perché è il posto dove deve stare. Perché mi ha dato la sua parola che avrebbe fatto quanto le dicevo, e io le dico di rimanere.»

«D'accordo, allora rimango.»

«Un'altra cosa! Voglio che lei vada a Merripit House in carrozza. Poi, però, la rimandi indietro e faccia sapere ai suoi amici che intende tornare a casa a piedi.»

«Attraverso la brughiera?»

«Sì.»

«Ma se proprio lei mi ha avvertito tante volte di non farlo!»

«Questa volta non avrà nulla da temere. Se non avessi piena fiducia nel suo coraggio e nel suo sangue freddo, non glielo chiederei; ma è essenziale che lei lo faccia.»

«Va bene, lo farò.»

«E, se ci tiene alla vita, attraversi la brughiera solo passando per il sentiero che da Merripit House porta direttamente alla Grimpen Road che, del resto, è la strada giusta per casa sua.»

«Farò come lei dice.»

«Benissimo. Vorrei partire al più presto possibile dopo colazione, così da essere a Londra nel pomeriggio.»

Quel programma mi lasciava sbigottito, anche se ricordavo che, la sera prima, Holmes aveva detto a Stapleton che la sua visita sarebbe terminata il giorno seguente. Non mi era però passato per la mente che volesse portarmi con sé, né riuscivo a capire come potevamo assentarci entrambi proprio nel momento che lui stesso definiva critico. Comunque, non c'era altro da fare che obbedire; così ci congedammo dal nostro afflitto amico e due ore dopo eravamo alla stazione di Coombe Tracey e avevamo rimandato indietro la carrozza. Un ragazzetto aspettava sul marciapiede.

«Ci sono ordini, signore?»

«Prenderai questo treno diretto in città, Cartwright. Appena arrivi, manderai un telegramma a Sir Henry Baskerville, a mio nome, per dirgli che, se trova il taccuino che ho dimenticato me lo mandi per cortesia, raccomandato, a Baker Street.»

«Sì, signore.»

«E chiedi al capostazione se c'è un messaggio per me.»

Il ragazzo tornò con un telegramma, che Holmes mi porse. Diceva:

Cablo ricevuto. Porterò mandato di cattura in bianco. Arriverò cinque e quaranta.

Lestrade

«Questa è la risposta a un mio cablo di stamattina. Fra i professionisti è il migliore e potremmo aver bisogno del suo aiuto. E adesso, Watson, credo che non potremmo impiegare meglio il nostro tempo che facendo visita alla sua conoscente, la signora Lyons.»

Il suo piano di battaglia cominciava a delinearsi. Si sarebbe servito del baronetto per convincere gli Stapleton che eravamo effettivamente partiti mentre invece saremmo tornati nel momento stesso in cui ci fosse stato bisogno di noi. Quel telegramma da Londra, se Sir Henry ne parlava agli Stapleton, avrebbe cancellato l'ultimo sospetto dalla loro mente. Già mi sembrava di vedere la rete che si richiudeva sul nostro luccio dal muso aguzzo.

La signora Laura Lyons era nel suo ufficio e Holmes aprì il colloquio in modo molto franco, andando diretto allo scopo, così che ne rimase molto stupita.

«Sto investigando le circostanze relative alla morte del compianto Sir Charles Baskerville», esordì. «Il mio amico qui presente, il dottor Watson, mi ha riferito quanto lei gli ha detto, e anche quanto non gli ha detto, a questo proposito.»

«Cosa non gli ho detto?», domandò in tono di sfida.

«Lei ha ammesso di aver chiesto a Sir Charles di trovarsi al cancello alle dieci. Sappiamo che quella fu l'ora e il luogo della sua morte. Ciò che lei non ha detto è quale nesso ci sia fra i due eventi.»

«Non c'è alcun nesso.»

«In tal caso, deve trattarsi di una coincidenza davvero straordinaria. Ma credo che, dopo tutto, un nesso ci sia, e lo scopriremo. Sarò molto franco con lei, signora Lyons. Qui si tratta di omicidio e le prove potrebbero coinvolgere non solo il suo amico signor Stapleton, ma anche sua moglie.»

La donna balzò in piedi.

«Sua moglie!» gridò.

«Ormai non è più un segreto. La persona che si è fatta passare per sua sorella è in realtà sua moglie.»

La signora Lyons si era rimessa a sedere. Le sue mani artigliavano i braccioli della seggiola con tale forza convulsa da sbiancarle le unghie.

«Sua moglie!» ripeté. «Sua moglie! Non è sposato.»

Sherlock Holmes si strinse nelle spalle.

«Me lo dimostri! Me lo dimostri! e in questo caso…!», il bagliore nei suoi occhi era più eloquente di qualsiasi parola.

«Sono venuto preparato a questo», disse Holmes, tirando fuori di tasca vari documenti. «Ecco una fotografia della coppia, scattata a York quattro anni fa. È firmata ''Signore e Signora Vandeleur'' ma non avrà difficoltà a riconoscerlo, e a riconoscere anche lei, se la conosce di vista. Qui ci sono tre descrizioni, scritte da testimoni affidabili, dei coniugi Vandeleur, che a quell'epoca erano proprietari della scuola St. Oliver. La legga e mi dica se può dubitare dell'identità di quelle due persone.»

Diede un'occhiata alle carte poi sollevò a guardarci il volto rigido e teso di una donna disperata.

«Signor Holmes», disse, «quest'uomo mi ha offerto di sposarmi a condizione che divorziassi da mio marito. Mi ha mentito, quella canaglia, in tutti i modi possibili. Non mi ha mai detto una sola parola di verità. E perché, perché? Pensavo che facesse tutto per il mio bene ma ora capisco che altro non ero se non uno strumento nelle sue mani. Perché dovrei dunque rimanere fedele a lui che non lo è mai stato con me? Perché dovrei cercare di proteggerlo dalle conseguenze delle sue malvagità? Mi chieda tutto ciò che vuole e non le nasconderò nulla. Una cosa le giuro, ed è che quando scrissi quella lettera mai pensavo che potesse diventare fatale per quel vecchio signore che era stato il mio più generoso amico.»

«Le credo senza riserve, signora», disse Holmes. «Capisco che parlarmi di quegli eventi sia per lei molto penoso e forse le sarebbe più facile se le dicessi io cosa è successo; mi corregga se commetto qualche sbaglio. Fu Stapleton a suggerirle di mandare quella lettera?»

«Me la dettò lui stesso.»

«Immagino che il motivo che le diede fosse che Sir Charles l'avrebbe aiutata a sostenere le spese legali relative al divorzio?»

«Infatti.»

«E poi, dopo che lei spedì la lettera, la dissuase dall'andare all'appuntamento?»

«Mi disse che il suo orgoglio non gli permetteva di accettare che un altro uomo trovasse il denaro per uno scopo del genere e che, anche se non era ricco, avrebbe speso fino all'ultimo suo centesimo per rimuovere l'ostacolo che ci separava.»

«È un tipo molto coerente. Poi lei non ha più saputo nulla fino a quando ha letto sul giornale la notizia della morte?»

«È così.»

«E lui le fece giurare di non parlare a nessuno del suo appuntamento con Sir Charles?»

«Sì. Disse che si trattava di una morte molto misteriosa e che, se fossero emersi i fatti, sarei stata certamente sospettata. Mi spaventò al punto di chiudermi la bocca.»

«Capisco. Ma lei aveva dei sospetti?»

Esitò, abbassando gli occhi.

«Lo conoscevo», rispose. «Ma, se avesse mantenuto le sue promesse, io avrei mantenuto le mie.»

«Credo che, tutto sommato, lei l'abbia scampata bella», disse

Holmes. «Lei lo teneva in pugno e lui lo sapeva, eppure è ancora viva. Per molti mesi, lei ha camminato molto vicino all'orlo di un precipizio. Ora dobbiamo salutarla, signora Lyons, ma è probabile che, quanto prima, avrà ancora nostre notizie.»

«Il nostro caso si sta avviando alla conclusione, e le difficoltà svaniscono una dopo l'altra», disse Holmes mentre aspettavamo l'arrivo dell'espresso da Londra. «Presto potrò trasformare in un unico, coerente racconto, uno dei più singolari e sensazionali crimini dei nostri tempi. Gli studiosi di criminologia ricorderanno incidenti analoghi a Godno, nella Piccola Russia, nell'anno '66, e poi, naturalmente, gli omicidi Anderson, nel Nord Carolina ma questo caso presenta degli aspetti assolutamente unici. Ancora non possiamo formulare un'accusa precisa contro quello scaltro individuo. Ma sarei molto sorpreso se non ci riuscissimo prima di coricarci questa sera.»

L'espresso di Londra entrò rombando in stazione e un ometto piccolo e ispido come un bulldog saltò giù da un vagone di prima classe. Ci stringemmo la mano e, dallo sguardo reverente che Lestrade rivolse al mio amico, capii subito che aveva imparato molto dai primi tempi in cui avevamo lavorato insieme. Ben ricordavo infatti il disprezzo che le teorie del sofista suscitavano nell'uomo d'azione.

«Qualcosa di buono?», chiese.

«La migliore, da anni», rispose Holmes. «Ci rimangono due ore prima di muoverci. Credo che potremmo impiegarle mangiando un boccone e poi, caro Lestrade, le toglieremo dai polmoni la nebbia londinese con la pura aria notturna di Dartmoor. Non c'è mai stato? Ah, benissimo, credo proprio che non dimenticherà questa sua prima visita.»

# CAPITOLO QUATTORDICESIMO

# Il mastino dei Baskerville

Uno dei difetti di Sherlock Holmes — se di difetto si può parlare — era la sua estrema avversione a rivelare ad altri i suoi piani, per esteso, fino al momento in cui li metteva in pratica. Ciò era dovuto in parte, senza dubbio, al suo carattere autoritario per cui amava dominare e sorprendere chi gli stava accanto. In parte, alla sua cautela professionale, per cui non correva mai rischi. Il risultato, però, metteva a dura prova quelli che agivano come suoi intermediari o assistenti. Lo avevo spesso sperimentato di persona, ma mai tanto come in quel lungo viaggio nel buio. La grande prova ci aspettava; finalmente stavamo per compiere lo sforzo finale e ancora Holmes non ci aveva detto niente e potevo solamente immaginare quale sarebbe stato il suo piano di azione. I miei nervi vibravano di ansia e di attesa quando il vento freddo che ci soffiava in faccia e le oscure distese desolate ai lati della strada mi dissero finalmente che eravamo di nuovo sulla brughiera. Ogni passo dei cavalli, ogni giro delle ruote, ci avvicinava alla nostra suprema avventura.

La conversazione era condizionata dalla presenza del cocchiere del calessino che avevamo noleggiato, così fummo costretti a parlare del più e del meno mentre avevamo i nervi tesi per l'emozione. Dopo quel forzato riserbo, mi sentii sollevato quando alla fine passammo davanti alla casa di Frankland e mi resi conto che ci stavamo avvicinando alla Hall e alla scena dell'azione. Il calesse non ci portò fino all'ingresso ma ci lasciò accanto al cancello del viale. Pagammo il vetturino e gli ordinammo di tornare immediatamente a Coombe Tracey mentre noi ci avviavamo a piedi verso Merripit House.

«Lei è armato, Lestrade?»

Il piccolo detective sorrise.

«Fino a quando ho i pantaloni ho una tasca, e fino a quando ho una tasca, ci tengo dentro qualcosa.»

«Bene! anche il mio amico ed io siamo pronti per ogni evenienza.»

«Lei è molto misterioso su questo caso, signor Holmes. E adesso, qual è il nostro gioco?»

«Quello dell'attesa.»

«Devo dire che non mi sembra davvero un posto molto allegro», osservò l'ispettore rabbrividendo e girando lo sguardo sui tetri pendii della collina e sulla coltre di nebbia che gravava sulla Grimpen Mire. «Vedo le luci di una casa davanti a noi.»

«Quella è Merripit House, la fine del nostro viaggio. Devo chiedervi di camminare in punta di piedi e di non parlare se non sussurrando.»

Avanzammo cautamente lungo il sentiero, come se ci dirigessimo verso la casa ma, a circa duecento metri da essa, Holmes ci fermò.

«Così andrà bene», disse. «Quelle rocce sulla destra saranno un ottimo nascondiglio.»

«Dobbiamo aspettare qui?»

«Sì, questo è il punto dove tenderemo la nostra piccola trappola. Si metta in questa cavità, Lestrade. Lei è stato all'interno della casa, vero, Watson? Sa dirci la posizione delle stanze? Quelle finestre con le sbarre, da questa parte?»

«Mi sembra che siano le finestre della cucina.»

«E quella dopo, così illuminata?»

«Quella è certamente la sala da pranzo.»

«Le persiane sono alzate. Lei conosce meglio la disposizione del posto. Vada un po' avanti, senza far rumore, e veda cosa stanno facendo — ma, per amor di Dio, non li faccia accorgere di essere sorvegliati!»

Avanzai in punta di piedi lungo il viottolo, chinandomi dietro il muretto basso che circondava il frutteto rachitico. Strisciando lungo la sua ombra arrivai a un punto da dove potevo guardare direttamente nella stanza attraverso la finestra priva di tende.

Dentro, c'erano solo due uomini, Sir Henry e Stapleton. Sedevano ai due lati del tavolo rotondo, dandomi il profilo. Fumavano entrambi un sigaro e davanti a loro c'erano caffè e vino. Stapleton parlava animatamente ma il baronetto appariva pallido e angosciato. Forse pensava con timore a quella lunga passeggiata solitaria attraverso la brughiera maledetta.

Mentre li osservavo, Stapleton si alzò e uscì dalla stanza, mentre Sir Henry si riempì di nuovo il bicchiere e si appoggiò allo schienale della sedia, tirando grandi boccate dal sigaro. Sentii il cigolio di una porta e il suono secco di un paio di stivali sulla ghiaia. I passi percorsero il sentiero dal lato opposto del muro dietro cui ero acquattato. Sporgendomi per guardare, vidi il naturalista fermarsi davanti alla porta di un capanno nell'angolo del frutteto. Sentii girare una chiave nella serratura e, quando entrò, dall'interno provene uno strano rumore come di una zuffa. Rimase dentro per circa un minuto, poi sentii di nuovo girare la chiave e mi passò accanto rientrando in casa. Lo vidi raggiungere il suo ospite e me ne tornai silenziosamente dai miei amici in attesa, per riferire ciò che avevo visto.

«Lei dice che la signora non c'è, Watson?», chiese Holmes quando ebbi terminato il mio rapporto.

«No.»

«Ma dove può essere, visto che l'unica altra stanza illuminata è la cucina?»

«Non saprei proprio.»

Ho già detto che sulla grande Grimpen Mire gravava una densa nebbia biancastra; si stava lentamente spostando verso la nostra direzione per poi scendere al nostro fianco come un muro basso, denso e compatto. Su questa nebbia splendeva la luna, trasformandola in una vasta superficie ghiacciata e scintillante, su cui spiccavano le sommità dei Tor in distanza, come massi spuntati su quella superficie. Holmes la osservava, borbottando con impazienza a quel lento movimento strisciante.

«Sta venendo verso di noi, Watson.»

«È una cosa grave?»

«Gravissima — l'unica cosa che potrebbe mandare all'aria i miei piani. Ma ormai non si tratterrà ancora molto. Sono già le dieci. Il nostro successo, e perfino la sua vita, dipendono dal suo uscire prima che la nebbia ricopra il sentiero.»

Sopra di noi la notte era limpida e serena. Le stelle brillavano fredde e luminose mentre una falce di luna inondava il paesaggio di un vago, morbido chiarore. Davanti a noi si ergeva la massa scura della casa con il tetto dentellato e i comignoli irti che si profilavano contro il cielo trapunto di stelle. Larghe fasce di luce dorata dalle finestre più basse si distendevano sull'orto e sulla brughiera. Una di esse si spense all'improvviso. I domestici erano usciti dalla cucina. Rimaneva accesa solamente la lampada nella sala da pranzo dove i due uomini, l'anfitrione sanguinario e l'ospite ignaro, stavano ancora chiacchierando e fumando.

Ogni minuto quella bianca coltre fioccosa che ricopriva metà della brughiera si avvicinava sempre più alla casa. Già i primi filamenti sottili si intrecciavano nel riquadro dorato della finestra illuminata. Già il muro più lontano del frutteto si era fatto invisibile e le piante emergevano da un vortice di vapore biancastro. Mentre stavamo lì, in osservazione, serti di nebbia scivolarono furtivi intorno agli angoli della casa arrotolandosi lentamente in un argine compatto sul quale il piano superiore e il tetto galleggiavano come su un chimerico mare. Holmes batté con ira il pugno sulla roccia davanti a noi, scalpitando per l'impazienza.

«Se non esce entro un quarto d'ora il sentiero sarà coperto. Fra mezz'ora non riusciremo più nemmeno a vedere le nostre mani.»

«E se ci spostassimo più in alto?»

«Sì, tanto vale spostarci.»

Così, mentre la massa nebbiosa fluiva verso di noi, arretrammo fino a circa un miglio dalla casa; e ancora quella bianca massa densa e acquosa, illuminata, sulla cresta, dalla luna, avanzava lenta e inesorabile.

«Ci stiamo spostando troppo», disse Holmes. «Non possiamo correre il rischio che venga raggiunto prima di arrivare fino a noi. Dobbiamo assolutamente rimanere dove siamo.» Si inginocchiò, poggiando l'orecchio a terra. «Grazie a Dio, mi pare che stia venendo.»

Un suono di passi rapidi ruppe il silenzio della brughiera. Acquattati fra i massi scrutavamo la massa bordata d'argento davanti a noi. I passi si fecero più forti e dalla nebbia, come da un sipario, uscì l'uomo che stavamo aspettando. Si guardò intorno sorpreso emergendo nella notte limpida e stellata. Poi si avviò rapidamente lungo il sentiero, ci passò accanto sfiorandoci e proseguì su per il lungo pendio alle nostre spalle. Camminando si guardava continuamente alle spalle, con l'aria di chi non si sente tranquillo.

«Silenzio! », esclamò Holmes, e sentii lo scatto della sicura. «Attenti! Sta arrivando!»

Da qualche parte, nel cuore di quel muro semovente, proveniva uno scalpiccio continuo, tenue ma distinto. La coltre di nebbia era a meno di cinquanta metri da noi e la osservammo fissamente tutti e tre, in attesa di vedere quale orrore ne sarebbe sbucato fuori. Ero al fianco di Holmes e gli lanciai una rapida occhiata. Era pallido ed esultante, con gli occhi che brillavano sotto il chiarore lunare. Ma d'improvviso il suo sguardo si irrigidì, si pietrificò e schiuse le labbra attonito. Nello stesso istante Lestrade urlò di terrore buttandosi faccia a terra. Io mi alzai di scatto, afferrando con mano tremante la pistola, paralizzato alla vista della spaventosa forma che era balzata fuori da quel muro d'ombra. Era un mastino, un enorme mastino nero come il carbone, un mastino quale mai occhio umano aveva visto. Dalle fauci aperte sprizzavano fiamme, gli occhi ardevano come braci, il muso, i peli del collo e la gola erano circondati da tremolanti lingue di fuoco. Nemmeno il delirio di un pazzo avrebbe potuto immaginare qualcosa di più selvaggio, spaventoso e demoniaco di quella forma scura e quel muso feroce che irruppero davanti ai nostri occhi dal muro di nebbia.

A grandi balzi, quella belva gigantesca divorava il sentiero, seguendo dappresso i passi del nostro amico. Eravamo rimasti così paralizzati da quell'apparizione che lasciammo che ci sorpassasse prima di scuoterci dal nostro sbigottimento. Poi Holmes ed io facemmo fuoco contemporaneamente e quell'essere mandò un raccapricciante ululato, segno che almeno uno di noi l'aveva colpito. Non si fermò, però, ma balzò avanti. Lontano, sul sentiero, vedemmo Sir Henry che si girava a guardare, il volto cereo sotto la luna, le braccia alzate in un gesto di terrore, con gli occhi sbarrati, inerme davanti a quella cosa spaventosa che stava per piombargli addosso.

Ma l'ululato di dolore del mastino aveva spazzato via le nostre paure. Se era vulnerabile era mortale e, se eravamo riusciti a ferirlo, saremmo anche riusciti ad ucciderlo. Non ho mai visto nessuno correre come corse Holmes quella notte. Sono considerato lesto di gambe ma mi distanziò quanto io avevo distanziato il piccolo ispettore. Volavamo su per il sentiero quando sentimmo le urla di Sir Henry e il ringhio sordo e profondo del cane. Feci in tempo a vedere il mastino che si avventava sulla sua vittima, rovesciandola a terra e cercando di azzannarla alla gola. Ma l'istante dopo Holmes aveva scaricato i cinque proiettili nel fianco della belva. Con un ultimo ululato di agonia e un rabbioso scatto di denti nell'aria, rotolò sul dorso, agitando furiosamente le zampe, poi ricadde di lato. Mi fermai, ansante, e puntai la pistola contro quella orrenda testa luccicante, ma non ci fu bisogno di premere il grilletto. L'enorme mastino era morto.

Sir Henry giaceva privo di sensi nel punto dove era caduto. Gli strappammo il colletto e Holmes mormorò una preghiera di ringraziamento quando constatammo che non era ferito, e che eravamo arrivati in tempo. Già le sue palpebre tremolavano e fece un debole tentativo per alzarsi. Lestrade gli infilò fra i denti la fiaschetta del brandy e il baronetto ci sgranò in faccia due occhi atterriti.

«Mio Dio!», sussurrò. «Che cos'era? In nome del cielo, che cos'era?»

«Qualunque cosa fosse è morta», rispose Holmes. «Abbiamo seppellito una volta per sempre lo spettro di famiglia.»

Per dimensioni e potenza, quella che giaceva davanti a noi era una creatura spaventosa. Non era né un molosso né un mastino purosangue, ma quello che sembrava un incrocio fra i due — magro, feroce, delle dimensioni di una piccola leonessa. Anche adesso, nella rigidità della morte, dalle mascelle possenti sembrava gocciolare una fiamma azzurrognola e gli occhietti infossati e crudeli erano circondati da un anello di fuoco. Poggiai la mano su quel muso fiammeggiante e, quando la ritrassi, anche le mie dita ardevano luminose nel buio.

«Fosforo», dissi.

«E preparato in maniera molto astuta», aggiunse Holmes annusando la carcassa. «Non c'è alcun odore che avrebbe potuto interferire col suo fiuto. Le dobbiamo le nostre più profonde scuse, Sir Henry, per averla esposta a questo terrore. Mi aspettavo un mastino, ma non una creatura come questa. E la nebbia ci ha concesso poco tempo per accoglierla come si deve.»

«Mi ha salvato la vita.»

«Dopo averla messa in pericolo. Riesce a stare in piedi?»

«Mi dia un altro goccio di quel brandy e sarò pronto a tutto. Ecco! Ora, se volete aiutarmi a rialzarmi. Che pensate di fare?»

«La lasceremo qui. Per questa notte di emozioni ne ha avute a sufficienza. Se ci aspetta, uno o l'altro di noi l'accompagnerà alla Hall.»

Cercò di alzarsi in piedi, traballando; ma era ancora pallido come uno spettro e tremava da capo a piedi. Lo facemmo sedere su un masso dove rimase a rabbrividire, col volto fra le mani.

«Adesso dobbiamo lasciarla», disse Holmes. «Il nostro lavoro non è ancora completato e ogni attimo è prezioso. Abbiamo il nostro caso. Ora, ci serve solo il nostro uomo.»

«C'è una probabilità su mille di trovarlo a casa», continuò mentre tornavamo rapidamente sui nostri passi, lungo il sentiero. «Quegli spari devono avergli fatto capire che il gioco è finito.»

«Eravamo abbastanza lontani, e forse la nebbia li ha attutiti.»

«Ha seguito il mastino per richiamarlo indietro — potete starne certi. No, no, a quest'ora se n'è andato! Ma perquisiremo la casa per essere sicuri.»

La porta d'ingresso era spalancata e ci precipitammo dentro, correndo da una stanza all'altra, con grande stupore di un vecchio domestico vacillante che ci incontrò nel corridoio. Tranne che in sala da pranzo, tutte le luci erano spente ma Holmes afferrò la lampada e non lasciò angolo della casa inesplorato. Ma dell'uomo cui stavamo dando la caccia, nessuna traccia. Al piano superiore, però, una delle camere da letto era chiusa a chiave.

«C'è qualcuno all'interno!», gridò Lestrade. «Sento un movimento. Apra questa porta!»

Dall'interno, venne un gemito soffocato e un fruscio. Holmes diede un violento calcio alla porta, subito sopra la serratura, e la spalancò. Armi in pugno, ci catapultammo tutti e tre nella stanza.

Ma non c'era segno di quel disperato e spavaldo farabutto che ci aspettavamo di vedere. Ci si parò invece dinnanzi uno spettacolo così strano e inaspettato che, per un attimo, restammo sconcertati.

La stanza era stata trasformata in un piccolo museo; le pareti erano tappezzate da una serie di contenitori con la parte superiore di vetro, piene di quella collezione di farfalle e falene che aveva costituito l'hobby di quell'uomo contorto e pericoloso. Nel centro della stanza, si ergeva un alto palo di legno, collocato lì non si sa quando, a sostegno delle travi di legno tarlato che si estendevano lungo tutto il soffitto. A quel pilastro di legno era legata una figura, così avvolta e imbacuccata nelle lenzuola che erano servite a legarla da non potere lì per lì dire se si trattava di un uomo o di una donna. Un asciugamano passava intorno alla gola e si annodava dietro il pilastro. Un altro, copriva la parte inferiore del viso e sopra di esso due occhi scuri — occhi pieni di angoscia, di vergogna e di angosciose domande inespresse — ci scrutavano. In un minuto avevamo tolto il bavaglio, sciolto i nodi, e la signora Stapleton cadde in ginocchio davanti a noi. Mentre il suo bel capo le ricadeva sul petto vidi chiaramente il solco rosso di una staffilata attraverso il collo.

«Che mascalzone!», esclamò Holmes. «Presto, Lestrade, la sua fiaschetta! La metta seduta sulla sedia! È svenuta per i maltrattamenti e l'inedia.»

La donna riaprì gli occhi.

«È salvo?», chiese. «È riuscito a fuggire?»

«Non può sfuggirci, signora.»

«No, no, non mi riferivo a mio marito. Sir Henry? È salvo?»

«Sì.»

«E il cane?»

«Morto.»

Diede un lungo sospiro di sollievo.

«Sia ringraziato Iddio! Sia ringraziato! Quella canaglia! Guardate come mi ha trattata!» Sollevò le maniche e vedemmo con orrore che le braccia erano piene di lividure. «Ma questo è niente — niente! È la mia anima, la mia mente, che ha torturato e profanato. Tutto potevo sopportare — maltrattamenti, solitudine, una vita d'inganno, — tutto finché potevo aggrapparmi alla speranza che mi amava, ma adesso so che anche in questo sono stata il suo giocattolo e il suo strumento.» Non riuscì a proseguire, scoppiando in singhiozzi.

«Lei non ha alcun motivo di proteggerlo, signora», disse Holmes. «Ci dica dove trovarlo. Se mai lei lo ha aiutato nelle sue malvagità, aiuti noi, adesso, così da farne ammenda.»

«C'è un solo posto dove può essersi rifugiato», rispose. «C'è una vecchia miniera di stagno su un isolotto in mezzo alla palude. Lì teneva il cane, e lì si era preparato un rifugio. È lì che si sarebbe diretto.»

La coltre di nebbia premeva come ovatta bianca contro la finestra. Holmes la illuminò con la lampada.

«Guardi», disse. «Questa notte, nessuno potrebbe orientarsi nel Grimpen Mire.»

La donna rise, battendo le mani. Gli occhi e i denti lampeggiavano divertiti.

«Può trovare la strada per entrarci, ma non per uscirne», esclamò. «Come potrebbe vedere i paletti di riferimento, stanotte? Li abbiamo piantati insieme, lui e io, per segnare il sentiero attraverso la palude. Oh, se solo avessi potuto sradicarli oggi! Allora, davvero lo avreste avuto alla vostra mercé!»

Ci eravamo resi conto che ogni inseguimento sarebbe stato inutile fino a quando non si fosse alzata la nebbia. Lasciammo quindi Lestrade in quella casa ed Holmes ed io riaccompagnammo il baronetto a Baskerville Hall. Non potevamo nascondergli più a lungo la storia degli Stapleton, ma quando venne a sapere la verità sulla donna che amava, resse coraggiosamente il colpo. Era però sconvolto dagli eventi di quella notte e al mattino dopo aveva la febbre alta e delirava, affidato alle cure del dottor Mortimer. Ed era destino che entrambi dovessero girare il mondo insieme prima che Sir Henry tornasse ad essere quell'uomo vigoroso e cordiale che era stato prima di diventare padrone di quel malaugurato feudo.

E adesso, vengo rapidamente alla conclusione di questo bizzarro racconto, nel quale ho cercato di coinvolgere il lettore in quelle oscure paure, quelle vaghe premonizioni che per tanto tempo avevano rabbuiato le nostre vite e si erano concluse così tragicamente. Il mattino dopo la morte del cane la nebbia si era alzata, e la signora Stapleton ci guidò nel punto dove avevano trovato il sentiero attraverso la palude. Potemmo meglio comprendere tutto l'orrore della vita di quella donna nel vedere la premura e l'esultanza con cui ci mise sulle tracce del marito. La lasciammo sulla minuscola penisola di terreno torboso e solido che si spingeva dentro l'ampio acquitrino e dalla cui estremità partiva una serie di paletti a segnare il sentiero che serpeggiava da un ciuffo di canne all'altro fra le pozze di schiuma verdastra e

i pantani maleodoranti che sbarravano la strada a chi vi si fosse
avventurato senza conoscerla. I canneti lussureggianti e le visci-
de piante acquatiche ci scagliavano alle nari zaffate di putredine
e miasmi soffocanti mentre più di una volta, per un passo falso,
ci trovammo immersi fino alle cosce nella palude oscura e fre-
mente che, per metri e metri, tremava con leggere ondulazioni
intorno ai nostri passi, si aggrappava tenace ai nostri piedi e tentava di risucchiarci nelle sue oscene viscere come una mano malvagia e implacabile. Solo una volta scorgemmo le tracce di qualcuno che, prima di noi, aveva percorso quel periglioso cammino. Da un ciuffo di erba del cotone che emergeva dal fango
spuntava un oggetto oscuro. Holmes, uscendo dal sentiero per
afferrarlo, affondò fino alla cintola e, se non ci fossimo stati noi
a tirarlo fuori, non sarebbe riuscito a rimetter piede sulla terra-
ferma. Ci mostrò un vecchio stivale nero; all'interno, sul cuoio,
era impressa la dicitura «Meyer, Toronto.»

«Valeva la pena di fare un bagno di fango», disse. «È lo stivale scomparso del nostro amico Sir Henry.»

«Gettato qui da Stapleton durante la sua fuga.»

«Infatti. Lo aveva in mano dopo essersene servito per mettere
il cane sulle tracce della sua vittima. E quando capì che il gioco
era finito, fuggì tenendolo ancora stretto. Poi l'ha gettato. E così, almeno sappiamo che ha raggiunto sano e salvo questo punto.»

Ma era destino che non avremmo saputo più di tanto, anche
se molto potevamo immaginare. Nessuna speranza di trovare
orme nella palude perché il fango trasudava e le copriva rapidamente ma, quando alla fine toccammo un terreno più stabile, oltre l'acquitrino, le cercammo ansiosamente. Senza però trovar-
ne la minima traccia. Se la palude raccontava la verità, Stapleton non aveva mai raggiunto quell'isolotto di salvezza verso cui
si era trascinato nella nebbia, in quell'ultima notte della sua vita. Da qualche parte nelle viscere della grande Grimpen Mire,
sul fondo della fetida melma acquitrinosa che lo aveva inghiottito, è sepolto per sempre quell'uomo dal cuore di pietra.

Ne ritrovammo molte tracce nell'isolotto in mezzo alla palude, dove aveva tenuto nascosto il suo feroce alleato. Una grossa
ruota motrice e una carriola semi-riempita di detriti indicavano
l'ubicazione di una miniera abbandonata. Accanto, i resti di-
roccati delle capanne dei minatori, senza dubbio indotti ad abbandonare quel luogo dal graveolente fetore della palude circostante. All'interno di una di questa capanne fatiscenti, un gan-

cio con una catena e una gran quantità di ossa rosicchiate indicavano dove era stato confinato il cane. Fra i residui c'era anche
uno scheletro al quale erano ancora attaccati dei ciuffi di pelo
marrone.

«Un cane!», esclamò Holmes. «Perbacco, uno spaniel a pelo
riccio. Il povero Mortimer non rivedrà mai più la sua bestiola.
Bene, credo che qui non scopriremo altri segreti. Poteva nascondere il mastino ma non soffocarne i latrati, ed ecco quelle
grida così spiacevoli a sentirsi anche di giorno. In casi di emergenza poteva tenere il cane nel capanno a Merripit, ma era sempre un rischio, e solo l'ultimo giorno, quello che considerava il
coronamento di tutte le sue fatiche, si azzardò a farlo. L'impasto in questa lattina è senza dubbio la miscela luminescente con
cui spalmava l'animale. Naturalmente, l'idea gli è venuta dalla
leggenda del cane demoniaco dei Baskerville e quello che appunto voleva era di spaventare a morte Sir Charles. È logico che
quel povero diavolo di galeotto fuggisse urlando, come ha fatto
il nostro amico, e come avremmo potuto fare noi, nel vedere
quella infernale creatura che galoppava sulle sue tracce attraverso la tenebra della brughiera. Era un trucco molto astuto perché, a prescindere dal fatto di far morire di terrore la vittima,
quando mai un contadino avrebbe osato indagare più a fondo
su quell'apparizione se gli fosse capitato — come sicuramente
gli sarà capitato — di avvistarla sulla brughiera? Lo dissi a Londra, Watson, e lo ripeto adesso che mai in tutta la nostra carriera abbiamo contribuito a smascherare un individuo più pericoloso di quello che ora giace laggiù», e indicò l'enorme distesa
screziata di fanghiglia verdastra che si espandeva fino a fondersi
con i pendii rosseggianti della brughiera.

# CAPITOLO QUINDICESIMO

# Uno sguardo retrospettivo

Si era alla fine di novembre, una serata fredda e nebbiosa. Holmes ed io sedevamo accanto al caminetto nel nostro salotto di Baker Street. Dall'epoca del tragico epilogo della nostra visita nel Devonshire, Holmes era stato impegnato in due casi importantissimi, nel primo dei quali aveva smascherato l'indegno comportamento del colonnello Upwood in relazione al famoso scandalo di gioco al Nonpareil Club mentre, nel secondo, aveva difeso la sfortunata Mme Montpensier dall'accusa di omicidio che la minacciava in seguito alla morte della figliastra, Mlle Carère; la giovane donna che, come si ricorderà, fu poi rintracciata sei mesi dopo viva e maritata a New York. Il mio amico era di ottimo umore per gli eccellenti risultati ottenuti in una serie di casi importanti e difficili e riuscii quindi a farlo parlare sui particolari del mistero dei Baskerville. Avevo atteso con pazienza l'occasione propizia poiché sapevo che non consentiva mai che un suo caso si sovrapponesse a un altro, e che la sua mente logica e precisa non si lasciava distogliere dall'indagine in corso per riandare ai ricordi del passato. Sir Henry e il dottor Mortimer, però, erano a Londra, in procinto di iniziare quel lungo viaggio destinato a curare i loro nervi scossi. Erano venuti a trovarci proprio quel pomeriggio ed era quindi naturale che poi parlassimo di loro e di Baskerville.

«Dal punto di vista dell'individuo che si faceva chiamare Stapleton», disse Holmes, «il corso degli eventi era semplice e lineare anche se per noi, in un primo tempo all'oscuro dei suoi moventi e in possesso di solo una parte dei fatti, tutto apparisse estremamente complicato. Ho avuto il vantaggio di incontrare due volte Stapleton e di parlare con lui e tutta la faccenda è ormai talmente chiara che non credo sia rimasto altro da scoprire. Nel mio indice dei casi, sotto la lettera B, troverà qualche appunto.»

«Ma forse lei potrebbe darmi un quadro generale degli eventi, a memoria.»

«Certo, anche se non posso garantire di ricordarmi tutto. Un'intensa concentrazione mentale porta stranamente a obliterare il passato. L'avvocato che ha la sua causa sulla punta delle dita e ne può agevolmente discutere con un esperto, la dimenticherà totalmente una settimana o due dopo il processo. Allo stesso modo, ogni mio caso cancella il precedente e M.lle Carère ha offuscato i ricordi di Baskerville Hall. Domani, qualche altro piccolo problema cancellerà a sua volta dalla mia mente la graziosa francesina e l'infame Upwood. Comunque, per quanto riguarda il caso del mastino, le spiegherò come si sono svolti i fatti, per quanto io ne ricordo, e, se ometto qualcosa, me lo dica.

Le mie indagini dimostrarono al di là di ogni dubbio che il ritratto di famiglia non mentiva e che quell'individuo era effettivamente un Baskerville. Era il figlio di quel Rodger Baskerville, fratello minore di Sir Charles, di sinistra fama, che era dovuto fuggire in Sud America dove si diceva che fosse poi morto, senza essersi mai sposato. In realtà, si sposò ed ebbe un figlio, questo appunto di cui stiamo parlando, il cui vero nome è lo stesso del padre. Questo figlio sposò una certa Beryl Garcia, una delle più belle ragazze del Costa Rica, e, dopo essersi appropriato di una considerevole quantità di denaro pubblico, cambiò il suo nome in Vandeleur e fuggì in Inghilterra, dove aprì una scuola nello Yorkshire. Il motivo che lo spinse a imbarcarsi in questa particolare attività fu che, durante il viaggio, aveva fatto conoscenza con un insegnante, minato dalla tubercolosi, e che si era avvalso dell'abilità di quest'uomo per far prosperare la scuola. Però Fraser, l'insegnante, morì e la scuola, così bene avviata, passò dal discredito al disonore. I Vandeleur ritennero opportuno assumere il nome di Stapleton e il nostro uomo portò quel che rimaneva del suo patrimonio, i suoi progetti per il futuro e la sua passione per l'entomologia nel sud dell'Inghilterra. Dal British Museum ho appreso che era considerato un'autorità nel suo campo e che il nome di Vandeleur è stato dato a una certa falena che egli aveva descritto per primo, durante il suo soggiorno nello Yorkshire.

Veniamo ora a quella parte della sua vita che ha maggiormente coinvolto il nostro interesse. Evidentemente aveva svolto delle indagini e aveva scoperto che solo due persone si frapponevano fra lui e una proprietà di gran valore. Credo che, quando arrivò nel Devonshire, non avesse ancora in mente un piano ben definito ma certo è che, fin dal principio, le sue intenzioni non erano delle migliori, visto che aveva portato con sé sua moglie facendola passare per sua sorella. Quindi, già intendeva servirsi di lei come di un'esca pur non avendo ancora un'idea precisa e dettagliata del suo piano. Il suo scopo era quello di impadronirsi della proprietà, ed era disposto a usare qualunque mezzo o a correre qualunque rischio per raggiungere il suo intento. Per prima cosa, si stabilì quanto più vicino possibile alla sua casa ancestrale; poi, coltivò l'amicizia con Sir Charles Baskerville e con i vicini.

Fu lo stesso baronetto a parlargli della leggenda di famiglia, preparando così la strada alla propria morte. Stapleton, come continuerò a chiamarlo, sapeva che il vecchio soffriva di cuore e che uno shock l'avrebbe ucciso. Glielo aveva detto il dottor Mortimer. Era anche venuto a sapere che Sir Charles era superstizioso e prendeva molto sul serio quella fosca leggenda. Il suo fertile cervello gli suggerì immediatamente come uccidere il baronetto senza che si potesse mai scoprire l'autore del delitto.

Concepita l'idea, cominciò a metterla in atto con abilità estrema. Un criminale meno raffinato si sarebbe accontentato di servirsi di un cane feroce. Ma l'impiego di sostanze artificiali per renderlo demoniaco fu davvero un lampo di genio da parte sua. Acquistò il cane a Londra, da Ross & Mangles, i negozianti a Fulham Road. Era la bestia più robusta e più feroce che avessero. Lo portò a casa servendosi del treno del North Devon e camminò a lungo sulla brughiera, così da arrivare senza suscitare commenti. Durante le sue spedizioni a caccia di insetti aveva imparato ad attraversare indenne la Grimpen Mire, e questo gli fornì un nascondiglio ideale per l'animale. Lo collocò in una capanna sull'isolotto e aspettò l'occasione buona.

Dovette aspettare a lungo. Impossibile indurre il vecchio signore a uscire di casa la sera. Molte volte Stapleton si aggirò da quelle parti col mastino, ma senza risultato. Durante queste peregrinazioni infruttuose alcuni contadini lo videro o, meglio, videro il suo alleato, e la leggenda del cane infernale ebbe nuove conferme. Aveva sperato di portare alla rovina Sir Charles servendosi di sua moglie, ma quella volta la donna si dimostrò inaspettatamente indipendente. Rifiutò recisamente di coinvolgere l'anziano signore in un legame sentimentale che lo avrebbe consegnato nelle mani del nemico. Minacce e, mi duole dirlo, percosse non riuscirono a farle cambiare idea. Non voleva averci niente a che fare e per un certo tempo Stapleton si trovò a un punto morto.

Trovò finalmente una via d'uscita grazie al fatto che Sir Charles, considerandolo un amico, lo aveva incaricato di recapitare in sua vece le elargizioni che egli faceva alla povera signora Laura Lyons. Fingendosi scapolo, Stapleton arrivò ad avere enorme influenza su di lei, lasciandole capire che, se avesse divorziato dal marito, l'avrebbe sposata. Improvvisamente, i suoi piani si trovarono a un punto critico quando venne a sapere che Sir

Charles si preparava a lasciare la Hall, dietro consiglio del dottor Mortimer, il cui parere Stapleton finse di condividere. Bisognava agire subito, o la faccenda gli sarebbe sfuggita di mano. Riuscì quindi a convincere la signora Lyons a scrivere quella lettera in cui scongiurava l'anziano baronetto di concederle un colloquio la sera prima di partire per Londra. Poi, con una scusa o con l'altra, le impedì di andare all'appuntamento e così ebbe finalmente l'occasione che aspettava da tempo.

Rientrando in carrozza la sera da Coombe Tracey, ebbe il tempo di andare dove stava il cane, cospargerlo con quel suo diabolico preparato e condurlo al cancello dove aveva motivo di ritenere che fosse in attesa l'anziano signore. Il cane, spronato dal padrone, saltò sopra il cancello di vimini e cominciò a inseguire il povero baronetto che correva urlando lungo il viale dei cipressi. Dev'essere stato uno spettacolo davvero terribile vedere, sotto quella volta cupa, quell'enorme bestia nera con le mascelle e gli occhi che sprizzavano fiamme, inseguire a lunghi balzi la sua vittima. Vittima che, alla fine del viale, stramazzò fulminato dal terrore. Nella sua corsa, il cane si era tenuto sulla bordura erbosa mentre il baronetto correva lungo il sentiero e quindi, le uniche orme visibili erano quelle di Sir Charles. Vedendo l'uomo a terra, il cane si era probabilmente accostato per annusarlo poi, sentendo che era morto, se n'era andato. E fu allora che lasciò l'impronta notata dal dottor Mortimer. Stapleton richiamò il cane, lo riportò di corsa nel nascondiglio della Grimpen Mire e, in tal modo, ebbe inizio quel mistero che sconcertò le autorità, allarmò il paese e, infine, ci portò ad occuparcene.

Questo è quanto sulla morte di Sir Charles Baskerville. Noterà l'infernale astuzia della cosa, poiché sarebbe stato praticamente impossibile processare il vero assassino. Il suo complice non avrebbe mai potuto denunciarlo e quel grottesco e inconcepibile trucco non faceva che renderlo ancor più adatto allo scopo. Le due donne coinvolte nel caso, la signora Stapleton e la signora Lyons, avevano dei forti sospetti su Stapleton. La moglie era al corrente delle sue mire sul vecchio e anche dell'esistenza del mastino. La signora Lyons non sapeva niente di questo, ma era rimasta colpita dal fatto che la morte fosse sopraggiunta proprio nell'ora del mancato appuntamento, di cui Stapleton era l'unico ad essere informato. Entrambe, però, erano succubi di quell'uomo ed egli non aveva nulla da temere da parte loro. La prima fase del suo piano si era conclusa con successo, ma rimaneva ora la parte più difficile.

Forse Stapleton ignorava l'esistenza di un legittimo erede in Canada. Comunque, l'avrebbe saputo ben presto dal suo amico

Mortimer il quale gli riferì anche tutti i particolari circa l'arrivo di Henry Baskerville. La prima idea di Stapleton fu che probabilmente quel giovane straniero del Canada poteva essere eliminato direttamente a Londra, senza che nemmeno arrivasse nel Devonshire. Non si fidava più di sua moglie da quando si era rifiutata di tendere un tranello al vecchio, e non voleva perderla troppo a lungo di vista, per timore di perdere l'ascendente su di lei. Per questo motivo, la portò a Londra con sé. Ho scoperto che presero alloggio al Mexborough Private Hotel, a Craven Street, proprio uno degli alberghi dove si recò il mio emissario in cerca di prove. Qui Stapleton tenne sua moglie segregata nella stanza, si mise una barba finta, seguì il dottor Mortimer a Baker Street, poi alla stazione e al Northumberland Hotel. Sua moglie sospettava qualcosa delle sue intenzioni ma aveva un tale terrore del marito — e dei suoi brutali maltrattamenti — che non osò scrivere per avvisare l'uomo che sapeva essere in pericolo. Se la lettera fosse caduta nelle mani di Stapleton, poteva andarne della sua stessa vita. Alla fine, come sappiamo, ricorse all'espediente di ritagliare da un giornale le parole del messaggio e alterò la calligrafia scrivendo l'indirizzo. La lettera arrivò al baronetto e gli diede la prima avvisaglia del pericolo.

Per Stapleton, era assolutamente indispensabile procurarsi qualche capo di vestiario di Sir Henry, nel caso avesse dovuto servirsi del cane, per metterlo sulle tracce. Con la sua tipica audacia agì fulmineamente e, senza dubbio, con una buona mancia si assicurò la collaborazione del lustrascarpe o della cameriera dell'albergo. Combinazione volle, però, che il primo stivale che gli procurarono fosse nuovo di zecca e, quindi, inutile al suo scopo. Tornò dunque all'albergo e se ne fece dare un altro — particolare, questo, molto istruttivo poiché dimostrava che avevamo a che fare con un cane in carne e ossa, altrimenti non si poteva spiegare la sua ansia di ottenere uno stivale vecchio anziché uno mai usato. Più *outré* e grottesco è un incidente, più vale la pena di studiarlo a fondo, e proprio l'elemento che sembra complicare un caso, se esaminato e trattato scientificamente, è quello che probabilmente ne offre la soluzione.

Il mattino seguente, ricevemmo la visita dei nostri amici, sempre pedinati da Stapleton, in carrozza. Da come dimostrò di conoscere la disposizione delle nostre stanze e il mio aspetto, oltre che dal suo comportamento in genere, sono del parere che la carriera criminosa di Stapleton non fosse limitata a quest'unica faccenda di Baskerville. È interessante tener presente che, negli ultimi tre anni, si sono verificate quattro importanti rapine con scasso nella zona occidentale del paese e per nessuna di esse fu mai arrestato il colpevole. L'ultima rapina, a Folkestone Court, nel mese di maggio, suscitò particolare scalpore per l'uccisione a sangue freddo, con un colpo di pistola, del fattorino che aveva colto sul fatto lo scassinatore solitario e mascherato. Sono sicuro che era questo il modo in cui Stapleton cercava di rimpinguare le sue scarse sostanze, e che da anni era diventato un uomo disperato e pericoloso.

Avemmo un esempio della sua prontezza di reazione quella mattina, quando ci sfuggì così abilmente di mano; nonché della sua audacia, nel rimandarmi il mio nome tramite il vetturino. Da quel momento comprese che io mi stavo occupando del caso a Londra e quindi qui non aveva chance. Tornò a Dartmoor ad aspettare l'arrivo del baronetto.»

«Un momento!», lo interruppi. «Senza dubbio, gli eventi si sono susseguiti come lei li ha descritti ma c'è un punto che non ha spiegato. Che ne era del cane mentre il padrone si trovava a Londra?»

«Ho riflettuto anche su questo punto, di grande importanza. Sicuramente Stapleton aveva un confidente, anche se è improbabile che si sia mai messo in suo potere rendendolo partecipe dei suoi piani. A Merripit House c'era un vecchio domestico, un certo Anthony. Risultava da anni al servizio degli Stapleton, fin dall'epoca della scuola, e quindi doveva sapere che i due erano marito e moglie. Quest'uomo è scomparso, ed è fuggito dal paese. È interessante notare che il nome Anthony non è molto diffuso in Inghilterra, mentre, invece, è molto diffuso il nome Antonio, in tutta la Spagna e nei paesi ispano-americani. Come la signora Stapleton, anche quel domestico parlava un ottimo inglese, ma con una strana pronuncia blesa. Io personalmente, l'ho visto attraversare la Grimpen Mire seguendo il sentiero segnato da Stapleton. È quindi probabile che, in assenza del padrone, fosse lui ad occuparsi del cane anche se, probabilmente, non ha mai saputo lo scopo per cui veniva impiegato.

Gli Stapleton fecero quindi ritorno nel Devonshire, dove presto arrivaste anche lei e Sir Henry. E ora, una parola su ciò che ho fatto io in quel periodo. Lei forse ricorderà che, quando esaminai il foglio su cui erano incollate le parole a stampa, lo osservai molto da vicino per scoprire un'eventuale filigrana. Così facendo, lo tenni a pochi centimetri dal viso e percepii un lieve profumo di gelsomino. Esistono settantacinque profumi che un criminale esperto deve assolutamente saper distinguere l'uno dall'altro, e più di una volta ho sperimentato personalmente come la soluzione di un caso potesse dipendere dal riconoscere immediatamente uno di questi profumi. Nel nostro caso, esso suggeriva la presenza di una donna, e già cominciai a pensare agli Stapleton. Quindi, per un verso mi ero accertato della reale esistenza del cane e, per l'altro, avevo intuito l'identità del colpevole prima ancora che ci recassimo sul posto.

Ora, si trattava di tenere d'occhio Stapleton. Era ovvio, però, che io non potevo farlo finché ero in vostra compagnia, perché sarebbe stato molto in guardia. Ingannai pertanto tutti, lei compreso, e ritornai di nascosto mentre mi credevate a Londra. I miei disagi sono stati minori di quanto lei abbia pensato e, d'altronde, quisquilie del genere non devono mai interferire quando si sta investigando su un caso. Rimasi quasi tutto il tempo a Coombe Tracey, trasferendomi nella capanna sulla brughiera quando era necessario trovarmi vicino alla scena dell'azione. Cartwright era venuto con me e, camuffato da ragazzotto di campagna, mi è stato estremamente utile. Dipendevo da lui per il cibo e la biancheria pulita. Mentre io tenevo d'occhio Stapleton, Cartwright spesso teneva d'occhio lei, così avevo in mano tutte le fila.

Le ho già detto che i suoi rapporti mi arrivavano celermente, rispediti a Coombe Tracey nel momento stesso in cui giungevano a Baker Street. Mi sono stati di grande aiuto, specialmente quello che conteneva casualmente informazioni veritiere sulla biografia di Stapleton. Riuscii in tal modo a stabilire l'identità sua e di sua moglie e seppi subito a che punto stavo. La faccenda si era notevolmente complicata per via del galeotto evaso e della sua parentela con i Barrymore. E anche questo lei mi ha spiegato molto chiaramente, anche se, tramite le mie osservazioni, ero arrivato alla stessa conclusione.

Quando lei mi scoprì sulla brughiera avevo ormai un quadro completo della situazione, ma non avevo prove da presentare alla giuria. Perfino l'aggressione di Stapleton contro Sir Henry quella notte, che si concluse con la morte del disgraziato galeotto, non mi serviva a dimostrare che quell'uomo era colpevole di omicidio. L'unica alternativa sembrava quella di coglierlo in flagrante e, per farlo, dovevamo servirci di Sir Henry, solo e apparentemente senza protezione, come esca. Così facemmo e, anche a costo di un grave shock per il nostro cliente, riuscimmo a concludere il caso e a spingere Stapleton verso la propria distruzione. Che Sir Henry debba essere stato esposto a un'esperienza del genere è, lo confesso, una nota di biasimo sul come ho condotto le indagini; ma non potevamo in alcun modo prevedere quale vista terrifica e paralizzante offrisse quell'animale, né potevamo anticipare la presenza della nebbia per cui ha potuto sbucarci addosso così all'improvviso. Siamo riusciti nel nostro intento a un prezzo che però, sia lo specialista che il dottor Mortimer, mi assicurano sarà temporaneo. Un lungo viaggio consentirà al nostro amico di riprendersi non solo dal suo esaurimento nervoso ma anche dalla ferita al suo orgoglio. Amava quella donna profondamente e sinceramente, e l'aspetto più penoso di tutta questa cupa vicenda, è che sia stato ingannato proprio da lei.

Non mi resta ora che spiegarle quale sia stato il suo ruolo. Senza dubbio, Stapleton esercitava una grande influenza su di lei, può essere stato amore, o paura, o probabilmente entrambe le cose dal momento che sono emozioni compatibili fra loro. Comunque, funzionava alla perfezione. Per obbedirgli, ha accettato di farsi passare per sua sorella; ma Stapleton scoprì che il suo ascendente non era illimitato quando cercò di implicarla direttamente nell'omicidio. Era pronta a mettere in guardia Sir Henry quel tanto che poteva, senza coinvolgere il marito, e tentò più volte di farlo. Pare che Stapleton fosse geloso, e quando vide il baronetto che corteggiava la donna, anche se questo faceva parte del suo piano, non riuscì a trattenere un'esplosione di sentimenti che gettavano luce sul fuoco nascosto che covava in quell'uomo all'apparenza così controllato. Incoraggiando la loro intimità, aveva fatto in modo che Sir Henry si recasse sovente a Merripit House e, prima o poi, gli offrisse l'occasione che aspettava. Ma, il giorno della crisi, la moglie gli si rivoltò improvvisamente contro. Era venuta a sapere qualcosa circa la morte del galeotto e, la sera che Sir Henry doveva andare da loro a cena, sapeva che il cane si trovava nel capanno. Accusò il marito di voler commettere un crimine e ne seguì una scenata furibonda, durante la quale l'uomo le rivelò per la prima volta l'esistenza di una rivale in amore. In quello stesso momento, la sua fedeltà si trasformò in odio implacabile ed egli comprese che l'avrebbe tradito. Allora la legò, per impedirle di avvisare Sir Henry e nella speranza che tutti avrebbero attribuito la morte del baronetto alla maledizione dei Baskerville — e sarebbe certamente andata così — e lui avrebbe potuto quindi convincere la moglie ad accettare il fatto compiuto e a mantenere il silenzio su quanto sapeva. In questo caso, però, credo che avesse fatto male i suoi calcoli e, anche se non ci fossimo stati noi, la sua sorte era segnata. Una spagnola dal sangue caldo non perdona facilmente un simile affronto. E adesso, caro Watson, non saprei dirle altro di più preciso, senza ricorrere ai miei appunti. Ma ritengo di averle chiarito tutti gli aspetti essenziali.»

«Non poteva sperare di spaventare a morte Sir Henry col suo mastino fantasma come aveva fatto con lo zio.»

«L'animale era feroce e affamato. Anche se non avesse spaventato la sua vittima fino a causarne la morte, era certo in grado di paralizzare ogni eventuale resistenza.»

«Questo senz'altro. Ma c'è ancora una cosa. Se Stapleton fosse subentrato nella successione come avrebbe spiegato il fatto che lui, l'erede, era vissuto nell'ombra, sotto falso nome, così vicino alla proprietà? Come poteva rivendicare il titolo senza suscitare sospetti e indagini?»

«Questa è davvero una difficoltà insormontabile e chiede troppo se pensa che io possa risponderle. Il passato e il presente rientrano nella mia sfera d'indagine, ma è difficile sapere cosa farà una persona in futuro. La signora Stapleton ha sentito il marito discuterne in varie occasioni. C'erano tre soluzioni possibili. Poteva rivendicare la proprietà dal Sud America, stabilendo la propria identità presso le autorità britanniche del posto e quindi entrare in possesso del patrimonio senza mai mettere piede in Inghilterra; oppure, poteva ricorrere a un elaborato travestimento per il breve periodo durante il quale fosse dovuto rimanere a Londra; o, ancora, poteva consegnare prove e documenti a un complice, facendolo risultare erede e riservandosi una parte del reddito. Da quel che sappiamo di lui, avrebbe certamente trovato una soluzione. E adesso, mio caro Watson, ci aspettano settimane di intenso lavoro e credo che, per una sera, possiamo pensare a cose più piacevoli. Ho un palco per *Gli Ugonotti*. Ha mai sentito i De Reszke? E allora, la prego di essere pronto fra mezz'ora, e magari potremmo fermarci da Marcini per mangiare qualcosa prima dello spettacolo.»

# Indice

Piano dell'Opera nei Grandi Tascabili Economici

Arthur Conan Doyle

**Tutto Sherlock Holmes**

traduzione di Nicoletta Rosati Bizzotto

VOLUME PRIMO

*Uno studio in rosso*
*Il segno dei quattro*
*Le avventure di Sherlock Holmes*

VOLUME SECONDO

*Le memorie di Sherlock Holmes*
*Il mastino dei Baskerville*

VOLUME TERZO

*Il ritorno di Sherlock Holmes*
*La valle della paura*

VOLUME QUARTO

*L'ultimo saluto di Sherlock Holmes*
*Il taccuino di Sherlock Holmes*

# Grandi Tascabili Economici

*Ultimi volumi pubblicati*

239. **Howard Phillips Lovecraft**, *Tutti i romanzi e i racconti, vol.* I. *L'incubo*, I
240. **Howard Phillips Lovecraft**, *Tutti i romanzi e i racconti, vol.* II. *L'incubo*, II
241. **Howard Phillips Lovecraft**, *Tutti i romanzi e i racconti, vol.* III. *Il sogno*
242. **Howard Phillips Lovecraft**, *Tutti i romanzi e i racconti, vol.* IV. *Il mito*, I
243. **Howard Phillips Lovecraft**, *Tutti i romanzi e i racconti, vol.* V. *Il mito*, II
     I cinque volumi di *Tutti i romanzi e i racconti* di H. P. Lovecraft sono disponibili anche in cofanetto.
244. **Omero**, *Iliade* nella versione di Vincenzo Monti.
245. **Omero**, *Odissea* nella versione di Ippolito Pindemonte.
     I due volumi di *Iliade* e *Odissea* di Omero sono disponibili anche in cofanetto.
246. **Donatien-Alphonse-François de Sade**, *Le sventure della virtù, Justine ovvero le disgrazie della virtù* (*Opere complete, vol.* I)
247. **Donatien-Alphonse-François de Sade**, *Aline e Valcour* (*Opere complete, vol.* II)
248. **Donatien-Alphonse-François de Sade**, *La filosofia nel boudoir, Teatro e opuscoli* (*Opere complete, vol.* III)
249. **Donatien-Alphonse-François de Sade**, *La nuova Justine ovvero le sciagure della virtù* (*Opere complete, vol.* IV)
250. **Donatien-Alphonse-François de Sade**, *Juliette ovvero le prosperità del vizio*, I (*Opere complete, vol.* V)
251. **Donatien-Alphonse-François de Sade**, *Juliette ovvero le prosperità del vizio*, II (*Opere complete, vol.* VI)
252. **Donatien-Alphonse-François de Sade**, *I crimini dell'amore, L'autore a Villeterque* (*Opere complete, vol.* VII)
253. **Donatien-Alphonse-François de Sade**, *La marchesa di Gange, Adelaide di Brunswick, Isabella di Baviera* (*Opere complete, vol.* VIII)
254. **Donatien-Alphonse-François de Sade**, *Le 120 giornate di Sodoma, Storielle e racconti* (*Opere complete, vol.* IX)
255. **Donatien-Alphonse-François de Sade**, *Viaggio in Italia, Viaggio in Olanda* (*Opere complete, vol.* X)
     I dieci volumi delle *Opere complete* di Sade sono disponibili anche in cofanetto.
256. **Bertrand Russell**, *L'analisi della mente*
257. **Vladimir Vladimirovič Majakovskij**, *Poesie*
258. **Virginia Woolf**, *Gli anni*
259. **Alfred Adler**, *La conoscenza dell'uomo nella psicologia individuale*
260. *I futuristi*. A cura di Francesco Grisi
261. **Joseph Conrad**, *Vittoria*
262. **Guy de Maupassant**, *Tutti i racconti neri, fantastici e crudeli*
263. **Émile Zola**, *Germinal*
264. **Jacob Burckhardt**, *La civiltà del Rinascimento in Italia*
265. **Ernst Theodor Amadeus Hoffmann**, *Gli elisir del diavolo*
266. **Edith Wharton**, *La casa della gioia*
267. **Lev Davidovič Trotskij**, *Storia della Rivoluzione russa, vol.* I. *La Rivoluzione di febbraio*
268. **Lev Davidovič Trotskij**, *Storia della Rivoluzione russa, vol.* II. *La Rivoluzione di ottobre*
     I due volumi della *Storia della Rivoluzione russa* di L. Trotskij sono disponibili anche in cofanetto.
269. **A. M. di Nola**, *Il diavolo*
270. **Howard Phillips Lovecraft**, *I miei orrori preferiti*
271. **Arthur Conan Doyle**, *Tutti i racconti fantastici e dell'orrore*
272. **Arthur Conan Doyle**, *Tutti i romanzi fantastici, vol.* I. *Il mondo perduto, La fine del mondo, La macchina disintegratrice, Una scoperta meravigliosa*
273. **Arthur Conan Doyle**, *Tutti i romanzi fantastici, vol.* II. *Nel paese delle nebbie, Quando la Terra urlò, L'abisso di Atlantide*
     I tre volumi di Arthur Conan Doyle sono disponibili anche in cofanetto.
274. **Bertrand Russell**, *Dio e la religione*

275. **D. H. Lawrence**, *La ragazza perduta*
276. **Virgilio**, *Eneide*
277. **Georg Groddeck**, *Il libro dell'Es*
278. **Honoré de Balzac**, *Tutto il teatro*
279. **Ambrose Bierce**, *Tutti i racconti dell'orrore*
280. **Aleksandr Nicolaevič Afanas'ev**, *Fiabe popolari russe*
281. **Hans Christian Andersen**, *Fiabe*
282. **Jean de La Fontaine**, *Favole*
283. **Charles Perrault e altri**, *I racconti delle fate*
284. **William Butler Yeats**, *Fiabe irlandesi*
     I cinque volumi di *Fiabe* sono disponibili anche in cofanetto.

285. **Alfred Adler**, *Cosa la vita dovrebbe significare per voi*
286. **Edith Wharton**, *Storie di fantasmi*
287. **Marcello Vannucci**, *I Medici*

288. **J. V. Luce**, *La fine di Atlantide*
289. **Evan Hadingham**, *I misteri dell'antica Britannia*
290. **Georges Goyon**, *Il segreto delle grandi piramidi*
291. **J. Alberto Soggin**, *I manoscritti del Mar Morto*
292. **H.V.F. Winstone**, *Alla scoperta della tomba di Tutankhamun*
     I cinque volumi *Enigmi e misteri dell'archeologia* sono disponibili anche in cofanetto.

293. **Arthur Schopenhauer**, *La saggezza della vita, Aforismi*
294. **Karol Wojtyła (Giovanni Paolo II)**, *Poesie*
295. **AA.VV.**, *Poesie d'amore. L'assenza, il desiderio* (a cura di Francesca Pansa e Marianna Bucchich)
296. **Edith Wharton**, *L'usanza del paese*

297. **Gabriele D'Annunzio**, *Il piacere, Giovanni Episcopo, L'innocente* (introduzione generale di Giovanni Antonucci e Gianni Oliva; a cura di Gianni Oliva)
298. **Gabriele D'Annunzio**, *Trionfo della morte, Le vergini delle rocce* (introduzione generale di Giovanni Antonucci e Gianni Oliva; a cura di Gianni Oliva)
299. **Gabriele D'Annunzio**, *Il fuoco, Forse che sì forse che no* (introduzione generale di Giovanni Antonucci e Gianni Oliva; a cura di Gianni Oliva)
300. **Gabriele D'Annunzio**, *Tutte le novelle. Terra vergine, Novelle della Pescara* (introduzione generale di Giovanni Antonucci e Gianni Oliva; a cura di Gianni Oliva)
301. **Gabriele D'Annunzio**, *Prose scelte. Solus ad solam, Notturno, da Le faville del maglio, Il libro segreto* (introduzione generale di Giovanni Antonucci e Gianni Oliva; a cura di Gianni Oliva)
     I cinque volumi di *Tutti i romanzi e le novelle e prose scelte* di Gabriele D'Annunzio sono disponibili anche in confanetto.

302. **Gabriele D'Annunzio**, *Tutte le poesie, vol.* I. *Primo Vere, Canto novo, Intermezzo di rime, Isottèo, Chimera, Elegie romane, Poema paradisiaco* (introduzione generale di Giovanni Antonucci e Gianni Oliva; a cura di Gianni Oliva)
303. **Gabriele D'Annunzio**, *Tutte le poesie, vol.* II. *Laudi del cielo del mare della terra e degli eroi* (introduzione generale di Giovanni Antonucci e Gianni Oliva; a cura di Gianni Oliva)
304. **Gabriele D'Annunzio**, *Tutte le poesie, vol.* III. *Poesie in dialetto, per canzoni e disperse* (introduzione generale di Giovanni Antonucci e Gianni Oliva; a cura di Gianni Oliva)
     I tre volumi di *Tutte le poesie* di Gabriele D'Annunzio sono disponibili anche in cofanetto.

305. **Gabriele D'Annunzio**, *Tutto il teatro, vol.* I. *Sogno di un mattino di primavera, Sogno d'un tramonto d'autunno, La città morta, La Gioconda, La Gloria, Francesca da Rimini, Parisina, La figlia di Jorio* (introduzione generale di Giovanni Antonucci e Gianni Oliva; a cura di Giovanni Antonucci)
306. **Gabriele D'Annunzio**, *Tutto il teatro, vol.* II. *La fiaccola sotto il maggio, Più che l'amore, La nave, Fedra* (introduzione generale di Giovanni Antonucci e Gianni Oliva; a cura di Giovanni Antonucci)
307. **Gabriele D'Annunzio**, *Tutte il teatro, vol.* III. *Le martyre de Saint Sebastian (Il martirio di San Sebastiano), La Pisanelle (La Pisanella), Le Chevrefeuille (Il Ferro)* (introduzione generale di Giovanni Antonucci e Gianni Oliva; a cura di Giovanni Antonucci)
     I tre volumi di *Tutto il teatro* di Gabriele D'Annunzio sono disponibili anche in cofanetto.

Caro lettore,

ritagli e invii in busta chiusa, dopo aver risposto alle nostre domande, la scheda allegata.

Riceverà in omaggio periodicamente il nostro catalogo.

Dove ha acquistato il libro?

☐ libreria          ☐ edicola          ☐ ipermercato          ☐ regalo

Ritiene di aver acquistato, indipendentemente dall'opera, un prodotto editoriale:

☐ scadente          ☐ mediocre          ☐ buono          ☐ ottimo

Barri con una X le aree di lettura che predilige:

☐ narrativa      ☐ filosofia      ☐ antropologia      ☐ storia
☐ psicologia     ☐ poesia         ☐ letteratura       ☐ saggistica
☐ politica       ☐ fiabe          ☐ teatro            ☐ cucina
☐ architettura   ☐ arte           ☐ magia             ☐ musica
☐ giallo         ☐ orrore         ☐ fantastico        ☐ avventura
☐ fantasy        ☐ fantascienza   ☐ rosa              ☐ archeologia

nome ................................. cognome .................................

età ................................. professione .................................

Via ................. ................. cap ................. Città .................

Prefisso ................................. Tel. .................................

Spedire a: Newton Compton editori
           Via della Conciliazione, 15
           00193 ROMA
           Tel. 06/68803250

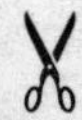

GTE 113

# Richiesta volumi arretrati

(Spedizione contrassegno senza alcun contributo per spese postali)
N.B. Per richieste di importo inferiore a L. 10.000, inviare, unitamente alla cedola libraria, francobolli di importo pari all'ordine.

| Numero collana | Numero copie | Titolo | Importo |
|---|---|---|---|
|  |  |  |  |
|  |  |  |  |
|  |  |  |  |
|  |  |  |  |
|  |  |  |  |
|  |  |  |  |
|  |  |  |  |
|  |  |  |  |
|  |  |  |  |
|  |  |  |  |
|  |  |  |  |
|  |  |  |  |
|  |  |  |  |
|  |  |  |  |
|  |  |  |  |
| Numero collana | Numero copie | Titolo | Importo |

Data _______________________________ Firma _______________________________